HEYNE <

Tom Clancy und Steve Pieczenik

TOM CLANCY'S
SPECIAL NET FORCE
Das Ziel

2 Romane in einem Band

WILHELM HEYNE VERLAG
MÜNCHEN

Die Originalausgabe OWN GOAL erschien 2005 bei Berkley Jam Books.
Aus dem Amerikanischen von Elisabeth Parada Schönleitner

Die Originalausgabe CLOAK AND DAGGER erschien 2003 bei Berkley Jam Books. Aus dem Amerikanischen von Heinz-W. Hermes

Umwelthinweis:
Dieses Buch wurde auf chlor- und säurefreiem Papier gedruckt

Vollständige deutsche Taschenbucherstausgabe 09/2006

Printed in Germany 2006
Umschlagillustration: © Philip Wallick/CORBIS
Umschlaggestaltung: Nele Schütz Design, München
Satz: Pinkuin Satz und Datentechnik, Berlin
Druck und Bindung: GGP Media GmbH, Pößneck
ISBN-10: 3-453-43164-2
ISBN-13: 978-3-453-43164-5

http://www.heyne.de

Inhalt

Diane Duane

Special Net Force – Geheimnisverrat

Aus dem Amerikanischen von Heinz-W. Hermes

Danksagungen

Wir möchten uns an dieser Stelle bei allen nachfolgend Genannten bedanken, ohne die dieses Buch nicht zustande gekommen wäre: Martin H. Greenberg, Larry Segriff, Denise Little, Brittiany Koren, Lowell Bowen, Esq., Robert Youdelman, Esq., Danielle Forte, Esq., Dianne Jude und unserem Herausgeber Tom Colgan.
Am wichtigsten für uns ist es jedoch, dass Sie, unsere Leser, entscheiden, wie erfolgreich unsere gemeinsamen Anstrengungen tatsächlich gewesen sind.

Tom Clancy und Steve Pieczenik

Kapitel I

Mark Gridley starrte auf das heruntergekommene, verlassene Haus, das sich vor ihm abzeichnete. Ein Blitz warf sein Schlaglicht auf zerbrochene Fensterscheiben, abblätternde Farbe und ein baufälliges Vordach, das wie Schilf im Wind schwankte. Die Haustür schwang langsam im Luftzug hin und her, wobei ihre Scharniere schauerlich quietschten. Selbst hier, noch etliche Meter vom Haus entfernt, stieg Mark der Moder in die Nase, der vom Ozongeruch des aufziehenden Sturms im Verbund mit dem heuartigen Duft des ausgetrockneten, braunen Rasens kaum überlagert wurde. In der Ferne rollte der Donner, und Mark hatte fast das Gefühl, dessen Resonanz bis in die Tiefen seiner Eingeweide zu spüren. Er fuhr sich mit den Fingern durch das feuchte, windzerzauste Haar und schüttelte den Kopf.

»Also das war eindeutig das letzte Mal, dass ich meine große Klappe zu weit aufgerissen habe«, stellte Mark reumütig fest, während er durch den einsetzenden Nieselregen weiter auf das verkommene Gebäude zuschritt und das spröde, abgestorbene Gras unter seinen Sohlen raschelte. »Ich kann's immer noch nicht glauben, dass ich mich auf so was eingelassen habe.«

Unmittelbar vor dem Dach der Veranda blieb er stehen. Von hier aus sah die Front des Hauses wie ein boshaftes Gesicht aus, mit Fenstern als Augen und die Eingangstür wie zu einem hinterhältig schiefen Lächeln verzogen. Die Tür schwang jetzt schneller in ihren kreischenden Scharnieren hin und her. Fast hätte man meinen können, sie wolle ihn hereinwinken. *In Ordnung, ihr seid zu dritt, und ihr steckt irgendwo da drinnen und wartet auf mich,* dachte Mark, während er gleichzeitig versuchte, das unheimliche Gefühl abzuschütteln, das der Schauplatz ihm einjagte. »Chamäleon-Sucher aktivieren«, befahl er, wodurch sein Abtastprogramm gestartet wurde. »Das Spiel kann beginnen.«

Nun, da sein Programm aktiviert war, erglühte das ganze Haus in einem unirdischen Farbspektrum, das von tiefem Indigoblau bis zu strahlendem Purpurrot reichte. Als er einen genaueren Blick darauf warf, konnte Mark auch die Computerbefehle erkennen, die für die Erstellung dieser anderen Welt im *Veeyar* verwendet worden waren. Grundmauern und Wände des Hauses wurden ebenso wie das Dach in Schattierungen von Schwarz und Blau dargestellt. In diese hatte man einige zusätzliche Details wie Türen und Fenster eingearbeitet, die in wärmeren Farbtönen angezeigt wurden. Das Suchprogramm, das Mark selbst geschrieben hatte, würde ihm eine Klinge verschaffen, die scharf genug war, um seine Beute zu jagen. *Wenigstens hoffe ich, dass dem so ist,* dachte er, während er die knarrenden Stufen zur Veranda hinaufging und das Haus betrat.

Mark schritt durch den Eingang und fand sich in einer engen Diele wieder, von der eine steile Treppe in die erste Etage hinaufführte. Hier wie dort hingen die altväterlichen Tapeten in Fetzen von der Wand, und Flecken grünlich grauen Schimmels schienen ebenso allgegenwärtig wie der durchdringende Fäulnisgeruch. Angeekelt rümpfte er die Nase. Mark suchte auf dem Fußboden nach irgendwelchen Anzeichen, die darauf hindeuteten, dass jemand hier entlanggekommen war.

Ein ohrenbetäubendes Krachen in seinem Rücken ließ

ihn einen Satz aus dem Stand machen. Sogleich wirbelte er um die eigene Achse, um sich eines Angreifers zu erwehren. Aber da war nichts. Lediglich der auffrischende Wind hatte die Eingangstür endgültig zugeschlagen. Ungehalten wischte er sich den störenden Schweiß von der Stirn und schüttelte den Kopf. *Reiß dich zusammen*, ermahnte er sich. *Als Kind hast du dieses Halloween-Zeugs mit all seinem Drum und Dran geradezu geliebt. Aber das waren nur einfache Gespensterprogramme gewesen. Wenn man so etwas real erlebt, ist das eine ganz andere Sache.*

Mark blickte sich noch einmal um. »Nun macht schon«, flüsterte er, »wo steckt ihr denn?« Das alte Haus bewegte sich und schien zu stöhnen, während er durch die Diele schlich, alle Sinne darauf ausgerichtet, die kleinste Veränderung sofort zu erkennen. Staub rieselte von der Decke und kitzelte ihn in der Nase.

Direkt über ihm knackte eine Bohle. Mark erstarrte und überlegte fieberhaft, ob dieses Geräusch nur auf die morschen Balken zurückzuführen war oder ob sich da oben jemand herumtrieb.

Schließlich kam er zu dem Schluss, dass es sich eher angehört hatte, als sei tatsächlich jemand in der ersten Etage. Nun lauschte er so angestrengt, dass er beinahe die vagen Konturen eines menschlichen Körpers übersehen hätte, die sich auf der abblätternden Wand zu seiner Linken abzeichneten. Vor dem blauen Farbcode der Diele waren sie allerdings kaum zu erkennen gewesen. Aufgeregt, wie er war, hätte er beinahe einen weiteren Schritt vorwärts getan, und wäre damit genau in die schemenhafte Gestalt hineingerannt, die sich unmittelbar vor ihm versteckt hatte.

Mark blieb regungslos stehen und blickte nach unten auf seine Füße, als suche er nach Fallen, während er tatsächlich die blaue Silhouette weiter aus dem Augenwinkel beobachtete. Jetzt, da er wusste, womit er es zu tun hatte, war alles völlig klar, und Mark hatte seine liebe Not, ein triumphierendes Lächeln auf seinen Gesichtszügen zu unterdrücken. Sein Programm funktionierte genauso gut, wie er es sich erhofft hatte, aber das war noch lange kein Grund, sein Ziel auch gleich wissen zu lassen, dass er es längst entdeckt hatte. Nein, nicht wenn er noch ein wenig Schabernack treiben konnte.

»Computer«, sagte er und verwendete dabei den Programmierer-Kommando-Modus, damit das Szenario einfror und niemand ihn hören konnte. »MARKCLONE-2 starten.«

Er verweilte noch einen Augenblick und trat dann vorsichtig zur Seite. Ein exaktes Duplikat von Mark – daher der Befehl Mark-Clone – blieb genau dort stehen, wo er selbst noch eine Sekunde zuvor gestanden hatte. Mark blickte auf die bläuliche Gestalt, die sich auf der Wand abzeichnete. Er nickte. *Normalerweise benutze ich dieses Programm ja nur, wenn ich irgendwelchen langweiligen Netizen entwischen will, über die ich in Chatrooms gestolpert bin,* dachte er. »Computer: Programm UNSICHTBAR für mich starten und meinen Klon weiter bis zum Ende der Diele laufen lassen. Ausführung!«

Jetzt erlaubte Mark sich doch ein Lächeln. Dieses Programm machte ihn tatsächlich unsichtbar – es sei denn, jemand verfügte über ein Erfassungsprogramm, das ähnlich gut war wie sein eigenes. Aber Mark wusste genau, dass dies auf keinen der hier Anwesenden zutraf.

Er beobachtete, wie sein Double immer näher an die blaue Gestalt herantrat. Als sein Klon schließlich direkt vor ihm stand, erkannte Mark, wie sich eine Hand aus der Wand streckte, um den Markclone zu berühren – und glatt durch die Computersimulation hindurchgriff. Dadurch geriet die bläuliche Gestalt aus dem Gleichgewicht, stolperte nach vorn und schrie überrascht auf.

Bevor sie Zeit gefunden hatte, sich wieder zu fangen, war

Mark einen großen Schritt nach vorn getreten und hatte ihr freundschaftlich die Hand auf den Rücken geklatscht. Im gleichen Augenblick durchflutete die Gestalt ein weißer Energieblitz und fror sie an Ort und Stelle ein.

»Hab ich dich«, triumphierte er. »Das ist wirklich lustig, Megan, ich hab dich eigentlich nie für eine Blümchentapete gehalten.«

Die blaue Silhouette verwandelte sich in ein schlankes, braunhaariges Mädchen, das weiterhin zu Boden starrte, ohne ein Wort zu sagen.

»Oh«, entfuhr es Mark. »Computer: eingefrorenen Kopf freigeben.«

»Danke«, versetzte Megan O'Malley, während sie den Kopf so weit drehte, um ihm direkt in die Augen blicken zu können. »Du hattest mich von Anfang an entdeckt. Stimmt's?«

»Na ja, zumindest fast. Allerdings hattest du dich für jeden zufälligen Betrachter ausgezeichnet versteckt. Damit habe ich schon einen von euch. Bleiben noch zwei.« Mark warf seiner Kameradin von den Net Force Explorern einen abschätzenden Blick zu. »Ich darf wohl nicht davon ausgehen, dass du mir irgendwelche Tipps gibst, wo die anderen hingegangen sind, oder?«

Megan schüttelte den Kopf. »Netter Versuch, Squirt, aber glaub bloß nicht, dass ich die Absicht hätte, dir das Leben leichter zu machen.«

»Du weißt, dass ich dich hier hängen lassen könnte, nicht wahr?«, fragte er mit spitzbübischem Grinsen. »Für dich dürfte das ziemlich unbequem werden. Schließlich musst du damit rechnen, dass sich die ganze Angelegenheit noch ein Weilchen hinziehen wird. Jetzt hab dich nicht so. Nur ein kleiner Tipp, und du bist wieder frei.«

Aber Megan blieb unerbittlich und schüttelte den Kopf. »Selbst wenn ich es wüsste, solltest du das Vergnügen haben, sie allein zu finden. Tatsächlich habe ich keinen blassen Schimmer, wo sich Daniel und Maj befinden. Wir haben uns gleich am Anfang getrennt und in unterschiedlichen Bereichen des Hauses versteckt.«

Mark nickte. »Na toll. Also muss ich sie wohl auf die harte Tour finden. Wir treffen uns dann nachher draußen.«

»Übrigens, hättest du etwas dagegen, wenn ich mitkomme und zusehe?«, fragte Megan. »Ich werd' dich schon nicht in die Pfanne hauen.«

»Na gut, wenn du mir dein Wort darauf gibst. Computer: Körper komplett freigeben.« Er wartete, bis Megan wieder mit der Wand verschmolz. In der Diele hing ein merkwürdiger Geruch, den Mark draußen nicht registriert hatte. Jetzt brauchte er einen Augenblick, bis er ihn richtig zuordnen konnte. *Tapeten*, dachte er, *vergammelte Tapeten.* Er schauderte bei dem Gedanken daran, seinen Körper in diese dreckige, abblätternde Wand pressen zu müssen – virtuelle Realität hin oder her. *Igitt.* »Wie hältst du bloß diesen Gestank aus?«

»Die Chance, dich auf diese Weise schnappen zu können, war es mir wert«, gab Megan zurück.

Die Spielregeln für diesen Wettkampf waren denkbar einfach: die drei anderen Net Force Explorer, Megan O'Malley, Madeline Greene und Daniel Sanchez hatten zehn Minuten Zeit gehabt, sich in diesem Haus auf jede beliebige Art und Weise zu verstecken. Anschließend hatte Mark seinerseits zehn Minuten Zeit, ins Haus zu gehen und sie mit Hilfe seines Programms zu finden. Sollte sich auch nur einer seiner Freunde der Erfassung entziehen, es also schaffen, Mark vor Ablauf der Zeit abzuklatschen, hätten die drei gewonnen. Sollte Mark dagegen alle finden, ohne selbst abgeklatscht zu werden, wäre er der Sieger.

Mark versuchte krampfhaft ein Lächeln zu unterdrücken, als er Megan dabei beobachtete, wie sie sich neben ihm an der Wand entlangschob. Er hatte das sichere Gefühl, dass der Grund dafür, weshalb sie ihn begleitete, weit mehr mit Daniel Sanchez zu tun hatte als mit dem Wunsch, sein Programm auszuspionieren. Mark war es egal. Tatsächlich freute er sich schon diebisch darauf, Daniel die eine oder andere Lektion zu erteilen, wenn er ihn erst einmal geschnappt hatte. Und je mehr Leute das mitbekamen, desto besser.

Schließlich war es in erster Linie Daniel gewesen, der diese ganze Sache vorgeschlagen hatte. Noch vor zwanzig Minuten hatte sich Mark sicher und gemütlich zu Hause aufgehalten und von dort aus ein paar Freunde im Veeyar des Online-Hauptquartiers der Net Force besucht. So war dann auch das neueste Projekt zur Sprache gekommen, an dem er gerade arbeitete. Dabei ging es um ein Programm, das darauf abzielte, abnormale Veränderungen im Web zu erkennen. Dieses Programm sollte es ermöglichen, so genannte ›Schleicher‹ aufzuspüren. So wurden jene Leute bezeichnet, die im Netz surften und sich dabei nicht als sichtbare Personen zu erkennen gaben.

Normalerweise waren solche ›Schleicher‹ harmlos. Es handelte sich meist um Personen, die aus persönlichen Gründen nicht wollten, dass ihre Anwesenheit im Netz publik wurde. Doch Mark kannte Jay Gridley, seinen Vater und Commander der Net Force, einfach zu gut, um nicht zu wissen, dass dieser sich deswegen Sorgen machte. Schließlich konnten sich diese Personen die Anonymität des Webs zu Nutze machen, um andere Leute auszuspionieren. Bei den unglaublich zahlreichen Geschäftsabwicklungen und der immensen Informationsvielfalt, zu denen das Internet Zugang bot, war die Online-Sicherheit eine Angelegenheit, über die man sich intensiv Gedanken machen musste. Und genau das war der Punkt, an dem die Net Force ins Spiel kam. Bei dieser Behörde handelte es sich um eine Abteilung des Federal Bureau of Investigation – kurz FBI –, die ausschließlich zu dem Zweck ins Leben gerufen worden war, der Online-Kriminalität den Kampf anzusagen. Ihre Agenten arbeiteten mit einer Ausrüstung, die sich jederzeit auf dem neuesten Stand der Technik befinden musste, weil sich auch die Kriminellen modernster Technologie bedienten. Marks Programm würde jedenfalls – wenn es denn funktionierte – einen großen Schritt voran bedeuten und es der Net Force ermöglichen, jenen Schleichern das Handwerk zu legen, die nichts Gutes im Schilde führten.

Als Mark den anderen erklärt hatte, woran er gerade arbeitete, hatten ihm Megan und Maj aufmerksam zugehört, doch das vierte Mitglied ihrer Gruppe, Daniel Sanchez, hatte nur gelacht, als er hörte, was Mark da trieb.

»Im Internet gibt es einfach nichts, an dem man sich nicht zu schaffen machen könnte«, hatte Daniel behauptet. »Aber weißt du was? Wenn du deiner Sache so sicher bist, was hältst du davon, wenn wir ein kleines Versteckspiel veranstalten? Wie steht's mit euch, Meg und Maj?«

Die beiden Mädchen blickten einander kurz an. »Wir sind ganz Ohr«, hatte Megan schließlich geantwortet.

Und so kam es, dass sich Mark nun in dieser Situation befand. Mit äußerster Vorsicht durchsuchte er die anderen Räume. Vielleicht zu vorsichtig, wenn man bedachte, dass die Zeit, die ihm den Spielregeln zufolge noch blieb, allmählich knapp zu werden begann. Das übrige Erdgeschoss schien jedenfalls leer zu sein. Nur noch staubiger Boden, feucht-kalte Luft und durch zerbrochene Fensterscheiben dringender Wind und Regen. Mark warf einen letzten forschenden Blick in die verlassenen Räume. Nur für den Fall, dass Daniel und Maj sich für eine Hinhaltetaktik entschieden haben sollten und darauf hofften, ihn auf der Treppe nach oben zu erwischen. Aber er konnte nichts Verdächtiges entdecken. Wenn das Programm genau das tat, wofür er es geschrieben hatte, so war dieser Bereich des Hauses tatsächlich leer.

Mark stand am Fuß der Treppe und blickte in den im Halbdunkel liegenden Korridor. War das jetzt nur Einbildung gewesen, oder hatte sich soeben eine dunkle Gestalt am oberen Treppenabsatz entlangbewegt? Mark stieg die Treppe zur Hälfte hinauf und blieb dort stehen. Hatten sich Daniel und Madeline etwa zusammengetan? Hatte einer der beiden vielleicht vor, ihn abzulenken, während der andere beabsichtigte, ihn in einen Hinterhalt zu locken? Trotz der eher harmlosen Situation spürte Mark, wie ihm der Schweiß wieder den Nacken hinunterrann. Schließlich wusste er nur zu genau, wie ehrgeizig Daniel war und dass er alles unternehmen würde, diesen kleinen Wettkampf für sich zu entscheiden. *Ich kann und darf nichts dem Zufall überlassen,* dachte Mark.

Ganz langsam bewegte er sich weiter und erreichte schließlich die erste Etage, wo die Treppe auf einem Absatz endete. Direkt vor ihm begann ein Korridor, von dem wiederum drei Türen abzweigten. Mark blickte zu Boden und entdeckte sofort die Fußabdrücke im Staub. Sie führten eindeutig zu dem nächstgelegenen Raum auf der rechten Seite. *Und warum habe ich die nicht schon unten bemerkt?,* fragte er sich. Auf Zehenspitzen schlich er auf die geschlossene Zimmertür zu und betrachtete sie eingehend, um sicherzustellen, dass es sich nicht lediglich um eine Tarnung handelte, die Daniel oder Maj für sich gewählt hatte, und stieß sie erst auf, als er sich seiner Sache sicher war.

Der Raum, in den die Tür dann aufschwang, war mit Mobiliar und Kartons voll gestellt worden. Alles stand völlig willkürlich in der Gegend herum. *Der perfekte Ort für ein Versteck*, dachte Mark, *zumindest bis jetzt.* Sicherlich hätten diese Unmengen von Gerümpel wohl jeden bei einer raschen Durchsuchung vor einer Entdeckung geschützt. Für Marks Programm hingegen stellte es kein Problem dar, mit diesem Chaos fertig zu werden. Er brauchte lediglich die farbigen Daten im Auge zu behalten und würde auf diese Weise den nächsten Net Force Explorer sogleich entdecken, sollte er sich hier verborgen halten.

Mark blickte sich unter Einsatz seines Programms um. Doch die Rundumerfassung des Raums förderte nichts zutage. Hier war definitiv niemand. Noch immer im Türrahmen stehend, runzelte Mark die Stirn. *Was, wenn sie geglaubt haben, dass das Chaos hier doch etwas zu offensichtlich ist?* Nachdem er sich ein letztes Mal im Zimmer umgesehen hatte, trat er zurück, zog die Tür hinter sich zu und ging weiter.

Die nächste Tür auf derselben Seite des Korridors öffnete sich in einen Raum, der einst ein Schlafzimmer gewesen sein mochte. Eine verrottete Matratze lag in der Mitte des Raums, und gleich daneben entdeckte er einen staubigen Tisch und einen umgestürzten Stuhl. Am Fenster flatterten ausgefranste, bodenlange Vorhänge, die Mark für eine Sekunde aus dem Konzept brachten, bis ihm klar wurde, dass diese Bewegung lediglich eine Folge des durch das Programm generierten Windes war.

Kein Grund zur Aufregung, beruhigte er sich selbst. Mark wollte soeben den Raum betreten, als er in letzter Sekunde die dünne, glühende Linie entdeckte, die von dem umgestürzten Stuhl ausging und von dort aus weiter über den Boden verlief. Im gleichen Augenblick erkannte er, worum es sich bei dem Stuhl tatsächlich handelte. Bei genauerem Hinsehen war ihm klar, dass sich in dessen Konturen die blau unterlegte Gestalt eines seiner nächsten Ziele verbarg.

Aha, du wartest also nur darauf, dass ich hier so einfach hereinspaziert komme, was? Nicht mit mir, dachte er. »Computer«, befahl er, »Schwerkraftkonzentration auf meine Person.«

Mark wartete einen Augenblick und trat dann, unverändert im Korridor stehend, einen Schritt auf die Außenwand des Zimmers zu. Vorsichtig tat er einen weiteren Schritt in die gleiche Richtung. Nach seiner letzten Anweisung an den Computer spielte es für Mark keine Rolle mehr, auf welcher Oberfläche des Hauses er gerade stand, die Schwerkraft würde sich von jetzt an immer genau unter seinen Füßen befinden. So konnte Mark problemlos die Wand hinaufgehen und in der Nähe der Decke stehen bleiben. Er griff in die Tasche und zog etwas hervor, das wie ein kleiner runder, tintenschwarzer Stofflappen aussah. Er klatschte ihn auf die Wand direkt neben sich und wartete ab, bis das Programm lief und das Loch sich so ausgeweitet hatte, dass er ganz leicht hindurchschlüpfen konnte.

»Computer: Unsichtbarkeitsmodus«, befahl Mark und kletterte dann in das Loch.

Er kam auf der anderen Seite der Wand wieder heraus und befand sich in dem Raum, in dem dieser merkwürdige Stuhl auf dem Kopf stand. Mark faltete den schwarzen Kreis wieder zusammen und steckte ihn zurück in die Tasche. Dann schlich er fast lautlos weiter die Wand hinauf und von dort aus weiter über die Zimmerdecke, bis er auf der gegenüberliegenden Seite des Raums und damit hinter dem als Stuhl getarnten Mitspieler angekommen war. Diesmal hielt Mark sich nicht mit kleinen Zaubertricks auf, mit einem Satz war er beim Stuhl und griff zu. Das weiße Licht fror das hübsche junge Mädchen ein und hielt es in einer bemerkenswert stuhlähnlichen Haltung gefangen. Mark stellte den Stuhl auf und überlegte einen Augenblick, ob er einfach darauf Platz nehmen sollte. *Nee, das wäre dann doch zu grausam.* »Computer: Kopf freigeben. Netter Versuch, Maj, aber das war zu wenig«, sagte Mark.

Er konnte die Verärgerung des Mädchens darüber, dass er sie erwischt hatte, deutlich erkennen. »Zu einfach, wie?«

Mark überdachte seine Antwort. »Nicht wirklich. Das letzte Zimmer hatte mich schon in ein trügerisches Gefühl der Sicherheit gelullt. Deshalb hättest du mich beinahe getäuscht. Außerdem hast du dich mit diesem Stuhl-Overlay hervorragend getarnt. Wenn ich nicht in der Lage gewesen wäre, mit meinem Programm den Datenstrang von deinem Computer zu orten, hättest du mich mit Sicherheit erwischt. Megan leistet mir schon Gesellschaft. Wenn du also Lust hast, auch dabei zu sein, wenn ich Daniel finde, bist du herzlich eingeladen.«

Maj lächelte. »Ich glaube, dass dich die Tatsache, Megan und mich gefunden zu haben, übertrieben zuversichtlich gemacht hat. An deiner Stelle würde ich jetzt gut auf mich aufpassen«, schlug sie vor. »Vergiss nicht, wer Daniels Vater ist. Ich denke, dass du auf eine Überraschung gefasst sein solltest.«

»Was ist denn so besonders an seinem Vater?« Soweit Mark sich erinnern konnte, hatte Daniel bislang nicht viel über seine Familie erzählt.

»Er ist Agent beim Secret Service. Nicht auszuschließen, dass Daniel im Laufe der Jahre einiges von ihm aufgeschnappt hat«, erklärte Maj.

»Nun, wir werden ja sehen.« Mark grinste. »Dann tritt mal einen Schritt zurück und schau mir zu, wie ich die Sache regele.«

Maj schüttelte den Kopf, während sie langsam in der Wand verschwand. *Was? Glaubt die etwa, ich hätte nicht das Zeug dazu, das hier auf die Reihe zu bekommen? Na, der werd' ich's schon zeigen! So weit, so gut*, sagte sich Mark, während er hinaus in die Diele schlich.

Am anderen Ende des Treppenabsatzes stand Daniel Sanchez ganz offen und kaum drei Meter weit von ihm entfernt. Mark hätte vor Überraschung beinahe der Schlag getroffen.

»Komm und krieg mich, Squirt«, stichelte Daniel, winkte ihm im Herumdrehen noch aufreizend zu und stürmte auch schon durch die Tür am anderen Ende des Korridors. Mark folgte ihm langsamer nach und blieb stehen, als er sich unmittelbar vor der Tür befand. Dann atmete er noch einmal tief durch und betrat den Raum. Er war auf alles gefasst.

Daniel stand an der gegenüberliegenden Seite des Zimmers und wartete offensichtlich schon auf ihn. Mark blickte sich noch einmal um. Dann bewegte er sich ganz vorsichtig auf die Mitte des Raumes zu. »Weißt du, ich glaube, du hast das Klischee vom ›Verstecken in aller Öffentlichkeit‹ ein wenig zu wörtlich genommen«, meinte Mark, aber Daniel würdigte ihn keiner Antwort, was in Mark langsam ein unbehagliches Gefühl aufsteigen ließ. Er tastete mit seinem Programm Daniels Gestalt ab, konnte aber nichts Ungewöhnliches daran feststellen. Genau am Ende des Datenstrangs stand Daniel Sanchez als eben jene Person, die dort zu stehen hatte.

Aber warum, zum Teufel, habe ich trotzdem das komische Gefühl, in eine Falle getappt zu sein?, grübelte Mark. Die Antwort auf seine Frage sollte er nur zu schnell erfahren.

»Mag sein«, antwortete Daniel endlich. »Aber wer von uns ist dann der Daniel Sanchez, hinter dem du her bist, und wer von uns ist lediglich ein Veeyar-generierter Geist?« Diesmal kam die Stimme aus dem Bereich in Marks Rücken.

Mark wirbelte herum, nur um einen anderen Daniel Sanchez im Türrahmen stehen zu sehen. Er war praktisch umzingelt, und aus dem Jäger war ein Gejagter geworden.

Da er nicht die geringste Lust hatte, sich von zwei Daniels durchs ganze Haus scheuchen zu lassen, bewegte Mark sich weiter zur Mitte des Zimmers. Die beiden Daniels schritten langsam auf ihn zu und schienen dabei genauestens darauf zu achten, dass sie Mark zu jedem Zeitpunkt den Weg zurück durch die Tür blockierten. Mark sah sich den Sanchez, der als zweiter aufgetaucht war, genauer an, und versuchte dabei irgendwelche Abweichungen zu erkennen. Nur solche Fehler hätten ihm letzten Endes einen eindeutigen Hinweis liefern können, ob dieser nun der echte oder der falsche Daniel war. Doch die Person sah genauso aus wie die erste, und zwar bis hinab zum logon tag.

»Ich glaube, das ist immer noch zu einfach für dich, Squirt«, ließ sich in diesem Augenblick der Daniel an der Tür vernehmen. Kaum hatte er den Satz ausgesprochen, teilte er sich erneut auf, und aus jedem Einzelteil entstand ein kompletter Klon von Daniel Sanchez.

»Und ich denke, dass ich die Karten noch ein bisschen mehr zu meinen Gunsten mischen sollte«, meldete sich in diesem Augenblick der Daniel aus dem am weitesten entfernten Teil des Zimmers wieder, während er sich gleichzeitig ebenfalls klonte. Jetzt rückten Mark bereits vier Daniels immer näher auf den Pelz.

»Vorausgesetzt, dass dein Programm keinen Fehler bei einem von uns finden kann ...«, begann der Daniel am Fenster, »... und wir sind uns ziemlich sicher, dass dies nicht der Fall sein wird, kannst du eigentlich nur noch Vermutungen darüber anstellen, wer von uns der echte Daniel ist«, beendete der Daniel, der die Tür blockierte, den Satz.

»Es ist eine Chance eins zu vier, also was hast du schon zu verlieren?«, fragte der dritte Daniel.

»Nimm das Spiel einfach an«, setzte der vierte Daniel noch einen drauf.

Mark trat ein paar Schritte zurück, nur um gleich darauf die Wand im Rücken zu spüren. Verzweifelt blickte er von einem Daniel zum anderen. Getarnte Net Force Explorer zu finden war eine Sache, aber den Versuch zu starten, einen Klon von einer echten Person zu unterscheiden, was etwas ganz anderes.

Etwas, das Mark in einer früheren Unterhaltung einmal gesagt hatte, kam ihm plötzlich wieder in den Sinn. »... die grundlegenden Komponenten der Identität eines Schleichers ...« *Ein Kriterium, das jeden realen User kennzeichnet, ist sein Logon-Trail, also der ganz spezifische Datenstrom, der zu seinem Computer zurückführt,* fiel es Mark in diesem Augenblick wieder ein. Blitzschnell tastete er die vier Daniels ab, nur um feststellen zu müssen, dass sie alle über rote Linien verfügten, die einen logon tag symbolisierten. Sofort verfolgte er diese ›Kabel‹ zu ihren Ausgangspunkten, in diesem Fall also zu Daniels Computer.

Währenddessen schoben sich die vier Daniels langsam immer näher heran und hatten dabei alle das gleiche träge Grinsen aufgesetzt. *So wie er die Sache hinschleppt, macht es ihm mit Sicherheit auch noch irren Spaß*, dachte Mark, während er gleichzeitig fieberhaft herauszufinden versuchte, welcher Daniel nun der echte war. *Irgendwo muss es einen Unterschied geben*, überlegte er. *Mir bleiben nur noch ein paar Sekunden ...*

Das ist es! Mark tastete noch einmal die Datenverbindungen ab, wobei er diesmal ein besonderes Augenmerk darauf legte, welche dieser Verbindungen erst vor kurzer Zeit hergestellt worden war. Dabei stellte er rasch fest, dass einer der Daniels bereits seit mehr als drei Stunden online war, während sich ein anderer erst seit knapp einer Minute vor Ort befand. Die beiden anderen dagegen waren erst vor wenigen Sekunden fast gleichzeitig aufgetaucht. Das hieß ...

Mark sprang vor und schnappte sich den Daniel, der den Weg zur Tür versperrte. »Du bist der echte Sanchez«, rief er.

Die drei anderen Personen leuchteten auf und vergingen in einer Explosion vielfarbigen Lichts. Daniels eindeutig schockierter Gesichtsausdruck wich sofort einem Stirnrunzeln, das schließlich einem Lächeln Platz machte.

»Nicht schlecht, Squirt, und dabei hast du noch nicht einmal geraten. Wie hast du es herausbekommen?«

Mark erzählte ihm von den logon tags und wie er darauf gekommen war, dass die Klone erst seit ein paar Minuten existieren konnten. Während er sprach, materialisierten auch Megan und Madeline im gleichen Raum.

Daniel hörte der Erklärung zu und stellte dann eine nahe liegende Frage. »Aber was ist, wenn ich das nächste Mal ins Netz komme und im gleichen Augenblick schon eine Scheinfigur aufbaue oder eine schaffe, die rund um die Uhr auf mich wartet, damit ich mich ihrer bedienen kann, wann immer mir der Sinn danach steht?«

»Weiß ich auch nicht. Aber ich denke, mit diesem Einwand hast du Recht. Wenn du eine Kopie von dir selbst generierst und diese schon vor deinem Einloggen ins Netz gestellt hättest, würde ich den falschen erwischt haben. Also habe ich gar keine andere Wahl, als mir etwas Besseres einfallen zu lassen, um auch diese Möglichkeit abzudecken«, räumte Mark ein.

»Dein Programm ist eine ganz nette Idee, Squirt, aber du wirst dich damit immer auf der Aufholjagd befinden«, erwiderte Daniel. »Jedes Mal wenn du glaubst, alle geschlagen zu haben, taucht auch schon der nächste Meisterhacker auf, der aus seinem Keller heraus auf die nächste Sprosse der Leiter springt und dich dazu zwingt, hinter ihm herzusteigen.«

»Auch diese Typen werden zu erfassen sein, wenn ich das Scanprogramm so einrichte, dass es nach den grundlegenden Kriterien der Computerlinks von Netizens Ausschau hält. Im Web wird es immer bestimmte Komponenten geben, die nicht beherrschbar sind«, wandte Mark mit leichtem Trotz ein. Kaum 13 Jahre alt, lag Mark jedoch noch etliche Jahre unter dem Altersdurchschnitt der anderen drei Explorer. Die Tatsache, dass seine Eltern ebenfalls bei der Net Force beschäftigt waren, war seiner Beliebtheit eher abträglich gewesen, und in den ersten Wochen nach seiner Aufnahme bei den Net Force Explorern hatte er mehr als genug Kommentare gehört, die alle darauf hinausliefen, dass er doch nur seiner Eltern wegen in dieses Programm aufgenommen worden war. Aber seine außer Frage stehenden Fähigkeiten hatten sehr schnell klar werden lassen, dass er sehr wohl zu Recht dabei war, und schließlich auch die letzten Net Force Explorer überzeugt. Aber wie dem auch sein mochte, er hasste es nach wie vor geradezu inbrünstig, herablassend behandelt zu werden. Solche Vorfälle führten gewöhnlich dazu, dass er sich so lange mit der entsprechenden Person anlegte, bis dieser die eigenen Worte im Halse stecken blieben – alles nur online, versteht sich.

»Meine Programmsuite muss natürlich weiter verbessert werden. Aber das habe ich schon eingeräumt. Unabhängig davon bin ich jedoch der Ansicht, dass es immer einen Weg geben wird, auf dem man Schleicher im Internet ausfindig machen kann«, fuhr Mark fort. »Je besser diese Unsichtbarkeitsprogramme werden, desto leistungsfähiger werden auch die Programme mit den Gegenmaßnahmen. Ich habe dieses kleine Spiel hier aufgezeichnet, damit ich mir die verschiedenen Maskierungsprozesse später noch einmal in Ruhe anschauen kann. Danke für eure Hilfe, Leute«, schloss Mark.

»So sehr ich es auch hasse, unser Experiment zu beenden, denke ich, dass wir es uns ganz sicher noch wünschen werden, nur Klone zu sein, wenn wir uns jetzt nicht schleunigst auf den Weg zum Treffen der Net Force Explorer machen«, erinnerte Madeline.

»Womit du verdammt Recht hast«, sekundierte Mark. »He, Daniel, was ich dich noch fragen wollte: Wo hast du eigentlich diesen Schauplatz aufgetrieben? Der würde ein fantastisches Spukschloss für Halloween abgeben.«

Daniel sah sich noch ein letztes Mal in der verwahrlosten Villa um, während die Kids sich schon auf den Weg nach draußen machten. »In Kalifornien gibt es einen Ort, an dem sie die Sets aus alten Filmen wieder aufbauen. Das hier stammt aus einem uralten 2-D-Schinken, der unter dem Titel *Psycho* lief.«

»Na ja, und *Psycho* heißt verrückt. Wahrscheinlich wird genau das die Reaktion von Captain Winters sein, wenn wir zu spät zum Meeting erscheinen«, kommentierte Megan mit einer Grimasse, während das Haus um sie herum langsam verschwand. »Los jetzt!«

Kapitel 2

Kaum eine Sekunde später tauchten Mark, Daniel, Megan und Maj auch schon im virtuellen Konferenzraum der Net Force Explorer auf. Es handelte sich dabei um einen unscheinbaren Hörsaal, in dem im Augenblick Kinder aller Altersstufen und Herkunft versammelt waren. Dutzende von Teenagern aus den Net-Force-Abteilungen des Dreiländerecks hatten sich hier zu ihrem wöchentlich stattfindenden Treffen eingeloggt, und die gerade eingetroffenen vier Freunde waren sich nur zu gut der Tatsache bewusst, dass sie von allen beobachtet wurden, als sie mitten in dieses Meeting hineinplatzten.

»Wau. Das ist eine schlimme Sache, wenn es sogar die Leute, die mitten *in* D.C. wohnen, nicht mehr schaffen, pünktlich zum Meeting zu erscheinen«, bemerkte Andy Moore, ein weiteres Mitglied der Net Force Explorer. Andy lebte nämlich, ebenso wie etliche andere der anwesenden Kids, in den Außenbezirken von Washington, D.C. und grinste im Augenblick wie eine satte Katze. Aber selbst er wurde schlagartig ernst, als sich der Mann auf dem Podium inmitten des Saals räusperte. Der Veeyar-Saal war so konzipiert, dass jeder, ganz gleich, wo er sich auch befinden mochte, einen ungehinderten Blick auf diesen Mann hatte.

»Und der Grund für eure Verspätung ist ...?« Captain James Winters ließ die Frage in der Luft hängen, wobei er einen alles andere als wohlwollenden Eindruck vermittelte.

Rasch tauschten die vier untereinander Blicke aus, und schließlich war es Mark, der das Wort ergriff. »Tut uns Leid, Sir. Mein Experiment dauerte länger, als ich vorausgesehen habe.«

Überraschenderweise akzeptierte Captain Winters die Erklärung. »Es ist tatsächlich nicht schwer, das Gefühl für die Zeit zu verlieren, wenn man im Netz ist. Ich darf allerdings darum bitten, dass Ihr beim nächsten Mal etwas mehr daran denkt, euren Verpflichtungen nachzukommen.« Die vier nickten, und das Meeting begann.

»Wir dürfen zu unserem heutigen Treffen einen ganz besonderen Gastredner begrüßen«, begann Captain Winters. »Special Agent Ryan Valas ist der Verbindungsmann von der Central Intelligence Agency. Er arbeitet mit der Net Force bei der Entwicklung elektronischer Schutzsysteme und Gegenmaßnahmen für den internationalen Datentransfer zusammen. Er wird euch einen kurzen Abriss über die Entwicklung der globalen Kriminalität in der Welt der Elektronik geben und daran anschließend berichten, was getan wird, diese in der heutigen Zeit unter Kontrolle zu halten. Agent Valas, wenn ich bitten darf?«

Ein sonnengebräunter, gut aussehender Mann erhob sich. Er hatte seitlich von Captain Winters gesessen, als dieser sprach. Jetzt betrat er unter höflichem Applaus der Zuhörer das Podium. Mark beobachtete die anderen Mitglieder der Net Force. Die meisten von ihnen zeigten Interesse, obwohl Andy Moore bereits diskret ein Gähnen zu unterdrücken versuchte. Megan, Maj und der Rest der Mädchen hingegen schenkten Valas ganz eindeutig erheblich größere Aufmerksamkeit. *Gab es denn überhaupt irgendeinen Kerl, den die nicht süß finden?* Mark schüttelte den Kopf und widmete dem Vortrag wieder seine volle Aufmerksamkeit.

»Herzlichen Dank, Captain Winters, und ebenso herzlichen Dank an Sie alle für die freundliche Einladung, heute Abend hier sprechen zu dürfen. Ich bin sicher, dass jedem der hier Anwesenden bekannt ist, dass durch die immensen Informationen, die weltweit durch das Internet fließen, auch die Kriminalität im Internet in erschreckendem Umfang Zuwachsraten zu verzeichnen hat. Hoch entwickelte Codeknacker- und Lauschprogramme sind heutzutage jedermann zugänglich, und jeder Netizen, der den Wusch dazu verspürt, kann sich zu einer unglaublichen Vielzahl von Informationen Zugang verschaffen. Allerdings schließt dies auch solche Informationen ein, die ausschließlich für den persönlichen Gebrauch vorgesehen sind. Und, nur für den Fall, dass einige von Ihnen die Ansicht vertreten sollten, dass der Job, Internetkriminelle zu fangen, bereits damit erledigt wäre, diese Leute im Veeyar zu verfolgen, darf ich vielleicht an dieser Stelle noch einmal daran erinnern, dass die virtuelle Kriminalität erheblich häufiger – und nicht eben selten auch in Verbindung mit brutaler Gewalt – in die reale Welt hinüberschwappt. Das passiert sogar weit häufiger, als es jedem von Ihnen lieb sein kann.«

Valas wedelte mit einer Hand, und ein Hologramm baute sich in der Mitte des Raums auf. Die dargestellte Szene zeigte einen brennenden Appartementkomplex, der von Polizeifahrzeugen und Vans des kurz als SWAT bezeichneten Spezialeinsatzteams der Polizei umringt war. Polizisten in Panzeranzügen und Helmen richteten ihre automatischen Gewehre auf etliche Männer und Frauen, die aus dem Gebäude geführt wurden. Die meisten der Verhafteten hatten offensichtlich auf die eine oder andere Art Verletzungen davongetragen.

»Viele von Ihnen dürften diese Szenen bereits in den HoloNews gesehen haben. Vor rund sieben Monaten wurde das Hauptquartier eines international agierenden Industriespionagerings von der Net Force gestürmt. Die Verdächtigen waren ausgezeichnet bewaffnet und hatten sich außerdem einen leichten Vorteil durch das Abhören des Polizeifunks verschafft. Eine sechsstündige Belagerung gipfelte schließlich in einem Feuergefecht, bei dem ein Polizist getötet und drei verwundet wurden. Die Polizei musste letzten Endes Tränengas und Blendgranaten einsetzen, um die mutmaßlichen Täter zu überwinden.« Valas nickte in Richtung von Captain Winters. »Die Net Force trug wesentlich zum Erfolg dieser Operation bei, indem sie im Vorfeld wichtige Informationen beschaffte. Bevor wir uns also der aufregenden Welt der Sicherheit im Internet zuwenden, möchte ich Sie fragen: Durch welches Ereignis erregte die Internetkriminalität erstmals öffentliches Aufsehen und ließ Online-Sicherheit zu einer Sache werden, um die man sich weltweit Gedanken zu machen begann?«

Etliche der Net Force Explorer blickten einander an, und schließlich meldete sich Charlie Davis zu Wort. »War das nicht der Citibank-Fall von 1994, bei dem ein russischer Hacker namens Wladimir Levin auf elektronischem Wege fast zehn Millionen Dollar veruntreute, indem er das Geld auf Scheinkonten fließen ließ?« Charlie studierte Kriminologie, weil er hoffte, dieses Wissen später bei der Net Force einsetzen zu können.

»Richtig«, bestätigte Valas. »Eine gemeinsame Anstrengung der Strafverfolgungsbehörden verschiedener Nationen führte zu Levins Verhaftung sowie seiner Komplizen in Großbritannien, Israel und den Vereinigten Staaten von Amerika.«

Andy Moore knuffte Charlie. »Auch eine Art, mit ollen Kamellen zu glänzen!« Charlie grinste und gab ihm einen

Klaps, wobei seine dunkelbraune Haut im Kontrast zu Andys sonnengebräunter rosa Handfläche sogar noch dunkler wirkte.

Valas beobachtete dieses Zwischenspiel mit einem Lächeln. »Dieser Fall«, fuhr er dann fort, »und die Verhaftung des Hackers Kevin Mitnick, der ganze Computersysteme zerschlug, Kreditkartennummern stahl und selbst die Telefone von FBI-Agenten anzapfte. Beide Vorfälle führten letztendlich dazu, dass der Bundesregierung erst richtig bewusst wurde, dass sich die Internetkriminalität nicht nur zu einem gewaltigen Problem entwickelt hatte, sondern darüber hinaus auch noch immer weiter wuchs, je mehr sich unser Planet in die virtuelle Welt hineinbewegte. Nach heftigen Debatten auf dem Capitol Hill über die Wahrung von Privatsphäre und Meinungsfreiheit begannen schließlich 2002 die ersten, wirklich ernst zu nehmenden Regulierungen für das Internet zu greifen. Gleichzeitig wurde die Net Force ins Leben gerufen, deren spezifische Aufgabe darin bestehen sollte, Online-Kriminelle zu überwachen, zu verfolgen und zu fassen.«

Während Valas weitersprach, blickte Mark sich um und stellte fest, dass jeder Einzelne im Raum dem Vortrag gebannt zu folgen schien. Selbst Andy, der es an guten Tagen gerade einmal schaffte, einer Sache drei Sekunden seiner Aufmerksamkeit zu schenken, lauschte aufmerksam. *Unsere Meetings sind wahrscheinlich nicht mehr so still über die Bühne gegangen, seit Captain Winters den Start des Shadow-Programms angekündigt hat,* dachte er. Plötzlich kreuzte sein Blick die forschenden Augen von Captain Winters, der ihn direkt ansah, und die Stirn runzelte. *Wie macht er das bloß? Man könnte fast meinen, dass er Gedanken lesen kann.* Schnell wandte Mark dem Vortrag wieder seine ungeteilte Aufmerksamkeit zu.

* * *

Eine halbe Stunde später schloss Valas seinen Vortrag und stellte sich für eine Diskussion zu Verfügung. Die erste Frage kam von Charlie Davis.

»Was muss man tun, um Ihren Job zu bekommen?«

Bevor er antworten konnte, musste Valas zunächst einmal abwarten, bis das einsetzende Gelächter der Net Force Explorer abgeebbt war. »Hart arbeiten und beharrlich sein«, sagte er schließlich. »Außerdem ist ein Collegeabschluss unerlässlich. Ich habe mein Diplom in Kriminologie gemacht. Das oder ein Diplom in Wirtschafts- oder Computerwissenschaften ist praktisch unabdingbar, wenn man es in diesem Bereich zu etwas bringen will. Sobald Sie Ihr Diplom in der Tasche haben, bewerben Sie sich bei der CIA, und wenn Sie für gut genug befunden werden, ist alles andere nur noch ein Spaziergang. Im Klartext formuliert: Sie sollten ein Herz für Überstunden, endlose Recherchen und Fälle haben, deren Bearbeitung sich über Monate, manchmal sogar Jahre hinziehen kann, bis sie gelöst werden können. Sollten Sie der Ansicht sein, die Arbeit bei der CIA sei ein Glamour-Job, empfehle ich, die Sache noch einmal zu überdenken. Die Arbeit dort ist alles andere als ein Picknick. Wenn Sie jedoch auf der Suche nach einer echten Herausforderung sind, dann haben Sie die richtige Wahl getroffen.«

»Glauben Sie, dass das Internet auch in Zukunft erheblichen Veränderungen unterliegen wird?«, fragte Mark.

»Das Internet ist permanent im Fluss. Aus diesem Blickwinkel betrachtet, ist es ein exaktes Ebenbild der realen Welt. Wir sind der Ansicht, dass es, bedingt durch das Wachstum politischer Bewegungen im Web, nicht mehr lange dauern wird, bis sich das erste Online-Gemeinwesen etabliert hat. Und genau wie sich ein solches entwickeln wird, wird sich auch die Kriminalität im Netz weiterentwickeln. Ich kann nur hoffen, dass einige von Ihnen dann mit von der Partie sein werden, den Ganoven das Handwerk zu legen. Recht herzlichen Dank für Ihre Aufmerksamkeit.« Unter enthusiastischem Applaus verließ Valas das Podium.

Captain Winters schüttelte ihm die Hand, und nach einem abschließenden Winken verschwand der CIA-Agent aus dem Veeyar.

»Wenn ich noch einmal kurz um allgemeine Aufmerksamkeit bitten dürfte, bevor wir für heute Abend Schluss machen«, bat Winters. »Schaut euch den Terminplan für unser nächstes Meeting an. Unser neues Shadow-Programm steht unmittelbar vor seiner Einführung und all denjenigen zur Verfügung, die Interesse daran haben, mehr über die verschiedenen Abteilungen der Net Force zu erfahren. Tragt euch für die jeweiligen Bereiche ein, über die ihr mehr wissen wollt. Dann wird sich jemand von der Net Force mit euch in Verbindung setzen und euch einem Agenten der jeweiligen Schicht aus eurem Wunschbereich als ›Schatten‹ – daher der Name des Programms – zuordnen. Das wär's dann für heute Abend. Bis nächste Woche.«

Kaum war das Meeting offiziell beendet, summte der Saal auch schon von einsetzenden Unterhaltungen. Viele der Net Force Explorer verabschiedeten sich und verschwanden, weil sie sich zu Hause ausgeloggt hatten. Mark, Daniel, Megan und Maj hingegen wollten noch eine Minute bleiben.

»Ja, ich sehe mich selbst schon, wie ich genau so etwas in zehn Jahren mache: Daniel Sanchez, der Cyber-Cop, der alle bösen Jungs aus dem Internet jagt«, tönte Daniel.

»Du hörst dich an wie ein schlechtes Holo-Programm«, stichelte Mark.

»Ja, ja. Lacht nur, wenn ihr wollt, aber wenn ich erst einmal berühmt bin, dann werdet ihr noch alle stolz sein, von euch behaupten zu können, mich mal gekannt zu haben. Verdammt noch mal! Selbst du, Squirt«, schoss Daniel zurück.

Mark rollte mit den Augen. Doch bevor er antworten

konnte, schaltete sich Megan ein. »Jetzt reicht's, ihr beiden. Hat irgendjemand Lust darauf, sich heute Abend in der wirklichen Welt zu treffen? Maj wird bei mir schlafen, also sind wir beide bei mir zu Hause.«

Mark schüttelte den Kopf. »Danke für die Einladung, aber ich habe leider schon was anderes vor.«

Auch Daniel hatte eigene Pläne. »Nee, ich treffe mich mit ein paar Freunden in der Altstadt. Wir wollen mal sehen, wie viel Ärger wir im Monuments-Spiel veranstalten können.«

»Na, dann passt gut auf, dass ihr euch dabei nicht mehr einhandelt, als ihr verkraften könnt, Daniel«, warnte Maj. »Wir sehen uns dann am Montag wieder.«

»Ärger, mit dem ich nicht fertig werden könnte? He, du sprichst mit Daniel! Schon vergessen?«, fragte Daniel grinsend, und verschwand im gleichen Augenblick.

»Genau das war es, was ich befürchtet habe«, meinte Maj kopfschüttelnd, wobei sie sich jedoch an niemand Speziellen wandte.

Kapitel 3

Daniel hatte den anderen Net Force Explorern nicht die ganze Wahrheit gesagt. Es stand keineswegs fest, dass er noch ausgehen würde. Sicher war nur, dass er es versuchen wollte. Er hatte sich gleich von der Schule aus in das Meeting der Net Force Explorer eingeloggt. Dummerweise hatte er die Karten für das Spiel des heutigen Abends zu Hause vergessen. Um jetzt an sie heranzukommen, musste er erst einmal nach Hause und es anschließend schaffen, unentdeckt wieder zu verschwinden. Das einzige Problem bestand jetzt darin, dass er von seinem Vater gesehen wurde, und genau das wäre im Augenblick ausgesprochen uncool.

Also muss ich mich eben mucksmäuschenstill ins Haus schleichen, dachte Daniel, während er den mit Herbstlaub bedeckten Weg zu seinem Elternhaus hinauftrottete. In Georgetown gelegen, passte das im Kolonialstil erbaute Haus perfekt zur Nachbarschaft des gehobenen Mittelstands. Als Daniel einen Blick die Straße hinunter warf, beschlich ihn wie immer das Gefühl, hier irgendwie fehl am Platze zu sein. Er wusste, dass seine Eltern hart geschuftet hatten, um dorthin zu kommen, wo sie sich heute befanden. Aber sie waren nach wie vor die einzige Latino-Familie im gesamten Block. Selbst die Tatsache, dass sie inzwischen schon über fünf Jahre hier lebten, konnte Daniels Ansichten kaum beeinflussen. Seine Familie war in der Nachbarschaft beliebt und angesehen, aber er selbst fühlte sich immer noch wie ein Außenseiter, und er wusste, dass es nichts gab, was er oder seine Familie tun könnte, um dies zu ändern.

Daniel schüttelte den Kopf, während er die Zahlenkombination eingab, mit der die Haustür geöffnet wurde. Der Geruch der gebackenen, Ziti genannten Röhrennudeln füllte den Flur und das Foyer. Das war schon mal ein schlechtes Zeichen, weil es bedeutete, dass sein Vater entweder schon zu Hause war oder in Kürze eintreffen würde. Ramos Sanchez liebte die italienische Küche, und Daniels Mutter bereitete derartige Gerichte grundsätzlich nur dann, wenn sein Vater es schaffte, zum Abendessen nach Hause zu kommen. Ihre Tätigkeit als Lehrerin für Viertklässler hielt Carol in Atem, aber sie versuchte dennoch immer genügend Zeit zu finden, um für Daniel und Ramos wenigstens eine zu Hause zubereitete Mahlzeit auf den Tisch zu bringen.

Aber nicht heute Abend, dachte Daniel. *Heute werden es Hot Dogs im Baseballstadion sein, wenn ich es schaffe, diese*

Sache hier durchzuziehen. Er streifte den Rucksack von den Schultern und schlich die Treppe hinauf in sein Zimmer, wo er ihn achtlos in eine Ecke fallen ließ. Dann schnappte er sich seinen Baseballhandschuh und steckte die Plastik-Eintrittskarte für das Baseballstadion in die Tasche. Heute Abend würde der kommende Star-Pitcher Steve Lafflin der Seattle Mariners gegen Jose Rodrigo antreten, den Schlagmann, der zur Zeit Daniels persönliches Idol war. Dieser Spieler konnte auf den derzeit besten Treffer-Durchschnitt der gesamten Liga verweisen. Es würde zu einer Powerhit-Kraftprobe kommen, und Daniels Freunde hatten es geschafft, Spitzenplätze für diese Begegnung zu ergattern. Vielleicht klappte es sogar, dass er mit einem Ball nach Hause kam, den Rodrigo höchstpersönlich bis zu den Stehplätzen hinauf gedroschen hatte.

Ja, allerdings nur, wenn ich es irgendwie schaffe, überhaupt zum Spiel zu kommen, ging ihm durch den Kopf. Nachdem er sich noch einmal davon überzeugt hatte, dass er alles eingesteckt hatte, was er brauchte, schlich Daniel zum Treppenhaus und spähte hinunter in den Korridor. Sein Vater war nirgendwo in Sicht, und hören konnte er ihn auch nicht. Also atmete er noch einmal tief durch und setzte sich treppab in Bewegung.

Gerade als er den Eingang erreicht hatte, hörte er ein Geräusch hinter sich. Daniel seufzte, während er sich umdrehte und seinen Vater in dem dunklen Gewölbegang stehen sah, der zur Garage führte. Obwohl um einige Zentimeter kleiner als sein Sohn, schien Ramos die gesamte Diele mit seinem ruhigen, unerschütterlichen Selbstvertrauen zu erfüllen.

Daniel sank das Herz in die Hose, als ihm klar wurde, dass sein Vater ihn schon die ganze Zeit über beobachtet haben musste. *Verdammt, manchmal ist es ganz schön nervig, einen Secret-Service-Agenten zum Vater zu haben,* dachte er. Aber eine Chance hatte er immer noch, und er griff nach ihr wie ein Fallschirmspringer nach der Reißleine seines Reserveschirms, wenn er in Schwierigkeiten geriet.

»Hi, Dad. Hab dich da gar nicht gesehen«, sagte Daniel mit einem Lächeln. *Was sogar absolut den Tatsachen entspricht*, dachte er gleichzeitig. »Ich würde ja gerne noch einen Augenblick bleiben und mich mit dir unterhalten, aber ich bin jetzt schon viel zu spät dran, um noch rechtzeitig zum Spiel zu kommen. Wie reden dann später, okay?«

»Nicht so schnell, mein Sohn. Ich möchte mich gerne genau jetzt eine Minute mir dir unterhalten.« Ramos' Stimme nagelte Daniel genau in der Sekunde fest, als dieser sich anschickte, den Türknauf zu drehen. »Ich hatte eigentlich gehofft, dass du von dir aus zu mir kommen würdest, bevor du gehst, aber du warst offensichtlich der Ansicht, dass es leichter für dich wäre, einfach so zu verschwinden.«

Daniel setzte zu einer Antwort an, als sein Vater die Hand hob. »Dir ist doch bekannt, wie ich über deine augenblicklichen schulischen Leistungen denke, oder irre ich mich da?«

Daniel nickte. Er stand da wie betäubt.

»Wie auch dir bekannt sein dürfte, waren heute deine Noten für das laufende Quartal in der Post.«

Schon, aber irgendwie habe ich gehofft, dass sie noch nicht zugestellt worden sind, dachte Daniel, wagte jedoch nicht, diesen Gedanken laut auszusprechen. *Heute ist eben nicht mein Tag.*

»Ich habe dir versprochen, dass du zu dem Spiel gehen darfst, wenn deine Noten akzeptabel sein würden, und ich denke, du weißt selbst am besten, wie du abgeschnitten hast, oder?«

Natürlich kannte Daniel die Ergebnisse. Er war stets ein hervorragender Schüler und hatte immer mühelos die besten Ergebnisse der Klasse mit nach Hause gebracht. Allein aufgrund dieser Leistungen war er erst kürzlich an der Bradford Academy und dort in die schwerste aller Förderklassen versetzt worden. Diese Klasse war so hart, dass er inzwischen in Erwägung gezogen hatte, sich zurückversetzen zu lassen. Die erheblich höher gesteckten Anforderungen hatten ihn kalt erwischt, und seine aktuellen Noten spiegelten dies deutlich wider.

»Ich weiß, Dad, und du hast ja Recht. Einige der Abschlussklausuren im letzten Semester haben mich auf dem falschen Fuß erwischt, aber das war's dann auch schon. Haben mir eben zweimal lediglich ein ›gut‹ eingebracht. Aber meine Noten liegen immer in den ›Top Ten‹ der Klasse. Jetzt lass mich bitte zum Spiel gehen, und ich verspreche dir, dass ich mich für das restliche Wochenende ausschließlich über die Bücher hängen werde.«

»Ich fürchte, damit kann ich mich nicht einverstanden erklären, mein Sohn. Bei den Top-Ten zu sein mag vielleicht für die Schule ausreichend sein, ist in der wirklichen Welt jedoch ohne jeden Belang. Um wirklich der Beste zu sein, ist es erforderlich, jeden anderen zu überflügeln und härter als alle anderen dafür zu arbeiten«, erklärte Ramos.

Während er seinem Vater zuhörte, verspürte Daniel das nur zu bekannte Kribbeln, das tief in seinem Bauch begann, um sich dann langsam, aber sicher auf den ganzen Körper auszuweiten. *Da haben wir es also wieder mal*, dachte er. Er wusste, dass sein Vater bei derartigen Themen unbeugsam war, aber er wollte nicht aufgeben, ohne wenigstens noch einen weiteren Versuch gestartet zu haben.

Er atmete tief durch und lächelte, als er zu sprechen begann. »Dad, all das tue ich doch schon. Du weißt, wie hart ich arbeite, und genau das ist auch der Grund dafür, weshalb ich Klassenprimus bin. He, tatsächlich ist diese Tatsache noch kein einziges Mal in Frage gestellt worden. Soweit ich mich erinnern kann, hat sogar Einstein mehr als einmal eine Mathe-Arbeit versaut. Lass mich nur noch heute Abend zum Spiel gehen, und du wirst mich nicht mehr zu sehen bekommen, bis die nächsten Quartalsnoten in der Post sind, und dann wirst du auch nicht mehr enttäuscht sein. Darauf hast du mein Wort.«

Ramos schüttelte den Kopf. »Ich habe dir schon zu Beginn dieses Halbsemesters unmissverständlich klar gemacht, was ich von dir erwarte. Du hast es allerdings versäumt, die Noten nach Hause zu bringen, um die ich dich gebeten habe. Solange du in sämtlichen Bereichen ein ›sehr gut‹ bringst, kannst du meinethalben mit deinen Freunden ausgehen. Doch bis das wieder der Fall ist, bleibst du zu Hause und lernst.«

Das Kribbeln war in der Zwischenzeit erheblich stärker geworden, und Daniel hatte das Gefühl, sein ganzer Kopf stünde in Flammen. Er schluckte hart und versuchte sich zu räuspern. »Verstehe ich das richtig, dass du mich unter Hausarrest stellst, bloß weil ich keinen absolut perfekten Notendurchschnitt geschafft habe?«

Ramos nickte. »Ich erwarte Besseres von dir als das, was du in diesem Semester geleistet hast. Wir wissen beide, wozu du fähig bist, und du hast nicht alles gegeben.«

»Na, und wenn ich es ganz einfach satt hatte, immer und immer wieder das Letzte zu geben?«, schoss Daniel zurück. »Ich gehe zur Schule, ich komme nach Hause, und ich lerne. Ich spiele in keinerlei Sport-Programmen mit, und ebenso wenig hänge ich endlos mit irgendwelchen Freunden herum. In der Schule und zu Hause reiße ich mir den Arsch auf, von dem, was ich bei den Net Force Explorern außerdem noch leiste, ganz zu schweigen. Ich habe es satt, dass du mir dauernd über die Schulter siehst, nur um zu überwachen, ob ich auch nichts anderes tue als zu arbeiten. Mit nichts kann ich es dir recht machen. Wenn du es genau wissen willst: Ich hab die Schnauze voll von dieser Schufterei! Was ist denn dagegen einzuwenden, wenn ich zur Abwechslung mal ein bisschen Spaß haben will?«, giftete Daniel.

»Mäßige deinen Ton, junger Mann«, fauchte Ramos zurück.

»Ich denk ja nicht dran!« Daniel bemerkte, dass seine Mutter inzwischen auch im Flur stand. Er hasste es, wenn sie Zeuge dieser Streitereien wurde, die in letzter Zeit immer häufiger stattfanden. Er fixierte seinen Vater wieder mit dem Blick. »Ich habe diese Diskussionen und Kompromisse gründlich satt! Ich bin nicht du, und ich habe auch nicht die Absicht, es jemals zu werden. Also hör' schon endlich auf damit, mein Leben für mich leben zu wollen, nur damit du deine eigenen Vorstellungen verwirklichen kannst.« Daniel ballte die Fäuste, und der seit langem aufgestaute Ärger ließ ihn am ganzen Körper erzittern.

»Ob du es satt hast oder nicht, spielt keine Rolle. Du bist mein Sohn, und du wirst mir in diesem Haus den schuldigen Respekt entgegenbringen«, sagte Ramos mit unbeteiligter Stimme.

»Das ist doch wohl ein schlechter Scherz. Mit Sicherheit respektierst du mich nicht, also sag mir doch mal, weshalb ich dir diese Höflichkeit erweisen sollte?«, schlug Daniel zurück.

»Daniel!«, rief seine Mutter. Vater und Sohn starrten einander an, und es war offensichtlich, dass keiner der beiden willens war, als Erster nachzugeben. Schließlich seufzte Ramos.

»Ich hatte gehofft, wir hätten die Sache vernünftig diskutieren können, doch ich muss leider feststellen, dass dies wohl ein Ding der Unmöglichkeit ist. Geh auf dein Zimmer. Wir werden uns morgen früh weiter über dieses Thema unterhalten. Ich werde deine Freunde wissen lassen, dass du dich heute Abend nicht mit ihnen treffen kannst«, schloss Ramos.

»Vielleicht schaffe ich es ja noch, wenn ich die ganze Nacht wach bleibe und genügend Gründe zusammentrage, mit denen ich es dann schaffe, dich endlich aus dem Rücken zu bekommen«, giftete Daniel noch über die Schulter, als er bereits die ersten Stufen hinaufgestiegen war. *Kein Problem*, dachte er. *In fünf Minuten bin ich durchs Fenster und schon auf dem Weg ins Stadion.*

Die Stimme seines Vaters schnitt durch seine Gedanken, wie ein Virus durch ein ungeschütztes Programm. »Ach, und versuch gar nicht erst, dich aus dem Fenster davonschleichen zu wollen. Ich habe das Sicherheitssystem des Hauses aktiviert und nicht die geringste Lust darauf, der Polizei erklären zu müssen, warum mein Sohn versucht hat, aus meinem Haus *aus*zubrechen.«

Daniel erstarrte für die Dauer eines Augenblicks zur Salzsäule und setzte dann seinen Weg nach oben fort, ohne noch einen weiteren Blick zurückzuwerfen. Auf dem Treppenabsatz angekommen, verhielt er einen Augenblick den Schritt und hörte, wie sich seine Mutter und sein Vater mit gedämpften Stimmen unterhielten.

»Meinst du nicht, Ramos, dass du ihn ein wenig zu hart ins Gebet nimmst?«, fragte seine Mutter gerade.

»Nein, ganz und gar nicht. Ich habe Daniel unmissverständlich klar gemacht, dass er seine Leistungen zu halten hat, wenn er abends außerhalb der Ferien noch mit seinen Freunden weg will. Dagegen hat er verstoßen, und solange er nicht zur Vernunft kommt, will ich, dass er hier bleibt, wo ich ihn im Auge behalten kann. Er muss lernen, was Verantwortung bedeutet. In der wirklichen Welt wird er, wenn überhaupt, nur eine Chance haben, sich den Respekt anderer Menschen zu verschaffen. Ganz gleich, für welche Art von Laufbahn er sich auch immer entscheiden mag, das wird eine Sache sein, die man in jeden Fall von ihm verlangt. Ich erwarte aber, dass er diese Lektion schon gelernt hat, bevor es so weit ist.«

Und ich bin mir ganz sicher, dass ich nichts dergleichen

lernen werde, wenn mein ›Lehrer‹ wie ein dämlicher Papagei dauernd die gleichen blöden Lektionen wiederholt, dachte Daniel.

»Bist du dir wirklich ganz sicher, dass du ihm wegen seiner Noten die Leviten gelesen hast?«, fragte seine Mutter.

»Was meinst du damit?«, fragte sein Vater zurück.

»Ich weiß, was du in deiner Anfangszeit beim Service hast durchmachen müssen. Bist du ganz sicher, dass du Daniel nicht nur deshalb so vorantreibst, weil du der Ansicht bist, es ihm so ersparen zu können, ähnliche Erfahrungen machen zu müssen wie du? Vergiss bitte nicht, dass sich die Zeiten geändert haben.«

Yeah, und zwar so sehr, dass sie meinen Herrn Vater glatt überholt haben, giftete Daniel in Gedanken und hörte seinen Vater seufzen.

»Es wird immer und überall jemanden geben, der ihm seine Herkunft unter die Nase reibt. So sehr werden sich die Zeiten nie ändern, dass das einmal anders wird. Ich treibe Daniel dazu an, der Beste zu sein, weil es immer jemanden geben wird, der die Ansicht vertritt, dass er genau das nicht ist, und in einem solchen Fall wird er dann nur noch härter arbeiten müssen, um dieses Vorurteil auszuräumen.«

»Ramos, ich bin mir alles andere als sicher, dass du mit dieser Meinung richtig liegst. Die Kinder in meiner Klasse kommen alle ausgezeichnet miteinander aus, und ihre Streitigkeiten und Rangeleien sind alles andere als rassistischer Natur. Sie verhalten sich nur deshalb kindisch, weil sie eben Kinder sind.«

»Das mag ja sein, aber es wird hin und wieder Situationen geben, in denen Daniel während seiner Karriere immer wieder einmal mit solchen Vorurteilen konfrontiert werden wird. Schau, ich will doch nicht mehr, als dass er dagegen gewappnet ist«, hielt Ramos dagegen.

Daniel schüttelte den Kopf. *Warum glaubt der eigentlich*

immer noch, ich könnte nicht selbst auf mich aufpassen? Mit sämtlichen Problemen, mit denen ich es zu tun bekomme, werde ich schon allein klarkommen. Ich bin doch kein Kleinkind mehr, auf das man ständig aufpassen muss. Was soll ich denn noch tun, damit er das endlich kapiert?

»Das Abendessen wird kalt«, sagte seine Mutter gerade. »Soll ich ihn zum Essen herunterrufen?«

»Nein, noch nicht. Lass ihn erst einmal eine Weile schmoren und über das nachdenken, was ich ihm gesagt habe. Ich nehme nachher ein Tablett mit hinauf und werde später noch einmal versuchen, mit ihm zu reden. Nebenbei bemerkt glaube ich nicht, dass er im Augenblick großen Appetit haben wird«, bemerkte Ramos abschließend.

Faszinierend, das ist tatsächlich die einzig zutreffende Feststellung aus seinem Mund, was den heutigen Abend angeht, dachte Daniel.

»Vielleicht könnte es sich als hilfreich erweisen, wenn du ihm erzählst, aus welchen Verhältnissen du dich hochgearbeitet hast«, schlug Carol vor.

»Das habe ich schon versucht, ich hatte allerdings nicht den Eindruck, als wären meine Worte tief bei ihm eingedrungen. Offen gestanden bin ich mir ganz und gar nicht mehr sicher, ob ich überhaupt noch zu ihm durchdringen kann«, meinte Ramos.

»Na, dann gib ihm einfach ein wenig Zeit abzukühlen und versuch es später noch einmal. Aber jetzt komm erst mal essen.«

Die Unterhaltung ging noch weiter, während sich Daniels Eltern außer Hörweite bewegten. Daniel blieb noch einige Sekunden an derselben Stelle stehen und versuchte der Wut Herr zu werden, die ihn so sehr in den Krallen hatte.

Wie kann er auch nur ansatzweise eine Ahnung davon haben, was ich durchzustehen habe? Das hier ist mein Leben, nicht seins, schäumte Daniel in Gedanken, drehte sich dann aber endlich um und ging den Korridor hinunter. *Ich allein bin für meine Entscheidungen verantwortlich, niemand sonst. Warum kann er das einfach nicht einsehen und mir den Freiraum gewähren, der mir zusteht?*

Kaum hatte er sein Zimmer betreten, konnte er kaum noch den Drang beherrschen, die Tür mit lautem Knall hinter sich zuzuschlagen. Daniel watete durch die Berge zerknautschter Kleidungsstücke, die auf dem Boden verstreut lagen. *Eines Tages*, dachte er, *werde ich beweisen, dass mein Vater Unrecht hat, und ich kann es kaum noch abwarten, dann sein Gesicht zu sehen.* Für eine Sekunde spielte er mit dem Gedanken, sich einzuloggen und das Spiel im Veeyar mitzuerleben, aber kam es darauf noch an? Selbst wenn es im Veeyar kaum einen Unterschied zum Spiel in der wirklichen Welt gab, stand und fiel die ganze Sache damit, aus dem Haus heraus, weg von seiner Familie zu kommen und ungefragt das tun zu können, wonach ihm der Sinn stand. *Und ganz davon abgesehen*, ging es Daniel durch den Kopf, als er sich in sein System einloggte, *bin ich mir ziemlich sicher, dass Dad bereits eine Sperre aktiviert hat, die verhindert, dass ich das Spiel sehen kann.* Was, wie er kurz darauf feststellen konnte, auch der Fall war.

Resigniert fügte Daniel sich zumindest für den heutigen Abend in sein Schicksal und lud etliche virtuelle Texte herunter, die er für ein Projekt benötigte, an dem er für die Net Force Explorer arbeitete. *Wenn ich schon das Spiel verpassen muss, kann ich genauso gut auch etwas anderes machen. Auf jeden Fall dürfte jetzt klar sein, dass ich vorerst nirgendwo mehr hinkommen werde, und das hier ist wenigstens eine interessante Angelegenheit.* Mit einem Seufzer vergrub sich Daniel in seinen Recherchen.

Kapitel 4

Mark ließ die Bullenpeitsche knallen, und das Ende der Peitschenschnur wickelte sich um den Ast über seinem Kopf. Nach kurzem Schlucken und einem raschen Blick nach unten stieß er sich von dem Vorsprung ab, auf dem er gestanden hatte, und schwang sich über den gähnenden Abgrund. Mit hörbarem Plumpsen landete er auf der gegenüberliegenden Seite und stellte plötzlich mit Erschrecken fest, dass seine Hacken immer noch über die Kante ragten. *Oje! Das könnte aber ein langer Sturz zu einem ganz bösen Ausloggen werden.* Vorsichtig tat er ein paar Schritte vorwärts und stieß einen Seufzer der Erleichterung aus, als er einen sicheren Abstand zur Kante des Cañons gewonnen hatte. Dann drehte er sich um und befreite die Peitschenschnur mit einer schnellen Drehung des Handgelenks vom Ast. Nachdem er die lange Schnur aufgewickelt hatte, hakte er die Peitsche seitlich an seinen Gürtel.

»Da kannst du nur noch blass vor Neid werden, Lara Croft«, meinte er und schob sich den Fedora in den Nacken. Der Eingang zum vergessenen Aztekentempel lag unmittelbar vor ihm. Diesmal war ihm der Schatz gewiss.

Von einer Sekunde zur anderen fror der Schauplatz vor ihm ein. *Was soll das denn?*, fragte sich Mark noch, als auch schon ein nur zu vertrautes Gesicht vor ihm auftauchte.

»Tut mir Leid, dass du warten musstest, mein Junge. Kann's jetzt losgehen?«

»Dad!«, meuterte Mark. »Ich hab's eben bis zum Tempel auf Level 12 von Cities of Gold geschafft! Wir können jetzt nicht los! Nur noch fünf Minuten. Bitte!«

»Mark, es ist bereits acht Uhr, und wir können von Glück reden, wenn sich deine Mom ebenfalls verspätet hat. Andernfalls werden wir nämlich ziemlichen Ärger bekommen.

Wir bringen dann von unterwegs etwas zum Abendessen mit. Na, wie hört sich das an?«, fragte Jay Gridley.

»Japanische Tempura Shrimps?«, fragte Mark.

»Kommt ganz darauf an, was deine Frau Mutter meint. Jetzt sichere dein Programm und triff dich dann mit uns am Eingang. Einverstanden?«

»Ja, ja, schon gut.« Mit einem Flackern verschwand sein Vater aus dem Veeyar-Szenario. *Mist! Jetzt habe ich zwei Monate geackert, um auf diesen Level zu kommen und stehe unmittelbar vor dem Eingang, da tauchen die Eltern auf. Wenn ich die Sache versaut und noch einmal ganz von vorn hätte anfangen müssen, wären sie mit Sicherheit stundenlang nicht aufgetaucht.* Mark sicherte das Spiel, trennte die Neuralverbindung und fuhr das Computersystem herunter.

Er saß im Sessel einer Veeyar-Konsole, die in einem nichtssagenden Raum des Net-Force-Hauptquartiers stand. Seine Eltern arbeiteten beide hier, weshalb er recht häufig nach der Schule vorbeischaute, um sie zu sehen. Er stand auf, streckte sich, um die Verspannung aus der Muskulatur zu bekommen, und bahnte sich schon kurz darauf seinen Weg durch die labyrinthartigen Korridore, die für das Hauptquartier der Net Force charakteristisch zu sein schienen. Ein paar Minuten später entdeckte er seine Eltern. Sie warteten an der Rezeption neben der Waffendetektorschleuse und unterhielten sich über Berufliches.

»Hi, Mom. He, Dad!«, begrüßte Mark die beiden Erwachsenen, während er zu ihnen hinübertrabte.

»Ach, doch noch geschafft? Hast du auch an alles gedacht?«, fragte Marks Mutter.

»Ja, habe ich. Von mir aus kann's losgehen. Ich verhungere schon«, antwortete Mark. Als er am Rezeptionsschalter vorbeiging, hielt er seine ID-Karte hoch, damit diese vom elektronischen Scanner erfasst werden konnte. Der piepste kurz und gab ihn zum Verlassen des Gebäudes frei. Seine Eltern folgten ihm auf dem Fuße.

»Na, wie war denn das Meeting der Net Force Explorer?«, fragte Jay auf dem Weg zum Parkplatz.

»Klasse. Ryan Valas, dieser Typ von der CIA, hat einen Vortrag über Online-Kriminalität gehalten. Ihr hättet sehen sollen, wie Charlie die Ohren gespitzt hat. Auf jeden Fall hörte es sich so an, als hätte Valas einiges drauf«, berichtete Mark.

»Ryan ist vor etwa sechs Monaten zu uns gekommen und verfügt über einen hervorragenden Ruf. Ich freue mich schon darauf, mit ihm zusammenzuarbeiten. Aber da wir gerade von Arbeit sprechen, wie kommst du mit deinem Erfassungsprogramm voran?«, fragte Jay.

»Ich habe heute einen Betatest in einem offenen System durchgeführt«, berichtete Mark und versuchte dabei nicht zu prahlerisch zu klingen. »Ich hab alle gefunden – Daniel, Megan und Maj –, und das in weniger als zehn Minuten. Ihr hättet ihre Gesichter sehen sollen.« *Besonders das von Daniel,* dachte er.

»Na, das hört sich ja ganz vielversprechend an. Hast du denn schon einen Weg gefunden, wie du die logon tags isolieren kannst?«, fragte Jay.

»Das ist aber komisch, dass du gerade das erwähnst, Dad«, sagte Mark und erzählte seinem Vater dann die Geschichte, wie er Daniel geschnappt hatte. »Natürlich handelte es sich bei der ganzen Aktion noch um einen isolierten Test mit nicht abgesicherten Links, und alle Beteiligten wussten, dass ich nach ihnen suchte. Aber egal wie, es wird mir wohl gar nichts anderes übrig bleiben, als nach besseren Mitteln und Wegen zu suchen, wie ich versteckte und verschlüsselte Links aufspüren kann.«

»Schluss jetzt, ihr beiden. Das war genug berufliches Gerede für heute Abend. Manchmal glaube ich wirklich, dass ihr zwei nur noch online leben würdet, wenn ich euch die Chance dazu geben würde«, fuhr seine Mutter dazwischen. Mark und sein Vater tauschten einen vielsagenden Blick. »Und um es vorwegzunehmen, diese Chance werdet ihr nie bekommen, also vergesst es besser gleich. Wie wäre es, wenn ihr beiden Genies euch stattdessen einmal Gedanken darüber machen würdet, wo wir so spät noch etwas zu essen bekommen?«

»Wie wäre es mit *Sakimura's?*«, fragte Mark.

»Schätzchen, das wäre wirklich wundervoll, vielleicht mit der kleinen Einschränkung, dass wir eine gute Dreiviertelstunde auf einen Tisch warten müssten.«

»Eigentlich ist das kein großes Problem, wenn du ein bisschen Gas gibst, schaffen wir es noch zu der Reservierung für neun Uhr, die ich online für uns gemacht habe«, verkündete Mark.

Beide Eltern blickten erst ihn, dann einander an. »Ich habe es einfach ins Blaue hinein veranlasst, weil ich mir dachte, dass ihr beide viel zu beschäftigt seid«, bekannte Mark.

Jay grinste seine Frau an. »Unser Junge hat Köpfchen. Und das gute Aussehen hat er von dir.«

Seine Frau schüttelte den Kopf. »Jetzt hör auf, Süßholz zu raspeln, im Augenblick steht mir der Sinn mehr danach, möglichst schnell in dieses Restaurant zu kommen.«

»Einverstanden«, meinte Marks Vater und warf seinem Sohn einen Blick zu, der ebenfalls nickte. Sie passierten die abgesicherte Lobby und den Kontrollpunkt und gingen hinüber zum Parkplatz, wo ihr Chrysler Voyager auf sie wartete.

Die frische Oktoberluft ließ sie alle in ihren dünnen Jacken erzittern. *Zu dumm, dass wir keine von diesen Limousinen haben*, ging es Mark durch den Kopf, als seine Familie über den nassen Asphalt trottete. *Dad hätte sogar Anspruch auf eine mit Fahrer, der dann vor der Tür auf uns gewartet hätte.* Als sein Vater zum Commander der Net Force befördert worden war, war er anfangs in einer gepanzerten Limousine herumgefahren worden. *Es sind schon einige Vorteile damit verbunden, wenn man der Sohn des Leiters der Net Force ist,* dachte Mark. *Allerdings ist die Sache auch mit einigen Risiken verbunden.* Als Marks Vater die Ernennung angenommen hatte, war es zu einer ausführlichen Unterredung zwischen Vater und Sohn gekommen, bei der Gridley senior ihn über die Gefahren des neuen Jobs aufgeklärt hatte, in dem er in Zukunft tätig sein würde. So viel war Mark jedenfalls klar geworden, dass die Position eines Net Force Commanders sehr wenig mit Ruhm und lockerer Veeyar-Surferei zu tun hatte. Steve Day, einer der Vorgänger seines Vaters, war 2010 einem Attentat zum Opfer gefallen, und dessen Vorgänger, Alexander Michaels, war ebenfalls Ziel von lebensbedrohlichen Angriffen gewesen. *›Mit einem Zuwachs an Macht ist immer auch ein Mehr an Verantwortung verbunden‹*, hatte Jay Gridley seinem Sohn erklärt, *›und damit gleichzeitig auch eine größere Zahl von tödlichen Feinden.‹*

Mark waren all diese Kriterien nur zu bewusst, da er selbst schon seinen Anteil an Schrammen im Internet und in der realen Welt davongetragen hatte. Und die hatte er sich nicht selten gerade dann zugezogen, wenn er versucht hatte, Kameraden von den Net Force Explorern zu helfen. Dennoch wäre er um keinen Preis der Welt bereit gewesen, auf diese Abenteuer oder seine Freude zu verzichten.

Wenigstens ist es in letzter Zeit ziemlich ruhig gewesen, dachte Mark. *Mir war es eigentlich sogar schon fast zu langweilig. Solange aber niemand auf meinen Dad schießt, soll mir ein bisschen Langeweile recht sein.* Selbst wenn das bedeutete, dass er sich heute Abend mit einer Fahrt in der Touristenklasse begnügen musste und nicht in einem Ledersitz saß und durch die tiefdunklen, kugelsicheren Scheiben einer schicken Limousine blickte. Die Seitentür glitt zu, und eine Minute später waren Mark und seine Eltern bereits auf dem Weg ins Herz Washingtons.

***

Drei Stunden später kaute Mark auf dem Weg in sein Zimmer noch auf einem Keks mit Erdnussbutter. Es lag noch eine Menge Arbeit vor ihm. Das Abendessen war einfach toll gewesen, aber mit der asiatischen Küche war es auf der ganzen Welt immer wieder das Gleiche – selbst wenn man sich bis zum Stehkragen voll stopfte –, zwei Stunden später war man schon wieder hungrig.

Mark loggte sich auf seiner Veeyar-Site ein, die im Augenblick an sein Lieblings-E-Comic *Past Perfect* erinnerte. In diesem Comic ging es um eine Gruppe von zeitreisenden Wissenschaftlern, die es sich zur Aufgabe gemacht hatten, die Fehler der Weltgeschichte zu korrigieren, wobei nicht selten die albernsten Ergebnisse herauskamen. Der Hintergrund von Marks Site hatte eine gewisse Ähnlichkeit mit dem Inneren der Maschine, mit der diese Wissenschaftler durch die Zeit zu reisen pflegten. Im Zentrum erstrahlte eine grelle Lichtkugel, die stark an einen weißen Miniaturstern erinnerte, von dem Millionen und Abermillionen der verschiedensten Zeitstrahlen ausgingen. Je näher Mark sich an das Zentrum heranbewegte, desto deutlicher konnte er die vorbeiziehenden Zeitstrahlen erkennen, die sich in Alternativ-Universen zu Tausenden und Abertausenden weiter verästelten. In einigen dieser Universen beherrschten die Dinosaurier immer noch die Erde, und auf den Koordinaten von New York breitete sich ein riesiger Gletscher aus. In einem anderen wiederum hatte es nie einen Niedergang des römischen Imperiums gegeben, und die Straßen waren voller Kinder in Togen, die mit zweirädrigen Streitwagen herumfuhren. Millionen von Zeitsträngen machten praktisch jede nur denkbare Permutation der Wirklichkeit möglich.

Mark riegelte seine Site ab, damit er nicht gestört werden konnte, und sah zunächst die eingegangenen Virt-Mails durch. Von Joanna Winthrop, der Chefin der Abteilung Interne Einsätze der Net Force, wartete bereits eine Nachricht auf ihn. Mark hatte am Vormittag eine Virt-Mail an Joanna geschickt und um einen Gesprächstermin gebeten, um mit ihr die Fortschritte seines Schleicher-Erfassungsprogramms zu diskutieren. Mark wählte das Icon von Joannas Mail an, und fast im gleichen Augenblick erschien auch schon ihr Gesicht vor ihm.

»Hi, Mark. Ich habe deine Nachricht erhalten und würde mich sehr freuen, wenn wir die Fortschritte bei deinem Programm besprechen könnten. Ich habe heute Nachtschicht im Hauptquartier. Wenn du magst, kannst du ja noch einen kurzen Zwischenstopp im Veeyar einlegen, damit ich einen Blick auf dein Programm werfen kann.«

Mark lud die Protokolldatei hoch, in der er das Versteckspiel vom Spätnachmittag aufgenommen hatte. Er sah sich alles noch einmal an und hatte anschließend immer noch ein verdammt gutes Gefühl dabei.

Es war schon einige Male der Fall gewesen, dass er sich bei einer späteren Untersuchung von Programmen, die er entwickelt hatte, alles andere als glücklich gefühlt hatte. Aber diesmal war er zufrieden. *Nur noch ein paar Kleinigkeiten, die ich ausprobieren muss, bevor ich es abliefern kann*, dachte er.

Dann schaute Mark sich noch ein paar Sicherheitsprogramme an, die sein Vater vorhin erwähnt hatte und die darauf ausgelegt waren, verborgene logon tags aufzuspüren. Völlig in seine Aufgaben vertieft, bekam er überhaupt nicht mit, wie spät es inzwischen geworden war, und ertappte sich dabei, wie er langsam einzunicken begann.

»Uhrzeit«, befahl er, und im gleichen Augenblick erschien eine glimmende Anzeige vor ihm: 00:47. »Mann, bin ich geschafft. Ich sollte jetzt besser in Gang kommen.« Mark speicherte seine Arbeit und vergab die entsprechenden Icons. Anschließend aktivierte er das Startprogramm fürs Internet und machte sich auf den Weg zur Website der Net Force.

Marks gleitender Start in die elektronische Welt, die das Internet darstellte, konnte durchaus wörtlich verstanden werden. Natürlich hätte er genauso gut auch direkt an seinem Zielpunkt materialisieren können, doch wo blieb dabei der Spaß? *In einem Flugzeug aus dem Zweiten Weltkrieg zu sitzen ist bestimmt lustig, aber das hier schlägt einfach alles*, dachte Mark, als seine eigene Site in Machgeschwindigkeit hinter ihm zurückblieb. Unter sich konnte er Zehntausende von Sites, die durch Gebäude oder andere Icons symbolisiert wurden, vorbeizischen sehen. Die Pfade, durch die sie alle miteinander verbunden waren, wurden durch Verkehrswege symbolisiert, auf denen sich Millionen von Menschen mit Lichtgeschwindigkeit bewegten und in der Zeit eines Augenzwinkerns ihre Ziele erreichten. Natürlich gab es jede Menge Leute, die es wie Mark vorzogen, statt einer sofortigen Ankunft am Ziel die Illusion der Freiheit zu genießen, ungehindert durchs Netz zu fliegen. Fluggeräte jeder nur denkbaren Art, angefangen vom Heißluftballon, über Drachenflieger bis hin zu Raketenrucksäcken bevölkerten den Luftraum. Mark liebte diese übermenschliche Art des Flugerlebnisses. *Letzten Endes ist das Internet der einzige Ort, an dem das Unmögliche möglich gemacht wird.* Wenn Mark jetzt ein violetter Drache mit rosa Tupfen begegnet wäre, hätte er ihn sicherlich keines zweiten Blickes gewürdigt. Das Internet befreite die Menschen von all dem, was viele für die Einschränkungen des alltäglichen Lebens hielten, und verschaffte ihnen die Möglichkeit, praktisch alles auszuleben, was sie an Interessen und Hobbys verfolgten, angefangen vom Bergsteigen bis zu Formel-1-Autorennen. Hier im Netz war das Universum Knetgummi in der Hand eines jeden Einzelnen, das nur darauf wartete, in jede beliebige Form und Funktion gebracht zu werden, die sich ein Anwender gerade ausdachte. Alles, was die Menschen taten, wurde hier einzig und allein durch die persönliche Vorstellungskraft begrenzt.

Wenige Minuten Flug hatten Mark bereits erheblich näher an das Icon gebracht, welches die Online-Site der Net Force symbolisierte. *Für die frühe Morgenstunde herrscht hier ziemlicher Verkehr,* dachte Mark. Nachdem er auf die Flugbahn abgebogen war, die zur Net Force führte, wurde es gleich spürbar ruhiger, und als er schließlich die Site erreichte, war die Umgebung gänzlich verlassen. Mark entdeckte einen einzelnen Proxy, der den Bereich der Net Force verließ. *Na, wer mag zu so nachtschlafender Zeit noch hier zu tun haben?,* fragte sich Mark. Er ging in den Sturzflug, um sich die Sache aus der Nähe anzusehen.

Das Flugzeug, das gerade gestartet war, sah aus wie eins dieser schicken Modelle aus Europa, die Mark nicht eindeutig zuordnen konnte. Die Maschine war schnell wie der Blitz, und es überraschte ihn, mit welch wahnsinniger Beschleunigung sie hinter ihm vorbeirauschte. Er erkannte, dass der Flieger normalerweise sogar unsichtbar gewesen wäre, doch da er sein Erfassungsprogramm aktiviert hatte, konnte Mark das logon tag erkennen, das dem Flugzeug folgte.

Techtronix? Hmmh. Da frage ich mich wirklich, was die so spät hier noch zu suchen hatten ... Und warum die ganze Heimlichtuerei? Techtronix war ein internationaler Multikonzern, der auf sämtlichen Kontinenten über Niederlassungen verfügte und in so ziemliche jeder Brache von Internetgeschäften, angefangen von Elektronik über Fabrikation bis hin zur Kommunikationsbranche, vertreten war. Es war schon fast ein Ding der Unmöglichkeit, in irgendein

Online-Kaufhaus oder Geschäft zu gehen, ohne über ein Techtronix-Logo zu stolpern, das auf irgendetwas prangte.

Vielleicht haben sie sich mit der Net Force getroffen, um sich über Industriespionage auszutauschen. Ich kann mir nämlich durchaus vorstellen, dass die sich in diesem Bereich einige Sorgen machen müssen. Aber eigentlich ist es gar nicht so merkwürdig. Die Vertreter des Managements, die Gespräche mit der Net Force führen, gehören wahrscheinlich auch nicht zu denen, die geregelte Arbeitszeiten haben. Mark schwebte tiefer und brachte sich auf einen Kurs, der ihn zum Haupteingang der Net-Force-Site führen würde.

Er hatte die erste Pforte passiert, als sich das Portal unmittelbar hinter ihm schloss. Doch statt eines Zielmenüs, das den Net Force Explorern an dieser Stelle angeboten wurde, begann eine rote Lampe zu blinken.

»Nicht autorisierter Zugang erfasst. Sämtliche Systemports müssen heruntergefahren werden. Bitte bleiben Sie in Bereitschaft, es wird eine Identitätserfassung durchgeführt«, befahl eine modulierte Computerstimme.

Was, zum Teufel, geht denn hier ab?, fragte sich Mark.

»Bestätigt. Bitte warten Sie«, meldete sich die Stimme wieder.

Als ob ich eine Wahl hätte, ging es Mark durch den Kopf, während er ungeduldig mit der Fußspitze auf den Boden klopfte. *Irgendetwas geht hier vor.* Nach ein paar endlos lang erscheinenden Sekunden meldete sich die Stimme zurück. »Identität und Netzhautabtastung bestätigt. Zugang gestattet.« Im gleichen Augenblick erschien auch schon das Menu für Net Force Explorer, und Mark stellte in derselben Sekunde fest, dass das Icon der Kommandozentrale immer noch gesperrt war. *Normalerweise gehört das Command Center Icon nicht zu den Bereichen, zu denen wir keinen Zutritt haben*, dachte Mark. *Es sei denn ... es hat ein massiver Eindringversuch stattgefunden. Aber wie dem auch sei ... für mich gilt es jedenfalls nicht. Mir* ist *der Zutritt erlaubt, weil ich einen Termin bei Joanna habe.*

Mark fischte ein kleines Icon aus seiner Gürteltasche und aktivierte es. Nach wenigen Sekunden blinkte das Command Center Icon zweimal, und in der am weitesten entfernt liegenden Wand erschien eine Tür. Mark sprang so schnell er konnte durch die offene Tür, denn das Programm, das er aktiviert hatte, würde nur wenige Sekunden arbeiten, bevor es sich selbst wieder löschte.

Ganz gleich, ob in der wirklichen Welt oder im Veeyar, in die Kommandozentrale der Net Force zu marschieren verschaffte Mark stets eine Art von Rausch, der mit nichts auf der Welt vergleichbar war. Er blieb einen Augenblick stehen und blickte hinaus auf diese Veeyar-Site, die so konstruiert war, dass sie ein exaktes Ebenbild dessen war, was in der realen Welt existierte. In drei Reihen tiefen Halbkreisen hatte man hier Veeyar-Konsolen angeordnet, die alle von Beamten der Net Force besetzt waren. Diese Konsolen wiederum waren so ausgerichtet, dass sie auf einen zentralen Bereich blickten, wo etliche gewaltige Bildschirme ständig die Verhältnisse im Internet aktualisierten. Sie schlossen auch die Überwachung möglicher Eindringversuche ein, um die Sicherheit Tausender von Banken, Militärstützpunkten und Regierungsbehörden zu verifizieren, und dies nicht nur online, sondern auch in der realen Welt. Mark schnappte Bruchstücke von Unterhaltungen auf, die sich um Razzien gegen Waffenhändler und Softwarepiraten im Internet drehten oder um Schutzprogramme höchsten Niveaus für *Fortune 5000*. Er nahm alles in sich auf. Mark programmierte leidenschaftlich gern, genau genommen tat er aber alles leidenschaftlich gern, was auch nur irgendwie mit Computern zu tun hatte. Er konnte sich nichts anderes vorstellen, als dass er bis zu seinem letzten Atemzug an Veeyar-Programmen arbeiten würde. Mit seinen Fähigkeiten standen ihm bei beliebig vielen Firmen hervorragende

Jobs in Aussicht, die Tag für Tag seine Grenzen ausloten würden. Doch im Augenblick verschaffte ihm das Bewusstsein, Angehöriger der Net Force zu sein, ein tiefes Gefühl des Stolzes. Dabei war es für ihn völlig unerheblich, wie klein die Rolle auch sein mochte, die er hier spielte. *Und ganz davon abgesehen,* dachte er, *es macht wirklich wesentlich mehr Spaß, zu denen zu gehören, die die bösen Jungs verhauen.*

Mark suchte die Reihen von Konsolen ab und hielt dabei nach einer ganz bestimmten Person Ausschau. Schließlich hatte er sie entdeckt. Die hochgewachsene Frau, die ihr Haar zu einem schlichten Pferdeschwanz zurückgebunden hatte, befand sich an der entgegengesetzten Seite des Raums.

Mark aktivierte sein Ghost-Programm, das ihn unsichtbar machte, und ließ sich zu ihr hinübertreiben. Tag für Tag wurde Dutzende von Malen versucht, ins Hauptquartier der Net Force einzudringen. Eine Menge zwielichtiger Hacker war immer noch der Meinung, dass es eine Menge Spaß machen müsste, die Besten der Besten herauszufordern und es ihnen mal so richtig zu zeigen. Ihr Pech war allerdings, dass sie samt und sonders geschnappt und wegen krimineller Vergehen im Sinne unbefugter Internetaktivitäten angeklagt wurden. Aber obwohl die Net Force beeindruckende Erfolgsquoten vorweisen konnte und trotz der empfindlichen Gefängnisstrafen, die diesen Typen drohten, gab es immer noch viel zu viele Idioten, die meinten, die Polizei schlagen zu können.

Ich hoffe bloß, dass es genau das war, was heute Nacht passiert ist, ging es Mark durch den Kopf. *Wenn es so war, muss ich allerdings einräumen, dass die Typen enorm gut waren. Gut genug wenigstens, um durch die äußere Absicherung zu gelangen. Die meisten Hacker schaffen es schließlich nicht einmal bis zur Eingangstür. Ist schon eine tolle Sache, dass wir hier eine so effektive Abteilung für innere Sicherheit zur Verfügung haben.*

Die Frau, hinter der er jetzt stand, war Joanna Winthrop, die Chefin eben dieser Abteilung für innere Sicherheit bei der Net Force. Sie beschäftigte sich gerade mit einer dreidimensionalen Aufzeichnung des Eindringversuchs und beobachtete, wie sich der Hacker an verschiedenen Datenordnern zu schaffen machte. Schließlich hatte der Hacker erkannt, dass man ihn dabei entdeckt hatte, wie er in Sachen herumschnüffelte, in denen er nichts zu suchen hatte. In allerletzter Sekunde hatte er es noch geschafft, sich aus dem Staube zu machen, bevor der Alarm losging.

Joanna drehte sich zu dem Techniker um, der neben ihr saß. »Ich wünschte nur, dass es lediglich ein Versuch war, von außen einzudringen, was aber offensichtlich nicht der Fall war. Wenn ich all die zur Verfügung stehenden Daten betrachte, gibt es nur den einen Schluss, dass wir es mit einem Hacker aus den eigenen Reihen zu tun haben. Genauer gesagt, es war einer unserer Net Force Explorer.«

Für einen Moment glaubte Mark, Joanna hätte sich nur einen Scherz der übelsten Sorte geleistet. Wenn dies allerdings tatsächlich der Fall gewesen sein sollte, konnte er keinerlei Zeichen von Humor an ihr entdecken.

Mensch, wir haben uns wie die Verrückten abgestrampelt, um hier aufgenommen zu werden. Mark konnte sich einfach nicht vorstellen, dass auch nur einer der Net Force Explorer, die er kannte, lediglich um eines Streiches willen all das über Bord werfen würde.

»Wozu wollte sich der Hacker eigentlich Zugang verschaffen? Ist die Lücke immer noch offen?«, fragte der Techniker.

»Nein«, antwortete Joanna. »Wir haben die komplette Site verriegelt, was ihn allerdings nicht daran gehindert hat, sich einige der Daten zu verschaffen, hinter denen er offensichtlich her war.«

»Und was hat er mitgenommen?«

»Er war im Ordner für die Operationen in Südostasien. Was er noch kopiert hat, bevor wir gegen ihn vorgehen konnten, können wir noch nicht mit letzter Sicherheit sagen«, antwortete Joanna.

»Wer war es denn?«, fragte der Techniker.

»Noch eine Sekunde, ich bin gerade dabei, seine Akte aufzurufen. Hier haben wir ihn schon.«

Das Bild baute sich auf, und Mark verspürte im gleichen Augenblick, wie sich ein grauenhaftes Gefühl in seinem Magen breit machte. Dort, von dem Bildschirm unmittelbar vor ihm starrte ihn das offizielle Passbild einer Net-Force-ID-Karte an, und es war das Gesicht von Daniel Sanchez.

Plötzlich vernahm Mark eine strenge Stimme hinter sich. »Was machst du hier?« Er musste feststellen, dass das harte Durchgreifen im Sicherheitsbereich auch sein Ghost-Programm hatte abstürzen lassen – er war wieder sichtbar geworden!

Joanna blickte auf, und Mark lächelte sie schief an. »Hi, Jo, wie läuft's denn? Schon wieder ein Hackerangriff?«, fragte er.

»Außer deinem, meinst du wohl?«, fragte sie mit gerunzelter Stirn.

Erwischt, dachte Mark. *Und ich weiß, dass ich diesmal nicht so leicht davonkomme.*

Kapitel 5

»Wie bitte?«, schrie Daniel auf. Er hatte einen Anruf von Captain Winters erhalten, der ihn aufforderte, am Sonntagmorgen zusammen mit seinen Eltern im Hauptquartier der Net Force zu erscheinen. Da sowohl sein Vater als auch seine Mutter bereits aus dem Haus waren, konnte er ihnen nur eine Nachricht auf den Pager schicken, in der er sie darüber informierte, wo er sein würde. Gleich darauf stieg er in den Autobus zum Net-Force-Hauptquartier, wo er gerade die unglaublichste Neuigkeit erfahren hatte, die man sich nur vorstellen konnte.

»Es tut mir Leid, Daniel, aber deine Veeyar-Persönlichkeit ist bei dem Versuch aufgezeichnet worden, sich unbefugt Zugang zu gesperrten Daten zu verschaffen. Das Sicherheitssystem hat beim Scan sogar eine Übereinstimmung mit deiner DNA verifiziert«, erklärte Captain Winters, bevor eine Pause machte. »Ich persönlich glaube nicht«, sprach er dann weiter, »dass du es gewesen bist, aber ich habe die Beweismittel mit eigenen Augen gesehen. Deshalb muss ich dich von den Net Force Explorern suspendieren, bis wir der Sache auf den Grund gegangen sind. Ich bin sicher, dass es sich um einen wie auch immer gearteten Fehler handelt, aber in Fällen wie diesem lassen uns die Verfahrensrichtlinien keinerlei Spielraum. Mit sofortiger Wirkung wird daher deine Mitgliedschaft bei den Net Force Explorern ruhen. Das gilt so lange, bis die Angelegenheit zur völligen Zufriedenheit der Net Force geklärt werden konnte.«

Daniel konnte nur starr vor Schrecken dasitzen und völlig konsterniert hinnehmen, was Captain Winters ihm gerade mitgeteilt hatte. »... Zufriedenheit der Net Force? Und was ist mit meiner Genugtuung? Ich habe überhaupt nichts mit dieser Sache zu tun! Ich war dieses Wochenende noch nicht einmal besonders lange online, und in dieser Zeit bin ich auch nicht ansatzweise in die Nähe der Net-Force-Site gekommen! Aber ganz davon abgesehen, erklären Sie mir doch mal, welchen Grund ich haben sollte, mir Zugang zum Datenmaterial der Net Force verschaffen zu wollen? Ich war es jedenfalls nicht! Das ist einfach unglaublich!«, protestierte Daniel. Dabei umklammerte er krampfhaft die Lehnen seines Stuhls. Er hatte seine liebe Not, sich zumindest so weit zu beherrschen, nicht einfach aufzuspringen und etwas zu tun, was er später bereuen würde.

»He, jetzt entspann dich erst mal. Ich stehe auf deiner Seite«, versuchte Captain Winters ihn zu beruhigen. »Ich kann mir gut vorstellen, wie sehr dich das alles aufregen muss. Warum erzählst du mir nicht einfach, was du alles an diesem Wochenende gemacht hast, und ich werde sehen, ob ich nicht irgendetwas finden kann, womit sich die Sache vielleicht erklären lässt.«

Daniel gab Winters einen Überblick über den Ablauf der letzten Tage, was schnell erledigt war, weil er ohnehin die meiste Zeit zu Hause gewesen war und Schulaufgaben gemacht hatte.

»Wann warst du denn gestern online, Daniel?«, fragte Captain Winters.

Daniel überlegte einen Augenblick. »Ich denke, dass ich mich den ganzen Tag über immer mal wieder eingeloggt habe. Gestern war eine Versammlung des Drachensegler-Vereins, in dem ich Mitglied bin. Allein deshalb war ich gestern ein paar Stunden online und bin über den Rocky Mountains gesegelt.«

»Hört sich an, als könnte so was Spaß machen«, bemerkte Captain Winters. »Also hast du gestern, etwa eine halbe Stunde nach Mitternacht nicht versucht, Zugang zur Net Force zu bekommen?«

»Natürlich nicht. Ich war online, aber noch nicht einmal in der Nähe des Net-Force-Hauptquartiers. Können Sie nicht einfach das Nutzungsprotokoll meines Computers überprüfen und die Liste der Sites abrufen, die ich besucht habe, und diese dann mit dem Zeitraum abgleichen, in der das Hacking abgelaufen ist?«, fragte Daniel. »Das würde mich von jeder Schuld freisprechen!«

Captain Winters nickte. »Ein guter Gedanke, und ich habe Joanna auch bereits gebeten, genau das zu veranlassen. Aber die Protokolle haben leider gezeigt, dass du exakt zu dem Zeitpunkt, an dem der Eindringversuch stattfand, nicht nur online, sondern auch im Hauptquartier warst. Daniel, ich persönlich glaube dir ja, was du mir erzählt hast. Aber die Beweise sprechen gegen dich. Es tut mir aufrichtig Leid, aber wir müssen uns an die Vorschriften halten. Ich bin zuversichtlich, dass sich alles auf einen Fehler zurückführen lassen wird, und ich werde rund um die Uhr daran arbeiten, diese Sache zu bereinigen.«

Jetzt hielt Daniel nichts mehr auf seinem Stuhl. Er sprang auf und begann im Raum herumzulaufen. »Yeah, da ist ein Fehler gemacht worden, und wenn ich herausfinde, wer mich da aufs Kreuz gelegt hat, werde ich ihm unmissverständlich klar machen, wie groß sein Fehler war!«

»Daniel! Setz dich!«, bellte Captain Winters. Er wartete ab, bis sich der Junge wieder auf seinen Stuhl fallen gelassen hatte. »Ich habe bereits mit deinen Eltern telefoniert und sie gebeten, herüber zu kommen, damit wir die Angelegenheit besprechen können. Im Augenblick ...«

»Na großartig. Das ist genau das, was ich brauche. Jetzt habe ich meinen Herrn Vater, die Mensch gewordene Autorität, schon wieder am Hals. Nein, recht herzlichen Dank. Halten Sie mich da mal schön raus«, unterbrach ihn Daniel. *Perfekt. Absolut perfekt. Jetzt hat er sogar die Gelegenheit, hierher zu kommen und mich vor Captain Winters niederzumachen,* dachte Daniel.

»Daniel, ich versuche, dir aus dieser Sache herauszuhelfen. Wenn du nichts verbrochen hast, verstehe ich nicht, weshalb du dich quer stellst. Hilf mir und damit auch dir selbst«, insistierte Winters. »Ich habe vollstes Verständnis dafür, dass du sauer bist. Aber ich möchte dich auch bitten, die Sache einmal aus meiner Perspektive zu betrachten.«

»Kann ich jetzt gehen?«, fragte Daniel durch zusammengebissene Zähne.

Winters schüttelte den Kopf. »Ja, du kannst wegtreten. Aber ich möchte, dass du in der Nähe bleibst, bis deine Eltern hier eingetroffen sind. Und, Daniel …?«, sagte Captain Winters, während Daniel bereits in Richtung Tür stolzierte.

»Was denn?«, fragte er und drehte sich auf dem Absatz um.

»Wie ich eben schon gesagt habe: Ich persönlich glaube dir. Lass uns einfach versuchen, gemeinsam herauszubekommen, was da vor sich geht. Versuch bitte nichts auf eigene Faust. Das würde dich in noch größere Schwierigkeiten bringen.«

»Sehen Sie, Captain, ich weiß, dass Sie mir helfen wollen. Aber ich werde mich jetzt mit Sicherheit nicht zurücklehnen und denjenigen, wer immer es auch getan haben mag, auf mir herumtrampeln lassen. Und nur mal ganz am Rande vermerkt, kann ich mich auch nicht des unguten Gefühls erwehren, dass die Net Force bereits ihr Urteil gefällt hat. Offensichtlich spielt es gar keine Rolle mehr, was Sie persönlich darüber denken. Was mein Dad dazu sagen wird, wenn er all das gehört hat, daran traue ich mich noch nicht einmal zu denken«, schloss Daniel. *Genau genommen brauche ich nicht einmal Spekulationen darüber anzustellen,* schoss es Daniel durch den Kopf, als er durch die Tür trat, *er wird mich ganz einfach umbringen.*

Winters behielt den Eingang zu seinem Büro noch eine Weile im Auge, während er dem Klang Daniels ärgerlicher Schritte lauschte, die sich langsam entfernten. Als er sicher war, dass Daniel außer Hörweite war, loggte er sich ein und rief ein paar ganz spezielle Net Force Explorer zu einem Treffen zusammen.

* * *

»Wie bitte!?«, schrie Megan auf, wobei ihre Stimme Daniels Tonfall etwas früher an diesem Morgen verblüffend ähnelte. Sie sah Maj und Mark an, die ebenfalls an diesem Treffen teilnahmen. Dann wanderte ihr Blick zurück zu Captain Winters. »Das ist doch schlicht unmöglich!«

Captain Winters nickte. »Jede instinktive Regung in mir schreit praktisch danach, einer Meinung mit dir zu sein. Aber leider ist Joanna ziemlich sicher, dass Daniel hinter diesem Eindringen steckt.«

»Wenn die Websignatur alles ist, was Sie haben, dürfte das wohl kaum für Daniels Suspendierung ausreichen. Warum hat man ihn denn nicht wegen dieser Nacht befragt?«

»Vergiss bitte nicht, dass wir auch noch über seine DNA-Signatur verfügen, die bekanntermaßen kaum zu reproduzieren ist«, wandte Captain Winters ein. »Aber wie dem auch sei, ich habe ihn befragt, und er bestreitet alles. Er beharrt darauf, dass er noch nicht einmal in der Nähe des Hauptquartiers gewesen sei, aber sein Alibi hielt der Überprüfung nicht stand. Sein Computerprotokoll hat uns gezeigt, dass er online war und sich zum fraglichen Zeitpunkt in der Net Force aufhielt. Wir hatten keine andere Wahl, als ihn zu suspendieren und ein Ermittlungsverfahren gegen ihn einzuleiten. Nebenbei bemerkt scheint er entgegen meinen Anweisungen inzwischen das Hauptquartier der Net Force verlassen zu haben.«

»Er hat durchgedreht und ist abgehauen?« Mark rollte mit den Augen. »Das klingt allerdings ganz nach Daniel.« Die bösen Blicke, die ihm daraufhin von den anderen drei zugeworfen wurden, veranlassten ihn aufzuschauen. »Was denn? Er ist ein Hitzkopf, das ist alles. Ich habe mit keinem Wort behauptet, dass er die Daten gestohlen hat.«

»Besteht die realistische Möglichkeit, dass er sich tatsächlich verdrückt hat?«, fragte Megan. »Ich meine, ein für alle Mal?«

»Was mich angeht, kann ich mir das eigentlich kaum vorstellen«, meinte Winters. »Ich denke vielmehr, dass ihn die Konfrontation mit dem Vorwurf einfach zu sehr mitgenommen hat. Er wird jetzt erst mal etwas Abstand gewinnen wollen, um über alles nachzudenken. Genau das ist auch der Grund, weshalb ich euch hierher bestellt habe. Normalerweise würde ein internes Ermittlungsverfahren Klarheit schaffen. Da Mark aber bereits mitbekommen hat, was geschehen ist«, erklärte Winters, wobei er Mark einen strengen Blick zuwarf, der plötzlich seine Augen überallhin, nur nicht in Richtung von Captain Winters Gesicht wandern ließ, »habe ich die Entscheidung getroffen, euch alle hier zusammenzurufen und nach Möglichkeiten zu suchen, wie wir Daniel helfen können. Von sämtlichen Net Force Explorern scheint ihr drei diejenigen zu sein, die den engsten Kontakt zu Daniel haben.«

Ach, was du nicht sagst, schoss es Mark durch den Kopf, zog es aber vor, den Mund zu halten.

»Ich möchte, dass ihr in den nächsten paar Tagen in Daniels Nähe bleibt. Versucht dabei herauszufinden, ob es vielleicht irgendetwas gibt, was er mir nicht erzählen wollte. Vielleicht kann gerade das dazu beitragen, ihn zu entlasten. Vor allen Dingen möchte ich aber, dass ihr sicherstellt, dass er keine übereilten Aktionen vom Zaun bricht. Er hat bereits genug Ärger am Hals. Noch mehr davon kann er nicht verkraften. Also behaltet ihn im Auge, einverstanden?«, fragte Winters.

Maj, Mark und Megan nickten und wechselten dabei vielsagende Blicke.

Mark ergriff das Wort. »Gibt es denn schon irgendwelche Erkenntnisse, was den *wirklichen* Eindringling angeht?«

Captain Winters schüttelte den Kopf. »Bislang noch nicht. Aber Joanna verfolgt zwei Anhaltspunkte weiter. Also, wir alle wissen um die verschiedensten Tarnprogramme, die derzeit im Internet herumgeistern, von denen einige sogar ausgesprochen pfiffig sind. Wenn Daniel unschuldig ist, dann hat sich hier tatsächlich jemand seines Veeyar-Systems bedient, um sich Zugang zu verschaffen. Ebenso ist nicht auszuschließen, dass derjenige es irgendwie geschafft hat, Daniels virtuelle Persönlichkeit und Signatur perfekt zu kopieren und anschließend mit ihm zu verbinden. Auf diese Weise konnte er alles so aussehen lassen, als sei Daniel der Übeltäter, um darauf aufbauend Zugang zu unseren Daten zu bekommen. Jedenfalls sieht so meine augenblickliche Theorie aus. Aber bis zu dem Zeitpunkt, an dem ich diese Theorie beweisen und Daniel damit entlasten kann, bleibt er suspendiert. Kurz, wie ich schon gesagt habe, behaltet ihn in den kommenden Tagen im Auge, und lasst uns wie besprochen vorgehen.«

»Einverstanden, Captain«, bestätigte Megan, und die anderen beiden nickten.

»Okay, damit ist dieses Treffen beendet. Allerdings möchte ich abschließend noch eines betonen«, schloss Captain Winters und blickte dabei jeden Einzelnen an. »Daniels Namen reinzuwaschen hat für mich Vorrang. Ich stehe genau so sehr auf seiner Seite wie ihr. Wenn irgendetwas ans Licht kommen sollte, das eurer Ansicht nach hilfreich sein könnte, dann lasst es mich umgehend wissen, verstanden?«

Die drei Net Force Explorer nickten.

»Dann seid ihr beiden Mädels entlassen«, sagte Captain Winters. »Mark, mit dir hätte ich mich gern noch einen Augenblick allein unterhalten.«

Oh-oh, dachte Mark, *jetzt geht's los*. Er drehte sich zu Megan und Maj um. »Wir sehen uns dann später.«

Nachdem die Mädchen gegangen waren, lehnte sich Mark in seinem Stuhl zurück und blickte Captain Winters mit mattem Lächeln an. »Wissen Sie, ich kann mir schon denken, was Sie jetzt sagen wollen ...«, begann Mark, als Winters ihm auch schon das Wort abschnitt.

»Das kann ich mir gut vorstellen, Mark, denn schließlich ist dies nicht die erste Unterhaltung dieser Art, die wir beide führen. Ich frage mich wirklich, wie ich es endlich in deinen Schädel bekommen soll, dass der Versuch, sich ins Hauptquartier zu hacken, nicht gebilligt werden kann.«

»Aber ich habe mich doch gar nicht hineingehackt! Ich hatte einen Termin mit Joanna!«, protestierte Mark. »Das können Sie sie selber fragen!«

»Das habe ich bereits getan«, entgegnete Captain Winters. »Sie hat es bestätigt ... zumindest bis zu einem gewissen Punkt. Aber das ist der Punkt, an dem sie dich beim Lauschen erwischt hat, während ganz offensichtlich Sicherheitsalarmzustand herrschte. Zu diesem Zeitpunkt war es dir nicht gestattet, dich im Command Center aufzuhalten, was du auch genau gewusst hast. Unter den gegebenen Umständen hättest du dich sofort ausloggen, auf jeden Fall aber zumindest für jedermann sichtbar bleiben müssen. Schon vergessen, dass sie es war, die dich ertappt hat?«

»Ja, stimmt schon«, räumte Mark ein. »Aber den Versuch war es doch wohl wert, oder?«

»Mark, ich habe mich wirklich bemüht, Geduld mit dir zu haben, aber diese Sache hier ist einfach zu ernst. Weil du der Sohn des Leiters der Net Force bist, habe ich dir stets etwas Leine gelassen, wenn deine Leistungen in anderen Bereichen das rechtfertigten. Tatsache ist aber, dass du ein Net Force Explorer bist und deshalb den gleichen Regeln unterworfen bist, wie sie auch von jedem anderen befolgt werden müssen. Versuch nicht noch einmal in Bereiche einzudringen, in denen du nichts zu suchen hast. Solltest du es dennoch tun, bleibt mir keine andere Wahl, als dich mit den gleichen Anklagen zu konfrontieren, mit denen sich Daniel herumschlagen muss, ob du nun der Sohn des

Commanders bist oder nicht. Habe ich mich verständlich ausgedrückt?«

»Kristallklar, Sir«, bestätigte Mark niedergeschlagen. *Diesmal meint er es wirklich ernst,* erkannte Mark. *Ist wahrscheinlich besser, wenn ich in der nächsten Zeit den Ball flach halte.* »Sie haben Recht, Captain. Es tut mir aufrichtig Leid, und ich bedanke mich für die zweite Chance.«

Captain Winters nickte. »In Ordnung«, sagte er dann. »Du lässt es mich jedenfalls wissen, wenn du Daniel gefunden hast, verstanden?«

»Jawohl, Sir«, erwiderte Mark.

»Dann raus mit dir, und halte die Augen offen. Wir werden uns in Kürze wieder unterhalten. Wegtreten.«

Mark stand auf. Während er auf die Tür zuschritt, meinte er fast, Captain Winters Blicke körperlich in seinem Rücken zu spüren. Nachdem er den Raum verlassen hatte, atmete er tief durch, und stieß einen Seufzer der Erleichterung aus. *Ich fürchte fast, dass Dad mit seinem Spruch die Wahrheit getroffen hat: Wenn man nur lange genug den Hals hochreckt, wird früher oder später jemand kommen und ihn dir abschneiden. Das war jedenfalls viel zu knapp, um noch als Bagatelle eingestuft zu werden.* Er schüttelte den Kopf und loggte sich aus der Site der Net Force aus, um sich auf die Suche nach Megan und Maj zu machen.

* * *

»Ich kann es einfach nicht glauben, dass Daniel so etwas getan haben soll. Ich meine, warum hätte er denn erst derart hart arbeiten sollen, um in dieses Programm aufgenommen zu werden, nur um dann alles hinzuschmeißen?«, überlegte Megan laut. Mark hatte die Mädels bis zur Site eines Cafés im Pariser Stil zurückverfolgt, wo sie nun zusammensaßen, virtuellen Cappuccino tranken und über ihr Treffen mit Captain Winters diskutierten.

»Ich hoffe bloß, dass du das in dem Sinne gemeint hast, dass du ihm glaubst, oder?«, fragte Maj mit gerunzelter Stirn.

»Klar glaube ich ihm«, antwortete Megan sofort. »Übrigens, Mark, was wollte Captain Winters denn noch von dir, nachdem wir gegangen waren?«, fragte sie mit wissendem Grinsen.

»Ist ja schon gut. Ich bin wieder mal irgendwo geschnappt worden, wo ich eigentlich nichts zu suchen hatte«, gab Mark zu. »Aber wenn ich nicht da gewesen wäre, hätten wir von dieser ganzen Angelegenheit keinen Schimmer und folglich auch keine Chance, Daniel zu helfen.«

»Warst nicht gerade du es, der Winters gesagt hat, Daniel sei ein Hitzkopf?«, fragte Megan. »Bist du wirklich sicher, dass du ihm helfen willst?«

»Jetzt pass mal auf. Mag ja sein, dass Daniel und ich nicht immer besonders gut miteinander auskommen ...«, begann Mark.

»Was gerade die Untertreibung des Jahres gewesen sein dürfte«, murmelte Maj vor sich hin.

»Aber«, fuhr Mark fort, als hätte es diese Unterbrechung nie gegeben, »so etwas hätte jedem von uns passieren können. Jeder von uns könnte die nächste Person sein, deren sich dieses Chamäleon bedient, wenn es einen neuen Versuch startet, bei der Net Force einzudringen. Kann sein, dass ich Daniel nicht besonders gut leiden kann, aber das spielt keine Rolle, weil wir alle der Ansicht sind, dass er unschuldig ist. Wenn wir zusammenarbeiten, haben wir vielleicht eine Chance, ihm – und damit auch uns – aus der Sache herauszuhelfen.«

»Stimmt, Mark. Es *hätte* tatsächlich jeden von uns treffen können. Also, was hast du vor?«, fragte Megan.

»Da gibt es noch etwas im Hauptquartier, um das ich mich vorher noch kümmern muss. Aber es wird nicht lange dauern. Ich schlage vor, dass wir uns darauf konzentrieren sollten, Daniel ausfindig zu machen, um uns mit ihm zu unterhalten«, meinte Mark.

»Hast du denn irgendeine Idee, was hier wirklich abgeht?«, fragte Megan.

»Kann schon sein. Ich hatte eigentlich vor, einmal auszuprobieren, ob es mein Schleicher-Programm schafft, herauszubekommen, wer hinter alldem steckt«, erklärte Mark.

Maj nickte. »Ich will dir ja nicht zu nahe treten, Mark, aber auf diesem Gebiet ist Joanna einsame Spitze. Ich bin mir ziemlich sicher, dass sie herausfinden wird, wer wirklich dahintersteckt.«

Mark grinste. »Sicher, aber auch sie weiß nicht alles. Bitte vertraut mir.«

Maj blickte Megan an, die auf ihre Uhr deutete. »Wie auch immer. Wir haben noch einen Haufen Recherchenarbeit für unsere Simulation über die Ardennenschlacht zu bewältigen. Also werden wir am besten damit schon mal anfangen, während wir auf dich warten. Sag uns Bescheid, wenn du hier fertig bist, dann werden wir Daniel einen Besuch abstatten.«

Mark nickte, und die drei trennten sich, um sich auf den Weg zu ihren jeweiligen Zielen im Cyberspace zu machen.

* * *

Nach seiner Entlassung hatte Daniel blindlings das Hauptquartier der Net Force verlassen und überhaupt nicht darauf geachtet, wohin er gelaufen war. Letzten Endes war er auf dem Hochbahnsystem gelandet, wo Luftkissenzüge als öffentliche Nahverkehrsmittel den Pendlerverkehr zwischen Washington und den umliegenden Vororten bewältigten. Er benutzte seine E-Karte und stieg um, wann immer ihm der Sinn danach stand. So fuhr er ziellos in der Gegend herum und wurde die ganze Zeit über den nur zu vertrauten Klumpen kalter Wut im Magen nicht los.

Allerdings ging ihm während seiner Fahrt auch ein brennender Gedanke einfach nicht aus dem Kopf: *Wer mir das auch immer angetan hat, wird dafür zahlen, das garantiere ich, und es ist mir völlig egal, wie lange ich dazu brauchen werde, denjenigen ausfindig zu machen.*

Für eine Sekunde spielte er mit dem Gedanken, nach Hause zu fahren, verwarf die Idee aber im gleichen Augenblick wieder. *Zweifellos weiß Dad bereits Bescheid und wartet schon auf mich. Ich habe aber nicht die geringste Lust, mich mit ihm früher als unbedingt nötig zu streiten. So wie die Dinge in der letzten Zeit zwischen uns gelaufen sind, wird er sich wahrscheinlich meine Version der Geschichte noch nicht einmal anhören. Wetten, dass er inzwischen nur noch darauf brennt, mir für die nächsten zwanzig Jahre Hausarrest aufzubrummen? Dann bekomme ich überhaupt keine Chance mehr, selber herauszufinden, was hier vor sich geht. Egal,* dachte er reumütig, *wir würden uns ja doch bloß wieder streiten, wenn ich jetzt nach Hause käme.*

Während Daniel aus dem Fenster starrte und das Stadtpanorama unter ihm vorbeiglitt, fühlte er sich irgendwie an die Schwarzfahrer auf der Eisenbahn zu Beginn des 20. Jahrhunderts erinnert. Damals hatte man sie als Hobos bezeichnet, und es hatte sich bei diesen Typen in erster Linie um Männer gehandelt, die von einem Job zum nächsten kreuz und quer durchs Land fuhren und jede sich bietende Gelegenheit beim Schopf ergriffen. *Wetten, dass das noch ein Leben war, in dem man hingehen konnte, wohin man wollte und wann man wollte und niemandem Rechenschaft schuldig war?* Für einen ganz wilden Moment spielte er mit dem Gedanken, einfach alles hinzuschmeißen und abzuhauen. Raus aus Washington und hinein in die Freiheit. Sich den Rest von Amerika anzuschauen, vielleicht sogar den Rest der Welt. *Dann könnte ich zur Abwechslung endlich einmal feststellen, wie es wirklich ist, sein eigener Herr zu sein,* dachte er.

Aber diese Fantasien schwanden so schnell, wie sie gekommen waren. *Das kann ich Mom einfach nicht antun. Sie würde glatt durchdrehen, wenn sie nicht wüsste, was mit mir passiert ist*, ging ihm durch den Kopf. *Und nebenbei bemerkt,* rief er sich selbst zur Ordnung, *muss ich dieses Chamäleon finden, das mir all das angetan hat, und ihm eine Lektion erteilen. Aber um das wirklich zu schaffen, brauche ich Hilfe. Jemanden, der immer noch in Verbindung zur Net Force steht. Jemanden wie ... den Squirt. Ja, er hat Zugang zu einer Menge von Bereichen, die mir verschlossen sind. Er kann mich auf dem Laufenden halten, wie weit die Ermittlungen fortgeschritten sind. Herr im Himmel, ausgerechnet dieser nervtötende kleine .... aber er ist wahrscheinlich der Einzige, der es wirklich schaffen kann, meinen Arsch zu retten. Es geht mir zwar irre gegen den Strich, ihn um etwas zu bitten, aber mir bleibt gar keine andere Wahl.*

Aber jetzt wird es wohl besser sein, wenn ich mich auf den Weg nach Hause mache und mir den Marsch blasen lasse. Je länger ich damit warte, desto schlimmer wird es. Daniel drehte sich zum Display um, das auf der Rückseite des vor ihm liegenden Sitzes angebracht war, und fragte die kürzeste Verbindung nach Georgetown ab. Ein paar Minuten später befand er sich auf dem Weg nach Hause und damit auch auf direktem Kurs in einen gewaltigen Sturm, der sich immer deutlicher am Horizont abzeichnete.

* * *

Mark betrachtete die verschlossene rote Tür zum Datenarchiv der Net Force. Entsprechend dem Grad der Sicherheitsfreigaben waren die virtuellen Türen innerhalb der Net Force entweder grün oder rot. Auf diese Weise konnte nie ein Zweifel daran aufkommen, zu welchen Bereichen der Zugang gestattet war und zu welchen nicht. *Sollte ich erwischt werden, stellen nicht die Sicherheitsprotokolle das eigentliche Problem dar, sondern Captain Winters,* überlegte Mark. *Daniel sollte besser das Risiko wert sein, das ich mit dieser Aktion für ihn eingehe. Na ja, wenigstens ist das hier nicht die Kommandozentrale, also wird es schon klargehen. Gleichwohl ist und bleibt es besser, wenn ich die Sache hier durchziehe, ohne dass jemand etwas davon mitbekommt.* Mark ließ ein silbern schimmerndes Icon aus seiner Trickkiste gleiten und befestigte es an der Tür. Er beobachtete, wie es scheinbar in das Metall einsank und sich die Tür anschließend grün zu verfärben begann. Mark schlüpfte so schnell er konnte durch die Tür und zog das Icon, das auf deren Innenseite aufgetaucht war, sofort wieder ab.

Auf direktem Weg ging er weiter zu den Archiven der Net Force. Innerhalb weniger Minuten hatte er gefunden, wonach er suchte. Dabei handelte es sich nicht um irgendwelche internen Sicherheitsaufzeichnungen, sondern speziell um die Protokolle über alle Besucher, die Zugang zur Net-Force-Site gehabt hatten. Anschließend rief er den Ordner für den frühen Sonntagmorgen auf und durchsuchte ihn nach sämtlichen Personen, die in der Zeit, in der Daniel angeblich Zugriff auf die Daten gehabt hatte, das Gebäude verlassen hatten. Nachdem er die entsprechenden Protokolle isoliert hatte, sah er sie durch und achtete dabei auf alles, was ihm irgendwie ungewöhnlich erschien.

»Hier ist die Stelle, an der die Techtronix-Maschine startet«, murmelte Mark vor sich hin. »Unmittelbar nachdem der interne Alarm ausgelöst wurde. Augenblick mal ...« Nun, da er in der Lage war, die Maschine in aller Ruhe zu betrachten, fiel ihm auf, dass es sich lediglich um eine Hülle handelte, im Grunde also nur ein elektronisches Signal, das von einer anderen Quelle programmiert worden war. Es gab keinerlei

Datenströme auf Hochgeschwindigkeitsniveau, die als Hinweis darauf hätten dienen können, dass sich hier jemand eingeloggt und die Maschine als Transportmittel verwendet hatte. Was bedeutete ...

Das Ding war ein Täuschkörper, ausschließlich für den Fall, dass jemand den Einbruch bemerkte. Das wiederum besagte nichts anderes, als dass sich hier in der fraglichen Nacht noch jemand anderer herumgetrieben hat, überlegte Mark, *und zwar jemand, der ganz eindeutig etwas zu verbergen hatte. Jetzt muss ich diesen Jemand nur noch ausfindig machen.* Sogleich machte er sich auf die Suche nach einem logon tag, konnte aber nichts entdecken. *Es ist auf jeden Fall ein Unterprogramm, das wahrscheinlich die Aufgabe hatte, zurück zu seiner Quelle zu gehen, in diesem Fall also Techtronix. Vielleicht eine Spam-Mail?*

Er setzte die Anzeigegeschwindigkeit auf eine Hundertstelsekunde herab und ließ das Protokoll noch einmal durch sein Schleicher-Programm laufen. Sieben Hundertstelsekunden, bevor der Alarm ausgelöst wurde, erschien für eine Millisekunde etwas in der Art eines Lichtpunkts so groß wie ein Stecknadelkopf, nur um sofort wieder zu verschwinden. Mark hielt den Zeitpunkt fest und stoppte das Protokoll. Dann isolierte er das Aufblitzen und untersuchte es eingehender.

Hab ich dich! Was er da gefunden hatte, war eine verschlüsselte Raffersendung, die auch noch komprimiert worden war, um über extrem hohe Frequenzbänder übertragen werden zu können. *Jetzt muss ich dich nur noch zu deiner Quelle zurückverfolgen.* Mark folgte dem Signal zurück zu der Stelle, wo es generiert worden war, was ihn erneut ins Hauptquartier der Net Force führte und dort wiederum zu einem der Terminals, an denen der Internetverkehr überwacht wurde.

Aha. Also bin ich schließlich doch noch wo gelandet,

dachte er. Als er die internen Protokolle des Systems aufrief, fand er genau das, was er erwartet hatte, nämlich dass das Signal selbst von einer externen Quelle gekommen war. Um das weiter zu verfolgen, begann er bei der hochkommenden Logon-Adresse ...

Mark schüttelte den Kopf und stieß einen Seufzer aus. Die Adresse, auf die er blickte, war die von Daniel Sanchez. *Wer auch immer diese Sache angeleiert hat, ist wirklich,* wirklich *gut. Aber ich glaube, ich habe hier jetzt alles herausgefunden, was ich wissen wollte. Jetzt frage ich mich nur noch, ob Joanna noch irgendetwas anderes gefunden hat ...* Mark verließ das Archiv und reaktivierte auf dem Weg hinaus das Sicherheitsprogramm. Nachdem er einen Korridor entlang geflogen war, nahm er Kurs auf die Kommandozentrale.

Kaum war er am Eingang angekommen, schickte er auch schon eine Anfrage an Joanna, ob er sie kurzfristig sehen könne.

Ein oder zwei Minuten später erschien Joanna bereits an der Tür.

»Hi, Mark. Was gibt's?«

»Hi, Jo«, antwortete Mark. »Bitte entschuldige meine Lauscherei letzte Nacht.«

Die hochgewachsene Frau schmunzelte. »Ist schon in Ordnung. Ich hoffe, du kannst verstehen, weshalb ich nicht anders handeln konnte.«

»Ja, nur zu gut. Aber ich bin aus einem anderen Grund hier. Ich frage mich, ob du schon etwas Neues über den Hack vergangene Nacht herausbekommen hast.«

»Bislang noch nicht«, gestand Joanna ein. »Was ist mit dir?«

»Na ja, ich habe über etwas nachgedacht, was ich in der Nacht auf meinem Weg ins Hauptquartier gesehen habe. Da ist nämlich eine Maschine von Techtronix zu einem Zeitpunkt von hier aus gestartet, den ich für ungewöhnlich spät hielt. Auf jeden Fall erschien mir das merkwürdig genug, mich ein wenig eingehender damit zu beschäftigen, und siehe da, der Start fand tatsächlich ziemlich genau zu dem Zeitpunkt statt, an dem auch der Hack über die Bühne ging, was mir die Maschine dann doch ziemlich fragwürdig erscheinen ließ.«

Wohlweislich überging Mark geflissentlich die Erwähnung des Raffersignals, das er im Besucherprotokoll entdeckt hatte. *Das wirklich Letzte, was ich jetzt gebrauchen kann, ist noch mal Ärger mit Joanna,* überlegte Mark.

Joanna nickte. »Das habe ich auch bemerkt. Wir haben die Maschine gesehen und verfolgt. Diese Techtronix-Hülle war letztendlich nur die Deckung, um den Einbruch zu verschleiern, wobei ich zugeben muss, dass es sich dabei um eine recht ordentliche Programmierarbeit handelte. Wir haben die Maschine zurückverfolgt und sind schließlich auf deinen Freund gestoßen. Ist schon irgendwie komisch, aber ich hätte es nie für möglich gehalten, dass Daniel so etwas machen würde. Was ich damit sagen will, ist Folgendes: er ist sicherlich ein fähiger Programmierer, aber im Grunde habe ich nicht damit gerechnet, dass er etwas so Kompliziertes hinbekommen würde.«

»Also glaubst du, dass er es wirklich war?«, fragte Mark mit sinkender Zuversicht. Wenn Joanna die Meinung vertrat, Daniel sei tatsächlich für den Einbruch verantwortlich, dürfte es sehr schwer werden, seine Unschuld zu beweisen.

»Ich glaube an jeden von euch Kids«, versicherte Joanna, »aber hier sprechen die Beweise für sich selbst. Im Augenblick hat Daniel ausgesprochen schlechte Karten. Hat er sich denn schon zu der ganzen Angelegenheit geäußert? Ich würde mir gerne einmal anhören, was er selbst dazu zu sagen hat.«

»Captain Winters hat sich deswegen schon mit ihm unterhalten, aber bislang hat es wohl noch keine offizielle Stellungnahme gegeben. Ich könnte mir aber vorstellen, dass Daniel ausgeflippt sein dürfte, als er die Neuigkeiten serviert bekommen hat.« Mark ging auf, wie schlecht sich das anhören musste, was er da gerade von sich gegeben hatte. »Megan, Maj und ich werden ihn besuchen und zusehen, was wir herausfinden können.«

»Wenn sich Beweise ergeben sollten, die im Widerspruch zu denen stehen, über die wir im Augenblick verfügen, sehe ich keinen Grund, weshalb wir Daniels Suspendierung nicht mit sofortiger Wirkung wieder aufheben sollten.« Joanna seufzte. »Sieh mal, falls – und ich sage ausdrücklich falls – er es wirklich getan haben sollte, versucht ihn bitte dazu zu bewegen, dass er sein Fehlverhalten eingesteht. Eine außergerichtliche Einigung ist unspektakulärer als eine Gerichtverhandlung, und das Strafmaß fällt sicher niedriger aus. Wahrscheinlich wird die Sache auf ein Urteil zur Bewährung hinauslaufen.«

»Aber er würde auf jeden Fall bei den Net Force Explorern rausfliegen«, wandte Mark ein.

»Das fürchte ich allerdings auch. Wir können uns hier keinerlei Sicherheitsrisiken leisten, Mark, das weißt du so gut wie ich«, stellte Joanna fest.

»Yeah. Nun, wir wollen zumindest versuchen, den Beweis anzutreten, dass er es nicht war und das ganze Durcheinander ein für alle Mal aus der Welt schaffen.«

Joanna nickte. »Ich würde mich freuen, wenn ihr es schafft, Mark, aber tut nichts, was nicht Hand und Fuß hat. Im Augenblick ist Daniels Wort leider alles, was wir haben. Wenn er es wirklich nicht gewesen sein sollte, hat die Sache eine wesentlich größere Tragweite als jene, dass ein Jugendlicher seine Nase in Dinge gesteckt hat, die ihn nichts angehen. Wenn du irgendetwas herausfinden solltest, dann komm damit sofort zu mir oder zu Captain Winters, einverstanden?«

»Mach dir deswegen keine Gedanken. Sollte ich auf etwas Ungewöhnliches stoßen, erfährt es die Net Force zuerst.«

»Ich nehme dich beim Wort ... und, Mark?« Joanna machte eine Pause, bevor sie weitersprach. »Viel Glück. Denk nur immer daran ...«

»Ich weiß, ich weiß. Ich werde nichts anpacken, was mir über den Kopf wächst. Danke, Joanna«, sagte Mark. »Oh, da gibt es noch eine Sache, die ich beinahe vergessen hätte, von der ich aber nicht weiß, ob du es mir sagen darfst: Worauf hatte es der Hacker eigentlich abgesehen?«

»Er hat sich in einige Sicherheitsprogramme gehackt und darüber hinaus auch noch in militärische und private Daten«, erklärte Jo. »Aber wir hatten ihn am Wickel, bevor er tiefer in das System eindringen konnte.«

»Was denkst du denn, was Daniel damit hätte anstellen wollen?«, fragte Mark.

»Das ist eine sehr gute Frage, Mark«, räumte Joanna ein. »Wenn Daniel hier auftaucht, wird er uns möglicherweise eine Antwort darauf geben können. Ich frage mich nämlich auch, ob nicht jemand dahintersteckt, der ihn gezwungen hat, seinen Zugang zur Net Force zu missbrauchen, um an Informationen zu gelangen. Jedenfalls erscheint mir diese Möglichkeit wesentlich plausibler als ein dummer Bubenstreich. Früher oder später werden wir herausfinden, was tatsächlich passiert ist. Aber wenn Daniel sich entschließen könnte, jetzt herzukommen, würde die Sache nicht nur für ihn, sondern auch für uns erheblich erleichtert.«

»Ich werde mein Möglichstes tun, ihn für dich zu finden, Jo, und noch einmal schönen Dank«, verabschiedete sich Mark. *Ich weiß, dass wir ihn finden können. Ich hoffe nur, dass wir auch etwas für ihn tun können, wenn wir ihn erst einmal gefunden haben,* ging ihm dabei durch den Kopf.

* * *

Die Abenddämmerung war bereits hereingebrochen, als Daniel die Zufahrt zum Haus seiner Eltern hinauftrottete. Die Front des Hauses lag im Dunklen, und für einen kurzen Augenblick gab er sich der Illusion hin, seine Eltern könnten vielleicht nicht zu Hause sein. *Reines Wunschdenken, mein Lieber, da bin ich mir sicher.*

Er tippte die Kombination ein und öffnete die Haustür. Am anderen Ende der Diele flackerte ein weicher Lichtschimmer im Arbeitszimmer seines Vaters. *Diesmal werde ich nicht kneifen. Ich habe nichts Falsches getan.* Diese Worte betete sich Daniel immer wieder vor, während er den Flur hinunterging.

Im Türrahmen warf er einen Blick ins Arbeitszimmer und entdeckte seinen Vater, der in seinem ledernen Schwingsessel saß und in die Flammen des offenen Kamins starrte. Nachdem er noch einmal tief durchgeatmet hatte, klopfte Daniel zaghaft an den Türrahmen.

»Komm rein«, forderte Ramos ihn auf. Daniel ging zu seinem Vater hinüber. Ramos wies auf den Sessel, der seinem gegenüberstand. »Hinsetzen.«

Daniel tat, wie ihm befohlen, und ließ seinen Vater dabei keine Sekunde aus den Augen. Mit Ausnahme der drei Worte hatte er keinen Laut von sich gegeben, nicht aufgeblickt und auch sonst in keiner Weise gezeigt, dass er von der Anwesenheit seines Sohnes Kenntnis genommen hätte. *Na prima, er will mich anschweigen. Aber das ist ein Spiel, das man gut zu zweit spielen kann,* dachte Daniel. Das Schweigen zwischen Vater und Sohn dehnte sich immer weiter aus, und das einzige Geräusch im Raum war ein gelegentliches Prasseln der im offenen Kamin brennenden Scheite.

»Ich stand kurz davor, die Polizei zu informieren. Die letzten sechs Stunden habe ich nichts anderes getan, als auf der Suche nach dir in der Stadt herumzufahren«, ergriff Ramos nach etlichen Minuten das Wort.

»Um mich zu finden oder unter Arrest zu stellen?«, entfuhr es Daniel, bevor er es verhindern konnte.

Sein Vater hob den Blick, und in seinen Augen war deutlich zu sehen, dass diese Frage ihn verletzt hatte. Unter diesem Blick zogen sich Daniel zwar die Gedärme zusammen, aber dennoch sagte er nichts. *Die Wahrheit tut weh, stimmt's?*, dachte er nur.

»Was hätte ich deiner Ansicht nach denn denken sollen? Ich bekomme einen Anruf vom Hauptquartier der Net Force, in dem ich aufgefordert werde, mich sofort zu einer Besprechung einzufinden. Bei diesem Treffen habe ich dann erfahren, dass man meinen Sohn verdächtigt, geheime Dokumente gestohlen zu haben. Dann, als man von uns erwartete, dass wir uns zusammensetzen, um die Sache zu klären, bist du nirgends auffindbar. Damit hast du dich einem direkten Befehl von Captain Winters widersetzt, wie ich vielleicht noch hinzufügen sollte. Also habe ich dich überall in der Stadt gesucht, aber nicht die geringste Spur von dir finden können. Ich hatte keine Ahnung, ob du nun abgehauen bist, entführt wurdest oder was auch immer mit dir geschehen sein mochte. Und jetzt kommst du so ganz nebenbei hier hereingeschlendert, als sei nicht das Geringste passiert. Also, Daniel, wie wäre es denn, wenn du mir mal erzählst, was ich davon zu halten habe? Versetz dich doch mal in meine Lage und erkläre mir, wie du dich verhalten würdest?«

»Ich würde meinem Sohn glauben. Das wäre das Erste, was ich tun würde«, antwortete Daniel.

»Kann ich das denn?«, fragte sein Vater.

»Wenn du dir diese Frage stellen musst«, schnaubte Daniel, »weiß ich nicht mehr, weshalb wir diese Unterhaltung überhaupt führen.«

»Verdammt noch mal, das ist kein Spiel!«, brüllte Ramos und sprang auf. »Wir reden hier nicht über Zeugnisnoten oder ein Baseballspiel. Wir reden hier über eine kriminelle

Handlung, die dich für den Rest deines Lebens ruinieren kann!«

»Ach was! Worum es hier geht, ist Vertrauen, und zwar das Vertrauen, das ein Vater in seinen Sohn setzen sollte, und ganz offensichtlich ist das etwas, was dir völlig fehlt!« Inzwischen war auch Daniel auf den Füßen und stand seinem Vater Auge in Auge gegenüber. Seine Stimme war mit jedem seiner bitteren Worte lauter geworden, und ein stechender Schmerz durchzuckte seine Eingeweide. »Tatsächlich habe ich dir nie auch nur einen einzigen Grund gegeben, an mir zu zweifeln. Nun aber, wo es so scheint – und ich sage nur *scheint*, wenn ich dich noch einmal darauf hinweisen darf –, als ob ich etwas Schlimmes getan hätte, bist du der Erste, der bereit ist, allen Vorwürfen Glauben zu schenken. Das geht sogar schon so weit, dass du dir nicht einmal zu schade bist, die Möglichkeit meiner Unschuld auch nur in Betracht zu ziehen.«

Daniel fühlte, wie sich seine Selbstbeherrschung, um die er den ganzen Tag so hart gerungen hatte, in Luft aufzulösen begann. Er atmete tief durch. »Aber du hast Recht. Das hier ist kein Spiel. Es ist eine todernste Angelegenheit, die mich für den Rest meines Lebens ruinieren kann. Aber beantworte mir eine Frage: Weshalb sollte ich für einen blöden Streich meine Zukunft einfach wegwerfen wollen?«

»Hast du denn schon vergessen, was letzten Freitag passiert ist? Ich hatte Vertrauen in dich gesetzt, und du hast mich im Stich gelassen. Du kennst meine Ansichten, was deine Leistungen in der Schule angeht. Ich erwarte von dir, dass du der Beste bist. Das war das Vertrauen, das zwischen uns bestanden hat. Vertrauen ist eine wichtige Sache, und sobald es einmal gebrochen wurde, bedarf es mehr als bloßer Worte, es zurückzugewinnen. Also erklär mir doch mal, weshalb ich dir vertrauen sollte?«, forderte Ramos seinen Sohn auf.

»Beispielsweise weil ich zurückgekommen bin.« Für die Dauer eines Augenblicks starrten Vater und Sohn einander schwer atmend in die Augen, und Daniel konnte erkennen, wie der Schmerz in seinem alten Herrn hochwallte. *Warum zweifelt er nur andauernd an mir? Muss das denn für alle Zeiten so sein, dass wir uns ständig in die Wolle kriegen?* Daniel unternahm den ernsthaften Versuch, sich bewusst zu entspannen, und setzte sich wieder hin. Er öffnete die Fäuste und sah an den Stellen, wo sich die Fingernägel ins Fleisch gebohrt hatten, rote Eindrücke. »Ich bin hierher zurückgekehrt, um dich um Hilfe zu bitten, weil ich *weiß*, dass ich in großen Schwierigkeiten stecke, und ich bin zurückgekommen, um dir zu sagen, dass ich nichts Unrechtes getan habe.« *Und das ist etwas, was ausgerechnet du doch am besten wissen müsstest, weil du es schließlich warst, der mir nicht nur übers ganze Wochenende Hausarrest verpasst hat*, dachte er, *sondern darüber hinaus auch noch den Zugang zum Internet rigide eingeschränkt hat, als wäre ich ein Dreijähriger.*

Ramos stand noch immer. »Hast denn gar keine Vorstellung davon, welchen Eindruck dein Verschwinden gemacht hat? Warum bist du nicht in der Net Force geblieben und hast dort auf mich gewartet?«

Weil ich einfach keine Lust darauf hatte, unsere schmutzige Wäsche in aller Öffentlichkeit zu waschen, dachte Daniel. »Allein bei dem Gedanken daran, dass mir die Schuld in Schuhe geschoben werden sollte, war ich so wütend, dass ich nicht mehr stillsitzen konnte. Außerdem wusste ich, dass ich nichts erreichen konnte, indem ich nur dort herumsaß. Ich wollte ganz einfach *irgendetwas* in Gang bringen, womit ich mich entlasten konnte. Und sehen wir den Tatsachen doch einmal ins Auge, Dad, ich wollte verhindern, dass sich exakt diese Art von Auseinandersetzung, wie wir sie im Augenblick führen, im Hauptquartier der Net

Force abspielte. Ich wusste genau, dass du aufgebracht sein würdest, wenn du erfuhrst, was angeblich passiert war«, erklärte er.

Ramos starrte seinen Sohn einen Moment lang an. Dann nickte er und setzte sich. »Ich weiß, dass es zwischen uns große Spannungen gibt, mein Sohn. Aber damit muss jetzt Schluss sein.« Daniel wollte gerade etwas sagen, doch Ramos hob Einhalt gebietend die Hand. »Im Augenblick steht mir nur nach einem der Sinn: Erzähl mir, was im Augenblick abläuft, damit wir, was immer es auch sein mag, uns darum kümmern können. Dabei spielt es überhaupt keine Rolle, worin du verwickelt bist. Das Einzige, was eine Rolle spielt, ist, dass wir die Sache zu einem schnellen Ende bringen, bevor sie weitere Kreise ziehen kann. Du steckst bis zum Hals in Schwierigkeiten, und ich glaube noch nicht einmal, dass dir bewusst ist, in welchem Schlamassel du tatsächlich steckst. Rede mit mir. Sag mir, in was du da hineingeraten bist. Wir können die Sache wieder hinbekommen, aber du musst mir genau erzählen, was vor sich geht.«

Je länger Ramos sprach, desto mehr verwandelte sich Daniels Gefühl aufkeimender Hoffnung in Ungläubigkeit. Als sein Vater schließlich seinen letzten Satz beendet hatte, konnte Daniel ihn nur noch anstarren und war kaum in der Lage zu begreifen, was er da soeben gehört hatte.

»Ich kann, verflucht noch mal, einfach nicht glauben, was du da gerade gesagt hast!««, schrie Daniel auf. »Ich *kam* hierher, um dich um deine Hilfe zu bitten. Ich habe dir gesagt, dass ich nichts verbrochen habe, und du hast mir einfach nicht geglaubt. Du hast mir noch nie vertraut. Es hat sich nichts geändert, stimmt's? In deinen Augen werde ich nie gut genug sein!« Daniel sprang auf und stampfte in Richtung Tür. »Na prima. Wenn du mir nicht hilfst, werde ich mir den Bastard, der das getan hat, schon selber schnappen. Dann werden wir ja sehen, wer Recht hatte.«

»Daniel, warte«, brüllte Ramos.

Er ignorierte seinen Vater und polterte die Treppe zu seinem Zimmer hinauf. Auf dem Treppenabsatz blieb er stehen, weil er fast erwartete, dass sein Vater ihm nachkommen würde. Von seinem Standpunkt aus konnte er den unten liegenden Flur einsehen und erkannte, dass der Schatten seines Vaters auf die ersten Stufen fiel. Doch schließlich hörte er einen tiefen Seufzer, und der Schatten zog sich wieder zurück.

Wird das denn für alle Zeiten so zwischen uns laufen? Auch Daniel seufzte, ging auf sein Zimmer und loggte sich im Veeyar ein, wodurch er jede Möglichkeit zu weiteren Unterhaltungen ausschloss. Es gab eben Dinge, die schmerzten einfach zu sehr.

Kapitel 6

Mark unterbrach seine Online-Aktivitäten nur kurz, um einen Imbiss zu nehmen. Seine Eltern waren immer noch im Büro. Wahrscheinlich versuchten sie nach wie vor herauszubekommen, was es mit dem Diebstahl bei der Net Force auf sich hatte. *Jetzt ist sowieso alles egal,* dachte er. *Ich bin schließlich nicht zum ersten Mal in Schwierigkeiten, weil ich meine Nase in Dinge gesteckt habe, die mich nichts angehen. Aber es ist nicht auszuschließen, dass Mom und Dad eine vage Vorstellung davon besitzen, was ich vorhabe.*

Während er die letzten Bissen seines Sandwichs hinunterschluckte, machte Mark sich seine Gedanken darüber, weshalb er so viel Zeit in dieses Problem investierte. *Vielleicht liegt es daran, dass nicht viel gefehlt hätte, und ich wäre mit diesem Vorwurf konfrontiert worden. Plage hin oder her, Daniel ist ein Net Force Explorer, und er hat Anrecht auf eine faire Anhörung. Niemand sollte für etwas bestraft werden, was er nicht getan hat.* Und tief in seinem Inneren wusste Mark, dass Daniel unschuldig war.

Nachdem er seine hastige Mahlzeit hinuntergeschlungen hatte, setzte er sich an den Computer. Nachdem er sich wieder angeschlossen hatte, wartete bereits eine Nachricht von Megan und Maj auf ihn. Seit Daniel verschwunden war, hatten sie den ganzen Tag das Internet beobachtet und ständig darauf gehofft, dass er irgendwann auftauchen würde. Jetzt schien es so, als wären sie schließlich fündig geworden.

»Hi, Meg, Maj. Ich bin wieder da. Was liegt an?«, fragte Mark, als er vor den beiden Mädels erschien.

»Daniel ist endlich wieder online. Er lässt irgendeine Sport-Simulation laufen. Hang-Gleiter, wie es aussieht«, erklärte Maj.

»Wow! Es geht doch nichts über das Leben auf Messers Schneide. Also, worauf warten wir noch?«, fragte Mark. »Sehen wir zu, dass wir uns mit ihm unterhalten.«

* * *

Die Wüste von Arizona war heiß und trocken. Vom Wind abgeschliffene Felsformationen lagen wie Finger, die sich aus der Erde reckten, in der Landschaft verstreut. Daniel stand in seinem Drachenflieger-Geschirr an der Kante einer steilen, 150 Meter hohen Felswand und fühlte den sengenden Wind, der ihm ins Gesicht blies. Die Sonne brannte hell und gnadenlos und versengte ihm selbst noch durch die teuren Sonnenschutzgläser die Nase. Er blickte hinunter über die unfruchtbaren Ebenen und konnte nichts außer kniehohem Gestrüpp und vereinzelten Yucca-Pflanzen erkennen. Er war völlig allein.

Und genau das ist es, was ich im Augenblick auch brauche, ging es ihm durch den Kopf. Daniel hatte die virtuelle

Drachenfliegerei vor zwei Jahren entdeckt, nachdem er in der wirklichen Welt einen Schnupperkurs zum Geburtstag geschenkt bekommen hatte. Seitdem hatte sie sich zu seiner Leidenschaft entwickelt. Das Erlebnis, lautlos über der Erdoberfläche dahinzugleiten, war einfach unvergleichlich. Kein lärmender Motor störte, und es gab auch kein enges Cockpit, in das man sich hineinzwängen musste. Hier gab es nur ihn, die frische Luft und den grenzenlosen Himmel.

Er trat in den Körpersack des Hanggleiters und schnürte ihn rundherum fest, wobei er das untere Ende nur halb zuzog, damit er einen Start aus vollem Lauf über die Felskante schaffen konnte. Er führte eine letzte Sicherheitsüberprüfung durch und wollte gerade starten, als eine Stimme ihn veranlasste, sich umzuschauen.

»Daniel?« In nur wenigen Metern Entfernung standen Megan, Maj und Squirt. Daniel seufzte und nahm seinen Drachensegler wieder hoch.

»Nicht gerade jetzt, Freunde. Ich bin wirklich nicht in der richtigen Stimmung.« Daniel trat näher an den Felsrand und schätzte die Windstärke ein, während er sich auf den Start vorbereitete.

Mark trat vor und griff nach einer Kante des blauen Drachenseglers. »Doch, Daniel. Genau jetzt. Du kannst nicht ständig vor dieser Sache davonlaufen, ist das klar? Irgendwann musst du dich ihr stellen.« Daniel starrte ihn an, wobei ihn die aerodynamisch geformte Sonnenbrille aussehen ließ wie die zu groß geratene Kreuzung zwischen einem Menschen und einem Insekt. Er schüttelte die Hand des jüngeren Kameraden ab. »Pass auf. Ich werde zurück ins Hauptquartier kommen und dann jede Stellungnahme abgeben, die sie von mir wollen. Aber erst, wenn ich dazu bereit bin, und keine Sekunde früher. Ich muss erst mal über Verschiedenes nachdenken.«

»Was gibt es da noch nachzudenken? Komm zurück und

arbeite zusammen mit der Net Force, um die Vorwürfe zu entkräften. Gleichzeitig kannst du auch mit uns zusammenarbeiten«, warf Meg ein.

»Ich bin sicher, ihr Typen wisst schon alles darüber. In der ganzen Net Force gibt es inzwischen wohl niemanden mehr, der nicht längst davon überzeugt ist, dass ich schuldig bin«, hielt Daniel dagegen.

»Daniel, du weißt, dass das nicht stimmt. Wir wissen, dass du unschuldig bist, und auch Captain Winters ist auf deiner Seite. Aber wir brauchen deine Hilfe, um dieser Sache auf den Grund zu gehen. Warum reden wir nicht gleich mit Captain Winters?«

»Nicht jetzt«, widersprach Daniel. »Ich unterhalte mich später mit euch.«

Im gleichen Augenblick trat er über die Felskante und glitt hinaus.

»Kleinen Augenblick«, rief Mark, »bin gleich wieder da.« Damit war er Daniel auch schon über die Felskante gefolgt und ließ die beiden Mädchen einfach stehen.

»Typisch Jungs! Aber ich habe eine Sim, mit der wir sie wieder einholen können«, meinte Megan. »Vorausgesetzt, dass wir überhaupt hinter den Blödmännern herwollen, die uns hier einfach haben stehen lassen.«

»Man erwartet von uns, dass wir Daniel im Auge behalten. Schon vergessen?«, hielt Maj dagegen. »Also mach schon. Starte deine Simulation und sieh zu, dass wir in Gang kommen.«

* * *

Als Mark Daniel einholte, segelte dieser in einer Thermik, die ihn immer höher in den azurblauen Himmel steigen ließ. Mark blieb auf gleicher Höhe mit ihm und schwebte näher an ihn heran, als der ältere der beiden Jungs seinen Drachen in eine horizontale Fluglage brachte.

»Verdammt, Squirt«, schimpfte Daniel, ohne Mark dabei anzusehen. »Ist dir klar, dass du das ganze Szenario versaust?«

»Wie bitte? Ach ja, du meinst die Fliegerei«, antwortete Mark. »Na ja, weil du keine Lust hattest, da unten zu reden, dachte ich mir, dass es dir vielleicht hier oben besser in den Kram passt.«

Von einer Sekunde zur anderen riss Daniel die Steuerstange des Hanggleiters zu sich heran und ließ das Gerät in Richtung Boden schwingen.

Warum ist er nur so dickköpfig?, fragte sich Mark, während er ihm folgte. Als Daniels Gleiter schließlich wieder in den Horizontalflug überging, befand sich Mark immer noch schweigend neben ihm. So flogen sie noch einige Sekunden weiter, wobei Daniel Mark verstohlene Blicke zuwarf, die Mark jedoch völlig ignorierte. Schließlich war es Daniel, der den Befehl »Simulation einfrieren« gab, was dazu führte, dass sein Drachen mitten in der Luft hängen blieb, womit er Mark, wenn auch nur für eine Sekunde, völlig überraschte. Doch auch der blieb sofort stehen und wirbelte zu Daniel herum.

»Jetzt pass mal auf, Freundchen. Wenn du keine Hilfe willst, soll's mir auch recht sein. Dann bleib hier und steck den Kopf in den Sand. Nicht, dass dir das irgendetwas einbringen würde, aber ich bräuchte mir wenigstens keinerlei Sorgen mehr zu machen, verstehst du? Es wäre nicht länger mein Problem.« Mark konnte sehen, wie sich Megan und Maj in einem Ding näherten, das irgendwie an einen Heißluftballon aus der Renaissance erinnerte. Er wartete darauf, dass Daniel endlich antwortete. Als dieser dann zu sprechen begann, kamen seine Worte so leise, dass Mark sie beinahe überhört hätte.

»Du hast ja Recht«, räumte er ein, um dann noch einmal lauter zu wiederholen: »Du hast ja Recht, Squi ... ich meine Mark. Dieser ganze Kram hat mich so was von sauer gemacht, dass ich inzwischen nicht mehr geradeaus sehen kann und offensichtlich noch nicht einmal erkenne, wenn sich mir eine helfende Hand entgegenstreckt.«

»Äh, ja, okay«, stammelte Mark, den diese Worte völlig unvorbereitet erwischt hatten. »Wie wäre es denn, wenn wir jetzt auf den Boden zurückkehren und uns darüber unterhalten?«

»Kleines Wettrennen gefällig?«, fragte Daniel, »Simulation wieder aufnehmen.« Im gleichen Augenblick brachte er den Drachen in einen steilen Sturzflug und nahm dabei Kurs auf den Platz, von dem aus er gestartet war.

»Soll mir recht sein«, antwortete Mark, während er bereits direkt neben Daniel hinabstürzte und dabei sogar noch die Zeit fand, Megan und Maj das Zeichen zur Rückkehr zu geben. Als Mark und Daniel auf dem Tafelberg eintrafen, wurden sie von den beiden Mädchen bereits erwartet. Weder die eine noch die andere trug einen besonders glücklichen Gesichtsausdruck zur Schau.

»Seid ihr endlich fertig?«, fragte Megan mit vor der Brust verschränkten Armen.

Daniel blickte Mark an und nickte. »Yeah, und vielen Dank, dass ihr vorbeigekommen seid. Tut mir leid, dass ich so ungesellig war. Ich hab schon zu Mark gesagt, dieser ganze Kram hat mich derart aus der Bahn geworfen, dass ich völlig den Durchblick verloren habe. Wenn ihr mir helfen könntet, würde ich mich sehr darüber freuen.«

Mark bemerkte, dass Megan und Maj sichtbar auftauten. *Souverän*, dachte er. *Wenn ich irgendetwas in der Art veranstaltet hätte, wären die beiden erheblich mehr ausgerastet. Ich bin zweifellos der bessere Programmierer, aber die meisten Net Force Explorer behandeln mich trotzdem, als wäre ich ihr jüngerer Bruder. Für Daniel dagegen hatten die beiden Mädels eine völlig anders geartete Reaktion parat.*

»Also gut«, sagte Megan gerade und wischte sich dabei über die Stirn. »Aber könnten wir uns vielleicht an einem Ort unterhalten, an dem es etwas weniger heiß ist als hier?«

Daniel schmunzelte. »Soll das etwa heißen, dass du etwas gegen diese Hitze einzuwenden hast? Ich persönlich betreibe die Drachenfliegerei am liebsten in der sommerlichen Wüste, wenn die thermisch bedingten Aufwinde ihre größte Kraft haben. Augenblick mal, ich hab da etwas bei mir, was euch allen gefallen wird. Passt mal auf.«

Damit drehte er sich zu der schier endlosen Einöde um und befahl: »Simulation ändern in Abenddämmerung gegen Ende April. Temperatur auf 21°C einstellen. Ausführung!«

Die gesamte Umwelt begann sich zu verändern. Die Farbe des Himmels wechselte von einem klaren Hellblau in eine Art Gobelinteppich, in dem sich die Farben Orange, Violett und Rot miteinander mischten, so weit das Auge reichte. Fast hätte man den Eindruck gewinnen können, jemand hätte zu einem riesig großen Pastellmalkasten gegriffen und den gesamten Himmel angemalt. Auch die Sonne, die sie eben noch mit kaum zu ertragender Hitze fast zu Boden gedrückt hätte, hatte sich in eine rot glühende Kugel verwandelt, die langsam hinter dem Horizont verschwand. Die Temperatur sank auf ein angenehmes Niveau, und Megan, Mark und Maj konnten jetzt auch die Geräusche des nächtlichen Lebens in der Wüste wahrnehmen. Eulen schrien auf der Jagd nach Beute, Grillen zirpten, und hier und dort heulte auch ein Kojote, wodurch alle auf ihre Gegenwart aufmerksam gemacht wurden. Überall um sie herum erwachte die Wüste zum Leben, und das auf eine Art und Weise, wie man es am helllichten Tage niemals erlebte.

Die vier Kids standen zunächst einmal nur da und waren voll und ganz damit beschäftigt, dies alles in sich aufzunehmen. Daniel war der Erste, der das Wort ergriff. »Ich liebe die Wüste. Sie ist so friedlich, so ... leer. Hier hat man das

Gefühl, der einzige Mensch auf der ganzen weiten Welt zu sein.«

»Es ist wunderschön. Hast du das gestaltet?«, fragte Maj.

Daniel lächelte und schüttelte den Kopf. »Nicht alles. Hierbei handelt es sich um ein Gebiet der Chupadera Mesa in den Weiten Neu-Mexikos. Ich habe die Grundzüge der Topografie heruntergeladen und anschließend herumexperimentiert, bis alles so aussah, wie ich es mir vorgestellt habe. Die Gegend spricht mich wirklich an, und ich komme immer wieder her.«

Als er bemerkte, mit welchen Blicken Megan und Maj Daniel bedachten, rollte Mark mit den Augen. »Also«, schaltete er sich ein, um damit anzuzeigen, dass er bereit war, auf den eigentlichen Grund zu sprechen zu kommen, weshalb sie sich hier getroffen hatten. »Wie bekommen wir heraus, wer wirklich hinter der Sache steckt? Wer es auch immer sein mag, er ist gut, und ich meine damit wirklich gut, denn selbst Joanna und das gesamte Team für interne Sicherheit haben es nicht geschafft, ihn ausfindig zu machen. Das kann allerdings auch darauf zurückzuführen sein, dass sie sich viel zu sehr auf Daniel konzentriert haben, um den wirklichen Täter zu finden.« Mit diesen Worten hatte Mark es geschafft, die anderen drei auf den Boden der Realität zurückzuholen.

»Ich weiß noch nicht einmal, wo wir anfangen sollten«, gab Daniel zu. »Was ich damit sagen will, ist, *ich* weiß, dass ich an diesem Wochenende noch nicht einmal in der Nähe der Net-Force-Site war, sich andererseits jemand ein Bein ausgerissen hat, um es genau so aussehen zu lassen. Das wiederum lässt für mich nur den einzigen Schluss zu, dass wir es mit einem ernstzunehmenden Hacker zu tun haben, und zwar mit einem, der nicht nur einen Plan, sondern auch ein Ziel verfolgt.«

»Da bin ich ganz deiner Meinung«, stimmte Mark zu.

»Aber bevor wir auch nur einen Schritt weitergehen, gebt mir eine Minute Zeit.« Damit griff Mark in seine Gürteltasche und förderte ein Icon zutage, das aussah wie die leere Sprechblase aus einem Cartoon, und warf es in die Luft. Das Icon flog etwa drei Meter hoch und entfaltete sich zu einer Kuppel, die sich über ihre Gruppe legte. »Das sollte uns eine gewisse Privatsphäre verschaffen. Nur für den Fall, dass jemand uns belauschen will. Und jetzt hört euch an, was ich vorhin im Hauptquartier herausgefunden habe.« Mark berichtete zunächst über die Suche nach den Sicherheitsprotokollen und erzählte von dem Techtronix-Täuschkörper, den er gefunden hatte. Dabei vergaß er auch nicht, die Logon-Adresse mit dem Rückverweis auf Daniels Computer zu erwähnen.

»Himmel, da hat mich jemand auf dem Kieker«, entfuhr es Daniel.

Mark schüttelte den Kopf. »Da bin ich mir gar nicht mehr so sicher. Ich glaube vielmehr, dass du nur das Pech hattest, als Testobjekt herhalten zu müssen. Ich meine damit, dass du rein zufällig als Opfer ausgewählt wurdest. Es hätte ebenso leicht auch Megan, Maj oder mich treffen können.« Verblüfft starrten die anderen ihn an. »Na ja, ich denke, dass es nicht eben leicht gewesen wäre, in meine Identität zu schlüpfen, was aber nicht besagen will, dass es gänzlich unmöglich gewesen wäre.«

»Du sprachst eben von einem Testobjekt«, hakte Megan nach. »Verstehe ich das richtig, dass du meinst, das alles könnte noch einmal passieren?«

»Ohne jeden Zweifel«, bestätigte Mark. »Daniel hat Recht. Dieser Typ verfolgt einen bestimmten Plan. Erstens hat sein Chamäleon-Programm perfekt funktioniert, zumindest soweit der Hacker es beurteilen kann. Daniel ist es, dem man die Schuld in die Schuhe schiebt, und bislang ist es noch niemandem gelungen, auch nur den Hauch eines Beweises zu erbringen, dass jemand anderer als Daniel dafür verantwortlich ist.«

»Und zweitens?«, fragte Daniel.

»Ganz einfach«, antwortete Mark und machte eine Pause, um den anderen die Gelegenheit zu bieten, von selbst darauf zu kommen. Als niemand etwas sagte, seufzte er und fuhr fort. »Soweit ich es beurteilen kann, hat der Hacker noch nicht alles bekommen, was er wollte. Obwohl das Eindringen Daniel zur Last gelegt wird, ist nicht von der Hand zu weisen, dass der eigentliche Täter bei seiner Aktion von den Sicherheitseinrichtungen der Net Force unterbrochen wurde. Folglich hat der Hacker es nicht geschafft, sein Vorhaben in vollem Umfang zu erledigen. Aber jetzt, da er weiß, dass sein Chamäleon-Programm funktioniert, wird er mit Sicherheit zurückkommen.«

»Und sich dabei einer unserer Identitäten bedienen«, ergänzte Maj und blickte dabei Megan an. »Womit sich mir allerdings die Frage stellt, wie wir es schaffen sollen, einen von etlichen Hundert Hackern zu ausfindig zu machen, der dämlich genug ist, ins Hauptquartier der Net Force eindringen zu wollen?«

»Ganz offensichtlich war dieser Hacker aber alles, nur eben nicht dämlich«, meinte Daniel. »Schließlich hat er es ja mal geschafft.«

»Hat er das wirklich? Mark, hast du nicht eben erzählt, dass derjenige, wer immer es auch sein mag, die äußeren Sicherheitsalarme nicht ausgelöst hat? Oder habe ich da etwas falsch verstanden?«

»Nein, das stimmt«, bestätigte Mark. »Er flog auf, nachdem er sich an einer internen Passierstelle nicht ausweisen konnte. Ich frage mich, wieso?«

»Möglicherweise wurden die äußeren Sicherheitsalarme nicht ausgelöst, weil sich der Hacker bereits innerhalb der Net-Force-Site befand«, antwortete Megan.

Mark dachte einen Augenblick nach und blickte dann auf. »Das würde nichts anderes bedeuten, als dass wir einen Maulwurf im Hauptquartier haben.« Er schüttelte den Kopf. »Du bist verrückt.«

»Jetzt denk doch mal nach«, widersprach Megan. »Im gesamten letzten Jahrzehnt hat es niemand, und ich meine damit bei Hunderttausenden von Versuchen, wirklich niemand geschafft, bis zum inneren Kern der Net-Force-Programme und -Datenbanken vorzudringen. Und jetzt soll es jemand so mir nichts, dir nichts geschafft haben, wie ein Geist durch die äußeren Verschlüsselungsringe zu dringen und aus Bereichen Daten herunterzuladen, zu denen der Zutritt verboten ist? Vielleicht habe ich nicht deine Ahnung, was Systeme angeht, aber so viel ist selbst mir klar, dass, wenn er es geschafft hat unbemerkt einzudringen, es für mich keinen ersichtlichen Grund gibt, weshalb er sich dann nicht gleich alles unter den Nagel gerissen hat, wonach ihm der Sinn stand. Aber die Net Force Security hat fast sofort reagiert.«

»Das ist ein guter Gedanke«, lobte Daniel. »Darüber hinaus stellt sich die Frage, wie ein Hacker von draußen wissen sollte, dass er meine Identität nutzen konnte, um mit einiger Aussicht auf Erfolg einen Zugangsversuch zu unternehmen. Sich eine solche Information von den Net-Force-Computern zu verschaffen dürfte fast ebenso schwierig sein, wie jene zu stehlen, hinter denen er her war. Bei einem solchen Versuch wäre er genauso aufgeflogen wie bei dem, den er jetzt durchgezogen hat. Folglich muss es sich um jemanden handeln, der ganz genau weiß, dass ich zu den Net Force Explorern gehöre.« Er runzelte die Stirn. »Oder genauer gesagt, dass ich dazu gehörte.«

»Und demnächst auch wieder dazugehören wirst«, beruhigte ihn Mark. »Wenn jemand nur herauszufinden versuchte, ob du ein Net Force Explorer bist, dürfte das kein Problem darstellen, da bin ich mir sicher. So was ist schließlich kein Staatsgeheimnis. Die Sache bekommt aber ein ganz anderes Gewicht, wenn versucht wird, sämtliche deiner ID's und Passwörter zu duplizieren. Dazu muss man schon genauer hinschauen. Solche Daten sind nur von einem Computer zu bekommen, der entweder bei der Net Force steht oder bei dir zu Hause. Gleichwohl macht das, was Megan gesagt hat, durchaus Sinn.«

»Okay. Gehen wir einmal davon aus, dass da irgendjemand in der Net Force herumspioniert und dass derjenige es noch einmal versuchen wird. Dadurch ergibt sich die nächste Frage, wie wir es bewerkstelligen können, den Kreis der Verdächtigen von mehr als fünftausend potenziell Verdächtigen auf eine Person einzuengen?«, überlegte Maj.

»Wir können schon mal all diejenigen ausschließen, die nichts mit der Arbeit an Computern zu tun haben, wozu beispielsweise sämtliche Angestellten der Cafeteria gehören«, meinte Daniel. »Die Person, nach der wir suchen, müsste ein Agent und darüber hinaus auch noch jemand sein, der irgendwie in Kontakt mit den Net Force Explorern steht, besonders was mich betrifft. Ich möchte wetten, dass mein Ruf als Hitzkopf eine entscheidende Rolle dabei gespielt haben dürfte, mich vor jedem anderen in Betracht zu ziehen. Vielleicht hat der Hacker mich gerade deswegen ausgewählt.«

»Da hast du Recht. Andererseits frage ich mich, weshalb er dich überhaupt genommen hat? Wenn sich dieser Hacker innerhalb der Net Force befindet, muss er daran interessiert sein, auch weiterhin im Verborgenen zu bleiben«, wandte Maj ein. »Der beste Weg, einen Verdacht von sich selbst abzulenken ...«

»... ist immer noch, ihn auf jemand anderen zu lenken, der einen guten Verdächtigen abgibt«, beendete Daniel den Satz. »Damit willst du also andeuten, dass dieser Durchlauf lediglich als Test für das Chamäleon-Programm zu verstehen war, oder? Es hat funktioniert, und wie es aussieht, hat es mich erwischt. Das verschafft dem Hacker die Möglichkeit, damit weiterzumachen. Mist! Damit bewege ich mich auf einem verdammt heißen Pflaster!«

Maj nickte. »Aber ganz so schlecht, wie es den Anschein hat, ist die Sache doch wieder nicht. Jetzt, da sich die gesamte Aufmerksamkeit ausschließlich auf dich konzentriert, dürfte sich der Maulwurf ziemlich sicher fühlen. Er wird es wieder versuchen, und zwar schon ziemlich bald. Das wiederum verschafft uns die Gelegenheit, ihn zu ertappen und auf diese Weise deine Unschuld zu beweisen.«

»Was uns zum ursprünglichen Problem zurückbringt: Wie machen wir diesen Hacker ausfindig, bevor er einen neuen Versuch startet?«, fragte Mark. »Ich finde, dass wir selbst mit dem Wenigen, was wir im Augenblick wissen, immer noch mit rund tausend Personen innerhalb der Net Force rechnen müssen, die einerseits Daniel kennen und andererseits Positionen bekleiden, sich in solche Dateien einhacken zu können.«

»Jedenfalls werden sie innerhalb von Washington und nicht in irgendwelchen Außenstellen zu suchen sein«, stellte Maj fest.

»Wie kommst du denn darauf?«, fragte Mark.

»Die Wahrscheinlichkeit bei Leuten in Washington dürfte erheblich größer sein, dass sie Daniel kennen. Wenn du die Absicht hast, Behörden der Vereinigten Staaten auszuspionieren, musst du schon an die Quelle herangehen«, erklärte Maj. »Die meisten Maulwürfe sind in Washington und Umgebung gefasst worden. Schließlich ist das die Gegend, in der die besten Agenten und die lukrativsten Ziele zu finden sind. Also, gibt es einen besseren Ort als das Hauptquartier der Net Force, um eine solche Operation in Gang zu bringen? Selbst bei allen Zugangsmöglichkeiten, die das Internet bietet, weshalb sollte man unnötige Risiken eingehen?«

»Als ob die Tatsache nicht schon riskant genug wäre, ausgerechnet an dem Ort, den man ausspionieren will, sein Lager aufzuschlagen. Aber du hast Recht. Wir werden das berücksichtigen müssen. So weit, so gut. Hier meine Theorie: Dieser Hacker läuft im Hauptquartier herum, hat aber noch keinen allzu großen Durchblick, wie er sich auf der Veeyar-Site zurechtfinden soll. Er ist gerade dabei zu lernen, wie er die richtigen Fäden miteinander verknüpfen muss«, dachte Mark laut. »Da es sich um ein brandneues Problem handelt, ist es vielleicht jemand, der erst kürzlich dazugekommen ist, oder jemand, der vorübergehend zum Net-Force-Hauptquartier abkommandiert wurde. Mit ziemlicher Sicherheit können wir es schaffen, aus der Beschäftigten-Datenbank der Net Force Querverweise darauf zu bekommen, welche Neulinge in den letzten beiden Monaten hinzugekommen sind. Dadurch sollte schon mal eine erhebliche Eingrenzung möglich sein. Dann werden wir diese Liste durchforsten und sehen, wer einen guten Grund hatte, Daniel kennen zu lernen oder etwas über Daniel zu erfahren. Also was können wir sonst noch überprüfen? Welche Gründe könnten jemand zu einem Verrat motivieren?«

»Denk doch mal an die Geschichte. Wenn man alles auf den Kern reduziert, was bleibt dann noch als einzige Sache, für die fast jeder Spion Verrat verübte?«, fragte Megan.

»Geld«, antworteten die drei anderen im Chor.

Megan nickte. »Jedes einzelne von einem Dutzend verschiedener Länder würde mit Kusshand für Geheimnisse zahlen, die bei der Net Force unter Verschluss gehalten werden. Dabei sind nicht allein die Sicherheitsprogramme von Interesse, sondern auch sämtliche anderen Informationen, die an einem normalen Tag im ganz normalen Tagesablauf eingehen. Verflixt. Dabei sind es nicht allein irgendwelche

Staaten. Wahrscheinlich gibt es auch noch Hunderte von Firmen, die ebenfalls Interesse an derartigen Informationen haben.«

»Yeah, Firmen wie beispielsweise Techtronix«, ergänzte Mark.

»Genau«, meinte Megan. »Wenn wir also die Liste der neu Eingestellten auf Querverweise durchsuchen, die in das Zeitfenster des Hacking-Versuchs passen, und diese dann mit deren wirtschaftlichen Verhältnissen abgleichen, werden wir genau diejenigen finden, die entweder tief in den roten Zahlen stecken oder mehr Geld ausgeben, als sie verdienen. Dann müssen wir diese Leute nur noch dahingehend überprüfen, ob sie Daniel kennen. Was dabei herauskommt, dürfte eine recht kurze Liste jener Personen ergeben, die mit größter Wahrscheinlichkeit Dateien der Net Force abkupfern würden.«

»Das finanzielle Zeugs sollte nicht allzu schwer zu beschaffen sein. Mir fallen da gleich ein Dutzend Adressen ein, wo man mit den richtigen Informationen für einen Zwanziger sämtliche Auskünfte darüber bekommt, was jemand von dem Zeitpunkt an gekauft hat, seit er Kindergeld bezogen hat«, sagte Mark. »Überlasst das ruhig mir. Eine Stunde online, und ich hab alles, was wir brauchen.«

»Das bringt uns zum nächsten Punkt«, übernahm Maj. »Wir werden von jetzt an auf der Suche nach einem Doppelagenten im Bereich der Net Force herumschnüffeln. Meint ihr nicht, dass wir Captain Winters davon in Kenntnis setzen sollten, was wir vorhaben?«

»Yeah, und wie sollen wir das deiner Ansicht nach anstellen?«, fragte Daniel. »Etwa einfach in sein Büro stürmen und verkünden: ›Hi, Captain, wie geht's Ihnen denn heute? Schönes Wetter, nicht wahr? Ach, übrigens, wussten Sie schon, dass wir der Ansicht sind, dass einer von den neuen Agenten bei der Net Force ein Spion ist? Faktisch haben wir nicht mal den Hauch eines Beweises, weil wir gar keine Ahnung haben, um wen es sich handelt. Für uns spielt das allerdings keine Rolle, weil wir den Typ so oder so schnappen werden, denn wir wollen den Namen des guten alten Daniel Sanchez reinwaschen. Schließlich soll Daniel ja nicht erwachsen werden, um später einmal in der Innenstadt seine Brötchen als Kanalarbeiter zu verdienen. Wir haben nur kurz reingeschaut, um Sie zu informieren. Danke fürs Zuhören einen schönen Tag noch.‹ Schwebt dir vielleicht etwas in der Art vor?«

Megan und Maj kicherten über Daniels ernsthaften Gesichtsausdruck und die völlig unschuldige Stimmlage, mit der er diese kleine Rede gehalten hatte. Mark hingegen war während der gesamten Schmährede todernst geblieben und hatte erst gegen deren Ende gelächelt. »Daniel hat Recht, und das nicht nur aus den Gründen, die er angeführt hat, sondern auch noch aus einem anderen. Im Augenblick ist sogar Captain Winters nicht über jeden Verdacht erhaben.«

Die anderen starrten ihn an. »Mark, ist dir eigentlich klar, was du da gerade gesagt hast?«, fragte Megan.

»Aber selbstverständlich. Sieh mal, wir alle wissen, dass er es nicht ist. Aber hier läuft irgendjemand herum, der die konstruierte Persönlichkeit eines jeden anderen annehmen und damit so ziemlich alles anstellen kann, einschließlich des Versuchs, sich Zugang zu geheimen Daten zu verschaffen. Was spricht dagegen, dass sich der Hacker beim nächsten Mal Winters' ID bedient? Denkt doch mal darüber nach ... er hat wie keiner sonst bei der Net Force die Net Force Explorer im Griff. Der entscheidende Punkt ist doch der, dass wir, solange wir diese Liste nicht kürzen können, niemand in der Net Force trauen dürfen. Keinem – Captain Winters nicht ausgeschlossen. Und damit habt ihr auch den Grund dafür, weshalb ich vorhin als Erstes diese Sicherheitskuppel installiert habe«, erklärte Mark.

»Nun gut, aber wie sicher können *wir* uns noch fühlen? Das ist doch lächerlich, weil wir schließlich im Augenblick alle online sind, und ich habe nicht die geringste Lust, eine blöde Diskussion unter dem Motto: ›Bist du wirklich Mark?‹ und: ›Bin ich wirklich Maj?‹ vom Zaun zu brechen. Wir müssen einfach davon ausgehen, dass wir wirklich die sind, die wir zu sein vorgeben, sonst werden wir niemals vom Fleck kommen. Seht mal, wir kennen einander gut genug, um in der gleichen Minute, in der wir den Mund auftun, ganz sicher wissen zu können, dass dies das reale Kid ist, das da spricht. Der Hacker würde so etwas ebenso gut wissen. Einer unserer großen Vorteile ihm gegenüber ist jedoch der, dass der Hacker keine Ahnung hat, dass wir von ihm wissen. Er ist nämlich immer noch der Ansicht, dass er sich in Sicherheit wiegen kann. Genau das ist aber der Ansatzpunkt für uns, wie wir ihn schnappen können: Seine übersteigerte Selbstsicherheit«, erklärte Maj.

»Mag ja sein, dass es stimmt, was du da sagst. Allerdings darfst du nicht den Fehler machen, eine Sache zu vergessen: unser Chamäleon ist ebenfalls sehr gut. Letzten Endes haben wir es hier mit etwas zu tun, bei dem wir selbst über keinerlei Erfahrung verfügen, sie aber eigentlich haben sollten. Dieser Typ hat es geschafft, sein Eindringen so zu tarnen, dass die Spuren zu Daniels Computer zurückverfolgt wurden. Dann hat er es auch noch geschafft, die Protokolle von Daniels Site so zu verändern, dass alles so aussieht, als seien die Aktivitäten von Daniel ausgegangen. Aber vielleicht hat er uns ein paar Hinweise hinterlassen. Auf jeden Fall wird es besser sein, Daniel, wenn ich einmal ein paar Scanprogramme über dein System laufen lasse. Wir wissen schließlich, dass der Typ darin herumgepfuscht hat. Vielleicht schaffen wir es ja auf diese Weise, einen Hinweis auf unseren Hacker zu bekommen. Aber Maj hat einen wichtigen Punkt erwähnt. Ich bin mir keineswegs darüber im Klaren, wie sicher das Internet überhaupt noch ist. Nach diesem Treffen sollten wir versuchen, uns so oft wie möglich in der realen Welt zu treffen«, schlug Mark vor. »Hat irgendjemand ein Problem damit?«

»Ich nicht«, meinte Megan, »und Maj geht bei uns zu Hause sowieso ein und aus. Also ist es auch kein Problem, alles so zu arrangieren, dass sie auch über Nacht bleiben kann, wenn es sich als nötig erweisen sollte.«

»Ich wohne in der Nähe des Stadtzentrums, aber mein Problem ist derzeit ein anderes. Ich bin mir nämlich keineswegs sicher, ob ich überhaupt wegkommen kann«, berichtete Daniel schulterzuckend. »Mein Dad ist im Augenblick ziemlich sauer auf mich. Im Moment frage ich mich sogar, ob ich überhaupt noch jemals das Haus verlassen darf.«

»Du wohnst doch auch in Georgetown, oder?«, fragte Mark.

Daniel nickte und nannte ihm die Adresse.

»Das ist doch bloß ein paar Häuserblocks von uns entfernt«, stellte Mark fest. »Vielleicht schaffe ich es, zu dir zu kommen.«

»Klasse, das klappt bestimmt. Wie wäre es denn, wenn du nach der Schule deine Scanprogramme über mein System laufen lässt?«, fragte Daniel. »Zum Teufel, dann könnte ich genau die Rolle spielen, die meine Eltern von mir erwarten.«

»Wie wär's mit morgen?«, schlug Mark vor. »Dann habe ich wahrscheinlich auch schon die Informationen, die wir über unsere Verdächtigen brauchen, und wir können gleich damit anfangen, nach Wegen zu suchen, wie wir unser Chamäleon am besten fangen.«

»Einverstanden. Dann bliebe lediglich noch eine Frage zu klären: Wie können wir uns am besten untereinander verständigen, wenn wir neue Informationen haben oder ein

Treffen wie dieses hier zusammentrommeln wollen?«, fragte Megan. »Da die meisten von uns ohnehin meist im Internet anzutreffen sind, würde es unter normalen Umständen kein Problem sein. Im Augenblick traue ich dem Netz aber überhaupt nicht, und das Gleiche gilt auch für Festnetztelefone. Wir haben doch alle Foilpacks, oder?«

Die drei anderen nickten zustimmend. »Dann werden wir die benutzen. Anrufe, die über die Dinger laufen, sind verschlüsselt und nur sehr schwer abzufangen. Außerdem könnte es eine gute Idee sein, unserem Projekt einen Namen zu geben, damit wir in aller Öffentlichkeit darüber reden können, wenn sich einmal die Notwendigkeit ergeben sollte. Ich hatte da an irgendein Codewort gedacht«, schlug Mark vor.

»Jetzt hoffe ich bloß, dass du nicht auch noch der Ansicht bist, wir bräuchten geheime Handzeichen und Parolen, Squirt«, hänselte Daniel.

Mark grinste. »Nicht ganz. Aber wie sieht's aus? Hat jemand eine Idee?« Die vier Jugendlichen dachten einen Augenblick nach. Dann blickte Daniel auf.

»Ich hab's, und das wird auch bei den Virt-Mails klappen. Wenn Ihr irgendetwas Neues habt, erwähnt nur ein Referat über Macbeth. Kein Mensch wird so was bei einer Horde Schulkinder ungewöhnlich finden. Auf dieser Grundlage können wir dann Treffen oder alles andere vereinbaren, was sich als nötig erweist, wenn wir den nächsten Schritt planen.«

»Macbeth. Find' ich toll. Einer der blutrünstigsten Gestalten bei Shakespeare und der Betrüger schlechthin. Klingt perfekt«, meinte Megan. »›Oh, welch schändlich Netze wir spinnen, wenn wir mit unsrer ersten Täuschung woll'n beginnen!‹ Das Zitat ist nicht aus dem Schauspiel, passt aber ganz gut zu unserem Chamäleon.«

»Yeah, und einer von uns ist ihm schon in dieses Netz

gegangen. Lasst uns zusehen, dass es dabei bleibt und ihm nicht noch einer in die Falle tappt«, sagte Mark.

Daniel, Maj und Megan nickten. »In Ordnung, dann sprechen wir uns morgen wieder«, schloss Mark und loggte sich mit einem Blitz aus. Als Nächste verabschiedeten sich die Mädchen und verschwanden. Sie ließen Daniel so allein zurück, wie er gewesen war, als er zum ersten Mal in die Wüste kam.

Als er jetzt hinaus auf die flache Landschaft blickte, spielte ein hartes Lächeln um seine Lippen. So weit war alles weit besser gelaufen, als er erhofft hatte. *Auf jeden Fall muss ich vor Squirt den Hut ziehen. Er weiß wirklich nicht, wann man aufhören muss*, dachte er. *Aber das kann mir nur nützen, und vielleicht rettet es mir sogar den Arsch. Auf keinen Fall darf ich jedoch den Anschein erwecken, als wäre ich übermäßig scharf auf seine Hilfe. Schließlich hab ich ja auch meinen Stolz.*

Daniel nahm seinen Drachen auf und trat an die Felskante. Er blickte hinaus in die endlose Wüste und wusste, dass da draußen im Internet irgendwo ihre Beute herumschlich. *Wir sind dir auf der Spur, Chamäleon, und ich werde nicht aufhören, bevor ich dich an die Wand genagelt habe.*

Kapitel 7

Schon früh am nächsten Morgen wachte Mark auf und machte sich fertig für die Schule. Dann spülte er zwei Hochenergie-Frühstücksriegel mit einem Glas Milch hinunter und loggte sich auf der Net-Force-Site ein. Als Erstes sah er nach, ob Captain Winters schon da war, musste aber feststellen, dass dieser noch für die nächste halbe Stunde an einer Sitzung teilnahm. Er hinterließ ihm eine kurze Nachricht, in der er den Captain bat, mit ihm Kontakt aufzunehmen, sobald er die Zeit dazu fand, und machte sich auf den direkten Weg zu den Protokollarchiven.

Da es sich bei der Net Force um eine Regierungsbehörde handelte, war die Veeyar-Site eine vereinfachte und schmucklose Version virtueller Büros im Internet-Layout, die sich wie in der wirklichen Welt präsentierten. Mark wählte den direkten Weg zu dem Bereich, der im allgemeinen Sprachgebrauch nur als das »Leichenschauhaus« bezeichnet wurde. Hier lagerten komprimierte Datenordner mit Informationen, die nicht der Geheimhaltung unterlagen. Dort fand man so ziemlich alles, angefangen von uralten Fällen bis hin zu umfangreichen Berichten über die aktuelle Liste der »Meistgesuchten Personen« der Net Force. Wie es schien, hatten einige Programmierer dem Reiz nicht widerstehen können, bei der Gestaltung dieses Raums einer seltenen Anwandlung von Humor nachzugeben. Das »Leichenschauhaus« war ein langer, staubiger Raum mit niedriger Decke, in dem sich schier endlose Reihen von Zugschränken in der Ferne zu verlieren schienen.

Hoffentlich finde ich hier, was ich suche. Im Gegensatz zu Daniel würde man mich *nämlich zu Recht des Hackens beschuldigen, wenn ich jetzt geschnappt werde*, ging es Mark durch den Kopf, während er die endlosen Reihen von Schränken absuchte.

»Computer: Berichte zusammenstellen. Sammeln sämtlicher Namen neu hinzugekommenen Personals mit Einstellungsdatum oder Abkommandierung, beginnend beim 1. März 2025 bis zum heutigen Tage.«

Während Mark wartete, begannen sich verschiedene Datenordner zu öffnen und gaben Papiere frei, die in seine Richtung flatterten. Innerhalb weniger Minuten lagen etliche Dutzend Blatt vor ihm aufgestapelt. Mark griff sie aus der Luft und knüllte sie zu einer Kugel zusammen, wodurch er sein Kompressionsprogramm aktivierte. Dann schleuderte er die Kugel in Richtung Tür, wodurch er die Daten auf die Reise zu seinem zu Hause stehenden Computer schickte. Die Ordner hatten sich soeben geschlossen, als Mark hörte, dass die Tür hinter ihm aufging. Im Herumdrehen erkannte er Captain Winters, der auf ihn zutrat.

Während der Captain näher kam, fühlte Mark einen kalter Schauer den Rücken hinunterrieseln. In der letzten Zeit hatte er nichts verbrochen, was auch nur annähernd *so* schlimm gewesen wäre wie seine augenblickliche Aktion. Folglich war es auch nicht die Befürchtung, dass Winters vielleicht vorhaben könnte, ihn sich wegen seiner Hacks vorzunehmen, was ihm Sorgen bereitete. Obwohl er im Augenblick sicher zu Hause saß, nervte ihn der Gedanke, dass er gerade hier im Veeyar mit dem Chamäleon sprechen könnte, doch gewaltig. *Selbst wenn ich diesen Mann mit meinem Programm abtasten würde, könnte es mir lediglich zeigen, von welchem Computer dieses Konstrukt generiert wurde. Wenn es mir dann mitteilt, dass es vom Computer des Captains kommt, würde auch das nicht viel zu bedeuten haben. Sollte das Chamäleon wirklich so gut sein, wie ich vermute, dann ist es für ihn eine Fingerübung, seine eigene Logon-Site nach Lust und Laune durch jeden beliebigen Computer umzuleiten.*

»Mark, ich habe deine Nachricht erhalten. Allerdings habe ich nur ein paar Minuten Zeit. Was gibt's denn?«, fragte er.

»Ich wollte Ihnen nur mitteilen, dass wir gestern noch mit Daniel gesprochen haben und er uns zugesichert hat, nichts Unüberlegtes zu tun«, berichtete Mark. *Na ja, wenigstens dieser Teil meiner Erklärung entspricht in etwa der Wahrheit*, schoss es ihm durch den Kopf. »Ich denke, dass er warten wird, bis die vorläufigen Ermittlungen abgeschlossen sind, um zu sehen, was ihm die Net Force vorwirft, bevor er selbst eine offizielle Stellungnahme abgibt.« *Dabei kann ich bloß hoffen, dass wir es bis dahin geschafft haben herauszufinden, wer* wirklich *hinter alldem steckt.*

»Okay. Behaltet ihn in den kommenden Tagen weiter im Auge und stellt sicher, dass nichts passiert. Sein Vater hat sich furchtbar aufgeregt, und ich möchte auf keinen Fall, dass der Secret Service anfängt, wegen der Net Force verrückt zu spielen, wenn ich es nur irgendwie vermeiden kann«, schloss Captain Winters.

»Gehe ich recht in der Annahme, dass sich bislang noch nichts Neues ergeben hat?«, fragte Mark nach.

Captain Winters schüttelte den Kopf. »Tut mir Leid, Mark. Die Links zu Daniel sind immer noch die einzigen Hinweise, über die wir verfügen.« Captain Winters blickte sich um, als würde er erst jetzt wahrnehmen, wo sie sich im Augenblick befanden. »Was hat dich eigentlich hierher verschlagen?«

»Ich arbeite an einem Referat und musste dazu noch einige Daten überprüfen. Ich dachte mir, dass die Net Force in Internet-Angelegenheiten sicherlich über umfassendere Datenbestände verfügt als unsere Schulbibliothek«, antwortete Mark, wobei er innerlich zusammenzuckte, weil er unter normalen Umständen im Gespräch mit Captain Winters niemals versucht hätte, die Wahrheit auf solche Weise zu verschleiern. Dieses Mal stand Mark aber kurz davor, wirklich zu lügen, wollte er hier ungeschoren wieder herauskommen. *Tatsächlich* hatte er einige Information über die Geschichte des Internets herausgesucht und auf seinen Computer zu Hause heruntergeladen. Nur so wäre es ihm für den Fall, dass er später einmal hierzu befragt werden sollte, auch möglich, entsprechende Dokumente zu präsentieren. Darüber hinaus entsprach jedes einzelne Wort, das er gesagt hatte, der Wahrheit. Allerdings war das Referat mehr für Daniel als für die Schule gedacht, obwohl er den gegenteiligen Eindruck erweckt hatte. Aber allein schon die Tatsache, dass er den eigentlichen Grund seines Hierseins verschwiegen hatte, bereitete ihm Kopfschmerzen. *Aber schließlich war dies der schnellste Weg, an genau die Informationen zu kommen, die wir brauchen, ohne dass jemand unangenehme Fragen stellt,* rechtfertigte Mark sich vor sich selbst. *Außerdem, wenn das hier nicht der wirkliche Winters war, dann habe ich sowieso niemandem geschadet.* Wenn es das Chamäleon war, mit dem er sich im Augenblick unterhielt, dann brauchte er kein schlechtes Gewissen zu haben.

Captain Winters schien Marks Antwort widerspruchslos zu akzeptieren. »Ach, da wir gerade von der Schule sprechen, wird es eigentlich nicht langsam Zeit, dass du dich auf den Weg machst?«

Mark grinste. *Das* wiederum hörte sich ganz nach dem echten Winters an. »Stimmt, Sir«, antwortete er schnell, verließ die Net-Force-Site und zischte zu seiner Homepage, um sich rasch noch davon zu überzeugen, dass die Daten auch tatsächlich angekommen waren, bevor er sich ausloggte. Anschließend verließ er das Haus, um den Autobus zur Schule zu erreichen.

* * *

Für Daniel begann der Tag ausgesprochen unerfreulich und verlief anschließend nur noch schlechter. Die Vorkommnisse am Wochenende hatten ihn in ein Gefühl der Nervosität und der Verärgerung versetzt. Brennender Zorn schwelte nach wie vor in seinem Bauch, so als warte er nur darauf, dass irgendjemand oder etwas zum Auslöser dafür wurde, ihn wieder aufsteigen zu lassen. Daniel war sich durchaus der Notwendigkeit bewusst, sich beherrschen zu müssen. Wenn er sich auch noch Ärger in der Schule einhandelte, war das so ziemlich das Letzte, was er im Augenblick gebrauchen konnte.

Unglücklicherweise hatte er bei all dem, was er im Moment um die Ohren hatte, eine Sache völlig vergessen: für die heutige Stunde im Leistungskurs Biologie war die Ausarbeitung einer Simulation über das Kreislaufsystem des Menschen fällig gewesen. Folgerichtig hatte sich Daniel daraufhin prompt vor der gesamten Klasse einen strengen Verweis seitens des Professors eingehandelt. In der Sportstunde hatten sie dann Football-Unterricht gehabt, und Daniel waren während des Spiels drei Fouls unterlaufen. Eins davon hatte er sogar vorsätzlich provoziert.

Zur Mittagszeit hatte Daniel allein an einem Tisch in der Cafeteria gesessen und seine Mahlzeit zu sich genommen, als ihm gegenüber ein Junge aufgetaucht war, der von zwei weiteren Burschen flankiert wurde. Daniel hatte aufgeblickt und die Stirn gerunzelt. Ihm direkt gegenüber hatte sich Marcus Connors, das führende Großmaul und eine ständige Plage der Bradford Academy, niedergelassen. Marcus war vorhin beim Football der Auslöser für Daniels Foul gewesen. Eigentlich hatte er diesen Typ immer als jemanden abgetan, der unter einem gehörigen Komplex litt. Aber wenn er jetzt auf eine Schlägerei aus war, sollte es ihn nicht allzu viel Mühe kosten, Daniel so weit zu provozieren, dass er dem pummeligen Blödmann ein blaues Auge verpasste.

»He, Sanchez, wusstest du schon, dass du wie ein kleines Mädchen abblockst? Mensch, bin ich froh, dass du nicht in meiner Mannschaft spielst, dann hätten wir mit Sicherheit verloren. Vielleicht wärst du ja besser in Form, wenn du nicht so viel Zeit mit den Cyber-Heinis in diesem Deppenverein verbringen würdest, in dem du Mitglied bist.«

Daniel legte die Gabel ab und schluckte den Bissen hinunter, den er gerade im Mund hatte. Obwohl jede einzelne instinktive Regung seines Körpers danach schrie, dem Kerl eine zu knallen, wusste er doch genau, dass er es sich im Augenblick nicht leisten konnte, noch mehr Probleme zu bekommen. Stattdessen beherrschte er seine Stimme. »Connors, du spielst selbst so beschissen, dass du es ja nicht mal schaffst, dir eine Erkältung, geschweige denn einen Football zu fangen. Wenn du beim nächsten Mal wieder nachtrittst, werde ich weit Schlimmeres mit dir anstellen, als dich nur festzuhalten«, zischte Daniel.

»So wie du zuschlägst, werde ich es noch nicht einmal spüren. Es lag ganz bestimmt nicht an mir, dass deine Stürmer es nicht gebracht haben«, schoss Connors zurück.

»Das mag schon stimmen, aber es wäre eine willkommene Überraschung, wenn du zur Abwechslung mal nach den Regeln spielen würdest«, antwortete Daniel. »Du bist ein Langweiler, ob auf dem Spielfeld oder sonst wo. Warum haust du nicht einfach ab und tötest jemand anderem den Nerv? Ich hab jetzt zu tun.« Damit nahm Daniel die Gabel wieder auf und aß weiter.

Connors starrte ihn einen Augenblick an und warf seinen Freunden einen Blick zu, die daraufhin beide den Kopf schüttelten. Dann schob er Daniels Tablett in dem Augenblick zur Seite, als dieser einen Bissen zu sich nehmen wollte.

»Lass dir endlich mal was Neues einfallen, Connors, und jetzt rück das Ding wieder raus«, zischte Daniel durch die zusammengebissenen Zähne.

»Oder was?«, spottete Connors. »Nun mach schon, du harter Junge. Was willst du denn schon machen, he?«

Statt einer Antwort griff Daniel nach vorn, schnappte sich Connors Daumen und quetschte die beiden Fingerglieder etwa rechtwinklig zusammen. Schlagartig wurde Connors durch den einsetzenden Schmerz aschfahl. Seine beiden Kumpel blickten einander an, weil sie unsicher waren, wie sie sich verhalten sollten.

»Ich werde dich jetzt noch einmal ganz höflich auffordern, das Tablett innerhalb der nächsten drei Sekunden wieder vor mir abzustellen«, forderte Daniel ruhig, wobei er den Druck auf Connors Daumen erhöhte, was den Jungen aufkeuchen ließ. »Danach werde ich allerdings anfangen, etwas weniger höflich zu sein, und ich kann dir versichern, dass du nach dem Wochenende, das ich hinter mir habe, ganz bestimmt keine Lust darauf hast zu erfahren, wie das dann aussieht.«

»Okay! Okay! Jetzt lass schon los!« Connors wedelte mit der freien Hand herum und schob das Tablett schließlich zurück, bis es wieder genau vor Daniel stand. Im gleichen Augenblick gab dieser den Daumen des Jungen frei und aß so ruhig weiter, als sei nicht das Geringste vorgefallen. Connors umklammerte seinen misshandelten Daumen und starrte Daniel an. Doch welche Drohungen auch immer er noch gegen Daniel hatte ausstoßen wollen, als einer der Aufseher der Mensa an ihnen vorüberging, schluckte er sie hinunter. Im gleichen Augenblick, in dem Daniel bemerkte, dass sich die Aufmerksamkeit von Connors und seinen Freunden von ihm abgewandt hatte, stand er leise vom Tisch auf. Als Connors sich schließlich wieder umdrehte, war alles, was er noch zu sehen bekam, ein leerer Stuhl und ein Tablett mit einer halb verzehrten Mahlzeit darauf.

Während Daniel davonging, schüttelte er den Kopf. *So ein Mist,* dachte er. *Jetzt hoffe ich nur, dass Mark bald mit Ergebnissen aufwarten kann, sonst werde ich, wenn ich weiter über den ganzen Kram nachdenke, noch jemanden umbringen.* Während er durch die Eingangshalle ging, warf er einen Blick auf die Uhr. *Zwei Minuten nach halb zwei. Nur noch drei Stunden.*

Daniel bog aus dem Korridor zu dem Klassenzimmer ab, in dem er seine nächste Unterrichtsstunde haben würde. Unvermittelt blieb er stehen und starrte die Reihe von Türen am anderen Ende der Halle an. Dort hatte er einen hochgewachsenen, mageren Jungen bemerkt, der mit zerlumpten Jeans und einem in schreienden Farben bedruckten Hawaiihemd bekleidet war und seine Nase an der

Fensterscheibe am Ende des Korridors platt drückte. Als er erkannte, dass Daniel ihn bemerkt hatte, erstrahlten dessen Gesichtszüge in einem Ausdruck übertriebener Erleichterung. Der Junge wirkte hier auf den Stufen der Bradford Academy etwa ebenso fehl am Platze wie ein Haifisch in einem Goldfischglas. Doch er krümmte unbekümmert den Zeigefinger und bedeutete Daniel durch dieses Zeichen, näher zu kommen.

Der blickte sich kurz um, weil er sich vergewissern wollte, dass ihm niemand aus der Mensa gefolgt war, und setzte sich dann in Richtung der Türen in Bewegung. Die Hi-Tec-Sicherheitseinrichtungen der Bradford garantierten, dass niemand ohne eine entsprechende Erlaubnis in das Gebäude gelangen oder sich hier aufhalten konnte. Daniel zog seine ID-Karte durch das Schloss und stieß die Tür auf. »Jimmy. Was machst du denn hier? Ich war davon ausgegangen, dass wir uns erst nach der Schule treffen wollten.«

»Na ja. Ich habe deine Nachricht bekommen und mich daraufhin ganz spontan entschieden, heute blau zu machen und mir die Örtlichkeiten einmal genauer anzusehen. Hey, Mann. So sieht es also aus, wo die bessere Hälfte von uns lernt. Ich möchte wetten, dass Ihr Typen ausschließlich Spitzenausrüstung zur Verfügung gestellt bekommt«, meinte Jimmy.

Jimmy Cole war schon seit der Kindergartenzeit Daniels bester Freund. Sie hatten stets dieselben Schulen besucht, doch als Daniels Familie nach Georgetown umgezogen war, musste er Jimmy und die alte Nachbarschaft zurücklassen. Dennoch hatten sie immer Kontakt zueinander gehalten und konnten sich darauf verlassen, füreinander durch dick und dünn zu gehen. Tatsächlich wäre er auch mit Jimmy und noch ein paar anderen Freunden zum Baseballspiel gegangen, wenn nicht das Schicksal und sein Vater dazwischengefunkt hätten.

»Ja, ja. Hier ist alles doppelt so schön, weshalb wir auch

doppelt so hart rangenommen werden«, wiegelte Daniel ab. »Wie war das Spiel?«

»Mann, du hast eine unglaubliche Show verpasst!«, schwärmte Jimmy. »Gegen Ende des fünften Innings hat Rodrigo einen Ball in Richtung unserer Plätze gedroschen. Stell dir vor, direkt auf uns zu. Jeder hat sich geduckt, verstehst du? Der Ball kommt also angeflogen, und zuerst sieht es so aus, als würde er an den Stehplätzen vorbeifliegen. Also lehnt Gene sich ganz weit über die Barriere, streckt seinen Handschuh aus und ist bereit, den Ball zu fangen. Der Ball fängt an zu fallen, und es hat den Anschein, als würde er ihn um ein paar Zentimeter verpassen. Im allerletzten Augenblick stürzt Gene aber nach vorn und erwischt ihn mit der Spitze seines Handschuhs doch noch. Glücklicherweise haben Rick und ich ihn noch an den Beinen packen und seinen Hintern zurück über die Barriere ziehen können. Du hättest dabei sein sollen. Als das Spiel vorbei war, durften wir in den Umkleideraum, und Rodrigo hat uns ein Autogramm auf den Ball gegeben. Schätze mal, deine Eltern haben dich immer noch im Schwitzkasten, was?«

»Dieselbe Scheiße, nur ein neuer Tag. Aber ich freue mich, dass ihr Jungs einen schönen Abend hattet. Klar, dass ich mir gewünscht habe, dabei zu sein«, sagte Daniel.

»Yeah, wär' schon Klasse gewesen, mit dir zusammen hinzugehen. Also, was liegt an?«, kam Jimmy zur Sache.

»Hast du immer noch Spaß am Schnüffeln und Beobachten?«, fragte Daniel.

»Na klar. Fast wie in den alten Tagen, was?«, antwortete Jimmy mit spitzbübischem Grinsen. »Das waren noch Nächte.«

Als Daniel mit Jimmy und noch ein paar anderen Freunden auf der Mittelschule war, hatten sie ständig Ärger mit der Nachbarschaft bekommen. Besonders Jimmy war einer der ganz Wilden gewesen. Es hatte ihnen Spaß gemacht herumzuziehen und in dem Zeugs herumzuwühlen, was andere wegwarfen. Nicht um zu vandalieren oder etwas in dieser Art, sondern ganz einfach, um dadurch Rückschlüsse ziehen zu können, wie andere Menschen lebten. Eines Nachts hatte Jimmy einen uralten Feuerlöscher angeschleppt, der noch mit komprimiertem Wasser arbeitete. Damit waren sie den ganzen Abend herumgerannt und hatten alles nass gespritzt, was sich bewegte, den fließenden Verkehr nicht ausgeschlossen. Im Laufe der Jahre hatte sich der Freundeskreis immer wieder neu formiert und war schließlich langsam auseinander gedriftet. Nur Daniel und Jimmy waren übrig geblieben, und soweit Daniel wusste, hatte sein Freund immer noch ein Herz für die alten Tricks.

»Diesmal ist es nichts so Tolles wie damals«, wiegelte Daniel ab. »Aber ich brauche dich, um zwei weitere Jungs von der alten Mannschaft zu rekrutieren. Ich meine Jungs, denen man wirklich vertrauen kann.«

»Kein Problem. Um was für einen Job handelt es sich?«, hakte Jimmy nach.

»Ich brauche jeden Einzelnen von euch, um Freitagabend ein Auge auf eine ganz bestimmte Person zu haben. Die Sache könnte sich aber die ganze Nacht lang hinziehen«, erklärte Daniel. »Innerhalb der nächsten beiden Tage werde ich über mehr Informationen verfügen.«

»Einfach nur ein paar Typen beobachten?«, hakte Jimmy nach.

»Yeah. Ich muss zu jedem Zeitpunkt an diesem Freitag darüber informiert sein, ob und wann sie ihr Haus verlassen«, sagte Daniel, »und genau dabei könnt ihr Jungs mir eine große Hilfe sein.«

»Da kenne ich genau die Kumpels, die dafür in Frage kommen«, versicherte Jimmy. »Aber worum geht es dabei? Gibt es irgendetwas, das ich wissen müsste?«

»Ich hab ein paar Typen an den Hacken, denen ich nicht

ausgerecht am Freitagabend über den Weg laufen will. Das ist alles.«

»Na gut. Wenn du allerdings vorhaben solltest, ihnen eine nachdrücklichere Botschaft zu übermitteln, brauchst du nur Bescheid zu sagen. Ich und die Jungs haben schon lange keinen mehr aufgemischt.«

»Nein, nichts in der Art. Mach dir deswegen keine Gedanken. Das Einzige, was ich in dieser Nacht brauche, sind ein paar zusätzliche Augen«, erwiderte Daniel.

»Schon in Ordnung. Ist ja dein Hals.« Als Jimmy hörte, dass die Schulglocke zum Unterricht rief, schubste er Daniel freundschaftlich. »Hört sich fast so an, als müsstest du zurück in die Tretmühle und deine große Nase wieder in die Bücher stecken.«

»Yeah. Erinnere mich bloß nicht daran. Ich bleib mit dir in Verbindung und lass dich wissen, wie alles ablaufen wird«, sagte Daniel. »Beim nächsten Mal schauen wir uns das Spiel gemeinsam an.«

»Hört sich ja nach einem richtigen Plan an. Ich muss jetzt los. Pass bloß auf, dass sie dich hier nicht zum Weichei machen«, hänselte Jimmy.

»Das schaffen die nie«, versprach Daniel. »Ich seh dich später.«

»Nicht wenn ich dich zuerst sehe«, witzelte Jimmy über die Schulter, während er bereits die Stufen hinunterlief.

Daniel sah ihm nach und wünschte sich eine Sekunde lang, ihm folgen zu können. Doch dann drehte er sich mit einem Seufzer um und ging zurück ins Schulgebäude.

* * *

Nach dem Unterricht fuhr Mark mit dem Zubringerbus zu Daniels Anschrift. Er betätigte die Türglocke, und eine Frau, von der Mark annahm, dass es sich um Daniels Mutter handelte, öffnete ihm die Haustür.

»Du musst Mark sein. Daniel hat schon erwähnt, dass du vorbeikommen würdest. Komm doch rein. Gibst du mir deine Jacke?«, fragte Daniels Mom, während sie ihn durch das getäfelte Foyer in eine Diele führte, in der ein prunkvoller Kronleuchter von der Decke hing.

»Danke, Mrs. Sanchez. Ist Daniel da? Wir beide haben einiges an Arbeit vor uns.«

»Natürlich. Er wartet schon auf dich. Geh die Treppe hinauf und dann nach links. Sein Zimmer ist das am Ende des Flurs. Hast du noch was gegessen, bevor du hierher gekommen bist?«

Mark grinste. *Mütter.* »Yeah. Vielen Dank für das Angebot, Mrs. Sanchez, aber ich hab mir etwas auf dem Weg hierher gekauft.«

»Wenn du etwas brauchst, sag Daniel Bescheid, er soll es mich wissen lassen.«

»Werd' ich machen«, versprach Mark schon auf halbem Weg die Treppe hinauf. Sobald er aus dem Sichtbereich von Daniels Mutter war, schlenderte er den Flur hinunter zur am Ende des Flurs liegenden Tür von Daniels Zimmer. Ein Lichtstreifen fiel unter der geschlossenen Tür durch, aber Mark konnte kein Geräusch vernehmen. Leise klopfte er an.

Eine gedämpfte Stimme von der anderen Seite. »Yeah?«

»Ich bin's, Mark.« Er hörte ein Geräusch, als würden irgendwelche Dinge beiseite geschoben. Schließlich öffnete sich die Zimmertür etwa zehn Zentimeter weit und Daniels Gesicht erschien im Türspalt.

»Komm rein«, forderte Daniel ihn auf.

Mark machte eine Bewegung, um die Tür weiter aufzuschieben, wurde von Daniel jedoch daran gehindert. Der schüttelte nur den Kopf und trat beiseite.

Als Mark sich durch den schmalen Spalt gezwängt hatte, erkannte er auch, wieso. Stapel von Kleidungsstücken bedeckten den gesamten Fußboden, und einer dieser Haufen hinderte die Tür daran, sich weiter öffnen zu lassen. Gegen eine Zimmerwand lehnte ein Mountainbike, und unmittelbar darüber hingen ein Paar Inline-Skates in unmittelbarer Nachbarschaft einer Tafel mit dem periodischen System der Elemente. Die gewölbte Decke war über und über mit alten Spielfilmplakaten, vornehmlich Krimis, beklebt. Es war so ziemlich alles vertreten, angefangen von *Casablanca* über *Point Blank* und *Pulp Fiction* bis hin zu *Heat*. In den Regalen an den Wänden lag eine schwindelerregende Ansammlung von Merkwürdigkeiten. Einen menschlichen Totenschädel gab es ebenso wie einen halb entwickelten Fischembryo, der in einer zähen Flüssigkeit schwebte. Mark blickte näher hin, weil er nicht erkennen konnte, um was es sich dabei handelte.

»Ein Hai-Embryo«, erklärte Daniel, der Marks forschenden Blick bemerkt hatte.

»Oh«, meinte Mark nur und nickte, während er sich weiter umsah.

»Na ja, dann herzlich willkommen in meinem Gefängnis«, bemerkte Daniel, während er gleichzeitig T-Shirts und Jeans aus dem Weg trat, um zu seinem Veeyar-System zu gelangen.

Als Mark zu ihm trat, stieß er einen lang gezogenen Pfiff aus. »Ein SOA Nakamura XS660 mit einem gebündelten Laserport. Wenn das hier ein Gefängnis ist, dann würde ich mich auch gern hier einschreiben.«

Daniel runzelte die Stirn. »Gerade du müsstest doch auch so was zu Hause haben. Schließlich ist dein Dad ein großes Tier bei der Net Force, und so einer muss immer das Neuste vom Neuen haben, um ganz vorn mitspielen zu können.«

»Klar. *Er* hat so was, was aber nicht heißt, dass ich darüber verfügen kann, wann immer ich Lust habe. Für mein Zimmer kriege ich nur die Sachen, die er nicht mehr braucht.

Mein System ist bis an die Belastungsgrenze hochgetaktet, aber schon über ein halbes Jahr alt. Heutzutage ist das etwa das Gleiche, als würdest du mit der DNA eines Dinosauriers arbeiten, wie du weißt«, antwortete Mark.

»Ja, ja, wenn es um Erziehung geht, ist meinem Herrn Vater eben nichts gut genug«, entgegnete Daniel. »Das ist eine der Sachen, von denen ich ihm klar gemacht habe, dass ich sie für die Schule haben müsste. Was natürlich nicht bedeuten soll, dass ich es wirklich bräuchte. Wahrscheinlich wäre ich mit einer Ausführung darunter genauso gut zurechtgekommen. Ich hab mir einfach gedacht, dass er es sich, zum Teufel noch mal, eben leisten kann. Ach, übrigens, nur für den Fall, dass du meinem Dad über den Weg läufst, wir arbeiten zusammen an einer Referatsimulation für die Schule. Macbeth zum Beispiel.«

Mark nickte. »Geht klar. Warum legen wir nicht gleich los? Ich muss noch eine Virt-Mail an Maj und Megan schicken, um ihnen mitzuteilen, dass sie uns jetzt treffen können. So sehr ich es im Augenblick auch hasse, dass wir uns online austauschen, ist es dennoch der praktischste Weg. Bis sie sich melden, können wir ja unsere Datenrecherchen vervollständigen und die Liste der Verdächtigen weiter eingrenzen.«

»Hast du etwas Verwertbares bei der Net Force herausbekommen?«, fragte Daniel. »Leider hab ich kein zweites Veeyar-Set für dich. Ich hoffe, dass das kein Problem ist.«

»Hab mir schon gedacht, dass du keins hast. Deswegen habe ich mir einen Veeyar-Kragen mitgebracht.« Mark öffnete seinen Rucksack und förderte etwas zutage, das wie eine leichtgewichtige Nackenklammer mit einer Blackbox aussah. »Alles, was ich jetzt noch brauche, ist ein Stuhl.«

»Kein Problem.« Daniel ging zu etwas hinüber, das aussah wie ein Haufen Kleidungsstücke, und schob Hemden und Jeans zur Seite. Nach ein paar Sekunden zog er unter dem Durcheinander einen Stuhl hervor und stellte ihn direkt neben den Veeyar-Zugang. »Bitte sehr.«

Mark ließ sich auf den Stuhl fallen und hielt Daniel das Modul zur Verdoppelung des Veeyar-Zugangs hin. »Steck das Ding in irgendeine freie Schnittstelle. Es arbeitet kabellos und schickt die Daten direkt an meinen Port«, erklärte Mark und legte den Kragen an. »Von mir aus kann's losgehen.«

Daniel setzte sich in den ergonomisch geformten Sessel seines Systems und ließ eine kleine Konsole aufspringen, unter der sich etliche leere Steckdosen befanden. Dort steckte er Marks Interface ein und aktivierte anschließend sein eigenes Implantat.

»Gehen wir's an.«

Mark lehnte sich zurück, blinzelte ... und fand sich selbst auf einer großen Plattform stehend wieder, die sich gut dreihundert Meter über dem Erdboden befand. Unter sich konnte er verschiedene Ebenen des Gebäudes erkennen, das sich dort unten ausdehnte, wobei jede der darunter liegenden Ebenen größer als die darüber liegende war. So vermittelte die Pyramide den Eindruck, als sei sie aus gigantischen Stufen erbaut. Die Pyramide selbst war von einem saftig grünen Dschungel umgeben, der sich zu drei Seiten bis zum Horizont erstreckte. Auf der vierten, die in Richtung Süden zeigte, wurde das Laubwerk hier und dort von den Spitzen kleinerer Pyramiden und Gebäuden aus Stein und Holz durchbrochen, die eine einstige Stadt erahnen ließen. Eine warme Brise, die den Geruch des Dschungels, der dunklen Erde und blühender Pflanzen ebenso mit sich trug wie eine Kakophonie von Tierlauten – von Vögeln, Affen und einmal sogar das Fauchen eines Jaguars –, strich durch Marks Haare.

»Ich hätte es nie für möglich gehalten, Daniel, dass du für so etwas ein Herz hast. Was sind wir hier eigentlich?«, fragte Mark, ohne den Blick von der unglaublichen Landschaft lösen zu können, die sich meilenweit um ihn herum ausdehnte.

Daniel war neben Mark getreten und blickte über das grüne Blättermeer hinweg, das ihnen praktisch zu Füßen lag. »Das hier ist die Halbinsel Yuccatan etwa zu Beginn des 15. Jahrhunderts. Es ist eine alternierende Geschichtssimulation, in der ich gern herumspiele. Ich habe mir vorgenommen, zu der Zeit, in der Kolumbus, Cortez und Pizarro hier eintreffen, Zentral- und Südamerika zu einem einzigen großen Imperium zusammengeführt zu haben. Ich habe herausgefunden, dass es lediglich einiger geringfügiger Veränderungen der Geschichte bedarf, wie beispielsweise des Vorhandenseins einer Resistenz gegen Pocken, und ich kann die Eindringlinge auf ihrem Zug nach Nordamerika zurückschlagen. Außerdem hoffe ich, dass es möglich sein wird, die nordamerikanische Ostküste ausreichend frühzeitig beeinflussen zu können, dass es zu keinem Fußfassen von Europäern in Amerika kommt und ich dann beide Teile Amerikas regieren kann, solange ich an der Macht bin.«

Mark nickte. »Ein Multi-Player-Spiel?«

»Ja, die Option steht zur Verfügung. Inzwischen gibt es weltweit schon rund 50 000 Mitspieler. Ich habe allerdings keine Lust, mich ihnen anzuschließen. Ich ziehe es vor, meine eigene Politik zu betreiben und mein Schicksal selbst zu bestimmen. Ich mag nun einmal das unglaubliche Chaos der wirklichen Geschichte viel mehr als diese alternativen Welten aus Fantasy und Science Fiction«, ergänzte Daniel. »Aber während du die Aussicht genossen hast, habe ich die Virt-Mails an Meg und Maj geschickt und sie gebeten, uns hier zu treffen.«

»Klasse, und während wir auf die Mädels warten, werde ich die Such- und Anzeigeroutine laufen lassen, um festzustellen, ob sich irgendetwas auf deinem System zeigt, das nicht normal ist.« Mark zog gleichzeitig ein rotes Kreuz aus der Jackentasche, um es sogleich in die Luft zu werfen. Das Programm aktivierte sich selbsttätig und begann sofort mit der Auflistung von Programmen, während im Hintergrund die Reparaturroutinen starteten, deren Fortschritt von Mark und Daniel gespannt beobachtet wurde. Nach einigen Minuten erklang ein sanftes Glockenspiel, welches signalisierte, dass die Such- und Anzeigeroutine ihren Durchgang beendet hatte, und Mark ließ die Zusammenfassung der Ergebnisse vor ihnen beiden erscheinen.

»Also gut. Ich kann nichts finden, was darauf hinweist, dass sich jemand an deinem System zu schaffen gemacht hat. Das wiederum bedeutet, dass niemand etwas oder ...«

»... jemand einfach so verdammt gut war, dass du keine Spur von ihm entdecken konntest«, schloss Daniel den Satz für Mark.

»Ähm, ja«, räumte Mark ein. »Allerdings, was immer auch davon zu halten sein mag, neige ich dennoch mehr zur erstgenannten Möglichkeit.«

»Kann ich mir denken«, erwiderte Daniel grinsend. »Aber im Augenblick ist das völlig unwichtig. Du gehst jedenfalls nicht davon aus, dass das Chamäleon mein System benutzt hat, verstehe ich das richtig?«

»Zumindest nicht, soweit ich das beurteilen kann«, antwortete Mark mit einem Stirnrunzeln.

»Folglich hat der Typ es irgendwie geschafft, die Net-Force-Computer an der Nase herumzuführen und sie annehmen lassen, dass sein Signal, als meines verkleidet, auch auf direktem Weg von meinem Computer kam. Aber wie hat er das bloß geschafft?«

Gute Frage, dachte Mark. »Es gibt da einige Möglichkeiten, ein Übertragungssignal so zu verfälschen, dass es so aussieht, als sei es das eines anderen. Aber unser Chamäleon hatte es gar nicht nötig, darauf zurückzugreifen. Er musste lediglich sicherstellen, dass seine Logon-Signatur mit deiner übereinstimmte, während er sich in den Kernbereich der Net Force zu hacken versuchte. Anschließend musste er es nur noch schaffen, sich in dein System zu hacken und sämtliche Protokolle deiner Homepage so zu manipulieren, dass sie mit seinen Aktivitäten übereinstimmten, bevor sie von der Net Force überprüft wurden. Auf diese Weise behielt er eine saubere Weste und du hattest den schwarzen Peter.« Aus der Ferne erklang eine Serie lauter Trommelschläge. »Sieht so aus, als wären Maj und Megan da«, meinte Daniel. »Kommt rein.«

Eine Sekunde später erschienen die beiden Mädchen neben ihnen.

»›Ein Tag, so schaurig schön, wie ich ihn noch nie gesehn‹«, rezitierte Megan mit einem Lächeln. »*Macbeth*, erster Akt, dritter Aufzug. Diese ganze Macbeth-Angelegenheit hat mich in Stimmung gebracht, das komplette Schauspiel noch einmal zu lesen.«

»Na, dann kann ich bloß hoffen, dass unser kleines Drama ein glücklicheres Ende nimmt«, sinnierte Maj. »Wäre auch bestimmt nicht schlecht, wenn ihr beide seit gestern vorangekommen wärt, weil wir kaum Zeit gefunden haben, darüber *nachzudenken*, ganz zu schweigen davon, auch noch etwas in diese Richtung zu unternehmen.«

Mark und Daniel blickten einander an, und schließlich war es dann Mark, der die Frage beantwortete. »Tatsächlich haben wir sogar einige Fortschritte erzielt.« Damit griff er nach einem weiteren Icon, das wie ein zusammengefaltetes Stück Papier aussah, und aktivierte es, indem er es in die Luft warf. Das Blatt Papier entfaltete sich und zeigte eine Liste, auf der mehr als ein Dutzend Namen vermerkt waren. »Das hier ist die Liste des gesamten Personals, das innerhalb der letzten beiden Monate entweder zur Net Force gewechselt hat oder vorübergehend ans Net-Force-Hauptquartier abkommandiert wurde. Die Informationen sind chronologisch nach den jeweiligen Ankunftsdaten sortiert. Um uns die Sache etwas leichter zu machen, habe ich sämtliche Leute aussortiert, die keinen Zugang zum Computersystem haben oder über keine entsprechenden Freigaben verfügen, etwas in der Art zu veranstalten, womit wir es hier zu tun haben«, erklärte Mark, wobei er in Richtung des Papiers nickte. Darauf teilte sich die Liste in zwei Blöcke auf, einen kleineren zuoberst, dem eine umfangreichere Liste nach unten hin folgte. »Jetzt nehmen wir sämtliche Namen, bei denen es nicht nachvollziehbare Bargeldtransfers gegeben hat, und gleichen diese mit den Namen auf den beiden Listen ab. Anschließend suchen wir uns diejenigen heraus, die am ehesten dafür in Frage kommen, sich ausgerechnet Daniel als Einfaltspinsel für das Chamäleon-Programm ausgesucht zu haben.«

»Die ersten fünf auf dieser Liste sind Sysops, also System-Operatoren oder Leute, die in der Registratur oder Wartung beschäftigt sind. Der Nächste ist in der Einsatzleitung, zwei im Archiv, einer in der Sicherheitsabteilung und einer in der Systemwartung. Jetzt wollen wir doch mal diese Liste auf Querverweise mit den Bankdaten untersuchen.« Mark nahm ein weiteres Blatt Papier und warf es hoch. Das Blatt entfaltete sich unmittelbar neben dem ersten und filterte sofort drei Namen aus. »Für mich sieht das ganz so aus, als hätten wir die drei gefunden, die sowohl über ein Motiv als auch die entsprechenden Möglichkeiten verfügten.«

Die vier Teenager drängten sich um die beiden Listen. Daniel war der Erste, der schließlich das Wort ergriff. »Na, wenn das nicht interessant ist. Der Name Ryan Valas springt einem ja geradezu ins Auge, oder nicht?«

»Du glaubst doch wohl nicht im Ernst, dass der dämlich genug sein könnte, so etwas in seiner Position durchzuziehen, oder? Dann würde er ja riskieren, sowohl die CIA als auch die Net Force gegen sich zu haben. Außerdem ist er, was die Net Force angeht, auch noch ein Außenseiter. Würde ihm allein diese Tatsache es nicht erheblich erschweren, in das System einzubrechen?«, fragte Maj.

»Grundsätzlich bin ich ganz deiner Meinung«, antwortete Mark. »Aber wer ist mehr prädestiniert, ein solches Risiko einzugehen, wenn nicht eine Person, die niemand verdächtigen würde? Und er ist jemand, der in den letzten beiden Jahren mehr Geld als Wasser verbraucht hat. Er hat einen Haufen Schulden bei seinen Gläubigern.«

»›Ein Gentleman, auf den ich baue / und grenzenlos vertraue‹«, zitierte Megan. »Trotzdem, eine der beiden anderen Personen, sei es nun Carter Donley oder Sheila Devane, erscheint mir dennoch wahrscheinlicher. Die beiden sind erheblich besser in der Lage, ihre Aktionen zu verschleiern, wenn sie ein Interesse daran haben sollten, zwielichtige Aktionen durchzuziehen, weil sie in den autonomeren Bereichen der Net Force tätig sind. Beispielsweise dieser Typ namens Donley. Der arbeitet in der Wartung. Überlegt doch mal: jedes Computersystem muss ständig gewartet und auf den neuesten Stand gebracht werden. Könnt ihr euch eine bessere Gelegenheit vorstellen, um sich eine ganz persönliche Hintertür einzubauen?«

»Was mich angeht«, meinte Daniel, »ich würde mein Geld auf Devane setzen. Sie arbeitet in der Abteilung Sicherheit, und aus ihren Bewerbungsunterlagen geht hervor, dass sie in der Sicherheitsabteilung eines Casinos gearbeitet hat, und das sowohl im elektronischen wie auch im Online-Bereich. Selbst wenn sie sich kein Spielervirus eingefangen hat, wird sie dennoch bei dieser Tätigkeit eine Menge Tricks gelernt haben. Außerdem hat sie mich bei einem Net-Force-Explorer-Treffen vor ein paar Monaten persönlich kennen gelernt.«

»Tatsache ist, dass alle drei nicht nur ein finanzielles

Motiv haben, sondern darüber hinaus auch noch über die Möglichkeiten verfügen, so etwas durchzuziehen«, konstatierte Maj. »Und wenigstens zwei von ihnen haben genug Zeit mit den Net Force Explorern verbracht, um sich einen davon als passendes Ziel herauspicken zu können. Solange wir also nicht genügend Beweise in der Hand haben, um entweder einen von ihnen als Übeltäter zu identifizieren oder sie von der Liste streichen zu können, müssen wir sie als unsere Hauptverdächtigen behandeln.«

»Stimmt. Darüber hinaus zeigen die Protokolldateien, dass sie alle zum Zeitpunkt des Hack-Angriffs online waren«, fügte Mark hinzu. »Und das ist noch ein weiterer Pfeil, der auf sie als Verdächtige verweist. Wir werden unsere Suche nach dem Chamäleon also bei diesen drei beginnen.«

»Okay, nachdem wir jetzt die Liste der Verdächtigen auf diese drei Personen eingeengt haben, stellt sich die Frage, wie wir vorgehen sollen, um herauszufinden, wer von denen – wenn es denn tatsächlich einer davon ist – hinter der ganzen Angelegenheit steckt«, resümierte Daniel.

»Wie wär's denn, wenn wir zu jedem Einzelnen hingehen und ihn einfach fragen?«, schlug Mark vor.

Die drei anderen starrten ihn an, als wäre ihm in diesem Augenblick ein zweiter Kopf gewachsen. »Wie bitte?«, entfuhr es Maj.

»Jetzt überlegt doch mal. Unser einziger Vorteil besteht darin, dass der Hacker keine Ahnung hat, dass wir Bescheid wissen. Das verschafft uns eine perfekte Tarnung, scheinbar völlig unschuldig unsere Fragen stellen zu können. Wir sind doch bloß Kinder, schon vergessen?«, erklärte Mark.

»Du redest mal wieder nur von dir selbst, Squirt«, hänselte Daniel, was bei Megan und Maj prompt ein Grinsen auslöste.

»Yeah, aber ich weiß wenigstens, wovon ich rede«, konterte Mark und schnitt eine Grimasse. »Ein nicht unerheblicher Teil des Net-Force-Personals nimmt uns nicht wirklich ernst, was sich in diesem Fall als Vorteil erweisen wird. Damit haben wir nicht nur die perfekte Gelegenheit, sondern auch noch eine ebenso perfekte Tarnung zur Verfügung. Ich denke, wir sollten das Shadow-Begleitprogramm nutzen. Diese gerade anlaufende Maßnahme der Net Force können wir dann als Aufhänger nehmen, uns bei den Hauptverdächtigen als Hospitant eintragen zu lassen. Captain Winters hat schließlich selbst gesagt, dass wir uns jede beliebige bei der Net Force beschäftigte Person wünschen dürfen, mit der wir in diesem Programm zusammenarbeiten wollen. Auf diese Weise können wir dann bei denen den Gedanken einimpfen, dass wir im Besitz eines Programms sind, auf das das Chamäleon anspringt. Dazu wäre beispielsweise mein ›Schleicher‹-Programm bestens geeignet«, schlug Mark vor.

»Wenn wir den Eindruck vermitteln, es sei wertvoll genug, könnten sie versucht sein, es sich unter den Nagel zu reißen«, räumte Megan ein. »Vielleicht hast du Recht. Wir müssten uns nur noch klar darüber werden, wann und wo die bösen Jungs zuschlagen werden, wenn wir so vorgehen.«

»Und genau das wäre auch der Zeitpunkt, an dem die Net Force sie festnageln könnte«, pflichtete Maj bei. »Ich mag diese Idee.«

Daniel schüttelte den Kopf. »Nein, nicht die Net Force. Wir sind es, die sie dingfest machen müssen.«

Jetzt war es an ihm, von den anderen drei in ungläubigem Staunen angestarrt zu werden. »Hey, jetzt überlegt doch mal. Wir haben nicht den Hauch eines Beweises, der auf diese drei Typen hinweisen würde. Der einzige Grund, weshalb wir aktiv werden, ist doch der, dass ich weiß, dass ich unschuldig bin, und ihr meine Kumpels seid und mir glaubt. Die Net Force hingegen ist der Ansicht, ihren Hacker längst geschnappt zu haben ... nämlich mich. Wie Squi ..., äh, Mark schon gesagt hat, kein Einziger von denen wird uns für voll nehmen, wenn wir zu Captain Winters rennen und dem eine wilde Geschichte über eine Falle auftischen, die wir einem Maulwurf in den Reihen der Net Force stellen wollen. Wir haben nicht die geringste Chance, die Net Force davon zu überzeugen, hier mitzuspielen ... Folglich müssen wir die Sache allein durchziehen. Seht mal, ich schlage doch nur vor, dass wir unsere Angel auswerfen und abwarten, wer anbeißt. Wenn der Hacker keinerlei Verdacht hegt, sollte es ein Leichtes sein, seine Aktivitäten aufzuzeichnen. Dann erst haben wir einen Beweis, mit dem wir die Net Force zum Eingreifen bewegen können. Dann können wir das Protokoll zusammen mit allem nehmen, was wir sonst noch an Beweisen haben, damit zu Captain Winters gehen und ihn den Rest der Angelegenheit abwickeln lassen. Kein Durcheinander, kein Theater, und jeder Beteiligte ist zufrieden ... natürlich mit Ausnahme des Chamäleons, das geschnappt wird und in den Knast wandert ... vorzugsweise gleich für ein paar Jahrzehnte.«

»Mann, das hört sich in der Theorie ja ganz toll an, aber hast du mal daran gedacht, was passiert, wenn wir auffliegen? Ich brauche wohl niemanden daran zu erinnern, was passiert, wenn wir hinter dem Rücken von Captain Winters oder von meinem Vater so etwas durchziehen, oder?«, warf Mark ein, wobei er Megan und Maj gleichzeitig einen scharfen Blick zuwarf, die daraufhin von einer Sekunde zur anderen fanden, dass die Dschungellandschaft weit interessanter war, als Marks Blick standzuhalten. »Schlussendlich haben einige von uns etwas mehr zu verlieren als du.«

Wie ein Blitz zuckte der Ausdruck von Wut über Daniels Gesicht. »Ja, ja, und einige von uns versuchen, sich einen Ruf zurückzuerobern, der vielleicht für alle Zeiten dahin ist. Aber wenn du meinst, jetzt kalte Füße kriegen zu müssen ...«

»In Ordnung, ihr beiden. Das reicht jetzt«, fuhr Maj dazwischen. »Mark, wenn du nicht in die Sache hineingezogen werden willst, solltest du besser gleich aussteigen.«

»Ich hatte lediglich vor, jedem von euch die Risiken vor Augen zu führen, die mit unserem Vorhaben verbunden sind. Schließlich wollen wir genügend Beweise sammeln, um ein hochrangiges Mitglied einer Regierungsbehörde wegen Hochverrats anklagen zu können. Obwohl wir noch über keinerlei Beweise verfügen, wissen wir doch, dass jemand, der Zugang zur Net Force hat, Daniel etwas angehängt hat. Wir wissen außerdem, dass der Typ versucht hat, sich Material zu verschaffen, das der Geheimhaltung unterliegt. Der Mistkerl ist also da draußen, ganz gleich, ob die Net Force das weiß oder nicht. Er muss ebenso dringend aufgehalten werden, wie Daniels Unschuld bewiesen werden muss. Damit will ich nicht sagen, dass unsere Gründe, diese Sache durchzuziehen, nicht ausreichend wären. Ich wollte euch lediglich wissen lassen, dass es uns allen bewusst sein sollte, auf was wir uns da einlassen.«

»In Ordnung. Gut, dass du dass klargestellt hast. Also, Leute, seid ihr nun mit von der Partie oder nicht?«

»Ich bin dabei«, sagte Mark.

»Mitgefangen, mitgehangen«, meinte Maj. »Ihr könnt auf mich zählen, und wie sieht's mit dir aus, Megan?«

»›Wenn denn getan sein soll, wenn's getan, dann ist's gut getan / Gut getan ist's, wenn's denn schnell getan!‹ *Macbeth*, Erster Akt, Siebter Aufzug«, antwortete das braunhaarige Mädchen. »Je schneller dieses Chamäleon geschnappt wird, desto besser. Wie Mark schon gesagt hat, diesem Treiben muss Einhalt geboten werden. Beim nächsten Mal versucht er vielleicht etwas, bei dem er sich einen anderen von uns zum Schutzschild nimmt. Ich bin jedenfalls auch dabei.«

»Also gut. Dann stellt sich die Frage: Wer übernimmt wen?«, fragte Mark. »Hier haben wir die Liste unserer

Hauptverdächtigen. Passt gut, denn wir sind zu dritt, und wir haben drei Verdächtige. Ich möchte gerne Valas' ›Schatten' sein, und zwar in erster Linie deshalb, weil er sich mit der Programmierung im Bereich internationaler Sicherheitseinrichtungen und der Internet-Überwachung beschäftigt. Außerdem dürfte ich wohl derjenige von uns sein, der sich intensiv mit dieser Materie befasst hat, weshalb ich auch am besten seine Sprache beherrschen dürfte.« Er wartete darauf, dass die anderen irgendein Zeichen von Protest zeigten, und als nichts dergleichen kam, fuhr er fort. »Damit bleiben noch Donley in der Systemwartung und Devane in der Sicherheitsabteilung.« Er blickte die beiden Mädchen an. »Ich überlasse es euch beiden, für wen ihr euch entscheidet.«

Megan und Maj sahen einander an.

»Irgendwelche Vorlieben?«, fragte Maj.

»Ich würde lieber die Sicherheitsabteilung übernehmen, wenn es dir nichts ausmacht«, antwortete Megan.

Maj seufzte. »Ich hab's befürchtet. Also: Schere, Stein, Papier?«

Maj nickte, und die beiden Mädchen streckten jede eine geballte Faust vor.

»Eins, zwei, drei«, skandierten sie gemeinsam und ließen dabei die Fäuste durch die Luft schwingen. Beim dritten Mal streckte Megan die flache Hand als Zeichen für Papier aus, während Maj zwei Finger gespreizt hatte, um die geöffneten Schneiden einer Schere anzudeuten.

»Also die Sicherheitsabteilung für mich, und ab mit dir in die Kerker«, rief Maj mit triumphierendem Grinsen, wobei sie sich auf die Untergeschosse des Net-Force-HQ-Gebäudes bezog.

»Wenigstens ist es nur für dieses eine Mal«, gab Megan zurück. »Also gut, dann kümmre ich mich eben um Donley.«

»›Wann finden wir vier wieder zusammen hier / Bei Donner, wenn's blitzt oder der Regen fällt?'«, fragte Megan.

»Ich hab immer gedacht, bei Macbeth gäbe es nur drei Hexen«, fragte Maj.

»So ist es, aber wir sind eben zu viert, darum habe ich gedacht, es wäre besser, genau zu sein, als sich wortgetreu an das Schauspiel zu halten«, gab Megan zurück. »Aber wie dem auch sei, es wird noch einige Zeit und Trickserei kosten, genau diese Zuweisungen für das Shadow-Programm bei Captain Winters durchzubekommen. Also, wann treffen wir uns wieder?«

»Im Augenblick ist es am wichtigsten, dass wir so schnell wie möglich in das Shadow-Programm einsteigen und uns bei unseren Kontaktpersonen vorstellen. Ich persönlich glaube nicht, dass es irgendwelche Probleme geben wird, unseren Wunschpersonen zugewiesen zu werden, oder liege ich da falsch?«

»Nee. In absehbarer Zukunft wird wohl kaum jemand den Antrag stellen, einen Blick in die Abteilung für Wartung und Instandsetzung werfen zu wollen«, antwortete Megan seufzend. »Also brauche ich mir keinerlei Sorgen zu machen, dass es nicht klappen könnte. Wahrscheinlich werden die da unten sogar bass erstaunt sein, wenn ich plötzlich bei denen auftauche.«

»Na ja, du brauchst ja nur so interessiert wie möglich zu tun«, schlug Mark vor.

»Du hast leicht reden. Du bist ja schließlich ganz oben, wo sich die ganze Action abspielt, während ich dazu verdammt bin zuzuschauen, wie der Lötzinn aushärtet«, meckerte Megan.

Das Geräusch eines vernehmlichen Räusperns ließ die drei auf dem Absatz herum schwingen. Daniel stand kaum einen Meter entfernt und hatte die Hände hinter dem Rücken verschränkt. »Ich ... ich wollte mich nur bei euch allen dafür bedanken, dass ihr euch für mich einsetzt. Ich weiß genau, dass keiner von euch verpflichtet ist, selbst aktiv zu werden. Aber ihr riskiert eine Menge, um mich von dem Makel zu befreien. Ich will nur, dass ihr wisst, dass ich euch dafür sehr dankbar bin.«

Die anderen drei blickten ihn nur an, und schließlich grinste Mark. »He, wir sind doch alle hier Net Force Explorer, oder nicht? Nur um einen anderen literarischen Klassiker zu zitieren: ›Einer für alle und alle für einen.‹ Wir werden dieses Chamäleon hochgehen lassen und dafür sorgen, dass der Typ es für alle Zeiten bereut, sich bei der Net Force eingehackt zu haben.«

»Kann auch eine Sie sein. Wie dem auch sei, wir werden uns ganz besonders darum kümmern, dass der Blödmann es noch bereuen wird, einen Explorer zu seinen Zwecken missbraucht zu haben«, ergänzte Maj.

»Dann sollten wir gleich unsere Virt-Mails mit den Bitten um Zuweisung zu unseren Zielpersonen an Captain Winters schicken«, schlug Mark vor und blätterte in seinem Terminkalender. »Ich werde alles daransetzen, so schnell wie möglich die Arbeit mit meiner Zielperson aufnehmen zu können. Wenn sich bei einem von euch etwas Interessantes ergeben sollte, lässt er es umgehend die anderen wissen. Ansonsten läuft alles seinen gewohnten Gang.«

»Und das bedeutet Schule«, konstatierte Daniel. »Mist, ich muss noch diese Simulation über das Kreislaufsystem fertig kriegen, bevor es Morgen wird, oder ich bin ein toter Mann. Mark, ich bin sicher, dass meine Mom dich nach Hause fahren kann.«

»Null Problemo. Ich geh zu Fuß. Danke für das Angebot«, sagte Mark. »Bis zu unserem nächsten Treffen.«

Die vier Teens verschwanden mit einem Schlag aus der Veeyar-Site und hinterließen nur einen lauten Dschungel und schweigende Steintempel.

Kapitel 8

Den überwiegenden Teil des nächsten Tages hatte Mark reichlich in der Schule zu tun. Kaum verkündete die Schulglocke jedoch das Ende des Unterrichtstages, war er auch schon durch die Tür und rannte zu dem silberfarbenen Minivan hinüber, in dem seine Mutter auf ihn wartete. An diesem Abend hatte sie Nachtschicht, und Mark hatte sie gebeten, ihn gleich mitzunehmen, weil sein Erstkontakt im Rahmen des Shadow-Programms ebenfalls am heutigen Abend stattfinden sollte.

Niemand hätte überraschter als Mark sein können, als sein Foilpack auf dem Weg von Daniel nach Hause zwitscherte. Es hatte ihm das Eintreffen einer elektronischen Nachricht signalisiert, die von einem Absender stammte, den er selbst als dringlich gekennzeichnet hatte. Er hatte die Mail unverzüglich geöffnet und mit einiger Erleichterung festgestellt, dass Captain Winters seiner Bitte um baldmögliche Teilnahme am Shadow-Programm genau so entsprochen hatte, wie er sie formuliert hatte. Laut Captain Winters würde Ryan Valas am heutigen Abend im Hauptquartier zu tun haben und sich sehr darüber freuen, wenn ihm Mark bei der Arbeit über die Schulter schauen wolle.

Es hat eben doch seine Vorteile, wenn man der Sohn des Commanders ist, überlegte Mark, während er auf den wie ein Projektil geformten Chrysler Voyager zutrabte, der aber sowohl vom Modell wie auch von der Ausstattung her auf dem Gelände der Bradford Academy alles andere als ungewöhnlich war.

Als Marks Eltern damals erkannten, wie intelligent ihr Sohn war, hatten sie den Antrag gestellt, dass Mark diese exklusive Ausbildungsstätte schon sehr frühzeitig besuchen durfte. Daraufhin hatten die Leiter einen Termin für Mark und dessen Eltern festgesetzt und gleich klar gemacht, dass auch ein Gridley junior erst ihre Aufnahmeprüfungen bestehen musste. Als sie Mark dann fragten, welcher Eintrittszeitpunkt ihm passen würde, hatte dieser einfach zurückgefragt: »Wie wäre es denn mit jetzt gleich?« Vier Stunden später hatte er die Prüfung bestanden und war seitdem Schüler an der Bradford Academy. Dort hatte er sich genau so entwickelt, wie jeder – er selbst nicht ausgeschlossen – es von ihm erwartet hatte, und obwohl er der jüngste Schüler an der Academy war, hatte er in sämtlichen Klassen und Seminaren nur Spitzennoten mit nach Hause gebracht.

Die Tür des Vans glitt auf, und Mark stieg ein, wobei er seiner Mutter zunickte. »Hi, Mom, wie geht's?«

»Prima, Mark. Wie war's in der Schule?« Sie hob den Blick von ihrem Computermonitor und schaute ihren Sohn an.

»So ziemlich wie immer. Ich habe meine Ableitungssimulation in militärischer Theorie abgegeben, bei der es darum ging, was die Achsenmächte hätten tun müssen, um den Zweiten Weltkrieg zu gewinnen«, berichtete Mark. »Ein neuer Tag, ein weiteres ›sehr gut‹.«

»Wie du weißt, ist das Letzte, worum ich mir Sorgen mache, dein Selbstbewusstsein«, kam es trocken von seiner Mom zurück, während sie ihren Computer herunterfuhr und den Motor des Vans anließ. »Obwohl ich genug Anlass habe, mir über eine Reihe von Dingen den Kopf zu zerbrechen, darüber allerdings ganz gewiss nicht. Was hast du heute Abend im Hauptquartier vor?«

»Ich fange mit dem Shadow-Programm an. Weißt du, da bilden wir Zweiergruppen mit hochrangigen Mitarbeitern der Net Force und schauen uns deren Aufgabenbereich an, damit wir einen Eindruck davon bekommen, wie sie ihren Job machen. Laut Terminplan soll ich mich mit Ryan Valas, unserem Verbindungsmann zur CIA, treffen und mit ihm die letzten Erkenntnisse im Bereich der Computersicherheit durchgehen.« *Und dabei hoffentlich auch gleichzeitig dem Chamäleon eine Falle stellen*, dachte Mark. »Sollte eigentlich ganz interessant werden.«

»Warum machst du das denn nicht online?«, fragte seine Mutter.

»Wegen der coolen Computer und der coolen Gesellschaft, darum. Ich bin gerne im Hauptquartier, wie du weißt. Ich hab mir einfach gedacht, dass ich ein besseres Gefühl für die Dinge bekomme, wenn ich das alles live sehe. Darüber hinaus habe ich mir überlegt, dass ich vielleicht einen besseren Einblick in die Rolle bekomme, die Mr. Valas sowohl im Internet als auch in der wirklichen Welt spielt«, erklärte Mark. »Online ist es meist unmöglich, beide Ebenen gleichzeitig zu erleben.«

»Das kann ich verstehen. Du wirst Ryan mögen. Ich habe mit ihm schon wegen Sicherheitsaspekten für eine Konferenz in Belgien zusammengearbeitet«, erklärte seine Mutter. »Ich denke, du wirst ihn interessant finden.«

»Da bin ich mir sicher«, antwortete Mark. Seine Mutter wandte ihre Aufmerksamkeit der Straße zu, und Marks Gedanken kehrten zu dem zurück, was er am heutigen Abend zu tun hatte. Dabei schoss ihm plötzlich eine Frage durch den Kopf. »Mom?«

»Ja.«

»Hat es schon irgendwelche Neuigkeiten in der Hacker-Angelegenheit gegeben?«

»Du meinst die Sache mit Daniel Sanchez?«, fragte sie.

»Yeah«, bestätigte Mark. »Habt ihr denn schon irgendeinen Anhaltspunkt gefunden, wer es wirklich gewesen ist?«

»Ich wünschte, ich hätte bessere Neuigkeiten für dich. Im Augenblick sieht es leider ganz danach aus, als müssten wir davon ausgehen, dass Daniel unser einziger Verdächtiger ist. Wenn sich nicht bald etwas Neues ergibt, wird uns nichts anderes übrig bleiben, als uns auf ihn festzulegen. Joanna und ich haben keinen einzigen anderen Hinweis finden können. Es gibt tatsächlich bislang niemanden, der sich mit dem Hack zu brüsten begonnen hätte. Noch nicht einmal in den Untergrund-usenets, und du weißt selbst, wie sehr Hacker es lieben, alles herumzutratschen.«

»Allerdings. Gibt es denn irgendeine Chance, dass die ganze Sache von jemand anderem als Daniel durchgezogen wurde? Von jemandem beispielsweise, der sich innerhalb der Net Force befindet? Oder könnte es sich um einen Zufallshack handeln?«, fragte Mark. *Bin ich denn bescheuert? Ich kann doch keinen von den Bossen der Net Force danach fragen, was sie von unserer Theorie hält.*

»Jemand von innerhalb der Net Force?« Sie schüttelte den Kopf. »Das ist unmöglich. Dein Vater und Joanna sind sich völlig sicher, dass das Signal des Hackers außerhalb des Net-Force-Großrechners generiert wurde. Ich selbst bin ebenfalls davon überzeugt, dass es sich um einen externen Hacker handeln muss, selbst wenn es dein Freund nicht gewesen sein sollte. Nicht nur dein Vater und ich, sondern auch noch etliche andere Agenten haben die Dossiers von sämtlichen Personen durchgesehen, die zur Net Force abgestellt wurden. Darüber hinaus laufen auch noch umfangreiche Hintergrundermittlungen, was die Mitglieder des Stabs angeht. Normalerweise sind wir es, die entsprechende Leute anfordern, von denen wir meinen, dass wir sie in unserer Organisation gebrauchen können. Das macht es leichter für uns, die richtigen Leute für den richtigen Job herauszupicken. Wir haben die Anwärter dann schon eine Weile im Auge gehabt, bevor sie in die Net Force aufgenommen werden. Ich würde sagen, dass wir mit Ausnahme der Möglichkeit, einen extrem gut getarnten Maulwurf an Bord zu haben, es als äußerst unwahrscheinlich einstufen können, dass diese Sache von einem Insider durchgezogen wurde.«

Mark nickte. »Das ist zumindest eine Perspektive, aus der man es sehen kann.« Innerlich raste sein Verstand auf Hochtouren. *Sie ist sich ihrer Sache so verdammt sicher. Könnte es denn wirklich möglich sein, dass wir mit unserer Einschätzung voll danebenliegen? Vielleicht hat es tatsächlich jemand von außerhalb der Net Force geschafft, DNA-Signaturen zu kopieren.* Mark dachte kurz über diese Möglichkeit nach. *Nein, ich glaube, wir liegen richtig. Bis sich eine bessere Alternative zeigt, halte ich mich an unseren Spielplan.*

Nachdem der Minivan auf dem Gelände des Net-Force-Hauptquartiers geparkt war, stiegen Mark und seine Mutter aus und passierten den Kontrollpunkt am Eingang. Nachdem die Netzhäute ihrer Augen abgetastet waren und die Übereinstimmung bestätigt wurde, konnten sie auch den Waffendetektor passieren und sich anschließend auf den Weg zu ihren jeweiligen Zielen machen.

* * *

Als Mark den Korridor erreicht hatte, der zur Haupt-Einsatzzentrale der Net Force führte, sah er Ryan Valas, der ihn schon vor der Tür erwartete. Der hochgewachsene Mann lächelte, als er den näher kommenden Mark entdeckt hatte.

»Mit deinem Enthusiasmus hast du mich ohne Zweifel überrascht, Mark. Ich hatte eigentlich damit gerechnet, dass du im Laufe des Abends online vorbeischauen würdest. Aber jetzt kommst du sogar höchstpersönlich. Wie lange möchtest du heute Abend denn bleiben?«

»So lange wie möglich, wenn es Ihnen nichts ausmacht.«

»Hast du das Einverständnis deiner Eltern dazu? Und musst du morgen früh denn nicht zur Schule? Wann findest du eigentlich noch Zeit zum Schlafen?«

»Ich mache hier und da ein Nickerchen. Mein Dad behauptet immer, ich wäre mit einem Übermaß an Energie gesegnet. Deshalb ist er immer darum bemüht, mich beschäftigt zu halten. Er hat die Theorie entwickelt, dass ich im Laufe eines Tages nur genug Sachen erledigen muss und dann schon von ganz allein in einen Tiefschlaf fallen werde, sobald ich wieder zu Hause bin. Bis jetzt hat das allerdings nicht geklappt«, erklärte Mark.

»Darauf möchte ich wetten. Was dagegen, wenn wir gleich loslegen?«

»Keineswegs, Mr. Valas«, antwortete Mark.

»Da wir jetzt zusammenarbeiten, möchte ich, dass du mich mit Ryan ansprichst. Ich habe jedenfalls vor, dich Mark zu rufen. Ist das fair?«

»Gerne«, sagte Mark. *Jedenfalls macht er einen ausgesprochen freundlichen Eindruck,* dachte Mark. *Auf keinen Fall verhält er sich wie ein Spion ... was allerdings nichts zu bedeuten hat, denn ich denke, ein wirklicher Spion würde sich auch nicht auf diese Weise verraten.*

Valas holte seine Zugangskarte hervor und zog sie durch den Schlitz neben der Tür. Dann starrte er auf einen kleinen Bildschirm neben dem Türrahmen, als sich das Programm aktivierte, mit dem die Netzhaut abgetastet wurde. Schließlich blitzte ein grünes Licht auf, und die Tür glitt lautlos zur Seite.

»Normalerweise würde ich dir erst einmal die Einsatzzentrale zeigen, aber irgendwie habe ich das unbestimmte Gefühl, dass du mehr darüber weißt als ich.«

»Glaube ich nicht. Mein Dad hat mich zwar ein paarmal mit hierher gebracht, was gewöhnlich aber nur dann passierte, wenn gerade nicht viel los war«, wiegelte Mark ab.

»Dann solltest du das hier genießen. Natürlich gehöre ich im Gegensatz zu den meisten anderen hier nicht zur ersten Garde. Als Repräsentant der CIA assistiere ich nur in beratender Funktion.«

»Was ist das eigentlich genau, was Sie hier bei der Net Force machen, Mister ... ich meine, Ryan?«, stellte Mark seine erste Frage. »Ich habe immer gedacht, dass die Central Intelligence Agency sich in erster Linie damit befasst, Aktivitäten ausländischer Nationen zu überwachen, soweit sie die Vereinigten Staaten von Amerika betreffen. Die Aufgabe der Net Force dagegen besteht darin, die Internet-Kriminalität zu beobachten, soweit sie die Vereinigten Staaten angeht. Wie sind diese beiden Interessen in Einklang zu bringen?«

»Das ist eine gute Frage, Mark. Ich will einmal mit einer einfachen Antwort beginnen. Im Grunde kennt das Internet keine wirklichen Staatsgrenzen, weshalb sich CIA und Net Force gar nicht so selten mit ähnlich gelagerten Problemen konfrontiert sehen. Diese Probleme führen bei der Überwachung des Internets immer wieder zu vergleichbaren Fällen. Meine Aufgabe ist es nun, hier mit den entsprechenden Experten, wie beispielsweise deiner Mutter, zusammenzuarbeiten und auf diesem Wege sicherere Verfahren zu entwickeln, auf denen man sensibles Datenmaterial übertragen kann«, erklärte Valas. »Normalerweise wäre dies ein Job für Leute, die bei der Net Force kurz als ›Sysops‹, also Systemoperatoren, bezeichnet werden. Andererseits ist meine Behörde sehr daran interessiert, die Kommunikationskanäle und Codes zu knacken, die von anderen aggressiven ausländischen Mächten eingesetzt werden, von denen einige eine aktive antiamerikanische Linie verfolgen ... Wenn wir also sämtliche terroristischen Web-Aktivitäten verfolgen und schon an ihren Wurzeln ausmerzen könnten, bevor sie zu einer Bedrohung werden, könnten wir unzählige Menschenleben retten. Ganz zu schweigen von den Homepages, die auf diese Weise gar nicht erst beschädigt oder gar zerstört würden, und all den Dollars und Kopfschmerzen, die wir den rechtmäßigen Nutzern und Versorgern im Internet damit ersparen ... Damit hast du auch schon genau die Stelle, an der die Partnerschaft zwischen CIA und Net Force ins Spiel kommt. Ihr Typen hier verfügt über das technische Know-how, und im Gegensatz dazu eröffne ich euch den Zugang zu den Ressourcen, die der CIA in sämtlichen Bereichen der Terrorismusbekämpfung zur Verfügung stehen. Gemeinsam können CIA und Net Force es schaffen, die Web-Sicherheit für Amerika zu verwirklichen.«

Wenn das eine einfache Antwort war, möchte ich gar nicht erst wissen, was eine komplizierte ist, schoss es Mark durch den Kopf. »Wenn ich das richtig verstanden habe, sind Sie ständig auf der Suche nach Programmen, mit denen man Leute erfassen und verfolgen kann, die sich unsichtbar im Web bewegen, stimmt's?«, fragte er.

»Völlig richtig. Je mehr wir darüber herausbekommen können, wer im Internet herumgeistert und wie solche Typen das bewerkstelligen, desto mehr Möglichkeiten stehen uns offen, ihnen Einhalt zu gebieten, wenn sie dabei nichts Gutes im Sinne haben«, bestätigte Valas. »Das gilt natürlich ganz besonders für solche Leute, die es bewusst vermeiden wollen, erkannt zu werden. Der erste Schritt in der Bekämpfung eines Feindes, genau genommen sogar eines jeden Feindes, besteht stets darin, so viel wie möglich über ihn heraus zu bekommen.«

»Die Weisheiten des Sun Tzu, richtig?«, fragte Mark.

»Zumindest in einer etwas variierten Form, zugegeben. Aber ja, er verfocht ganz entschieden die Ansicht, dass es vor jedem Gefecht unabdingbar sei, Informationen zu sammeln und die entsprechenden Vorbereitungen zu treffen. Interessierst du dich denn für die Philosophie des Krieges?«, fragte Valas nach.

»Ein bisschen schon, aber eigentlich mehr am Rande«, wich Mark aus. »Wissen Sie, ich habe da an einem Programm gearbeitet, das offenbar genau auf dieser Linie liegt. Es scannt das Web aktiv nach Schleichern ab. Ich hab auch schon einen erfolgreichen Beta-Test durchgeführt, und Joanna war ziemlich angetan von der Sache. Ich kann Ihnen das Programm selbst nicht zeigen, aber ich habe Ihnen eine Kopie des Testlaufs mitgebracht. Die können Sie sich gern mal anschauen, wenn Sie mögen.«

»Aber sicher. Komm, wir sehen sie uns gleich jetzt einmal an. In den nächsten zwanzig Minuten habe ich sowieso nichts Besonderes vor. Später muss ich zu einer virtuellen Konferenz in Japan, bei der es um die Sicherheit der multinational operierenden japanischen Konzerne geht. Warum kommst du nicht einfach als ›Geist‹ mit? So gewinnst du einen viel besseren Einblick in das, was ich hier mache«, schlug Valas vor.

»Hört sich toll an. Aber würde es nicht das Zugangsprotokoll verletzen, wenn ich mit zu einer Virt-Konferenz komme?«, fragte Mark vorsichtig. »Das würde ich keinesfalls wollen.«

»Nein. Bei dieser Konferenz handelt es sich lediglich um ein Treffen, bei dem vorbereitende Strategien erörtert werden. Die dabei behandelten Themen wird man auch in jeder guten und öffentlich zugänglichen Online-Zeitung nachlesen können. Zu den wirklichen Feinheiten und tatsächlichen Sicherheitsdetails kommen wir erst zu einem späteren Zeitpunkt. Ich habe mir gedacht, dass es nichts schaden kann, wenn du dir ein Bild davon machst, wie weit selbst der inoffizielle Einfluss der Net Force geht. Aber jetzt werden wir uns erst einmal deinen Beta-Test anschauen. Was hältst du davon, die Aufzeichnung an dieser Konsole da laufen zu lassen?« Valas deutete auf einen Sitz direkt neben seinem eigenen Terminal, an dem er Platz nahm und sich einklinkte. Mark folgte ihm Sekunden später.

»Dieser Test fand vor einigen Tagen statt und erschien mir sehr vielversprechend. Ich glaube sogar, dass die Net Force das Programm gut gebrauchen kann«, erklärte Mark, während er die Aufzeichnung ihres Versteckspiels anlaufen ließ. Während er Valas dabei beobachtete, wie dieser sich einklinkte, erschien es Mark so, als liege das alles schon endlos lange zurück. *Dabei ist es erst knapp zwei Tage her, dass die Welt noch in Ordnung war*, ging es ihm durch den Kopf. *Und heute kann ich schon nicht mehr durch das Foyer der Net Force gehen, ohne mich zu fragen, wer der Verräter ist.*

Als die Aufzeichnung zu Ende war, drehte sich Valas zu Mark um. »Du hast da ein ganz unglaubliches Erfassungsprogramm geschrieben, Mark. Weiß dein Vater eigentlich, womit du deine Freizeit verbringst?«, fragte er Mark.

Dieser nickte, und Valas fuhr mit der Inspektion des Datenmaterials fort. »Faszinierend. Ein Programm, das sämtliche Spektren erfasst, um einen User zu lokalisieren, ganz gleich, welche Konfiguration dieser auch gewählt haben mag. Hast du schon einmal daran gedacht, in verschiedenen Sendebereichen Kreuzpeilungen vorzunehmen und dabei nach ganz bestimmten Modulationsbandbreiten zu suchen?«

»So weit war ich noch nicht. Ich habe zunächst einmal versucht, eine Basis zu erarbeiten, von der aus es möglich ist, Schleicher über die Lokalisierung der Datenströme zwischen deren Computer und ganz gleich welcher Site zu erfassen. Dabei ist es völlig egal, wie diese auch verborgen oder konfiguriert sein mögen«, erklärte Mark.

»Stimmt schon, aber jetzt schau dir das genauer an«, forderte Valas ihn auf und hielt die Wiedergabe genau an der Stelle an, an der Mark Megan geschnappt hatte. Er griff nach einem anderen Icon und tastete Megans Gestalt mit einer Art Nadel ab. Im gleichen Augenblick öffnete sich eine Bildfläche neben ihm, auf der sämtliche technische Daten aufgelistet wurden, die Megans Login-Protokoll beinhaltete. Dann spielte er mit einigen Zahlen herum, wodurch das Protokoll plötzlich so aussah, als hätte Megan ihre Verbindung durch ein komprimiertes Frequenzmodulationsprogramm laufen lassen. Anschließend spielte er das Video erneut ab und ließ es von Marks Erfassungsprogramm filtern. Dieses Mal zeigte sich auf dem Abschnitt der Wand, in der Megan sich befand, rein gar nichts. Während die Daten wiedergegeben wurden, konnte Mark zwar immer noch Megan erfassen, doch er hatte den Eindruck, als würde er in einem Vakuum agieren.

Valas schloss die Datei und drehte sich zu Mark um. »Sieh mal, es gibt viele unterschiedliche Wege, wie man ans Ziel kommen kann. Auf einigen davon ist es ganz leicht, elektronische Augen zu täuschen. Was passiert beispielsweise, wenn sich dein Schleicher quasi huckepack auf einen anderen Datenstrom aufsattelt und dann das System eines anderen benutzt, während die erste Person ebenfalls online ist? Es gibt eine Mengen Wege, wie man ein System infiltrieren kann. Folglich muss dein Programm auf dem breitestmöglichen Spektrum der Erfassung arbeiten, damit du einen mutmaßlichen Hacker erfassen kannst, bevor er irgendwelchen Schaden anrichten kann.«

»Es müsste also eine ganz Suite von Erfassungsprogrammen sein«, bemerkte Mark.

»Stimmt. Genau wie die AWACS-Flugzeuge, die mit Unmengen an Ausrüstung voll gestopft sind, um jede nur denkbare Form von Kommunikation überwachen zu können, sollte dein Programm sämtliche Arten von verfügbaren Unterroutinen enthalten, mit denen ein Scannen möglich ist. Diese Programme lässt du alle gleichzeitig laufen, und eins davon wird dann – hoffentlich – jedweden Eindringling orten.«

»Sieht so aus, als hätte ich meine Arbeit nur auf meinen eigenen Horizont ausgerichtet«, räumte Mark ein. »Sie haben mir vieles aufgezeigt, das ich vorher nicht berücksichtigt habe und worüber ich jetzt nachdenken muss.«

»Ja, aber genau das ist doch schon der halbe Spaß«, erwiderte Valas schmunzelnd. »Allerdings müssen wir jetzt erst mal Schluss machen und sehen, dass wir zu diesem Meeting kommen. Vielleicht haben wir anschließend noch ein wenig Zeit, weiter an der Sache zu arbeiten. Hast du eine Kopie deines Programms dabei? Wenn ich zwischendurch einmal Zeit habe, könnte ich mal sehen, ob ich dir nicht den einen oder anderen Hinweis auf Erfassungsbereiche geben kann, wo deine Arbeit noch Schwachstellen aufweist.«

»Ich würde liebend gerne zusammen mit Ihnen an der Sache arbeiten, aber ich habe Joanna fest versprochen, das Programm unter Verschluss zu halten, bis sie es sich selbst angesehen hat«, erklärte Mark. »Ich hatte schon gehofft, dass ich ihr den Beta-Test vorführen könnte, doch auf einmal hatte sie sehr viel um die Ohren wegen dieser, ähm, Sicherheitsprobleme, mit denen ihr euch im Moment herumzuschlagen habt. Außerdem befindet sich das Programm noch nicht hier auf den Computern.«

»Hast du es denn zu Hause? Es würde mir wirklich Spaß machen, wenn ich es herunterladen und mir mal näher ansehen könnte«, beharrte Valas.

»Nachdem ich mit Joanna darüber gesprochen habe, hat sie mir ebenfalls einige Vorschläge gemacht, was ich noch einbinden könnte. Ehrlich gesagt war das sehr schmeichelhaft für mich, weil sie so sicher war, dass das Programm zu verwenden wäre. Deshalb hat sie mich gebeten, weiter daran zu arbeiten. Allerdings sollte ich das ausschließlich auf Dads gesichertem System tun, das mit nichts und niemandem sonst verbunden ist. Folglich kann ich es Ihnen im Moment leider nicht zum Download zur Verfügung stellen. Offen gestanden möchte ich noch ein Weilchen zu Hause daran arbeiten, bevor ich es irgendjemandem vorführe. Joanna präsentiere ich es zuerst, da ich ihr versprechen musste, dass ich es unter Verschluss halten werde, bis sie es sich angesehen hat. Jedenfalls fände ich es toll, wenn Sie auch noch Vorschläge machen würden, nachdem sie damit fertig ist. Wie wäre es denn mit folgendem Vorschlag? Ich schicke Ihnen eine Virt-Mail, wenn ich mit der Durchsicht fertig bin und es hier auf die abgesicherte Site geladen habe. Dann können Sie sich ja mit Joanna in Verbindung setzen und sie fragen, ob es ihr recht ist, wenn Sie es sich auch ansehen.«

»Hat Joanna denn schon gesagt, wann sie es sich ansehen will?«, hakte Valas nach.

»Wahrscheinlich kaum vor dem Wochenende, weshalb ich mir ziemlich sicher bin, die Datei bis dahin für den Download fertig gestellt zu haben. Sie hat erwähnt, dass sie das Programm am Samstag auf einige der alten Fälle im Sicherheitsarchiv anwenden will. Deshalb wird es sich auch auf dem Server des Sicherheitsbereichs befinden. Ich denke, sie wird das Programm über die Daten des kürzlich erfolgten Eindringversuchs laufen lassen, um zu sehen, ob dabei etwas herauskommt«, sagte Mark und achtete genau auf Valas' Reaktion. *Ist er gerade zusammengezuckt, oder habe ich mir das bloß eingebildet?* »Wie lange wird das bevorstehende Meeting eigentlich dauern?«

»Na ja, bei der Liebe der Japaner für alles Protokollarische und Formalitäten könnte sich die Sache schon ein paar Stunden hinziehen. Immer noch interessiert?«

»Na klar«, antwortete Mark. »Allerdings kann es sein, dass ich mich früher verdrücken muss. Hausaufgaben und der ganze Kram, na, Sie wissen schon.« *Der Mann hat noch nicht einmal eine Sekunde innegehalten, als ich ihm gesagt habe, dass Joanna die Absicht hat, sich eingehender mit dem Eindringversuch zu befassen*, dachte Mark. *Wenn er tatsächlich unser Chamäleon ist, dann ist er ein verdammt kaltschnäuziger Hund.*

»Ich verstehe. Ich war auch mal Schüler, ist allerdings schon einige Zeit her. Versuch trotzdem, so lange wie möglich dabei zu bleiben. Sicherlich ist es eine gute Erfahrung für dich, wenn du ein wenig von dem kennen lernst, was wir in den anderen Teilen der Welt so alles machen. Wir werden dich als Geist konfigurieren, dann kannst du gehen, wann immer du magst. Fertig?«

»Von mir aus kann's losgehen«, versicherte Mark.

»Zum Meeting der Nippon Technologies Consolidated. Go!«, befahl Valas. Die Büroräume der Net Force verschwanden und wurden durch einen asketisch ausgestatteten Konferenzraum ganz in Hochglanzlack und Marmor ersetzt. Die Wände schmückten *schoji*-Szenen auf Holz und Papier, was dem Raum eine Aura des Friedens und der Ruhe gab. Die einzige Sache, die den friedlichen Gesamteindruck ein wenig störte, waren bis ins kleinste Detail ausgearbeitete Samurai-Rüstungen, die in einer Ecke aufgestellt waren. Valas schlüpfte aus den Schuhen und schritt zum niedrigen Tisch in der Mitte des Raums hinüber, wo er sich niedersetzte. Mark stellte sich hinter ihn und war für alle anderen im Raum unsichtbar.

»Man muss sich eben den örtlichen Gegebenheiten anpassen, weißt du?«, bemerkte Valas.

Mark nickte. »Sprechen Sie denn Japanisch?«

»Leider nicht. Ich muss mich auf ein Übersetzungsprogramm verlassen, was mir einen gewissen Gesichtsverlust eintragen wird, da ich mich nicht direkt mit ihnen unterhalten kann, was sie mir gegenüber allerdings nie zugeben würden«, antwortete Valas.

»Worum genau geht es bei dieser Konferenz eigentlich?«, fragte Mark.

»Industriespionage«, lautete Valas' knappe Antwort, denn in diesem Augenblick öffneten sich die auf Hochglanz polierten schwarzen Türen am Ende des Raums, und drei makellos gekleidete Japaner mittleren Alters, gefolgt von einem jüngeren Asiaten, betraten den Raum. Valas verbeugte sich und sprach die Männer an, indem er sich vorstellte. Dann begann die eigentliche Konferenz.

Obgleich Mark die Diskussion ausgesprochen interessant fand, war er dennoch nicht ganz bei der Sache, weil er sich gedanklich mit dem Mann beschäftigte, der da vor ihm saß. *Valas entspricht so ganz und gar nicht meiner Vorstellung von einem Spion*, dachte er. *Auf der anderen Seite ist aber genau das der Knackpunkt. Spione würden nicht zu Meistern ihres Fachs gehören, wenn man sie gleich als solche erkennen könnte. Aber wie Daniel gesagt hat: Um wirklich nützlich sein zu können, muss sich ein guter Spion ziemlich hoch in einer Hierarchie einschleichen, also jemand sein, der zu vielen Bereichen Zugang hat, andererseits aber keinerlei Verdacht erregt.* Mark unterbrach seine Gedankengänge für einen Augenblick, um der Diskussion zu folgen. Valas demonstrierte gerade verschiedene Arten grundsätzlicher Sicherheitsmaßnahmen, die in bereits bestehende Systeme integriert werden konnten. Die vier anwesenden Japaner lauschten aufmerksam seinen Ausführungen. Valas sprach locker und offensichtlich nicht im Geringsten durch die Sprachbarriere gehemmt. Sein Auftreten war höflich und respektvoll, aber dennoch bestimmt. Es konnten keinerlei Zweifel daran aufkommen, wer diese Konferenz beherrschte.

Na ja, dachte Mark, *nach allem, was ich bisher gesehen habe, kann ich nur hoffen, dass er nicht der Spion ist. Ich mag ihn nämlich, und wie es aussieht, erledigt er seinen Job ausgezeichnet. Gleichwohl habe ich ihm den Köder hingeworfen, und am Freitag werde ich die Angelschnur straffziehen. Wenn wir dann unseren Fang an Land gezogen haben, wird sich schon herausstellen, wer am Haken hängt.*

Mark blickte auf und bemerkte, dass die drei Japaner sich untereinander berieten. Jetzt war ein guter Zeitpunkt gekommen, sich zu verdrücken und einige Hausaufgaben zu erledigen. Er berührte Valas am Ärmel und bedeutete ihm, dass er jetzt verschwinden würde. Valas nickte nur und winkte ihm kurz zu. Mark sprang aus dem Konferenzraum zurück ins Hauptquartier der Net Force.

Kaum zurück, loggte er sich aus und reckte sich erst einmal, bis die Gelenke knackten. Ganz gleich, wie gut eine Ausrüstung auch sein mochte, er fühlte sich nach einer längeren Sitzung auf einer Veeyar-Couch immer vollkommen verspannt. Mark blickte hinüber zu Valas, der immer noch völlig bewegungslos in die Virt-Konferenz versunken dasaß. Mark versuchte sich vorzustellen, wie dieser Mann sein Vaterland verriet. Eine Vorstellung, die er nur schwerlich mit den Gegebenheiten in Einklang bringen konnte.

Tauch am Freitag auf, und wir werden sehen, auf welcher Seite du stehst, mein Lieber, dachte Mark noch, während er bereits auf dem Weg aus der Einsatzzentrale war.

* * *

Daniel ging auf direktem Weg von der Schule nach Hause. Er hatte allerdings auch keine große Wahl. Nachdem die ganze Situation bei der Net Force regelrecht explodiert war, hatte er permanent unter Hausarrest gestanden. Das hatte zur Folge, dass er nur noch zwischen der Schule und zu Hause hin und her pendeln durfte, und nicht unbedingt dazu beigetragen, das Verhältnis zu seinem Vater zu verbessern. Ramos vertrat die Ansicht, dass sein Sohn es der Net Force überlassen musste, die notwendigen Ermittlungen durchzuführen. Daniel hingegen hatte immer wieder mit allem Nachdruck versucht, seinen Vater davon zu überzeugen, ihm genügend Freiraum zu gewähren, um die Sache selbst klären zu können.

Was kaum zu schaffen ist, wenn man zu Hause eingesperrt wird und einem der Computer praktisch verriegelt wurde, dachte er, während er die Eingangsstufen hinauftrottete. *Ganz davon abgesehen, geht Dad sowieso jedes Mal hoch wie eine Rakete, wenn ich die Sache auch nur zur Sprache bringe. Ich glaube, er ist davon überzeugt, dass ich es wirklich gewesen bin und dass ich weit eher vorhabe, da hinauszugehen und belastende Beweise verschwinden zu lassen, als nach solchen Beweisen zu suchen, die mich entlasten. Der würde mir doch noch nicht einmal glauben, wenn ich heilige Eide darauf ablegen würde, dass ich unschuldig bin.*

Nachdem er nun vom Hauptquartier der Net Force abgeschnitten war, hatte Daniel das Gefühl, als würde man dort eine Anklage gegen ihn konstruieren, wobei ihm noch nicht einmal gestattet wurde, sich selbst zu verteidigen. *Du weißt, dass du keine Chance hättest, dich zu entlasten,* gestand er sich offen ein, *wären da nicht Mark, Megan und Maj, die dir helfen. Ich bin ein Gefangener im eigenen Haus, physisch eingesperrt, und aus dem größten Teil des Internets ausgeschlossen.*

Als er das Haus betrat, wehte ihm der wundervolle würzige Duft von gebratenem Rindfleisch entgegen, der ihn durch die Diele in Richtung Küche zog, wo seine Mutter das Abendessen zubereitete.

»Hi, Mom. Kann ich dir bei irgendwas helfen?«, fragte Daniel, während er sie auf die Wange küsste. *Wenigstens sie glaubt an mich,* ging ihm dabei durch den Kopf.

»Das kannst du allerdings. Schnapp dir ein Messer und scheide die Paprikaschoten klein, die ich drüben aufs Büffet gelegt habe«, antwortete sie. »Wie lief es heute in der Schule?«

»Prima. Ich habe meine Simulation über das Kreislaufsystem fertig bekommen und abgegeben. Wir wurden aufgefordert, uns langsam Gedanken darüber machen, welche Förderklassen wir im nächsten Semester wählen wollen. Ich werde die Liste der Möglichkeiten heute Abend durchgehen«, berichtete Daniel, während er die Paprikaschoten wusch und entkernte, um sie anschließend in Streifen zu schneiden. »Fajitas zum Abendessen, was?«

»Ja«, antwortete seine Mutter kurz. »Ich hasse es, ein Thema ansprechen zu müssen, das dir wehtut, aber hast du in der letzten Zeit einmal mit deinem Vater gesprochen?«

»Über was denn?«, fragte Daniel, um die Antwort hinauszuzögern.

Seine Mutter schwenkte den Blick in seine Richtung. »Du weißt, was ich ...«

»Nicht, wenn ich es vermeiden konnte. Unsere letzten Unterhaltungen haben nicht gerade viel gebracht. Deshalb dachte ich mir, es ist am besten, wenn ich ihm eine Weile aus dem Wege gehe und ihm so die Gelegenheit gebe, sich etwas abzuregen.«

»Und was ist mit dir? Hast du dich denn inzwischen abgekühlt?«, fragte sie, während sie die gekochten Rindfleischstreifen abgoss und die Pfanne zum Vorwärmen auf den Herd stellte.

»Ja. Ich denke schon. Aber sag mir eins: Wie soll ich mich mit ihm unterhalten, wenn ich dabei das Gefühl habe, gegen eine Wand zu reden? Er hat mir noch nicht ein einziges Mal zugehört. Es ist fast so, als würde nichts von dem, was ich sage, wirklich zu ihm durchdringen«, sagte Daniel.

»Komisch. Das ist genau das, was er vor einigen Tagen zu mir gesagt hat, als wir über dich sprachen. Vielleicht liegt das Problem darin, dass ihr beide immer alles daransetzt, euren eigenen Standpunkt zu vertreten, dass ihr euch nicht die Zeit nehmt, auf das zu hören, was der andere zu sagen hat«, meinte seine Mutter. »Im Augenblick steckst du in ernsten Schwierigkeiten, Daniel, und dein Vater kann dir dabei helfen, sie zu überwinden. Ihr beide müsst in dieser Angelegenheit Hand in Hand arbeiten. Manchmal erinnert ihr mich an meine Klasse in der Schule. Ich habe immer gedacht, mit zwanzig Kindern umgehen zu müssen, die alle ihren eigenen Weg gehen wollen, sei schwierig, aber das ist nichts im Vergleich zu euch beiden.«

Daniel runzelte die Stirn. »Aber ...«

»Ich bin noch nicht fertig«, unterbrach ihn seine Mutter. »Wie wäre es, wenn zur Abwechslung einmal du zuhören würdest?«, redete sie ihm ins Gewissen, während sie zunächst die Tortillas erhitzte, bevor sie weitersprach. »Dein Vater ist ein stolzer Mann, und du hast diesen Stolz von ihm geerbt. Du benutzt diesen Stolz als Schutzschild, was in den meisten Fällen noch nicht einmal falsch ist, weil er dir auf diese Weise Selbstachtung verschaffen kann. Ohne ihn könnten Menschen versuchen, dich zu missbrauchen, aber du bist zu intelligent und auch zu selbstbewusst, dies zuzulassen. Unglücklicherweise lässt du, was deinen Vater angeht, diesen Stolz zu einem Schutzpanzer werden, der scheinbar die Vorstellung in dir auslöst, du könntest mit allem und jedem fertig werden. Du genießt das Bewusstsein, so unabhängig wie möglich zu sein, hast aber gleichzeitig das Gefühl, dein Vater verhalte sich dir gegenüber zu restriktiv ... In seinem Innersten ist er jedoch mindestens ebenso stolz auf dich, wie du es auf dich selbst bist. Er wünscht sich, dass du alles erreichst, was im Bereich deiner Fähigkeiten liegt, selbst wenn das für ihn gleichbedeutend damit ist, dich hin und wieder antreiben zu müssen.«

Daniel atmete tief durch und ließ sich die Worte seiner Mutter durch den Kopf gehen, bevor er antwortete. »Ich verstehe, was du meinst. Aber dann sag mir doch bitte auch, wie ich ihm verständlich machen soll, dass sich die Zeiten geändert haben und längst nicht mehr dieselben sind wie damals, als er selbst noch jung war. Wir haben es hier mit einem Generationenproblem zu tun. Manchmal, wenn ich mit Dad rede, habe ich den Eindruck, als stünden wir auf den entgegengesetzten Seiten eines Planeten.«

»Da hast du sicherlich Recht. Aber der Standpunkt deines Vaters ist dennoch richtig. Er ist der Ansicht, dass ganz gleich, wie sich die Welt auch verändern mag, einige Menschen doch immer dieselben bleiben. Und damit hat er Recht. Es gibt mehr als genug Menschen, die sich im Laufe der Zeit eben nicht geändert haben. Ein Rassist mit einem Computer und Zugang zum Internet ist immer noch ein Rassist, der jetzt allerdings in der Lage ist, mit anderen Rassisten auf der ganzen Welt zu kommunizieren und mit ihnen Hasspartys im Web zu veranstalten. Angelegenheiten, die mit Rassismus im Zusammenhang stehen, können Probleme hervorrufen. Auch noch in der heutigen Zeit. Und das ist mit ein Grund, weshalb dein Vater möchte, dass du bestens auf die wirkliche Welt vorbereitet bist. Er will nicht, dass du auf die gleiche Art und Weise verletzt werden kannst, wie es bei ihm der Fall gewesen ist. Er hat dich sehr lieb.« Mit diesen Worten nahm Daniels Mutter Geschirr aus einer Vitrine und reichte es ihrem Sohn. »Und auch ich liebe dich. Aber jetzt genug der Predigt. Deck bitte den Tisch.«

»Ist Dad schon zu Hause?«

»Nein, aber er hat angerufen, kurz bevor du hereinkamst, und mir gesagt, dass er auf dem Weg nach Hause ist. Ich wünsche mir sehr, dass wir es wenigstens einmal in der Woche schaffen, ein nettes Abendessen im trauten Familienkreis zuwege zu bringen. Wenn du also noch irgendetwas vor dem Essen zu erledigen hast, dann tu es bitte jetzt gleich«, schlug seine Mutter vor.

Daniel deckte den Tisch und stürmte anschließend die Treppe zu seinem Zimmer hinauf. Dort hielt er nur kurz inne, um seinen Rucksack und die Jacke in eine Ecke zu schleudern, bevor er sich anschloss und seinen Virt-Mail-Eingang überprüfte. Mit einem Seufzer der Erleichterung stellte er fest, dass eine Nachricht von Mark vorlag. Als er die Nachricht öffnete, erschien dessen lebensgroßes Bild vor Daniel.

»Hi, Daniel«, sagte die Aufzeichnung, »der Köder ist gelegt. Ruf mich zurück, wenn du diese Nachricht abgerufen hast. Übrigens, hast du eigentlich jemals wirklich *Macbeth* gelesen? Ist 'ne tolle Story! Ich könnte tatsächlich Spaß an diesem Shakespeare-Zeug bekommen. Bis später.«

Daniel machte sich auf den Weg zu Marks Veeyar-Adresse, musste jedoch feststellen, dass dieser gerade nicht online war. Das war schon fast unheimlich, denn Mark lebte praktisch online. Aber da Daniel wusste, dass es lediglich eine Frage der Zeit war, bis sein Freund wieder auftauchte, hinterließ er eine Nachricht und klinkte sich dann in die Überwachungskameras seines Elternhauses ein. Er wählte die Kamera direkt über der Garage an, weil die ihm den besten Einblick in die Zufahrt gewährte, verkleinerte das Bildfenster und platzierte es dann in einer Ecke seiner Site. Ja, genau dorthin. Diesmal würde sein Vater ihn nicht überraschen ...

Er war gerade damit fertig geworden, als Mark im Veeyar-Umfeld erschien.

»Hi, Daniel«, begrüßte er seinen Freund. »Du hast meine Nachricht schon abgerufen?«

»Yeah. Wie ist es mit Valas gelaufen?«, fragte Daniel.

»Nicht schlecht. Allerdings scheint er zu den aufrechten Typen zu gehören. Mir persönlich fällt es schwer zu glauben, dass er hinter alldem stecken soll.«

»Sei's drum, irgendjemand innerhalb der Net Force steckt dahinter. Wenn es sich dabei *tatsächlich* um deinen aufrechten Typen handeln sollte, werde ich ihm sicherlich keine einzige Träne nachweinen«, hielt Daniel dagegen.

»Ist ja schon gut. Ich habe lediglich von einem persönlichen Eindruck gesprochen und mit keinem Wort deine Unschuld in Frage gestellt«, schoss Mark zurück. »Aber was immer auch davon zu halten sein mag, sei dahingestellt. Ich habe inzwischen auch von Megan und Maj gehört. Maj trifft sich morgen mit ihrem Shadow-Partner, und Megan ist derzeit noch damit beschäftigt, einen Termin mit ihrem abzustimmen.«

»Klasse, das läuft ja großartig. Aber was ist, wenn das Chamäleon wieder bei der Net Force zuschlägt? Wenn wir nicht darauf vorbereitet sind, geht es uns durch die Lappen«, meinte Daniel.

»Glaub ich nicht. Überleg doch mal. Das Chamäleon verschwendet doch keinen Gedanken daran, dass irgendjemand im Internet hinter ihm her sein könnte. Folglich ist es so von sich überzeugt, dass es meint, so eine Nummer so oft durchziehen zu können, wie es ihm Spaß macht. Warum sollte es sich denn auch darüber den Kopf zerbrechen? Im Augenblick hält jeder dich für den Täter«, erklärte Mark.

»Danke, dass du mich daran erinnert hast«, giftete Daniel.

»Ist ja auch egal. Durch die Art und Weise, wie wir den Köder ausgelegt haben, können wir fast garantieren, dass er Freitagnacht im Hauptquartier der Net Force auftauchen wird, wenn er einer unserer Verdächtigen ist. Wir brauchen nur zu warten und ihn dann festzunageln«, sagte Mark. »Wenn der Typ aber am Freitag nicht nach dem Köder schnappt, gehört er mit ziemlicher Wahrscheinlichkeit auch nicht zu den Verdächtigen. Dann müssen wir eben ein wenig tiefer graben, um herauszubekommen, wer hinter den Informationsbeschaffern steht. Anschließend brauchen wir dann nur noch eine neue Falle zu stellen. Auf die eine oder andere Weise wird uns der Typ ins Netz gehen.«

»Ich kann bloß hoffen, dass du Recht behältst. Ich hab es nämlich gründlich satt, dauernd unter Hausarrest zu stehen. Dabei fällt mir ein ... weil du gerade da bist, Mark ... es gibt da etwas, worum ich dich bitten möchte«, druckste Daniel herum. »Wenn wir die Vorbereitungen treffen, um unseren

Maulwurf zu fangen, muss ich unser Haus ungehindert verlassen können. Ich möchte den Typ nämlich mit eigenen Augen zu Boden gehen sehen. Aber so, wie die Dinge derzeit laufen, werde ich wohl keine Chance dazu haben. Kannst du mir nicht eine Hintertür in das Sicherheitssystem meines Elternhauses einbauen, durch die ich bei Bedarf verschwinden kann? Alles, was ich brauche, ist ein Zeitfenster von etwa fünf Minuten.«

»Hey, reicht es dir denn nicht, dass du bereits bis zum Hals in Schwierigkeiten steckst? Musst du es denn unbedingt noch schlimmer machen?«, fragte Mark ungläubig. »Hast du vielleicht auch daran gedacht, dass du mich mit in diese Misere hineinziehen würdest? Von Anfang an habe ich versucht, dir klar zu machen, dass einige von uns sogar noch mehr zu verlieren haben als du. Das Sicherheitssystem deines Vaters zu unterlaufen würde nicht nur bedeuten, dass ich meine Nase in Dinge stecke, die mich nichts angehen, sondern ich würde auf die eine oder andere Art wahrscheinlich auch auffallen. Übrigens, warum ist dir denn so sehr daran gelegen, auf Gedeih und Verderb aus dem Haus zu kommen? Ich war bislang der Ansicht, dass wir den elektronischen Einbruch bei der Net Force lediglich beobachten wollten, und diese ganze Angelegenheit spielt sich ausschließlich im Veeyar-Bereich ab.«

»Ich muss jetzt runter zum Abendessen, deshalb kann ich dir die Sache nicht näher erklären, aber ich würde dich sicher nicht darum bitten, wenn es nicht äußerst wichtig wäre. Ich erklär' dir alles später, großes Ehrenwort, aber ich muss diese Sache einfach zuwege bringen, und ich werde auch die volle Verantwortung dafür übernehmen, wenn etwas schief läuft. Ich schwöre dir, dass deine Beteiligung niemals herauskommen wird. Sieh mal, ich hoffe doch selbst, dass es gar nicht notwendig sein wird, überhaupt darauf zurückzugreifen, aber ich brauche einen Ausweichplan für den Fall, dass ich nicht selbst aus dem Haus herauskommen kann«, flehte Daniel.

»Scheiße, Daniel. Ich weiß es wirklich nicht. Das letzte Mal, als ich so was gemacht habe, hat mir das eine tolle Zeit eingebracht. Ich war drei Wochen lang offline, was für mich gleichbedeutend mit Einzelhaft war«, meinte Mark.

»Nun mach schon. Es wird nicht einmal schwer sein. Das System ist ein Home Guard der Serie F-600«, wiegelte Daniel ab. »Ich brauche nur ein einfaches Hintertür-Passwort für einen einzigen Weg nach draußen und wieder zurück, das eine selbstlöschende Subroutine besitzt. Also kein wirkliches Problem für dich. Mein Vater wird niemals erfahren, dass ich überhaupt weg war.«

»Wenn es so einfach ist, wie du behauptest, warum machst du es dann nicht selbst?«

»Ohhh, Mark ...«, entfuhr es Daniel.

»Schon gut, aber du solltest wirklich alles daransetzen, dass dir das, was immer du vorhast, auch so erlaubt wird«, lenkte Mark ein. »Und wenn du geschnappt wirst, werde ich sicherstellen, dass jeder einzelne Hinweis in diesem Hintertürprogramm direkt auf dich verweist. Verstanden?«

»Jetzt mach dir mal nicht ins Hemd, Squirt, ich hab alles unter Kontrolle«, sagte Daniel. »Sag Megan und Maj Bescheid, dass wir uns morgen vor der Schule treffen und alles in Gang bringen. Ich brauche diese Hintertür bis Freitagnacht, einverstanden?«

»Ist nicht gerade eine Kleinigkeit, um die du da bittest, meinst du nicht auch?«, seufzte Mark. »Aber okay, ich will sehen, was ich machen kann.«

Im gleichen Augenblick bemerkte Daniel, wie der Wagen seines Vaters in die Zufahrt einbog und von der Überwachungskamera erfasst wurde. »Äh, Zeit zum Abendessen. Ich muss mich beeilen, Mark. Wir unterhalten uns später weiter.« Damit unterbrach Daniel die Verbindung und lief die Treppe hinab.

Sein Vater hatte durch die Tür zur Garage das Haus betreten, und Daniel konnte hören, wie sich seine Eltern unterhielten, während er ins Esszimmer ging. Seine Mutter hatte das Essen auf den Tisch gestellt, und Daniel nahm seinen Stammplatz ein. Dann wartete er, bis die beiden hereinkamen. Er hörte seine Mutter über irgendetwas lachen, was sein Vater ihr erzählte, und lächelte reumütig, weil ihm bewusst wurde, dass er in den letzten Tagen kein solches Gelächter mehr zu Ohren bekommen hatte.

Seine Eltern betraten das Esszimmer und nahmen Platz.

»Hallo, Daniel«, begrüßte ihn sein Vater.

»Hi, Dad«, antwortete Daniel. Weder er noch sein Vater erlaubten sich eine belanglose Unterhaltung. Daniel hatte nicht die Absicht, eine neue Auseinandersetzung zu entfachen, wie es in der letzten Zeit scheinbar bei jeder Gelegenheit passiert war, bei der er in Gegenwart seines Vaters den Mund aufgemacht hatte. Nicht auszuschließen, dass sein Vater im Augenblick von den gleichen Gefühlen beherrscht wurde ...

Daniel saß schweigend da und wartete, bis sein Vater sich bedient hatte, bevor er seine eigene Fajita rollte. Doch schließlich konnte er das Schweigen nicht länger ertragen. »Wie war's im Büro?«, fragte er.

»Immer dasselbe«, antwortete sein Vater. »Weißt du, eine Menge Leute glauben, dass der Schutz des Weißen Hauses ein Glamour-Job ist. In Wahrheit ist er aber gähnend langweilig. Oft wünsche ich mir inständig, endlich wieder auf der Straße sein und bei einer Parade neben dem Wagen des Präsidenten herrennen zu können. Selbst die Verfolgung von Fälschern war erheblich aufregender als das hier.«

»Ramos, du weißt, warum du dich für die Abteilung im Weißen Haus entschieden hast, als man dir diese Position angeboten hat. Es handelt sich schließlich um eins der Spitzenkommandos innerhalb des Secret Service und macht sich ausnehmend gut in deiner Personalakte. Aber der dickste Pluspunkt ist immer noch der, dass wir dich fast jeden Tag zu Gesicht bekommen, und das war ganz sicher nicht der Fall, als du noch Dienst auf der Straße gemacht hast«, hielt seine Frau dagegen.

Kann ja sein, dass du es so siehst, dachte Daniel. *Aber wenn's nach mir ginge, hätte ich nichts dagegen einzuwenden, wenn er häufiger mal nicht nach Hause käme.*

»Ja, stimmt schon. Das waren damals nicht gerade die besten Tage. Wochenlang kreuz und quer durchs Land reisen und dabei manchmal so verdeckt arbeiten müssen, dass es unmöglich war, zu Hause anzurufen, und sich auf drei Fastfood-Mahlzeiten beschränken zu müssen, die vom Zimmerservice gebracht wurden, nie wirklich genug Schlaf bekommen ...« Ramos schaute einen Augenblick fast melancholisch vor sich hin, während seine Stimme verklang. Daniel lächelte in sich hinein. *So was schafft nur mein Herr Vater: eine Beförderung ins Weiße Haus als negative Sache einzustufen,* ging ihm durch den Kopf. *Aber wo er sich gerade nostalgischen Gefühlen hingibt ...*

»Dad? Ich möchte dich um einen Gefallen bitten. Ich weiß, dass ich Hausarrest habe, bis die ganze Net-Force-Angelegenheit geklärt ist. Aber es ist wirklich wichtig, dass ich zu Mark Gridley gehe, weil wir zusammen an einem Projekt arbeiten. Ich wollte nur wissen, ob wir irgendeine Absprache treffen können, die es mir ermöglicht, am Abend mal rasch mit dem Schnellbus zum Haus seiner Eltern zu fahren«, erkundigte sich Daniel.

Für einen Moment herrschte Schweigen im Raum. »Was ist das denn für ein Projekt?«, fragte sein Vater schließlich.

Na ja, wenigstens hat er nicht von vornherein Nein *gesagt. So weit, so gut,* dachte Daniel. »Wir arbeiten an einem umfassenden Bericht über die Sicherheit im Internet. Du weißt schon, Privatsphäre im Internet, Verschlüsselung im Datentransfer und all der Kram.«

»Ja, ich weiß, wovon du redest. Wieso könnt ihr dazu nicht online zusammenkommen und auf diese Weise die Aufgabe erledigen?«

Tja, weshalb eigentlich nicht? Diese spezielle Frage hatte Daniel nämlich auch schon verfolgt, seit er den ersten Versuch gestartet hatte, eine plausible Entschuldigung dafür zu konstruieren, weshalb er unbedingt das Haus verlassen musste. Mit den kreativen Möglichkeiten, die ihm das Internet bot, war praktisch alles nur einen Download weit entfernt, angefangen von Recherchen über die Schwerkraft auf dem Mars bis zur Analyse der politischen Verhältnisse im Schottland des 12. Jahrhunderts. *Manchmal ist das Internet einfach zu verdammt praktisch*, dachte er. Das war auch der Grund dafür, weshalb er gar nicht erst in Erwägung gezogen hatte, Macbeth als Vorwand zu verwenden. Sein Vater hätte ihm das nicht eine Sekunde lang abgekauft. »Weißt du, wir hatten vor, dazu Jay Gridley, Marks Vater zu befragen, der, wie du weißt, Commander der Net Force ist, und wir fanden es besser, wenn wir das Interview persönlich ablaufen ließen. Weißt du, so im Rahmen eines Abendessens, das wir ihm quasi als Dankeschön dafür spendieren wollten, dass er sich die Zeit für uns genommen hat.«

Ramos' Augenbrauen zogen sich zusammen, und Daniel konnte die Überprüfung praktisch fühlen, der seine Worte unterzogen wurden. »Also habt ihr vor, den Chef der Net Force mit Wein und gutem Essen zu verleiten, Sicherheitsaspekte preiszugeben? Warum trefft ihr ihn dann nicht einfach in einem Online-Café?«

»Dad, das wäre ziemlich dasselbe, als würden wir dir Fragen über deine Wachabteilung stellen, während du im

Weißen Haus im Dienst bist. Nebenbei bemerkt, weißt du doch auch, dass das Essen in den Online-Cafés rein virtuell und kaum geeignet ist, danke schön zu sagen. Jay arbeitet den ganzen Tag am Computer, und ich bin mir sicher, dass er über eine Unterbrechung seines virtuellen Lebens gar nicht mal böse sein wird«, erklärte Daniel.

Ramos dachte einige Sekunden nach, was Daniel als gutes Zeichen wertete. Dann blickte sein Vater ihm direkt in die Augen. »Ich bin mir sicher, mein Sohn, dass Mr. Gridley die Zeit zu schätzen weiß, die ihr beide in eure Aufgabe investiert. Aber ich fürchte, dass ich deswegen keine Ausnahme machen kann, was deine Strafe angeht. Auch dann nicht, wenn es mit der Schule zu tun hat. Ich bin sicher, dass Mark etwas mit seinem Vater arrangieren kann, damit ihr dennoch an die Informationen kommt, die ihr für eure Aufgabe braucht.«

»Aber Dad. Es wäre doch bloß für ein paar Stunden ...«

»Daniel, ich habe *nein* gesagt. Es hätte deswegen keinerlei Diskussionen bedurft, wenn du mir einen lupenreinen Durchschnitt von ›sehr gut‹ geliefert hättest, wie ich ihn von dir erwartet habe. Aber so sehe ich keine Möglichkeit. Dein Arrest bleibt bestehen, und zwar genau in dem Umfang, den ich dir angedroht habe. Ende der Diskussion«, schloss Ramos mit Zornesfalten auf der Stirn.

Er ist einfach unmöglich! Daniel spürte einen kleinen Stich in der Tiefe seiner Eingeweide, den er rigoros zu unterdrücken versuchte. *Kein Grund für mich, deswegen stocksauer zu sein. Schließlich wusste ich ja, dass er genau das sagen würde. Na ja, wenigstens habe ich es im Guten versucht,* dachte Daniel. Laut hingegen gab er klein bei. »Yeah, ich denke, dass wir da eine Lösung finden werden.« Er atmete tief durch und konzentrierte sich darauf, entspannt zu bleiben. *Jetzt muss ich auf meinen Reserveplan zurückgreifen. Nur gut, dass ich Mark schon frühzeitig da-*

rauf angesetzt habe. Wie es scheint, komme ich also nicht um das Hintertürprogramm herum.

»Natürlich werdet ihr das, mein Sohn. Wie läuft es denn sonst so in der Schule? Hast du schon erste Erfolge erzielen können, was die Verbesserung deiner Noten angeht?«, fragte Ramos und legte sich dabei Speisen nach.

»Oh, ja, hier und da schon. In den meisten Wahlfächern bin ich Klassenbester. Bei denjenigen, in denen ich abgerutscht bin, nachdem ich in die schwierigeren Kurse gewechselt bin, wird die Belastung langsam weniger. Ich denke, dass du zum Ende des kommenden Semesters erheblich zufriedener mit meinem Zeugnis sein wirst«, versicherte Daniel. *Letzten Endes habe ich ja in meinem Zimmer eingesperrt auch gar keine Wahl, als zu schuften, schuften und noch mal zu schuften. Die meisten Eltern wären vor Freude an die Decke gegangen, wenn deren Kinder im letzten Semester von einer Ausbildungsstätte wie der Bradford die Noten mit nach Hause gebracht hätten, die ich hatte. Ich frage mich allen Ernstes, was für Noten er wohl auf der High School geschafft hat.* Doch schon die nächsten Worte seines Vaters ließen ihn diesen Gedanken schnell wieder vergessen.

»Sehr gut. Ein scharfer Verstand ist deine beste Verteidigung. Oh, fast hätte ich es vergessen, ich habe das falsche Datum für das zweitägige Seminar über die Psychologie des Terrorismus eingetragen. Ich muss schon morgen und Freitag nach Langley und nicht erst nächste Woche«, verkündete Ramos.

Ja ist es denn zu glauben,? schoss es Daniel durch den Kopf. *Sollte ich tatsächlich auf diese Weise eine Atempause bekommen? Wenn Dad nicht da ist, dürfte es erheblich leichter sein, aus dem Haus zu kommen, als ich mir vorgestellt habe. Wenn Mom früh zu Bett geht, kann ich schon um zehn Uhr unterwegs sein.*

»Nun, Schatz, wenn die es so haben wollen, denke ich, dass Daniel und ich damit leben können«, meinte Carol und warf ihrem Sohn einen Blick zu. »Stimmt's?«

Daniel blickte beide Eltern an, und ganz langsam breitete sich ein Lächeln auf seinen Gesichtszügen aus. »Sicher.«

Kapitel 9

Gleich nach der Schule sprang Maj in den Autobus, suchte sich einen Sitzplatz und klopfte an jeder Haltestelle, die sie passierte, ungeduldig mit dem Fuß auf den Boden. Obwohl die Verabredung mit ihrem Ziel online erfolgen sollte, hatte sie umso mehr Schmetterlinge im Bauch, je näher sie ihrem Zuhause kam.

Es gibt nichts, über das ich mir Sorgen machen müsste, betete sie sich immer wieder vor. *Soweit es alle Beteiligten angeht, bin ich nur ein Net Force Explorer, der einmal sehen will, wie die Leute vom Sicherheitsstab der Net Force ihr Aufgabengebiet bewältigen. Aber letzten Endes wird das Bestreben, eine der am meisten angegriffenen Sites im Internet zu schützen, auch alles andere als leicht sein. Ich muss also nur daran denken, alles ganz locker zu sehen.*

Maj lehnte sich in den gepolsterten Sitz des Busses zurück, atmete tief durch und versuchte, sich zu entspannen. *Ich wüsste nur zu gern, was Daniel vorhat. Vielleicht sollte ich Captain Winters rasch eine Kurzmitteilung schicken und ihn wissen lassen, was im Augenblick läuft.* Sie griff schon nach ihrem Foilpack, zögerte dann aber. *Wenn ich ihn jetzt anrufe, darf ich ihn ja gar nicht darüber informieren, was wir unternehmen, denn das Chamäleon könnte schließlich alles mithören. Verflixt noch mal!* Sie zog die Hand wieder vom Telefon zurück. *Wenn die Net Force schon schief liegt, was ist dann überhaupt noch sicher?*

Schließlich zog sie doch ihr Foilpack aus der Tasche, die aus natürlichem Hanf handgewebt war, ließ es aufspringen und aktivierte dabei gleichzeitig den Telefonmodus. »Net Force, Captain Winters' Voice-Mailbox«, befahl sie. Ein paar Sekunden später schallte Captain Winters' Stimme an ihr Ohr. Als das Piepsen das Ende der Ansage signalisierte, begann Megan zu sprechen. »Captain, hier spricht Maj Greene. Wir haben uns mit Daniel getroffen, und ihm geht es gut, obwohl er nach wie vor bei jeder sich bietenden Gelegenheit seine Unschuld beteuert. Wir bleiben in möglichst engem Kontakt mit ihm. Heute Nachmittag treffe ich mich mit meiner Kontaktperson aus dem Shadow-Programm, die in der Sicherheitsabteilung beschäftigt ist. Sie heißt Sheila Devane, und unsere Zusammenkunft findet online statt. Das war es schon, was ich Sie wissen lassen wollte. Ich melde mich dann wieder bei Ihnen, wenn das Treffen vorüber ist.«

Maj ließ das Telefon in dem Augenblick zuschnappen, als der Autobus in die Haltebucht einfuhr, die ihrem Elternhaus am nächsten lag. Ein kleiner Spaziergang die Zufahrt hinauf brachte sie direkt vor die Haustür des verwinkelten Familiensitzes. Eine Handflächenabtastung und eine Spracherkennung später trat sie ein und schloss die Tür hinter sich.

»Hallo! Irgendjemand zu Hause?«, rief Maj fragend, während sie aus der Jacke schlüpfte und diese an einem Garderobenhaken in der Nähe der Eingangstür aufhängte. Ihre Mutter war Computer-Homepage-Designerin, was bedeutete, dass sie gewöhnlich den ganzen Tag online war. Diesmal jedoch war sie offensichtlich nicht im Haus, weil sie wahrscheinlich eine geschäftliche Verabredung in der wirklichen Welt hatte. Jetzt fiel Maj auch wieder ein, dass ihr Vater, Professor an der Georgetown University, etwas von einer Haushaltskonferenz seiner Fakultät erzählt hatte.

Er hatte heute Morgen beim Frühstück alles andere als begeistert dreingeschaut, als er davon berichtete. Wahrscheinlich rechnete er damit, dass sich diese Sitzung wieder endlos hinziehen würde.

Selbst Majs Geschwister, ihr älterer Bruder Rick und ihre fünfjährige Schwester Muffin, waren augenscheinlich nicht anwesend, weshalb das Haus sie jetzt mit Schweigen begrüßte.

Gut so, dachte Maj, während sie sich durch die Schränke in der L-förmigen Küche wühlte, um etwas zu finden, womit sie ihren knurrenden Magen besänftigen konnte. Ihre Suche förderte schließlich ein vakuumverpacktes, selbsterhitzendes Paket mit Tofu-Spinat-Lasagne und einen Ingwersprudel aus dem Kühlschrank zutage. Maj aktivierte das Heizsegment der Vorspeise, ließ das Gelpaket aufknallen und schlürfte den Longdrink, während sie darauf wartete, dass ihre Mahlzeit zu kochen anfing. Ein paar Minuten später schaufelte sie schon alles in sich hinein. Was haben die Menschen nur in den schlechten alten Zeiten getan, als es noch Stunden dauerte, bis man eine Mahlzeit auf dem Tisch stehen hatte? Sie jedenfalls wäre ohne die selbsterhitzenden Päckchen längst verhungert!

Als Maj fertig war, spülte sie rasch ab und verließ die Küche. Durch das höhlenartige Esszimmer lief sie weiter durch einen endlosen Flur an etlichen Schlafzimmertüren vorbei und gelangte schließlich ins Wohnzimmer, dessen Wände mit überquellenden Bücherregalen zugestellt waren und in dessen Mitte ein Sessel mit Implantatanschluss stand.

Maj warf einen Blick auf die Uhr und fragte sich, ob sie sich nicht einfach jetzt schon auf den Weg zur Net Force machen sollte. Die Nachricht, die sie von Sheila bekommen hatte, bot ihr diese Möglichkeit. Das Angebot hatte gelautet, vorbeizuschauen, wann immer sie Lust dazu hatte, was ganz besonders für die Nachmittags- und Abendstunden galt. *Wer nichts wagt, der nichts gewinnt,* dachte sie und ließ sich in den Sessel gleiten. *Zum Teufel noch mal, wenn sie nicht da ist, kann ich ja immer noch ein bisschen im Internet herumsurfen ... ist ja schließlich nicht so, dass ich im Augenblick irgendetwas Besseres vorhätte.*

Maj schloss ihr Implantat an und ließ sich ein Augenzwinkern später ins Veeyar fallen. Die Schnittstelle der Familie war so konzipiert, dass sie ein Ebenbild ihres Wohnsitzes war, mit der einzigen Ausnahme, dass der Ausgang aus dem Wohnzimmer nun zu jedwedem Ziel führte, das sich der jeweilige Nutzer innerhalb des Internets ausgesucht hatte. Sie selbst hatte noch ein Detail hinzugefügt, über das sie immer noch jedes Mal lachen musste, wenn sie es sah. Die Schnittstelle zum Internet sah so aus, als sei sie mit dem Raum lediglich durch ein paar Windungen Paketband befestigt worden. Ihr Vater hatte nämlich einmal steif und fest behauptet, dass alles und jedes in diesem Hause nur noch von diesem Zeug zusammengehalten wurde. Im Veeyar hatte sie ihn dann beim Wort genommen. Maj machte sich auf den Weg zum Hauptquartier der Net Force, und schon Sekunden später stand sie an genau der Stelle, an der sie sich einfinden sollte, um sich mit ihrer Kontaktperson im Shadow-Programm der Net Force zu treffen.

Das Gesicht eines gut aussehenden, bärtigen Mannes Mitte zwanzig erschein auf einem Bildschirm, der unmittelbar vor ihr in der Luft schwebte. Es handelte sich um den Sicherheitsoffizier vom Dienst, der die Firewall für diesen Teil der Net Force darstellte.

»Ja, bitte. Was kann ich für Sie tun?«

»Ich bin Maj Greene von den Net Force Explorern und habe eine Verabredung mit Sheila Devane«, antwortete Maj.

»Einen Augenblick, bitte«, sagte der Mann und ließ eine Identitätsüberprüfung laufen. Er stellte fest, dass sie tatsächlich erwartet wurde, und drehte sich dann um, um mit jemandem zu sprechen, der außerhalb des Bildschirmbereichs stand. »Sie ist hier, Sheila.«

»Schick sie rein.«

Der Mann drehte sich zurück und lächelte, während er Maj mit einer Handbewegung zu verstehen gab, sie möge nach vorn treten. Während sie dies tat, wurde der Bildschirm immer größer, bis er schließlich höher war als Maj selbst. »Treten Sie bitte ein.«

Maj trat einen weiteren Schritt vor, und nachdem sie den Monitor passiert hatte, befand sie sich direkt im virtuellen Raum der Sicherheitsabteilung.

Im Gegensatz zu den meisten anderen Räumlichkeiten auf der Net-Force-Site, die genau ihrem Ebenbild in der wirklichen Welt entsprachen, durfte dies bei denen der Sicherheitsabteilung aus verständlichen Gründen nicht der Fall sein. Hier wurde jeder Quadratzentimeter des mächtigen Raums genutzt. Die Operatoren saßen nicht nur auf dem Boden, sondern an sämtlichen Wänden und auch an der Decke. Während Maj noch alles in sich aufnahm, stand einer der Männer auf und ging an der Decke des Raums entlang, von dort die Wand hinunter und schließlich hinüber zur Tür, durch die er einfach verschwand, nachdem er den Rahmen passiert hatte. Sämtliche Operatoren starrten auf die sie umgebenden Bildschirme und überwachten dort Gott weiß welche Vorgänge. Obwohl es den Anschein hatte, dass alle zu reden schienen, konnte Maj jedoch nicht ein einziges Wort dessen hören, was hier gesprochen wurde. Versuchsweise tat sie einen vorsichtigen Schritt auf die Wand zu und dann noch einen zweiten. Sobald ihre Füße die Wand berührten, richtete sich die Schwerkraft unter ihr aus, sodass sie sofort das Gefühl hatte, wieder auf dem Boden zu stehen. Gleichzeitig orientierten sich alle anderen um sie herum ebenfalls neu, sodass sich die Beamten, die vorhin noch auf der am weitesten von ihr entfernten Wand zu sehen gewesen waren, jetzt dort befanden, wo für Maj die Zimmerdecke lag. Sie blickte nach oben ... und wurde mit einer Aussicht konfrontiert, die ihr schlicht den Atem nahm.

Direkt über ihrem Kopf drehte sich die Erde lautlos in all ihrer majestätischen Schönheit und erstrahlte im Grün und Braun der Kontinente bis hin zum tiefen Blau der Ozeane. Hunderte von Satelliten schwebten gemeinsam mit den beiden Raumstationen, die im Laufe der letzten beiden Jahrzehnte fertig gestellt worden waren, in ihren Umlaufbahnen im All. Als Maj genauer hinsah, entdeckte sie Abertausende vielfarbige und fadenartige Linien, die kreuz und quer über die Kontinente verliefen. Sie schienen von den Großstädten auszugehen und irgendwo in der Mitte von nirgendwo oder sonst wo zu enden. Eine Sekunde später waren sie wieder verschwunden und durch neue Anordnungen ersetzt worden, die überall auf der Welt aufblühten. Diese Muster wiederholten sich gleich mehrere Male, während Maj das alles beobachtete.

»Kann einem schon den Atem rauben, nicht wahr?«, sagte eine Stimme neben Maj.

»Yeah«, antwortete Maj, welche die sich ständig wiederholende Lichterschau immer noch fasziniert betrachtete. Blinzelnd drehte sie sich schließlich um und warf einen Blick auf die neben ihr stehende Person.

Es handelte sich um eine kleine, rundliche Frau Mitte vierzig, deren Mundwinkel ein Lächeln umspielte. Blendend weiße Zähne bildeten einen auffälligen Kontrast zur sonnengebräunten Haut. Ihr mit grauen Strähnen durchzogenes Haar hatte sie zu einem einfachen Pferdeschwanz zurückgebunden. Bekleidet mit einer weißen Bluse und einer waldgrünen Hose, machte sie einen ... nun, eben netten Eindruck. Freundlich. Keinesfalls aber den, welchen man von einem Spion erwarten würde. Andererseits aber auch nicht gerade den eines Sicherheitsgurus der Net Force. »Hi. Ich bin Sheila Devane, und du musst Maj Greene sein«, stellte die Frau sich vor und streckte ihr die Hand entgegen, die Maj automatisch ergriff.

»Stimmt.«

Die ältere Frau musterte Maj abschätzend von Kopf bis Fuß. »Du hast Glück gehabt mit deiner Bewerbung. Bedingt durch die sensible Natur unserer Abteilung, gehört der Sicherheitsbereich offiziell gar nicht zum Shadow-Programm. Aber wie dem auch sei. Als wir deine Anfrage sahen, haben Captain Winters und ich uns entschieden, diesmal eine Ausnahme zu machen. Es ist schön, dass du da bist.«

»Danke sehr. Ein Teil von mir kann es immer noch nicht so recht glauben, dass ich wirklich hier bin. Ich meine, die Sicherheit ist eine der Abteilungen, über die man zwar stets eine Menge zu hören, aber nie zu sehen bekommt«, sagte Maj.

Sheila schmunzelte. »Das ist auch gut so, weil es exakt der Weg ist, auf dem wir immer wieder versuchen, die Dinge zu handhaben. Ich hätte eine ganze Menge dagegen, wenn der Eindruck entstünde, wir würden hier nur Däumchen drehen. Unser Wunsch ist es, die Einsatzseite dieser Abteilung jedem gegenüber so geheim wie irgend möglich zu halten. Das gilt natürlich nicht für all diejenigen, die über eine entsprechende Freigabe verfügen. Es ist nicht gerade so, dass wir unter Verfolgungswahn litten, aber wir sind nun mal der Ansicht, dass es uns umso leichter fällt, die Net Force und das Internet sicher und sauber zu halten, je weniger alle anderen über uns wissen. Tatsächlich ist dies hier nicht die wirkliche Site der Sicherheitsabteilung. Nur um zu gewährleisten, dass du nicht aus Versehen irgendwelches Material zu sehen bekommst, was der Geheimhaltung unterliegt, habe ich zwei Jungs die Aufgabe gegeben, eine ganz normale Nacht aufzuzeichnen und darüber hinaus auch noch das gesamte Datenmaterial der Aufzeichnung zu verändern. Die Aktivitäten auf dem Globus entsprechen zwar der Realität, aber das, was du hier siehst, liegt schon etliche Monate zurück.«

»Verstehe, und ich bin froh, dass Sie das so konfiguriert haben. Jetzt brauche ich mir wenigstens keine Sorgen darum zu machen, dass ich ohne es zu wollen Regierungsgeheimnisse ausplaudere. Wofür stehen eigentlich diese Linien, die sich über die ganze Weltkugel ausbreiten?«, fragte Maj.

»Jede einzelne davon ist die Spur eines versuchten Hacks«, erklärte Sheila. »Diese Linien verschwinden genau alle zehn Sekunden. Danach bauen sie sich wieder neu auf. Was du hier siehst, ist die Grundansicht, die jeder Sicherheitsbeamte zu sehen bekommt und von der er dann in seiner weiteren Tätigkeit ausgeht. Natürlich modifizieren einige von uns hin und wieder das Bild, um es den persönlichen Bedürfnissen anzupassen. Komm, ich zeig dir meine Variante.«

Mit einem Handwedeln ließ Sheila den ganzen Raum einschließlich des Globus verschwinden, und im gleichen Augenblick standen die beiden Frauen auf Tausenden und Abertausenden Spinnfäden, die in jede nur denkbare Richtung verliefen. Von Zeit zu Zeit erzitterte das Gewebe ganz leicht, und einige der Fäden wechselten die Farbe von sanftem Blau oder Grün nach Hellrot. Während Maj sich umblickte, wurde ihr langsam klar, dass dieses Netz eine definierte Struktur aufwies und es überall Querfäden gab, durch welche die einzelnen Gewebefäden unterstützt wurden. Als sie vorsichtig nach einem dieser Fäden griff, stellte sie fest, dass dieser sich irgendwie klebrig anfühlte, wie bei einem dreidimensionalen ...

»Spinnennetz«, bemerkte sie grinsend.

»Genau«, bestätigte Sheila. »Wenn du einmal so lange wie ich mit einer Sache wie dieser beschäftigt bist, dann entwickelst du automatisch einen gewissen Hang dazu, dich auf bestimmte Schablonen zu verlegen und diese dann auch beizubehalten.«

»Wie lange sind Sie denn schon dabei?«, fragte Maj interessiert.

»Oh, im Bereich Online-Sicherheit habe ich vor etwa fünfzehn Jahren angefangen. Damals schossen gerade die Online-Casinos wie die Pilze aus dem Boden. Ich schrieb einige Sicherheitsprogramme für den abgesicherten Geldtransfer von einer Site zur anderen. Die meisten davon werden auch heute noch verwendet. Nachdem ich schließlich die Verantwortung für den Transfer von bis zu fünfzig Milliarden Dollar auf einmal hatte, habe ich mir überlegt, dass es jetzt wohl an der Zeit wäre, sich nach einem etwas ruhigeren und friedlicheren Betätigungsfeld umzusehen. Stattdessen rief die Net Force bei mir an, so bin ich hier gelandet und befand mich auch schon wieder im dicksten Trubel all dessen, was mit dem Internet zu tun hat. Ein friedliches Leben ist für mich jedenfalls aus dem Sichtbereich entschwunden. Von Ruhe wollen wir besser gar nicht reden.«

Als Maj sich umblickte, bemerkte sie in sämtlichen Winkeln des Internets Bewegungen. Hunderte und Aberhunderte von Spinnen flitzten die Fäden entlang, angefangen von blitzschnellen Einsiedlerspinnen, über die eleganten Schwarzen Witwen, normale Gartenspinnen bis hin zu Arten, die sie im Leben noch nicht gesehen hatte. Einige davon waren winzig, andere hingegen handtellergroß. Es gab sogar welche darunter, die etwa ihre eigene Größe hatten, stellte Maj fest.

»Sind sie nicht schön?«, fragte Sheila. »Ich hoffe, sie stören dich nicht. Arachniden, also Spinnentiere, sind nämlich mein Hobby.«

»Sie sind ohne Frage ziemlich beeindruckend«, meinte Maj. Obwohl sie persönlich nichts gegen Spinnen hatte, jagte ihr diese unglaubliche Menge einen gewissen Schauer das Rückgrat hinunter. Doch mit einem Schulterzucken schüttelte sie das Gefühl ab. »Worin liegt eigentlich der Unterschied zwischen diesem Sicherheits- und dem Haupteinsatzbereich?«, fragte sie dann weiter. »Sind die nicht auch noch damit beschäftigt, Hacker zu stellen?«

»Ein Bestandteil unserer Tätigkeit, genau genommen sogar der wichtigste, ist der, die Informationen und Mitglieder der Net Force zu schützen und unsere Firewalls aufrechtzuerhalten. Nur so können die Leute in den oberen Etagen ihre Arbeit tun und solche Typen verfolgen, die Einbruchsversuche unternehmen. In diesem Sinne ähneln wir weit mehr Wachhunden als Gesetzeshütern«, erklärte Sheila. »Natürlich arbeiten wir bei vielen Operationen Hand in Hand mit der Einsatzzentrale, um diese mit den notwendigen Daten zu versorgen und, wenn nötig, auch Beweise gegen diejenigen zu beschaffen, die verdächtigt werden, Hacker zu sein.«

»Ich habe schon mitbekommen, dass die Fragen, die Sie beantworten können, durch die geltenden Sicherheitsrichtlinien beschränkt werden. Wenn Sie also den Eindruck haben, dass eine meiner Fragen über diese Grenzen hinausgeht, lassen Sie es mich bitte wissen. Aber vielleicht können Sie mir ja einen alten Eindringversuch zeigen. Wenn möglich, vom ersten Augenblick bis zum Abschluss des Falls?«, bat Maj.

»Aber gerne ...«, setzte Sheila zur Antwort an, als das gesamte Netz um sie herum urplötzlich rot aufzublinken begann.

»Was ist das denn?«, fragte Maj. Doch bevor Sheila ihr antworten konnte, erschien der bärtige Mann vor ihnen.

»Sheila, wir haben einen Code 1-5 rot in den Geheimakten«, sagte der Mann.

»Sofort das gesamte Gelände abriegeln und jeden Sektor, in dem er sich befindet, schließen. Ich bin schon unterwegs«, antwortete Sheila. Dann drehte sie sich wieder zu Maj um. »Tut mir Leid. Bleib bitte hier und warte auf mich. Ich komme so bald wie möglich wieder zurück.«

»Warten Sie, wie soll ich ...«, setzte Maj im gleichen Augenblick zu sprechen an, als die ältere Frau bereits verschwand. »... hier denn wieder herauskommen? Na, macht nichts. Ist schon klar. Ich bleibe hier. Okay ... Okay«, brummelte sie vor sich hin und setzte sich.

Nachdem Sheila fort war, erschienen ihr die Dutzende von umherhuschenden Spinnen gleich ein wenig bedrohlicher. Maj versuchte einen Moment, sie im Auge zu behalten, aber den Blick mit dem beutegierigen Starren dieser achtäugigen Kreaturen zu kreuzen jagte ihr nur einen Schauer nach dem anderen durch den ganzen Körper.

So viel zu dieser Idee, dachte sie. *Geheimakten. Ich frage mich, ob unser Chamäleon vielleicht zurückgekehrt ist? Wenn ja, wessen Identität mag es wohl diesmal missbrauchen? Aber wenn der Hacker gerade in diesem Augenblick aktiv ist, ist es wohl ausgeschlossen, dass Sheila hinter dem letzten Eindringversuch steckt, oder? Es sei denn, sie hat es geschafft, zeitgleich zu hacken und sich mit mir zu unterhalten ... Das allerdings wäre dann ein Spitzenalibi.*

Aus dem Augenwinkel nahm Maj eine verschwommene Bewegung wahr. *Hat sich diese Spinne da drüben nicht gerade näher auf mich zu bewegt?* Sie drehte den Kopf, um die große Schwarze Witwe näher zu betrachten, die sich anscheinend bewegt hatte. Und es sah *wirklich* so aus, als wäre sie ihr näher gerückt. Während sie weiter beobachtete, tat die Spinne tatsächlich ein paar weitere Schritte auf sie zu, wobei sie mit ihren Fangwerkzeugen in der Luft herumwedelte. Der Schwarzen Witwe folgten zwei Gartenspinnen und noch ein paar Dutzend andere, die Maj nicht identifizieren konnte.

Zeit, zu verschwinden, dachte Maj. Sie stand auf und

war bereit, sich zurückzuziehen, um den Spinnen Platz zu machen. Doch als sie dann stand, musste sie feststellen, dass diese Tiere nicht die einzigen gewesen waren, die ein offensichtliches Interesse an ihr bekundeten. Bei einem hastigen Rundumblick erkannte Maj, dass sie von einer wahren Armee achtbeiniger Soldaten umgeben war, die sie von allen Seiten, einschließlich Boden und Decke, umzingelten.

»Ich fürchte, ich habe hier ein kleines Problem«, sagte Maj laut und starrte auf die Reihen von Arachniden um sie herum. »Programm einfrieren«, befahl sie.

»Anwender ist nicht autorisiert, Befehle in dieser Site zu erteilen«, erklang daraufhin eine sanfte Stimme. Ihre Anfrage, die Site verlassen zu dürfen, führte zum gleichen Resultat.

»Sheila? Könnte sein, dass ich Ihre Hilfe brauche!«, schrie Maj.

Keine Antwort.

»Sicherheitsdienst? Irgendjemand?« Keine menschliche Hilfe erschien. Langsam rückten die Spinnen näher.

Na super! Nicht nur, dass ich hier nicht rauskomme, nein, meine Wächter müssen auch noch direkt aus Charlottes Web *entsprungen sein*, schoss es Maj durch den Kopf. *Jetzt weiß ich wenigstens aus eigener Erfahrung, wie einer Fliege zumute sein muss, die einer Spinne ins Netz gegangen ist. Wobei ich allerdings noch schlechter dran bin als eine Fliege!* Sie versuchte ihr hastiges Atmen in den Griff zu bekommen. *Was geht hier eigentlich ab? Ist das Chamäleon dafür verantwortlich? Wo steckt Devane?*

Sie hatte den Gedanken noch nicht ganz zu Ende gebracht, als sämtliche Spinnen gleichzeitig zu zittern begannen und sich dann geschlossen, wenn auch langsam, auf sie zu bewegten. Dabei krabbelten sie von allen Seiten über die Spinnweben heran, während andere sich gleich dutzendweise an ihren Fäden von der Decke herabließen.

Maj schaffte es zwar, ein paar von ihnen noch in der Luft zu erwischen, musste aber sehr bald einsehen, dass sie keine Möglichkeit hatte, aller Angreifer Herr zu werden.

Das ist alles doch nur virtuell, versuchte sie sich selbst zu beruhigen. *Mir kann absolut nichts passieren.*

Eine große Hilfe war das allerdings nicht. Sie rollte sich zu einer festen Kugel zusammen, zog die Schultern hoch, schloss die Augen und wartete auf die erste leichte Berührung von Spinnenbeinen auf der Haut, während sich ein Schrei in ihrer Kehle bildete, der kurz vor seiner Explosion stand.

»Programm einfrieren!«, befahl eine Stimme hinter ihr. Maj öffnete die Augen und erkannte, dass es Sheila war, die mit grimmigem Gesicht hinter ihr stand. »Ich habe keine Ahnung, was du dir dabei gedacht hast, diese Sache durchzuziehen, aber du wirst jetzt eine ganze Menge zu erklären haben.«

»Wovon reden Sie eigentlich?«, fragte Maj verblüfft. »Ich habe nicht das Geringste getan! Ich bin hier von Ihren Spinnen beinahe massakriert worden, seit Sie den Raum verlassen haben!«

»Da haben mir unsere Programmprotokolle aber eine ganz andere Geschichte erzählt«, giftete Sheila zurück. »Nach unseren Systemaufzeichnungen warst du der Hacker in den Geheimakten.«

* * *

Am darauf folgenden Morgen folgte Daniel seinem grimmig dreinblickenden Vater und seiner verwirrt wirkenden Mutter durch die Korridore zu Captain Winters' Büro.

Daniel hämmerte das Herz gegen die Brust, während sein Vater vor der Tür stand und wartete.

Jetzt ist alles vorbei. Ich bin erledigt. Die Net Force hat die Jagd auf mich beendet, und jetzt werde ich aus dem Programm gefeuert.

Als sein Vater ihn früher am Morgen von diesem Treffen mit Captain Winters und Jay Gridley, dem Chef der Net Force, in Kenntnis setzte, waren Daniels Hoffnungen ins Bodenlose gefallen. Er hatte also keine Zeit mehr, seine Pläne in die Tat umzusetzen, mit denen er seinen Namen reinwaschen wollte. Sie hatten ihm noch nicht einmal die Zeit gelassen, selbst den Beweis seiner Unschuld anzutreten. Jetzt könnte alles zu spät sein! Über die Aufforderung zu dieser Besprechung völlig konsterniert, war er seinen Eltern wie betäubt ins Hauptquartier der Net Force gefolgt. Am meisten verletzt hatte ihn allerdings, dass es sein Vater auf der gesamten Fahrt hierher vermieden hatte, ihm in die Augen zu blicken. *Auch er hat mich bereits für schuldig befunden. Er wird mir nie wieder ein einziges Wort glauben. Das wird mir für den Rest meines Lebens anhängen.*

Die Tür glitt auf, und Daniel betrat zusammen mit seinen Eltern das Büro von Captain Winters. Der Captain saß hinter seinem Schreibtisch und erhob sich sogleich, um Daniels Eltern und ihm selbst die Hand zu schütteln. Auch Jay Gridley war anwesend.

Mann, es muss ja katastrophal um mich stehen, wenn sich schon der Chef der Net Force höchstpersönlich herbemüht, um die Neuigkeiten zu verkünden. Die müssen wirklich glauben, dass ich ein Schwerverbrecher bin!

Was Daniel allerdings überraschte, war, dass Captain Winters ihn kaum erkennbar anlächelte und ihm zunickte.

Das ist doch verrückt. *Wenn er mir jetzt* tatsächlich *einen Tritt verpasst, muss ihm das doch weit mehr Spaß machen, als ich von ihm erwartet habe*, dachte Daniel. *Oder hat es mit etwas zu tun, was nicht mit meinem Fall zusammenhängt?* Er blickte sich um und sah, wie Commander Gridley seine Eltern begrüßte. Daniel hatte Gridley bislang nur einoder zweimal im Vorübergehen gesehen, wenn er bei Mark zu Besuch war. Der Mann sah aus wie die ältere Version seines Sohnes. Der entspannte Thai-Amerikaner strahlte ein gelassenes Selbstvertrauen aus. Aber auch er hatte ein feines Lächeln auf den Lippen, was Daniel nur noch weiter verwirrte. *Was, zum Teufel, geht hier eigentlich vor?*

»Guten Morgen und gleichzeitig meinen herzlichen Dank dafür, dass Sie es eingerichtet haben, so kurzfristig hier zu erscheinen«, begann Captain Winters, sobald alle Anwesenden Platz genommen hatten. »Es tut mir aufrichtig Leid, dass ich Sie nicht schon im Vorfeld informieren konnte, worüber wir uns unterhalten würden. Die anstehenden Themen sind einfach viel zu sensibel, als dass ich es riskieren konnte, sie einer ungesicherten Telefonverbindung anzuvertrauen. Deshalb musste ich Sie um persönliches Erscheinen bitten.«

Kann sein, dass das noch nicht alles ist. Vielleicht wollen sie mich nur hier haben, damit sie mich gleich einlochen und den Schlüssel zur Zelle wegwerfen können, wie sie es bei einem internationalen Verbrecher tun würden!

»Und worüber werden wir uns jetzt unterhalten, Captain Winters?«, fragte Daniels Vater. Als er zu ihm hinüberblickte, sah Daniel, dass sein Dad steif wie ein Ladestock auf seinem Stuhl saß und sein Tonfall, obwohl durchaus höflich, dennoch ausgesprochen schroff war.

Wenigstens bin ich nicht der Einzige im Raum, dem es gegen den Strich geht, hier sein zu müssen, dachte Daniel.

»Ich kann Ihnen versichern, dass wir zu gegebener Zeit all Ihre Fragen beantworten werden, Mr. Sanchez. Commander Gridley möchte sich aber zuerst mit Daniel unterhalten. Jay?«

Gridley lehnte sich in seinem Stuhl nach vorn.

Jetzt geht's los, dachte Daniel. Ihm war nach Schreien zumute. Er wollte gleich hier und jetzt seine Unschuld beteuern. Aber er wusste auch, dass ihm keiner zuhören würde. Niemand hatte ihm jemals zugehört. So blieben ihm die Worte in seiner plötzlich sehr trockenen Kehle stecken.

Daniel biss die Zähne zusammen und wartete darauf, dass der Mann zu sprechen begann.

Aber statt ihn anzuklagen, stellte ihm Commander Gridley lediglich eine Frage. »Daniel, warst du gestern am Nachmittag zwischen 16 und 18 Uhr online?«

Daniel starrte den Chef der Net Force an, als hätte er ihm eine Frage in Thai gestellt.

Was soll das denn mit irgendetwas von dem zu tun haben, worum es hier geht?, fragte er sich, während er gleichzeitig bemüht war, sich all dessen zu erinnern, was er am gestrigen Tag getan hatte.

»Nein, war ich nicht. Wie Ihnen meine Mutter bestätigen kann, kam ich auf direktem Wege von der Schule nach Hause und habe anschließend ein paar Stunden gearbeitet, um einige Aufgaben für den Mathematikunterricht zu lösen. Dabei handelte es sich ausschließlich um solche Sachen, die man auf die althergebrachte Art mit Papier und Bleistift erledigen muss. Bis halb sechs habe ich über den Büchern gesessen. Anschließend gab's Abendessen, und erst danach habe ich für den Rest des Abends online gelernt«, berichtete Daniel, wobei er mitbekam, wie Jay und Captain Winters einen schnellen Blick wechselten. »Ich glaube allerdings nicht, dass ich überhaupt vor 19 Uhr online gewesen bin, und danach habe ich die virtuelle Bibliothek der Schule auch nicht verlassen. Meine Eltern haben mich unter Hausarrest gestellt und mir fast jede Art von Internetzugang blockiert.«

»Also hast du dich gestern zu keiner Zeit auch nur in der Nähe des Online-Hauptquartiers der Net Force aufgehalten?«, fragte Jay nach.

Daniel fixierte seinen Blick vollständig auf die Augen des Mannes, der seine Zukunft in Händen hielt. Als er antwortete, war sein Stimme klar und fest. »Nein, Sir.«

Jay lehnte sich zurück in den Stuhl und nickte. »Genau das haben wir uns schon gedacht.«

»Wäre vielleicht jemand so freundlich, uns darüber aufzuklären, was das alles zu bedeuten hat?«, fragte Daniels Mutter.

»Genau das hatte ich gerade vor«, antwortete Jay. »Gestern, genau um 16.53 Uhr, verzeichneten wir wieder ein Eindringen auf unsere Haupt-Page. Dieser Versuch lief nach fast dem gleichen Muster ab wie der, in den Daniel kürzlich verwickelt war.«

Verdammt, das war ich nicht!, dachte Daniel, schaffte es aber zu schweigen, als Commander Gridley fortfuhr.

»Der Hacker hat es geschafft, einige Daten von entscheidender Bedeutung herunterzuladen und damit zu entkommen«, erklärte Gridley. »Als wir dann seine Online-Identität zurückverfolgten, zeigte es sich, dass es ...«

Wenn er jetzt meinen Namen nennt, kann ich meine Bewerbungsunterlagen gleich bei unserer örtlichen Frittenbude abgeben, weil das nämlich der Betrieb sein wird, bei dem ich in den kommenden fünfzig Jahren arbeiten werde, ging es Daniel durch den Kopf.

»... Maj Greene war«, setzte Jay seinen Satz fort. »Sie befand sich zum Zeitpunkt des Einbruchs sowohl online als auch im Hauptquartier der Net Force.«

Natürlich war sie das. Schließlich hatte sie gestern das Treffen mit ihrem Partner aus dem Shadow-Programm, überlegte Daniel. *Das bedeutet ...* »Da haben Sie doch den besten Beweis dafür, dass ich nicht dahinterstecke!«, entfuhr es Daniel. »Wenn ich in der fraglichen Zeit gar nicht online war und Maj sich hier im Hauptquartier befand, beweist das doch, dass sich irgendjemand anderer unserer Online-Identitäten bedient! Sehen Sie das denn nicht ein? Sie können doch jetzt nicht mehr allen Ernstes glauben, dass gleich zwei Net Force Explorer versuchen, sich Zugang zum gleichen geheimem Datenmaterial zu verschaffen, und das alles nur des Kicks wegen!«

Captain Winters hob die Hand. »Nein, das tun wir auch nicht. Wir haben es hier mit einer gefährlichen Sicherheitslücke zu tun und nicht mit einem Kinderstreich. Es ist jetzt offensichtlich geworden, dass jemand ein erheblich größeres Interesse an diesen Daten hat, als wir ursprünglich angenommen hatten. Dich allerdings zu entlasten, Daniel ... ich wünschte mir, das wäre so einfach. Ich kann dich nämlich nicht als Verdächtigen entlasten, was diesen zweiten Einbruch angeht. Wie wir alle wissen, ist die Möglichkeit durchaus nicht auszuschließen, einen Proxy so zu programmieren, dass er Majs Identität kopiert, während der Hackversuch bei der Net Force stattfindet, anschließend alles in Majs Computer zu laden und darauf zu warten, dass sie online geht. Nun hat allerdings einer unserer Agenten deine Internetaktivitäten beobachtet, seit die ganze Angelegenheit begann, und wir sind uns so gut wie sicher, dass du es dieses Mal nicht warst. Gleichwohl haben wir immer noch keine besseren Hinweise, was das erste Eindringen angeht. Derzeit stehst du also, zumindest nach dem augenblicklichen Stand unserer Ermittlungen, immer noch unter Verdacht, was jetzt auch für Maj im Zusammenhang mit dem zweiten Versuch gilt. Allerdings seid ihr beide nicht länger unsere Hauptverdächtigen. Bis sich etwas Besseres ergibt, sind uns leider die Hände gebunden, daher können wir die Akten eurer Fälle nicht schließen, so gern ich das auch tun würde.«

In Daniel kochte die Wut hoch, und er wollte gerade anfangen zu protestieren, als ihm etwas in Captain Winters Blick klar machte, dass es sicherlich das Beste für ihn wäre, wenn er im Augenblick den Mund hielt. Seine Schläfen pochten, als er versuchte, seine Gefühle zu unterdrücken und all das herunterzuschlucken, was ihm schon auf der Zunge gelegen hatte. *Der Captain hat mich noch nie hinters Licht geführt. Es ist wohl besser, wenn ich ihm trotz aller Zweifel vertraue, selbst wenn es so aussieht, als wür-*

de niemand bereit sein, mir dasselbe Vertrauen entgegenzubringen, überlegte Daniel. Er konzentrierte sich wieder auf die Unterhaltung, in der inzwischen sein Vater das Wort ergriffen hatte.

»... ganze Situation ist einfach lächerlich. Mein Sohn hat nicht derart hart gearbeitet, um in dieses Programm aufgenommen zu werden, nur um jetzt zum Kriminellen abgestempelt zu werden, wo es doch keinen Zweifel mehr daran geben kann, dass er unschuldig ist. Wenn Sie über Anklagepunkte verfügen, die Sie weiter vorantreiben wollen, dann tun Sie, was Sie nicht lassen können, und ich werde die Sache sofort meinem Anwalt übergeben«, sagte Ramos gerade.

Daniel kniff vor Überraschung die Augenbrauen zusammen. *Erst fragt er mich, ob ich in meiner Freizeit das Gesetz gebrochen habe, und dann legt er sich meinetwegen mit der obersten Führungsetage der Net Force an? Wann bin ich eigentlich in diese Zwischenwelt abgerutscht?*

»Mr. Sanchez. Bis zum heutigen Tage ist Ihr Sohn noch nicht offiziell angeklagt worden, und wir hoffen sehr, dass es auch niemals dazu kommen wird. Bislang ist in diesem Zusammenhang auch noch nichts aktenkundig gemacht worden. Nichtsdestotrotz besteht unsere Standardvorgehensweise immer dann, wenn ein Agent der Net Force in den Verdacht illegaler Aktivitäten gerät, darin, ihn so lange vom aktiven Dienst zu suspendieren, bis die Ermittlungen abgeschlossen sind«, erklärte Jay. »Zwangsläufig müssen wir bei unseren Net Force Explorern genauso vorgehen. Ich kann mir gut vorstellen, welchen Eindruck das auf Sie machen muss, wenn Sie mit ansehen müssen, wie all das über Ihren Sohn hereinbricht ...«

Welchen Eindruck es auf sie macht? Und wer fragt danach, was es für mich bedeutet?, dachte Daniel und sah, wie seine Eltern die Köpfe schüttelten.

»... aber wir können es uns nicht leisten, die Aspekte der nationalen Sicherheit zu Gunsten einer Einzelperson zu gefährden. Dabei spielt es überhaupt keine Rolle, wie sehr ich persönlich davon überzeugt sein mag, dass diese Person unschuldig ist. Ich hoffe, Sie können Verständnis für das Dilemma aufbringen, in dem wir uns im Augenblick befinden. Ich bin aber fest überzeugt, dass wir die Angelegenheit bereinigen können, und zwar schnell und zu jedermanns Zufriedenheit. Natürlich mit Ausnahme der Zufriedenheit jener Person, die für all das verantwortlich ist.«

Ramos und seine Frau blickten einander lange in die Augen. Irgendetwas wurde nonverbal zwischen den beiden beschlossen, und schließlich war es Daniels Mutter, die sich wieder zu Captain Winters und Jay umdrehte. »Natürlich haben wir Verständnis dafür, und selbstverständlich sind wir auch davon überzeugt, dass Sie alles Menschenmögliche tun werden, um unserem Sohn zu helfen. Gibt es denn nicht irgendetwas, was wir unsererseits dazu beitragen können?«

»Ich denke, das Wichtigste, was Sie derzeit tun können, ist, Daniel aus dem Internet zu halten, soweit es irgend möglich ist«, sagte Jay. »Das wird den Hacker daran hindern, weitere Munition zu den Verdachtsmomenten gegen ihn zu liefern. Wenn wir davon ausgehen, dass jemand anderer hinter diesen Aktivitäten steckt, so wird sich deine Unschuld umso besser nachweisen lassen, wenn er seine Aktivitäten fortsetzt und du zu den gegebenen Zeiten nicht im Netz warst, Daniel.«

»Also soll ich ganz einfach hier herumhängen und all das hinnehmen? Ich soll jemanden einfach weiter versuchen lassen, mein Leben zu ruinieren, und auf alle mich betreffenden Aktivitäten verzichten, während er das tut?« Ein strenger Blick von James Winters führte dazu, dass Daniel den schlimmsten Ärger wieder herunterschluckte. »Ja, okay. Scheint tatsächlich so, als wäre das alles, was mir zu tun bleibt«, lenkte Daniel ein. »Sind Sie denn inzwischen einen Schritt weiter gekommen, was die Klärung angeht, wie all das überhaupt passieren konnte? Ich war bislang immer der felsenfesten Überzeugung, dass das Signal eines Nutzers einzigartig und nicht zu fälschen sei. Jetzt scheint es aber so, als sei das alles den Bach hinuntergegangen.«

»Wir sind zu der gleichen Ansicht gekommen. Das alles ist auch für uns Neuland. Wir überprüfen im Augenblick etliche Hinweise, haben bislang aber noch keinerlei konkrete Ergebnisse«, antwortete Captain Winters.

Oder du hast welche, bist aber nicht bereit, sie mir zu nennen, weil ich immer noch als Verdächtiger eingestuft werde, dachte Daniel.

»Bist du mit dem einverstanden, was wir vorgeschlagen haben, Daniel?«, fragte Captain Winters.

Daniel nickte widerwillig. »Ich werde alles tun, was dieses ganze Durcheinander klären hilft.« *Einschließlich das Chamäleon selbst finden, wenn es sich als notwendig erweist.*

»Das wäre es dann für den Augenblick. Noch einmal recht herzlichen Dank, dass Sie so kurzfristig kommen konnten. Es tut mir Leid, dass es unter solchen Begleitumständen sein musste«, sagte Captain Winters, während er sich erhob. Auch die Familie Sanchez stand auf, und Ramos schüttelte erst Jay, dann Captain Winters die Hand. Gleich darauf entschuldigte Jay sich und eilte in Richtung Tür. Daniels Eltern folgten ihm mit Daniel im Schlepptau.

Doch Daniel hatte die Tür noch nicht erreicht, als er noch einmal von Captain Winters angesprochen wurde. »Gib nicht auf, Daniel. Wir werden ihn finden, ganz gleich, wer es auch sein mag. Das weißt du doch, nicht wahr?«

Aber nicht, wenn ich ihn vorher ausfindig mache, dachte Daniel. »Stimmt«, antwortete er und huschte durch die Tür, um zu seinen Eltern aufzuschließen.

»Dad?« rief er, während er den Flur entlang hinter den

Eltern herlief. Seine Mutter und sein Vater drehten sich zu ihm um, als sie seine Stimme hörten, und warteten darauf, dass er sie einholte.

»Alles in Ordnung mit dir, Daniel?«, frage seine Mutter.

»Oh, ja. Geht schon«, sagte Daniel. »Dad. Ich wollte nur ... ich wollte mich nur bei dir bedanken, dass du dich da drinnen für mich eingesetzt hast.«

»War doch selbstverständlich. Schließlich bist du immer noch mein Sohn«, antwortete Ramos. »Aus dem, was ich eben gehört habe, entnehme ich, dass diese Leute von der Net Force auch keine rechte Vorstellung davon haben, was hier eigentlich vor sich geht. Ich weiß langsam selbst nicht mehr, was ich noch glauben soll. Sie sollten jedoch alles tun, um der Sache auf den Grund zu gehen, und zwar so schnell wie möglich, oder ich selbst werde es sein, der hier einigen Krawall veranstalten wird, was unzulässige Verfahrensweisen angeht. Ich kenne einige Leute auf dem Capitol Hill, denen das Wissen darum, dass die Net Force eine Sache versaut hat, nur zu gelegen käme.«

»Ramos, ich bin mir sicher, dass die Net Force alles in ihrer Macht Stehende tut, um Daniel zu helfen. Ihr muss doch noch weit mehr daran gelegen sein, der Sache Einhalt zu gebieten, als uns. Wir müssen den Leuten nur ein wenig mehr Zeit geben«, meinte seine Frau.

Und mir auch, damit ich meine Pläne in Gang bringen kann, dachte Daniel. »Yeah, Dad. Captain Winters hat mir eben noch mal versichert, dass sie wirklich alles tun werden, um herauszubekommen, wer dahintersteckt.«

»Die einzige Sache, bei der ich, was dich angeht, wirklich einer Meinung mit Captain Winters bin, ist die, dass du aus dem Internet zu bleiben hast, bis die ganze Angelegenheit vorbei ist«, sagte Ramos. »Wenn du erste Schritte unternehmen willst, mein Vertrauen zurückzugewinnen, ist das jedenfalls ein guter Weg, damit zu beginnen.«

»Aber ich habe doch nie dein Vertrauen gebrochen! Ich bin unschuldig!« Ein Blick seines Vaters brachte ihn zum Schweigen. »Ja, Sir«, sagte Daniel. Während sie durch die Eingangshalle schritten, versuchte er einen unbeteiligten Gesichtsausdruck zu wahren. *Je stärker sich die Dinge ändern, desto mehr bleiben sie dennoch dieselben. Winters und Jay haben praktisch eingestanden, dass sie keine Ahnung haben, wer hinter diesem zweiten Angriff steckt, und trotzdem beziehe ich nach wie vor Prügel. Ich muss diesen Typ einfach festnageln, und zwar schnell. Sonst geht der Rest meines Lebens den Bach runter, bevor es richtig begonnen hat. Das werden mit einiger Wahrscheinlichkeit noch einige ziemlich lange Tage werden, bevor die Woche herum ist.*

* * *

Maj saß immer noch schäumend vor Wut über die Ereignisse des vergangenen Nachmittags in ihrem Zimmer.

Als wenn es nicht schon schlimm genug wäre, dass sie glauben, ich *stünde hinter dem letzten Eindringversuch. Nein, wie eine ganz gewöhnliche Kriminelle müssen die mich dann auch noch drei Stunden lang durch die Mangel drehen, was? Nur gut, dass sie schließlich Captain Winters hinzugezogen haben, sonst würde ich im* Veeyar *immer noch unter den Strahlern schwitzen.*

Und dann, als so weit alles geklärt war, haben sie nur gesagt: ›Du kannst jetzt gehen, wenn du willst. Aber wir möchten, dass du deinen Internetzugang auf das absolut Notwendige reduzierst, bis du vollständig entlastet bist.‹ Entlastet! Als ob ich es tatsächlich gewesen wäre. Keine Entschuldigung, keine Erklärungen, nichts! Alles, was ich weiß, ist, dass das Chamäleon meine *Identität missbraucht hat und sich damit offensichtlich irgendwo eingeschlichen hat, wo es nichts zu suchen hatte. Mist. Wenn ich diesen*

Typ in die Finger bekommen, wird das einzige Surfen, zu dem er anschließend noch in der Lage sein wird, das Surfen in Gefängniswaschmaschinen sein!

Majs Foilpack begann zu piepsen und signalisierte einen eingehenden Anruf. Sie griff danach und ließ es aufspringen. »Hallo?«

»Maj, hier spricht Captain Winters. Wie geht es dir?«

»Oh. Wenn man bedenkt, was ich gestern durchmachen musste, würde ich sagen, dass es mir unter den gegebenen Umständen so gut geht, wie es einem in einer solchen Situation eben gehen kann.«

»Ich weiß, ich weiß. Ich habe allerdings nicht vor, jetzt irgendwelche Entschuldigungen für die Sicherheitsabteilung vorzubringen. Sie haben nur ihren Job getan«, sagte Winters.

»Mag ja schon sein, aber ich konnte mich des Eindrucks nicht erwehren, dass einige von denen die Sache etwas zu persönlich genommen haben«, hielt Maj dagegen.

»Nun ja, aber wie würdest du dich denn fühlen, wenn alle Welt der Ansicht ist, du seiest die beste in deinem Bereich, nur um dann augenscheinlich von einem siebzehnjährigen Kind vorgeführt zu werden?«, fragte Captain Winters.

»Wenn ich tatsächlich das getan hätte, was die angenommen haben, würde ich mich trotz allem ziemlich großartig fühlen, weil die jetzt ziemlichen Schiss vor einem Einbruch haben. Aber schließlich ist es ja auch ihr Job, zu verhindern, dass genau so etwas passiert. Letzten Endes wird doch bei uns allen Professionalität vorausgesetzt, oder etwa nicht? Aber wie steht es denn dann um den Grundsatz: ›... unschuldig bis zum Schuldbeweis‹, der denen offensichtlich nicht bekannt ist?«, fragte Maj. *Oje!* Sie atmete tief durch und entspannte sich etwas. *Ich kann einfach nicht glauben, was ich da gerade gesagt habe,* schoss es ihr durch den Kopf, während sie auf eine Antwort wartete. Nach ein paar

Sekunden vernahm sie ein unterdrücktes Kichern durch die Leitung.

»Fühlst du dich jetzt besser?«, fragte Winters.

»Yeah«, entfuhr es Maj. »Aber bevor ich es völlig vergesse und mit der nächsten Tirade anfange, möchte ich Ihnen noch danken, dass sie gestern Abend für mich eingetreten sind.«

»Schon gut«, erwiderte Captain Winters. »Als ich hörte, was passiert war, wusste ich gleich, dass du das nicht gewesen sein konntest. Sheila, Joanna und ich haben die Sache diskutiert und sind zu dem Schluss gelangt, dass du es definitiv nicht gewesen sein kannst, obwohl sämtlich Anhaltspunkte auf dich verwiesen haben.«

»Aber wie war so etwas überhaupt möglich?«, fragte Maj. »Seit es das Veeyar gibt, konnte noch nie ein individuelles Signal absolut perfekt kopiert werden. Die Sicherheitseinrichtungen im Netz machten das unmöglich.«

»Da hast du wohl Recht. Soweit uns bekannt ist, sind diese Signale auch nach wie vor nicht kopierbar«, antwortete Winters. »Gerade dir brauche ich wohl nicht zu erklären, dass das so nicht weitergehen darf. Joannas augenblickliche Theorie läuft darauf hinaus, dass sich jemand bei diesem Hack, in den du involviert bist, irgendwie huckepack auf dein Signal aufgesattelt hat, als du bereits online warst, und anschließend einen Teil davon abgezweigt hat. Im Grunde hat der Hacker für die fragliche Zeit einen Proxy angelegt und diesen dann dazu verwendet, Zugang zu dem Bereich zu bekommen, in den er eindringen wollte.«

Genau das, was auch Daniel in Marks Versteckspiel durchzuziehen versucht hat, dachte Maj. *Allerdings ist diesmal der zweite Proxy von dem Hacker gesteuert worden und nicht durch den Inhaber des Signals selbst. Mark sollte das erfahren. Vielleicht müssen wir Daniels Festplatte scannen, um vielleicht auf diese Weise herauszufinden, ob er irgendwelche Programme darauf hat, die so etwas können. Na Klasse, jetzt halte ich ihn auch schon für den Verdächtigen. Aber er steht ja auch nach wie vor unter Verdacht, wie sehr er auch seine Unschuld beteuern mag. Und mir geht es genauso.*

»Maj?«, fragte Captain Winters. »Bist du noch da?«

»Ja, Captain. Tut mir Leid. Ich habe nur einen Augenblick lang Bytes gesammelt. Was haben Sie gesagt?«

»Ich habe gerade ein Treffen mit Daniel und seinen Eltern hinter mir. Sie haben sich freiwillig damit einverstanden erklärt, Daniel aus dem Internet zu halten. Das Gleiche gilt übrigens auch für dich. Ich möchte aber, dass du ihn weiterhin im Auge behältst, und zwar nur für den Fall, dass er versuchen sollte, sich von einer Site außerhalb seines Elternhauses einzuloggen. Wir haben zwar immer noch Agenten, die ihn überwachen, aber wenn er richtig hinter der Sache her ist, kann man nie ausschließen, dass sie ihn verlieren. Ich weiß nämlich selbst, wie gut er ist.«

»Sie glauben also immer noch, er sei in die Sache verwickelt?«, fragte Maj. *Scheiße, sogar* ich *glaube immer noch, dass diese Möglichkeit besteht.*

»Nein, das tue ich nicht. Daniel hat von Anfang an meine Linie vertreten. Deshalb rangiert für mich die Annahme, dass er eine Sache wie diese hier aushecken würde, hart an der Grenze zum Unmöglichen. Doch es liegt nun einmal in der Natur solcher Angriffe, dass der Net Force in diesem Fall die Hände gebunden sind, Daniel oder dich so einfach zu entlasten, weil ihr euch nämlich beide zum Zeitpunkt der Angriffe im Online-Hauptquartier aufgehalten habt. Der einzige Weg, wie ich eure Unschuld beweisen kann, ist sicherzustellen, dass ihr beide offline bleibt und unter Beobachtung steht, wenn der nächste Angriff erfolgt. Wir werden den Mistkerl schon schnappen. Sowohl Joanna als auch Sheila sind da ganz zuversichtlich.«

Das gilt auch für mich. Und wenn ich den Kerl mit bloßen

Händen schnappen müsste, wenn sich die Notwendigkeit ergeben sollte, dachte Maj.

»Ich werde so nah an Daniel dranbleiben, wie ich kann«, versicherte sie. »Darf ich denn Megan und Mark davon erzählen? Wenn Sie nichts dagegen einzuwenden haben, hätte ich gerne jemanden von unserer Seite, der mir den Rücken freihält. Es könnte durchaus sein, dass ich sie als Rückversicherung brauche.«

»Das dürfte kein Problem darstellen. Ich wünsche dir jedenfalls viel Glück«, schloss Captain Winters.

»Danke, Captain«, antwortete Maj und trennte die Verbindung. Dann warf sie das Foilpack auf das Bett neben ihr und starrte aus dem Fenster. *Dass ich es nicht bin, die hinter diesen Angriffen steckt, dürfte damit zur einzigen Sache geworden sein, der ich mir wirklich sicher sein kann. Ich weiß noch nicht einmal mehr, ob es nun Daniel gewesen ist oder nicht. Auf jeden Fall weiß ich aber, dass ich jemanden kenne, der genau das herausfinden kann.* Maj stürmte die Treppe hinunter zum Veeyar-Sessel und machte sich auf die Suche nach Mark Gridley.

Kapitel 10

Am nächsten Morgen stand Daniel schon früh auf und rief Mark auf dessen Foilpack an. Nachdem er kurz zusammengefasst hatte, weshalb es ihm derzeit nicht möglich war, sich mit wem auch immer im Netz zu treffen, bat er Mark, online zu gehen und die anderen um eine Konferenzschaltung auf seinem Foilpack zu bitten. Innerhalb weniger Minuten waren alle zusammengeschaltet.

Auch Maj war über ihr Foilpack verbunden, und kaum

dass sie sich gemeldet hatte, gab sie Daniel nicht die geringste Chance, etwas zu sagen, sondern platzte gleich selbst los. »Mit dir habe ich noch ein Hühnchen zu rupfen. Dein kleines Projekt, wie du das Chamäleon schnappen wolltest, hätte mich letzte Nacht beinahe hochgehen lassen. Ganz gleich, was du auch vorhast, von jetzt an muss jeder Einzelne von uns genau wissen, wie dein Plan aussieht. Ich habe keine Ahnung, was die anderen von Daniels Schweigen über seinen Plan halten, aber nachdem ich vergangene Nacht von der Sicherheitsabteilung der Net Force drei Stunden lang verhört worden bin, habe ich mir damit verdammt noch mal einen ziemlichen Rüffel eingehandelt. Jetzt gehöre ich ebenso wie Daniel zum Kreis der Verdächtigen, mit dem Erfolg, dass sie genauso hinter mir her sind wie hinter ihm. Dessen ungeachtet kann sich das Chamäleon jeden von euch als Nächsten auswählen.«

»Wie bitte? Wovon redest du überhaupt?«, fragte Mark verblüfft. »Daniel hat mir gerade erst erzählt, dass Captain Winters und mein Vater beschlossen haben, ihn aus dem Netz auszusperren. Gibt es da irgendetwas, was du uns noch nicht erzählt hast, Daniel?«

»Ja, allerdings. Aber erst wollte ich euch alle beisammen haben, bevor ich die Situation klarlege«, antwortete Daniel. »Wenn ihr mir also eine Minute lang zuhören würdet ...«

»Jetzt beruhigt euch alle erst mal und haltet die Klappe«, fuhr Megan dazwischen. »Also gut, Maj. Erzähl uns, was passiert ist.«

Maj setzte die anderen zunächst über ihr Treffen mit Sheila Devane ins Bild und berichtete anschließend, was sie über den Eindringversuch wusste und wie die nachfolgende Befragung abgelaufen war.

»Genau das ist es, was ich euch auch erzählen wollte, Leute«, erklärte Daniel anschließend. »Inzwischen hat man uns alle aufs Korn genommen, und die Zeit läuft. Je eher wir es also schaffen, den Kerl festzunageln, desto weniger Gelegenheiten bleiben ihm, sich die Identität anderer anzueignen.«

»Wenigstens in diesem Punkt sind wir einer Meinung«, fauchte Maj. »Nebenbei bemerkt haben wir bei dieser Gelegenheit wenigstens schon einmal einen unserer Hauptverdächtigen ausklammern können. Sheila Devane war nämlich zu dem Zeitpunkt, als der Hack stattfand, viel zu sehr mit mir persönlich beschäftigt, als dass sie gleichzeitig auch noch das Chamäleon hätte sein können.«

»Genau. Damit haben wir es nur noch mit zwei Hauptverdächtigen zu tun, und zwar Valas und Donley. Beide haben die Information bekommen, die sie brauchen, um kommende Nacht nach dem Köder zu schnappen. Ich habe mich selbst um Donley gekümmert. Deshalb kann ich mir sicher sein, dass alles richtig gelaufen ist. Unabhängig davon hat Mark mir erzählt, dass Ryan Valas wie eine Ente auf dem Schießstand präpariert ist. Wenn einer der beiden der Schuldige ist, wird er mit Sicherheit anbeißen. Folglich werden wir schnell genug herausfinden, ob wir es geschafft haben, das Chamäleon zu identifizieren oder nicht«, fasste Megan zusammen. »Mit etwas Glück werden wir bei dieser Gelegenheit auch gleich genügend Beweise zusammentragen können, um den Kerl ein für alle Mal aus dem Verkehr zu ziehen.«

»Stimmt«, pflichtete Daniel bei. »Wir müssen lediglich darauf vorbereitet sein. Jetzt möchte ich nur noch wissen, ob jemand ein Problem damit gehabt hat, sich für morgen Abend frei zu machen?«

Die drei anderen schüttelten einhellig den Kopf.

»Gut«, stellte Daniel zufrieden fest. »Maj, kannst du es einrichten, morgen bei Megan zu Hause zu sein?«

Megan und Maj blickten einander an und nickten dann.

»Null Problemo«, sagte Megan. »Bei uns wird sowie die Politik der offenen Tür betrieben.«

»Na prima. Aber du wirst nicht die ganze Nacht dort bleiben, Megan. Also erzähl deiner Mutter bitte nicht mehr, als sie unbedingt zu wissen braucht.«

»Wie bitte?«, entfuhr es Maj. »Ich habe eine ganze Menge dagegen, meine Eltern zu belügen. Weder für dich noch für irgendjemanden sonst.«

»Jetzt mal langsam mit den jungen Pferden. Niemand hat hier irgendetwas übers Lügen gesagt«, wiegelte Daniel ab. »Sag deinen Leuten nur so viel, dass ein Freund von den Net Force Explorern dich abholen kommt und du wahrscheinlich bei Megan übernachten wirst. Auf diese Weise hast du eine perfekte Ausrede.«

»Aber warum das alles? Warum schleichen wir herum und verbreiten Dreiviertelwahrheiten, Daniel?«, hakte Mark nach. »Was hast du vor?«

»Das ist alles nur deshalb nötig, weil ich einige Hilfe brauche, um auf dem Gelände der Net Force eine Überwachung durchzuführen. Dazu hätte ich gerne Maj bei mir. Wir zählen beide zu den Verdächtigen, weshalb wir uns gut gegenseitig decken und gleichzeitig sicherstellen können, dass wir für die Nacht ein Alibi haben«, erklärte Daniel.

»Vielleicht habe ich ja was mit den Ohren, aber ich meine eben gehört zu haben, dass du etwas von einer Überwachung auf dem ›Gelände der Net Force‹ gesagt hast? Wovon, zum Teufel, redest du da eigentlich?«, fragte Mark.

»Schau mal. Wir sind doch alle zu der Ansicht gelangt, dass wir es mit einem Insider zu tun haben. Das bedeutet letzten Endes aber nichts anderes, als dass es sich bei dem Mistkerl um jemanden handeln muss, der Zugang zur Net Force besitzt. Jetzt haben Mark und Megan schon allen erzählt, dass Mark am Freitag sein Programm an Joanna übergibt und dass sie es am Samstag ausprobieren will. Dabei will sie dann versuchen, den Typ zu verfolgen, der sich bei der Net Force eingehackt hat. Folglich *muss* sich das Chamäleon darauf stürzen, will es nicht Gefahr laufen, entdeckt zu werden.«

»Bist du dir deiner Sache denn wirklich so sicher?«, fragte Megan.

»In dieser Angelegenheit gibt es nichts und niemanden, dessen man sich sicher sein kann. Aber so viel steht jedenfalls fest, dass unser böser Bube nur am Freitag im Laufe der Nacht seine einzige Chance hat, da sich das Programm bis dahin auf dem isolierten Heimsystem von Marks Vater befindet. Dieser Computer ist nicht mit dem Internet verbunden, weshalb es keine Rolle spielt, wie gut der Typ auch sein mag. Dort kommt er jedenfalls nicht hinein. Mit ein bisschen Glück und wenn wir den richtigen Verdächtigen den Köder zum Fraß vorgeworfen haben, sollten wir den Hacker aus dem Unterholz hochscheuchen können, während wir selbst auf der Lauer liegen.«

»Wir reden hier doch wohl von einer Online-Beobachtung, oder irre ich mich?«, fragte Mark nach.

»Sicher. Wir werden das Netz beobachten. Das wird nämlich genau deine und Megans Aufgabe sein. Maj und ich können euch dabei aber nicht helfen, weil wir dazu verdonnert wurden, offline zu bleiben. Das ist auch ganz okay so. Möglicherweise erweist sich das sogar noch als Vorteil für uns. Ich denke, dass wir in Betracht ziehen sollten, dass sich das Chamäleon möglicherweise als zu gut für uns erweisen wird. Selbst die Net Force hat es ja bislang nicht geschafft, den Typ zu schnappen, oder irre ich mich da? Ich bin allerdings überzeugt, dass man dort einfach nur an den falschen Orten sucht, was aber nicht zwangsläufig ausschließt, dass der Kerl wirklich so gut ist, wie es scheint. Alles, was ich will, ist ein Alternativplan für den Fall, dass uns der Typ durch die Finger schlüpft. Wenn Maj und ich das Gelände des Net-Force-Hauptquartiers überwachen, beobachten wir alle zusammen damit nicht nur das Internet, sondern gleichzeitig auch das, was sich in der realen Welt ereignet. Ganz gleich, wer kommt oder geht, wir werden ihn sehen«, erklärte Daniel. »Wenn es sich bei dem Chamäleon tatsächlich um jemanden handelt, der sich innerhalb der Net Force befindet, haben wir anschließend wenigstens ein Protokoll, aus dem hervorgeht, wer sich während des Hacks auf der Site befunden hat und wer nicht. Sollten wir es Freitagnacht nicht schaffen, unseren Hacker zu schnappen, können wir dieses Protokoll dann immer noch verwenden, um die Liste unserer Verdächtigen zu überarbeiten.«

»Also gehst du allen Ernstes davon aus, dass wir beide tatsächlich das Hauptquartier der Net Force überwachen werden?«, fragte Maj. »Bist du denn völlig übergeschnappt?«

»Nein, ganz im Gegenteil. Die Sache ist perfekt. Hör doch einfach mal zu ... Wenn unser Chamäleon reinkommt, das Programm einpackt und es schafft, damit an Mark und Megan vorbeizukommen ... versteht das bitte nicht als Beleidigung, Leute, ich habe schließlich nicht gesagt, dass es ein Kinderspiel wäre ... dann wären die Aufzeichnungen darüber, wer in der Freitagnacht kam und ging, die einzigen Hinweise, über die wir unseren Hacker schnappen können. Die Net Force verfügt über Protokolle, wer sich zu jedem gegebenen Zeitpunkt auf der Site befunden hat, wir aber nicht! Weil sie dort aber nach einem Hacker von draußen suchen, wird die Net Force gar keine Veranlassung sehen, auf diese Informationen zuzugreifen. Im Gegensatz zu uns! Das ist aber der einzige Weg, den ich mir vorstellen kann – ohne deswegen selbst in die Computer der Net Force einbrechen zu müssen –, an eine Liste zu kommen, aus der hervorgeht, wer während des Hacks im Hauptquartier der Net Force war. Meint ihr nicht, dass wir bereits viel zu tief in Schwierigkeiten stecken, als dass wir uns einen solchen Versuch der Informationsbeschaffung bei der Net Force selbst leisten könnten? Aber auf die von mir vorgeschlagene Vorgehensweise ist es ja nicht so, dass wir irgendetwas Ungesetzliches unternehmen würden. Wir alle haben unsere Sicherheitsfreigaben für die Parkplätze im Hauptquartier. Also werden wir völlig unverdächtig irgendwo parken und beobachten, wer kommt und geht«, erklärte Daniel. »Dabei befolgen wir sogar die Befehle, die man uns gegeben hat, Maj ... wir bleiben offline.«

»Und was ist, wenn wir einen unserer Verdächtigen dabei entdecken, wie er sich im Morgengrauen davonmacht, und das genau in dem Augenblick geschieht, in dem Mark und Megan eine Unregelmäßigkeit im Netz entdecken oder es bei der Net Force einen Einbruchalarm gibt? Was machen wir dann?«, fragte Maj.

»Dann wirst du an dem Verdächtigen dranbleiben und feststellen, wohin er sich wendet, es notieren und dich wieder aus dem Staub machen. Genau wie Megan und ich das Signal zu seinem Ausgangspunkt zurückverfolgen werden, es protokollieren und anschließend wieder verschwinden werden. Unter gar keinen Umständen kommt irgendetwas anderes in Frage«, konstatierte Mark. »Habe ich mich klar genug ausgedrückt?«

»Hätte es selbst nicht besser formulieren können«, pflichtete Daniel bei. »Also, was sagt ihr? Seid ihr dabei?«

»Mitgefangen, mitgehangen.« Maj nickte. »Ich bin bereit, diesen Typ um jeden Preis aus dem Verkehr zu ziehen. Ich habe nämlich eine ganz Menge dagegen, wenn man mich missbraucht, was ganz besonders für jemanden gilt, der ein Verräter ist.«

Daniel blickte Mark und Megan an. »Wie sieht's bei euch aus, Freunde? Wenn ihr noch Vorbehalte habt, dann jetzt raus damit und nicht erst Freitagnacht.«

»Die Antwort auf deine Frage kennst du schon«, antwortete Mark.

»›Mir liegt's im Blut / Zu weit hab ich mich eingelassen, dass sollt' ich stecken bleiben / die Umkehr gleich so schwierig wär, wie's Weitergehen‹«, deklamierte Megan. »Jetzt sind wir schon mal so weit, also sollten wir die Sache auch zu Ende bringen.«

»Danke für diese wundervolle Vorstellung«, applaudierte Mark. »Also gut, dann lasst uns den Plan noch ein letztes Mal durchgehen. Ich werde mein Programm am Freitag gegen Abend ins Hauptquartier bringen und Valas per Virt-Mail mitteilen, dass es da ist. Megan, deine Aufgabe wird es sein, Donley eine Virt-Mail mit der gleichen Information zu schicken. Freitagnacht werden Maj und Daniel das Hauptquartier überwachen. Ihr beide arbeitet noch die Einzelheiten aus, wie ihr euch trefft und dort hinkommt. Zur gleichen Zeit werden Megan und ich die Net Force online beobachten. Wer auch immer als Erster irgendetwas Verdächtiges ausmacht, nimmt sofort mit den anderen Kontakt auf. Wir werden also praktisch nach Gehör spielen und unsere Hinweise verfolgen, wo auch immer sie uns hinführen werden. Unter gar keinen Umständen werden wir dabei jemanden angreifen oder irgendwelche Dummheiten begehen. Dieser Typ könnte höllisch gefährlich sein, und ich möchte nicht, dass einer von uns etwas unternimmt, wodurch er sich provoziert fühlen könnte. Die ganze Aktion dient ausschließlich dem Zweck, Beweise zu sammeln und uns selbst keinesfalls in Gefahr zu bringen. Ist das allen klar?«

»Klar«, echoten die anderen drei.

»Fantastisch. Dann bin ich sehr glücklich, dass wir das ein für alle Mal geklärt haben«, stellte Megan fest. »Verdammt, ich muss sehen, dass ich in die Gänge komme. Ich bin schon viel zu spät für die Schule dran.«

»Ich auch. Ich seh euch dann später, Jungs«, sekundierte Maj hastig, nicht ohne rasch noch ein: »Ich kann's einfach nicht glauben, was ich da treibe« nachzusetzen.

»Versuch doch ganz einfach, die Sache durchzustehen«,

schlug Mark vor. Die beiden Mädchen verabschiedeten sich und unterbrachen die Verbindung. Nachdem die beiden jungen Damen weg waren, brach Daniel das Schweigen. »Darf ich davon ausgehen, dass du etwas für mich hast?«, fragte er Mark.

»Jetzt hör auf zu drängeln. Ich hab den Verdacht, du wusstest genau, dass so etwas kaum in einer Nacht zu schaffen ist. Recht herzlichen Dank auch«, grollte Mark. »Aber ich habe dir das, wonach du fragst, bereits geschickt. Du kannst es genau zweimal anwenden, danach geht nichts mehr. Fahr das Sicherheitsprogramm hoch, richte das Ding, das wie eine Fernbedienung aussieht, darauf und zapp sie durch. Wenn du kommen und gehen willst, brauchst du nur noch den auf der Seite angezeigten Code in dein System einzutippen. Vergiss das auf keinen Fall! Darüber hinaus wird das Prog jedweden Eintrag ins Protokoll löschen, der über das Kommen und Gehen von Personen Aufschluss gibt. Nach der zweiten Aktivierung wird es sich selbsttätig aus dem System entfernen. Versau die Sache bloß nicht«, warnte Mark eindringlich.

»Mach dir keine Sorgen. Das werde ich schon nicht«, versicherte Daniel. »Dein Lockvogel-Programm ist auch schon fertig, stimmt's?«

»Es wird da sein und auf das Chamäleon warten«, bestätigte Mark. »Ich werde es am Freitag freigeben, wunderschön und verführerisch.«

»Prima. Bis dahin erwarte ich auch keinen weiteren Hack. Nach diesem letzten Einbruch wird das Chamäleon wahrscheinlich für eine Weile den Kopf einziehen und die Reaktion der Net Force im Auge behalten wollen. Ach, übrigens, vergiss auf keinen Fall, morgen dein Foilpack mitzunehmen. Wir brauchen es, damit wir in Verbindung bleiben können.«

»Keine Sorge, es wird alles da sein, was wir brauchen«, beruhigte Mark.

Daniel registrierte einen merkwürdigen Unterton in Marks Stimme. »Alles in Ordnung mit dir?«, fragte er.

Mark schwieg einen Augenblick. »Yeah. Ich bin ein wenig skeptisch, aber irgendwie ... ich weiß nicht ... ich wünschte nur, es gäbe einen besseren Weg, das hier über die Bühne zu bringen.«

»Hast du denn einen gefunden? Ich wäre der Erste, der sich nichts mehr wünschte, als davon zu erfahren. Ebenso sehr, wie ich daran interessiert bin, mich zu rehabilitieren, will ich vermeiden, dass ich dabei irgendjemand sonst mit hineinreiße«, versicherte Daniel. »Das ist auch der Grund, weshalb wir uns aufs Beobachten beschränken. Das verspreche ich dir. Wir unterhalten uns Freitag weiter. Bis dann.«

Da kannst du Gift drauf nehmen, dass wir nur beobachten werden, dachte Mark, nachdem Daniel weg war. *Das ist nämlich der einzige Grund, weshalb ich bislang weder Captain Winters noch meinem Vater etwas von der ganzen Idee erzählt habe.* Obwohl er Daniels Logik durchaus folgte, was die Beweisbeschaffung anging, hatte er andererseits nur zu genau mitbekommen, welche Konsequenzen es hatte, wenn Net Force Explorer ausbrachen und ihre eigenen Wege gingen. Einer von ihnen, Matt Hunter, war dabei sogar einmal als Geisel genommen worden. Mark selbst hatte auch schon bittere Erfahrungen machen müssen, als er bei seiner Schnüffelei im Internet die Nase in Dinge gesteckt hatte, die ihn nichts angingen. Dabei waren Maj und er in der wirklichen Welt mit einem gemeinen Virus infiziert worden, der die gleichen Vererbungseigenschaften trug wie ihr persönlicher DNA-Code. Auch diese Sache hatte im Internet begonnen und war von einem verstörten Teenager in Gang gebracht worden, der Rache für einige seiner Freunde nehmen wollte. Mark und Maj waren im Anschluss an dieses kleine Abenteuer im Krankenhaus gelandet. Mark hatte den festen Entschluss gefasst, dieses ganze Unternehmen sofort abzubrechen, wenn sich herausstellen sollte, dass Daniel über den gesteckten Rahmen hinausschoss. *Solange wir alle aber nichts anderes tun als nur beobachten, sollte die Sache schon in Ordnung gehen .... Hoffe ich wenigstens ...*

Kapitel 11

Die Stunden bis zu dem Zeitpunkt, an dem die Falle zuschnappen sollte, vergingen in quälender Langsamkeit. Sich auf irgendetwas zu konzentrieren war Daniel nahezu unmöglich geworden. Verschiedentlich wurde er von seinen Lehrern gerügt, weil er dem Unterricht nicht gefolgt war. Selbst seine Mutter fragte ihn, ob ihm irgendetwas zu schaffen machte. Um in der Zeit, in der er darauf wartete, endlich seinen Namen reinzuwaschen, nicht noch mehr aufzufallen, nickte er daher immer, wenn es ihm angebracht erschien, und schüttelte an den passenden Stellen den Kopf. Sobald allerdings diejenigen, die ihn direkt angesprochen hatten, ihre Aufmerksamkeit wieder etwas anderem zuwandten, nahm er seine Gedanken über die bevorstehende Freitagnacht wieder auf.

Am Freitagnachmittag war es ihm schließlich gänzlich unmöglich geworden, auch nur still zu sitzen. Er arbeitete eine Route aus, auf der er das Haus zu verlassen beabsichtigte, und spielte sie ein paarmal durch. Dann begann er damit, die Spezialausrüstung beiseite zu legen, die sie in der Nacht brauchen würden. Das meiste davon gehörte zwar seinem Vater, doch Daniel ging davon aus, dass er die Sachen zurückbringen konnte, bevor dieser registriert hatte, dass etwas fehlte. Innerhalb weniger Minuten hatte er Marks Hintertürprogramm installiert, mit dem er das

Sicherheitssystem des Hauses umgehen konnte, was also auch keine besonders große Ablenkung für ihn bedeutete. Alles drängte Daniel, sofort loszulegen. Aber es blieb ihm gar nichts anderes übrig, als auch noch die verbleibenden beiden Stunden irgendwie totzuschlagen, bevor er endlich das Haus verlassen konnte.

Er ließ sein Foilpack aufspringen und tippte eine ihm geläufige Nummer ein. »Jimmy? Yeah. Hier ist Daniel. Seid ihr Jungs an Ort und Stelle? Okay. Ihr wisst genau, was zu tun ist? Nein. Das ist keine Herumalberei, sondern eine todernste Angelegenheit und enorm wichtig. Yeah. Ich müsste es eigentlich schaffen, so gegen drei oder vier Uhr morgens bei euch zu sein. Yeah. Ich wünsch' euch auch viel Erfolg. Bis später.«

Er ließ das Foilpack zuschnappen und blieb einen Augenblick still sitzen. *Das muss ganz einfach klappen. Und es muss ohne Probleme über die Bühne gehen. Ich kann es mir nicht erlauben, Mark, Megan und Maj in Gefahr zu bringen.* Trotz der Verpflichtung, seinen guten Ruf wieder herzustellen, fühlte er sich verantwortlich und war bereit, alles dafür zu tun, dass die anderen drei keinesfalls bei dem Versuch, seine Haut zu retten, in Schwierigkeiten gerieten oder gar verletzt wurden. *Wenn denen meinetwegen irgendetwas passiert, wäre das noch weit schlimmer, als von den Net Force Explorern verbannt zu werden. Wir müssen diesen Typ einfach kriegen. Ich wünschte nur, sofort loslegen zu können. Aber mir bleibt keine Wahl. Ich muss warten, bis Mark seine Falle an Ort und Stelle aufgestellt hat.*

Um seine Gedanken von den brennenden Problemen abzulenken, beschäftigte er sich. Er räumte sein Zimmer auf und fing an zu putzen. Dazu stapelte er zunächst einmal einen enormen Haufen schmutziger Wäsche in einer Ecke des Raums. Anschließend übte er sich in Sprungwürfen, indem er die zusammengeknüllten Wäschestücke in die

Öffnung der Wäscherutsche fliegen ließ. Seine Trefferquote lag dabei unter 25 Prozent, was er ziemlich blamabel fand.

Endlich, nach einer Zeitspanne, die ihm wie tagelanges Warten vorgekommen war, hörte er die alte Standuhr in der Diele schlagen. Endlich wurde es Zeit für ihn. Er aktivierte Marks Hintertürprogramm, wobei er mit einiger Befriedigung feststellte, dass es einwandfrei funktionierte. Dann schlüpfte er in seine Jacke und aus seinem Zimmer, wobei er die Tür leise hinter sich ins Schloss zog. Auf Zehenspitzen schlich er bis zum zweiten Treppenabsatz und spähte die im Dunkel liegenden Stufen hinab ins Esszimmer. Kein Licht zu sehen. Erst jetzt stahl er sich die Treppe hinab und tappte durch den Hausflur zum Arbeitszimmer seines Vaters.

Blitzschnell verstaute Daniel die Dinge, die er brauchte, in seinem Rucksack, kontrollierte noch einmal, ob er auch seinen Führerschein eingesteckt hatte, und machte sich dann auf den Weg in die Küche. Dort zog er vorsichtig die Tür zur Garage auf und schaltete die Beleuchtung ein.

In der entgegengesetzten Ecke der Dreiergarage stand ein kleines, flaches, blasenförmiges Fahrzeug. Ein dickes Kabel verlief von einem der Kotflügel zu einer Steckdose in der Wand. Das war der Zoomer seiner Eltern, ein batteriebetriebenes Kurzstreckenfahrzeug. Es handelte sich um einen Zweisitzer mit einer effektiven Reichweite von rund 500 Kilometern, der es auf eine Höchstgeschwindigkeit von achtzig brachte. Das Auto war effizient in der Energieausnutzung, schonte die Umwelt und war leise. Man musste lediglich darauf achten, dass ihm nicht ausgerechnet irgendwo am Ende der Welt der Saft ausging, denn es dauerte eine Ewigkeit, bis die Batterien wieder aufgeladen waren. Daniels Eltern benutzten diesen Wagen in erster Linie für kurze Besorgungsfahrten und hin und wieder auch einmal, wenn sie einen Abend in der Stadt verbringen wollten.

Daniel schloss die Tür hinter sich und ging zum Zoomer hinüber. Als Erstes zog er das Kabel aus der Steckdose und wickelte es ordentlich auf, bevor er es im Kofferraum verstaute. Dann erst stieg er ein und aktivierte das Antriebssystem. Er lauschte auf das fast unhörbare Summen des Motors, bevor er den Knopf für den Garagentoröffner drückte. Als das Schwingtor eingerastet war, brachte er das kleine Auto in Gang und rangierte es aus der Garage. Er vergaß auch nicht, auf den entsprechenden Knopf zu drücken, der das Tor hinter ihm wieder verschloss, bevor er das Grundstück verließ.

Als Daniel zu Majs Haus in Alexandria abbog, hatte es leicht zu nieseln begonnen. Die Luft roch frisch und süß, weil die Feuchtigkeit den Staub und Dreck des Tages fortgewaschen hatte.

Daniel parkte den Zoomer und trabte die Stufen zum Eingang des Hauses hinauf, wobei er vorsichtshalber die Augen gegen das automatisch einschaltende Sicherheitslicht abschirmte, das sich über einen Bewegungsmelder einschaltete. Er klingelte. Während er wartete, zog Daniel den Reißverschluss seiner Jacke hoch und behielt dabei gleichzeitig die Hausfront im Auge. Ein paar Sekunden später öffnete sich die Eingangstür, und Maj erschien.

»Fertig?«, fragte Daniel.

»Ja. Gehen wir«, antwortete Maj. Die beiden Teenager liefen hinüber zum Zoomer. »Wie niedlich«, entfuhr es Maj, als sie das Auto erkannte. »Benutzt du es, wenn du mit deinen Action-Figuren spielst?«

»He. Für unsere Zwecke reicht es vollkommen aus«, wehrte Daniel ab. »Zumindest so lange wir nicht in eine Verfolgungsjagd verwickelt werden. Ein ehrgeiziges Kleinkind auf einem Hochrad könnte das Ding locker schlagen. Aber wir wollen schließlich nur beobachten. Schon vergessen? Keine verrückten Stunts. Für heute Nacht reicht das Ding völlig aus.«

»Megan hat mich gebeten, dir zu sagen, dass sie vorhin eine Virt-Mail über Marks Programm an ihren Verdächtigen geschickt hat«, sagte Maj. »Er hat sie erhalten. Sie hat eine Empfangsbestätigung bekommen.«

»Gut«, meinte Daniel nur. »Hast du mit Mark gesprochen?«

Maj klopfte auf ihren Rucksack. »Yeah. Er hat gesagt, dass wir alle bereit sind.« Sie schmunzelte, während sie in das kleine Elektroauto stieg. »Dann mal los!«

Daniel glitt auf den Fahrersitz, schnallte sich an und überzeugte sich davon, dass auch Maj den Gurt angelegt hatte. Dieses Fahrzeug würde sich nicht in Bewegung setzen, bevor alle Insassen in ihren Sitzen gesichert waren. Erst dann drückte er auf den Startknopf und lenkte den Wagen zurück auf die Straße.

Um diese nächtliche Stunde herrschte kaum Verkehr, und sie legten die Strecke zum Hauptquartier der Net Force in der Hälfte der Zeit zurück, die man sonst dafür einplanen musste. Maj und Daniel schwiegen und gingen jeder für sich noch einmal in Gedanken durch, was zu tun war. Ein paar Blocks vor dem Parkplatz lenkte Daniel den Zoomer an den Straßenrand und schaltete das Abblendlicht aus.

»Weshalb bleiben wir hier stehen?«, fragte Maj.

»Du musst den Wagen aufs Gelände fahren. Ich bin im Augenblick alles andere als beliebt bei der Net Force, selbst wenn Captain Winters und Jay Gridley inzwischen nicht mehr daran glauben, dass ich für die Hacks verantwortlich bin.«

»Und ich selbst bin nach meinen Abenteuern besser gelitten, was?«, hielt Maj dagegen.

»Schon. Aber du warst hier nur virtuell anwesend, als

alles passierte. Niemand glaubt daran, dass du eine Verdächtige bist.«

»Pah«, maulte Maj. »Aber okay. Dann werde ich eben fahren, wenn es dich glücklich macht.«

»Du weißt mit der Bedienung von so einem Auto Bescheid?«, fragte Daniel, während er schon ausstieg.

»Na klar. Ich habe schließlich auch den Führerschein, wie dir bekannt sein dürfte. Das hier«, erklärte Maj selbstbewusst, wobei sie auf die einfachen Steuerelemente deutete, »sind Peanuts.« Sie glitt hinüber auf den Fahrersitz, doch Daniel stieg nicht auf der Beifahrerseite ein. Er fummelte mit irgendetwas am Heck des Fahrzeugs herum. »Was treibst du da denn noch?«

»Siehst du den Hebel am Boden zwischen der Tür und deinem Sitz? Drück den mal nach unten.«

Maj tat, wie ihr geheißen, und vernahm im gleichen Augenblick ein metallisches Klacken. Ein Blick in den Rückspiegel zeigte ihr, dass die Klappe des Kofferraums aufgesprungen war. »Ich werde hier drin sein«, erklärte Daniel und zwängte sich in den Kofferraum.

»Dir ist wohl dieser ganze Agenten-Quatsch zu Kopf gestiegen, was?«, meinte Maj. »Warum musst du dich jetzt auch noch verstecken?«

»Weil ich der Ansicht bin, dass es ziemlich verdächtig aussehen dürfte, wenn wir beide zusammen auftauchen«, erklärte Daniel. »Ich möchte, dass möglichst niemand mitbekommt, dass wir überhaupt hier waren, sonst könnte unser Hacker vielleicht sogar gerade dadurch alarmiert werden. Also, wenn die Wache dich auffordert, was auch immer zu tun, gehorch ihr einfach. Ich werde mich schon um alles kümmern, was notwendig ist.«

»Ich kann nicht behaupten, dass es mir gefällt«, insistierte Maj.

»Jetzt beruhige dich mal. Sich zu verstecken ist doch nicht

ungesetzlich. Außerdem habe ich weder vor, den Typ anzugreifen, noch sonst etwas mit ihm zu veranstalten, wenn er mich hier drinnen findet. Nach dem augenblicklichen Stand der Dinge stecke ich schon tief genug in kochendem Wasser. Also, jetzt mach keine Panik und tu einfach, was er von dir verlangt. Okay?«

»Ist ja schon gut«, lenkte Maj ein. »Aber es wäre auf jeden Fall besser, wenn wir uns nicht schnappen ließen.«

»Vertrau mir«, meinte Daniel mit sardonischem Grinsen. »Jetzt aber los!«

Maj wartete noch, bis Daniel sich im Kofferraum eingerichtet und die Klappe geschlossen hatte. Dann schaltete sie die Scheinwerfer wieder ein, legte den Vorwärtsgang ein und scherte vom Bordstein weg. Ihr Blick haftete wie festgeklebt am Kontrollpunkt, während sie sich diesem langsam näherten. Dabei versuchte sie, so lässig wie möglich zu fahren. Nachdem sie in die Zufahrt zum Hauptquartier der Net Force abgebogen war, rollte sie auf das Wachhäuschen zu.

Maj wusste, dass der erste Kontrollpunkt noch relativ leicht zu bewältigen war. Da stand lediglich rund um die Uhr eine bewaffnete Wache vom Dienst. Natürlich gab es auch ein System von hochspringenden Beton- und Stahlsperren und selbstaufrichtenden Stahlnägeln für die Reifen, um mögliche Angriffe von Terroristen zu stoppen. Allerdings war sie nicht der Ansicht, dass sie Gefahr lief, mit diesen Einrichtungen Bekanntschaft zu machen.

Sie stoppte zwischen den weißen Linien, wie auf dem davor stehenden Hinweisschild gefordert wurde, und wartete darauf, dass der Wachsoldat von den Marines zu ihr herüberkam. Dazu brauchte er allerdings länger, als sie vermutet hatte, was dazu führte, dass sie sich schon Sorgen zu machen begann. *Tastet der etwa den Wagen ab? Was läuft denn hier?*

Schließlich schlenderte die Wache doch noch heran. »Ihre Identifikation, bitte!«

Maj händigte ihm ihre Zugangskarte aus, die er in seinem elektronischen Datenlesegerät scannte. Ein kurzes Zirpen später gab er ihr die Karte zurück. »Miss Greene. Würden Sie bitte den Wagen abstellen und aussteigen?«

Maj fühlte, wie sich eine eiskalte Klaue um ihre Brust zu legen begann. *Wurde sie etwa schon von der Net Force ausgeschlossen, weil sie bei diesem zweiten Eindringversuch als Hauptverdächtige galt? Und wenn dem so wäre, lief sie jetzt etwa Gefahr, nur deswegen in Schwierigkeiten zu geraten, weil sie den Versuch unternommen hatte, das Hauptquartier der Net Force zu besuchen? Und wenn sie sich bereits in derartigen Schwierigkeiten befand, was würden sie erst mit ihr anstellen, wenn sie Daniel im Kofferraum aufspürten?* »Gibt es ein Problem, Sir?«

»Bitte schalten Sie den Motor ab und steigen Sie aus«, wiederholte die Wache ihre Aufforderung.

Maj öffnete die Tür und stieg aus, wobei sie nach ihrer Jacke griff und diese überzog, um vor dem immer noch fallenden Nieselregen geschützt zu sein. Die Wache zauberte einen tragbaren Netzhautscanner hervor. »Wenn Sie jetzt bitte einmal in diese Okulare blicken wollen?«

Schulterzuckend tat Maj, wie ihr geheißen. *Okay ... das ist eine völlig normale Vorgehensweise. So weit, so gut ...* dachte sie. Dieser Scanner würde eine Übereinstimmung mit den Daten feststellen, die bei der Net Force gespeichert waren. Also stellte auch diese Überprüfung kein Problem für sie dar. Das Gerät piepste, die Wache warf einen Blick auf die Anzeige und nickte. Dann zog der Marine ein Ding hervor, das ein wenig an die Spiegel erinnerte, die von Zahnärzten verwendet werden, um schlecht erreichbare Zähne zu untersuchen. Nur war der hier rund einen Meter achtzig lang und hatte eine sehr starke Lampe an der Spitze. Die

Wache setzte das Gerät ein, um den Wagen von allen Seiten zu inspizieren, und schritt um den Wagen herum, bis er schließlich zufrieden gestellt zu sein schien.

Aber gerade als Maj meinte, sich wieder entspannen zu dürfen, sprach die Wache sie erneut an. »Ich fürchte, ich werde Sie noch bitten müssen, den Kofferraum zu öffnen.«

Für einen Augenblick schien Maj das Herz stehen zu bleiben. Aber selbst als ihr ganzer Körper zur Salzsäule erstarrte, arbeitete ihr Verstand weiter auf Hochtouren. »Darf ich fragen, warum?«, hörte sie sich selbst sagen.

»Aber natürlich. Da wir leider über keinerlei Aufzeichnungen darüber verfügen, dass dieses Fahrzeug jemals auf dem Gelände der Net Force war, ist eine gründliche Inspektion unerlässlich. Das gilt für sämtliche neuen Fahrzeuge, die diesen Stützpunkt zum ersten Mal besuchen.«

O nein, schoss es Maj durch den Kopf. *Jetzt sind wir aufgeflogen, und das alles nur, weil Daniel unbedingt den großen Spion spielen musste!* »Kleinen Augenblick bitte. Ich muss erst mal nachsehen, wo der Hebel für den Kofferraum ist«, bat sie laut, wobei sie sich vorbeugte und am Fahrzeugboden herumzufummeln begann. Sie meinte für einen Augenblick ein raschelndes Geräusch aus dem Kofferraum vernommen zu haben, war sich ihrer Sache aber keineswegs sicher. *Aber er kann sich doch nirgendwo sonst mehr da drinnen verstecken. Was hat er nur vor?*

»Ach, da ist er ja«, sagte Maj, nachdem sie die Sache so lange hinausgezögert hatte, wie eben vertretbar schien, und betätigte den Entriegelungshebel.

Als sie sich wieder aufrichtete, bemerkte sie, dass der Wachsoldat inzwischen einige Schritt von ihr weggetreten war und seine Hand erheblich näher über dem Kolben der Dienstwaffe schwebte, als sie es noch eine Minute zuvor in Erinnerung hatte.

»Treten Sie bitte hinter das Heck des Fahrzeugs, Miss«, wurde sie von der Wache angewiesen.

Maj schritt um das kleine Fahrzeug herum und stellte sich hinter dessen Heck, wo sie der Dinge harrte, die jetzt kommen sollten. Sie konnte die Anwesenheit der Wache hinter sich fast körperlich spüren. Ein Empfinden, das weit davon entfernt war, ihre Selbstsicherheit zurückkehren zu lassen.

»Bitte öffnen Sie den Kofferraum, Miss.«

Maj atmete noch einmal tief durch und legte dann die Hand auf den Griff des Kofferraumdeckels. *Das war's dann wohl. Damit dürfte jedwede Aussicht auf eine Karriere bei der Net Force gestorben sein. In den nächsten sechzig Jahren wird meine Beschäftigung wohl darin bestehen, an einer Mittelschule in der glanzvollen Funktion einer Wartungstechnikerin die Fußböden zu wischen. Vielleicht schaffe ich es dann sogar, irgendwann einmal in die schwindelnden Höhen des Managements in einem Fast-Food-Restaurant aufzusteigen. Nein, nein, das wird nichts. Da setzen sie inzwischen auch schon viel zu viele Computer ein. O Gott. Ich werde scheußlich in diesen ausgebeulten Overalls in Neon-Orange aussehen! Ich möchte wetten, dass es im Gefängnis mit Sicherheit auch kein Hilfiger geben wird. Verflucht sollst du sein, Daniel Sanchez!* Mit fest geschlossenen Augen öffnete sie den Kofferraum.

Für einen kurzen Augenblick herrschte absolutes Schweigen. Maj spürte einen hellen Lichtstrahl auf ihrem Gesicht und wartete nur noch auf das Geräusch zuschnappender Handschellen, die sich um ihre Gelenke schlossen. Sie begann erst wieder zu atmen, als sie die Stimme des Marine erneut vernahm. »Miss Greene, geht es Ihnen nicht gut?«

Maj öffnete die Augen und blickte den Wachsoldaten an, der sie mit nicht zu verkennender Besorgnis im Blick betrachtete. »Ja?«, quiekte sie.

»Sie haben einen Moment sehr blass ausgesehen. Ich dachte schon, Sie wären vielleicht krank«, erklärte der Marine. »Möchten Sie sich vielleicht einen Augenblick hinsetzen?«

Jetzt konnte Maj sich nicht mehr länger beherrschen und warf einen Blick in den Kofferraum. Abgesehen von einem Notreserverad, einem Wagenheber, einer Kurbel und einem kleinen Werkzeugkasten war der Kofferraum leer.

Majs Kopf ruckte hoch. »Nicht nötig. Mir geht's ausgezeichnet. Gibt es sonst noch etwas, was Sie brauchen, Sir?«, fragte sie und fühlte, wie ihr Herz scheinbar erst in diesem Moment wieder zu schlagen begann.

Das Verhalten der Wache war sichtbar entspannter als zuvor. »Nee. Das war's. Sie können passieren. Eine gute Nacht wünsche ich noch«, sagte der Soldat nur.

»Danke, Sir«, sagte Maj und legte dabei jedes Gramm Aufrichtigkeit in die Stimme, dessen sie habhaft werden konnte. Sie zwang sich, ganz ruhig zur Fahrerseite des Zoomer zu gehen, die Tür zu öffnen und einzusteigen. Dann legte sie den Sicherheitsgurt wieder an, wobei sie allerdings mehrfach neu ansetzen musste, weil ihre Hände zu stark zitterten, als dass sie das Gurtschloss gleich beim ersten Mal hätte treffen können. Schließlich startete sie das Fahrzeug, winkte der Wache noch einmal zu, die nickte und das Tor für sie aufschwingen ließ. Maj rollte auf den Parkplatz und dort weiter in Richtung der am weitesten entfernten Ecke, während sie sich gleichzeitig immer wieder fragte: *Wo, zur Hölle, steckt eigentlich Daniel?*

Plötzlich legte sich eine Hand auf ihre Schulter, was Maj aufschreien und im Sitz hochhüpfen ließ. Ungewollt verriss sie dabei das Steuerrad und brachte den kleinen Wagen ins Schleudern.

»He. Immer mit der Ruhe, Maj. Wir nehmen hier nicht am Indianapolis-500-Rennen teil«, sagte Daniel lachend, während er über die Rücklehne kletterte und sich in den Beifahrersitz fallen ließ.

»Sanchez, du Fiesling. Du hast mir beinahe einen Herzinfarkt verschafft! Wo in Houdinis Namen hast du gesteckt?«, fragte Maj giftig.

»Oh. Da gibt es einen kleinen Raum zwischen den Sitzen und dem Kofferraum. Da kommt bei der Cabrioversion das Faltverdeck hinein. Wir haben den aber ausschließlich als zusätzlichen Stauraum genutzt. Ich hab mich da immer drin versteckt, wenn ich auf keinen Fall von meinen Eltern gefunden werden wollte. Lustig, nicht?«, meinte Daniel und rieb sich dabei den Rücken. »Ist aber doch erheblicher enger da drin, als ich in Erinnerung hatte.«

»Vorhin habe ich eine Minute lang ernsthaft geglaubt, dass wir die einzigen Net Force Explorer sein würden, die das Programm vom Gefängnis aus abschließen würden«, konstatierte Maj. »Dafür schuldest du mir was, Daniel.«

»Wenn wir die Beweise bekommen, die wir brauchen, um uns zu entlasten, werde ich den Schrecken, den du ausgestanden hast, mehr als genug abgegolten haben. Wie hätte ich denn wissen sollen, dass sie den Wagen so genau untersuchen würden? Nebenbei bemerkt, du hast die Sache wie ein Profi geschaukelt. Vielleicht sollten wir als Team ins Spionagegeschäft einsteigen, was meinst du?«, fragte Daniel und zwinkerte ihr zu.

»Nein, herzlichen Dank. Noch mehr Stress als den von heute Nacht kann ich wirklich nicht mehr brauchen. Nochmals vielen Dank. Okay, wir sind da. Eine hübsche, abgelegene Ecke, von der aus wir sowohl den Parkplatz, den Kontrollpunkt als auch den Haupteingang im Auge behalten können und uns dennoch so gerade eben außerhalb des Sichtbereichs der Wache befinden«, stellte Maj fest und dehnte die Schultern. »Verdammt noch mal, bin ich verspannt.«

»Du solltest vielleicht lernen, dich zu entspannen«, schlug Daniel vor und heulte im gleichen Augenblick auf, weil sie ihn gegen den Arm geboxt hatte. »Und für was war das denn wieder?«

»Darüber brauchst du doch wohl nicht einmal nachzudenken. Nun gut, du hast den Wagen beschafft, und ich habe uns hier rein gebracht. Ich werde jetzt die Verbindung zu Mark und Megan herstellen. Also, was ist das für eine Ausrüstung, die du dich entschieden hast mitzubringen, Herr Spion?«, fragte Maj, während sie auf ihrem Foilpack die Nummer für die Konferenzschaltung zu ihren Freunden wählte.

Daniel langte hinter seinen Sitz und begann verschiedene Gegenstände hervorzuzerren, die er ihr dann reichte. »Nachtsichtbrille. Ein Fernglas mit Restlichtverstärkung. Ein digitaler Videorecorder mit restlichtverstärkender Optik. Freihändig zu bedienende Sprechfunkgeräte mittlerer Reichweite. Und das hier ...«, erklärte er und zog dabei eine kleine schwarze Schachtel und ein winziges Datapad mit Flachbildschirm hervor.

Maj war viel zu sehr damit beschäftigt, durch das Fernglas zu blicken, als dass sie den Gegenständen, die Daniel in der Hand hielt, Beachtung geschenkt hätte. »Mann!«, entfuhr es ihr, und sie setzte das Fernglas ab. Sie blickte zu Daniel hinüber. »Was ist das denn?«

»Das brauchen wir, wenn wir einen genauen Fix, also eine exakte Positionsbestimmung unseres Chamäleons haben müssen«, erklärte Daniel und schaltete das Datapad ein. Maj erkannte die grafische Darstellung einer Karte, auf der in einer Ecke ein winziges rotes Licht blinkte. »Das hier ist ein Peil- und Verfolgungsgerät, mit dem wir ihm folgen können.«

»Hab ich mich da verhört, oder hast du gesagt, wir würden hier nur beobachten?«, fragte Maj.

»Wir *werden* auch nur beobachten. Wir werden beobachten, wie der Typ abhaut und ihm dann in sicherer Entfernung mit diesem Peilgerät folgen, bis wir die Adresse haben, zu der er gefahren ist. Uns bleibt dann nichts weiter zu tun als zu verfolgen, wie bei der Festname sein Name in den Nachrichten genannt wird«, versuchte Daniel abzuwiegeln. »Darüber haben wir uns doch schon unterhalten. Du hast gesagt, du bist dabei. Jetzt bekomm bitte keine kalten Füße.«

»Krieg ich auch nicht. Ich wollte nur sicher sein, dass wir uns auch genau an den abgesprochenen Plan halten, ist das klar?«, erwiderte Maj mit einer Spur Verärgerung in der Stimme. Eine Weile inspizierten die beiden von ihrer jeweiligen Fahrzeugseite aus den Parkplatz und schwiegen.

»Das, was ich vorhin sagte, habe ich wortwörtlich gemeint«, brach Daniel nach einer Minute das Schweigen.

»Was meinst du damit?«, fragte Maj.

»Dass du die Sache mit dem Wachsoldaten wie ein Profi durchgezogen hast. Ich habe jedes einzelne Wort mitbekommen. Es gibt eine Menge Leute, die unter dieser Anspannung völlig zusammengebrochen wären. Aber du hast mir weit genug vertraut, um zu wissen, dass ich mich nicht mehr im Kofferraum befinden würde, wenn du ihn aufmachtest. Dazu gehört eine Menge Mut, und ich möchte, dass du weißt, wie dankbar ich dir dafür bin«, sagte Daniel.

»Danke. Ich hab auch kein Problem damit, dir gegenüber zuzugeben, dass ich vor lauter Schiss einen staubtrockenen Mund hatte, als er mich aufgefordert hat, den Kofferraum zu öffnen. Ich war mir nämlich alles andere als sicher, dass du dich doch noch irgendwo verstecken konntest.«

Daniel nickte. »Deswegen kann ich dir keine Vorwürfe machen. Wahrscheinlich hätte ich mir auch Sorgen gemacht. Aber ich denke, wir sollten jetzt besser in die Gänge kommen. Nimm mit Mark und Megan Kontakt auf, und vergewissere dich, dass sie auch bereit sind«, wies Daniel sie an.

»In Ordnung«, gab Maj zurück.

Daniel schaltete die Stromversorgung für die Nachtsichtbrille ein und setzte sie auf. Maj und die verstreut auf dem Parkplatz stehenden Fahrzeuge erschienen in einem schaurigen Glühen, als das Nachtsichtgerät das verfügbare Restlicht sammelte und mehr als vierzigtausendmal verstärkte. Mit der aufgesetzten Brille konnte Daniel seine Umgebung erkennen, als läge sie im hellen Tageslicht. Er blickte Maj an, die ihrerseits die Fahrzeuge auf dem Parkplatz näher in Augenschein nahm und dabei immer wieder eine handgeschriebene Liste zu Rate zog, die sie aus der Tasche gezogen hatte.

»Nur eine kleine Empfehlung«, sagte Daniel. »Schau *niemals* direkt in eine helle Lichtquelle, wie beispielsweise die Scheinwerfer eines Autos. Die Verstärkung des Lichts würde dich blind machen.« Er sah, wie Maj das Glas rasch wieder absetzte. »Keine Angst. Du würdest dadurch nicht für immer blind werden.«

»Danke für die Warnung. Gibt es vielleicht sonst noch etwas, das ich wissen sollte, bevor ich mir die Netzhäute verschmore?«, fragte Maj, während sie das Fernglas wieder vorsichtig an die Augen hob.

»Nein, das war's schon. Wonach hältst du denn Ausschau?«, fragte er interessiert.

»Ich hatte Mark gebeten, sich die Zulassungskennzeichen unserer Verdächtigen zu beschaffen, und jetzt bin ich gerade dabei, sie mit denen der Fahrzeuge zu vergleichen, die auf dem Parkplatz abgestellt sind. Bislang habe ich allerdings noch keine Übereinstimmungen feststellen können.«

»Das heißt also, dass unser böser Junge sich noch nicht eingefunden hat«, stellte Daniel missmutig fest.

»Oder dass er in einer Reihe geparkt hat, die ich noch nicht überprüft habe«, beruhigte ihn Maj und legte das Fernglas neben sich ab. »Jetzt sei doch nicht so ungeduldig. Ich will nur noch sämtliche Fahrzeuge überprüfen, bevor ich mit Mark Kontakt aufnehme.« Damit nahm sie das Fernglas wieder hoch und setzte ihr sorgfältige Suche fort. Daniel wartete und war dabei so aufgeregt, dass er kaum atmen konnte.

* * *

Als Mark an diesem Freitagabend nach Hause gekommen war, hatte er sich auf direktem Wege in sein Zimmer begeben. Das tat er in erster Linie, weil er auf diese Weise die Wahrscheinlichkeit, seinem Vater über den Weg zu laufen, auf ein Minimum reduzieren konnte. Der hätte sonst nämlich aller Wahrscheinlichkeit nach potenziell unbequeme Fragen gestellt, und Mark wusste, dass eine Antwort in der Art von ›ein bisschen im Internet surfen‹ nur zu weiteren Fragen geführt hätte. Mark war zu dem Schluss gekommen, dass die beste Art, diese Klippe zu umschiffen, darin bestand, seinem Vater am heutigen Abend besser gar nicht erst zu begegnen.

Er nahm in seinem Sessel Platz, schloss sich an, überprüfte seine Virt-Mails, ließ die meisten davon in den Papierkorb wandern und las den Rest durch. Eine sprang ihm ganz besonders ins Auge. Der Absender war Ryan Valas. Mark aktivierte die Mail und lehnte sich zurück.

»Hi, Mark«, sagte die Aufzeichnung. »Ich habe deine Virt-Mail wegen des Programms erhalten. Lass mich bitte wissen, was Joanna darüber denkt und ob du inzwischen mit etwas Neuem herausgekommen bist, einverstanden? Hat aber keine Eile damit.«

Mark studierte Valas' Gesichtszüge genau, während die Nachricht abgespielt wurde. Er konnte nichts dafür, aber er mochte diesen Kerl. *Ich hoffe bloß, dass du nicht der Typ bist, Mann*, dachte er. *Aber wie dem auch sei, der Köder ist gelegt. Jetzt wollen wir doch mal sehen, wer darauf anbeißt.*

Die Nachricht endete und wurde von Mark gespeichert. Dann sah er nach, ob Megan vielleicht schon online war. Sie war es tatsächlich. Mark zischte zu ihr und fand sie in einem virtuellen Fantasywelt-Spiel, dem sie aufgeregt folgte.

»He, Megan. Bist du so weit?«, fragte er.

»Hi, Mark. Ja, von mir aus kann's losgehen. Ich habe da hinten nur mit ein paar Freunden gequatscht«, antwortete sie.

»Okay. Pass auf, das ist der momentane Stand der Dinge. Weil Daniel und ich der Ansicht sind, dass unser Chamäleon diesmal unter Umständen das, was es gestohlen hat, übers Internet rausschießen will, besteht unsere Aufgabe darin, ein Fangnetz um das Hauptquartier der Net Force zu legen, um den ausgehenden elektronischen Verkehr kontrollieren zu können. Ich habe die letzten beiden Tage ausschließlich damit verbracht, ein Schleich- und Überwachungsprogramm zu schreiben, das uns wissen lassen wird, wenn das Programm, nach dem wir Ausschau halten, herauskommt«, erklärte Mark.

»Und wir werden es verfolgen, wohin auch immer es sich wenden wird, stimmt's?«, fragte Megan nach. »Aber was machen wir, wenn es sich getarnt hat?«

»Das ist der Grund, weshalb ich die hier mitgebracht habe«, sagte Mark und zog zwei Sonnenbrillen hervor, von denen er Megan eine reichte. »Zieh die mal an.«

Als Megan die Sonnenbrille aufsetzte, nahm die Welt um sie herum sofort geometrische Formen an. Sämtliche Details und Farben waren auf einmal verschwunden, und die Net-Force-Site sah ebenso wie die Datenknoten in der Umgebung aus, als handele es sich bei ihnen um riesige Gerippe von Gebäuden, deren Konturen in blauen Linien glühten. Es war fast so, als würden die beiden Teenager auf eine Welt blicken, in der alles lediglich durch Striche existierte, durch die bestimmte Punkte miteinander verbunden waren.

»Das ist die andere Sache, an der ich gearbeitet habe«, erklärte Mark.

»Warum erscheint mir das alles so vertraut?«, fragte Megan.

»Hast du schon mal diesen alten, zweidimensionalen Film *Tron* gesehen?«, fragte Mark zurück und fuhr fort, als Megan den Kopf schüttelte. »Der ist gar nicht mal schlecht gemacht. Aber wie dem auch sei, das war die Art und Weise, wie man sich damals, in der Anfangszeit der Computer, das Internet vorstellte, als es noch nicht einmal richtig existierte. Man hat sich zu jener Zeit natürlich geirrt, aber mir hat die Gestaltung gefallen und ich habe die Darstellung für mein Szenario übernommen. Cool, was? Also, im gleichen Augenblick, in dem mein Programm heruntergeladen wird, wird es ein Signal aussenden, das für uns als heller Lichtblitz sichtbar sein wird, den wir von oben verfolgen können. Das ist auch der Grund dafür, weshalb ich die Gebäude transparent gemacht habe. Mein Programm wird aus diesem Szenario hervorstechen wie ein Stern, der zur Nova geworden ist. Sobald wir feststellen, dass es sich aus der Net-Force-Site herausbewegt, werden wir ihm bis zu seinem Bestimmungsort auf den Fersen bleiben und uns dann schleunigst zurückziehen, um darüber zu berichten. Eigentlich ganz einfach, oder?«

Megan nickte. »Mark, bist du dir eigentlich ganz sicher, dass Daniel da draußen nicht irgendetwas im Schilde führt? Ich denke, er ist ein bisschen aus dem Ruder gelaufen, seit er mit dieser Anschuldigung konfrontiert wurde. Vielleicht wäre es besser gewesen, wenn du mit ihm zum Hauptquartier gegangen wärest.«

»Kann schon sein. Aber ich bin hier drinnen auf jeden Fall nützlicher als da draußen. Übrigens, sollte Daniel irgendetwas Verrücktes versuchen, wie sollte ich ihn dann davon abhalten können? Er ist zweimal so groß wie ich, und ich gehe jede Wette ein, dass er auch noch unfair kämpft. Maj dagegen verfügt über einiges an Kampfsporterfahrung ... sie kann ihn aufs Kreuz legen, wenn es nötig sein sollte. Außerdem verfügt sie über mehr gesunden Menschenverstand als drei Kids in ihrem Alter. Darüber hinaus ist auch sie ein Opfer dieses Hackers. Jetzt sei mal nicht so nervös. Sein Plan hörte sich für mich recht vernünftig an. Ich bin mir sicher, dass Maj und er alles unter Kontrolle haben.«

»Vielleicht hast du Recht. Aber vorhin im Büro von Captain Winters hast du selbst gesagt, dass er ein Hitzkopf ist. Also, wo wollte er hin? Direkt zum Hauptquartier der Net Force. Er hat irgendetwas vor ... ich weiß es ganz einfach. Und dabei handelt es sich um etwas, worüber er uns im Unklaren gelassen hat. Ich will einfach nicht, dass er sich in noch größere Schwierigkeiten bringt als jene, in denen er ohnehin schon steckt. Ganz besonders ist mir aber daran gelegen, dass er Maj nicht noch größere Probleme beschert«, sagte Megan.

»Würdest du dich jetzt bitte mal beruhigen? Daniel weiß ganz genau, wie wichtig das alles hier ist, und ich weiß, dass er nichts tun wird, womit er die Sache vermasselt. Nebenbei bemerkt, ist das auch der Grund dafür, weshalb ich damit einverstanden war, dass Maj mit ihm das Gelände beobachtet und dass du hier bei mir bleiben solltest. Sie wird Daniel schon im Zaum halten.« *Zumindest sollte es so sein*, überlegte Mark und schüttelte den Kopf, weil er sich durch die nagenden Zweifel, die Megan gesät hatte, irgendwie irritiert fühlte. »Jetzt sollten wir uns besser darauf konzentrieren, die Daten zu bekommen, die wir brauchen, einverstanden?«

Er wurde durch ein sanftes Läuten unterbrochen, welches ihn darauf hinwies, dass eine Nachricht eingegangen war. »Das müssten die beiden sein«, vermutete Mark. »Hallo, Daniel, Maj?«

»Ja, wir sind's. Einen Augenblick, ich bringe uns auf den

Bildschirm.« Eine Sekunde später erschienen Daniel und Maj unmittelbar vor ihnen. Die Bilddarstellung der Foilpacks war zwar nicht die beste, doch Mark und Megan konnten genug sehen, um erkennen zu können, dass ihre Freunde sich auf dem Hauptparkplatz des Net-Force-Hauptquartiers befanden.

»Ich darf also davon ausgehen, dass du und Megan in Position seid, Squirt?«, fragte Maj.

»Geladen, gesichert und feuerbreit. In der gleichen Nanosekunde, in der mein Programm ins Internet geht, werden wir an ihm hängen wie Haie an einer Blutspur«, tönte Mark.

»Ja, ja. Solange das Blut mal nur nicht dein eigenes ist. Wir lassen das Foilpack im Bereitschaftszustand. Nur für den Fall, dass ihr uns erreichen müsst. Gute Jagd«, sagte Maj.

»Euch auch. Lasst uns wissen, wenn irgendetwas passiert«, erwiderte Megan.

»Geht klar«, versicherte Maj.

Megan verkleinerte das Bild so lange, bis es nur noch als kleines Icon in ihrer virtuellen Welt schwebte. Nachdem Daniel und Maj ›ikonisiert‹ waren, blickte Mark Megan an. »Komm mit, wir können uns wenigstens einen besseren Aussichtspunkt verschaffen.« Damit deutete er auf eine Wolke, die am nächtlichen Himmel vorüberzog, und erhob sich gleichzeitig in die Lüfte. Das kleine Icon folgte ihm auf dem Fuße.

Eine Sekunde später folgte auch Megan. Sie fand Mark bereits mit einem zufriedenen Grinsen auf den Gesichtszügen ausgestreckt auf einem schwellenden, weißen Liegestuhl vor. Die Sitzgelegenheit schien sich in einer Art Wellenbewegung zu befinden, und als Megan genauer hinsah, erkannte sie, dass sich einzelne Teile des Liegestuhls tatsächlich bewegten und dabei Marks Rücken hinauf und hinunter rollten.

»Was, zum Teufel, treibst du denn da?«, entfuhr es ihr verblüfft.

»Ein Wolkensessel mit Schiatsu-Massage als Zubehör. Solltest du auch mal ausprobieren. Ist einfach fantastisch«, schlug Mark vor. »Komm schon runter, greif dir was von den Dunstschwaden und mach es dir bequem.«

Megan schwebte etwas tiefer und landete sanft auf der Wolke, die ein paar Meter von jener entfernt war, auf der ihr Kumpel lag und völlig versunken in die Betrachtung der Welt war, durch die sie schwebten. Als sie nun nach unten griff, erkannte Megan, dass die Wolke sich wie Ton formen ließ. Innerhalb weniger Sekunden hatte sie sich eine frei schwebende Hängematte gebaut, in die sie sich mit einem Aufseufzen hineingleiten ließ. Sofort passte sich die Wolken-Hängematte weich und warm den Konturen ihres Körpers an. Auf einmal konnte sich Megan sehr gut vorstellen, ein Faible für dieses Szenario zu entwickeln. Von hier aus hatten sie einen kristallklaren Ausblick auf die gesamte Net Force-Site, und gerippeartige Gebäude wie halb fertig gestellte Wolkenkratzer hoben sich daraus empor. Megan lenkte ihre Hängematte hinüber zu Mark, bis sie sich an dessen Seite befand. Der starrte konzentriert durch ein kleines Fenster, das er direkt vor sich in die Wolke geschnitten hatte.

»Was ist das denn?«, fragte sie.

»Ich habe nach einem Weg gesucht, wie ich erkennen konnte, wann sich das Chamäleon auf das Programm stürzt. Deshalb habe ich ein Lauerprogramm genau in dem Knoten installiert, in dem mein Köderprogramm sitzt«, erklärte Mark. »Dadurch bin ich in der Lage, jeden zu sehen, der versucht, sich Zugang zu diesem Knoten zu verschaffen. Damit können wir Daniel und Maj exakt wissen lassen, wann sie in Echtzeit Ausschau nach dem Chamäleon halten müssen.«

»Klasse. Wenn du sehen kannst, wer das tut, haben wir

auch genug Beweise, mit denen wir zu Winters gehen können«, freute sich Megan. »Dann brauchen wir es nur noch der Net Force zu überlassen, Daniel und Maj zu entlasten und den wirklichen Hacker hinter Schloss und Riegel zu bringen.«

»Kann schon sein. Du solltest allerdings nicht vergessen, dass sich das Chamäleon bei seinen Hacks stets einer anderen Identität von Net Force Explorern bedient hat. Wir werden also wahrscheinlich nur wissen, wann der Angriff erfolgt, dabei aber nicht zwangsläufig auch erkennen können, um wen es sich wirklich dabei handelt. Selbst wenn es tatsächlich ein Insider sein sollte, braucht er nicht unbedingt in eigener Person zu erscheinen«, wiegelte Mark die Begeisterung seiner Kameradin ab. »Mit einiger Sicherheit wird er sogar wieder als Net Force Explorer verkleidet sein, der gerade online ist, während er sein Vorhaben durchzuziehen versucht.«

»Aber wir sind doch auch Net Force Explorer, und wir sind derzeit online. Das heißt dann doch nichts anderes, als dass der Hacker auch als ...«, begann Megan.

»... einer von uns auftauchen könnte«, vollendete Mark den Satz mit grimmigem Gesichtausdruck. »Und alles, was wir im Augenblick unternehmen können, ist abzuwarten und zu sehen, ob er uns missbraucht, wenn es schließlich passiert.«

Kapitel 12

Maj starrte auf ihre kurze Liste von Fahrzeugkennzeichen. Nicht ein einziges davon hatte sie auf dem Parkplatz der Net Force entdecken können, und sie hatte wirklich überall nachgesehen. Daniel suchte seinerseits den Parkplatz mit dem Camcorder ab.

»Zeichnest du die Autokennzeichen auf?«, fragte sie. »Ich hab dir doch schon gesagt, dass das Chamäleon noch nicht hier ist.«

»Mag sein. Vielleicht aber doch. Wenn wir uns irren, was unsere Verdächtigen angeht, und es jemand anderer ist, hätte Mark dir gar nicht das richtige Kennzeichen geben können. Ich will nur sichergehen, dass wir den gesamten Parkplatz überwacht haben, und jeden aufgezeichnet haben, der heute Nacht kommt und geht. Aber selbst wenn wir mit unseren Verdächtigen richtig liegen, besteht immer noch die Möglichkeit, dass sie ein anderes Fahrzeug besitzen, von dem die Net Force nichts weiß.«

»Nein. Das hätte Mark gewusst. Kein einziger unserer Verdächtigen hat mehr als ein Fahrzeug auf sich zugelassen«, widersprach Maj.

»Und was ist, wenn sie sich nur einen Dienstwagen genommen haben? Das würde die Auswahl auch nicht wesentlich vereinfachen, weil die Hälfte der hier abgestellten Fahrzeuge ohnehin Regierungskennzeichen haben«, hielt Daniel dagegen. »Aber wenn *du* spionieren würdest, wäre es dir dann recht, wenn man dich in dem Wagen sehen würde, mit dem du Tag für Tag in der Gegend herumfährst? Also, wenn ich ein Spion wäre, ich würde einen Wagen nehmen, den niemand kennt, und den dann irgendwo verstecken.«

»Mag ja sein. Aber die hauptsächliche Aufgabe eines Spions besteht doch gerade darin, nicht aufzufallen, und tagtäglich dieselben Dinge zu tun, um keinen Verdacht zu erregen«, hielt Maj dagegen. Sie hob das Fernglas wieder an die Augen und suchte erneut den gesamten Parkplatz ab. »Mit anderen Worten, nicht mit einem Fahrzeug aufzutauchen, das bei der Net Force unbekannt ist. Aber wenn du so genau über Spione Bescheid weißt, würde mich schon interessieren, wo du dein ganzes Wissen herhast. Jetzt erzähl mir bloß nicht, dass du ein Hobby-Schnüffler bist.«

Daniel schmunzelte. »Wohl kaum. Ich habe das alles von meinem Dad. Mein Vater hat zu Beginn seiner Laufbahn beim Secret Service Fälscher gejagt. Ständig nahm er mich damit auf den Arm, dass er mich zu einer solchen Überwachung mitnehmen wollte. Nicht, dass er es jemals wahr gemacht hätte. Jetzt habe ich meine Chance bekommen, denn er ist nicht hier. Aber wie dem auch sei, ich hab mir all das von ihm ausgeliehen. Diese Woche ist er nämlich nicht in der Stadt, weshalb er es noch nicht einmal mitbekommen wird, dass die Sachen fehlen.«

»›Ausgeliehen‹, was? Wette, dass er noch nicht einmal weiß, dass du es hast?«, fragte Maj.

»Nee, weiß er tatsächlich nicht. Das ist auch der Grund dafür, weshalb keiner von uns etwas davon beschädigen sollte«, räumte Daniel ein. »Sieh mal, das ist nichts, worüber du dir Sorgen machen solltest. Ich allein bin dafür verantwortlich, klar? Nebenbei bemerkt, wenn ich ihn gefragt hätte, wäre seine Antwort mit Sicherheit nein gewesen. Er ist nun einmal überzeugt, dass ich schuldig bin ... und ich weiß, dass ich unschuldig bin. Mir bleibt also gar nichts anderes übrig, als das zu tun, was erforderlich ist, um zu beweisen, dass ich Recht habe.«

Die Scheinwerfer eines auf den Parkplatz einbiegenden Fahrzeugs unterbrachen die beiden. Daniel hob den Camcorder und richtete ihn auf das Auto und dessen Fahrer, während Maj konzentriert auf das Kennzeichen blickte und es mit ihrer Liste verglich.

»Nee, auch das ist nicht dabei«, stellte sie enttäuscht fest.

Daniel ließ den Camcorder weiterlaufen, während Maj durch das Nachtglas blickte und damit den in leuchtendem

Grün dargestellten Fahrer beim Aussteigen beobachtete. Er war mit etwas bekleidet, von dem sie den Eindruck hatte, es handele sich um einen formlosen Overall. Auch meinte sie, er trüge eine Art Beutel am Riemen über der Schulter.

»Scheint so, als würde er zur Nachtschicht des Wartungspersonals gehören«, vermutete Maj.

»«Yeah«, bestätigte Daniel und verfolgte den Mann mit dem Camcorder. »Aber wir sollten trotzdem nichts dem Zufall überlassen.«

Der Mann betrat das Gebäude, und Daniel senkte den Digitalrecorder. »Wie mir mein Vater immer wieder gepredigt hat: jetzt kommt der aufregende Teil.«

»Häh?«, machte Maj.

»Na, eben stundenlang auf dem Hintern herumsitzen und darauf hoffen, dass etwas passiert«, erklärte Daniel trocken.

»Oh.« Maj griff nach ihrem Rucksack auf dem Fahrzeugboden und zog eine Plastikbox hervor. »Ich hab was zu trinken mitgebracht. Willst du auch was?«

»Ja, danke. Ich war einfach zu beschäftigt und habe dabei Essen und Trinken völlig vergessen«, gab Daniel zu, griff auch schon nach einem der Gelpäckchen und riss es auf. »Kirsch-Orangen-Limonade, mein Lieblingsgesöff. Danke.«

»Ich hab auch noch ein paar Granola-Riegel dabei. Willst du einen?«, bot Maj an.

»Nein, danke, im Moment nicht. Ich bin viel zu aufgedreht, um jetzt etwas hinunterzubringen.«

Maj nahm einen langen Zug von ihrem Getränk. Dann drehte sie das Seitenfenster ein wenig hinunter und fühlte, wie die kühle, feuchte Luft über ihre Gesichtszüge strich. Aus dem Regen war inzwischen ein leichter Dunst geworden, der durch das geöffnete Fenster hereinwehte. Als sie wieder zu Daniel hinüberblickte, bemerkte sie, dass dieser intensiv auf den Parkplatz hinausstarrte.

»Du und dein Vater, ihr beide kommt nicht besonders gut miteinander aus, oder?«, fragte sie ruhig.

Daniel blickte sie nicht an. »Was veranlasst dich zu dieser Vermutung?«

»Allein schon die Art und Weise, wie du zu dieser Ausrüstung gekommen bist. Ich meine, es geht mich wirklich nichts an, also werde ich nicht weiter nachhaken, wenn du es wünschst«, sagte Maj.

»Was interessiert dich denn so sehr daran? Glaubst du vielleicht, dass mein Vater Recht hat? Dass ich einer bin, der nur Mist baut?«, fragte er stattdessen.

Maj drehte sich in ihrem Sitz um, damit sie ihm direkt in die Augen sehen konnte. »Daniel, du weißt, dass das nicht stimmt. Ich bin doch hier, oder? Wenn wir beide geschnappt werden, habe ich mindestens ebenso viel zu verlieren wie du.« Im gleichen Augenblick kochte die gesamte Spannung über, unter der sie seit dem Zwischenfall mit dem Wachtposten gestanden hatte. »Glaubst du denn allen Ernstes, ich würde meinen Status als Net Force Explorer leichtfertig aufs Spiel setzen, wenn ich nicht davon überzeugt wäre, dass du unschuldig bist? Ich muss mich ebenfalls rehabilitieren, das steht fest ... aber das hier ist dein Plan, nicht meiner. Ich bin hier, weil ich davon überzeugt bin, dass du es schaffen kannst, den Knoten zu sprengen. Mark, Megan und ich versuchen dir dabei zu helfen, und wir haben uns damit einverstanden erklärt, dass du uns sagst, was wir hier zu tun haben. Würden wir dem zugestimmt haben, wenn wir nicht an dich glauben würden, häh? Verdammt noch mal, warum kannst du eine helfende Hand nicht einfach als das sehen, was sie wirklich ist?« Maj verschränkte die Arme und starrte aus ihrem Fenster auf den Parkplatz.

Ein paar Sekunden lang war das Tröpfeln des Regens auf das Fahrzeugdach das einzige Geräusch im Zoomer. Maj blickte Daniel nicht an, als dieser schließlich zu sprechen begann.

»Es tut mir Leid. Du hast völlig Recht. Offensichtlich ist dies einfach nicht meine Woche, um Freunde auf meiner Seite zu halten«, meinte Daniel mit hörbarer Zerknirschung in der Stimme. »Ich hätte mich nicht über euch alle hinwegsetzen dürfen, als ihr versucht habt, für mich da zu sein. Ich kann diese Sache auch gar nicht allein durchziehen. Nebenbei bemerkt, wäre es bei dem Regen ein verdammt langer Weg, bis du wieder zu Hause wärst.«

Nach dem letzten Satz hatte Maj dann doch Schwierigkeiten, ihren strengen Gesichtausdruck beizubehalten. »Na, wer sagt denn, dass ich diejenige sein soll, die zu Fuß nach Hause geht? Ich sitze schließlich auf dem Fahrersitz und nicht du, oder?«

»Willst du damit andeuten, dass der Wachsoldat es mir nicht abkaufen würde, dass du hier ins Hauptquartier der Net Force gekommen bist, um dir einen neuen Haarschnitt verpassen, eine Geschlechtsumwandlung durchführen zu lassen und auf die Sonnenbank zu gehen?«, fragte Daniel grinsend. »Der ist wahrscheinlich so gelangweilt, dass ich diesen Zoomer hier rausfahren könnte, ohne dass er es auch nur am Rande mitbekommen würde.«

»Ich denke, es dürfte besser sein, wenn wir es nicht darauf ankommen lassen«, meinte Maj, bei der sich nun doch ein Lächeln durchzusetzen begann. »Also kein weiteres Imponiergehabe mehr, einverstanden?«

»Okay«, antwortete Daniel.

»Also gut«, sagte Maj und lehnte sich in ihren Sitz zurück. »Was läuft jetzt? Ich meine, die Zustände bei dir zu Hause fressen dich eindeutig auf. Aber sie sind offensichtlich keineswegs so katastrophal, dass man dich bereits auf die Straße gesetzt hätte, stimmt's?«

Daniel fingerte an seinem Drink herum und blickte

dann durch das Fenster auf seiner Seite des kleinen Autos. »Nein ... Ich weiß nicht. Wir sind eben nur ... Ich habe darüber bislang noch mit niemandem außer meiner Mutter gesprochen.«

»Na, vielleicht ist gerade deshalb eine Einschätzung aus einem anderen Blickwinkel hilfreich. Ich verspreche dir, dass nichts von dem, was hier gesagt wird, diesen Wagen verlassen wird«, sagte Maj.

»Ich nehme dich beim Wort«, sagte Daniel und sah sie lange an. Dann zuckte er mit den Schultern. »Aber warum eigentlich nicht? Ich habe das alles schon unzählige Male in meinen Gedanken herumgewälzt, und es hat zu nichts geführt.«

Daniel lehnte sich in den Sitz zurück und starrte den Dachhimmel an. Maj wartete geduldig. Schließlich begann er zu reden. »Auf den Punkt gebracht sieht es so aus, dass mein Vater und ich nur in den seltensten Fällen einmal wirklich einer Meinung sind. Ständig versucht er, aus mir eine jüngere Version seiner selbst zurechtzuformen, und obwohl ich ihn sehr wohl für das respektiere, was er geleistet hat, habe ich nicht das Gefühl, dass ich mein Leben unbedingt genauso zu leben habe, wie er das seine.«

»Was meintest du gerade mit ›zurechtformen'? Versucht er dich davon zu überzeugen, dass du auch zum Secret Service gehen sollst?«, hakte Maj nach.

»Nein. Er hat mir gesagt, dass ich machen kann, was immer ich will ... na ja, mit der Einschränkung vielleicht, dass die von mir gewählte Laufbahn einen Hochschulabschluss beinhaltet und ich später einen Anzug tragen werde. Aber das eigentliche Problem besteht darin, dass er mich wegen der Schule, Karriere und Zukunft derart unter Druck setzt, dass er mir manchmal das Gefühl vermittelt, ich sei ein Klumpen Kohle, den er durch puren Druck in einen Diamanten verwandeln will«, brach es aus Daniel hervor. »Und im Augenblick bin ich mir ganz und gar nicht sicher, überhaupt ein Diamant sein zu wollen. Ich meine, klar will ich mit dem, was ich mir vornehme, erfolgreich sein. Aber ich habe keinen Bock, bereits jetzt in die Karrieretretmühle einzusteigen. Ich muss erst noch mehr von der Welt kennen lernen und Dinge ausprobieren, um festzustellen, ob ich sie mag oder nicht.«

»Warte mal. Lass mich erst mal sehen, ob ich alles richtig verstanden habe«, unterbrach Maj. »Du hast also das Gefühl, dass dein Vater dich wegen der Schule und deiner Zukunft zu stark unter Druck setzt, während du einfach nur etwas mehr Freiraum haben willst, damit du deinen eigenen Weg finden kannst?«

»So ist es«, bestätigte Daniel. »Yeah. Genau das ist der Fall. Aber ganz gleich, wie sehr ich mich auch bemühe, ihm das klar zu machen, dauernd fühlt er sich veranlasst, mich wie einen Sechsjährigen zu behandeln. Ich weiß nicht, seit wie vielen Jahren ich jetzt schon darauf warte, dass er endlich kapiert, dass ich kein Kind mehr bin. Aber nichts hat sich geändert. Das ist auch der Grund, weshalb ich das hier durchziehen muss. Ich muss ihm beweisen, dass ich sehr wohl in der Lage bin, eigenverantwortlich zu handeln. Wenn daraus nichts wird, werde ich wohl das Gefühl nie mehr los, auf etwas zu warten, das wohl niemals eintreten wird.«

»Also etwas in der Art, wie es im Augenblick passiert?«, hakte Maj nach.

»Wie meinst du das?«, fragte Daniel verständnislos.

»Na ja. Wir sind doch jetzt hier, weil wir zu dem Schluss gekommen sind, dass das Chamäleon einen neuen Versuch unternehmen wird, die Net Force zu infiltrieren, richtig? Aber wir sind uns unserer Sache nicht völlig sicher. Folglich müssen wir warten und sehen, ob es passiert oder nicht. Und das hört sich für mich genau so an, als würde dein Vater dir nie die Freiheit gewähren wollen, die du dir wünschst. Aber du hast noch nichts unternommen, weil du immer noch darauf wartest, dass er vielleicht doch noch ein Einsehen hat, oder etwa nicht?«

»Schätze schon«, antwortete Daniel nachdenklich.

»Hast du denn gar nicht das Gefühl, dass dein Vater nur das Beste für sich will?«, fragte Maj.

»Ja, ja. Zumindest ist es das, was er mir immer wieder vorhält«, meinte Daniel. »Und gewöhnlich immer dann, wenn er wieder einmal neue unmögliche Vorschriften einführt, nach denen ich mich zu richten habe.«

»Dann frage ich mich, weshalb du nicht einfach akzeptierst, was er sagt, und alles daransetzt, dass er stolz auf dich ist?«, fragte Maj.

»Weil ich ihm ganz einfach nie genug leiste«, hielt Daniel dagegen. »Ich kann Zeugnisse mit Spitzennoten nach Hause bringen, und ich ernte noch nicht einmal ein Lob dafür, sondern werde stattdessen nur zu noch schwereren Kursen angemeldet. Wenn ich in einem dieser Hammerfächer mal nur ein ›gut‹ schaffe, ist das gleichbedeutend mit Hausarrest für den Rest meines Lebens. Ich schaffe es nicht, in einer der Sportmannschaften der Schule mitzuspielen oder einen Aushilfsjob anzunehmen, weil das seiner Ansicht nach lediglich eine Ablenkung wäre, die mit meiner schulischen Ausbildung nicht in Einklang zu bringen ist. Verdammt, er betrachtet selbst die Net Force Explorer lediglich als so etwas wie einen weiteren Punkt, den ich meinem Lebenslauf hinzufügen kann. Mir scheint es allmählich so, als wenn jede Entscheidung in meinem Leben nicht von mir, sondern ganz allein von ihm getroffen worden wäre.«

»Du hast also das Gefühl, in der Falle zu sitzen, weil dein Vater Entscheidungen trifft, die deiner Ansicht nach von dir allein getroffen werden sollten?«, hinterfragte Maj.

»Manchmal wundere ich mich schon, dass ich noch atme, ohne ihn vorher um Erlaubnis gefragt zu haben«, sagte Daniel bitter. »Und bevor du davon anfängst – doch, ich habe bereits versucht, mich mit ihm darüber zu unterhalten, und das mehr als einmal. Aber er ignoriert sämtliche Argumente oder überhört sie einfach und behauptet, er allein wüsste, was am besten für mich sei. Also weißt du, wenn er nicht plötzlich zum Gedankenleser geworden ist, hat er sicher nicht die geringste Vorstellung davon, was das Beste für mich ist und was nicht, weil ich nämlich der Einzige bin, der es wirklich wissen kann.«

»Das ist wohl wahr«, bestätigte Maj. »Also siehst du deine Aufgabe darin, deinen Vater von dieser Tatsache zu überzeugen.«

»Stimmt schon. Aber sag mir bitte, wie ich das bewerkstelligen soll, wenn er mir noch nicht einmal zuhört?«, fuhr Daniel auf.

»Es muss einfach einen Weg geben«, hielt Maj dagegen. »Es gibt ganz sicher irgendeine Sache, auf die dein Vater mehr oder weniger automatisch abhebt. Irgendein Ereignis oder einen Auslöser, der garantiert dazu führt, dass er zuschnappt und dir die notwendige Aufmerksamkeit schenkt. Du musst jetzt nur noch herausbekommen, worin dieser Auslöser besteht.«

»Pah! Du meinst also, dass meine Suspendierung von den Explorern ausreichen könnte, dass er mir zuhört? Irrtum. Selbst dabei hat er mich ausgeschlossen. Er ist nämlich davon überzeugt, dass ich schuldig bin«, berichtete Daniel. »Vielleicht erkennst du jetzt, weshalb es für mich von solch enormer Bedeutung ist, herauszufinden, wer für all das hier verantwortlich ist. Es geht eigentlich gar nicht mehr so sehr darum, was ich verlieren würde, wenn ich bei den Net Force Explorern ausgeschlossen würde, sonder vielmehr darum, dass ich meinem Vater endlich einmal meine Fähigkeiten beweisen kann. Das hier sollte ihm zeigen, dass ich in der Lage bin, mit allen Schwierigkeiten, in die ich gerate, selbst klarzukommen, und sehr wohl meine eigenen Entscheidungen treffen kann.«

»Vielleicht ist das der einzige Silberstreif am Horizont dieses ganzen Durcheinanders. Wenn du es schaffst, das Chamäleon zu schnappen, und deinem Vater auf diese Weise *zeigst*, dass du es wert bist, größere Verantwortung übertragen zu bekommen, wird ihm gar nichts anderes übrig bleiben, als deine Fähigkeiten anzuerkennen.«

»Yeah. Und wenn nicht, wird er mich unter Hausarrest stellen, bis ich fünfzig bin«, seufzte Daniel. »Ich hoffe bloß, dass das, was du eben gesagt hast, auch wirklich eintritt, sonst habe ich nämlich keine Idee mehr, wie ich die Zeit bis zum College unter Hausarrest überleben soll. Manchmal fürchte ich, dass ich eines Tages einfach ausbreche und davonlaufen werde ...«

In diesem Augenblick brachte das grelle Licht sich nähernder Autoscheinwerfer die beiden zum Schweigen und ließ sie angespannt durch die Windschutzscheibe starren. Sofort griffen sie wieder zu Camcorder und Nachtsichtglas, um den Weg des Wagens auf dem Parkplatz zu verfolgen. Das Fahrzeug parkte nur wenige Meter neben dem Wagen des Hausmeisters ein, und eine Gestalt im schwarzen Trenchcoat stieg aus.

»Kannst du sein Gesicht erkennen?«, fragte Daniel und betätigte gleichzeitig das Zoom-Objektiv des Recorders.

»Nein, er dreht mir gerade den Rücken zu, deshalb bekomme ich kein klares Bild von ihm«, sagte Maj. »Auch das Kennzeichen seines Wagens stimmt nicht mit denen auf unserer Liste überein. Es ist aber zweifelsfrei ein Regierungsfahrzeug, das ja leider jeder fahren kann, wie du bereits festgestellt hast.«

»Na ja. Das sind zwei Möglichkeiten für unser Chamäleon, wenn es nicht auf unserer Liste der Verdächtigen stand. Hinzu kommen noch alle, die bereits hier waren, als wir eintrafen«, stellte Daniel fest. Er nahm den Sender und das Datapad vom Wagenboden auf und legte sie aufs Armaturenbrett. »Ich kann mir vorstellen, dass unser Chamäleon sich das Programm schnappen und dann mit einiger Wahrscheinlichkeit kurz darauf wieder verschwinden wird. Folglich brauchen wir nur darauf zu warten, dass Mark und Megan uns ein Zeichen geben, sobald das Programm aktiviert wurde. Anschließend passen wir auf, welche Person unmittelbar darauf das Gebäude verlässt und verfolgen sie dann.«

»Hört sich toll an. Aber wie willst du es rechtzeitig schaffen, die Wanze am richtigen Auto anzubringen, wenn du keine Ahnung hast, mit welchem Wagen das Chamäleon auf das Gelände gefahren ist?«

Daniel hob zwei kleine Gegenstände aus Schaumstoff hoch, die wie Hörgeräte aussahen, an denen winzige Mikrophone befestigt waren. »Sobald Mark uns Bescheid gibt, werde ich aussteigen und mich da drüben zwischen den beiden Wagen verstecken. Wenn es einer der beiden Typen ist, die vorhin angekommen sind, dann befinde ich mich innerhalb einer Entfernung zu beiden Fahrzeugen, die ich leicht bewältigen kann. Sobald du siehst, dass eine unserer beiden Zielpersonen aus dem Gebäude tritt, flüsterst du mir zu, welcher von beiden es ist, und ich werde die Wanze anbringen.«

»Und wenn es jemand ist, den wir bislang noch gar nicht zu Gesicht bekommen haben?«, wandte Maj ein.

»Das Chamäleon kann durchaus schon einige Stunden vor unserer Ankunft eingetroffen sein. Ich gebe ja zu, dass es irgendwie ein Schuss ins Blaue ist. Aber andererseits weiß ich genau, dass Mark sein Programm nicht aus den Augen lassen wird. Mit ein bisschen Glück sollte Mark in der Lage sein herauszubekommen, wer es hat, und uns rechtzeitig das richtige Kennzeichen nennen können. Wenn nicht, werde ich wohl improvisieren müssen«, räumte Daniel ein.

»Das geht schon klar, solange du bloß nichts Blödes unternimmst«, gab Maj zurück. »Ich habe nämlich nicht das geringste Interesse daran, in einen üblen Schlamassel hineingezogen zu werden, den *du* ausgelöst hast.«

Daniel blickte sie an. »Du bist aber gar nicht zimperlich, was?«

»Nicht, wenn mein Hintern in die Schusslinie gerät. Du bist nämlich nicht der Einzige, der in diese Sache verwickelt ist. Schon vergessen?« Dabei blickte Maj auf das schweigende Foilpack, das neben ihr lag.

»Ich hasse es, untätig herumsitzen zu müssen, und wünsche mir bloß, es wäre schon gelaufen«, stieß Daniel hervor.

Im gleichen Augenblick piepte das Foilpack nachdrücklich. Daniel und Maj starrten es für eine Sekunde fasziniert an.

»Überleg dir deine Wünsche gut, sie könnten in Erfüllung gehen«, meinte Maj schließlich und ließ das Gerät aufspringen.

* * *

Oben zwischen den Wolken waren Mark und Megan schon ganz steif vor lauter Langeweile. Nachdem mehr als eine halbe Stunde lang überhaupt nichts passierte, war ihre Aufmerksamkeit auf die Wanderschaft gegangen. Die eigentliche Ablenkung hatte begonnen, als Mark eine Hand voll Wolkenmasse gegriffen, zu einem Ball geformt und dann auf Megan geworfen hatte. Der Wolkenball war beim Aufprall in Abertausend winzige, eiskalte Tröpfen zerplatzt, die Megan über Gesicht und Arme spritzten.

»Squirt!« Natürlich hatte Megan gekontert und sich eine Hand voll Wolkenmasse geschnappt, die sie ihrerseits auf den kleineren Jungen warf. Kurz darauf flogen die Bälle aus Wasserschwaden nur so durch die Luft und ließen das gesamte Umfeld aussehen, als sei eine gigantische Zuckerwattemaschine explodiert.

»Stopp! Aufhören!«, rief Megan und ließ den mächtigen Wolkenball fallen, den sie gerade hatte werfen wollen. »Sollten wir nicht besser darauf achten, wann das Programm das Hauptquartier der Net Force verlässt?«

Mark wischte einige Wolkenfetzen ab und schüttelte den Kopf. »Ich hab dir doch schon gesagt, dass ich überall Spähprogramme installiert habe. Wenn da unten etwas auch nur mit der Wimper zuckt, werden wir es im gleichen Augenblick wissen.«

»Aber was ist, wenn das Chamäleon sein Signal auf eine Art und Weise tarnt, die du nicht berücksichtigt hast?«, fragte Megan.

»Warum sollte er?«, gab Mark die Frage zurück. »Wir können davon ausgehen, dass er in der Verkleidung eines anderen auftauchen wird. Zweitens wähnt er sich vor jedweder Entdeckung sicher, weshalb es für ihn keinen ersichtlichen Grund gibt, ein harmloses Päcken beispielsweise mit Datenmüll zu tarnen.«

»Na, da bin ich richtig froh, wie gut du die kriminelle Denkungsart nachvollziehen kannst«, lästerte Megan mit gerunzelter Stirn. »Ich werde jetzt weiter beobachten.« Damit ließ sie sich zurück auf die Wolke fallen und richtete ihren Blick auf die Net-Force-Site, die einen geradezu verlassenen Eindruck machte.

»Du bist doch bloß sauer, weil ich dich dauernd geschlagen habe, das ist alles«, maulte Mark, setzte sich dann aber doch an ihre Seite und betrachtete ebenfalls das virtuelle Net-Force-Gelände, wobei er gedankenverloren weiter mit der Wolkenmasse spielte.

»Was sind das für leuchtend bunte Linien, die sich da sternförmig vom Hauptquartier der Net Force ausbreiten?«, fragte Megan.

»Oh, das sind nur die Überwachungssysteme, die von der Net Force eingesetzt werden, um die wichtigsten Netzwerke überall in Amerika abzutasten und zu verfolgen«, erklärte Mark. »Die grünen sind für den Bereich Finanzen, das Militär hat Blau, die Industrie Gelb, die Regierung Rot und so weiter. Dabei werden von speziellen Unterroutinen ununterbrochen Daten verarbeitet. Damit hast du auch gleich den Grund dafür, weshalb es so aussieht, als würden sie von unterhalb des Gebäudes ausgehen und sich in alle Richtungen ausbreiten.«

»Wieso kann das Chamäleon nicht einfach eine dieser Pipelines als Kanal nutzen, um seine Informationen zu übertragen?«, fragte Megan. »Ich könnte mir vorstellen, dass er sich damit eine geradezu perfekte Tarnung verschaffen würde.«

»Aus zwei Gründen kann er das nicht. Erstens, weil es sich dabei um Überwachungssysteme handelt, die hochgradig verschlüsselt sind und jeder Versuch, tatsächlich Daten durch sie zu transportieren, sofort dazu führen würde, dass eine rote Fahne zu flattern beginnt. Zweitens, wenn er es tatsächlich gemacht haben sollte, bin ich mir ganz sicher, dass Jo den Zugangspunkt gefunden haben würde und ein Spürprogramm darauf angesetzt hätte. Aber dafür ist der Kerl einfach zu clever.«

»Woher weißt du eigentlich so viel darüber, was der Kerl tun oder nicht tun wird?«, fragte Megan verblüfft.

»Ist doch ganz einfach«, antwortete Mark. »Er ist nämlich wirklich gut. Und außerdem ist es genau das, was ich selbst machen würde.«

»Aha«, meinte Megan nur und richtete ihren Blick weder auf die Net-Force-Site, von der aus sie ihn weiter auf den unendlichen virtuellen Horizont mit seinen Hunderten von Lichtern schweifen ließ, die über die gesamte Landschaft verstreut waren. Jedes einzelne von ihnen kennzeichnete ein eigenes Web-Portal. Direkt darunter bewegten sich im leeren Raum kreuz und quer kleinere Lichter, sobald sich die Nachtschichtpendler von einer Site zur anderen bewegten. Und darüber wiederum waren all diejenigen unterwegs, die es vorzogen, durch den nächtlichen Himmel zu fliegen und sich dazu aller denkbaren Fluggeräte zu bedienen, angefangen vom Luftschiff bis hin zum Rücken eines Pterodactylos.

»Komisch. Von hier oben sieht alles so friedlich aus«, bemerkte Megan, während sie auf das Lichtermeer blickte.

»Ja, eigentlich jammerschade, dass sich das in Sekundenschnelle ändern kann«, erwiderte Mark, der sie im gleichen Augenblick anstieß und den Zeigefinger ausstreckte. »Weil wir gerade von Sekunden reden. Schau mal, ich glaube, ich habe da etwas entdeckt. Datendepot in sechs Uhr. Meine Programmwarnung hat gerade angeschlagen.«

Megan blickte auf die Net-Force-Site, in der an der südlichen Begrenzungsmauer ein kleiner Lichtpunkt aufgetaucht war. Während sie und Mark ihn weiter beobachteten, zischte der Punkt auch schon hinaus in die Landschaft und zog dabei eine leuchtend weiße, leicht zu erkennende Spur hinter sich her.

»Das ist es! Ruf Maj und Daniel an und sag ihnen, dass sie sich bereithalten sollen«, befahl Mark, der seinerseits hektisch auf seinem Bildschirm Programme startete, während er gleichzeitig versuchte, den weißen Punkt im Auge zu behalten. »Er hat sich über ein Wartungssystem Zugang verschafft und dazu noch nicht einmal einen der Hauptzugänge genommen wie bei den letzten Malen. Wenn er sich die Persönlichkeit eines anderen angeeignet hat, dann möchte ich darauf wetten, dass er sich nicht mehr allzu lange im Hauptquartier aufhalten wird. Aber um wen es sich auch immer handelt, der Typ ist wirklich gut. Ich habe seinen Proxy fast durch. Komm schon, komm schon, wer bist du?«

»Mark, wir müssen los«, drängte Megan.

»Nur noch einen Augenblick, ich hab ihn fast«, wehrte Mark ab und warf weiterhin seine Programm-Icons hoch. »Da. Es ist ... Harry Jameson? Wer zum Henker ist das denn?«, wunderte sich Mark. »Wo zum Teufel ist die Datenbank der Net Force, wenn ich sie wirklich mal brauche? Name: Jameson, Vorname: Harry. Datenblatt anzeigen! Ausführung!«

Mark und Megan warteten eine Nanosekunde, die ihnen jedoch wie Jahre vorkam, die das System brauchte, um die angeforderten Daten auszuspucken. Aber endlich ...

»Einer der Hausmeister? Unser Hacker ist ein Hausmeister?« Marks Gesichtszüge erhellten sich, als ihm etwas zu dämmern begann. »Natürlich ein Hausmeister! Wo ist ... au, verdammt, er hat sich gerade ausgeloggt!«

Mark sprang von der Wolke hoch und gleich darauf hinaus in die Luft.

»Sag Daniel und Maj, sie sollen nach dem Hausmeister Ausschau halten!«

»Maj, wir haben soeben eine Reaktion gehabt und verfolgen sie jetzt«, schrie Megan in ihr Foilpack, während sie Mark folgte. »Wir glauben, dass es sich bei dem Typ um einen Hausmeister namens Harry Jameson handelt. Pass auf alles auf, was in den nächsten Minuten das Gebäude des Hauptquartiers verlässt und wie ein Hausmeister oder ein Wartungstechniker gekleidet ist. Ich ruf später noch mal an.« Ganz leise hörte sie noch Majs Antwort, während sie schon beschleunigte, um zu Mark aufzuschließen. Seite an Seite flogen die beiden immer schneller, um nach kurzer Zeit Lichtgeschwindigkeit erreicht zu haben.

Kapitel 13

»Verstanden, Megan. Danke und viel Glück«, hatte Maj gesagt, anschließend ihr Foilpack zugeklappt, nach dem Headset gegriffen und sich den Schaumstoffstöpsel des Lautsprechers ins Ohr gesteckt. »Sie verfolgen jetzt das Signal. Megan sagt, wir sollen auf jemanden achten, der in den nächsten Minuten das Gebäude verlässt und wie ein Hausmeister oder einer vom Wartungspersonal angezogen ist. Die Identifikation bei diesem Hack wies auf einen Typ namens Harry Jameson hin, und der ist Hausmeister bei der Net Force.«

»Ist bestimmt ganz hilfreich, wenn der Kerl vorhin im Overall unser Mann gewesen wäre. Von dem wissen wir nämlich schon, welches Auto ihm gehört.« Daniel hatte bereits das andere Headset aufgesetzt und richtete gerade das Mikrophon. Dann griff er die Wanze und das Datapad vom Armaturenbrett und blickte Maj an. »Ich werde mich jetzt mal auf den Weg nach draußen machen, um unseren Empfang zu testen.« Damit legte er den Schalter um, mit dem die Innenbeleuchtung des Zoomer abgeschaltet wurde, öffnete die Beifahrertür und drückte sie leise wieder hinter sich ins Schloss, nachdem er ausgestiegen war.

»Eins, zwei, Test, Test. Kannst du mich verstehen, Maj?«, flüsterte Daniel, während er sich zunächst einmal umblickte und sich anschließend ganz langsam auf die Fahrzeuge zubewegte, die auf dem Parkplatz abgestellt waren.

»Laut und deutlich. He, was ist eigentlich, wenn die Net Force den Funkverkehr überwacht?«, fragte Maj.

»Mach dir deswegen keine Sorgen. Der ganze Secret Service wäre nichts wert, wenn die nicht auch ein paar kleine Geheimnisse hätten, stimmt's? Unser Funkverkehr ist verschlüsselt und spielt sich ausschließlich zwischen deinem und meinem Gerät ab. Jeder Lauscher wird nichts anderes zu hören bekommen als statisches Rauschen«, erklärte Daniel, während er hinüber zu einem Minivan huschte, der am anderen Ende des Parkplatzes stand. »Okay. Das ist das Beste, was im Augenblick möglich ist. Von hier aus sollte ich eigentlich alle Fahrzeuge auf dem Platz ziemlich schnell erreichen können. Behalt du den Eingang im Auge, und lass mich sofort wissen, wer rauskommt. Danach werde ich das entsprechende Auto mit der Wanze bestücken, damit wir ihm nach Hause folgen können.«

»Okay«, bestätigte Maj und nahm das neben ihr liegende Fernglas wieder auf. Sie stellte die Optik auf den Haupteingang scharf und beobachtete diesen dann. Inzwischen hatte es aufgehört zu regnen, doch ein feiner Nebel hing immer noch in der Luft, der eine düstere Stimmung auf dem Parkplatz verbreitete. Maj stützte die Arme ab, um das Glas zu stabilisieren, ließ die Ausgangstüren nicht mehr aus den Augen und wartete darauf, dass irgendetwas passierte.

»Tut sich schon was?« Die Stimme in ihrem Ohr schreckte Maj auf.

»Ich lass es dich schon wissen, wenn es so weit ist. Es wird ihn sicherlich einige Minuten kosten, das Gebäude zu verlassen, wenn er sich verdrücken will«, antwortete Maj. »Und jetzt halt die Klappe und halte dich bereit.«

Danach schwiegen die beiden Teenager, warteten und beobachteten. Ein weiteres Fahrzeug fuhr auf den Parkplatz, aus dem ein Mann und eine Frau ausstiegen, die sich sofort auf den Weg ins Gebäude machten.

Einige Minuten später schwangen die Türen auf, und eine Gestalt im Overall, die einen Seesack über der Schulter trug, trat ins Freie. Maj schnappte sich die Digitalkamera und zoomte den Mann näher heran, musste jedoch zu ihrer Enttäuschung feststellen, dass dessen Gesicht im Schatten einer Schirmmütze lag und nicht zu erkennen war.

»Daniel. Es sieht ganz so aus, als ob da gerade einer der

Hausmeister herausgekommen wäre. Er geht in deine Richtung«, meldete Maj.

»Ist das der Typ, der eben erst gekommen ist? Nähert er sich seinem Wagen?«, drang Daniels nachdrückliches Flüstern in ihr Ohr.

»Kann ich nicht sagen. Sieht so aus, als wäre er ... nein ... warte ... er geht auf ein anderes Auto zu, das weiter entfernt von dir steht«, sagte Maj. »Das scheint jedenfalls ein anderer Hausmeister zu sein als der, den wir entdeckt haben.«

»Na großartig! Welcher Wagen ist es denn? Ich kann ihn von hier aus nicht sehen und muss mich weiter nach vorn schleichen.«

»Bleib unten, damit du nicht selbst entdeckt wirst«, riet Maj, als sie sah, wie Daniel sich vorbeugte und hinter die Autos duckte, während er sich im Kriechgang in Richtung des Hausmeisters mit dem Overall bewegte. Sie versuchte die schwierige Aufgabe zu lösen, mit einem Auge Daniel zu verfolgen und gleichzeitig mit dem anderen den sich nähernden Mann zu beobachten. »Ich glaube, er geht auf den kastanienbraunen Viertürer am Ende der Reihe zu. Sei vorsichtig.«

Daniel trabte, immer noch vornübergebeugt, ebenfalls auf das Ende der Reihe zu. »Ich glaub, ich seh den Wagen. Wo ist der Kerl jetzt?«

»Ja, Daniel, das ist das Fahrzeug. Er ist schon fast da. Nicht so schnell, sonst sieht er dich noch«, kommentierte Maj, während sie gleichzeitig dem Hausmeister mit der laufenden Videokamera folgte. Dann schwenkte sie zur Seite und entdeckte Daniel, der sich einen Wagen weiter darauf vorbereitete, um diesen herum zum Heck des Autos zu kriechen, auf das der Hausmeister zugegangen war.

Der Mann näherte sich der Fahrertür seines Wagens. Doch dann ging er daran vorbei und schritt weiter auf den Kofferraum zu. Daniel wollte gerade eben um die Ecke des daneben stehenden Fahrzeugs schleichen.

»Stopp, Daniel. Keine Bewegung«, flüsterte Maj. »Er geht auf den Kofferraum zu!«

Daniel zuckte zurück und wurde eins mit dem Schatten des Fahrzeugs, hinter dem er sich versteckte. Maj konnte erkennen, wie er in die Tasche griff und etwas hervorzog, das wie eine Wanze aussah.

Der Hausmeister öffnete den Kofferraum, warf den Seesack hinein und schlug die Klappe wieder zu. Anschließend drückte er noch einmal fest nach, um ganz sicherzugehen, dass das Schloss auch eingeschnappt war. Dann machte er sich wieder auf den Weg zurück zur Fahrertür, öffnete diese und stieg ein.

»Los jetzt«, flüsterte Maj. Sie konnte erkennen, dass Daniel sich im Entengang zur Rückseite des Wagens bewegte und unter das Bodenblech griff. Das Standlicht des Autos leuchtete auf, und eine Sekunde später sprang der Motor an. Es musste sich um einen Gas-Elektro-Hybridmotor handeln, da das Geräusch des Verbrennungsmotors nur wenige Sekunden später erstarb und der Antrieb fast geräuschlos weiterlief.

Zu diesem Zeitpunkt hatte Daniel seine Fummelei unter dem Fahrzeug beendet und trabte, immer noch vorgebeugt, auf den Wagen zu, der auf der gegenüberliegenden Seite des Hausmeisterautos stand. Der Hausmeister schaltete die Scheinwerfer ein, und gleich darauf rollte sein Fahrzeug über den Parkplatz in Richtung Schranke. Kaum war er weit genug entfernt, spurtete Daniel zurück zum Zoomer und bedeutete Maj, den Wagen in Gang zu bringen.

»Mach den Kofferraum auf, und dann nichts wie los«, zischte er.

»Du meinst, das ist der Typ?«, fragte Maj.

»Er ist zur richtigen Zeit rausgekommen und war genauso angezogen, wie Mark ihn beschrieben hat, stimmt's? Aber bis Mark mit seiner Zauberei fertig ist, ist nichts von dem, was wir tun, wirklich sicher. Aber es kann auf keinen Fall schaden, wenn wir hier draußen in der wirklichen Welt dem Hauptverdächtigen auf der Spur bleiben, oder etwa nicht? Jetzt aber los, bevor wir ihn noch verlieren«, sagte Daniel auf dem Weg zum Kofferraum. Kaum eine Sekunde später fühlte Maj, wie sich der Wagen unter dem zusätzlichen Gewicht in die Federung senkte, und kurz darauf wurde die Klappe des Kofferraums geschlossen. Sie startete den Zoomer und fuhr mit fest um das Steuerrad gekrallten Fingern auf den Kontrollpunkt zu.

* * *

Mark und Megan hatten inzwischen zu dem rasenden Lichtpunkt aufgeschlossen. Bislang war es ziemlich einfach gewesen, der Spur des Lichtpunkts zu folgen, weil dieser auf den Hauptinformationslinien geblieben war und nicht die geringsten Ausweichmanöver durchgeführt hatte.

»Warum folgen wir ihm nicht, wenn er ausbricht?«, fragte Megan.

»Ganz einfach«, erklärt Mark, »weil ich ihn die ganze Zeit über im Auge behalten will, und zwar nur für den Fall, dass das Chamäleon versuchen sollte, die Signale auf uns umzuschalten.«

»Ich kann mich aber entsinnen, dass du gesagt hast, es hätte keinerlei Verdacht geschöpft«, wandte Megan ein.

»Ja, aber selbst wenn es keine Ahnung haben sollte, ist der Typ immer noch ein ausgezeichneter Hacker und als solcher stets auf der Hut«, erklärte Mark. »Und dieser Typ hier ist wirklich gut. Ich zeichne die ganze Sache auf, damit wir alles später noch einmal durchgehen können.«

Noch während er sprach, scherte der Lichtpunkt von einer Sekunde zur anderen in Richtung auf die Website einer großen Firma aus und nahm direkten Kurs auf die Front des Internet-Gebäudes. Mark tauchte hinab und zischte auf die

Außenwand des Wolkenkratzers zu. Megan blieb mit klopfendem Herzen direkt hinter ihm. Obwohl Mark den Wind in diesem Szenario ausgeschaltet hatte, meinte sie dennoch eine Brise über ihre Gesichtzüge und durch das Haar streichen zu fühlen, als sie dem Boden entgegenrasten.

»Äh, Mark. Ist das nicht ein Gebäude?«, fragte sie verschüchtert, als sie immer näher an die Site heranflogen, in die das Programm hineingezischt war.

»Yeah. Das ist eine durchaus gebräuchliche Hacker-Technik, die als ›Programmwäsche‹ bezeichnet wird«, rief ihr Mark über die Schulter zu. »Die Daten werden durch eine andere Site geschleust, wobei vorzugsweise solche benutzt werden, in denen umfangreiche Datenströme laufen, um so jede potenzielle Spur zu verwischen. Dabei hofft der Hacker darauf, dass das Programm in dem gewaltigen Datenaustausch einfach verloren gehen wird. Einige Hacker sichern ihre Einbrüche sogar so ab, dass das ganz automatisch abläuft. Genau das hat der Typ hier auch getan. Glücklicherweise hat er nicht damit gerechnet, dass ich ihm auf den Fersen sein würde.«

»Das ist ja toll. Aber würden wir denn nicht sofort getrennt, wenn wir hier einfach durch die Wand eindringen?«, wollte Megan wissen.

»Kein Problem für uns. Wenn du mit Gridley Airways fliegst, bist du auf alles vorbereitet. Pass gut auf!« Mark zog etwas hervor, das aussah wie ein kleines Stück schwarzen Fells, und warf es vor sich. Das Fell dehnte sich sofort zu einem Loch von etwa drei Metern Durchmesser aus.

»Flieg einfach durch«, rief Mark ihr zu, während er selbst direkten Kurs darauf nahm.

Megan blickte gerade noch rechtzeitig hinab, um zu sehen, wie das Programm eine Seite des Gebäudes traf und in dieses eindrang. Sie atmete noch einmal tief ein und flog in die rabenschwarze Finsternis.

Eine Sekunde später befanden sich die beiden bereits im Inneren. Megan blickte sich um und suchte dabei den Gerüstcode des Gebäudes für Mark ab.

»Meg, mach voran! Hier runter!«, rief Mark von weiter unten. Megan sah nach unten und entdeckte Mark, der neben etwas stand, das aussah wie ein bunt angemaltes Mannloch. Als sie hinuntergeflogen und sanft neben ihm gelandet war, stellte sie auch fest, dass die Lichtspur zu genau diesem Loch verlief und darin verschwand.

»Gerade noch rechtzeitig. Das Programm, das in den Datenfluss ging, hat die Site hier wieder verlassen. Wir werden ihm dort hinein folgen.«

»Was ist denn mit dem Verfolgungsprogramm, mit dem du dich so gebrüstet hast?«, fragte Megan, die Hände auf den Hüften.

»He, wer hätte denn wissen können, dass der Typ derart paranoid sein würde? Selbst ich habe nicht immer Recht. Solltest du den letzten Satz allerdings gegenüber irgendjemand anderem zitieren, werde ich abstreiten, ihn jemals ausgesprochen zu haben. Und jetzt spring!«, rief Mark, während er sich selbst bereits in das Loch fallen ließ. Auch Megan trat nach vorn und wurde in den Datenstrom gesaugt. Im gleichen Augenblick waren die beiden von der Site verschwunden, als hätten sie sich niemals dort aufgehalten.

* * *

Maj fuhr ganz langsam auf den Kontrollpunkt zu und versuchte dabei ständig mit einem Auge, den Wagen des Hausmeisters zu verfolgen, der gerade um die Ecke auf den Highway eingebogen war, und mit dem anderen Auge den Wachtposten, der ihr Herankommen beobachtete, zu fixieren.

»'n Abend, Miss Greene«, grüßte die Wache, als er ihre Karte in Empfang nahm und erneut scannte. Maj warf ihm etwas zu, von dem sie selbst am meisten hoffte, dass es ein Lächeln war.

Der Marine reichte ihr die Karte zurück und aktivierte den Toröffnungsmechanismus.

»Ich wünsche Ihnen noch einen schönen Abend«, verabschiedete sich der Soldat dann höflich.

»Wünsch ich Ihnen auch«, antwortete Maj, und diesmal war ihr Lächeln wirklich echt. Das Tor öffnete sich, und im gleichen Augenblick trat sie auch schon nachdrücklich aufs Gaspedal. Augenblicke später hatte sie den Zoomer auf die Zufahrt manövriert und befand sich kurz darauf auf dem Highway.

Kaum hatten sie das Gelände des Hauptquartiers verlassen, da klopfte Maj schon auf den Beifahrersitz, trat das Gaspedal bis zum Boden durch und beschleunigte den kleinen Wagen auf seine Höchstgeschwindigkeit. Wieder ein paar Sekunden später hatte sich Daniel aus dem Kofferraum befreit und kletterte auf den Sitz neben ihr.

»Wo ist er?«, waren die ersten Worte, die ihm über die Lippen kamen.

»Bloß keine Panik. Er ist direkt hinter dem nächsten Hügel.« Maj lehnte sich zurück, nahm den Fuß vom Gas und ließ den kleinen Wagen gemächlich ins Tal hinunterrollen. »Wir wollen ihm nicht zu nah auf die Pelle rücken. Schließlich ist es nicht so, als herrschte hier um diese Zeit ein Wahnsinnsverkehr, in dem wir untertauchen könnten.«

»Schon gut, du hast ja Recht«, räumte Daniel ein, blickte sie dabei aber nicht einmal an. All seine Aufmerksamkeit hatte er auf die kleinen Rückleuchten des Fahrzeugs vor ihnen konzentriert. »Ich hoffe bloß, du hast die ganze Angelegenheit auf dem Parkplatz aufgezeichnet.«

»Yeah. Ich hab ihn drauf. Und dich nebenbei bemerkt auch«, gab Maj mit einem kleinen Lächeln zurück. »Ganz nette Schachzüge.«

»Danke.« Ohne den Blick abzuwenden, griff Daniel nach dem kleinen Datapad und schaltete es ein. Sofort war der Innenraum des Zoomer von einem sanften Piepsen erfüllt, und Daniel zeigte ihr den Bildschirm des Datapad, auf dem sich ein kleiner roter Punkt langsam auf die Karte von Washington, D.C. zu bewegte. »Sieht so aus, als wollte er in die Stadt.«

Maj nickte. »Und wir hängen direkt an ihm dran.«

Mit Ausnahme der beiden Fahrzeuge war die Straße verlassen. Ihr Ziel fuhr völlig unauffällig und überschritt nie die Geschwindigkeitsbegrenzung. Kurz, es verhielt sich so, als gäbe es nichts auf der Welt, weswegen es sich Gedanken machen müsste. Maj gab sich derweil alle Mühe, genügend Abstand zum Wagen des Hausmeisters zu halten. Keiner der beiden Teenager sagte ein Wort, weil sie sich unabhängig voneinander viel zu sehr auf das konzentrierten, womit sie augenblicklich beschäftigt waren. Speziell Daniel behielt den Wagen des Hackers so intensiv im Auge, als fürchtete er, das Fahrzeug würde im gleichen Augenblick vom Erdboden verschwinden, sollte er auch nur einen Moment den Blick von ihm abwenden. Nur hin und wieder gestattete er es sich, für eine Sekunde auf das Datapad zu sehen, das er auf den Oberschenkeln balancierte.

So fuhren sie noch eine ganze Weile weiter, ein aus zwei Fahrzeugen bestehender Konvoi auf dem Weg in die Innenstadt. Ein paar Minuten später konnten Daniel und Maj bereits den Lichterschein der Hauptstadt erkennen. Der Hacker fuhr derweil ruhig weiter den Highway 95 hinauf in Richtung der Vorortgebiete von Alexandria. Dort wechselte er am Autobahnkreuz auf die I-945 und fuhr in Richtung Norden.

»Bleib ihm bloß auf den Fersen, aber lass immer ein paar Autos dazwischen«, wies Daniel Maj an, die gerade beschleunigte, um sich der Geschwindigkeit des fließenden Verkehrs anzupassen.

»Geht klar. Hast du ihn immer noch auf dem Schirm?«, fragte Maj.

»Ja. Die Wanze hat eine Reichweite von rund zehn Kilometern. Aber so weit brauchen wir den Abstand gar nicht anwachsen lassen. Hier ist schon unsere Abfahrt«, sagte Daniel und wies mit der Hand in die entsprechende Richtung.

Maj wechselte auf die Abbiegespur und fuhr auf die Interstate. Selbst um diese Nachtzeit herrschte hier schon ziemlich dichter Verkehr. Mächtige Laster lieferten sich mitten im dichter werdenden PKW-Verkehr erbarmungslose Überholduelle, um eine vermeintlich bessere Position zu ergattern.

»Wir sollten besser etwas näher aufschließen. Gib ruhig ein bisschen mehr Gas. Die Polizei führt hier so gut wie keine Verkehrskontrollen durch«, behauptete Daniel.

»Woher willst du das denn schon wieder wissen?«, fragte Maj verblüfft.

»Meine Eltern und ich sind hier letztes Jahr einmal um Mitternacht mit dem Wagen liegen geblieben. Die Polizei hat damals eine Viertelstunde gebraucht, bis sie bei uns war«, erklärte Daniel. »Bei der Gelegenheit haben die Polizisten dann erwähnt, dass sie ausgesprochen selten in dieser Gegend Patrouillen fahren.«

»Kam nicht einer von denen aus Annandale?«, fragte Maj, die das Abfahrtschild entziffert hatte, dem sie sich jetzt näherten. Das Fahrzeug, das sie verfolgten, war im Augenblick nicht zu sehen, da sich ein paar große Laster zwischen sie und das Auto ihres Verdächtigen geschoben hatten.

»Der eine Cop, der damals schließlich bei uns eintraf, *kam* aus Annandale«, berichtete Daniel.

»Oh, Mist. Ich kann hier überhaupt nichts sehen. Überprüf mal den Transmitter und sag mir, was unser Junge so treibt«, bat Maj.

»Er ist soeben an der Braddock Road vorbei und fährt stur in Richtung Norden«, beruhigte Daniel sie einen Augenblick später.

»Na prima. Der tut ja glatt so, als hätte er nichts auf der Welt zu fürchten«, sinnierte Maj. »Ich hoffe bloß, dass Mark und Megan ebenfalls vorankommen.«

»Ich bin mir sicher, dass sie alles im Griff haben. Verdammt noch mal, schließlich haben sie den leichteren Teil erwischt«, meinte Daniel mit einem Schulterzucken. »Wenn sie in irgendwelche Schwierigkeiten geraten, können sie sich einfach ausloggen. Wir sind diejenigen, die dem mutmaßlichen Spion in der wirklichen Welt über Berg und Tal folgen müssen. Wenn ich die Wahl hätte, würde ich jederzeit mit ihnen tauschen.«

»Das dürfte wahrscheinlich die cleverste aller Feststellungen sein, die du in der heutigen Nacht von dir gegeben hast«, stichelte Maj. »Aber ich denke, wir sollten uns besser auf das konzentrieren, was wir im Augenblick zu erledigen haben«, schlug Maj vor und warf einen Blick ringsum. »Ich habe heute Nacht schon so viele Vorschriften meiner Eltern großzügig ausgelegt oder gar übertreten, dass das für die kommenden Jahre zusammengenommen reicht.«

»Ist ja schon gut, du hast ja Recht«, räumte Daniel ein und überprüfte erneut die Anzeige auf dem Datapad. »Halt! Warte mal einen Augenblick. Das kann doch nicht stimmen!«, sagte Daniel und starrte gebannt auf den kleinen Bildschirm. »Wenn das, was ich hier sehe, zutrifft, dann haben wir ihn eben verloren.«

* * *

Megan war durch das Mannloch gefallen und direkt auf dem Boden eines großen Gummifloßes gelandet. Das Gefährt schwamm in der Mitte eines schäumenden Wildwassers, das für einen stark frequentierten Datenstrom stand.

Als sie sich umsah, stellte Megan fest, dass aus der Pipeline ein dampfender Regenwald geworden war, einschließlich riesiger Dschungelbäume, deren Blattwerk eine ununterbrochene, grüne Kuppel über ihren Köpfen bildete. Die Geräusche fremdartiger Tiere des Dschungels erfüllten die üppige Vegetation, die sie umgab. Mark saß bereits am Bug des Floßes und hatte ein Stechpaddel in der Hand.

»Schnapp dir auch so eins, und dann nichts wie los«, wies er sie an.

Megan sah ein weiteres Paddel zu ihren Füßen liegen und nahm es auf. Zu dem Zeitpunkt, an dem sie es schließlich richtig in der Hand hatte, war das Gummifloß bereits zügig den vielfarbigen Informationsfluss hinabgeglitten. »Was soll ich denn mit dem Ding, wenn wir uns ohnehin von der Strömung treiben lassen?«

»Dafür wirst du es brauchen«, rief Mark und deutete nach vorn. Ein paar Meter vor ihnen schien das Wasser zu kochen und schäumte, als bewegten sich ein Dutzend aufgebrachter Monstrositäten unterhalb der Wasseroberfläche.

»Was hast du denn anderes von einem Reisebüro erwartet, das sich auf Abenteuerfahrten im Dschungel spezialisiert hat? Pass auf. Jetzt geht's los!«, brüllte Mark und erhob sich gleichzeitig auf die Knie, wobei er sein Paddel wie einen Baseballschläger gefasst hatte. Megan tat es ihm nach, und schon glitt das Floß in den Bereich des schäumenden Wassers.

Kaum war das geschehen, brachen auch schon Dutzende kugelrunder Fische aus dem Fluss hervor und begannen sie zu umfliegen. Gleich darauf formierten sie sich zum Sturzflug, um die beiden Teenager anzugreifen. Als Megan sie näher betrachtete, erkannte sie, dass die aufklaffenden Mäuler dieser Fische bis zum Rand mit nadelspitzen Zähnen gespickt waren. Mark begann sofort damit, sie mit seinem Paddel aus der Luft zu schlagen. Megan rang nach Luft und ließ ihr Paddel in weitem Bogen schwingen. Gleich zu Dutzenden holte sie auf diese Weise hungrig nach ihr schnappende Fische herunter.

»Was zum Henker ist das?«, schrie sie Mark zu, während sie gleichzeitig eine ansehnliche Menge dieser Monstrositäten zurück ins Wasser beförderte.

»Sicherheitstags. Wenn dich einer davon beißt, dann werden sie sofort zu einer Art Leuchtfeuer für die Sicherheitssysteme der Firma, durch das sie augenblicklich ganz genau wissen, wo du dich aufhältst, wann immer du im Internet bist. Normalerweise wird man diese Mistdinger nur schwer wieder los. Pass auf!«

Megan drehte sich gerade noch rechtzeitig, um einen Fisch zu sehen, der sich im direkten Anflug auf ihr Gesicht befand. Sofort übernahmen ihre durch den Kampfsport geschulten Reflexe die Regie, und sie schwang das Paddel, das die schuppige Kreatur hart traf und torkelnd von ihr wegschleuderte.

»Das ist genau das, was ich jetzt brauche: mein Gleichgewicht«, stellte Megan trocken fest. Damit spreizte sie ihre Beine und wartete auf den nächsten Fisch, der sie aufs Korn genommen hatte. Nun benutzte sie das Paddel wie einen Schlagstock, um die anfliegenden Schreckensgebilde abzublocken und zur Seite zu schlagen. Ein paar Sekunden später hatten sie das tosende Wasser hinter sich gelassen.

»Ganz nett«, kommentierte Mark, während er einen verirrten Fisch, der auf dem Floß gelandet war, aufhob und über Bord warf.

»Aber aus dem Dschungel sind wir noch nicht raus.«

»Was wäre eigentlich passiert, wenn wir dieses Floß hier nicht gehabt hätten?«, wollte Megan wissen.

»Dann hätten wir schwimmen müssen«, antwortete Mark, der allein bei dem Gedanken daran schon zusammenzuckte. »Zumindest so lange, bis wir bei lebendigem Leibe aufgefressen worden wären. Hör mal, bilde ich mir das ein, oder hat der Wind aufgefrischt?«

Megan blickte sich um und sah, dass die Wipfel der Bäume zu schwingen begonnen hatten. Sie strich sich das Haar aus dem Gesicht, und im gleichen Moment hatte der Wind es wieder zurück über die Augen geweht. »Gibt es irgendeine Möglichkeit, wie wir dieses Ding hier schneller bewegen können?«

»Natürlich könnten wir anfangen zu paddeln, aber viel wird das nicht bringen. Warte noch eine Minute, denn ich glaube, wir nähern uns schon dem Ausgang«, sagte Mark und drehte den Kopf, um besser erkennen zu können, was vor ihnen lag.

Megan kroch nun ebenfalls zum Bug des Floßes. »Der Wind scheint sich zu legen«, bemerkte sie.

»Yeah, aber hast du eine Ahnung, was das für ein brüllendes Geräusch ist?«, sinnierte Mark. »O Gott!«

»Das soll doch nicht etwa das bedeuten, was ich befürchte, dass es bedeutet, oder?«, fragte Megan.

»Jetzt halt dich aber *wirklich gut* fest!«, rief Mark und griff selbst nach den Sicherheitsleinen des Floßes. »Wir fahren über ...«

Zu diesem Zeitpunkt war das Brüllen bereits so laut geworden, dass Megan den Rest von Marks Satz nicht mehr verstehen konnte. Das allerdings war auch nicht mehr nötig, weil sie inzwischen selbst erkennen konnte, was da auf sie zukam.

Die Stromschnellen waren noch etwa fünfzig Meter entfernt und kamen schnell näher ... viel zu schnell, um sie jetzt noch umgehen zu können. Der Fluss schien einfach zu verschwinden, als würde er irgendwo ins Nichts stürzen, während das Wasser über etwas hinwegströmte, das aussah wie eine bis in alle Ewigkeit wallende Weißwasser-Todesfalle. Megan hatte kaum noch Zeit, selbst nach der

Sicherheitsleine zu greifen und den Mund zu einem Schrei zu öffnen, bevor das Floß über die Stromschnellen schoss, gleich darauf brutal in einer Wolke sprühenden Wassers am Ende der Stromschnellen aufschlug ...

... und im gleichen Augenblick aus der Dschungelsimulation heraus war. Die beiden fanden sich auf einer eintönig grauen Ebene stehend wieder.

»Das war mit Sicherheit eins der merkwürdigsten Sicherheitsprogramme, die ich je erlebt habe, das kannst du mir glauben. Da setze ich mich doch lieber jeden Tag mit den Standard-Firewall-Raketen und Spürprogrammen auseinander«, entfuhr es Mark. »Kannst du dir vorstellen, dass es einige Idioten gibt, die nur so aus Spaß in solchem Zeug Datensurfen betreiben? Die surfen nur herum und veranstalten sogar Wettkämpfe, bei denen sie sich einen bestimmten Punkt im Netz ausgucken und dann herauszufinden versuchen, wer am nächsten an diesen heransurfen kann.«

Megan nickte bedächtig mit dem Kopf. »Ja, so etwas hast du natürlich nie gemacht. He, sind wir eigentlich nicht mehr hinter dem Lichtpunkt her, oder was?«

»Nee. Ich weiß nämlich, wo er hin ist, und ich habe nicht im Traum vor, ihm dorthin zu folgen«, sagte Mark. »Ich habe die Verfolgung beendet, als ich erkannte, in welche Richtung er sich bewegte. Aber zerbrich dir deswegen nicht den Kopf, du wirst ihn dennoch nicht verlieren. Komm mit, ich zeig's dir.«

Mark und Megan erhoben sich in die Lüfte. Bereits ein paar Sekunden später folgten sie wieder der leuchtenden Spur und flogen auf etwas zu, was den Eindruck erweckte, eine gigantische Spiegelwand zu sein, die sich, so weit das Auge reichte, über den gesamten Horizont erstreckte. Die gewaltige Ausdehnung der Spiegelwand erfolgte aber nicht nur zu den Seiten, sondern auch nach oben, als wäre sie ein ununterbrochener Wall aus virtuellem Glas. Megan und Mark sahen ihre eigenen Spiegelbilder, zunächst noch als winzige Punkte, die jedoch langsam immer größer wurden, je näher sie heranflogen. Hier gab es keinerlei Internetverkehr mehr, weil sich offensichtlich niemand traute, diesem gewaltigen Monolithen aus Silber und Glas zu nahe zu kommen. Nur wenige Meter vor den Spiegeln löste sich Marks Programm plötzlich in nichts auf.

»Wo sind wir hier?«, fragte Megan und blickte sich um. »Und warum reagiert dein Programm nicht darauf?«

»Ehrlich gesagt, ich weiß nicht, warum mein Programm nicht funktioniert. Das hier«, erklärte Mark mit einer weit ausholenden Armbewegung, »ist das virtuelle Hauptquartier von Techtronix. Von hier aus können die Firmenangestellten mit der richtigen Freigabe auf sämtliche Daten all der Dutzend und Aberdutzend von Tochterunternehmen des Konzerns zugreifen. Dabei spielt es dann nur noch eine Rolle, wer du bist, und schon steht dir alles, angefangen von Informationen über die Produktionsstätten, Fabriken, Geschäftabläufe und wer weiß was sonst noch zur Verfügung. Ich glaube noch nicht einmal, dass die das gesamte Areal wirklich nutzen, aber auf jeden Fall haben sie einen eindeutigen Hang zur Angeberei. Aber wie dem auch sein mag, du musst zugeben, *dass* es beeindruckend ist.«

»Yeah, allerdings«, räumte Megan ein. »Und du bist ganz sicher, dass dein Programm da hinein ist?«

»Ja, ich bin mir sicher. Sämtliche Daten, die zu Techtronix hineingehen oder von dort herauskommen, sind mit den besten Codegeneratoren verschlüsselt, die man für Geld kaufen kann. Das ist auch der Grund dafür, weshalb hier alles so still zu sein scheint. Wir sehen nämlich keinerlei Daten kommen und gehen«, erklärte Mark. »Selbst mein Spürprogramm war nicht in der Lage, dem Programm dort hinein zu folgen. Ich würde es wahrscheinlich eher schaffen, mich mit einem ganz normalen Foilpack bei der Net Force einzuhacken, als diese Firewall zu überwinden.«

»Also arbeitet unser Hacker von der Net Force für Techtronix, oder?«, folgerte Megan.

»Zumindest sieht es im Augenblick verdammt danach aus«, stimmte Mark ihr zu. »Dummerweise kommen wir hier aber nicht weiter.«

»Na so was«, stichelte Megan mit süffisantem Lächeln. »Und ich dachte immer, du wärest so toll?«

Doch Mark, der immer noch in den Anblick des mächtigen Spiegelwalls versunken war, schien sie zunächst gar nicht wahrzunehmen. »Toll? Aber sicher bin ich einsame Spitze. Aber ein Selbstmordkandidat? Nein, niemals. Mir sind da nämlich ein paar Gerüchte zu Ohren gekommen ... nichts Offizielles natürlich ... du weißt schon ... Aber im Internet flüstert man darüber, dass sich Techtronix auf ganz besonders üble Weise solcher Hacker annimmt, die versuchen, sich in ihre Sites zu hacken. Die sind nämlich keineswegs damit zufrieden, irgendwelche Eindringlinge nur aufzuhalten. Die wollen, dass solche Typen für alle Zeiten aus dem Internet gelöscht werden. Viren, die ganze Sites löschen, Daten verfälschen und solche Sachen.«

»Aber das ist doch illegal. Ganz sicher sind das nur Internet-Gerüchte, die herumgetratscht werden«, empörte sich Megan, obwohl sie sich dabei mit eindeutigem Unbehangen umblickte.

»Mag sein, dass es ungesetzlich ist ... aber das ist Verrat auch. Soweit wir heute Nacht feststellen konnten, scheint das diese Firma nicht besonders zu tangieren, und ich habe nicht die geringste Lust herauszufinden, wozu die fähig sind, wenn es hart auf hart kommt«, schloss Mark.

»Also gut, und was machen wir jetzt? Soll unsere Suche etwa hier enden?«, fragte Megan enttäuscht. »So ganz ohne greifbare Resultate?«

»Na ja, mein Programm sollte eigentlich seine Position zurück zum Hauptquartier der Net Force senden, sobald sich jemand Zugang zu ihm verschaffen will. Aber inzwischen habe ich so meine Zweifel, dass das jemals passieren wird. Die Programmierer werden es schneller isoliert haben, als du *Piep* sagen kannst. Wir wissen nur mit Bestimmtheit, dass es bis hierher gekommen ist. Ich habe die gesamte Begrenzung des Firmengeländes überwacht, und nichts weist darauf hin, dass es in den letzten paar Minuten wieder herausgekommen wäre.«

»Immer unter der Voraussetzung, dass du es nicht übersehen hast«, wiegelte Megan ab.

»Natürlich hätte ich es mitbekommen, denn so viel Zeit hatten die nämlich nun auch wieder nicht, es so weit zu modifizieren. Nein, ich bin mir ganz sicher, dass es hier am Endpunkt seiner Reise angekommen ist. Komm, lass uns losfliegen und hoffen, dass Daniel und Maj mehr Glück hatten«, schlug Mark vor. Mit diesen Worten hob er auch schon ab und schwebte noch eine Sekunde lang in der Luft. Megan warf einen letzten Blick auf die stumm aufragende Spiegelwand und flog dann ebenfalls los, um in der Luft zu Mark aufzuschließen.

* * *

»Was meinst du damit: Wir haben ihn verloren?«, fragte Maj bestürzt.

»Das, was ich gesagt habe«, antwortete Daniel und zeigte ihr das Datapad, dessen Bildschirm nun leer und stumm war. »Dass wir ihn verloren haben. Er befindet sich nicht mehr auf dem Bildschirm des Verfolgungsgeräts. Probier doch mal, ob du diese Laster überholen kannst, damit wir uns mit eigenen Augen überzeugen können.«

Maj löste ihre Augen für eine Sekunde von der Straße und blickte auf den kleinen Bildschirm. Ohne Zweifel, der winzige rote Punkt, der die Position des Hausmeisterautos angezeigt hatte, war weg. Sie beschleunigte den Zoomer und zog an den Trucks vorbei, die ihnen die Sicht versperrt hatten.

»Wie konnte so was nur passieren? Tut es das Ding denn nicht richtig?«, fragte Maj verzweifelt.

»Doch. Bis vor einer Minute hat es einwandfrei funktioniert. Dann war es von einem Augenblick zum anderen einfach weg«, sagte Daniel. »Schau mal. Da sind zwei Ausfahrten, die er genommen haben könnte. Also lass uns umkehren und eine davon in der Hoffnung nehmen, dass es die richtige ist.«

»Einverstanden. Aber wie soll es dann anschließend weitergehen? Biegen wir nach rechts oder nach links ab?«, erkundigte sich Maj.

»Ein Punkt für dich. Aber jetzt lass uns bloß nicht in Panik geraten«, versuchte Daniel zu beschwichtigen. »Schließlich besteht immer noch die Möglichkeit, dass es sich nur um einen vorübergehenden Ausfall der Wanze handelt. Fahren wir erst mal weiter, vielleicht kriegen wir ihn dann ja wieder.«

»Wie du meinst.« Maj fuhr an der nächsten Ausfahrt ab, wendete und nahm anschließend die erste der beiden Straßen, die ihr Hacker genommen haben konnte. Das Schweigen in dem kleinen Wagen dauerte länger und länger, weil nicht nur Daniel, sondern auch Maj Angst hatten, auch nur das kleinste Geräusch, das sie machten, könnte vielleicht das Piepsen des Trackers übertönen.

Nach ein paar Minuten hatten sie beide möglichen Straßen einige Kilometer weit in die eine wie in die andere Richtung abgefahren. Maj seufzte. »Find' dich damit ab, Daniel, wir haben ihn verloren.«

Doch der starrte immer noch auf den kleinen Bildschirm des Datapads.

»Daniel?«, fragte Maj und dachte dabei, *Oh, Mann. Er hat das Spiel verloren. Jetzt dreht er gleich durch!*

Doch dann hörte sie es auch.

Der Tracker hatte wieder zu piepsen begonnen.

»Ja!«, brüllte Daniel. »Wir haben ihn wieder!«

»Wo ist er denn?«, fragte Maj.

»Etwa zwei Kilometer hinter uns. Sieh nur! Da kommt eine Kreuzung, wo wir wenden können«, sagte Daniel.

»Ich seh sie«, bestätigte Maj und wirbelte einen Augenblick später das Steuer herum. Der Zoomer wendete, und Maj fädelte sich so schnell sie konnte wieder in den fließenden Verkehr ein. Dann trat sie das Gaspedal bis zum Boden durch und ließ den kleinen Wagen die Straße entlang fliegen, während die beiden Teenager konzentriert nach ihrem Ziel Ausschau hielten.

»Wir bewegen uns fast parallel zu ihm, also ist er in die gleiche Richtung wie wir, aber auf einer Nebenstraße unterwegs«, berichtete Daniel.

»Wohin soll ich fahren?«, fragte Maj.

»Bieg da vorn an der Ampel nach rechts ab«, wies Daniel sie an. »Wir sind noch etwa einen halben Kilometer hinter ihm. Augenblick! Jetzt ist er stehen geblieben. Halt dich bereit zum Einparken, und versuch einen möglichst unverdächtigen Eindruck zu machen für den Fall, dass wir ihm schon zu nahe gekommen sein sollten.«

Schweigend fuhren sie ein paar Minuten weiter und ließen ihre jeweilige Straßenseite nicht aus den Augen. Plötzlich zeigte Daniel auf etwas. »Da ist es. Genau da!«

Sofort zog Maj den Wagen an den Straßenrand und schaltete den Motor ab. Daniel hatte die Digitalkamera bereits am Auge und suchte die vor ihm liegende Dunkelheit ab. Das gesuchte Fahrzeug stand neben der Straße in unmittelbarer Nähe eines *Park and Ride*-Parkplatzes.

»Er hat kein Licht an, und der Motor läuft auch nicht

mehr. Ich kann auch keinerlei Bewegungen auf den Vorder- und auch nicht auf den Rücksitzen erkennen. Ich nehme an, dass er ausgestiegen ist. Aber die Sache gefällt mir nicht«, murmelte Daniel und ließ den Camcorder sinken. Dann zog er ein Paar Lederhandschuhe aus der Tasche und streifte sie über.

»Warum denn nicht? Er hat uns eben angeschmiert und einen anderen Wagen genommen«, vermutete Maj. »Das ist zweifellos ärgerlich, aber wenigstens laufen wir jetzt nicht Gefahr, da draußen in der Dunkelheit von einem verrückten Hacker abgemurkst zu werden. Also, warum machst du dir deswegen noch Gedanken?«

»Jetzt überleg doch mal. Warum sollte er den Wagen ausgerechnet hier stehen lassen, wo er mit Sicherheit gefunden wird, einen Strafzettel unter den Scheibenwischer gesteckt bekommt und abgeschleppt wird. All das wäre nicht der Fall, wenn er die Kiste ein paar Meter weiter auf den Parkplatz gefahren hätte. Verstehst du nicht, er wollte, dass der Wagen gefunden wird. Aber warum nur?«

»Sollten wir nicht langsam mal jemanden anrufen?«, fragte Maj.

»Na, wen denn? Die Polizei etwa? Das wäre vielleicht angebracht, wenn wir wüssten, dass hier etwas oberfaul ist. Aber wir könnten nur sagen, dass wir den Typ, den wir verfolgten, verloren haben. Fertig. Hast du allen Ernstes vor, denen zu erzählen, dass wir ein Auto verfolgt haben, weil wir davon ausgegangen sind, dass der Fahrer dieses Fahrzeugs, obwohl wir über keinen einzigen Beweis verfügen, der vor Gericht Bestand haben würde, möglicherweise ein Hacker von Weltklasseformat ist? Willst du ihnen erzählen, dass wir ihn dann verloren und jetzt seinen Wagen wiedergefunden haben? Hast du vor zu berichten, dass dieses Auto neben der Straße geparkt wurde und verlassen ist und dass wir uns deshalb Gedanken machen?«

Maj schüttelte den Kopf. »Nicht, wenn wir es so rüberbringen, wie du es gerade gesagt hast.«

»Denke ich auch. Ich will die Cops auf gar keinen Fall anrufen, bevor es nicht unbedingt nötig ist. Und ganz sicher werden wir auch niemanden bei der Net Force anrufen«, bestimmte Daniel, »bevor wir nicht sicher sein können, dass hier etwas zum Himmel stinkt. Und das muss schon weit mehr sein als die Information, dass unser Typ sich auf diesem Parkplatz in ein vorbereitetes Fluchtfahrzeug geschwungen hat, damit abgerauscht ist und uns eine Nase gedreht hat.«

»Also, was hast du jetzt vor?«, fragte Maj.

»Den Wagen sehe ich mir aus der Nähe an«, stieß Daniel hervor. Er zog ein kleines schwarzes Gerät aus der Tasche, das an ein flaches Blitzlicht erinnerte, nur dass es zwei winzige, glänzende Zinken an einem Ende hatte.

»Was ist das denn schon wieder?«, wollte Maj wissen.

Statt einer Antwort drückte Daniel auf einen kleinen Knopf an der Seite des Geräts. Sofort bildete sich zwischen den beiden Zinken ein knisternder, blauer, elektrischer Lichtbogen.

»Eine Betäubungspistole. Bringt es auf sechzigtausend Volt. Damit legst du einen Kerl flach, der doppelt so groß ist wie unser Hacker«, erklärte Daniel.

»Hast du nicht gesagt, wir würden ihn lediglich verfolgen?«, fragte Maj. »Wir wollten nur feststellen, wohin er fährt, und dann Bericht erstatten.«

»Nun, wir haben ihn doch verfolgt, oder? Und ich glaube nicht, dass er noch hier ist. Also mach dir keine Sorgen, ich habe keineswegs die Absicht, jemanden festzunehmen. Das Ding hier habe ich nur zur Selbstverteidigung ständig bei mir. Mich haben einmal ein paar Typen angegriffen und mir furchtbar die Schnauze poliert, was meine Eltern umgehend zu der Ansicht kommen ließ, dass so etwas nicht ein zweites

Mal passieren sollte. Unabhängig davon ist so ein Ding in Situationen wie dieser auch nicht zu verachten«, meinte Daniel. »In Situationen, meine ich, in denen ich nicht weiß, worauf ich stoßen werde.«

»Du hast doch nicht wirklich vor, jetzt da rauszugehen, oder?«, fragte Maj.

»Doch, genau das habe ich jetzt vor. Ich muss einfach so viel wie möglich über diesen Kerl herauskriegen. Auf die eine Art oder die andere«, gab Daniel zurück und stieß die Tür auf. »Dieses Auto ist ein Beweisstück.«

Auch Maj öffnete ihre Tür. »Dann komme ich mit. Mein Ruf steht genauso auf dem Spiel wie deiner.«

Daniel starrte sie einen Augenblick an und zuckte dann mit den Schultern.

»Prima. Es ist schließlich dein Hals, den du riskierst. Aber nach all deinem Kampfsporttraining bist du bei einem Kampf der bei weitem gefährlichere Gegner von uns beiden. Dann mal los.«

Die beiden Teenager stiegen aus dem Auto und drückten die Türen des Wagens leise wieder ins Schloss. Maj blickte zu Daniel hinüber, der zuerst auf das Heck des Viertürers zeigte, dann auf sich selbst und schließlich pantomimisch andeutete, dort hinübergehen zu wollen. Sie nickte, um ihm zu zeigen, dass sie verstanden hatte.

Daniel schlich an der Straßenböschung entlang auf das Heck des anderen Fahrzeugs zu. Dann winkte er Maj zu, dass sie nachkommen sollte. Sie befolgte die Aufforderung ohne zu zögern und bemühte sich dabei tief unten zu bleiben. Als sie beide am Heck des Autos angekommen waren, deutete Daniel auf die Beifahrerseite, dann auf Maj und anschließend auf die eigenen Augen, wodurch er ihr klar zu machen versuchte, dass sie diese Seite von ihrer derzeitigen Position aus beobachten sollte. Wieder nickte Maj und fühlte gleichzeitig, wie ihr der Schweiß auf der Stirn ausbrach.

Das Herz hämmerte ihr gegen die Rippen, und das Atmen fiel ihr auf einmal viel schwerer.

Daniel fasste die Betäubungspistole fester und bewegte sich dann im Entengang auf die Fahrertür zu. Dort angekommen, atmete er noch einmal tief durch, bevor er nach dem Türgriff fasste. Maj versuchte derweil ihre Aufmerksamkeit gleichzeitig auf die Beifahrerseite und Daniel zu konzentrieren, wozu sie allerdings ständig den Kopf hin und her drehen musste.

Daniel schien für sich selbst einen Countdown eingeleitet zu haben, und als dieser abgelaufen war, riss er mit erhobener Pistole in der Hand die Tür auf, bereit auf alles abzudrücken, was sich bewegte, und blickte ins Wageninnere. Maj hielt den Atem an und wartete einige Augenblicke fast darauf, die Geräusche eines Handgemenges, einen Schrei oder irgendetwas in dieser Art zu hören. Als einige Sekunden verstrichen waren, ohne dass auch nur das geringste Geräusch zu vernehmen gewesen wäre, hob sie ganz vorsichtig den Kopf über die Karosserie.

Daniel stand neben dem Fahrzeug und sah zu ihr hinüber. »Er ist weg. Der Typ ist wirklich abgehauen! Verdammte Scheiße!«, schimpfte er und ließ die Faust auf das Wagendach donnern.

Maj streckte sich und fühlte dabei, dass sich die Strapazen einer langen Nacht, die sie fast ausschließlich im Sitzen verbracht hatte, schließlich doch noch bemerkbar machten. »He, Daniel. Noch ist nicht alles verloren. Wir haben schließlich das Kennzeichen dieses Fahrzeugs, und ich bin mir sicher, dass Mark zurückverfolgen kann, wem der Wagen gehört. Wir sind noch nicht geschlagen, zumindest nicht auf lange Sicht. Vertrau einfach auf das, was ich gesagt habe, okay?«

Daniel sah sie an, und langsam verschwand auch das zornige Schimmern aus seinen Augen. »Yeah. Mag sein, dass du Recht hast.« Dann hielt er eine Hand hoch, die Spitzen von Daumen und Zeigefinger kaum einen Zentimeter voneinander entfernt. »Aber wir waren *so* nah an ihm dran, und er ist uns durch die Lappen gegangen. Er muss ein zweites Fahrzeug hier auf dem Parkplatz stehen gehabt haben, in das er umsteigen konnte, nachdem er diese Karre hier zurückgelassen hat.«

»Unser Chamäleon ist wirklich gut. Das muss ich neidlos anerkennen«, räumte Maj ein. »Nun mach schon. Vielleicht haben wir auch mal Glück, und er hat etwas vergessen. Steckt der Schlüssel im Zündschloss?«

Daniel beugte sich nach vorn und sah nach. »Nein. Aber ich habe die Entriegelung für den Kofferraum gefunden. Vielleicht hat er diesen Seesack dagelassen.«

Maj drehte sich gerade rechtzeitig wieder zurück, um die Klappe des Kofferraums aufspringen zu sehen.

»Du nimmst doch wohl nicht an ...«, begann sie.

»Was denn? Dass er sich im Kofferraum versteckt hat? Ich bitte dich«, antwortete Daniel, ging los und trat zu ihr an das Heck des Fahrzeugs. Dort griff er nach der Kofferraumklappe und zog sie ganz auf.

Im Inneren des Kofferraums herrschte eine furchtbare Unordnung. Er quoll fast über vor lauter Handbüchern, Putzlappen, Reinigungsmitteln, Papier, Überbrückungskabeln, Schachteln und Dosen. Jeder Zentimeter schien bis an den Rand mit chaotischem Wirrwarr angefüllt.

»Und so was ist Hausmeister. Der kann noch nicht einmal sein eigenes Auto in Ordnung halten. Du solltest mal die Rücksitzbank sehen. Da geht's genau so zu«, berichtete Daniel, steckte die Betäubungspistole ein und griff nach unten, um sich durch diesen ganzen Kram zu wühlen. Während er damit beschäftigt war, drehte Maj sich zur Seite, um den vorbeifließenden Verkehr im Auge zu behalten. Plötzlich hörte sie Daniel verblüfft grunzen, gleich darauf gefolgt von einem erschreckten Aufschrei. Sie wirbelte herum und bekam gerade noch mit, wie er zurücktretend einen großen flachen Kasten hinter den Kofferraum fallen ließ und wieder nach der Betäubungspistole in seiner Jacke griff.

»Was ist denn da drin?«, fragte Maj aufgeregt. Doch bevor er ihr antworten konnte, hatte sie bereits in den Kofferraum gespäht.

Dort, eingebettet zwischen Bürsten und Zündkerzen, war etwas zum Vorschein gekommen, das stark an eine menschliche Hand erinnerte. Ganz vorsichtig zog Maj noch weitere Sachen aus dem Kofferraum hervor und legte dabei zunächst einen Arm und schließlich den Rest des Mannes frei, dem dieser gehörte.

Daniel und Maj hatten gerade eben die erste Leiche ihres Lebens entdeckt.

Kapitel 14

Majs Hand zuckte zum Mund, und sie fuhr zurück, um in Daniels Nähe zu sein, der seinerseits schon einige Meter vom Fahrzeug zurückgetreten war. Eine Minute lang brachte keiner der beiden einen Laut über die Lippen und sie schafften es trotzdem nicht, ihren Blick vom Kofferraum und seinem Inhalt loszureißen.

»Hast du irgendwas angefasst?«, fragte Daniel schließlich.

»Wie bitte?«, keuchte Maj.

»Ich habe gefragt, ob du irgendetwas berührt hast?«, wiederholte Daniel seine Frage. »Ich muss unbedingt wissen, ob du vielleicht Fingerabdrücke hinterlassen hast.«

»Wie kannst du mir nach dem, was wir soeben entdeckt

haben, eine solche Frage stellen?«, stöhnte Maj ungläubig auf.

Er fuhr herum und fasste sie bei den Schultern, um sicher sein zu können, dass sie ihm direkt in die Augen blickte. »Weil genau in diesem Augenblick der Gedanke an irgendetwas *anderes* als genau diese Frage der einzige Grund war, der mich daran hinderte aufzuschreien. Verstanden?«

»Ist ja schon gut. Jetzt aber nichts wie weg hier«, sagte Maj, wobei sich ihre Stimme mit jedem Wort weiter zu heben begann.

Daniel entspannte sich wieder und gab sie frei. »Tut mir Leid. Leichen begegnen einem zu Tausenden in jedem Holovideo oder in der virtuellen Welt, aber das ... das ist mit der Realität einfach nicht zu vergleichen.«

»Allerdings, und es gehört ganz bestimmt nicht zu den Dingen, die ich bald wieder erleben möchte«, fauchte Maj.

»Erinnerst du dich, was ich gesagt habe, als ich mich dagegen aussprach, bei der Polizei anzurufen?«, fragte Daniel, während er sein Foilpack aus der Jacke zog und aufschnappen ließ. »Nun, ich denke, damit lag ich wohl falsch.«

»Und ich habe gedacht, die Polizei würdest du zuletzt anrufen«, meinte Maj verblüfft.

»Mag sein. Aber das war, bevor das hier passiert ist, und diese Sache beginnt uns jetzt über den Kopf zu wachsen. Wir haben es mit einem Killer zu tun, und dazu brauchen wir jede Hilfe, die wir bekommen können. Wenn wir uns darüber ausschweigen, wird es ihm von nun an völlig frei stehen, bei der Net Force aus und ein zu gehen, wie es ihm beliebt. Ach, übrigens, wenn sie nicht bereit sind, diesen Beweisen Glauben zu schenken, werde ich wahrscheinlich auch aufgeben«, sagte Daniel und tippte eine Telefonnummer ein.

»Ich hoffe nur, dass du auch die Net Force verständigst, oder?«, fragte Maj.

»Keine Sorge. Mach ich schon noch. Ich möchte sogar

erreichen, dass Captain Winters nach Möglichkeit als Erster hier eintrifft. Ich habe nämlich die Absicht, ihm die Angelegenheit bis zu dem Punkt schildern zu können, an den wir gekommen sind, damit er sich für mich ... für uns natürlich verwenden kann, wenn die Polizei hier ankommt. Ich werde nicht zulassen, dass du durch meine Schuld noch mehr Schwierigkeiten bekommst als ohnehin schon.«

»Wie denkst du denn, Captain Winters um diese Nachtstunde ans Telefon zu bekommen?«, fragte Maj.

»Indem ich die Person anrufe, deren Vater ihn immer und jederzeit erreichen kann«, erklärte Daniel. »Hi, Mark? Ja, ich bin's. Du wirst nicht glauben, was wir gerade gefunden haben ...«

* * *

Vier Stunden später war der alles beherrschende Gedanke in Daniel nur noch der: *Hätte ich doch bloß niemals diesen Anruf gemacht!*

Er saß mit einem mürrischen Captain Winters und einem Detective namens Robert Mercer in einem engen Verhörraum der Polizeiwache von Annandale und hatte die Angelegenheit von ganzem Herzen satt. Außerdem schwebte auch noch das Damoklesschwert über ihm, seinem Vater wegen dieser Sache gegenübertreten zu müssen. Seine Mutter hatte es geschafft, seinen alten Herrn in Langley zu erreichen, und er war nur kurz zu Hause vorbeigefahren, um sie unterwegs abzuholen. Wahrscheinlich rasten sie mit qualmenden Reifen hierher, nur um ihn nach ihrem Eintreffen gemeinsam zusammenstauchen zu können. Vielleicht war es diesmal tatsächlich so weit, dass sie ihn mit einem Tritt in den Hintern aus dem Haus jagten, was ihm im Augenblick sogar noch eine recht optimistische Prognose zu sein schien. *Na ja,* ging es Daniel durch den Kopf, *schlimmer kann es jetzt auch nicht mehr werden.*

»Daniel, lass uns die Sache noch einmal von Anfang an durchgehen«, riss ihn Detective Mercer aus seinen Gedanken.

Hoppla. Schon wieder falsch gedacht, grunzte er innerlich.

»Bitte vergiss nicht, du bist weder festgenommen, noch beschuldigt man dich zum gegenwärtigen Zeitpunkt irgendwelcher Vergehen. Folglich ist alles, was du sagst, vollkommen freiwillig«, erklärte Detective Mercer. »Hast du das verstanden?«

Daniel nickte. »Ja doch, ich verstehe. Also ... noch einmal von Anfang an ... Madeline Greene und ich sind dem Fahrer dieses Wagens gefolgt, weil wir ihn in Verdacht hatten, sich auf illegale Weise geheimes Datenmaterial von der Net Force heruntergeladen zu haben. Wir sind ihm bis zur Ausfahrt von der Schnellstraße gefolgt, wo wir einige Minuten lang den Kontakt zu ihm verloren. Nachdem wir sein Signal wieder empfingen, fanden wir schließlich seinen Wagen an der Stelle geparkt, wo Sie ihn dann auch neben der Straße stehend vorgefunden haben. Als wir dann herauszufinden versuchten, was mit dem Verdächtigen geschehen war, öffneten wir auch den Kofferraum seines Fahrzeugs und entdeckten bei dieser Gelegenheit die Leiche«, führte Daniel aus und beobachtete dabei, wie seine Worte automatisch auf einem Monitor an der gegenüberliegenden Wand mitgeschrieben wurden.

»Nachdem ihr ›sein Signal wieder empfangen habt‹?«, hakte der Detective nach.

»Yeah. Ich habe eine Peilwanze unter seinem Wagen angebracht, damit wir ihn ohne allzu große Probleme verfolgen konnten. Ich hatte nämlich nicht die geringste Lust, ihm zu nahe auf den Pelz rücken zu müssen, weil ich Angst hatte, dass das zu gefährlich sein könnte.«

»Wann hast du denn zum ersten Mal den Verdacht gehabt, dass sich ein Angehöriger der Net Force Geheimmaterial verschaffte?«, fragte Detective Mercer.

»Nachdem meine Online-Identität dazu missbraucht wurde, eine Hackeroperation im Hauptquartier der Net Force zu vertuschen, an der ich selbst keinen Anteil hatte«, antwortete Daniel. *Herrje! Wie oft müssen wir das denn noch durchkauen?,* dachte er. Dabei war er stets der Ansicht gewesen, dass diese sich endlos in die Länge ziehenden Verhörszenen lediglich Fiktion waren, die man sich für das Holonet ausgedacht hatte. Nach dieser Nacht würde er einen solchen Fehler nie wieder begehen.

»Du sagst also, dass du nicht für das Hacking in den Server der Net Force verantwortlich bist und dass der Mann, den ihr verfolgt habt, der eigentliche Hacker war, du aber keine Ahnung hast, um wen es sich dabei handelt. Ist das richtig so?«, kam die nächste Frage von Detective Mercer.

»Genau. Wir haben dem Hacker eine Falle gestellt, und diese Falle ist zugeschnappt. Ich habe Filmmaterial, das zeigt, wie der Typ unmittelbar nach dem letzten Hack das Gebäude der Net Force verlässt. Es ist alles in der Digitalkamera gespeichert, die ich auch dazu benutzt habe, jeden aufzuzeichnen, der den Parkplatz der Net Force betreten und verlassen hat«, erklärte Daniel. »Wir haben auf diesem Parkplatz auf der Lauer gelegen und nicht nur darauf gewartet, dass der Hack stattfinden würde, sondern auch darauf, zu sehen, wer nach dem Hack aus dem Gebäude kommen würde. Wir hegten nämlich die Hoffnung, den Übeltäter auf diese Weise eindeutig identifizieren zu können. Die Leute von der Net Force haben diese Videoaufzeichnung bereits mit ins Labor genommen.«

Der Detective warf Captain Winters einen vielsagenden Blick zu. »Der Junge sagt die Wahrheit«, fühlte sich Captain Winters verpflichtet, Daniel beizuspringen. »Diese Information befindet sich im Augenblick im Besitz der Net Force.

Sobald wir sie gesichtet haben und zu dem Schluss gekommen sind, dass die Aufzeichnung keinerlei Bedrohung für die Sicherheit des Hauptquartiers darstellt, werden wir Ihnen eine Kopie zukommen lassen. Auf jeden Fall werden wir Ihnen alle verwertbaren Aufnahmen von dem Verdächtigen schicken.«

»Herzlichen Dank auch für Ihre Kooperationsbereitschaft«, meinte Detective Mercer sarkastisch. Daniel betrachtete Captain Winters' grimmigen Gesichtsausdruck. *Ziemlich offensichtlich, dass die beiden sich nicht besonders gut leiden können.*

»Daniel, du hast ausgesagt, dass du dem toten Mann nie zuvor in deinem Leben begegnet bist. Ist das richtig so?«

»Yeah. Ich denke schon. Ich meine damit, nach dem, was Mark gesagt hat, gehörte er doch zum Wartungspersonal der Net Force, nicht wahr? Nun ... diese Leute nimmt man doch normalerweise gar nicht richtig zur Kenntnis, wissen Sie? Also, soweit ich das sagen kann, erinnere ich mich nicht, ihm jemals auf dem Gelände der Net Force begegnet zu sein. Für gewöhnlich halte ich mich da allerdings auch recht selten zu der nachtschlafenden Zeit auf, wenn die meisten der Wartungstechniker Dienst tun.«

»Sie haben also die Identität des Opfers zweifelsfrei identifizieren können? Darüber hinaus konnte auch bestätigt werden, dass der Verblichene tatsächlich bei der Net Force gearbeitet hat?«, richtete Detective Mercer seine nächste Frage an Captain Winters.

»Allerdings. Marks Abklärung der Identität, die der Hacker bei seinem Angriff verwendet hat, entsprach exakt der des toten Mannes. Er war in den vergangenen fünf Jahren ununterbrochen bei uns beschäftigt«, bestätigte Winters.

»Und in einer früheren Aussage hast du behauptet, dass du zu keinem Zeitpunkt in der Lage gewesen wärest, das Gesicht des Mannes zu erkennen, den ihr verfolgt habt. Ich meine jetzt natürlich das Gesicht des Mannes, der das Fahrzeug gefahren und mit einer Leiche im Kofferraum abgestellt hat. Ist das so richtig wiedergegeben, Daniel?«, fragte Detective Mercer.

»Ja, aber das habe ich jetzt schon zweimal ausgesagt«, mokierte sich Daniel.

Detective Mercer fixierte ihn einige Sekunden lang mit starrem Blick, bevor er weitersprach. »Nur noch ein paar Fragen, und wir sind hier fertig. Also, du hast ausgesagt, dass ihr versucht habt, herauszubekommen, was mit dem Verdächtigen passiert war, und habt dessen Fahrzeug untersucht?«

»Stimmt exakt«, gab Daniel zurück.

»Aber auf was genau habt ihr denn dabei geachtet?«, fragte der Detective.

»Nun, ich habe die Fahrertür geöffnet, um festzustellen, ob ein Schlüssel im Zündschloss steckte, was nicht der Fall war. Dann habe ich mir den Fahrersitz näher angesehen, konnte aber nichts Auffälliges entdecken. Anschließend habe ich die Entriegelung des Kofferraums betätigt. Danach ging ich zum Kofferraum, wo ich schließlich die Leiche entdeckt habe«, berichtete Daniel. »Maj kann jedes meiner Worte bestätigen.« In den vergangenen Stunden waren sämtliche Angst und Nervosität ausgebrannt und hatten nur noch ein Gefühl der Resignation in ihm hinterlassen. *Na ja, wenigstens habe ich keine Probleme damit, bei meiner Geschichte zu bleiben. Das einzige Problem besteht jetzt eigentlich nur noch darin, dass ich sie aus purer Langeweile noch einmal ändere. Aber nach meinem Vater kann auch das Gefängnis mit ziemlicher Sicherheit kaum schlimmer sein.*

»Also gut, Daniel. Von diesem Augenblick an steht es dir frei zu gehen, wohin du willst«, sagte Detective Mercer, während er sich von seinem Stuhl erhob. »Für den Augenblick reicht uns deine Aussage. Darüber hinaus haben wir auch noch die Aussage von Maj. Möglicherweise müssen wir in diesem Fall noch einige Details weiterverfolgen, bei denen wir noch einmal Kontakt mit dir aufnehmen müssen. Deine Eltern warten draußen schon auf dich, Daniel. Mr. Winters, wenn ich Sie bitte noch einen Augenblick unter vier Augen sprechen dürfte.«

Der Detective nickte dem Captain zu, während er die Tür öffnete, um Daniel hinauszulassen.

Als Daniel in den Korridor hinaustrat, sah er seinen Vater und seine Mutter, die am Empfangsschalter standen und warteten. Er entdeckte aber auch Maj, die auf der anderen Seite des Raums saß und sich gerade mit ihren Eltern unterhielt. Als sie ihn entdeckte, hob sie fragend die Augenbrauen.

Daniel nickte ihr zu und ging dann zu seinem Vater und seiner Mutter hinüber. »Ich muss mich noch eine Minute mit Maj und vielleicht auch noch einmal mit Captain Winters unterhalten. Danach gehe ich mit euch, wo immer ihr hinwollt«, sagte er ruhig.

Ramos hatte den merkwürdigsten Gesichtsausdruck, den Daniel je bei ihm gesehen hatte. Er wusste nicht, ob sein Vater derart wütend auf ihn war, dass er kein Wort über die Lippen brachte, oder einfach so überrascht von dem war, was hier vor sich ging, dass es ihm die Sprache verschlagen hatte. Endlich brachte er doch noch einen zusammenhängenden Satz hervor. »Geht es dir gut, mein Sohn?«

»Ja, Dad, mir geht es gut«, antwortete Daniel.

»Als Captain Winters bei uns anrief, hat er uns schon mit so viel Informationen versorgt, wie er konnte, und uns bei dieser Gelegenheit auch berichtet, was du gefunden hast«, sagte seine Mutter.

»Ich weiß, dass das alles ein furchtbares Durcheinander ist«, sagte Daniel. »Sieh mal, mir ist schon klar, dass wir ausführlicher darüber reden müssen, aber ich glaube, Maj wartet da drüben auf mich. Dauert nur eine Minute. Versprochen«, versicherte Daniel.

Ramos nickte. »Wir warten hier auf dich«, sagte er und hatte dabei immer noch diesen merkwürdigen Gesichtsausdruck.

Was ist bloß los mit ihm? Ich meine, mal abgesehen davon, dass er um drei Uhr morgens einen Telefonanruf bekommen hat, in dem man ihm mitteilte, dass sein Sohn auf einer Polizeistation sitzt, nachdem dieser eine Leiche gefunden hatte, überlegte Daniel, während er zu dem Bereich des Raums ging, in dem Maj mit ihren Angehörigen saß.

Daniel blickte sie an. »Es tut mir furchtbar Leid, dass du das alles noch einmal durchmachen musstest.«

»Ich habe irgendwie das Gefühl«, antwortete Maj, als hätte sie ihn gar nicht gehört, »dass wir immer tiefer in diesem Chaos versinken.«

Daniel nickte zustimmend. »Yeah. Ich fühle mich scheußlich, weil ich euch alle in diese Sache hineingezogen habe. Aber ich hätte nie für möglich gehalten, dass sich der Hacker als derart rücksichtslos herausstellen würde.«

Maj sah ihn an. »Vergiss nicht, dass es dieser Hacker war, der auch mich in die Sache hineingezogen hat, indem er mich ebenfalls als Ziel auserkoren hatte. Dabei haben wir noch riesiges Glück gehabt. Ich halte jede Wette, dass der Hausmeister keine Ahnung hatte, was eigentlich abging. Und jetzt wird er es auch nie mehr erfahren. Ist schon komisch, nicht? Vor ein paar Tagen waren wir selbst und unser guter Ruf noch alles, worüber wir uns Sorgen gemacht haben, und auf einmal sieht es so aus, als hielten wir das Leben anderer Menschen in unseren Händen.«

Am anderen Ende des Korridors öffnete sich eine Tür, und der Detective trat zusammen mit Captain Winters aus dem Verhörraum. Gemeinsam gingen sie zum Empfangsschalter, wo sie bereits von Daniels und Majs Eltern erwartet wurden, die sofort eine menschliche Mauer um den Detective bildeten.

Daniel wandte sich wieder Maj zu. »Glaubst du, dass du dich wieder fangen kannst?«, fragte er.

»Ich denke schon. Aber wie steht's mit dir?«, fragte sie fürsorglich zurück.

Daniel zuckte mit den Schultern. »Ich denke, das hängt in erster Linie davon ab, welchen Verlauf das Gespräch mit meinen Eltern nehmen wird. Einen Vorteil habe ich jetzt allerdings: Mein Vater kann ja wohl kaum der Meinung sein, dass ich mich über das Hacken hinaus auch noch eines Mordes schuldig gemacht habe. Ein Teil von mir hofft inständig darauf, dass dies das Ereignis ist, das meinen Vater endlich dazu bringen wird, mir einmal zuzuhören, während ein anderer Teil alles andere als überzeugt davon ist. Aber ich denke, ich werd's früh genug herausfinden ... auf die eine oder andere Art und Weise.« Er stand auf, um zu gehen, drehte sich dann aber doch noch einmal zu Maj um.

»Maj?«

»Yeah?«, fragte sie und blickte zu ihm auf.

»Danke für alles«, sagte Daniel. »Für heute Nacht ... und alles andere auch. Ich weiß das zu schätzen.«

»Ich weiß es auch zu schätzen. Allerdings erst dann, wenn dieser Blödmann endlich hinter Schloss und Riegel ist, wo er hingehört«, gab Maj zurück. »Trotzdem danke, dass du es gesagt hast.«

»Die werden ihn schon schnappen«, sagte Daniel. »Davon bin ich überzeugt. Jetzt wissen sie wenigstens, wo sie zu suchen haben.«

»Das sollten sie besser auch«, meinte Maj. »Dabei fällt mir ein ... ich denke, wir sollten auf jeden Fall noch mit Captain Winters über unsere Verdächtigen reden.«

»Da hast du Recht«, pflichtete Daniel ihr bei.

Daniel und Maj gingen gemeinsam hinüber zu Captain

Winters, der zur Seite getreten war, als die Eltern den Detective darüber auszufragen begannen, was ihre Kinder gesehen hatten, und der Detective diesem Wunsch nachgekommen war.

Winters nickte und führte sie zu einem anderen Teil des Korridors, wo sie nicht Gefahr liefen, belauscht zu werden.

»Wir meinen, dass Sie wissen sollten, dass wir es waren, die den Hacker in dieser Nacht zum Handeln gezwungen haben«, begann Daniel und legte Winters dann ausführlich dar, wie sie zu den Verdachtmomenten gegen den Verräter und der Schlussfolgerung gekommen waren, dass es sich dabei um jemanden von innerhalb der Net Force handeln musste. Anschließend berichtete er von ihrem Plan, mit Marks Hilfe herauszubekommen, wer für all das verantwortlich war. »Es waren nur drei Menschen, denen wir erzählt haben, dass sich das Programm nur heute Nacht in der Site befinden würde: Ryan Valas, Carter Donley und Sheila Devane. Sheila konnten wir bereits in der Nacht, in der Majs Identität missbraucht wurde, zu unserer Zufriedenheit ausklammern. Wir waren uns wegen der Zeitabläufe des Hackings sicher, dass nur noch einer der beiden Männer, die wir aufs Korn genommen hatten, dafür in Frage kommen konnte, hinter allem zu stecken.«

»Das ist eine sehr schwere Anschuldigung, Daniel, die sich dazu auch noch auf eine ausgesprochen dünne Argumentation stützt«, hielt Winters dagegen. »Die Hacks haben alle spät in der Nacht stattgefunden, weshalb auch das Timing in der heutigen Nacht purer Zufall gewesen sein könnte. Bei beiden Männern handelt es sich um angesehene und hochrangige Beamte, die über hervorragende Beurteilungen verfügen.«

»Aber sie hatten das Motiv und die Möglichkeit, und vor allen Dingen verfügen sie auch über die entsprechende Ausbildung, so etwas durchzuziehen. Außerdem sind beide erst seit kurzer Zeit bei der Net Force. Besonders Valas kannte die Net Force Explorer gut genug, um sie sich als Ziele aussuchen zu können. Nein, wir glauben nach wie vor, dass es sich bei den beiden um die Hauptverdächtigen handelt, und die heutige Nacht hat es mir bewiesen, auf jeden Fall aber so viel gebracht, davon auszugehen, dass einer der beiden unser Mann ist ...«

»Ich werde mich zwar noch mit Mark über all das unterhalten, aber trotz allem bleiben sämtliche eurer Beweise reine Indizien. Das gilt selbst dann, wenn das, was ihr da vorbringt, voll und ganz den Tatsachen entspricht. Reine Indizienbeweise, von denen kein einziger die Chance hätte, vor Gericht bestehen zu können. Allein schon bedingt durch die Art und Weise, wie ihr sie euch beschafft habt ...«

»Mag ja alles sein«, schaltete sich Maj ein, »aber wie auch immer, es ist wenigstens ein guter Ausgangspunkt. Was ist denn, wenn wir wirklich richtig liegen sollten? Können Sie nicht veranlassen, dass eine Ermittlung in Gang gesetzt wird? Wir haben unsererseits doch schon Dinge auf eine Weise losgetreten, die dazu geführt haben, dass heute Nacht ein Mann umgebracht worden ist. Dieser Kerl muss gestoppt werden, bevor er ein weiteres Mal tötet!«

»Es fällt mir wirklich schwer zu glauben, dass einer der beiden ein Killer sein soll. Aber in einer Sache hast du auf jeden Fall Recht ... die Net Force muss der Sache auf den Grund gehen, bevor sich so etwas wiederholt. Ich werde gleich morgen als Erstes mit Mark reden. Dann werde ich alles, was er hat, zusammen mit dem, was wir im Laufe der Nacht an Erkenntnissen gewonnen haben, an die Abteilung für interne Ermittlungen weiterleiten. In der Zwischenzeit möchte ich euer Wort darauf, dass ihr mit niemandem außer mit Mark und Megan darüber sprecht, wenn ich euch meinerseits verspreche, Ermittlungen von unserer Seite aus in Gang zu setzen. Auf eurer Jagd nach diesem Typ habt ihr bereits viel zu viel riskiert. Jetzt ist die Net Force an der Reihe, die Sache in die Hand zu nehmen.«

»Aber Captain ... man hat uns schließlich vorgeworfen, Hacker zu sein! Es kann doch nicht Ihr Ernst sein, dass wir jetzt tatenlos zusehen sollen, wie ein Verräter davonkommt und es in einem Zuge auch noch schafft, unsere Leben zu ruinieren, oder?«

»Dieser Punkt geht an dich. Klar, dass diese Sache euch natürlich sehr persönlich betrifft. Darüber hinaus kann ich auch deine Reaktion gut verstehen. Aber wenn wir später einmal die Abschlussbesprechung über diesen Fall führen, verspreche ich dir, dass dabei auch zur Sprache kommen wird, wo eure Verantwortung endet und die der Net Force beginnt. Aber ich glaube, jetzt wird es Zeit, dass ihr endlich nach Hause kommt, bevor ihr in noch größere Schwierigkeiten geratet.« Damit führte er sie gerade noch rechtzeitig zu ihren Eltern und dem Detective hinüber, um noch mitzubekommen, wie dieser gerade sagte ...

»... die Kinder stehen ohne Zweifel nicht im Verdacht, diesen Mord begangen zu haben, aber sie sind Augenzeugen. Solange wir diesen Kerl nicht dingfest gemacht haben, möchte ich stets genau wissen, wo ich sie finden kann. Habe ich mich klar ausgedrückt?«

Winters nickte zustimmend. »Das gilt sogar doppelt, was mich angeht. Es wird seitens der Net Force weder wegen der Hackversuche noch wegen dieses Mordes irgendwelche offiziellen Verweise oder Disziplinarmaßnahmen gegen Daniel und Maj geben. Die Ereignisse des heutigen Abends haben sie von jedwedem Vorwurf befreit. Die Tatsache, dass das Mordopfer, das die beiden gefunden haben, ein Mitglied der Net Force war, bedeutet gleichzeitig aber auch, dass sie mit der Net Force kooperieren und die polizeilichen Ermittlungen unterstützen müssen. Das ist eine Standardvorgehensweise. Ich werde so schnell wie möglich eine Besprechung mit Daniel und Maj ansetzen, um dabei von ihnen wirklich alles darüber zu erfahren, in was sie da hineingestolpert sind. Aber es ist inzwischen schon sehr spät geworden, und ich denke, dass wir für den Augenblick alles Grundlegende besprochen haben. Ich werde morgen mit allen Beteiligten Kontakt aufnehmen, um den Termin für eine offizielle Besprechung festzulegen.«

Majs und Daniels Eltern dankten Captain Winters und nahmen dann ihre Kinder mit hinaus aus der Polizeiwache auf etwas, das versprach, ein *sehr* langer Heimweg zu werden.

* * *

Als Daniel und seine Eltern draußen in der frischen Luft standen, wandte sich Ramos an seine Frau. »Wie wäre es, wenn du den Zoomer nimmst und hinter Daniel und mir herfährst? Hast du etwas dagegen, allein fahren zu müssen? Ich hätte gerne ein wenig unter vier Augen mit Daniel gesprochen.«

Na toll, dachte Daniel.

»Meinetwegen«, antwortete seine Mutter, ging zu dem kleinen Elektroauto hinüber und stieg ein. Sekunden später war der kleine Wagen abfahrbereit, und seine Scheinwerfer schnitten weiße Kegel in die dunkle Nacht.

»Dann komm mal mit«, sprach Ramos seinen Sohn an und schob ihn in die Richtung, in der das andere Fahrzeug der Familie geparkt war. Daniel ging zur Beifahrerseite und stieg ein. *Er will bloß nicht vor Moms Augen wieder aus der Haut fahren*, vermutete er in Gedanken. Daniel schnallte sich an und harrte des Ausbruchs, der jetzt erfolgen musste. *Warum will eigentlich keiner außer meinen Freunden meine Seite der Geschichte hören?*

Doch merkwürdigerweise stieg auch Ramos auf seiner Seite ins Auto, startete den Motor und bog auf die Straße zum Freeway ein, ohne ein Wort gesagt zu haben. Er überzeugte sich, dass seine Frau im Zoomer hinter ihm her fuhr, und beschleunigte dann in Richtung Schnellstraße. Weder Daniel noch Ramos sagten ein Wort, bis sie in nördlicher Richtung nach Georgetown unterwegs waren. Schließlich war es Ramos, der das Schweigen brach.

»Ich denke, dass ich mich bei dir entschuldigen muss.«

Daniel, der bis zu dieser Sekunde aus dem Seitenfenster gestarrt hatte, als wollte er einen allerletzten Blick auf die Welt werfen, bevor er für alle Zeiten in sein Zimmer eingesperrt wurde, drehte den Kopf so schnell zu seinem Vater um, dass sein Genick knackte. Ramos blickte jedoch immer noch stur geradeaus und konzentrierte sich auf die Fahrbahn. Wenn das, was er da eben gehört hatte, nicht so unglaublich schockierend gewesen wäre, hätte Daniel sich ebenso gut vorstellen können, dass sein Vater überhaupt nichts von sich gegeben hätte.

»Wie bitte?«, fragte er sicherheitshalber nach.

Doch sein Vater fuhr fort, als hätte Daniel nichts gesagt. »Aber bevor ich jetzt irgendetwas sage, möchte ich, dass du mir dein Ehrenwort gibst, dass du in nichts Ungesetzliches verwickelt bist.« Dabei blieb Ramos' Blick weiterhin auf die Straße fixiert. Trotzdem fühlte sich Daniel wie ein Reh, das sich im Licht von Scheinwerfern gefangen fühlte.

Das Ehrenwort eines Mannes ist ein Band des Vertrauens, dachte Daniel und wusste schon gar nicht mehr, wie oft ihm sein Vater diese Redensart eingetrichtert hatte. *Und wenn dieses Band erst einmal gerissen ist, kann es nie mehr wiederhergestellt werden.* Er hatte keine Ahnung, weshalb ihm sein Vater erst jetzt dieses Ehrenwort abverlangte und es nicht schon lange vorher eingefordert hatte. Aber er kannte die Antwort auf die Frage seines Dads.

»Ich schwöre dir, Vater, bei meinem Wort als Sanchez, dass ich in keinerlei illegale Dinge verwickelt bin«, sagte er. »Ich versuche nicht mehr und nicht weniger, als herauszubekommen, wer hinter alldem steckt, und denjenigen dann vor Gericht zu bringen, damit ich meinen Namen reinwaschen kann.«

Sein Vater antwortete nicht sofort, und Daniel wusste nur zu genau, dass seine Worte im Augenblick Silbe für Silbe darauf überprüft wurden, ob es sich vielleicht um eine Lüge handeln könnte. *Ich weiß, dass ich nichts Falsches getan habe*, dachte Daniel, *vielleicht mit Ausnahme der Tatsache, dass ich selbst versucht habe, meinen Namen reinzuwaschen. Mag sein, dass es dabei das eine oder andere gegeben hat, was nicht ganz richtig war. Aber schließlich war ich verzweifelt. Wenn er mich dafür zur Rechenschaft ziehen will ... soll er doch.*

Jetzt sah ihn sein Vater direkt an, nickte einmal kurz und wandte seine Aufmerksamkeit wieder der Straße zu. »Ich nehme an, das ist der Grund dafür, weshalb all das geschehen ist, oder?«

»Weil ich beweisen musste, dass ich unschuldig war? Allerdings. Niemand außer meinen Freunden war bereit, mir Glauben zu schenken. Ich habe versucht, jedem klar zu machen, dass ich nicht der Hacker war. Aber ungeachtet der Tatsache, dass auch Maj zur Zielperson gemacht wurde, haben alle immer noch geglaubt, ich wäre es gewesen. Also bin ich zu dem Schluss gekommen, dass mir keine andere Wahl blieb, als den wirklichen Täter selbst zu überführen. Denn das war der einzige Weg, der mir noch offen stand, um zu beweisen, dass ich Recht hatte. Natürlich habe ich nicht damit gerechnet, dass sich die Sache derart zuspitzen würde. Selbst als ich die Polizei angerufen habe, nachdem Maj und ich die Leiche gefunden hatten, habe ich es noch immer nicht glauben können. Es tut mir wirklich Leid, dass du und Mom meinetwegen mitten in der Nacht hier herauskommen musstet«, sagte Daniel. *Un-*

glaublich, aber ich habe das Gefühl, wir unterhalten uns nach Gott weiß wie langer Zeit zum ersten Mal wieder richtig miteinander. Ganz gleich, was er auch immer sagen mag, ich muss mich jetzt zusammenreißen. Ich habe nicht den geringsten Anlass, jetzt vorzeitig in die Luft zu gehen. Er blickte von seinem Vater fort, weil er fürchtete, dass sein alter Herr ihm seinen allgegenwärtigen Zorn aus dem Gesicht ablesen könnte.

Doch Ramos schaffte es erneut, Daniel zu überraschen. »Ich bin stolz auf dich, mein Sohn«, sagte er einfach.

Daniel sah seinen Vater wieder an und hatte nicht die leiseste Ahnung, was dessen komplette Abkehr von dem Verhalten zu bedeuten hatte, das er noch vor ein paar Tagen gezeigt hatte. *Wer ist das denn?,* war der einzige Gedanke, der ihm im Kopf herumschwirrte. *Normalerweise hätte er mich jetzt bereits mit der festen Absicht, die kommenden zehn Jahre nichts an diesem Zustand zu verändern, in den Kofferraum gesperrt.* Daniel blieb schweigsam, weil er einfach nicht wusste, was er antworten sollte, und darüber hinaus auch Angst hatte, etwas Falsches zu sagen, wenn er den Mund aufmachte.

»Zugegeben, das ist ganz bestimmt nicht die Art und Weise, wie ich entdecken wollte, dass du in der Lage bist, Eigenverantwortung zu übernehmen. Aber das ist nun mal nicht mehr zu ändern.«

Du hast leicht reden, dachte Daniel, *schließlich bist du nicht derjenige, der beinahe sein Leben verloren hätte und es immer noch verlieren kann, ganz gleich, was mein Herr Vater auch tun mag ... hinter uns in Annandale liegt eine Leiche, und der Killer ist immer noch auf freiem Fuß.*

»Es tut mir auch Leid, dass ich dir nicht beim ersten Mal geglaubt habe, als du mir gesagt hast, dass du nichts Unrechtes getan hast«, sagte Ramos, dem die Worte nur sehr langsam über die Lippen kamen. »Ungeachtet der Differenzen, die wir in der Vergangenheit hatten, weiß ich jetzt, dass ich in einer derart ernsten Situation wie der jetzigen das Wort meines Sohnes über das des Anklägers zu stellen habe.«

»Danke«, sagte Daniel schlicht.

»Natürlich entschuldigt das nicht automatisch all das, was du heute Nacht veranstaltet hast, wozu das Hinausschleichen aus dem Haus in der gleichen Minute, in der man dir den Rücken kehrt, ebenso gehört wie der Diebstahl meiner Ausrüstung«, setzte Ramos nach. Stirnrunzelnd warf Daniel seinem Vater einen bestürzten Blick zu, entspannte sich aber gleich darauf wieder etwas, als er auf dessen Gesichtszügen eins seiner sehr seltenen Lächeln auftauchen sah, das allerdings fast genauso schnell wieder verschwand, wie es aufgetaucht war. »Aber du hast Mut und Eigeninitiative bewiesen, dabei allerdings deine Freundin Maj in ernsthafte Gefahr gebracht. Was allerdings noch weit schlimmer ist, war die Tatsache, dass du für den Fall, dass dein erster Plan nicht funktionierte, keinerlei Absicherungen getätigt und keinen Ausweichplan erstellt hattest.«

»Das ist wohl wahr«, gab Daniel zu. »Aber ich habe befürchtet, dass niemand mir Glauben schenken würde. Deshalb habe ich eben mit den Ressourcen arbeiten müssen, die mir zur Verfügung standen.«

»Ja, aber es wäre besser gewesen, wenn du nichts in dieser Art veranstaltet hättest. Mir wäre es weit lieber gewesen, wenn du mit deinen Verdachtsmomenten zu mir gekommen wärest und wir dann gemeinsam etwas ausgetüftelt hätten. Ich sehe ein, dass dir viel daran gelegen war, dich zu rehabilitieren, aber manchmal musst du erkennen, wann es an der Zeit ist, dir selbst einzugestehen, dass du Hilfe brauchst«, erklärte sein Vater. »Nun, da die Net Force drauf und dran ist, mit ihren Ermittlungen zu beginnen, kannst du dich entspannen und es getrost denen überlassen, mit der Sache klarzukommen. Anschließend, wenn diese ganze Angelegenheit erst einmal ausgestanden ist, können wir uns ja noch einmal über das kommende Quartal in der Schule unterhalten. Einverstanden?«

Und genau da weitermachen, wo wir aufgehört haben? Nicht, wenn ich es irgendwie vermeiden kann, dachte Daniel. »Natürlich«, antwortete er laut, »solange du bereit bist, mir zuzuhören und dabei in Erwägung zu ziehen, wie ich persönlich mir mein künftiges Leben vorstelle.«

»Ich habe stets betont, dass du von dem Augenblick an, in dem du anfängst, wie ein Mann zu handeln, von mir auch als Mann behandelt werden wirst. Aber obwohl die Schritte, die du in der vergangenen Nacht unternommen hast, in die falsche Richtung gingen, hattest du dennoch das Herz auf dem rechten Fleck. Ich fürchte, dass es diesmal deine Mutter sein wird, die dich dafür am liebsten unter Hausarrest stellen würde, und ich stimme ihr dabei sogar zu. Aber wie dem auch sei, ich werde jedenfalls versuchen, deine Strafe zumindest so weit zu mildern, dass du vor dem nächsten Juni die Sonne wiedersiehst.«

»Danke, Dad«, sagte Daniel. »Ich will dich wirklich nicht kränken, aber wenn ich damit hätte rechnen können, dass du mir glauben würdest, wäre ich auch tatsächlich zu dir gekommen. Doch ich dachte, dass ich nicht darauf hoffen durfte. Was den Nachweis meiner Unschuld anging, hatten unsere zurückliegenden Unterhaltungen nicht gerade vielversprechende Aussichten auf eine elterliche Unterstützung in mir geweckt.«

»Deine Mutter hat mir von dem Gespräch berichtet, das ihr beide vorgestern Nacht geführt habt. Daniel, ich möchte, dass du mich ins Vertrauen ziehst, wenn du einen Fehler gemacht hast oder wenn du in Schwierigkeiten steckst. Es ist nämlich so, dass ich immer dann sauer werde, wenn du versuchst mich zu umgehen und die Verantwortung für deine Taten abzuschieben versuchst. Ich weiß, dass ich dir manchmal übertrieben hart erscheinen mag, aber glaub mir, dass das aus dem einzigen Grunde geschieht, weil ich dir helfen möchte«, erklärte Ramos.

»Aber ich habe doch versucht, zu dir zu kommen. Du hast mir einfach keinen Glauben geschenkt«, hielt Daniel verbittert dagegen. »Meine Freunde haben mir geglaubt. Was hätte ich sonst tun sollen?«

»Es lag an dem Verhalten, das du in der Vergangenheit an den Tag gelegt hattest. Das war nämlich dafür verantwortlich, bei mir keine Bereitschaft aufkommen zu lassen, dir alles unbesehen zu glauben«, sagte Ramos. »Aber unglücklicherweise bedurfte es erst der Ereignisse des heutigen Abends, um mich endgültig davon zu überzeugen, dass du unschuldig und inzwischen sehr wohl in der Lage bist, selbst die Verantwortung für deine Taten zu übernehmen. Ich wünsche mir sehr, dass sich unser Verhältnis zueinander von heute an grundlegend ändert. Ich bin auch gewillt, in einigen Dingen Kompromisse einzugehen und weniger streng mit dir zu sein, solange du bereit bist, mich in die Lösung deiner Probleme mit einzubeziehen.«

»Einverstanden«, versprach Daniel. »Ich werde es versuchen.« *Und wir werden schon sehen, was dabei herauskommt.*

»Damit kann ich leben«, sagte Ramos. »Und ich werde es meinerseits ebenfalls versuchen.«

In diesem Augenblick bogen sie in die Straße ein, in der Daniels Elternhaus stand, und zum ersten Mal seit sehr, sehr langer Zeit war Daniel in der Lage, sich diesem zu nähern, ohne dass Gefühle von Angst und Zorn in seinem Inneren kochten. Während sie auf die Zufahrt einbogen, warf Daniel hin und wieder verstohlene Blicke in Richtung seines Vaters. *So habe ich ihn noch nie erlebt. Vielleicht ist es doch möglich, dass sich unser Verhältnis zueinander doch noch ändert. Allerdings hat das keinen Einfluss darauf, dass ich es immer noch schaffen muss, den Hacker zu stellen, bevor er noch einen Menschen umbringen kann. Der Kerl fällt in meinen Verantwortungsbereich ... denn schließlich war ich es, der den Plan geschmiedet hat, durch den er sich veranlasst gefühlt hat, einen Mord zu begehen.*

Daniels Mutter parkte den Zoomer neben der Limousine und stieg aus. Sie erweckte den Eindruck, etwas zu den beiden sagen zu wollen, doch Ramos unterbrach sie schon, bevor sie auch nur das erste Wort über die Lippen bringen konnte.

»Ich denke, wir haben genug Aufregungen für diese Nacht erlebt. Lasst uns alle die Sache ein wenig überschlafen und die ganze Angelegenheit dann morgen früh diskutieren. Einverstanden?« Sein Tonfall, obgleich äußerlich locker, ließ dennoch keinerlei Spielraum für eine gegenteilige Meinungsäußerung.

So nickten Daniel und seine Mutter nur, doch auf Ramos' Gesichtszügen hatte sich ein winziges Lächeln eingenistet, als er die beiden ins Haus führte.

Kaum war Daniel auf seinem Zimmer, zog er auch schon sein Foilpack hervor und wählte eine ganz bestimmte Nummer. »Jimmy? Yeah, ich bin's. Ich weiß selber, dass es eine verdammt lange Nacht war. Aber was hast du herausbekommen? Tatsächlich? Na super. Du hast was getan? Mann, dabei habe ich dir ausdrücklich gesagt .... Wo? Hör' mal, das ist enorm wichtig. Womit ist er gefahren? Yeah, und wie war er angezogen? Oh, Mann, ist das toll! Danke dir. Jetzt bin ich dir wirklich was schuldig. Nein, jetzt gleich kann ich nicht mehr zu dir rüberkommen. Ich bin bis vor ein paar Minuten ununterbrochen auf den Beinen gewesen. Lehn dich einfach zurück und warte darauf, dass ich mich später mit dir in Verbindung setze. Großartig.« Daniel ließ das Telefon zuschnappen, und langsam, aber sicher breitete sich ein zufriedenes Grinsen auf seinen Gesichtszügen aus. »Oh, Junge, jetzt haben wir dich.«

* * *

Daniel schlief am nächsten Morgen lange aus und wachte erst gegen Mittag auf. Gähnend stolperte er hinüber zu seinem Computer und fand dort etliche Bitten von Mark, Megan und Maj vor, so bald wie möglich Kontakt mit ihnen aufzunehmen. Daniel ging online und fand die anderen drei in einem virtuellen Straßencafé in Paris.

»›So lebt denn wohl / haben wir des Tyrannen Macht nicht gespüret heut Nacht / Geben wir uns geschlagen, wo immer wir nicht zu kämpfen in der Lage‹«, rezitierte Daniel, während er auf sie zuschlenderte.

Drei ausdruckslose Gesichter starrten ihm entgegen, als er sich auf den vierten Stuhl fallen ließ. »Für das, was letzte Nacht alles passiert ist, machst du einen geradezu beängstigend fröhlichen Eindruck«, stellte Maj fest.

Mark und Megan nickten zustimmend. »Ich dachte, dass es dir noch nicht einmal gestattet ist, allein daran zu denken, ins Internet zu gehen«, meinte Megan.

»Das stimmt. Aber die Situation hat sich grundlegend geändert. Ich denke, du hast die beiden auf den neuesten Stand der Dinge gebracht«, sagte Daniel zu Maj, die daraufhin nickte.

»Ja, ich habe ihnen eben erzählt, was passiert ist, und dass ich mit ziemlicher Sicherheit vollständig entlastet bin. Aber ich denke, dass du ihnen deine eigenen guten Neuigkeiten selbst mitteilen solltest.«

»Ja, gerne. Ich bin allerdings nicht nur entlastet. Nein, ich weiß inzwischen sicher, wer unser Chamäleon ist.«

Wie auf ein Kommando lehnten sich die anderen drei nach vorn, und der Schock stand ihnen dabei deutlich ins Gesicht geschrieben.

»Was? Wie?«, fragte Mark. »Ich bin vergangene Nacht mehr als zwei Stunden lang die Aufzeichnungen immer und immer wieder durchgegangen und habe dennoch nicht mehr als die reinen Körperdaten herausbekommen können. Weiß, männlichen Geschlechts, etwa eins fünfundachtzig groß, Gewicht etwa fünfundneunzig Kilogramm und solche Sachen.«

»Und das ist auch der Grund, weshalb ich meine Erkenntnisse nicht online oder aus unserer Überwachung des Hauptquartiers der Net Force bezogen habe. Für die vergangene Nacht hatte ich nämlich – nur für den Fall der Fälle – ein paar Freunde darum gebeten, die Adressen zu observieren, an denen unsere Verdächtigen gemeldet sind. Jetzt ratet mal, was sie mir berichtet haben, als ich sie zurückrief und fragte, wer von denen letzte Nacht außer Haus gewesen ist? Ryan Valas. Und der – begreift ihr – fuhr zu einer Adresse in Wheaton, wo er im Vorortbereich auf ein Haus zuging, dieses aufschloss, sich etwa eine Viertelstunde lang darin aufhielt und schließlich mit einem kastanienbraunen Viertürer älteren Baujahrs aus der Garage kam. Dieser Wagen trug das Kennzeichen HFY-645. Seinen eigenen Wagen ließ er an dieser Adresse zurück.«

Maj sprang wie von der Tarantel gestochen auf. »Das ist das Kennzeichen des Autos, das wir letzte Nacht verfolgt haben.«

Daniel nickte. »Stimmt. Mein Späher konnte sogar nahe genug herankommen, um zu sehen, dass der Fahrer die Uniform eines Hausmeisters trug, als er das Haus in Wheaton verließ. Dreimal dürft ihr raten, wer noch bis gestern Abend unter dieser Anschrift lebte? Harry Jameson!«

»Aber warum hat Valas ihn denn umgebracht?«, fragte Maj verständnislos. »Als zur Net Force abkommandierter Angehöriger der CIA hatte er doch schon eine perfekte Tarnung. Dazu verschaffte ihm sein Hack-Programm doch jedes

Mal, wenn er es verwendete, auch noch alle Freiheiten und den Vorteil, nicht in Verdacht geraten zu können. Warum sollte er dann noch das Risiko eingehen sollen, einen Hausmeister der Net Force umzubringen und in dem Auto dieses Typen zur Net Force zu fahren, häh?«

»Vielleicht wusste dieser Hausmeister etwas über Valas, das diesen belasten konnte«, spekulierte Megan. »Und Valas hatte das herausbekommen, weshalb er dem Mann Einhalt gebieten musste.«

»Vielleicht hat der Hausmeister aber auch irgendetwas gesehen und Valas damit konfrontiert«, spann Daniel den Faden weiter.

»Du meinst, er könnte Valas erpresst haben?«, fragte Maj.

»Nicht zwangsläufig. Der Hausmeister brauchte Valas doch bloß zu einem Zeitpunkt in der Net Force gesehen zu haben, an dem der eigentlich gar nicht hätte da sein dürfen, und ihn deswegen zu Rede gestellt haben. Wahrscheinlich werden wir es aber nie erfahren, was letztendlich das Motiv für diesen Mord war«, resümierte Daniel. »Aber ich halte jede Wette darauf, dass es erheblich mehr gewesen sein muss als lediglich die Notwendigkeit, sich eine andere Identität zu verschaffen ... sonst wären Maj und ich nämlich schon längst tot.«

»Du glaubst also nicht, dass Valas den Verdacht hegt, wir könnten hinter ihm her sein, oder?«, fragte Mark. »Oder die Net Force? Nein, es ist sonnenklar, dass die Net Force ... zumindest bis zur vergangenen Nacht ... nie auch nur in Erwägung gezogen hat, er könnte zum Kreis der Tatverdächtigen zählen. Und selbst als wir es ihm dargelegt hatten, klang Winters immer noch mehr als skeptisch, was unsere Anschuldigungen betraf.«

»Nein. Ich glaube wirklich nicht, dass er eine Ahnung hat, dass wir hinter ihm her sind. Wenn er nämlich tatsächlich schon vermutet hätte, dass er von irgendjemandem beobachtet wurde, dann hätte er den Hack letzte Nacht nie im Leben durchgezogen«, meinte Daniel.

»Aber wenn er nicht davon ausgegangen ist, dass er beobachtet wurde, dann erklär mir doch bitte mal, wieso er uns letzte Nacht abgehängt hat?«, fragte Maj. »Deine Wanze hat die ganze Zeit über zuverlässig funktioniert, wie wir beide selbst feststellen konnten. Er muss also irgendetwas mit ihr veranstaltet haben, dass sie aussetzte. Irgendetwas, außer sie völlig zu zerstören.«

»Ich weiß. Darüber habe ich mir auch schon den Kopf zerbrochen. Die einzig logische Schlussfolgerung, zu der ich gekommen bin, ist die, dass er einen Scrambler, also ein tragbares Störgerät im Wagen gehabt haben muss, das elektronische Wanzen neutralisieren kann«, vermutete Daniel. »Mein Vater hat diese Dinger ständig benutzt, und ich gehe mal davon aus, dass sie bei der CIA auch so etwas haben. Valas hat das Gerät, nur für den Fall der Fälle, dass ihm tatsächlich jemand folgte, in dem Augenblick eingeschaltet, in dem er die Schnellstraße verließ. Er *ist* ein bestens ausgebildeter Spion. Darüber hinaus hatte er, wenn wir Recht haben – und ich bin mir ganz sicher, dass das auch der Fall ist –, gerade eben einen Mord begangen und fuhr mit dem nicht anzuzweifelnden Beweisstück im Kofferraum in der Gegend herum. Valas dürfte mit einiger Wahrscheinlichkeit eine ganze Zeit das Für und Wider dieser Vorgehensweise gegeneinander abgewogen haben. Ich kann mir gut vorstellen, dass er es nicht geschafft hätte, dahin zu kommen, wo er jetzt ist, wenn er es sich nicht zu Eigen gemacht hätte, stets ausgesprochen vorsichtig vorzugehen.«

»Okay. Aber damit ist meine erste Frage noch keineswegs beantwortet. Warum soll er sich all den Ärger aufhalsen, einschließlich eines Mordes, wenn er sich bereits als hochrangiger Beamter innerhalb der Net Force etabliert hat?«, hakte Megan nach. »Er hatte mit Ausnahme der höchsten Geheimhaltungsstufe zu sämtlichen Akten freien Zugang. Warum hätte er sich die Probleme aufhalsen sollen, die der Mord an einem Mann mit sich bringt? Allein schon dadurch, dass er es geschafft hat, uns zu belasten, konnte er sich bereits in den Besitz selbst solcher Akten bringen, auf die er auf legalem Wege keinen Zugriff hatte, oder?«

»Das habe ich euch doch schon erklärt. Die einzigen Gründe, die mir logisch erscheinen, sind Erpressung und die Beseitigung von Beweisen. Aber vielleicht hat er auch nur versucht, die eigene Stellung weiter abzusichern, indem er noch einen Hackversuch startet, bei dem er sich angeblich nicht einmal in der Nähe des Hauptquartiers aufgehalten hat, und dabei so ganz nebenbei den Verdacht auf eine weitere Person lenkt«, dachte Maj weiter. »Aber warum hat er die Sache dann so durchgezogen, wie er es getan hat? Durch den Mord an dem Hausmeister hat er die eigene Position bei der Net Force unnötig gefährdet. Warum ist er nicht einfach wieder hingegangen, hat sich einen von uns ausgesucht und dann dessen Identität ausgeliehen? Das hat doch schon mehr als einmal wunderbar funktioniert. Mark und ich waren beispielsweise letzte Nacht online, und wir haben uns auch ganz in der Nähe des Net-Force-Hauptquartiers herumgetrieben«, zeigte Megan den anderen mit gerunzelter Stirn auf.

»Ich bin mir sicher, dass er uns nicht entdeckt hat«, hielt Mark dagegen.

»Ach ja? Und wie sicher? Vergangene Nacht warst du doch noch bass erstaunt, dass er das Programm durch eine Datenpipeline geschleust hat. Wie willst du dann wissen, dass er uns nicht gesehen hat?«

»Weil meine Sicherheitsprogramme sofort angeschlagen hätten, sobald jemand den Versuch unternommen hätte, unsere Datenströme zu verfälschen oder zu übernehmen«, antwortete Mark.

»Yeah. Aber du vergisst dabei, Squirt, wir wissen bereits, dass es nicht zwangsläufig so ablaufen muss. Wenn es sich *wirklich* um Valas handelt, ist er durchaus in der Lage, ein ganzes System falscher Logons und Eindringversuche aufzubauen, schon vergessen? Ich war noch nicht einmal in der Nähe der Net Force, als sie mich wegen des Hacks ans Kreuz genagelt haben«, erinnerte Daniel. »Und außerdem ist er ein wahrer Hexer, was die Sicherheit angeht ... das ist sein Spezialgebiet.«

»Daniel, du warst aber online, auch wenn du nicht in der Nähe des Net-Force-Hauptquartiers warst. Vielleicht kopiert Valas, wenn er wirklich derjenige ist, der all das veranstaltet, sein Logon-Signal bereits an der Quelle, nämlich deinem Computer, und lässt seine Kopie von dort aus entstehen«, überlegte Mark.

»Kann schon sein. Aber wenn deine Vermutung richtig ist, dann erklär mir mal, wie er es geschafft hat, Jamesons Signal zu nutzen, wenn der Mann schon längst tot war?«, fragte Daniel. »Ich jedenfalls hab keine Ahnung, wie das hätte gehen sollen ... und ich möchte wetten, du auch nicht. Aber wenn es Valas war, der diesen Wagen gefahren hat, und daran habe ich keinen Zweifel, dann haben wir auch unseren Verräter identifiziert. Daraus wiederum können wir dann die entsprechenden Schlüsse ziehen, was er anschließend gemacht hat. Aber für den Augenblick ist es wichtig, dass wir eine Entscheidung treffen, was wir mit dieser Information anstellen.«

»Wir müssen sofort Captain Winters Bericht erstatten, und zwar zusammen mit deinem Freund als Augenzeugen, der unsere Anschuldigen untermauern kann«, sagte Maj.

»Tatsächlich gibt es da ein kleines Problem«, bremste Daniel seine Kameradin. »Diese spezielle Gruppe von Kids verfügt nicht gerade über einen lupenreinen Ruf. Mein Freund würde niemals eine Aussage machen, und es würde niemandem je gelingen, nahe genug an ihn heranzukommen, um ihn zu schnappen ... und schon gar nicht, ihn zum Reden zu bringen. Also ist alles, was wir Winters zu bieten haben, lediglich ein Beweis, der auf Hörensagen basiert.«

»Wie bitte? Hast du deinem Freund denn nicht gesagt, wie wichtig das für dich persönlich ist?«, fragte Mark verblüfft.

»Doch, das schon. Und das ist auch der eigentliche Grund dafür gewesen, weshalb ich ihn und die anderen überhaupt dazu bewegen konnte, die entsprechenden Örtlichkeiten zu beobachten. Aber jetzt denk doch mal nach. Selbst wenn er bereit wäre, eine Aussage zu machen, was würde das schon bringen? Das Wort eines jugendlichen Rabauken gegen das eines angesehenen CIA-Agenten? Wem würde man wohl Glauben schenken? Meinem Freund oder Ryan Valas? Nein, wir brauchen noch mehr Beweise, bevor wir uns wieder bei Winters sehen lassen können«, erklärte Daniel. »Er hat bereits genug Informationen bekommen, um damit zu beginnen, Valas eingehender unter die Lupe zu nehmen. Was wir aber brauchen, ist etwas, mit dem wir den Fall zu einem Abschluss bringen können.«

»Was denn noch? Hast du vor, Valas mit einer rauchenden Festplatte in der Hand zu erwischen? Der Typ ist nicht nur ein Spion, sondern auch ein Killer, was ich dir vielleicht noch einmal ins Gedächtnis zurückrufen darf. Nur für den Fall, dass du das, was wir vergangene Nacht gesehen haben, bereits wieder vergessen hast. Wenn dein Freund und ich diese Sache im weitesten Sinne auslegen und berücksichtigen, dass er nicht willens ist, für dich in die Bresche zu springen und zu deinen Gunsten auszusagen, dann dürfte es an der Zeit sein, es den Profis zu überlassen, mit der Angelegenheit klarzukommen. Jetzt sieh es endlich ein, Daniel, wir haben alles im Rahmen unserer Möglichkeiten getan«, beschwor ihn Megan. »Wir müssen jetzt aus der Sache aussteigen und es von hier an der Net Force überlassen, weiter vorzugehen.«

»Ich bin dafür, dass wir darüber abstimmen, entweder auf eigene Faust weiterzumachen, und zwar sehr vorsichtig und sorgfältig, während die Net Force ihre eigenen Ermittlungen anstrengt, oder vollständig aus der Sache auszusteigen und es den Profis überlassen, den Typ mit oder ohne unsere Unterstützung zu fassen«, schlug Maj vor und blickte die anderen der Reihe nach an. Als sie keine Ablehnung feststellte, fuhr sie fort. »Dann heben jetzt alle die Hand, die dafür sind, die Sache der Net Force zu überlassen«, sagte sie und hob gleichzeitig die eigene. Auch die Hände von Mark und Megan gingen hoch. »Gegenstimmen?« Daniels Hand kam nur halb nach oben und fiel dann zurück auf die Tischplatte. »Also dann«, stellte sie fest. »Mit drei gegen eine Stimme ist es entschieden: Wir überlassen die Sache der Net Force.«

»Schon gut, schon gut. Ihr habt gewonnen. Aber lasst mich wenigstens noch einmal mit meinem Kumpel reden, vielleicht kann ich ihn doch noch umstimmen, was eine Aussage vor dem Captain angeht. Das ist eine Sache, die wir auf jeden Fall versuchen sollten und die Winters echt weiterhelfen kann ... einverstanden?« Alle seine Freunde nickten zustimmend. »Wenn mein Freund aussagt, dann haben wir wirklich etwas zu dem Fall beigetragen, in dem die Net Force nun ermittelt, und zwar etwas, womit wir die Angelegenheit wirklich zum Abschluss führen können. Ich würde mich wesentlich besser fühlen, wenn ich mit handfesten Beweisen in der Chefetage auftauchen könnte und nicht nur Dinge vom Hörensagen vorzuweisen hätte«, seufzte Daniel.

»Okay. Dann denke ich, dass du dich sofort mit uns in Verbindung setzen solltest, nachdem du mit diesem Typ geredet hast, und uns auf den neuesten Stand bringst«, sagte Mark.

»Kein Problem«, versprach Daniel bereits im Aufstehen und war kurz darauf vom Tisch verschwunden. Die anderen drei starrten ihm nach.

* * *

»Nun ja, das ist wohl nicht ganz so gelaufen, wie wir es uns vorgestellt hatten, oder?«, fragte Mark.

»Ich schätze mal, dass sein Vertrauen in Captain Winters erschüttert ist, seit er ihn suspendiert hat«, suchte Maj nach einer Erklärung. »Und denk doch mal darüber nach ... wenn wir von Anfang an alles der Net Force überlassen hätten, wären Daniel und ich immer noch die Hauptverdächtigen, was das Hacking angeht.«

»Yeah. Aber inzwischen geht es nicht mehr allein darum, ob ihr beide in Schwierigkeiten steckt, sondern es betrifft uns alle. Als ihr beiden die Leiche gefunden habt, haben sich die Spielregeln grundlegend geändert. Bis letzte Nacht wäre ich noch in der Lage gewesen, meine Hände in Unschuld zu waschen, bis ihr mich überredet habt«, sagte Megan.

»Ich wollte nur noch damit warten, Winters einzuweihen, weil ich immer noch die Hoffnung hatte, etwas bei der Online-Überwachung herauszufinden, das uns einen handfesten Hinweis auf die Identität des Hackers verschaffte. Aber dabei kam nicht mehr heraus als ein paar lose Enden«, sagte Mark.

»Wenn Daniel es tatsächlich schaffen sollte, seinen Freund zu einer Aussage zu überreden, ist Valas geliefert. Wisst ihr, ich habe eben einen ziemlich scheußlichen Gedanken gehabt ... ihr glaubt doch wohl hoffentlich nicht, dass das alles nur eine neue Verzögerungstaktik von Daniel ist? Etwas, womit er die Unterredung mit Winters hinauszuzögern versucht, um die nötige Zeit zu gewinnen, Valas persönlich dingfest machen zu können, oder? In letzter Zeit hat er sich wegen all dieser Vorfälle häufig ein bisschen verrückt aufgeführt.«

»Dabei vergisst du aber offensichtlich, dass Daniel derjenige war, der die Net Force verständigt hat, als wir die ... den Körper gefunden hatten«, wandte Maj ein. »Er hat die Sache ziemlich souverän gehandhabt. Ich hoffe bloß, dass seine Eltern ihm wegen dem, was er veranstaltet hat, nicht zu hart auf die Zehen gestiegen sind.«

»Also gut. Ich schlage vor, wir geben Daniel zwei Stunden Zeit und gehen dann mit allem, was wir haben, zu Captain Winters, und zwar einschließlich der Tatsache, dass es da draußen einen Zeugen gibt, der die Verbindung zwischen Valas und der Leiche herstellen kann. Ich bin mir ziemlich sicher, dass die Net Force dazu in der Lage sein wird, Daniels mysteriösen Freund ausfindig zu machen«, meinte Megan.

»Vielleicht hat Megan ja Recht«, pflichtete Maj ihrer Freundin bei. »Schließlich haben wir Daniel schon einmal einen Vertrauensvorschuss gewährt. Was spricht also dagegen, das Gleiche noch einmal zu tun? Nebenbei bemerkt denke ich nicht, dass es einen riesigen Unterschied machen wird, ob wir ein paar Stunden früher oder später zu Captain Winters gehen, stimmt's?«

* * *

Nachdem Daniel sich ausgeloggt hatte, blieb er noch einen Augenblick sitzen. Er wusste genau, was er zu tun hatte, aber er wusste auch, wie sein Vater darauf reagieren würde. *Tut mir Leid, Dad, aber ich muss dir noch einmal den Gehorsam verweigern. Ich muss meinen Namen reinwaschen, und im Augenblick ist Jimmy der einzige Mensch, der mir dabei helfen kann.*

Er griff nah seinem Foilpack und drückte auf die Kurzwahltaste für die vertraute Nummer. »Jimmy? Yeah, ich bin's. Bist du okay …? Nein, nein. Du hast dich nur ein bisschen merkwürdig angehört, das ist alles … Ja, und ob ich das Gefühl kenne. Also pass auf. Wir müssen uns unbedingt unterhalten … Wirklich? Ist das dein Ernst? Kannst du hierher kommen? Was …? Ist schon in Ordnung. Ich werde pünktlich da sein. Wir können dann gemeinsam weitermachen. Danke, Mann, du bist auf dem besten Wege, mich aus den Flammen zu retten. In einer halben Stunde bin ich da, bis dann.«

Anschließend hinterließ er eine Nachricht auf dem Virt-Mail-Account seines Vaters. »Dad, ich weiß genau, dass du sauer sein wirst, wenn du diese Nachricht abgerufen hast. Aber mir bleibt nichts anderes übrig, als selbst ein loses Ende zusammenzuknüpfen, bevor wir uns an die Net Force wenden können. Ich würde mich gerne in zwei Stunden dort mit dir treffen. Bitte glaub mir, dass ich unsere Unterhaltung von letzter Nacht keineswegs vergessen habe. Ich versuche lediglich, genau dem gerecht zu werden, worüber wir sprachen. Ich liebe dich, bye.«

Nachdem er die Nachricht abgeschickt hatte, aktivierte Daniel Marks Hintertürprogramm ein letztes Mal. Er griff nach seiner Jacke, stieß das Fenster auf und kletterte hinaus aufs Dach. Nachdem er über das Dach der Garage geschlichen war, beugte er sich über die Traufe und griff nach dem Metallspalier für das Efeu, das in die Seitenwand eingedübelt war. Indem er es wie eine Leiter benutzte, hangelte er sich hinunter zum Boden und lief dann die Zufahrt hinunter zur Straße. Ein paar Minuten später saß er bereits in einem Bus, der in Richtung der südlichen Stadtbezirke Washingtons unterwegs war.

Daniel stieg in der Nähe eines Doppelhauses aus, dessen Fassade mit Naturholz verkleidet war und an dessen Außenwänden sich je eine Garage für die beiden Parteien anschloss. In keiner der beiden Auffahrten stand ein Auto. *Jimmys Eltern sind mit Sicherheit nicht zu Hause*, überlegte Daniel, während er zur Haustür hinaufging.

Aber auch als er die Schelle an der Tür betätigte, rührte sich nichts im Inneren des Hauses. Daniel versuchte durch die Fenster zu spähen, konnte aber in keinem der Räume ein menschliches Wesen entdecken. Wieder an der Haustür angekommen, klopfte er energisch und war bass erstaunt, als die Tür schon bei der ersten Berührung in den Raum hineinschwang.

»Jimmy?«, rief Daniel, während er das Haus betrat. Der Innenraum des Doppelhauses teilte sich auf zwei Ebenen auf, wobei eine Treppe in den unteren und eine andere in den oberen Bereich führte. Jimmy warf einen Blick nach unten und sah einen leeren Korridor, der zu den darunter liegenden Schlafzimmern führte. Im oberen Bereich lagen die Küche, das Esszimmer und ein Wohnzimmer mit einer allgegenwärtigen Veeyar-Konsole. Alles machte einen verlassenen Eindruck. Das Haus war still und ganz offensichtlich leer, weshalb Daniels Schritte auf dem Linoleumboden unnatürlich laut klangen.

Wo, zum Teufel, steckt denn Jimmy?, fragte sich Daniel. *Er mag vielleicht ein komischer Vogel sein, aber diesmal hat er die Sache so wichtig klingen lassen, dass ich mich so schnell ich konnte auf den Weg gemacht habe.*

»Jimmy?«, rief er noch einmal und hörte ein leises Echo seiner Stimme durch das Haus schallen.

»Ich bin hier unten«, kam eine schwache Antwort aus dem unteren Korridor. »In meinem Schlafzimmer.«

Daniel rannte die Stufen hinunter und suchte im dunklen Korridor nach seinem Freund. Er wusste noch, dass Jimmys Zimmer der letzte Raum auf der rechten Seite des Flurs war, und ging direkt hinein, ohne vorher anzuklopfen.

»Mann, bin ich froh, dass du einverstanden bist, deine

Aussage vor Captain Winters zu machen ...«, sprudelte Daniel gleich los, kaum dass er den Raum betreten hatte, und brach ebenso abrupt wieder ab, als er in den feinen Aerosol-Nebel aus einer Sprühflasche lief.

Sofort begannen Daniels Gesicht und Augen zu brennen, als wäre er von einem Bienenschwarm überfallen worden. Völlig überrascht schaffte er es gerade noch, nicht tief einzuatmen. Dennoch hatte er sofort das Gefühl, im nächsten Augenblick zu ersticken. Etwas von der Chemikalie war in seinen Mund gelangt, bevor er ihn hatte schließen können, und er spürte, wie sich seine Zunge und der Rachenraum wund anzufühlen begannen, während sich die feinen Tröpfchen ihren Weg in seinen Körper bahnten. Vor Schmerzen aufkeuchend, rieb er sich Augen und Haut, was das Brennen nur noch schlimmer machte.

Daniel stolperte gleichzeitig hustend, würgend und nach Luft schnappend aus dem Schlafzimmer, rannte gegen die Korridorwand auf der anderen Seite und fiel dort hilflos schreiend, keuchend und hustend zu Boden. Das Einzige, woran er denken konnte, war das Feuer, das in seiner Nase, seinem Mund und in den Augen brannte. Dann hörte Daniel eine Wasserleitung rauschen und spürte kurz darauf, wie ihm ein kalter Lappen aufs Gesicht geklatscht wurde.

»Hier«, sagte eine ihm nur zu bekannte Stimme. »Mach dich damit sauber.«

Daniel griff nach dem nassen Lappen, hielt ihn sich aufs Gesicht und saugte das kühle Nass aus dem Textilgewebe ein. Durch das Wasser wurde das Gas zumindest geringfügig verdünnt, doch seine Augen und sämtliche Hautbereiche, die mit dem Sprühnebel in Kontakt gekommen waren, juckten und brannten immer noch fürchterlich.

»Ist gut. Das reicht«, sagte die Stimme und riss im gleichen Augenblick den Lappen wieder fort. »Du wirst dich schon noch erholen, in den nächsten Stunden allerdings nicht gerade toll fühlen. Aber vertrau mir, das wird mit Sicherheit nicht dein größtes Problem sein.« Daniel öffnete die Augen und konnte die über ihm stehende Gestalt nur ganz verzerrt erkennen. Doch dieser Blick wurde im gleichen Moment auch schon von dem des Fußbodens aus nächster Nähe abgelöst, als Daniels Peiniger ihn auf den Bauch drehte und ihm die Hände hinter dem Rücken fesselte. Daniel durchfuhr ein plötzlicher Schmerz, als ihn etwas Biegsames und dennoch Hartes in die Handgelenke biss. Dann fühlte er sich am Kragen seiner Jacke gegriffen und auf die Füße gezerrt. Der Raum begann sich um ihn zu drehen, als er versuchte, das Gleichgewicht wiederzufinden.

»Perfekt. Du bist sofort gekommen, als dich unser Jimbo hier gerufen hat. Ihr beiden Jungs seid jetzt die Asse in meinem Ärmel«, hörte Daniel Ryan Valas sagen.

Daniels Mund brannte immer noch, und er schluckte trocken, um die angeschwollene Kehle zu entlasten. Valas zerrte ihn hinüber zum Badezimmer im Souterrain und stieß seinen Kopf in Richtung Waschbecken. »Spuck dich aus. Gleich hier. Das wird helfen.«

Gehorsam kam Daniel der Aufforderung nach. Er hustete und würgte, um so zu versuchen, den beißenden Geschmack aus dem Mund zu bekommen. »Wasser ...«, bat er, immer noch krampfhaft hustend.

»Du hast genau drei Sekunden«, sagte Valas, während er ein Glas füllte und Daniel gleichzeitig mit der anderen Hand am Kragen packte. »Ich möchte das aber keineswegs als ein Zeichen von Nachsicht verstanden wissen. Mir ist es vollkommen gleichgültig, ob ihr lebt oder tot seid. Die Entscheidung liegt voll und ganz bei dir ... und daran, ob du kooperieren wirst oder nicht. Aber es ist nun mal erforderlich, dass du zu einem späteren Zeitpunkt in der Lage bist, zu sprechen«, erklärte Valas und hielt Daniel das Glas an die Lippen. Daniel schluckte so viel Wasser herunter, wie er konnte, bevor Valas das Glas wieder fortnahm und gründlich ausspülte. »Wir dürfen doch keine Beweise hinterlassen, nicht wahr?« Dann stellte er das Glas zurück und warf einen Blick auf die Uhr. »Es ist Zeit aufzubrechen.«

Valas hielt Daniels Arm weiterhin fest umklammert, während er ihn zurück in Jimmys Zimmer führte. Mit tränenverschleiertem Blick entdeckte Daniel jetzt auch Jimmy, der gefesselt und geknebelt auf seinem Bett lag. Was er aber trotz allem deutlich erkennen konnte, war die Furcht in Jimmys Augen. Daniel wusste, dass die gleiche Angst auch in seinen Augen zu lesen sein musste.

Valas durchschnitt die Leine, mit der er Jimmys Beine zusammengebunden hatte, und zerrte ihn auf die Füße. Dann stieß er Jimmy neben Daniel und achtete sorgfältig darauf, dass die beiden Jungs stets vor ihm blieben, während er sie aus dem Haus eskortierte.

»Wie?«, krächzte Daniel, als Valas sie in Richtung Garage zerrte.

»Die Falle, die der Gridley-Junge mir mit dem getürkten Programm gestellt hat, brachte mich zu dem Schluss, dass ich von irgendjemandem beobachtet wurde. Als ich dann deinen Kumpel hier um mein Haus schleichen sah, wusste ich sofort, dass etwas im Busch war«, erklärte Valas bereitwillig.

»Ich habe meinen Freunden gesagt, wo ich hinwollte«, bluffte Daniel und versuchte die Balance zu halten, als Valas ihn durch die Garagentür stieß.

»Jammerschade, dass du nicht mehr hier sein wirst, wenn sie endlich herausgefunden haben, dass du in Schwierigkeiten steckst. Du wirst es nie schaffen, einen Kerl zu schlagen, der dir zwei Schritte voraus ist«, gab Valas kühl zurück. »Genau genommen sind es sogar drei Schritte. Jetzt brauche ich nur noch deinen naseweisen Freund Mark in die Finger zu bekommen, und ich habe sämtliche Karten, die ich brauche, um dieses Spiel zu gewinnen. Und du wirst derjenige sein, der mir dabei hilft, ihn zu schnappen.«

»Lassen Sie meine Freunde da raus, und ich werde alles tun, was Sie verlangen«, stöhnte Daniel.

»Das wirst du so oder so tun«, gab Valas zurück und stieß die Jungs grob durch die Garage.

Kurz darauf hatten sie das Auto erreicht, und Valas öffnete den Kofferraum. »Nun, die Unterbringung ist vielleicht nicht gerade die beste, aber egal, ihr beide habt es euch schließlich selbst eingebrockt, nicht wahr?«

»Nein. *Sie* waren derjenige, der mir die Sache eingebrockt hat«, schaffte es Daniel gerade noch krächzend hervorzubringen, bevor Valas ihn und Jimmy in den Kofferraum beförderte. Daniel drehte sich blitzschnell zur Seite, sonst hätte er sich den Kopf angeschlagen, wodurch er allerdings schmerzhaft auf der Schulter landete. Da Jimmy eng neben ihn gequetscht lag, spürte Daniel bereits die ersten Anzeichen beginnender Klaustrophobie. Dabei hatte Valas noch nicht einmal den Kofferraumdeckel geschlossen.

»Wir werden jetzt eine kleine Spazierfahrt machen. Verhaltet euch also schön ruhig, und ihr bleibt am Leben«, sagte Valas, der nach dem letzten Wort die Hand öffnete und eine nur zu vertraute Aerosol-Sprühflasche sehen ließ. »Sobald ihr irgendein Geräusch verursacht, werde ich das hier in den Kofferraum sprühen. Kann schon ziemlich blöd sein, wenn man dann nicht in der Lage ist, sich die Augen zu wischen, was?«

Daniel versuchte so auszusehen, als sei er völlig eingeschüchtert und verängstigt, was ihm allerdings keine besondere Mühe bereitete. »Machen Sie sich keine Sorgen«, krächzte er. »Wir haben nicht vor, irgendetwas zu unternehmen.« *Noch nicht zumindest*, dachte er allerdings.

»Ausgezeichnet. Das ist eine kluge Einstellung«, höhnte Valas, während er den Kofferraum schloss. Daniel hörte, wie das Garagentor geöffnet wurde und gleich darauf der Motor ansprang. Dann spürte er, wie der Wagen anrollte.

Kaum hatten sie die ersten Meter zurückgelegt, drehte Daniel sich flüsternd zu seinem Freund. »Jimmy? Pst! Ich habe mein Foilpack im Etui dabei. Sieh doch mal, ob du da drankommst. Es ist in meiner Gesäßtasche.«

Er spürte, wie Jimmy sich herumwand und dass ihm eine Hand den Rücken hinabtastete, um sich schließlich in die hintere Tasche seiner Jeans zu schieben. Dann kam sie mit dem Foilpack wieder zum Vorschein.

»Gut, das hätten wir. Jetzt lass uns mal ausprobieren, ob du es mir nach oben über den Kopf ziehen kannst«, sagte Daniel mit kaum vernehmbarer Stimme. Weiteres Gekeuche und noch heftigere Bewegungen folgten, als Jimmy versuchte, sich in die richtige Position zu bringen. Sekunden später knallte Daniel ein flaches Stück Plastik gegen den Schädel.

»Jetzt bete zu Gott, dass es funktioniert«, sagte Daniel und stieß das Foilpack mit der Nase auf. Ebenfalls mit der Nase drückte er den Kurzwahlknopf und den Code für Captain Winters' Anschluss. Er hörte das vertraute Summen, mit dem das Telefon sich im Netz anmeldete. »Captain Winters? Ich brauche Ihre Hilfe. Ryan Valas hat mich und einen Freund gekidnappt, und wir befinden uns jetzt im Kofferraum seines Wagens! Er hat gesagt, dass er sich Mark Gridley als Nächsten holen will!« Schweigen. »Hallo? Captain Winters, sind Sie am Apparat?« Als er das Gerät näher betrachtete, stellte er fest, dass das Lämpchen, das normalerweise leuchtete, wenn eine Verbindung zustande gekommen war, nicht leuchtete. Daniel drückte mit der Nase auf einige andere Knöpfe, doch nichts passierte. Das Foilpack funktionierte nicht mehr. Offensichtlich hatte es einen der vielen Stöße, die es in der letzten Zeit abbekommen hatte, nicht überstanden.

Verdammt, dachte Daniel, *jetzt kann ich nur noch darauf hoffen, dass Winters uns letzte Nacht geglaubt hat, als wir ihm gesagt haben, dass Valas unser Mann ist.* Der Wagen fuhr durch eine Kurve, wodurch er gegen die Wand des Kofferraums geschleudert wurde. Er grunzte vor Schmerz, als ihm dabei Jimmys Ellbogen in die Rippen fuhr. Unbeholfen versuchte Daniel, sich so zu drehen, dass er wieder auf der Seite zu liegen kam. Die vergangenen zwanzig Minuten hatten ihm nicht nur körperlich, sondern auch seelisch zugesetzt. *Jetzt gilt es Ruhe zu bewahren und nach einem Weg zu suchen, hier wieder rauszukommen*, dachte er. *Valas hat erwähnt, dass ich nachher noch reden muss, also braucht er mich noch für irgendetwas. Solange er mich braucht, wird er mich am Leben lassen. Daher habe ich auch eine Chance zu fliehen. Nutzlos, so ein Telefon, das man noch nicht einmal in die Tasche stecken kann, ohne dass es gleich kaputtgeht ...*

Meine Tasche!, schoss es Daniel durch den Kopf, und schon begann er sich herumzuwinden, bis er an seine rechte Jackentasche kam. Die kleine Betäubungspistole, die er stets bei sich trug, befand sich immer noch dort, wo sie sein sollte. Daniels Finger waren fast taub, dennoch konnte er sie fest um dem Griff der Waffe schließen. Die Erlösung. *Ich muss nur noch nahe genug an ihn herankommen, um die Pistole gegen ihn einsetzen zu können*, dachte er. *Was hoffentlich schon bald der Fall sein wird.* Er ließ die winzige Waffe in der hohlen Hand verschwinden. *Jetzt hoffe ich bloß, dass das Ding robuster ist als das blöde Foilpack*, überlegte er.

Von nun an konzentrierte sich Daniel voll und ganz auf irgendwelche ungewöhnlichen Geräusche, wie zum Beispiel das Muhen von Kühen, an denen das Fahrzeug vorüberfuhr, was darauf hinweisen würde, dass sie stadtauswärts fuhren, oder vielleicht die Geräusche und den Geruch eines Flusses, den sie überquerten. Bislang hatte er allerdings nichts wahrgenommen, was ungewöhnlich gewesen wäre. Trotzdem hielt er seine Sinne auch weiterhin in höchster Alarmbereitschaft und lauschte und wartete, während das Fahrzeug seines Weges fuhr.

Kapitel 15

»Ich bin nicht der Meinung, dass wir Daniel auch nur eine einzige Minute Zeit geben sollten, die Dinge selbst in die Hand zunehmen. Die Angelegenheit ist einfach zu wichtig«, teilte Mark Megan und Maj mit.

»Wieso?«, fragte Megan.

»Vergesst bitte nicht, es geht inzwischen um weit mehr als nur einen Hack. Valas hat bereits einen Menschen umgebracht – einen Angestellten der Net Force. Wir müssen der Net Force mitteilen, was Daniels Freund gesehen hat.« Mark nahm ein kleines Icon und aktivierte es. »Es ist an der Zeit, die schweren Geschütze aufzufahren«, sagte er und wählte eine Nummer. »Glücklicherweise ist mein Daddy heute einmal zu Hause.«

Ein paar Sekunden später erschien Mark Gridley in Marks Site. »Hi, mein Sohn. Hallo, Maj, Megan. Dir ist doch sicherlich bewusst, dass du nur die Treppe hinuntergehen und an meine Tür zu klopfen brauchst, oder?«, fragte er und lächelte die drei Kids an.

Marks Gesichtsausdruck blieb jedoch ernst. »Das mag schon sein, aber ich wollte, dass du mit Megan und Maj reden kannst, und das hier war einfach der schnellste Weg, es zu bewerkstelligen. Daniel Sanchez hat herausbekommen, wer für die Hacks bei der Net Force verantwortlich ist.« Dann erklärten sie Marks Vater, was Daniels Freund in der vergangenen Nacht gesehen hatte. »Und jetzt mache ich mir Sorgen. Ich traue Daniel einfach nicht, wenn er sagt, dass er nicht versuchen wird, Valas allein zur Strecke zu bringen. Wenn er es dennoch probiert, läuft er Gefahr, selbst umgebracht zu werden. Mit ist völlig klar, dass das, was wir dir erzählt haben, lediglich auf Hörensagen beruht, aber wie auch immer, Valas ist und bleibt unser Hacker. Er hat schon einen Mitarbeiter der Net Force ermordet. Die Net Force muss jetzt aktiv werden! Kannst du Captain Winters gleich darauf ansprechen? Er wird alles bestätigen können, was letzte Nacht geschehen ist!«

»Warte mal einen Augenblick«, sagte Jay und blickte nach links. »Ich ruf ihn gleich an.« Jetzt war auch sein Gesichtsausdruck todernst. »Während wir hier warten, Sohn, kannst du mir vielleicht erklären, welche Rolle du in dieser ganzen Angelegenheit spielst?«

»Er wird Ihnen *unser aller* Rolle in dieser Sache erklären, Mr. Gridley«, versprach Maj.

»In Ordnung«, sagte Jay, kurz bevor alle Anwesenden ein weiches Klingeln vernahmen. »Das muss Captain Winters sein.«

Wie aufs Stichwort erschien auch schon der genannte in der Site. »Hallo, Jay. Was gibt's denn?«

Erst dann blickte er sich um. »Scheint fast so, als wäre ich mal wieder der Letzte, der erfährt, was hier läuft. Warum setzt mich nicht mal jemand ins Bild? Wie wär's denn mit dir, Mark?«

»Okay, aber bevor ich loslege, möchte ich Sie bitten, einen Streifenwagen zum Haus von Ryan Valas zu schicken, um nachzusehen, ob er zu Hause ist. Geht das?«, fragte Mark. »Es könnte diesmal wirklich um Leben und Tod gehen.«

Jay nickte. »Ich verspreche dir, dass ich sogar noch weit mehr in Gang setzen werde. Ich kümmere mich darum. Mark, warum fängst du nicht einfach schon mit deinem

Bericht an?« Jay sprang für einen kurzen Augenblick aus der virtuellen Realität, um die Fahndung in der wirklichen Welt zu organisieren.

Warum kann ich mich nicht des Eindrucks erwehren, dass es immer an mir hängen bleibt, dem Captain die schlechten Nachrichten zu überbringen? Mark holte noch einmal tief Luft und begann mit den Worten: »Sie werden das, was jetzt kommt, nicht gerne hören, Captain, aber ...«

* * *

»Nur noch einmal, um ganz sicherzugehen, alles auch richtig verstanden zu haben«, fasste Captain Winters zusammen. »Ich hatte euch gebeten, Daniel im Auge zu behalten, um dafür zu sorgen, dass er keine Dummheit begeht, und ihr habt ihn euch durch die Lappen gehen lassen?«

Mark versuchte, eine Bemerkung zu machen, wurde jedoch von Winters' hochgehaltener Handfläche gestoppt.

»Und jetzt«, fuhr Winters fort, »seid ihr eurer Sache sicher, dass Ryan Valas, ein vertrauenswürdiger CIA-Agent, unser Hacker und Killer ist und dass Daniel womöglich selbst hinter ihm her ist? Habe ich das so mehr oder weniger exakt wiedergegeben?«

»Yeah«, bestätigte Mark. »Wir wären damit ja auch schon viel früher zu Ihnen gekommen, aber uns hat ja keiner ernst genommen. Einmal habe ich meine Mutter gefragt, ob dies möglicherweise ein Job sei, der von einem Insider durchgezogen wird. Doch sie hat diesen Gedanken abgetan. Selbst vergangene Nacht haben Sie sich angehört, als hätten wir sie nicht mehr alle beisammen, als wir unterstellt haben, dass Valas der Maulwurf ist. Dann hat Daniels Freund bewiesen, dass Valas der richtige Mann ist, und jetzt mache ich mir Sorgen, was Daniel wohl vorhaben mag.«

»Wenn du mit deiner Vermutung richtig liegst, habt ihr es zugelassen, dass sich ein Net Force Explorer in höchste

Gefahr für Leib und Leben begibt«, schäumte Captain Winters. »Was habt ihr euch eigentlich dabei gedacht? Ich habe klipp und klar gesagt, dass ihr Sanchez im Auge behalten solltet und nicht, dass ihr euch gemeinsam mit ihm Hals über Kopf in eine hirnrissige Mission stürzen sollt. Warum seid ihr damit nicht sofort zu mir gekommen?«

»James, ich verstehe dich ja, und ich bin auch voll und ganz deiner Ansicht, dass dafür irgendeine Art von Disziplinarmaßnahme erfolgen muss. Aber für den Augenblick denke ich, dass die Kids mit dem, was sie sagen, durchaus richtig liegen. Wir müssen uns etwas einfallen lassen, um Valas ausfindig zu machen und ihn hinter Schloss und Riegel zu bringen. Darüber hinaus müssen wir schnellstens Daniel und seinen Freund finden und die beiden in Sicherheit bringen«, sagte Jay. In diesem Augenblick erfüllte ein dringliches Piepsen die Site. »Das muss der Polizeibericht sein«, vermutete der Chef der Net Force. »Einen Augenblick, bitte.«

Erneut sprang Jay aus dem virtuellen Meeting, und Mark wandte sich sofort an Captain Winters. »Captain, wir sind so schnell wie möglich zu Ihnen gekommen. Mag sein, dass es richtiger gewesen wäre, Daniel hier festzuhalten, aber er hatte ein gutes Argument. Sie und Ihre Leute haben uns keine Aufmerksamkeit geschenkt, als wir Ihnen erzählt haben, dass der Maulwurf innerhalb der Net Force sitzt. Erst Daniels Freund erbrachte den Beweis, dass Valas unser Mann ist, und Daniel hatte nichts anderes vor, als seinen Freund hierher zu bringen, damit dieser Ihnen aus erster Hand berichten konnte. Also habe ich ihn ziehen lassen, damit er den Typ abholen kann. Dann wurde mir die Sache aber doch zu mulmig, und ich habe meinen Vater hinzugezogen.«

Captain Winters sah Megan und Maj an, die beide nickten. »Es stimmt, was Mark sagt, Captain«, sekundierte Maj. »Wir hatten das Gefühl, dass wir die Ermittlungen so weit vorangebracht hatten, wie es uns möglich war. Das Einzige, worauf wir jetzt noch warteten, war ein hieb- und stichfester Beweis. Valas ist äußerst gefährlich, daher haben wir uns entschieden, Sie zu informieren.«

»Das ist zwar ein edler Zug, aber nichtsdestotrotz nicht gerade clever gewesen«, hielt Captain Winters dagegen. »Einer von euch hätte mich genau in dem Augenblick anrufen müssen, als Daniel von seinem Freund erfahren hat, dass Valas der Killer ist. Ihr hättet Daniel niemals gehen lassen dürfen. Aber Jay hat Recht. Zum jetzigen Zeitpunkt müssen wir unsere Möglichkeiten gemeinsam nutzen, um Valas zu jagen. Mit euch Kids werden wir uns später befassen.«

In diesem Augenblick sprang Jay zurück in das Meeting. »Das war die Washington Police. Valas ist definitiv nicht in seinem Haus. Aber auch Daniel ist nicht zu Hause, und seine Eltern haben keine Ahnung, wo er sein könnte. James, trag bitte alles zusammen, was wir über Valas besitzen, seine Personalakte, seine Arbeiten und so weiter. Ich mach mich schon mal auf den Weg ins Büro und werde mich dann dort mit dir treffen. Mark, Maj, Megan, ihr rührt euch nicht von der Stelle. Wir werden Kontakt mit euch aufnehmen, sobald sich irgendetwas ergibt.«

»Aber Dad! Es könnte sein, dass du mich brauchst«, protestierte Mark.

»Nein, mein Sohn. Es wird höchste Zeit für uns, voll in diese Sache einzusteigen. Mach die keine Sorgen. Wir werden Valas kriegen«, beruhigte Jay seinen Sohn. »Du musst schon wegen Daniel hier bleiben. Ich möchte den Jungen und seinen Freund, diesen Augenzeugen, in Sicherheit wissen, bis Valas aus dem Verkehr gezogen ist. Das gilt übrigens für jeden von euch! Keiner verdrückt sich, bevor ihr von mir gehört habt. Verstanden?«

»Aber was sollen wir denn machen, wenn Daniel hier anruft?«, fragte Mark.

»Sollte das wirklich der Fall sein, dann ruft ihr mich sofort an«, befahl Jay. »Ich werde dann augenblicklich einen Agenten zu ihm schicken. Noch einmal mit Nachdruck: Ihr geht nirgendwo hin!«

Mit diesen Worten verschwanden Winters und Gridley endgültig aus Marks Site. Mark kehrte für eine Sekunde in die wirkliche Welt zurück und hörte noch, wie die Haustür ins Schloss fiel und sich gleich darauf das Garagentor öffnete. Er schaltete die Überwachungskamera des Sicherheitssystems in seinem Elternhaus ein und sah, wie der Wagen seines Vaters von der Auffahrt in die Straße einbog.

»Quatsch«, brummte er.

»Also, weißt du was?«, fragte Maj.

»Nein«, gab Mark zu. »Aber ich kann einfach nicht glauben, dass sie uns jetzt einfach ausschließen. Nach all der Vorarbeit, die wir geleistet haben.«

»Was ist denn wirklich so neu daran?«, fragte Megan. »Du hast doch ganz genau gewusst, dass im gleichen Augenblick, in dem wir etwas finden würden, Captain Winters die Sache an sich reißen würde.«

»Ja, ja ... ärgerlich ist es trotzdem.« Mark setzte sich wieder hin und stützte das Kinn in die Handflächen. »Was wäre, wenn Daniel in Schwierigkeiten steckt? Schließlich war es unser Fehler, ihn gehen zu lassen. Er hätte schon längst anrufen müssen.«

»Das wird schon in Ordnung gehen«, versuchte Megan ihn zu beruhigen. »Du kennst doch Daniel. Wahrscheinlich ist er gerade dabei, zusammen mit seinem Freund mächtig Wind zu machen, und sie tüfteln gerade aus, wie sie den coolsten Auftritt hinlegen können, wenn er mit dem Augenzeugen im Schlepptau bei der Net Force aufkreuzt.«

»Mag sein. Aber was, wenn nicht?«, fragte Mark besorgt.

»Keine Ahnung. Hat denn jemand irgendwelche Vorstellungen?«, fragte Maj.

Schweigen machte sich in der Gruppe breit.

Im gleichen Augenblick zirpte Marks Foilpack.

»Hallo«, meldete er sich. »Daniel?«

Die Mädchen sahen, wie sich Marks Augen weiteten. Der drückte den entsprechenden Knopf auf seinem Gerät und speiste das Telefonsignal als Sprachausgabe in ihr virtuelles Umfeld ein.

Kapitel 16

Daniel bereitete sich darauf vor zu handeln, sobald der Wagen zum Stillstand kommen würde. Im Kofferraum war es während der langen Fahrt muffig geworden, und inzwischen wäre Daniel bereit gewesen, Valas so ziemlich alles zu geben, wenn er dafür den Kofferraumdeckel einen Spalt offen gelassen hätte, damit die Luft zirkulieren konnte. Seine Zunge fühlte sich an, als sei sie dick geschwollen, obwohl die schlimmsten Auswirkungen des Tränengases inzwischen abgeklungen waren. Einen bitteren Nachgeschmack hatten sie dennoch hinterlassen. Seit einiger Zeit tränten seine Augen nicht mehr, obwohl auch sie sich noch ganz rau anfühlten und juckten, als hätte ihm jemand Sand hineingestreut.

Eine Tür schlug zu, und wenige Sekunden später ging Daniels Wunsch in Erfüllung. Der Kofferraum wurde geöffnet. Er blinzelte gegen das grelle Sonnenlicht und sah, dass Valas nach ihm griff. Brutal zerrte der CIA-Agent den Jungen aus dem Kofferraum.

Durch einen neuen Tränenvorhang erkannte Daniel, dass sie sich mitten auf einem verlassenen Industriegelände befanden. Leer stehende Fabrikgebäude mit zerbrochenen

Fensterscheiben standen da inmitten schrottreifer Herstellungsanlagen. Gras wucherte überall durch den zerbrochenen Beton und Asphalt. Daniel erzitterte bei dem Gedanken daran, ausgerechnet hier, wo ihn wochenlang niemand finden würde – ganz gleich ob tot oder noch am Leben –, zurückgelassen zu werden.

Valas stieß ihn auf den unebenen Boden neben dem Wagen und schloss den Kofferraum wieder, in dem sich immer noch Jimmy befand. Dann zog er ein Satellitentelefon aus der Jackentasche und verband es mit einem kleinen Computer, den er gleich darauf hochfuhr.

»Ich muss nur noch ein paar kleine Überraschungen für deinen Kumpel Mark vorbereiten, dann kannst du dich mit ihm unterhalten«, erklärte er, während er zwischendurch immer wieder Kommandos in das tragbare Gerät murmelte. Daniel sah ihm einige Minuten bei der Arbeit zu und versuchte dabei krampfhaft, irgendwelche Gemeinsamkeiten zwischen dem Mann, den er noch vor einer Woche bei einem Vortrag erlebt hatte, und diesem skrupellosen Kriminellen zu erkennen, den er jetzt beobachtete. Nach einer Weile gab er es auf, weil er allein den Gedanken daran schon unmöglich fand, und konzentrierte sich lieber darauf, nach einem gangbaren Weg zu suchen, wie er von hier fliehen konnte. Seine Finger tasteten den gesamten unmittelbaren Bereich um ihn herum kratzend nach einer Glasscherbe oder einem scharfen Stein ab, womit er seine Fesseln hätte durchtrennen können. Doch er fand nichts dergleichen. Er erreichte lediglich, dass er sich die Hände blutig schrammte.

»Ah, die Telefonleitung ist frei. Wie praktisch.« Valas nahm das Sat-Handy auf und hockte sich neben Daniel. »Also pass auf. Du wirst ihn begrüßen und ihm sagen, dass es dir gut geht. Versuch gar nicht erst, ihm irgendwelche Hinweise zu geben, wo wir uns befinden, weil wir schon lange vor dem Zeitpunkt wieder weg sein werden, bevor es irgendjemand schaffen kann, hierher zu kommen. Stattdessen solltest du die paar Sekunden, die dir zur Verfügung stehen, dazu nutzen, Mark davon zu überzeugen, genau das zu tun, was ich ihm sagen werde«, befahl Valas und ließ Daniel dabei einen unmissverständlichen Blick auf die Pistole werfen, die im Halfter unter seiner Jacke steckte. »*Comprende?*«

Daniel nickte, und sein Mund fühlte sich auf einmal staubtrocken an. Valas wählte die entsprechende Nummer und hielt Daniel dann das Handy ans Ohr. Er hörte, wie die Verbindung aufgebaut wurde, und dann klingelte es ... und klingelte ... und klingelte, während Daniel die ganze Zeit nur von einem einzigen Gedanken beherrscht wurde: *Bitte nimm ab, Mark. Bitte nimm endlich ab.*

* * *

»Hi ... Mark? Ich bin's, Daniel«, klang die heisere Stimme aus Marks Telefon. Maj und Megan blickten gleichzeitig auf. »Mir geht es gut, ich bin nicht verletzt, aber es ist jemand bei mir, der mit dir reden will.«

»Daniel, wo steckst du?«, fragte Mark und bedeutete den beiden Mädchen zu schweigen.

»Er ist bei mir«, vernahm Mark jetzt Ryan Valas' ruhige Stimme. »Jetzt hör mir einfach nur zu. Wenn du versuchen solltest, mit irgendjemandem Kontakt aufzunehmen, bevor ich selbst dir es sage, wird Daniel verschwinden. Wenn du versuchen solltest, irgendjemand anderen anzurufen als denjenigen, den ich dir persönlich nenne, wird Daniel verschwinden. Mach dir erst gar nicht die Mühe, diesen Anruf zurückzuverfolgen, weil ich aufgelegt haben werde, bevor du dich eingeklinkt haben kannst. Ich will dein Suchprogramm, und zwar auf einem Datenwürfel. Wenn du Daniel noch einmal lebend wiedersehen willst, wirst du es mir aushändigen, und zwar persönlich und allein. Hast du das verstanden, Mark? Aber achte diesmal darauf, dass es sich um das echte Programm handelt, denn das Leben deines Freundes hängt davon ab. Bestimmt werde ich es nicht noch einmal erwähnen müssen, dass du dazu allein kommen und niemandem ein Sterbenswörtchen von diesem Anruf erzählen wirst.«

»Wo sind Sie denn? Und wie komme ich zu Ihnen?«, fragte Mark. »Ich bin schließlich ein Kind. Ich hab noch keinen Führerschein.«

»Ruf einfach die folgende Nummer an«, sagte Valas und gab Mark eine Reihe von Zahlen durch. »Frag dort nach Vinnie. Er wird dir ein Taxi schicken. Der Fahrer wird dann schon mit den entsprechenden Informationen versorgt sein, wie er zu fahren hat. Ich werde in ein paar Minuten bei der gleichen Nummer anrufen, um mich zu vergewissern, dass du meine Anweisungen befolgt hast. Darüber hinaus solltest du wissen, dass ich sämtliche von deinem Elternhaus ausgehenden Telefonate überwache. Vergiss nicht, dass du nur eine halbe Stunde Zeit hast.« Im gleichen Augenblick wurde die Verbindung getrennt.

»Mark, du willst die Sache doch wohl nicht allen Ernstes durchziehen, oder etwa doch?«, fragte Maj.

»Was habe ich denn für eine Wahl? Valas hat mich kalt erwischt. Ich habe einfach nicht mehr die Zeit, so lange zu warten, bis die Net Force ihn ausfindig macht. Andererseits darf ich keinesfalls davon ausgehen, dass er blufft, als er sagte, er würde die Telefonate überwachen. Daniel hat nur eine Chance, wenn ich Valas das aushändige, was er haben will. Meine größte Hoffnung besteht darin, dass er klug genug sein wird, zu erkennen, dass es außerordentlich töricht wäre, mir etwas anzutun, wenn er vermeiden will, für den Rest seines Lebens den Chef der Net Force und den gesamten Rest der Behörde an den Hacken kleben zu haben. Ich habe gar keine andere Wahl. Die einzige Sache, die uns zugute kommt, ist, dass der Kerl keine Ahnung davon hat, dass ihr beiden hier mit mir zusammen online wart. Gebt mir nur eine Minute Zeit, und anschließend seht ihr zu, dass ihr meinen Dad findet und ihn darüber informiert, was hier abgeht.«

Er rief die Nummer an, die Valas ihm genannt hatte und die zu einem Taxiunternehmen in der Altstadt gehörte. Ein Vinnie meldete sich – Valas hatte seine Hausaufgaben also gemacht. Mark gab dem Betriebsleiter seine Adresse und teilte ihm mit, er möge das bestellte Taxi so schnell wie möglich zu ihm schicken. Anschließend lud er sein Spürprogramm in einen Datenwürfel und verließ den Cyberspace, bevor eins der Mädchen sich einen Weg einfallen lassen konnte, ihn aufzuhalten.

* * *

Mark nahm den Datenwürfel aus dem Speichergerät und lief damit die Treppe hinab, um unten auf das Taxi zu warten. Im Vorübergehen griff er seine Jacke und zog sie über, wobei er sich vergewisserte, dass auch die Universal-Kreditkarte in der Tasche steckte. Er überschlug rasch, dass noch ein ausreichendes Kreditvolumen gespeichert war, um alles bezahlen zu können, was sich als notwendig erweisen sollte – seien es die Kosten für das Taxi oder die für eine Beisetzung.

Mark schloss die Eingangstür hinter sich ab und setzte sich auf die oberste Stufe der Eingangstreppe. Mit hochgezogenen Schultern spähte er die Straße hinab und hielt Ausschau nach dem Taxi. Er warf einen Blick auf die Uhr und stellte dann deren Timer auf 25 Minuten ein, da er schätzte, dass ihm jetzt nur noch so viel Zeit blieb, bis die von Valas gesetzte Frist ablief. Er hatte keine Vorstellung davon, wohin es gehen sollte. Erneut blickte er auf die Uhr und suchte gleich darauf wieder die Straße ab. *Nun mach schon! Wo bleibst du denn? Das Leben meines Freundes steht hier auf dem Spiel!*

Nach einer Zeit, die ihm wie eine Ewigkeit vorgekommen war, bog eine in grün und weiß lackierte, viertürige Limousine in die Straße ein. Oben auf dem Dach trug sie ein Schild, auf dem ebenso wie auf den Fahrzeugseiten ›Carroll Cab Co.‹ zu lesen war. Das Taxi fuhr heran und bog schließlich in die Zufahrt zu Daniels Elternhaus ein. Mark lief ihm entgegen und ließ sich sofort in den Rücksitz fallen. Der Fahrer nickte nur und rief eine offenbar schon vorher eingespeicherte GPS-Position als Ziel auf. Die Anschrift erwies sich als Kaianlage eines verlassenen Industriegebietes im Norden von Washington, D.C. *Hat Valas etwa vor, die Stadt mit dem Boot zu verlassen? Sobald ich Daniel zurückhabe, brauchen wir dann nur noch die Küstenwache zu verständigen, damit die sich um die Sache kümmern kann, oder etwa nicht?*

Mark starrte aus dem Fenster und sah in einiger Entfernung die Skyline von Washington vorbeiflitzen. Was ihm am meisten zu schaffen machte, war die Tatsache, wie sehr er sich von Valas hatte täuschen lassen. *Ich habe den Kerl wirklich gemocht. Er hat echt den Eindruck erweckt, als hätte er mir helfen wollen,* dachte Mark verbittert. *Er war wirklich der Letzte, von dem ich erwartet hätte, dass er so etwas tut.* Doch wenn er sich selbst gegenüber ganz ehrlich war, musste er sich eingestehen, dass ein Teil von ihm immer noch darauf hoffte, all das würde irgendwie gar nicht wahr sein und dass es gar nicht Valas gewesen wäre, mit dem er da vorhin telefoniert hatte. Mark war sich darüber im Klaren, dass er die Fakten erst endgültig akzeptieren würde, wenn er Valas mit eigenen Augen sah.

Und was dann? Schließlich ist er der Kerl, der meinen Freund als Geisel genommen hat. Es ist nun einmal passiert, also muss ich mich damit abfinden. Jetzt kommt es in erster Linie darauf an, Daniel da rauszubekommen, was auch immer dazu erforderlich ist. Es sei denn, natürlich, er hat mich völlig umsonst losgeschickt. Mein Vater wird mich deswegen umbringen, denn ich denke nicht, dass Valas ihn dann noch darauf aufmerksam machen wird, dass er dafür verantwortlich war.

Fast hätte er es gar nicht mitbekommen, dass das Taxi bereits auf die Kaianlage des verlassenen Industriegebiets einbog. Mark ließ den Blick über den langen Streifen Grasland schweifen, der sich vor dem eigentlichen Pier erstreckte. Weit und breit war niemand zu sehen. Er seufzte und reichte dem Taxifahrer die Kreditkarte.

»He, Junge«, sagte der Fahrer, der die ganze Zeit über geschwiegen hatte, aber doch wohl irgendwie gespürt hatte, dass es etwas geben musste, um das Mark sich Sorgen machte. Oder war er vielleicht ein Komplize? Doch schon die nächsten Worte des Taxifahrers zerstreuten diese Vermutung wieder. »Man hat mir zwar gesagt, dass ich nicht auf dich warten soll, aber mir gefällt es überhaupt nicht, dich einfach hier allein zurückzulassen. Was willst du denn hier draußen? Hier ist doch keine Menschenseele.«

Mann, als ob ich das nicht genau wüsste, dachte Mark. »Ich weiß«, antwortete er.

»Willst du denn, dass ich hier auf dich warte?«, hakte der Taxifahrer noch einmal nach.

Ja, ja. O mein Gott, wie sehr ich es mir wünsche, jetzt mit JA antworten zu können, ging es Mark durch den Kopf. Stattdessen bemühte er sich jedoch darum, seine Stimme so beiläufig wie möglich klingen zu lassen, als er antwortete. »Nein, eigentlich nicht. Aber wie wäre es, wenn Sie in einer Viertelstunde noch einmal hier vorbeikommen würden? Wenn Sie mich dann sehen, haben Sie wenigstens gleich eine Fuhre zurück in die Stadt.«

»Hört sich gut an. Und du bist dir ganz sicher, dass du hier draußen allein zurechtkommst?«, fragte der Fahrer.

Zumindest bin ich mir sicher, dass ich es hoffe, dachte Mark noch einmal. »Wie Sie schon selbst gesagt haben, hier draußen ist niemand. Wird schon klargehen, was mich betrifft. Aber danke, dass Sie gefragt haben.«

»Okay. Hier hast du deine Kreditkarte zurück«, sagte der Taxifahrer und schob diese durch den Schlitz, den man in die kugelsichere Trennscheibe geschnitten hatte. Als Mark danach griff, sah er den Fahrer genauer an, und das, was er dabei feststellte, veranlasste ihn zu einem weiteren Blick.

Der Fahrer hatte aschblondes Haar und ein schmal geschnittenes Gesicht mit extrem hellblauen Augen. *Wo habe ich den Typ schon mal gesehen?,* fragte sich Mark und zog dabei die Augenbrauen zusammen. *Valas hat doch gesagt, er hätte das Arrangement mit dem Taxiunternehmen schon vorher getroffen. Ist der Typ vielleicht doch sein Komplize?* Aber fast genauso schnell, wie ihm der Gedanke gekommen war, verwarf Mark ihn auch wieder. *Letzten Endes hätte er mir, wenn er wirklich mit Valas zusammenarbeiten würde, ja schon längst den Datenwürfel abnehmen können. Verdammt noch mal, Mark. Reiß dich zusammen!*

»Geht's dir nicht gut, Junge?«, fragte der Taxifahrer.

»Doch, doch. Es ist nur so, dass Sie mich an jemanden erinnern. Das ist schon alles. Nein, mir fehlt nichts. Danke für die Fahrt«, antwortete Mark höflich.

»Kein Problem. Ich hol' mir jetzt irgendwo was zu essen und bin so in zwanzig Minuten wieder hier. Wenn du dann da bist, prima, wenn nicht, ist es auch kein großer Verlust für mich. Einverstanden?«

»Alles klar. Danke schön«, sagte Mark, während er bereits aus dem Taxi stieg. Doch als er dann über den verlassenen Platz hinüber zum Kai ging, musste er sich gewaltig beherrschen, um nicht zurückzublicken. Nach ein paar Sekunden hörte er, wie der Motor des Taxis gestartet wurde und das Fahrzeug davonfuhr.

Ein kalter Herbstwind blies vom Fluss herauf, der Mark schaudern ließ. Er zog der Reißverschluss seiner Jacke hoch und blickte sich um, weil er keine Ahnung hatte, wohin er gehen sollte. Genau in dem Augenblick, in dem er die Entscheidung treffen wollte, entweder den Kai hinauf oder hinunter zu gehen, klingelte sein Foilpack.

»Hallo?«, meldete er sich.

»Guten Abend. Hast du mitgebracht, was ich von dir haben will?«, fragte eine Stimme, die eindeutig Valas gehörte. Mark hätte schwören können, den Mann durchs Telefon grinsen zu hören.

»Yeah. Hab ich. Wo sind Sie?«

»Schau mal in Richtung Süden, die Kaianlage entlang. Siehst du das Licht?«

Mark tat, wie geheißen. Natürlich, da blinkte ein kleines blaues Licht von einer Stelle aus, die ein paar Dutzend Meter vor dem Kai auf dem Fluss zu liegen schien.

»Nun komm schon. Willst du uns nicht Gesellschaft leisten?«, fragte Valas und unterbrach die Verbindung, ohne eine Antwort abzuwarten.

Mark warf einen Blick in die Runde, nur um ganz sicherzugehen, dass er auch wirklich allein war, und setzte sich dann in Richtung des blinkenden Lichts in Bewegung. Ein Hubschrauber flog über ihm vorbei, und Mark blickte zu dem Lärm auf, den dieser machte. Während der Helikopter mit unbekanntem Ziel weiterflog, folgte er ihm mit den Augen. *Merkwürdig,* dachte Mark, *das Ding hat ja die Positionsleuchten gar nicht eingeschaltet.* Er konnte die Maschine kaum noch am dämmrigen Himmel erkennen.

Aber wie auch immer. Wie gerne wäre ich jetzt an Bord oder sonst irgendwo, bloß nicht hier, wünschte er sich inbrünstig. Inzwischen hatte Mark die Anlegestelle erreicht und entdeckte eine Mole, die von großen Felsen umgeben war und sich gut fünfzig Meter weit hinaus in den Fluss erstreckte. Die Mole wiederum war von einer hüfthohen Betonmauer eingefasst, die beiderseits eines bogenförmigen Laufstegs verlief, der sich in der Mitte traf und so die Form eines Hufeisens bildete. Mark vergrub die Hände in den Jackentaschen und betrat, immer die Stelle fixierend, an der er das blinkende Licht zum letzten Mal gesehen hatte, den Betonpfad.

* * *

»Unser kleiner Freund ist doch noch gekommen«, sagte Valas, wobei er Daniel gleichzeitig die Pistole an den Hinterkopf presste. In der anderen Hand hielt er ein kleines Fernglas, mit dem er die Umgebung absuchte. »Und es sieht tatsächlich so aus, als hätte er meine Anweisungen buchstabengetreu befolgt. Na, da gibt es wenigstens noch ein Fünkchen Hoffnung für euch alle.«

Daniel schielte zu seinem Geiselnehmer hinauf, konnte aber keinen Laut von sich geben, weil dieser ihm den Mund mit einem breiten Streifen Paketband verklebt hatte. Er hatte schon mehr als einmal darüber nachgedacht, wie er Valas entwischen könnte, aber bislang hatte sich die richtige Gelegenheit nicht ergeben. Und davon einmal ganz abgesehen, so abgelegen wie dieses Gelände lag, hätte er auch gar nicht gewusst, wohin er sich auf der Suche nach Hilfe hätte wenden sollen. Er ließ den Blick zurück auf Daniel wandern, der keine vier Meter von ihm entfernt stand.

»Jetzt entspann dich erst mal, und stell dich da hin. Die ganze Angelegenheit wird gleich ausgestanden sein«, versprach Valas, wobei er jedoch die Pistolenmündung tief in Daniels Haut bohrte. »Wenn meine Anweisungen allerdings nicht befolgt werden, nun, dann werdet ihr wohl herausfinden müssen, wie gut ihr mit gefesselten Händen und einer Kugel in der Lunge schwimmen könnt.«

Daniel sah hinaus auf das schwarze Wasser, auf dem

sich durch den auffrischenden Wind von Zeit zu Zeit kleine Schaumkronen bildeten. Ganz vorsichtig bewegte er seine zusammengebundenen Hände zu der Stelle seiner Kleidung, an der er die kleine Betäubungspistole versteckt hielt. Sie war seine einzige Chance, hier lebend herauszukommen. Zentimeter für Zentimeter schob er die Finger in den Jeansstoff und bewegte sich immer nur dann, wenn Valas vorübergehend abgelenkt war. Schließlich fühlte er, dass die Waffe sich noch genau dort befand, wo sie sein sollte.

* * *

Inzwischen blies der Wind erheblich stärker und wehte Mark die Haare in die Augen. Er schüttelte den Kopf, um den Blick wieder frei zu bekommen und bewegte sich weiter vorwärts. Jetzt, da er näher herangekommen war, konnte er zwei schwarze Konturen in der Dunkelheit unterscheiden. Als er sich bis auf drei Meter genähert hatte, blieb er stehen und wartete.

»Mark? Komm näher«, befahl Valas, dessen Stimme durch das Rauschen der Brandung gegen die Felsen kaum noch zu verstehen war. »Hast du dein Foilpack dabei?«

Mark nickte und tat weitere zwei Schritte nach vorn.

»Nimm es heraus und wirf es in den Fluss«, befahl Valas.

Mark gehorchte und verlor das Gerät in der Dunkelheit sofort aus dem Blick. Dann hörte er ein entferntes Platschen, als sein Foilpack in den Potomac klatschte, und drehte sich wieder zu Valas um. »Können wir die Sache endlich zum Abschluss bringen?«, fragte er und bemühte sich krampfhaft darum, seine Stimme nicht schwanken zu lassen.

»Aha, immer der kleine Geschäftsmann, was? Na ausgezeichnet. Dann zeig mir mal den Datenwürfel«, forderte Valas mit völlig emotionsloser Stimme.

»Ich möchte erst aus Daniels eigenem Mund hören, dass es ihm gut geht«, forderte Mark.

»Na, fängst du etwa schon an zu verhandeln? Na prima. Ganz prima sogar. Ihr Jungs schafft es doch immer wieder, mich zu überraschen«, meinte Valas. »Ich bin mir sicher, dass Daniel dir sehr gern Hallo sagen würde. Einen kleinen Augenblick, bitte.«

Mark vernahm ein Geräusch, das sich wie zerreißender Stoff anhörte, und dann ein anders, das ihn vor Erleichterung beinahe hätte aufschreien lassen.

»Aua!«, schrie Daniel. »He, Mark. Mir geht's gut.« Valas klatschte etwas über Daniels Mund, was dessen Stimme abrupt verstummen ließ.

»Also gut. Ihm fehlt nichts. Und jetzt zeig mir endlich diesen Würfel«, kommandierte Valas.

Mark nahm den Datenwürfel aus der Tasche und hielt ihn hoch.

»Komm hier herüber, auf die linke Seite des Stegs«, wies Valas ihn an.

Ganz langsam bewegte sich Mark weiter auf Daniel und Valas zu. Währenddessen ließ er Daniels Gesicht nicht aus den Augen und war doch einigermaßen überrascht, als dieser ihm zunickte und gleichzeitig mit einem Auge zwinkerte. Mark runzelte fragend die Stirn, wurde sich aber im gleichen Augenblick bewusst, dass Valas ihn beobachtete. Also ging er langsam weiter. Er erreichte die linke Seite des Laufstegs und erkannte dort einen dünnen schwarzen Kasten, den er schon vorher bemerkt hatte.

Ein Licht ging an und warf seinen Schein auf die glatten Plastikkonturen eines tragbaren Computers. »Steck den Würfel da rein, und tritt zurück bis zu der Stelle, von der du gekommen bist«, befahl Valas.

Genau in dem Augenblick, als Mark sich vorbeugte, um den Würfel in die Schnittstelle zu schieben, wurde er vom

Aufbrüllen eines starken Motors abgelenkt, das vom Fluss herüberschallte. Überrascht blickte er auf und entdeckte die Konturen eines großen Kabinenkreuzers auf dem Wasser, der sich jetzt flussabwärts zu entfernen begann. Deutlich konnte er die flachen Schläge hören, mit denen das Motorboot durch die kleinen Wellen auf dem Potomac schnitt. Der Lärm war selbst auf diese Entfernung noch ohrenbetäubend. Plötzlich beschrieb das Boot einen Bogen, der es bis auf etwa fünfzig Meter in die Nähe des Ufers führte, nur um gleich darauf in einer riesigen Wasserwolke aufzudrehen und wieder hinaus auf den Fluss zu jagen.

Was für einen Idioten hat man denn da ans Steuer gelassen?, fragte sich Mark im Stillen. Er blickte weder auf Daniel noch auf Valas, während er den Datenwürfel zielsicher in die Seite des Laptops drückte und sich dann wieder auf den Weg zu seiner Ausgangsposition machte.

»Wir werden jetzt zu diesem Computer hinübergehen«, sagte Valas zu Daniel, der ihm widerstrebend folgte. Mark bemerkte, dass nur eine von Valas' Händen auf Daniels Arm ruhte. Er vermutete, dass sich die andere mit einer Pistole hinter dem Rücken seines Freundes befand. Doch dann nahm Valas auch die sichtbare Hand von Daniels Arm, griff nach einem kleinen Headset und steckte sich den Kopfhörer ins Ohr. Einige Kommandos murmelnd, behielt er Mark und Daniel dennoch ununterbrochen im Auge. Dann begann der Computer den Inhalt von Marks Datenwürfel auf dem Bildschirm anzuzeigen. Valas warf nur einen flüchtigen Blick darauf.

Mark sah Daniel an, der dessen Blick zunächst festhielt und dann sehr nachdrücklich nach unten richtete. Mark folgte diesem Hinweis und sah, wie Daniel hinter dem Rücken mit den Fingern von seinem Rücken fort wedelte.

Er hat irgendetwas vor, aber was?, schoss es Mark durch den Kopf. Daniel bewegte den Kopf kaum wahrnehmbar in

Richtung Valas, der gerade den Computer herunterfuhr, zusammenklappte und einpackte. Der CIA-Agent richtete sich wieder auf, warf die Trageschlaufe der Computertasche über die Schulter und griff erneut nach Daniel.

»Das ist diesmal wirklich alles? Nun, darauf vertraue ich einfach. Du wirst mich doch nicht etwa belügen, Mark, oder? Nicht, wenn ich unsren Danny hier in meiner Gewalt habe ...«, dabei stieß er mit dem Lauf der Pistole gegen Daniels Kopf, »... und er hier genau in der Schusslinie steht?«

»Sie haben alles bekommen«, versicherte Mark.

Valas öffnete sein Sakko und warf einen Blick auf ein kleines Gerät, das offensichtlich an die Innentasche geklemmt war. »Ausgezeichnet, du hast also die Wahrheit gesagt. Gut gemacht, Mark«, lobte Valas. »Ich würde sagen, du hast eine lange und sehr erfolgreiche Karriere vor dir. Das hier wird«, damit hielt er den schlanken Metallkoffer des Computers hoch, »nachdem ich in Kürze eine ganz spezielle Privatauktion veranstaltet habe, ein paar Jahre früher als geplant auf den Markt kommen. Du hattest natürlich völlig Recht ... dein Programm ist wirklich gut. Genau genommen sogar das beste, das ich je zu Gesicht bekommen habe. Ich habe bereits einige recht lukrative Angebote mehrerer verdeckt agierender Organisationen dafür vorliegen.«

»Okay. Jetzt haben Sie, was Sie wollten. Nun lassen Sie Daniel endlich frei, und wir verschwinden von hier«, forderte Mark.

Er sah Valas' Zähne weiß aufblitzen, als dieser grinste. »Tut mir Leid, Sportsfreund, aber ich fürchte, so schnell kann ich deinem Wunsch nicht entsprechen.« Gebieterisch riss er die Hand hoch, als Mark protestieren wollte. »Sieh mal, ich brauche Daniel, Jimmy und dich noch für einen kleinen Ausflug, den ihr mit mir für einige Stunden unternehmen werdet. Nur eben lange genug, damit ich ganz sichergehen kann, eine ausreichende Distanz zwischen mich und Washington gebracht zu haben. Ich habe gerne Geiseln bei mir – dann hat man wenigstens jemanden, mit dem man sich unterhalten kann.« Valas deutete hinter sich, und erst jetzt entdeckte Mark ein kleines Rennboot, das am Steg festgemacht lag. »Ganz zu schweigen von den Vorteilen, die damit verbunden sind, wenn man im entscheidenden Augenblick jemanden hat, hinter dem man in Deckung gehen kann, wenn die Schießerei losgeht.«

»Aber warum denn? Sie werden völlig unbehelligt von hier verschwinden können«, widersprach Mark. »Hier gibt es keine Menschenseele, die Sie jetzt noch aufhalten könnte. Sie können uns doch einfach gefesselt hier zurücklassen. Es wird mindestens ein halbe Stunde dauern, bis wir uns befreit haben und Hilfe herbeirufen können. Ganz davon abgesehen, bin ich sowieso davon überzeugt, dass Sie hier im ganzen Umkreis jedes verfügbare Telefon außer Betrieb gesetzt haben.«

»Schon möglich. Aber leider benötige ich eure Kooperation noch ein wenig länger. Mir gefällt eben der Gedanke, Jay Gridleys Sohn als Trumpfkarte in der Hand zu haben. Irgendwie verschafft mir das ein Gefühl von Sicherheit. Wenn ich mit euch fertig bin, werde ich euch gehen lassen und meiner Wege ziehen, und alle Beteiligten können zufrieden sein.«

»Dafür brauchen Sie uns doch gar nicht. Alles, was Sie brauchen, ist doch lediglich ein freier Fluchtweg flussaufwärts. Wir würden Ihnen dabei nur im Wege sein«, wandte Mark ein und musste sich beherrschen, nicht vor Enttäuschung loszuheulen. *Wenn ich erst einmal auf diesem Boot bin, sind wir alle tot,* fuhr es ihm durch den Kopf.

»Darauf kann ich es leider nicht ankommen lassen, Mark«, wehrte Valas ab. »Ihr kommt jetzt mit mir.«

Mark hatte gerade eine ärgerliche Erwiderung auf der

Zunge, als sich seine Augen weiteten. Der Grund dafür lag in dem, was er genau in diesem Augenblick hinter Daniel und Valas entdeckt hatte. Vier pechschwarz gekleidete, humanoide Schatten hatten sich von den Felsen erhoben, die das Fundament des Anlegestegs bildeten, und kletterten völlig geräuschlos über die Mauer. Mark sah auch die blinkenden roten Punkte der Laservisiere von Maschinenpistolen, als diese auf Valas' Rücken gerichtet wurden.

In der gleichen Sekunde fauchte eine starke Böe über den Anleger und riss Valas fast den Koffer des Taschencomputers von der Schulter, was diesen zwang, die Hand von Daniels Schulter zu nehmen, um den Koffer festzuhalten.

Diese Zeitspanne reichte gerade aus.

»Runter!«, brüllte Mark Daniel zu, während er sich selbst auf den Beton warf.

Kapitel 17

Von seiner erhöhten Position aus konnte Mark alles deutlich sehen. Es war fast so, als würde die Zeit für ein paar Sekunden langsamer ablaufen und alle Beteiligten könnten sich nur noch in Zeitlupe fortbewegen.

Statt sich zu Boden fallen zu lassen, lehnte Daniel sich überraschend *nach hinten* gegen Valas, der aufgeschaut hatte, als Mark schrie. Mark sah, wie die Pistole hinter Daniels Kopf schwankte und auf einmal fast genau auf ihn selbst zielte. Im selben Augenblick vernahm er ein lautes Krachen, einen Gewehrschuss, und in derselben Sekunde gingen Valas und Daniel zu Boden. Daniel versuchte noch, sich zur Seite zu rollen, doch Valas blieb schlaff und bewegungslos auf ihm liegen. Kaum zwei Sekunden später hatten zwei

Mitglieder der Net-Force-Einsatztruppe Valas auch schon gefesselt und entwaffnet.

Mark beugte sich schon über Daniel, als die anderen Teammitglieder herankamen, um nach ihm zu sehen. »Bist du verletzt? Kannst du dich bewegen?«

»Na ja, ich habe mir den Ellbogen aufgeschrammt, als ich hingefallen bin, aber ansonsten fühl' ich mich prima!«, krächzte Daniel.

»Taktische Einsatzleitung, hier spricht Team One. Der Bereich ist gesichert. Zielperson neutralisiert, wiederhole, Zielperson neutralisiert. Den Kids geht es gut, wiederhole, die Jungen sind okay«, meldete eins der Teammitglieder per Sprechfunk.

»Was ist denn mit dem Typ da passiert?«, fragte ein anderer der Männer und rollte dabei Valas auf den Bauch, um ihm die Hände auf dem Rücken zu fesseln, nachdem er ihn zu Boden gedrückt hatte. »Der ist ja völlig weggetreten, und besonders gut aussehen tut er auch nicht.«

»Betäubungspistole«, erklärte Daniel knapp. Der andere Net-Force-Agent hatte inzwischen die Kabelbinder durchtrennt, mit denen Daniels Hände gefesselt gewesen waren. Sogleich hatte Daniel sich aufgesetzt und massierte nun die Arme, um die Durchblutung anzuregen. »Für einen CIA-Agenten hat er mich jedenfalls katastrophal schlecht gefilzt. Genau genommen, überhaupt nicht. Ach, da wir gerade davon sprechen, könnte sich vielleicht einer von Ihnen mal um meinen Freund Jimmy kümmern? Er ist da draußen auf Valas' Boot und liegt gefesselt in der Kabine.«

Sofort setzte bei einigen der Agenten hektische Betriebsamkeit ein, und sie machten sich unverzüglich auf den Weg, Daniels Bitte nachzukommen.

Mark ließ sich direkt neben Daniel nieder und fühlte dabei den groben Beton durch den Hosenboden. Einer der Agenten blickte ihn an. »Das war ganz schön mutig von dir, Junge, den Mann mit einem bloßen Schrei ablenken zu wollen, und darüber hinaus auch noch sehr tapfer, selbst hierher zu kommen.«

»Yeah. Na ja, andererseits bin ich verdammt froh, dass Sie und Ihre Kameraden genau zu dem Zeitpunkt aufgetaucht seid, als es am nötigsten war«, meinte Mark.

»Das bin ich allerdings auch«, sagte der Agent. »Ach, hier kommt auch schon der Chopper, in dem dein Vater und Captain Winters sitzen.« Er gab einem anderen Agenten ein Zeichen, griff dann Valas unter den Achselhöhlen und zerrte ihn über den Steg zu dem wartenden Transporter.

Die beiden anderen Agenten blieben noch da, bis der Hubschrauber aufgesetzt hatte. Marks Eltern, Captain Winters und Daniels Eltern stürmten sofort den Steg herunter. Die beiden Mütter rannten sogleich zu ihren jeweiligen Söhnen, während die Väter erst ein paar Sekunden später an der Wiedersehensfreude teilhaben konnten. Captain Winters entließ einige der anwesenden Agenten, schob dann Valas' Laptop behutsam in eine große Plastiktüte und nahm sie mit. Dann lehnte er sich gegen die Mauer des Steges und wartete.

Schließlich, nachdem all die Umarmungen und das Tränenvergießen ein Ende gefunden hatten, meinte Mark: »Ich habe schon langsam gedacht, Ihr würdet überhaupt nicht mehr kommen.«

»Megan und Maj haben mich sofort angerufen, nachdem du dich ausgeloggt hattest«, verteidigte sich sein Vater, »und mir dann die Aufzeichnung deiner Unterhaltung mit Valas vorgespielt. Wir mussten dann nur noch darauf warten, dass du das Taxiunternehmen anriefst. Anschließend haben wir den Wagen, den sie dir schickten, einfach abgefangen und den Fahrer durch einen unserer Leute ersetzt. Der Mann, der dich hierher gefahren hat, ist Hans Feldon. Er arbeitet auch im Hauptquartier. Kaum dass wir die endgültige Angabe des Fahrtziels vom Taxiunternehmen hatten, haben wir auch schon unser Team zusammengetrommelt. Wir sind die ganze Zeit über hier in der Nähe gewesen und haben lediglich auf eine passende Gelegenheit gewartet, endlich eingreifen zu können.«

»Also da habe ich den Typ schon mal gesehen«, entfuhr es Mark und schnippte mit den Fingern, »bei der Net Force.«

»Sobald wir die Adresse hatten, war es nur noch eine Fingerübung, ein Einsatzteam vor Ort zu schaffen, das Valas aus dem Verkehr ziehen konnte, sobald er sich mit dir zur Übergabe traf«, fuhr sein Vater fort. »Die Einheit ist dann von diesem Boot gebracht worden, das hier vor einigen Minuten vorbeigekommen ist. Die letzten Meter bis zum Ufer sind die Männer dann geschwommen. Als wir hörten, dass Valas seine Absicht verkündete, euch alle mitzunehmen, entschieden wir uns zu handeln. Offensichtlich hat es funktioniert, denn wir sind ja alle noch da. Allerdings werden wir beide noch eine längere Unterhaltung führen müssen, bei der es um die Befolgung von Anweisungen geht, denke ich. Habe ich dir nicht klar und deutlich gesagt, du solltest bleiben, wo du bist?«

»Ehm«, machte Mark, um Zeit zu gewinnen, sich eine plausible Ausrede einfallen zu lassen.

»Ich denke, dass Ihnen allen jetzt viel daran gelegen sein dürfte, die Kinder so schnell wie möglich nach Hause zu bringen«, schaltete sich Captain Winters ein. »Allerdings werden wir mit den beiden Jungs noch eine Abschlussbesprechung durchführen müssen, bevor das geschehen kann. Wir haben alles auf Band aufgezeichnet, und außerdem haben wir auch noch Valas selbst und seinen Laptop. Also denke ich, dass es nicht allzu lange dauern dürfte, bis wir alles zusammenhaben, was wir brauchen. Der Hubschrauber kann einige von uns mit zurück ins Hauptquartier nehmen, und auf den Rest warten noch zwei Vans. Nach ein paar

Fragen, um Klarheit in die Angelegenheit zu bekommen, brauchen wir dann nur noch zu diskutieren, wie wir weiter mit den Beschuldigungen zu verfahren haben ...«

»Tatsächlich würde ich es bei weitem vorziehen, Captain, wenn wir diese Frage gleich hier und jetzt aus der Welt schaffen könnten. Ich bin mir sicher, dass ich nach all dem, was inzwischen geschehen ist, davon ausgehen kann, dass die Net Force sämtliche Anschuldigungen gegen meinen Sohn fallen lassen wird, oder?«, fragte Ramos.

»Nach Lage der Beweise habe ich nicht den geringsten Zweifel daran, dass sämtliche Beschuldigungen fallen gelassen werden«, erklärte Captain Winters. »Obwohl ich ohnehin der Überzeugung bin, dass keine davon jemals aktenkundig gemacht wurde.«

»Und darüber hinaus«, ergänzte Jay, »werde ich Daniel eine Belobigung für seine Entschlossenheit aussprechen, mit der er sich dafür eingesetzt hat, den Hacker dingfest zu machen und vor Gericht zu bringen. Obwohl er zweifellos sehr impulsiv gehandelt und letzten Endes dabei nicht nur sein eigenes Leben, sondern auch das meines Sohnes in Gefahr gebracht hat, hat er doch bei dem Versuch, seine Unschuld zu beweisen, selbst die Initiative ergriffen. Auf diese Weise hat er letzten Endes auch eine potenziell gefährliche Sicherheitslücke bei der Net Force offen gelegt.«

Mark räusperte sich lautstark, was die Köpfe aller Anwesenden zu ihm herumfahren ließ. »Also, weißt du. *Alles* hat er nun doch nicht ganz allein durchgezogen.«

Für einen Augenblick herrschte verblüfftes Schweigen. Jay war der Erste, der ein Lächeln nicht mehr zurückhalten konnte und schließlich richtig schmunzeln musste. Einen Augenblick später löste sich die ganze Anspannung, die sich bei allen im Laufe des Abends aufgestaut hatte, in einem befreienden Gelächter über Marks verletzten Stolz. Captain Winters ergriff zuerst wieder das Wort.

»Da wäre ich mir an deiner Stelle nicht so sicher«, meinte er. »Obwohl ich ohne jeden Zweifel der Ansicht bin, dass Valas' Überführung sowohl schwierig als auch lobenswert ist, hat es dabei doch einige Verletzungen von Vorschriften gegeben, derentwegen Daniel und Mark uns noch Rede und Antwort zu stehen haben, bevor die Angelegenheit zu den Akten gelegt werden kann. Und ich *werde* diese Punkte noch mit euch besprechen, mein Wort darauf. Aber wie dem auch sei«, sprach er dann mit einem leichten Schmunzeln auf den Gesichtszügen weiter, »was hier und heute passiert ist, wird die beiden in Zukunft zweimal darüber nachdenken lassen, ob sie einen verwegenen Plan ohne Rückendeckung durchführen oder nicht.«

Daniel und Mark blickten einander an und nickten reumütig.

»Mr. Sanchez, es spricht wohl nichts dagegen, Ihren Sohn in vollem Umfang als Net Force Explorer zu rehabilitieren. Wir müssen ihm lediglich noch ein paar Dinge vermitteln, was es mit der Berichterstattung an Vorgesetzte auf sich hat und wann diese unabdingbar ist. Das ist dann aber auch schon alles.«

Daniel und sein Vater wechselten einen Blick. »Danke. Auch ich habe da noch ein paar Punkte, die ich mit ihm besprechen werde. Letzten Endes hat er nämlich das Haus verlassen, als er Arrest hatte ... und das mehr als einmal. Darüber hinaus hat er sich den Wagen genommen, obwohl ich es ihm ausdrücklich verboten hatte. Ganz zu schweigen davon, dass er sich ohne zu fragen einige enorm teure Ausrüstungsgegenstände ausgeliehen hat. Wenn er die dafür anstehenden Strafen abgebrummt hat, wird er wahrscheinlich genug gelernt haben, um einen Collegeabschluss zu schaffen und nicht nur die High School.«

Daniel rollte bei dieser Übertreibung seines Vaters stumm mit den Augen. Ramos machte eine kleine Pause und lächelte, als er fortfuhr. »Aber lässt man all das einmal beiseite, bin ich stolz auf dich, mein Sohn.«

Jetzt stand Daniel da und konnte seinen Vater nur noch mit einem verblüfften Gesichtsausdruck anstarren. Doch dann, ohne ein Wort zu sagen, streckte er die Arme aus und umarmte seinen Dad.

Ramos legte Daniel einen Arm um die Schulter. Mit dem anderen umarmte er seine Frau und zog dann Mutter und Sohn zu sich heran. »Ich denke, es wird Zeit, uns auf den Weg zu machen.«

»Einverstanden, Dad«, sagte Daniel. »Aber vorher muss ich noch zwei Dinge erledigen.«

Als Erstes ging er zu Jimmy hinüber, der zwischen zwei Agenten der Net Force stand und dabei gleichzeitig einen ziemlich mitgenommenen und besorgten Eindruck machte.

»Du bist mein Held, Mann«, sagte Daniel. »Du hast einen internationalen Topspion zu Strecke gebracht. Wie fühlt man sich dabei?«

»Bisschen unheimlich schon«, nuschelte Jimmy. »Aber bist du dir ganz sicher, dass diese Typen hier wirklich nicht die Absicht haben, mich einzulochen?«

Daniel lachte. »Ach was. Viel wahrscheinlicher ist, dass sie dir stattdessen einen Orden an die Brust heften werden.«

»Ach du liebe Güte. Dann bin ich bei den Kumpels, mit denen ich rumhänge, für alle Zeiten unten durch.«

»Dann wäre es vielleicht an der Zeit, darüber nachzudenken, auf welcher Seite du in Zukunft stehen willst. Ich danke dir. Was du für mich getan hast, werde ich wohl nie wieder gutmachen können.« Damit schüttelte er dem Freund die Hand.

Anschließend ging er hinüber zu Mark, der bei seiner Familie stand, und zog ihn beiseite. »Ich verdanke dir ... na ja, ich schätze mal, so ziemlich alles.«

Mark grinste. »Ach was, das ist nur die Art und Weise, wie Net Force Explorer eben füreinander einstehen. Mehr nicht.«

»Von so was habe ich keine Ahnung, aber ...« Daniel streckte die Hand aus. »Auf jeden Fall danke ich dir für alles.«

»Vergiss nicht Megan und Maj«, erinnerte ihn Mark und schlug sich im gleichen Augenblick mit der flachen Hand vor die Stirn. »O nein! Ich habe sie auf meiner Site zurückgelassen! Die müssen immer noch glauben, dass wir beide uns nach wie vor in den Händen eines Geiselnehmers befinden!«

Daniel lachte laut und anhaltend. Ein wirklich erfrischendes Geräusch nach dem Stress der letzten Wochen. »Jetzt mach dir deswegen mal keinen Kopf, Squirt. Ich denke, dass die beiden damit schon klarkommen werden. Ruf sie einfach an, wenn du in den Hubschrauber gestiegen bist.«

»Ja, ich denke, das wird das Beste sein. Aber egal, ich habe es gerne getan«, nahm Mark den Faden wieder auf. »Nebenbei bemerkt bin ich mir sicher, dass du dasselbe für mich tun würdest, wenn es einmal notwendig sein sollte.«

»Da hast du verdammt Recht«, bestätigte Daniel inbrünstig.

Damit drehte er sich um, ging zurück zu seiner Familie und machte sich mit Vater und Mutter gemeinsam auf den Weg zum wartenden Chopper.

Mark drehte sich zu seinen Eltern um und grinste. »Mann, bin ich froh, dass der ganze Kram endlich vorbei ist. Ende gut, alles gut. Ich bin fix und fertig und kann es gar nicht mehr abwarten, nach Hause zu kommen. In der nächsten Woche werde ich nichts anderes tun als pennen.« Er registrierte den amüsierten Gesichtsausdruck seines Vaters, der in krassem Gegensatz zu dem grimmigen, schon fast mürrischen seiner Mutter stand.

»Was hast du denn?«

»Junge, wenn du glaubst, so einfach die Anweisungen deines Vaters missachten und dich in Lebensgefahr stürzen zu können und damit auch noch durchzukommen, dann solltest du dich schleunigst auf etwas anderes gefasst machen«, grollte seine Mutter.

»Aber Mom ...«, wollte Mark protestieren.

»Versuch erst gar nicht, irgendwelche Ausflüchte zu finden, junger Mann. Du wirst dich jetzt unverzüglich zu diesem Helikopter in Marsch setzen und einsteigen. Wir werden uns morgen ausführlich über alles unterhalten«, schloss seine Mutter.

Mark warf seinem Vater einen flehentlichen Blick zu. Doch Jay Gridley schüttelte nur den Kopf. »Tut mir Leid, mein Sohn, aber das hast du dir selbst zuzuschreiben. Also wirst du die Suppe, die du dir da eingebrockt hast, auch ganz alleine wieder auslöffeln. Ich kann dir nur viel Glück dabei wünschen. Du wirst es brauchen können.«

»Na toll. Einfach Klasse. Daniel schafft es, sich als Geisel nehmen zu lassen, und jetzt ist für ihn alles eitel Freude und Sonnenschein. Ich dagegen habe ihm das Leben gerettet, und mir droht dafür ein Jahr lang Hausarrest. Und das nennst du Gerechtigkeit?«, beschwerte sich Mark, während er auf den Hubschrauber zuging. Seine Eltern folgten ihm auf dem Fuße und bemühten sich dabei krampfhaft, nicht loszuprusten.

»Du wirst doch nicht wirklich so hart mit ihm umspringen, oder?«, fragte Jay seine Frau flüsternd.

»Nein, aller Wahrscheinlichkeit nach nicht. Dennoch wird es ihm ganz gut tun, eine Weile zu schwitzen«, flüsterte sie zurück. »Aber davon abgesehen, einen Agenten der Net Force für nichts anderes abzustellen, als ihn im Auge zu behalten, fällt mir keine andere Lösung ein, wie wir ihn aus Schwierigkeiten heraushalten könnten.«

»Ich weiß. Trotzdem halte ich es für unwahrscheinlich, dass die Net Force in Zukunft noch weitere dieser Babysitter-Einsätze bewilligen wird«, antwortete Jay.

Dann reichte er seiner Frau die Hand und half ihr in den Hubschrauber. Kaum waren alle sicher an Bord, als dieser auch schon in die dunkle Nacht abhob. Die Kaianlage und alles, was dort geschehen war, ließ er hinter sich zurück.

John Helters / Russel Davis

Special Net Force – Todesduell

Aus dem Amerikanischen von
Elisabeth Parada Schönleitner

Wir möchten den folgenden Personen danken, ohne deren Mitarbeit dieses Buch nicht möglich gewesen wäre: Martin H. Greenberg, Larry Segriff, Denise Little und John Helfers von Tekno Books; Mitchell Rubenstein und Laurie Silvers von Hollywood.com; Tom Colgan von Penguin Putnam Inc.; Robert Youdelman, Esquire, Tom Mallon, Esquire, sowie Robert Gottlieb von der Williams Morris Agency, ohne den dieses Buch nie Wirklichkeit geworden wäre. Wir danken ihnen allen für ihre Hilfe.

I

Alle Mannschaften hatten dieselbe Punktzahl, und bis zum Ende des letzten Drittels blieben nur noch vier Minuten. Catie Murray saß buchstäblich auf der Stuhlkante, die Hände zu Fäusten geballt und den Blick geradeaus auf den Spielraum gerichtet. Rund um sie, in konzentrischen, ineinander verschachtelten Kugeln, die aussahen wie von Flutlicht erleuchtete Dunkelheit, hingen die virtuellen »Modelle« von etwa fünfzigtausend weiteren Zuschauern. Während die meisten von ihnen vor Aufregung johlten, beobachteten einige stumm und angespannt den Spielverlauf. Zu Caties Verwunderung gehörte auch ihr Bruder Hal, der neben ihr saß, zu den schweigenden Zuschauern. Ihn hatte sie zuletzt irgendwann im Jahr 2009 schweigsam gesehen – kurz bevor er sprechen lernte.

Die Spielkugel war durchsichtig und hatte einen Durchmesser von neunzig Metern, wie es für Turniere vorgeschrieben war. In dem Bereich, in dem sich derzeit das rote Tor befand, hatten sich siebzehn Personen versammelt. Sie schwebten unmittelbar außerhalb der Sicherheitszone, drängten sich um die besten Positionen und versuchten, von den anderen zusätzlichen Impuls zu gewinnen. Ihre kurzen Hosen, Socken und T-Shirts waren jeweils in den Mannschaftsfarben gehalten. Eine Sechsergruppe trug erstaunlich hellgrüne Trikots mit einem blauen horizontalen

Streifen, eine andere Gruppe hatte Weiß mit rotem Muster und die dritte Gelb mit schwarzen Kreisen auf der Vorder- und Rückseite des T-Shirts, die wie Augen aussahen.

Im Augenblick schwebten fünf Spieler des gelben Teams vor der roten »Torzone«, die an der Kugelwand durch ein rotes Sechseck aus holografischen Linien gekennzeichnet war, während die anderen Tore durch grüne und gelbe Sechsecke markiert waren, die jeweils in einem Winkel von einhundertachtzig Grad zueinander angeordnet waren. Der sechste gelbe Spieler hing nicht weit von der transparenten Wand der Kugel in der Luft. In seinen Händen hielt er einen fluoreszierenden orangefarbenen Ball, der etwas kleiner war als ein Fußball. Während Catie zusah, ließ der Spieler den Ball los, der mit kaum sichtbarem Zittern vor ihm in der Luft hängen blieb. Das war das Signal für die Spieler der anderen beiden Teams, sich voneinander abzustoßen, um sich schiebend und drängend auf den Mann in der Endzone zuzubewegen.

Blitzschnell kauerte sich der einsame gelbe Spieler zusammen, stützte die Füße gegen die Wand der Spielkugel und stieß sich kräftig ab. Wie ein Pfeil traf er den Ball mit dem Kopf. Und obwohl die gegnerischen Spieler heftigst ihre Arme und Beine schwangen, um den Ball zu stoppen, sauste er ungehindert durch sie hindurch. Ein Teil des Publikums schrie zufrieden auf und schwenkte gelbe Mannschaftssymbole, die an aufblasbare Riesenbananen erinnerten. Der Spieler, der den Abstoß gemacht hatte, nützte seinen Schwung, um hinter dem Ball her zu schießen, während sich seine Mitspieler an der gekrümmten Wand der Spielkugel abstießen und in verschiedenste Richtungen davonsausten, nur nicht in die, in die der Ball flog, wie Catie überrascht feststellte.

»Wohin wollen sie?«, fragte sie leise. Ihr Bruder schwieg. Auch als sie ihn ansah, gab er keine Antwort. Vornüber gebeugt, fixierte er mit angespannten Muskeln und verschränkten Armen einen Punkt etwa neunzig Grad von jenem Teil der Kugel entfernt, an dem der Teamkapitän den Ball für den Abstoß entgegengenommen hatte. In der Mitte der Kugel verstrickten sich Spieler aller drei Teams zu einem rugbymäßigen Gedränge, einem formlosen menschlichen Knoten, bei dem jeder versuchte, an den Ball zu kommen oder zumindest die anderen abzudrängen. Für einen Augenblick verschwand der Ball in dem Gedränge aus menschlichen Körpern und ineinander verschlungenen Beinen. Mit aller Macht bemühten sich die Spieler, in der nahezu schwerelosen Atmosphäre Halt zu finden, ihre restliche Beschleunigung vom Absprung an der Wand zu nützen, oder die Energie der anderen für ihre eigenen Zwecke zu verwenden.

Plötzlich tauchte der Ball wieder auf. Er schoss in einem Winkel von dreißig Grad rechts von Catie aus dem menschlichen Getümmel heraus. Zwei blaue Spieler befreiten sich aus dem Gedränge und stürmten hinterher, indem sie sich mit den Füßen an den anderen Spielern abstießen, die dadurch zu einem noch dichteren Knoten in der Mitte der Spielkugel zusammengeschoben wurden. Als sich die ersten beiden Spieler absetzten, taumelten die ineinander verschlungenen Männer und Frauen in einer Ausgleichsbewegung ein wenig rückwärts. Im nächsten Moment jedoch brach der Knoten auseinander, denn nun nahmen auch die übrigen Spieler die Verfolgung auf. Sie kauerten sich zu menschlichen Kanonenkugeln zusammen, um ihren Drall zu erhöhen und um den Impuls besser zu nützen, wenn sie sich von anderen Spielern abstießen. Ein großer, rothaariger Spieler des blauen Teams – ein langbeiniger, hagerer Typ – fing den Ball in seiner Kniekehle, zog die Arme wie ein Kunsteisläufer enger an den Körper und drehte sich um seine Längsachse, um den Ball mit Hilfe seiner Rotationsenergie einem Mannschaftskollegen direkt zuzuschleudern. Dieser schlug ihn mit den Handflächen aus der Luft und kickte ihn mit dem Knie zu einem weiteren Spieler seines Teams. Dieser Dritte stieß sich von einem rot-weißen Spieler ab, der daraufhin um die eigene Achse wirbelte, und ließ den Ball dann so von seiner Brust abprallen, dass er in Richtung eines der beiden Tore flog, das direkt gegenüber von ihm auf der anderen Seite der Kugel gelb glühte ...

Nur dass dort plötzlich kein Tor mehr war. Es war verloschen, und stattdessen leuchtete nun fünfundvierzig Grad höher, an der gegenüberliegenden Seite, ein weiteres goldgelbes Sechseck auf. Auch die anderen beiden Tore hatten ihre Stellung gewechselt.

Wieder begann ein erbitterter Kampf um die beste Position. Die Spieler »schwammen« oder trieben wie Kanonenkugeln durch den nahezu schwerelosen Raum, um zur Wand zu gelangen, wo sie sich wieder kräftig abstoßen konnten. Einige gaben sich auch mit dem geringen Impuls zufrieden, den sie sich von ihren Mitspielern holten. Da und dort vereinten sich mehrere Spieler, um einem einzelnen Spieler eine stärkere Absprungbasis zu bieten. Der Ball befand sich im freien Fall. Keine der Mannschaften hatte ihn in Besitz, aber das würde sich schon bald ändern, denn die gelben Spieler hatten ihre Abstöße so koordiniert, dass nun vier von ihnen aus verschiedenen Richtungen auf den Ball zustrebten. Einige Spieler in Grün und Weiß schnellten sich wie Pfeile von der Wand weg und schlangen im Flug die Arme um die angezogenen Knie, um den Gegner wie eine Kugel zu treffen und von seiner Bahn abzulenken. Einer wurde auch tatsächlich getroffen und sauste wie eine abgeirrte Billardkugel auf die Wand zu. Während er auf dem besten Weg war, aus dem Spiel geworfen zu werden, gelang es ihm noch, den weißen Spieler zu ergreifen, der ihn getroffen hatte, sodass er durch die zusätzliche Masse ein wenig abgebremst wurde. Fasziniert beobachtete Catie, wie die beiden um die beste Position kämpften, um den Impulsvektor des anderen so effektiv wie möglich für sich zu nützen. Dann erregte die Spielerin des gelben Teams mit der Nummer 14 ihre Aufmerksamkeit. Gewandt beugte sie sich zur Seite, sodass der Stürmer des weißen Teams, der direkt auf sie zuschnellte, sie um wenige Zentimeter verfehlte. Im nächsten Augenblick krümmte sie sich schon wie eine Kanonenkugel zusammen und stieß sich im Vorbeifliegen noch von dem weißen Stürmer ab, wodurch sie nur noch schneller in die Richtung schoss, die sie zuvor gewählt hatte. Der weiße Stürmer streckte sofort Arme und Beine weit von sich, um seine Geschwindigkeit zu verringern, aber es war schon zu spät. Im nächsten Moment krachte er bereits gegen die Wand.

Mit einem Aufschrei prallte er ab und fasste sich ans Knie. Eine andere weiße Spielerin – vermutlich die Teamleiterin – schwenkte die Arme in Richtung eines Sechsecks, das sich augenblicklich öffnete. In der neu geschaffenen Tür erschien die Schiedsrichterin, eine ältere Frau in traditionellem Reinweiß.

Auf ein Signal mit ihrer Pfeife stoppte das Spiel. Gleichzeitig begann die Uhr für die Auszeiten zu laufen. Ihre großen gelben Ziffern leuchteten in der Mitte des Spielfelds in der Luft hängend auf. »Prüfung auf Verletzungen«, verkündete die Schiedsrichterin über die Lautsprecheranlage: »San Diego, Sanderson, Nummer 8 …«

Sanderson hing wie ein verbeulter Caterpillar zusammengekrümmt in der Luft und rang nach Atem. Das Publikum murrte und gelegentlich ertönte auch ein sarkastisches »Ach was!«. Die meisten Zuschauer waren nicht wirklich von der Verletzung des Spielers überzeugt. Dazu hatten sie auch guten Grund, wenn man berücksichtigte, an welchem Ort das Spiel ausgetragen wurde. Ungerührt stieg die Schiedsrichterin zu Sanderson hoch und ließ sich gerade so stark von der Wand abprallen, dass sie direkt vor den Mann gelangte. Durch die Restenergie schwebten sie gemeinsam noch ein Stück weiter ins Innere des Spielfeldes. Nachdem die Schiedsrichterin ihren Handcomputer aus der Hosentasche gefischt hatte, prüfte sie mit ihm die am Hauptcomputer aufgezeichneten Vektoren und Kräfte, die auf die Wand eingewirkt hatten, und verkündete: »Simulierte Verletzung bestätigt, Bruch der Klasse 2 ...«

Etwa ein Drittel der Zuschauer stöhnte verärgert auf. »Spieler wird ausgeschlossen«, erklärte die Schiedsrichterin. »Sanderson, Nummer 8. San Diego hat nun weniger als sechs Spieler und keine Ersatzspieler mehr. Damit ist San Diego disqualifiziert.«

Das Murren wandelte sich in Buh-Rufe, während die verbliebenen Spieler der Mannschaft von San Diego mit verärgerten und enttäuschten Mienen im Vogelflug oder zusammengeballt wie Kanonenkugeln der Wand zustrebten. Allerdings nicht, um sich von der Wand abzustoßen, sondern um sich an ihr festzuhalten und durch das Ausgangssechseck das Spielfeld zu verlassen und in den freien Raum jenseits der Wand zu gelangen. »Spiel geht weiter«, sagte die Schiedsrichterin, die nun ihrerseits das Spielfeld durch das Schiedsrichtersechseck verließ. Die Auszeituhr hielt bei 00:18:33, schwebte zur Seite und reihte sich in minimierter Form in eines der Display-Sechsecke ein, die rund um den Umfang der Kugel angeordnet waren.

»Jetzt sind wir dran«, sagte Hal, während er unruhig auf seinem Sitzplatz herumrutschte. »Nur noch zwei Teams im Spiel ...«

Catie nickte, den Blick aufmerksam auf das Spielfeld gerichtet. In der regulären Spielsaison endete das Spiel, sobald ein Team weniger Spieler hatte, als zulässig war. Die punktstärkere der beiden verbleibenden Mannschaften wurde dann zum Sieger erklärt. Aber wie Hal nun schon seit fast einer Woche unermüdlich wiederholte, gehörte dieses Spiel nicht mehr zur regulären Saison. Dies war die »Kicksaison«, in der schwächere Teams hinausgekickt werden konnten und sich die Zahl der stärkeren Teams allmählich reduzierte, bis in der »Hochsaison« nur noch die besten Mannschaften übrig blieben. Während Catie das Spiel in der Kugel betrachtete, gewann sie immer mehr den Eindruck, dass sie bereits einem der besten Teams zusah. Nun verstand sie auch, warum ihr Bruder in letzter Zeit so begeistert von diesem Spiel gesprochen hatte.

Einen Moment später hatten sich die Tore schon auf eine Konfiguration für zwei Teams eingestellt. Aber noch während die Tore neuen Sechsecken zugewiesen wurden, veränderten sie sich schon wieder, denn nun ahmten sie jene Rotation der gesamten Kugel nach, wie sie bei einem echten Spiel in einem klassischen Globus erfolgt wäre. Der Computer, der das Spielfeld steuerte, schnappte sich den virtuellen Ball und schleuderte ihn mit genau dem Vektor ins Spiel zurück, dem er gefolgt war, als die Auszeituhr zu laufen begonnen hatte.

Grüne und gelbe Spieler stürzten von allen Seiten auf den Ball zu. Einige stießen wieder in der Mitte zu einem menschlichen Knäuel zusammen, während andere am Rand dieses Durcheinanders Hin und Her schwebten, um jene Position zu erraten oder zu berechnen, an der der Ball aus dem Gewühl auftauchen würde, sobald die Kräfte, die aus allen Richtungen auf ihn einwirkten, dem Ball eine endgültige Flugrichtung geben würden. »Vorwärts, vorwärts«, ertönten immer lautere Zurufe aus dem Publikum außerhalb der Spielkugel.

Ich kann nichts sehen, dachte Catie. *Vielleicht sollte ich etwas anderes ausprobieren ...*

Indem sie den Kiefer leicht anspannte, rief sie mit Hilfe

ihres Implantats das Display für diese Umgebung auf und ließ das Menü »Erlebnis« vor ihrem Auge abrollen. Schließlich wählte sie mit einem Augenzwinkern den Punkt »Spieler«. Nun schien ein zweites Menü vor ihr in der Luft zu hängen, das die Namen sämtlicher verbliebener Spieler auflistete. Ihre Augen verharrten auf dem Namen am oberen Ende der Liste: BRICKNER. Mit einem Blinzeln bestätigte sie ihre Auswahl ...

Im nächsten Augenblick befand sich Catie inmitten des Menschenknäuels. Sie schwitzte furchtbar, und irgendjemand stieß ihr den Ellbogen hart in die Rippen, während ein anderer seinen Fuß auf ihren Kopf niedersausen ließ. Die ganze Welt schien nur noch aus Armen, Beinen und Körpern zu bestehen, die wie in einem Albtraum von Michelangelo gegeneinander kämpften. Inmitten dieser ineinander verkeilten Skulptur menschlichen Fleisches sah sie jedoch eine Öffnung, die Hände eines Spielers ihrer Farbe, die den Ball hielten; und sie konnte noch etwas erkennen: eine Lücke, durch die man den Ball aus dem Gewirr von Armen und Beinen hinausbefördern könnte. Zwei Spieler, die auf das grüne Tor zugestrebt waren, befanden sich immer noch außerhalb des menschlichen Knotens, und auch etwas Gelbes strich an der Öffnung vorüber ...

Kraftvoll rammte sie das Knie nach oben, jemand stieß ein schmerzerfülltes »Uff!« aus, und durch die Lücke, die durch den zusammengekrümmten Körper des getroffenen Spielers größer geworden war, stieß sie den Ball mit der Faust aus den Händen des weißen Mittelstürmers, der ihn umklammert hatte. Sie fing den Ball von unten auf und trat ihn mit dem Bein abwärts, mit dem sie eben den anderen Spieler aus dem Weg geräumt hatte, sodass er durch die Öffnung nach unten aus dem Knoten und direkt auf den vorüberschwebenden gelben Spieler sauste.

Catie schluckte vor Anspannung, während der Druck

rund um den Spieler zunahm und sich schließlich schlagartig änderte. Denn nun stieß sich jeder so kräftig wie möglich von den übrigen Spielern ab, um sich deren Masse und Trägheit zunutze zu machen, ehe die Gruppe auseinander brach und sich für diesen Zweck nicht mehr so gut eignete. Während es rundum wieder heller wurde und der Druck nachließ, war Brickners Blick ausschließlich auf den Ball gerichtet. Er verfolgte seine Flugbahn bis zu der schlanken Gestalt einer zierlichen Frau in gelbem Trickot, die ihn in der Armbeuge fing und sofort weiterschleuderte.

Catie fühlte, wie er schluckte. *Schlechter Zug*, dachte sie, denn sie sah niemanden, der den Ball annehmen konnte. Aber dann schoss ein weiteres gelbes T-Shirt von der Seite herein, ein Spieler, dem es gelungen war, sich rechtzeitig kräftig von der Wand abzustoßen. Der stämmige junge Mann traf den Ball in gestrecktem Flug mit beiden Fäusten wie Superman. Gleichzeitig versetzte er ihm noch einen Drall, sodass er an dem weißen Mittelfeldspieler vorübersauste, der auf ihn zu sprang. Der Sprung war zum Scheitern verurteilt. Er gehörte zu jenen Bewegungen aus der Welt der Schwerkraft, vor denen auch erfahrene Spatball-Spieler mitunter nicht gefeit sind. Sie zeigen, dass der Körper für einen Augenblick vergisst, was gerade abläuft, und sich verhält, als wäre er immer noch der Schwerkraft unterworfen, während nur Mikroschwerkraft auf ihn einwirkt. Hinter dem Mittelfeldspieler wartete bereits ein weiterer Spieler des gelben Teams, ein kleiner breitschultriger Typ mit Bürstenschnitt und einem wilden Grinsen. Der Ball prallte von seinem Knie ab, von dem man hätte glauben können, dass es rein zufällig gerade dort gestanden hatte, nur dass er so viel Kraft in den Kniestoß legte, dass er selbst in der Luft um die eigene Achse wirbelte. Im nächsten Moment schoss der Ball wie eine Pistolenkugel auf das weiße Torsechseck zu.

Aber einen Augenblick zu spät. Die Tore verschoben sich

erneut und erschienen nun zwei Sechsecke weiter. Catie hielt unwillkürlich den Atem an, als der Ball direkt auf sie zusauste, oder besser gesagt auf den Spieler, dessen Erlebnisse sie teilte. Mit einer leichten Drehbewegung versetzte er dem Ball einen Kopfstoß. Catie fühlte, wie sich seine Muskeln anspannten, wie ihn einen Sekundenbruchteil später ein Krampf packte und er dennoch den Kopf umwandte, um dem Ball nachzusehen, der quer durch die auf wundersame Weise leere Spielkugel direkt auf das neue weiße Torsechseck zusauste und es genau innerhalb der Begrenzungslinien traf.

Ein wahrlich ohrenbetäubendes Freuden- und Triumphgeheul brach los. In Brickners Ohren rauschte das Blut so laut, dass jedes andere Geräusch davon überdeckt wurde. Doch schon schnappte der Computer wieder den Ball und schleuderte ihn von außerhalb der »Zielhaut« zurück in das Innere der Kugel. Catie rang nach Atem, während sie gleichzeitig versuchte, ihre Atmung von der des Spielers zu unterscheiden. Mit dem letzten Tor war der Spielstand auf 4-3-3 zu Gunsten von South Florida gestiegen. Nun ging es wirklich rund, denn die Zuschauer zählten bereits die letzte Minute des Spiels ein.

Wenn man in dieser Sportart oder jeder beliebigen anderen einen Spieler über das Feed-back seines Implantats virtuell »fährt«, sind seine Gedanken wohl das Einzige, das man nicht unmittelbar mitbekommt. Aber manchmal muss man das auch nicht. Denn wenn man das gesamte Ereignis virtuell miterlebt, sieht man, was der Spieler sieht – und vor allem, was die Spieler voneinander sehen –, und dadurch kann man zumindest an den Gesichtern der Gegner deren Gedankengänge deutlich ablesen. Während die Sekunden unaufhaltsam verstrichen, sah Catie auf den Gesichtern sämtlicher weißer Spieler denselben grauenvollen Ausdruck – ein Blick, der besagte: »Ich kann es nicht glauben!

Wir werden verlieren! Das glaube ich einfach nicht ...« Aber ihre ungläubige Haltung allein würde ihnen auch nicht helfen. Das Spiel lief weiter, und das weiße Team eroberte den Ball wieder zurück und attackierte das gelbe Tor. Dem Spiel der Weißen fehlte es jedoch an Konzentration. Die Stürmerin verlor den Ball an einen gelben Mittelfeldspieler, der in einem unerwarteten Winkel wie ein Pfeil dahergeschossen kam und ihr den Ball mitten im Pass von den Füßen schnappte.

Danach verloren die Weißen den Ball immer wieder. Einige versanken bereits in Wut und Fassungslosigkeit und vergaßen einfach, was sie tun mussten. Im Spatball geht es vor allem um Reflexe. Und wenn ein Spieler abgelenkt ist, dauert es eine Weile, bis er wieder in das Spiel findet. Und die Zeit wurde immer knapper. Während aus der unaufhaltbaren Minute eine unaufhaltbare halbe Minute wurde, mussten sich die Spieler mit der Wahrheit vertraut machen, dass sie keine Chance hatten, ihren Rückstand aufzuholen, nicht die geringste Chance. Die Rufe ihres Captains verstärkten bloß, was geschah, dass etwas, das unmöglich sein sollte, trotzdem passierte: Sie standen im Begriff zu verlieren ...

»Neunzehn!«, rief Catie gemeinsam mit dem Großteil der Zuschauer auf den Rängen um sie herum. Nur ihr Bruder verharrte schweigsam und konzentrierte sich ausschließlich auf das, was sich in der transparenten Kugel abspielte. »Achtzehn! Siebzehn! Sechzehn!« Die Menge brüllte nun. All jene, die Brickners Erlebnis unmittelbar miterlebten und sahen, was er sah, fühlten, wie Adrenalin unvermutet wie eine Flutwelle durch seinen Körper strömte. Es war eine körperliche Sache, ein plötzlicher Feuerstrahl, der seinen unteren Rücken durchzuckte, das Echo des Körpers auf die Erkenntnis seines Geistes: *Das ist es!!!* Das gesamte weiße Team ging gleichzeitig auf ihn los. Es war ein verzweifelter Spielzug, bestenfalls plump, aber möglicherweise auch wirkungsvoll genug, um ihn gerade noch rechtzeitig zu erwischen, ehe er Zeit hatte zu handeln.

Die gelbe Mittelstürmerin wirbelte um die eigene Achse und schoss ihm den Ball zu wie einen Pfeil, der von der Sehne einer Armbrust schnellt. Eine Sekunde später fühlte Brickner einen Stoß im Rücken. Einer seiner Mitspieler hatte ihm genau im richtigen Moment einen Impuls gegeben. Brickner schnellte sich vom Rücken seines Kameraden fort und versetzte dem Ball mit dem Knie einen kräftigen Stoß, sodass er auf das weiße Tor zuschoss.

Als der orangefarbene Ball durch das weiße Sechseck sauste, stoppte ihn die Anzeige halb erleuchtet unmittelbar in dem Augenblick, als er die Zielschicht erreichte.

Der Lärm, der nun aufbrandete, war so laut, dass man nichts mehr hören konnte. Selbst die ohrenbetäubende Treffersirene ging im allgemeinen Wirbel unter. Wenige Sekunden später lief die Überzeit ab und eine weitere Sirene verkündete das Ende des Spiels. Auch sie war im kollektiven Aufschrei der Menge nicht zu hören: Enttäuschung auf zwei Seiten, absoluter Triumph auf der dritten. Plötzlich verdrängte unbändiger Jubel, der George Brickner vollständig einzuhüllen schien, jedes andere Geräusch. In seinen Ohren hallte nur noch sein eigenes Triumphgeheul und das seiner Mitspieler wider. Die ganze Welt färbte sich gelb.

Mit einem tiefen Atemzug wählte Catie ALLGEMEIN und ANSAGER, um in das Ausgangsmenü zurückzukehren. Im nächsten Augenblick hörte sie wieder die freundliche Stimme des Ansagers im Flyers-Stadion, die eben verkündete, dass »die Mannschaft von South Florida in einem erstaunlichen Spiel einen Rückstand von drei Toren aufgeholt hat. Ein weiteres Mal hat South Florida um Haaresbreite den Sieg davongetragen. Für die Fans von San Diego ist es zweifellos ein trauriger Tag und ebenso für die Anhänger der Seattle High Flyers, deren Saison so verheißungsvoll begonnen hat und sich dann aufgrund von Verletzungen und Spielerwechseln rapide verschlechtert hat. Noch mal das Ergebnis: drei Punkte für die San Diego Pumas, drei Punkte für die Seattle High Flyers, und für den neuen sechsfachen Champion der Interregionalliga, für die South Florida Spatball Association, für die ›Banana Slugs‹, fünf ...«

Mit einem Augenzwinkern beendete Catie die Implantatübertragung, und alles wurde weiß. Ehe sie die Sendung jedoch vollständig abschalten konnte, erklang noch einmal eine freundliche weibliche Stimme: »Das Urheberrecht für die aktuelle Erlebnisübertragung aus dem Jahr 2025 liegt bei der World Spatball Federation. Alle Rechte vorbehalten. Jede weitere Erlebniswiederholung, Weiterleitung oder sonstige Nutzung des Materials ist nach internationalem Recht auf die persönliche Verwendung beschränkt. Jeder unbefugte Transfer des Inhalts ist strengstens verboten. Dies ist WSF Net.«

Sobald die weiße Fläche verschwand, sah Catie wieder das Bücherregal an der gegenüberliegenden Wand des Wohnzimmers mit dem Lehnstuhl ihres Vaters, dem Netzcomputer in einem der unteren Fächer und dem Riss im Verputz der Wand, gleich in der Ecke rechts neben dem letzten Bücherregal, der letzte Woche sichtbar geworden war. Ihre Mutter hatte erst unlängst geklagt, dass der Schwerverkehr auf der Parallelstraße stark zugenommen hatte. Vielleicht war an ihren Worten doch etwas dran.

»Zeit?«, fragte Catie die Uhr an der Wand.

»Zwanzig Uhr vierzehn.«

»Ausgezeichnet«, sagte sie, während sie aus dem Fenster in den Garten hinter dem Haus hinausblickte. Die Sonne war schon beinahe hinter den Obstbäumen untergegangen, die den Großteil der rückwärtigen Gartenmauer verdeckten. Gedämpftes gelbliches Licht tanzte glitzernd auf den Blättern. Es war ein schöner Tag gewesen, und sie hätte gerne mit ihrem Fußballteam ein paar Tore geschossen. Stattdessen hatte sie sich entschlossen, zu Hause zu bleiben und ihre Hausarbeit zu erledigen, damit sie Samstag und Sonntag frei hätte. Dann jedoch hatte Hal sie dazu überredet, mit ihm »Das Spiel aller Spiele« anzusehen. So viel zu ihren guten Absichten ...

Während sie aus dem Implantatstuhl aufstand und sich streckte, war sie froh, dass sie nicht die Muskelverspannungen fühlte, unter denen der arme Brickner jetzt wohl litt. Wenn sein Trainer klug war, steckte er ihn in einen heißen Whirlpool. Wieder streckte sich Catie, um den steifen Rücken zu lockern, den sie nicht wirklich hatte, und sah sich dann um. Sie hatte ihrer Mutter versprochen, bis zum Abend hier aufzuräumen, aber weil Hal sie dazu verführt hatte, mit ihm das Spiel anzusehen, musste die Aufräumaktion noch eine ganze Weile warten. *Vermutlich wird mir das jede Menge Ärger einbringen*, dachte sie. *Na gut ...*

Aufseufzend schlenderte sie durch das Wohnzimmer in dem planlosen Versuch, die umherliegenden Bücher, Zeitschriften und Dataflips aufzuräumen. Wenn sich ihr kleiner Bruder für irgendetwas interessierte, dann war er ganz und gar davon gefangen. Er aß, schlief und atmete damit ... bis etwas anderes sein Interesse weckte. Im Augenblick gab es für ihn nichts außer Spatball, und seine Begeisterung dafür war so ansteckend, dass sie sich heute hatte hinreißen lassen.

Allerdings musste Catie zugeben, dass Spatball wirklich etwas hatte. Bis vor wenigen Wochen hatte sie sich höchstens theoretisch damit befasst. Jetzt wusste sie mehr über dieses Spiel, als sie je beabsichtigt hatte. Gleichzeitig hatte es keinen Zweck abzustreiten, dass dieses Spiel faszinierend war. Vielleicht war es ja bloß ein Variation von Fußball in Weltraumanzügen, aber irgendetwas hatte es ...

»Toll, nicht?«

Die Frage kam von Hal, der plötzlich in der Tür zum Wohnzimmer stand. Offenbar hatte er ebenfalls die Feier nach dem Spiel ausgelassen. Auch er atmete heftig, was Catie keinesfalls überraschte.

»Ja, toll«, gab sie zurück. »Ich habe nicht geglaubt, dass sie es schaffen.«

»Ja, das war wirklich heftig. Aber die Slugs sind damit im Achtelfinale!«

Catie kicherte, als sich Hal den Schweiß von der Stirn wischte. »Bist du auch George Brickner ›gefahren‹?«

»Wen sonst?«

»Na, immerhin waren fünf zur Auswahl. Zum Beispiel die niedliche Brünette, von der du die gesamte letzte Woche geschwärmt hast.«

»Ach, die«, gab er abschätzig zurück. »Daystrom. Sie ist ganz in Ordnung, aber lang nicht so scharf wie Brickner ...«

Bei diesen Worten zog Catie die Brauen hoch. »Der Captain allein macht doch noch kein Team aus«, entgegnete sie. »Hast du das nicht erst vor ein paar Tagen erklärt?« Während sie grinsend an ihm vorüberschlüpfte, gab sie ihm ein paar eben aufgelesene Bücher und Flips, die ihm gehörten. »Vermutlich haben wir es nur mit einem Fall von Heldenverehrung zu tun.«

»Gar nicht wahr!«

»Ist Mom schon aus dem Einkaufszentrum zurück?«, fragte Catie, während sie den Flur hinauf- und hinunterblickte.

»Wenn sie tatsächlich schon zurückgekommen ist, habe ich sie auf jeden Fall nicht gehört.«

»Ich glaube, keiner von uns hätte sie gehört, wenn sie uns in den letzten Minuten gerufen hätte«, gab Catie zurück. »Egal ob sie es über den normalen oder den externen Kanal versucht hätte. Das Publikum war ja richtig in Fahrt. Wo ist Dad?«

»Keine Ahnung.«

»Vermutlich in seinem Atelier.«

»Dann sollten wir ihn lieber in Ruhe lassen.«

»Ganz deiner Meinung.«

Wortlos ging Catie in die Küche, die für das Haus ziemlich klein war. Aber auch das Haus selbst war im Vergleich zu den anderen Häusern in dem kleinen Vorort von Washington D.C. ziemlich klein. Das war ein Umstand, über den sich Caties Vater in letzter Zeit nahezu ständig beschwerte. Er arbeitete zu Hause und sprach nun schon fast ein Jahr davon, einen weiteren Anbau zu errichten, seit er nach der Erweiterung seines Ateliers vor zwei Jahren bemerkt hatte, dass die zusätzlichen Quadratmeter, die auf dem Plan so großzügig gewirkt hatten, noch immer nicht reichten. Während Catie den Wasserhahn über der Spüle aufdrehte, sah sie sich nachdenklich um. Wie sollten sie die Renovierung überstehen, wenn das Haus mehrere Wochen lang auf eine Rückwand verzichten musste. (Ihre Mutter hatte oft genug darauf hingewiesen in der Hoffnung, den Umbau dadurch noch ein paar Monate hinausschieben zu können.)

Schließlich nahm sie ein Glas aus dem Schrank, füllte es und trank durstig. Denn obwohl Catie nicht wirklich an dem Spiel teilgenommen hatte, war der Geist imstande, dem Körper vorzugaukeln, dass er Durst hatte ... und dies war so ein Fall. Jetzt kam auch Hal aus dem Flur, griff nach einem Glas und füllte es. »Dad ist in seinem Atelier«, verkündete er. »Ich kann hören, wie er auf der Leinwand kratzt.« Ihr Vater war von Beruf Maler, noch dazu ein schrulliger, der mit altmodischen Medien wie Farbe ebenso umzugehen wusste, wie mit »computergenerierter« Kunst oder netzbasierten Installationen. Manchmal ließ er jedoch eine deutliche Vorliebe für altertümliche Medien erkennen, und das schlicht und einfach aufgrund ihres Alters.

»Ausgezeichnet«, gab Catie zurück. Da ihr Vater noch nicht zu Hause war, als sie kam, würde er nun wohl mehrere Stunden in seinem Studio verbringen. Dadurch hätte sie etwas Zeit, um noch ein wenig aufzuräumen, ehe ihre Mutter zurückkehrte und sie selbst »ausging«.

»Nur damit ich es verstehe«, begann sie, während sie sich gegen die Spüle lehnte und durch das Küchenfenster in den Garten hinaussah. »Ist Brickner der Freund, von dem du mir erzählt hast? Dieser ›Papagei‹?«

»Nein, Mike ist mein Freund – ich habe ihn letztes Jahr während des Forschungsprojekts an der Schule kennen gelernt. Er war den Sommer über Forschungsassistent am Smithsonian Institute. Der ›Papagei‹ ist Mikes Freund; die beiden kennen sich vom College. Bisher habe ich George noch nicht persönlich getroffen, aber Mike sagt, dass er uns in den nächsten Wochen mal zusammenbringt, sobald sie Zeit haben.«

»So, wie es klingt, würde es mich nicht überraschen, wenn das Team in den nächsten Wochen keine Zeit hätte für ein zwangloses Treffen«, sagte Catie, während sie zu ihrem Bruder hinübersah. »Ich wette, dass sich die Medien um sie reißen werden. Immerhin sind sie ziemlich heiße Typen. Und sie spielen – ich weiß nicht, wie ich es beschreiben soll – wie eine Horde von Astronauten.«

Hal lachte. »Ja, da hast du Recht. Ich wette, wenn die Astronauten vor zehn Jahren gewusst hätten, wie viel Geld die Leute mit diesem Sport machen würden, hätten alle die NASA verlassen und wären augenblicklich zu den großen Klubs gewechselt.«

»Die großen Klubs sind nicht die einzige Möglichkeit, wenn ich mir dein Lieblingsteam ansehe«, meinte Catie.

»Nein, aber dieses Team ist auch ein Sonderfall.«

»Mit dem Namen Banana Slugs müssen sie das wohl auch sein«, erklärte Catie lachend.

Ihr Bruder warf ihr einen grimmigen Blick zu. »Das ist doch bloß ein Spitzname. Außerdem ist er nicht halb so lächerlich wie einige der richtigen Teamnamen von heute.«

Das stimmte. »Aber die Spieler sind wirklich gut«, lenkte Catie ein. »Viel besser, als ich geglaubt habe.«

»Warum sollten sie auch nicht?«, entgegnete Hal, während er sich ein weiteres Glas Wasser nahm, es jedoch nicht gleich austrank. »Das ist kein Spiel, in dem man nur gut ist, wenn man genug Geld hat, oder von oben bis unten mit den Namen von Sponsoren zugepflastert ist. Hier geht es nur um Geschick, Schnelligkeit und Köpfchen. Es ist egal, ob du groß oder klein bist. Es genügt schon, wenn du schnell und clever bist und eine gute Koordination hast. Aber es gibt noch was anderes dabei.«

»Eine gewisse Eleganz in der Durchführung, sodass es manchmal aussieht, als würden sie telepathisch miteinander kommunizieren«, meinte Catie.

Hal warf seiner Schwester einen verwunderten Blick zu.

»Hast du vielleicht geglaubt, dass ich die höheren Aspekte des Spiels nicht zu schätzen weiß?«, fragte Catie sanft. »Ist schon in Ordnung. Es tut dir gut, mich manchmal zu unterschätzen.«

Er stieß sie in die Rippen ... zumindest versuchte er es. Denn plötzlich war Catie nicht mehr da. Sobald er zu der Bewegung angesetzt hatte, war sie ihm mit einem Schritt zur Seite elegant ausgewichen. Einen Augenblick später saß sie auf dem Küchentisch und sah ihn belustigt an. Ihr Fußballtalent hatte sie mit einigen Fähigkeiten ausgestattet, die sich als ganz nützlich erwiesen, wenn man einen Lausejungen als Bruder hatte. ... Glücklicherweise musste sie sich nicht allzu oft gegen Hal zur Wehr setzen. Im Allgemeinen war ihre Beziehung durchwegs freundschaftlich. Sie sahen sich auch verblüffend ähnlich, sodass man sie mühelos für Zwillinge halten konnte. Manchmal dachte Catie, dass sie eigentlich Zwillinge hätten sein sollen, bis darauf, dass Hal immer zu spät kam. Offenbar war ihm dies auch bei ihrer Geburt gelungen, denn für einen echten Zwilling war er ein Jahr zu spät aufgetaucht. Abgesehen davon war Hal ebenso groß wie Catie, hatte etwa dasselbe Gewicht, dieselben blonden Haare und dieselben blauen Augen wie sie. Da sie einander auch in ihrem Körperbau und ihrer Haltung glichen, verwechselte man sie oft aus der Ferne, vor allem im Winter, wenn sie dick eingemummt waren. Das hätte natürlich ärgerlich sein können, nur dass es Catie besonders amüsierte, wenn Hals Möchtegernfreundin sie immer wieder erfreut als »Hallie« grüßte. Auf diese Weise sammelte sie jede Menge Munition, die sie später gegen ihn verwenden konnte. Gleichzeitig tat sie alles, um zu verhindern, dass ihm dasselbe mit ihr gelang. Soweit es sie betraf, war diese Situation absolut befriedigend.

»Wie soll ich dich strafen, wenn du nicht stillhältst?«, fragte Hal, während er sich ein weiteres Glas Wasser nahm.

»Gar nicht«, erwiderte Catie. »Du solltest lernen, mit deinem armseligen Schicksal zu leben und es zu lieben.«

Die Grimasse, die ihr Bruder schnitt, zeigte deutlich, was er von dieser philosophischen Aussage hielt. »Du solltest dich mal selbst sehen«, sagte Catie. »Wenn dein Gesicht so einfrieren würde, könnte dich Dad rahmen und als Picasso-Fälschung an die Wand hängen.«

»Ist mir auch recht. Siehst du dir jetzt die Feier nach dem Spiel an?«

»Geht leider nicht«, gab Catie zurück. »Ich habe heute Abend noch ein Treffen der Net Force Explorers.«

Ihr Bruder sah sie ungläubig an. »Und das ist dir wirklich so wichtig?«

»Ja. Hat die Feier denn nicht schon längst begonnen?«

Hal verdrehte die Augen. »Auf welchem Planeten lebst

du denn? Zuerst senden sie doch noch zwanzig Minuten Werbung. Aber sie bringen auch ein Interview mit Brickner. Ich habe geglaubt, dass du das vielleicht sehen willst.«

Catie schwieg einen Augenblick. Ein Einblick in die Gedanken eines anderen Athleten war immer interessant, vor allem nach so einem wichtigen Spiel wie diesem. Nachdem sie erneut darüber nachgedacht hatte, schüttelte sie den Kopf. »Nein. Aber zeichne es doch bitte für mich auf. Schick es an meinen Netzraum, sobald du fertig bist.«

»Ich komme in deinen Raum nicht hinein.«

»Was nur beweist, dass du es schon wieder versucht hast, ohne mich zu fragen«, gab Catie mit mildem Lächeln zurück.

Hal erwiderte ihr Lächeln mit einem breiten, absolut reuelosen Grinsen.

»Eines Tages wirst du es auf die ehrliche Weise versuchen und verwundert feststellen, dass es besser funktioniert als all deine komplizierten Pläne, Täuschungsmanöver und Spionagemethoden«, erklärte Catie und fügte grinsend hinzu: »Aber wenn das geschieht, wird mich vermutlich der Schlag treffen. Also keine Eile damit! Bitte meinen Arbeitsraum einfach, dass er dich hineinlässt ... für dieses eine Mal mache ich eine Ausnahme.«

»Okay«, stimmte Hal ungewöhnlich nachgiebig zu.

Was er wohl vorhatte, fragte sich Catie verwundert, während sie zur Spüle ging, ihr Glas auswusch und den Geschirrspüler öffnete.

»Alles sauber! Alles sauber!«, meldete der Geschirrspüler mit schriller Stimme.

»Das ist mehr, als ich von mir behaupten kann«, murmelte Catie, die sich in diesem Augenblick erneut bewusst wurde, wie verschwitzt sie selbst nach einem virtuellen Spatball-Spiel war. Das T-Shirt klebte auf ihrer Haut. Sie schloss den Geschirrspüler wieder und stellte das Glas auf das Kästchen.

»Solltest du nicht die gesamte Woche den Geschirrspüler ausräumen?«

»Ich hatte zu tun ...«

»Mach schon«, forderte Catie ihn auf. »Wenn du dich beeilst, muss ich es Mom nicht sagen, wenn sie nach Hause kommt.«

»Und wenn *du* dich beeilst, muss ich ihr nicht sagen, dass du das Wohnzimmer nicht aufgeräumt hast.«

Catie verdrehte die Augen. »Das ist Erpressung. Aber nichts als leere Drohungen. Ich brauche jetzt wirklich eine Dusche. Und danach kümmere ich mich um Erwachsenendinge.«

»Ich hol schon mal deinen Krückstock.«

Mit schiefem Lächeln verließ Catie die Küche und rieb sich gedankenverloren den Nacken, bis sie bemerkte, dass sie eine Sportverletzung massierte, die sie nicht hatte. Ihr Lächeln hielt an, während sie durch den Flur ins Badezimmer ging.

An einem gänzlich anderen Ort fand in einer Bar ein Treffen statt. Die Bar selbst war virtuell, ebenso wie die Getränke, und auch die Barbesucher trugen ausnahmslos Körpermodelle, die ihren Zwecken dienten, denn die meisten von ihnen waren darauf bedacht, ihre Geschäfte für sich zu behalten.

Unter dem blauen Glasdach, an einem Tisch in der Mitte des Raumes nahe dem großen schalenförmigen Brunnen aus braunem, blaugeädertem Marmor, saß ein großer Mann mit sehr kurzem Haar und glatten Gesichtszügen. Der Mann trug einen nachtschwarzen, extrem konservativ geschnittenen Anzug mit weißem Jabot am Hals, und zog mit einem Martiniglas Kreise auf der mattweißen Marmortischplatte.

Seine regungslose Miene verriet nichts von dem Aufruhr, der in seinem Inneren tobte. Ein- oder zweimal verzog er den Mund, was man für ein Lächeln halten hätte können, aber dieser Eindruck wäre falsch gewesen.

Außerhalb der Bar war es Nachmittag, zumindest schien es so. Die Sonnenstrahlen legten sich lang und goldfarben auf die Fußgängerzone, in der Menschen mit Einkaufstaschen und Kindern im Schlepptau auf und ab schlenderten. Irgendetwas schob sich zwischen das Nachmittagslicht, das durch die Fenster in die Bar fiel, und den Mann am Brunnen und verhinderte, dass der goldene Schimmer des Nachmittagslicht das Martiniglas erleuchtete. Sogleich hob der Mann im nachtschwarzen Anzug den Blick und sah zu der Gestalt auf, die eben die Bar betreten hatte.

Zwanglos setzte sich der Neuankömmling in den Stuhl gegenüber. Einige Sekunden lang betrachtete der Mann im Anzug den neuen Gast. Dieser zweite Mann war klein und stämmig, hatte breite Schultern und trug Jeans, einen dunklen Blazer und ein weißes T-Shirt darunter. Diese Kombination ließ vermuten, dass sich der Träger auf verschiedenstem Terrain bewegte und versuchte, die jeweiligen Modevorschriften zu erfüllen. *Grauenvolle Mischung*, dachte der erste Mann. *Ich weiß gar nicht, warum mich das stört ...*

»Danke, dass du gekommen bist, Darjan«, sagte der zweite Mann, während er den ersten kurz ansah, ehe er wieder den Blick abwandte.

»Du brauchst mir nicht zu danken, Heming«, entgegnete Darjan. »Wir haben ein Problem.«

»Ja, ich habe die Ergebnisse gehört«, sagte Heming.

»Ein großes Problem«, betonte Darjan. »Kaum zehn Minuten nach dem Sieg haben uns schon die Leute vom Syndikat verständigt.«

»Sie sind nur nervös. Ich kann verstehen, warum ...«

»Du verstehst eben nicht, was *die* verstehen«, gab Darjan zurück. »Die Vorhersagen für die einzelnen Pools haben nie den geringsten Hinweis darauf geliefert, dass so etwas passieren könnte. Und wenn man nichts dagegen unternimmt, wird eine ganze Menge Leute jetzt eine ganze Menge Geld verlieren.«

»Das war Glück«, gab Heming achselzuckend zurück. »Solche Dinge kann man nicht vorhersehen.«

Darjan lachte schroff. »Mit den Computern, die eure Leute haben, mit euren Experten für Wahrscheinlichkeitsberechnungen, die heutzutage sogar schon an fünf von sechs Tagen das Wetter richtig ankündigen können, willst du mir weiß machen, dass ihr nicht imstande gewesen seid, dieses ›Glück‹ vorauszusagen? Eure Leute waren einfach zu sehr davon überzeugt, dass ihre Prognosen und Algorithmen idiotensicher sind. Jetzt stehen wir wie Idioten da. Und selbst am Trostpreis hängen so viele Nullen dran, dass du sie gar nicht mehr sehen willst. Ihr müsst was unternehmen!«

»Hör zu«, begann Heming, der nun erstmals auch beunruhigt wirkte, »das ist nur eine Glückssträhne. Die kann einfach nicht anhalten. Wenn sie ...«

»Du hast ganz Recht, sie wird nicht anhalten«, erklärte Darjan plötzlich grimmig. »Jetzt wird es nämlich zu ein paar Unfällen kommen. Die Glückssträhne ist zu Ende.«

Heming wurde zunehmend nervöser. »Hör zu«, setzte er erneut an, »es gibt immer Mittel und Wege ... Du musst nicht alles kaputtmachen, indem du ... du weißt schon ... zu offen handelst. Wenn jemand Verdacht schöpft ...«

»Mit einem Verdacht können wir leben«, erklärte Darjan, während er das Martiniglas angewidert von sich stieß. »Aber mit einem Verlust von ungefähr eineinhalb Milliarden Dollar, können wir keine Sekunde lang leben ... und wir werden es auch keinem anderen gestatten, damit zu leben.«

»Eineinhalb ...«

»Das ist die letzte Schätzung.« Darjan warf Heming unter den dichten Brauen einen scharfen Blick zu. »Wie zum Teufel kommen diese Leute dazu, auf diesem Level zu spielen? Verdammt noch mal, sie sind doch bloß ein Provinzteam. Eine Horde von Hausfrauen und Aushilfshandwerkern, ein Wohltätigkeitsverein!«

»Aber sie sind wirklich gut«, sagte Heming ein wenig hilflos.

»Zu gut«, erklärte Darjan stirnrunzelnd. »Und dagegen muss man auf die eine oder andere Weise etwas unternehmen. Zu viele Dinge laufen nicht so, wie sie zu Beginn der Saison geplant wurden. Die Streuung, und selbst die zufällige Wettstreuung wird dadurch gestört. Das können wir nicht hinnehmen, Heming. Unsere Investoren werden sich von uns abwenden, und bei einigen von ihnen haben wir zu viel Zeit und Geld aufgewendet, um sie für uns zu gewinnen, als dass wir sie jetzt verlieren dürften. Deshalb solltest du mir lieber erzählen, was du dir ausgedacht hast ... sonst ist die ›offene‹ Methode dran, ob es dir gefällt oder nicht.«

Heming schüttelte den Kopf. »Es würde *dir* nicht gefallen ...«

»Sag mir nicht, was mir gefällt und was nicht. Sag mir lieber, wie du die Sache in Ordnung bringen wirst. Auf unauffällige Weise.«

Heming dachte einen Augenblick lang nach. »Also, größtenteils wäre es eine Variante dessen, was wir auch sonst außerhalb der Playoff-Runde machen.«

Darjan überlegte ein paar Sekunden. »Du meinst, ihr würdet verschiedene Leute ›schmieren‹«, sagte er schließlich. »In den höheren Etagen, wo die Wahrscheinlichkeit steigt, dass sie uns verpfeifen.«

»Nicht unbedingt, wenn die Anreize richtig eingesetzt werden und groß genug sind«, meinte Heming. »Jeder hat seinen Preis. Es geht bloß darum abzuschätzen, wie hoch du gehen musst ... Durch den höheren Preis sind sie aber auch eher bereit zu schweigen. Denn wenn etwas durchsickert«, fuhr Heming lächelnd fort, »dann gibt das einen Skandal, schlechte Publicity, Strafverfolgung, Prozesse, Gefängnis ... alles ziemlich unangenehme Dinge.«

»Und du könntest sie damit in Schach halten.«

»Natürlich. Und wenn etwas durchsickert, dann würde es aus einer ›vertrauenswürdigen‹ und ›respektablen‹ Quelle kommen.«

Der Mann im Anzug nickte langsam. »In Ordnung. Wir können es ja zunächst einmal auf deine Art versuchen. Hast du bestimmte Zielpersonen im Auge?«

»Mehrere.«

»Dann kümmere dich darum. Tu, was du tun musst. Aber beeil dich! Das war das letzte Vorrundenspiel. Die ernst zu nehmenden Wetten beginnen bei den Spielen der Achtelfinalrunde. Und die haben schon begonnen. Wenn du sie nicht rechtzeitig aus dem Spiel bringst, gerät schon bald die gesamte Struktur der Poolwetten in Gefahr.«

Einen Augenblick lang wirkte Heming nachdenklich. »Wir werden erst beim ersten Achtelfinalspiel Ergebnisse erzielen«, sagte er.

»Das ist bereits am Montag«, erwiderte Darjan. »South Florida gegen Chicago und Toronto, wenn ich mich richtig erinnere. Chicago hätte gewinnen und New Orleans als drittes Team an dem Spiel teilnehmen sollen.« Mit grimmigem Gesicht sah Darjan zu Heming hinüber. »Einige Leute waren – beziehungsweise sind es nach wie vor – sehr an einem Sieg von Chicago interessiert. Und glaub mir, es würde dir gar nicht gefallen, ihnen erklären zu müssen, dass ihr Team im Achtelfinale von einer Horde von Gartenarchitekten und Installateuren hinausgeworfen worden ist. *Amateuren ...*«

»Das wird nicht geschehen«, fiel ihm Heming ins Wort.

»Bete, dass es nicht geschieht«, meinte Darjan. »Jetzt

aber vorwärts. Und informier mich morgen über deine Fortschritte.«

Eilig verschwand Heming durch die offenen französischen Fenster, die auf den Platz hinausführten, wo das Nachmittagslicht allmählich verblasste. Darjan sah ihm nach, griff dann wieder nach seinem Martiniglas und zog damit erneut Kreise auf dem Marmortisch. Seine Hand schloss sich immer fester um den Stiel, bis das widerstandsfähige Dartington-Glas mit scharfem Klirren nachgab und brach. Weil alles nur in einer virtuellen Wirklichkeit stattfand, floss kein Blut.

Wenn sich Heming nicht rechtzeitig um die Sache kümmert, werden die Dinge in der echten Wirklichkeit ganz anders laufen … dachte Darjan.

2

Das monatliche Regionaltreffen der Net Force Explorers verwandelte sich mitunter in ein wahres Durcheinander, sodass Catie immer gern so früh wie möglich kam. An diesem Abend wurden ihre guten Absichten jedoch beinahe von ihrer Mutter durchkreuzt. Gerade als Catie in das Wohnzimmer zurückkehren wollte, kam ihre Mutter um die Ecke. Sie hatte die Vordertür mit dem Fuß aufgestoßen, weil ihre Hände voll waren mit Einkaufstüten. Zusätzlich hingen von ihren Schultern Leinensäcke mit Büchern, was ihr das Aussehen eines überanstrengten Lasttieres verlieh. »Hey, Kleines, hilf mir doch bitte!«, rief sie. »Der Einkauf …!«

Eilig lief Catie zu ihrer Mutter und nahm ihr die beiden schwersten Tüten ab, die ihr eben aus den Händen gleiten wollten. »Mom, warum lässt du nicht die Hälfte von dem Zeug im Auto und gehst ein zweites Mal?«

»Ich habe geglaubt, dass ich es schaffe«, antwortete ihre Mutter keuchend, während sie gemeinsam mit ihrer Last in die Küche schwankten und alles auf dem Tisch abluden. Kopfschüttelnd richtete sich Catie auf und klopfte sich die Krümel von der Kleidung. »Supermom«, sagte Catie tadelnd.

»Ach, Liebling, du weißt doch, dass ich nicht gerne zweimal gehe ...«

»Ineffizient«, sagten sie synchron, während Catie ein wenig reumütig lächelte. Ihre Mutter war in der Kongressbibliothek als Bibliothekarin für die Neuerwerbungen zuständig und hatte die ersten zwei Jahre ihrer Tätigkeit für die Reorganisation des grundlegenden Ablagesystems innerhalb der monolithischen Bürokratie der Bibliothek aufgewendet. Sechs Jahre später war sie nun zur Leiterin der Abteilung für Neuerwerbungen befördert worden, und obwohl sie sich vorrangig mit klassischer Literatur befasste, setzte sie sich auch weiterhin für die Reorganisation ein. Effizienz zählte gewiss nicht zu Colleen Murrays besonderen Talenten, dennoch betrachtete sie Ordnung als Idol, vor dem sie sich in regelmäßigen Abständen verneigte, um die Welt in ihrer Gesamtheit zu verbessern. Für ihre Mutter war es deshalb auch nicht immer leicht, Catie zu verstehen, die in ihrem Herzen fühlte, dass es falsch war, sein Haus oder sein Leben so zu führen, als könnte jede Minute eine renommierte Architekturzeitschrift hereinplatzen, um eine Fotoserie zu machen. Ein wenig Zufall und ein wenig unbekümmertes Durcheinander hier und dort verliehen einem Haus nach Caties Meinung eine nicht ganz so künstliche, dafür aber natürlichere und menschlichere Atmosphäre. *Und da sich dieser Zustand ohnehin von selbst einstellte, war es überflüssig, mit aller Macht das Unvermeidliche zu verhindern zu versuchen.*

Im Augenblick herrschte auf dem Tisch aber auch für

Caties Geschmack etwas zu viel natürliches Durcheinander. Bücher und Lebensmittel belegten etwa zu gleichen Teilen den Platz. Als sich Catie nun daran machte, diese Mischung aufzuräumen, schenkte sie den Büchern mehr Aufmerksamkeit und achtete vor allem darauf, sie in sicherer Entfernung von den Lebensmitteln zu halten. Das erste Buch, das sie in die Hand nahm, schien in Griechisch gedruckt zu sein, und das nächste wies eine Schrift auf, die sie nicht einmal zuordnen konnte. »Was ist denn das?«, fragte sie neugierig. Der Titel lautete RhOIQEA AFOI-ITUW, wobei einige der Buchstaben falsch geschrieben zu sein schienen: das L stand verkehrt herum, das F hatte einen zusätzlichen Strich unter dem kürzeren, und das h hing zwischen R und O in der Luft wie ein Satzzeichen, das sich im Schriftbild geirrt hatte.

Caties Mutter, die eben mehrere Packungen Milch in den Kühlschrank stellte, spähte um die Ecke der Tür. »Ach das. Das ist die *King James Bibel*, übersetzt in die Sprache der Tataviam.«

Catie sah ihre Mutter erstaunt an. »Ich habe gar nicht gewusst, dass du dich mit Science Fiction befasst. In welcher Serie kommen die Tataviams denn vor? In ›Galactic Patrol‹?«

Lachend schloss ihre Mutter die Kühlschranktür. »Das ist keine künstlich erschaffene Sprache, Kleines. Das ist die Sprache der Ureinwohner aus dem Raum Los Angeles. Die amerikanischen Ureinwohner in dieser Region kannten etwa einhundert Sprachen und Dialekte. Vermutlich war dies die weltweit größte Sprachdichte pro Quadratkilometer.«

Kopfschüttelnd legte Catie das Buch auf den Tisch zurück. Eigentlich hätte sie ihre Mutter gerne gefragt, warum sie gerade dieses Buch nach Hause mitgenommen hatte, aber möglicherweise würde die Antwort so umfangreich sein, dass sie zu ihrem Treffen zu spät kam. Während ihre Mutter mehrere Konservendosen mit Bohnen und sonstigem Gemüse, die auf dem Tisch standen, vorsichtig auf ihre Arme stapelte, um sie in einem der Unterschränke zu verstauen, sah sich Catie auch die anderen Bücher an: Bei diesen handelte es sich vorwiegend um griechische und lateinische Vertreter der Altphilologie wie Plinius, Strabo und Martial.

Nachdem ihre Mutter mit den Konservendosen fertig war, nahm sie sich ein Glas Wasser, trank es mit wenigen Schlucken aus und öffnete die Geschirrspülertür. »Ich bin leer!«, verkündete der Geschirrspüler mit unverhohlen triumphierender Stimme.

»Ist das nicht großartig?«, fragte Caties Mutter, während sie das Glas in den Korb stellte und den Geschirrspüler wieder schloss. »Allmählich begreift dein Bruder, wie die Dinge laufen sollen. Vielleicht war mein Leben doch nicht umsonst.«

Catie lächelte schwach, sagte jedoch nichts. »Mom, gibt es noch irgendetwas, das du mir sagen willst, bevor ich mich zurückziehe?«

Ihre Mutter dachte einen Augenblick lang nach. »Derzeit fällt mir nichts ein. Was gibt es denn heute Abend? Ein Treffen der Net Force Explorers?«

»Ja.«

»Viel Vergnügen. Ich kümmere mich hier um den Rest.« Diesmal lächelte Catie ein wenig breiter. Sie wusste genau, dass ihre Mutter die Lebensmittel lieber selbst einräumte, damit sie ihre Tochter nicht beschuldigen musste, »ihr System durcheinander zu bringen«.

»Wo ist Dad?«

»In Klausur. Das heißt, in seinem Atelier.«

»Malt er?«

»Entweder das oder er spachtelt«, antwortete Catie. »Hal hat leichte Kratzgeräusche gehört. Aber vermutlich malt er bloß, denn ich habe vergessen, auf dem Nachhauseweg Spachtelmasse mitzunehmen, und Hal genauso.«

»In Ordnung«, gab ihre Mutter seufzend zurück. »Wo ist übrigens Hal?«

»Vielleicht ist er immer noch im Netz bei der Feier nach dem Spatball-Spiel. Ich habe nicht nachgesehen.«

»Dann kümmere dich jetzt um deine Dinge, Catie. Ich mache hier fertig und sehe dann nach, ob wir noch ein paar Bücher für die Abteilung bestellen müssen.«

»Sie sollten von dir nicht erwarten, dass du deine Arbeit auch noch nach Hause mitnimmst«, meinte Catie stirnrunzelnd.

»Kleines, niemand erwartet das von mir«, antwortete ihre Mutter kichernd. »Sie können mich nur nicht davon abhalten, das weißt du genau. Aber geh jetzt, hinaus mit dir.«

Catie ging ins Wohnzimmer, schloss die Tür hinter sich und setzte sich wieder in den Implantatstuhl. Sobald sie ihr Implantat synchronisiert hatte, aktivierte sie es, indem sie den Kiefer anspannte.

Augenblicklich verschwand der Raum, und Catie saß in einem identischen Stuhl, der von eindrucksvollen polierten Säulen, schimmernden Treppen, Wandbildern und Mosaiken umgeben war. All diese kunstvollen Elemente schmückten die in Gold, Braun und Weiß gehaltene »Eingangshalle« der Kongressbibliothek. Wie viele andere Kollegen benützte auch ihre Mutter einen ähnlichen Zugang zu ihrem Arbeitsplatz. Sie waren stolz darauf, in einem der prächtigsten Gebäude des gesamten Kapitolbezirks zu arbeiten, einem wahren Juwel der Beaux-Arts-Tradition, das mehr einem Palast als einer Bibliothek glich. Catie hingegen gefiel einfach die palastartige Atmosphäre, und sie genoss das Gefühl, dass alles hier von Hand erschaffen worden war, und nicht von Maschinen oder Computerprogrammen hergestellt worden war.

»Hey, Raummanager!«, rief Catie, während sie sich aus dem Stuhl erhob und die große Treppe zur Galerie hinaufstieg, von der aus man in den zentralen Lesesaal hinunterblicken konnte.

»Guten Abend, Catie«, antwortete die kultivierte männliche Stimme ihres Raummanagers.

»Habe ich Post bekommen?«

»Nein, keine Post, seit du das letzte Mal nachgesehen hast.«

»Gar keine? In drei Stunden?« Das war einigermaßen ungewöhnlich.

»Ich würde dich doch nie belügen.«

»Nicht, wenn du deinen Job behalten willst«, gab Catie zurück. Allerdings wusste sie genau, dass ihr Raummanagementprogramm sie ebenso wenig belügen würde, wie ihr Bruder den Geschirrspüler unaufgefordert ausräumen würde.

»Ich lebe in ständiger Angst davor, gefeuert zu werden«, erwiderte das Raummanagementprogramm trocken.

Catie hob die Augenbraue. Vor einigen Wochen hatte sie einen ihrer Net-Force-Freunde gebeten, den Reaktionsmodus ihres Steuerungsprogramms ein wenig anzupassen, was dazu geführt hatte, dass sie nach und nach etwas wie Sarkasmus in seinem Tonfall bemerkte.

Vom oberen Treppenabsatz aus konnte sie durch das große Portal in den Hauptsaal hinuntersehen. In der echten Bibliothek lief entlang der Rückseite des Saals eine Galerie, die von einer Glaswand begleitet wurde, damit die Lesenden nicht durch die Geräusche des unablässigen Touristenstroms gestört wurden. In Caties Version der Bibliothek gab es diese Glaswand nicht, und das Portal führte jeweils in den virtuellen Raum, den sie besuchen wollte. Derzeit war das Portal mit einem schillernden Rauchwirbel gefüllt, den Catie als »visuelles Beruhigungmuster« für ihre Mutter entwickelt hatte, wenn sie gezwungen war, einen Besucher in ihrem Büro warten zu lassen.

»Womit kann ich zu Diensten sein?«, erkundigte sich das Raummanagementprogramm.

»Ich muss zum Treffen der Net Force Explorers«, sagte Catie. »Die übliche Adresse.«

»Zur Net Force also«, bestätigte das Raummanagementprogramm, während sich der Rauchwirbel langsam auflöste. »Ich glaube nicht, dass sie so früh schon Teilnehmer erwarten, also vergeig es nicht.«

Ich muss wegen dieser unpassenden Bemerkungen unbedingt was unternehmen, dachte Catie. Sobald sie durch das Portal getreten war, stieg sie auf der anderen Seite eine weitere Treppe hinunter in einen großen, leeren Raum, in dem ihre Schritte widerhallten.

Der Raum war nicht wirklich leer. Etwa fünfzig andere Jugendliche schlenderten bereits plaudernd umher, während in der Luft über ihren Köpfen ein gigantisches, erleuchtetes Net-Force-Logo hing. Anscheinend stellte die Net Force für diese Treffen auf ihren eigenen Servern einen virtuellen »Konferenzraum« zur Verfügung. Mitunter fragte sich Catie jedoch, ob hinter dieser freundlichen Geste nicht etwas anderes steckte, vielleicht eine geheime Sicherheitsfrage ... oder einfach der Wunsch, »die Kids im Auge zu behalten«. Ihr machte das nichts aus, immerhin bestand immer die Möglichkeit, dass einige »Erwachsene« getarnt an den Treffen teilnahmen, den Gesprächen der jugendlichen Hilfstruppe zuhörten und notierten, wer von ihnen viel versprechend wirkte ... Einen Augenblick später verwarf Catie den Gedanken als ein wenig paranoid. Aber wenn sie genauer überlegte, würde es sie wirklich nicht stören. Immerhin beabsichtigte sie ernsthaft, eines Tages für die Net Force zu arbeiten, sich mit Bildverarbeitung und -analyse zu befassen oder sich einer anderen Art von Grafikmanagement zu widmen. Kein anderer Bereich war so aufregend, erforderte so außergewöhnliche Leistung und bot so viele Möglichkeiten wie dieser. Wenn sich also einer der erwachsenen Net-Force-Mitarbeiter hier umsah, um passende Kandidaten für diese Aufgabe zu finden, war das ihr ganz recht. *Je früher, desto besser ...*

Zunächst hatte sie aber noch mit jemandem ein Hühnchen zu rupfen. Ein kleines Hühnchen, um genau zu sein. Sobald sie unten an der Treppe ankam, hielt sie an und sah sich um. Einige der Gesichter kannte sie, viele jedoch nicht. Das beunruhigte sie in keiner Weise, denn sie schloss bei diesen Treffen immer einige neue Bekanntschaften.

Dann sah sie den Jungen, den sie suchte. Sie ging um die Gruppe der Jugendlichen herum, grüßte im Vorbeigehen ein paar Bekannte, wie etwa Megan O'Malley und Charlie Davis, und schlich sich dann von hinten an den Jungen heran wie an ein kleines, möglicherweise gefährliches Tier, das sie nicht unnötig ängstigen wollte.

»Hey, Kleiner!«, sagte sie mit leicht schneidendem Ton in ihrer Stimme.

Die Gestalt zuckte tatsächlich ein wenig zusammen, ehe sie sich umdrehte. Der Junge war schmächtig und einige Jahre jünger als die anderen Kids, die größtenteils schon Richtung achtzehn gingen. Mark Gridley hingegen war gerade erst dreizehn, dunkelhaarig, hatte immer ein freches Blitzen in den dunklen Augen und einen leicht thailändischen Einschlag. »Ah, hallo, Catie, wie geht's?«, begrüßte er sie.

»Du bist früh dran«, meinte Catie.

»Wollte mich noch ein wenig unter die Leute mischen«, gab er träge zurück.

»Ach ja«, sagte Catie. Seit sie Mark das erste Mal auf einem dieser Treffen gesehen hatte, wusste sie, dass er nichts mehr fürchtete, als etwas Wichtiges zu versäumen. Ihm genügte es nicht, der Sohn des Direktors der Net Force zu sein, er wollte immer mehr wissen und in Erfahrung bringen. Deshalb kam er auch immer früh zu diesen Treffen, auch wenn er sich den Anschein gab, als geschähe es rein zufällig.

»Wie geht es mit der Kunst voran?«, erkundigte sich Mark, als wollte er Caties Aufmerksamkeit von etwas anderem ablenken. »Immer noch beim Malen mit Fingerfarben?«

Catie grinste schwach und streckte die Finger. »Hey, in den bildenden Künsten muss man ja irgendwo anfangen. Außerdem geht es darum, was du mit dem Medium tust, nicht was andere damit tun. Darüberhinaus hält es mich nie lang von meiner grafischen Arbeit ab.« Sie wusste nur allzu gut, dass Mark die Grafik als ihre starke Seite kannte. Im streng visuellen und grafischen Bereich gab es wohl kaum einen netzbasierten Effekt, den Catie nicht mit etwas Zeit und Aufmerksamkeit zustande bringen würde. Es war auch gewiss kein Schaden, dass er es wusste. Vielleicht erwähnte er es ja einmal seinem Vater gegenüber und sein Vater erwähnte es James Winters gegenüber, dem Verbindungsmann der Net Force Explorers, und dann konnte wirklich alles geschehen. *Nichts geht über Beziehungen*, dachte Catie. »Und wie steht's mit dir?«, fragte sie. »Lässt dich die französische Polizei endlich in Ruhe?«

Mark errötete und warf ihr einen finsteren Blick zu. Kürzlich war er auf einer Reise mit seinem Vater in Schwierigkeiten geraten, und jene Mitglieder der Net Force Explorers, die die Einzelheiten kannten, zogen ihn deshalb immer noch auf. Einerseits beneideten sie ihn ein wenig, weil er Zeit und Gelegenheit hatte, an so einem interessanten Ort wie Paris in Schwierigkeiten zu geraten, andererseits belustigte es sie zuzusehen, wie er sich drehte und wand. Denn Mark war im Netz überaus kompetent, und es ärgerte ihn, wenn er einen Fehler machte. »Das war keine große Sache«, wehrte er ab.

»Aber jetzt genug von meinen alten Wunden. Immerhin bist du diejenige, die immer mit neuen Wunden herumläuft«, warf er mit einem schiefen Blick auf Caties Ellbogen und Knien ein.

Catie lachte bloß bei seinen Worten. Sie war es gewöhnt, dass ihre Freunde aus der Schule und bei den Net Force Explorers solche und ähnliche Bemerkungen über sie fallen ließen. Seit sie gehen konnte, spielte sie Fußball, zum Teil weil sich ihr Vater für diesen Sport interessierte, vor allem aber, weil er ihr selbst gut gefiel. Später, als das virtuelle Leben für sie wichtiger wurde, entdeckte Catie einen weiteren positiven Aspekt dieser Sportart. Sie blieb damit in der Wirklichkeit, die eine ganz besondere, unnachahmliche Qualität hatte, mit der sich selbst die völlige Freiheit der Virtualität nicht messen konnte. Bei diesem Sport konnte sie nicht einfach das Implantat abschalten, sodass danach alles wieder beim Alten war, oder ein Spiel nachträglich nachbessern. Dies war das richtige, unabänderliche Leben, und die Schürfwunden und Quetschungen, die sie von einem Fußballspiel nach Hause brachte, waren ihr Eigentum, echt und ehrlich verdient. Catie kümmerte es auch nicht, wenn es einigen ihrer Freunde seltsam erschien, dass sie diesen »realen« Sport so ernst nahm.

»Jedem das Seine«, wie ihr Vater immer sagte, wenn er eine schlechte Kritik über eine seiner Ausstellungen las und wieder zum Pinsel griff. Catie hielt dies für eine nützliche Methode, um mit Virtualitätssnobs umzugehen, die sich üblicherweise das als Wirklichkeit zusammenbastelten, was ihnen vorschwebte, und ansonsten wenig Offenheit für neue Informationen zeigten.

»Bei mir gibt's nichts Neues zu erzählen«, meinte Catie, »außer vielleicht, dass ich eine neue Leidenschaft habe. Zumindest eine kleine: Spatball.«

»Aha«, sagte Mark, während er sich umsah. In den letzten

Minuten hatte sich der Raum mit mehreren hundert Kids gefüllt. »Einer meiner Cousins bezeichnet dieses Spiel immer als letzte Zuflucht für Raumfahrtkadetten.«

»Vielleicht ist es das auch«, gab Catie zurück. »Ich bin noch nicht ganz sicher, was ich davon halte. Übrigens wollte ich noch über etwas anderes mit dir sprechen, Kleiner.«

»Ja?«

»Mein Raummanagementprogramm wird immer frecher zu mir.«

»Oh?«, sagte Mark mit Unschuldsmiene.

Für Caties Geschmack wirkte sein Gesichtsausdruck etwas zu unschuldig. »In letzter Zeit reagiert es eindeutig sarkastisch«, fuhr sie fort. »Das ist doch nicht etwa dein Werk? Hast du vielleicht einen Programmierfehler eingebaut?«

»Es gib keine Programmierfehler, nur Eigenschaften«, erklärte Mark rechtschaffen.

»Aber diese ›Eigenschaft‹ trägt eindeutig deine Handschrift.«

»Nur ein wenig Heuristik, Catie. Das Programm tut einfach, was es bei dir sieht. Wenn du etwas sarkastisch bist, dann ...«

Catie holte zu einem Haken aus und verfehlte ihn absichtlich. Gleichzeitig musste sie leicht grinsen. »Das heißt, die Computerchips verwandeln sich in Chips, die sich von ihrem ursprünglichen Modell unterscheiden. Clever! Eines Tages wirst du etwas so Schlaues entwickeln, dass du es gar nicht wagen kannst weiterzuleben.«

Mark warf ihr einen Blick zu, der deutlich sagte, dass er nicht daran glaubte. *Vermutlich hat er Recht*, dachte Catie. Wenn sie davon ausging, dass er seine Teenagerzeit überlebte – denn Mark war schon so oft und auf vielfache Weise in »Schwierigkeiten« geraten, dass es Catie beinahe wie ein Wunder erschien, dass ihm seine Eltern noch nicht den Kopf abgerissen hatten –, dann würde ihn dasselbe Talent, das ihn stets aufs Neue in Schwierigkeiten stürzte, vermutlich sehr weit bringen. Ungeachtet seines geringen Alters besaß Mark eine außergewöhnliche, natürliche Begabung als Netzprogrammierer. Offensichtlich zählte er zu jenen, die bereits mit einem Festkörperschaltkreis im Mund geboren wurden und mit Programmiersprachen besser umgehen konnten, als mit gesprochener Sprache. Es gab kaum etwas, das Mark nicht mit einem Computer tun konnte, und je komplizierter der Computer war, desto größer war die Wahrscheinlichkeit, dass Mark ein positives Ergebnis erzielte. Allerdings fand er auch immer Mittel und Wege, sich zu amüsieren ... und wenn man ihn mit seinen Scherzen davonkommen ließ, bedeutete sein Vergnügen oft Missvergnügen für den anderen.

»Aber sollte das Raummanagementsystem die Funktionalität meines Arbeitsraums stören, werde ich deinen Programmierfehler mit der Axt aus der Software entfernen ... und dann jage ich dich so lange, bis ich dich in deinem Versteck aufstöbere und die verlorene Zeit von dir zurückbekomme«, drohte Catie mit viel sagendem Blick. »Was steht heute eigentlich auf der Tagesordnung?«, fragte sie schließlich. »Ich habe keine Zeit gehabt, sie mir anzusehen, bevor ich herein gekommen bin.«

»Irgendetwas über einen virtuellen Ausflug zu dem neuen ›Server-Farm-Komplex‹ von Cray-Nixdorf-Siemens bei Düsseldorf. Das Los wird entscheiden, wer sich die Firmware ansehen darf. Dabei geht es um Dinge wie das neue Thunderbolt-Hochtemperatursupraleiter-Speichersystem«, erklärte er mit glänzenden Augen.

Catie nickte. »Klingt, als wäre es genau deine Richtung. Aber warum machst du bei einer Verlosung mit? Kann dein Vater dir nicht Zutritt verschaffen?«

»Nicht wirklich«, gab Mark enttäuscht zurück. »Wie üblich schließt das Angebot ›Firmenangehörige und deren

Familien‹ aus. Außerdem war ich in letzter Zeit sehr beschäftigt ...«

Mark verstummte etwas zu schnell, sodass Catie ihn schon fragen wollte, was wirklich los war. In dem Augenblick wurde sie jedoch durch ein Klopfen in der Mitte des Saals unterbrochen. Rund um sie machten es sich die Kids auf Stühlen und Bänken bequem, während ein wenig links der Mitte etwas auftauchte, das an ein olympisches Schwimmbecken erinnerte. Kurz darauf erschien unter dem Net-Force-Logo eine halbkreisförmige Bank aus Mahagoni, wie jene des Obersten Gerichtshofs, nur dass auf dieser Bank ein einzelner hagerer rothaariger Junge saß. Er trug blaue Shorts und ein T-Shirt mit einer sich quer über seine Brust bewegenden Leuchtschrift, die in blinkenden roten Blockbuchstaben die Botschaft verkündete: ICH HAB HIER DAS SAGEN!

»Könnt ihr mal endlich still sein?«, brüllte er. »Wir wollen anfangen ...«

»Wer ist das?«, fragte Catie mit einem Blick zu dem Jungen hinüber.

»Vermutlich der Vorsitzende der Versammlung«, meinte Mark.

»Das weiß ich auch. Ich meinte, kennst du ihn?«

»Oh, nein. Hey, Gwyn ...«

»Hallo«, gab eine der Jugendlichen zurück, die sich nun um Mark versammelten. Catie betrachtete sie nachdenklich, denn es zahlte sich immer aus, jene zu kennen, die Mark in seiner Umgebung zuließ. Entweder er hielt sie für intelligent, oder sie waren selbst klug und widerstandsfähig genug, um zu erkennen, dass er hinter seiner extremen Impulsivität und Ungezogenheit tatsächlich intelligent war. Beides konnte irgendwann einmal nützlich sein, dessen war sich Catie sicher. Außerdem fand sie es interessant, dass die Jugendlichen rund um Mark alle bedeutend älter waren als er ... eher schon in ihrer Altersklasse, um die siebzehn oder achtzehn Jahre. Und offensichtlich machte ihnen der Altersunterschied nichts aus, solange der Jüngere so klug war wie Mark – *oder so gute Beziehungen hatte wie er*, dachte Catie. *Nichts geht über Beziehungen ...*

»Okay«, sagte der Junge, der zuvor auf die Mahagonibank geklopft hatte, »zunächst ein paar Ankündigungen ...«

»Wer bist du?«, riefen etwa dreißig Stimmen aus dem Saal in einem ungeordneten, belustigten Chor. Nahezu bei jedem Treffen passierte dasselbe, sodass es mittlerweile fast schon Tradition war: Verwirrt durch all die Gesichter, vergaß der Vorsitzende, sich vorzustellen.

»Tut mir Leid. Ich heiße Neil Linkoping. Und wie ich schon sagte ...«

»Hi, Neil«, antwortete ihm diesmal ein hundertstimmiger Chor aufgekratzt.

»Hi, Leute«, gab Neil grinsend zurück. »Wie ich schon sagte ... zunächst ein paar Ankündigungen ...«

»Nicht schon wieder!« Die ablehnenden Rufe, die jetzt folgten, waren ebenfalls Tradition, denn es gab immer Ankündigungen. Sie gehörten zu den Dingen, auf die man sich bei jedem Treffen verlassen konnte. Klugerweise ignorierte Neil das Murren aus dem Saal und las stattdessen die Ankündigungen von einem transparenten Fenster ab, das vor ihm in der Luft erschienen war. Catie sah, wie der Text in schimmernden Buchstaben über den durchsichtigen Bildschirm lief. In der Nähe von Mark, der in einem Eames-Stuhl ehrwürdiger Abstammung Platz genommen hatte, stellte Catie für sich eine Kopie jenes gemütlichen Lehnstuhls in Tattersall-Karo her, der in der Ecke ihres Zimmers stand, und beobachtete bequem zusammengekuschelt, was um sie geschah.

Mit unzähligen Pausen und Unterbrechungen, von denen einige genial waren, andere bloß jugendlicher Unsinn, ging es voran. Bei verschiedenen Themen forderten die Zuhörer auch Zusatzinformationen. Gut gelaunt schleppte sich Neil durch die Punkte der Tagesordnung. Offenbar war er die unzähligen Unterbrechungen von der Arbeit mit Gruppen gewöhnt. Vielleicht hatte er aber auch nur eine große Familie. Bei den Regionalversammlungen, an denen Catie bisher teilgenommen hatte, war es immer so zugegangen. Auch wenn sie oft genug in Gefahr waren, im Chaos zu versinken, blieben sie stets irgendwie im Rahmen. Nach den Ankündigungen konnten die einzelnen Mitglieder das Wort ergreifen, um über ein Netzseminar zu informieren, das sie gerade organisierten, über Ereignisse, die sich in den verschiedenen Spiel- und Simulationsgruppen ergeben hatten, oder über jedes andere Thema, das für die versammelten Net Force Explorers von Interesse sein könnte. Während des Treffens kamen und gingen die Teilnehmer, wie es ihnen gefiel. Allerdings hatte man sich vor längerer Zeit schon darauf geeinigt, dass dies still geschehen musste. Niemand sollte plötzlich als virtuelle Flamme erscheinen oder durch sonstige Effekte die Aufmerksamkeit der anderen ablenken. Selbstverständlich wurde diese Regel gelegentlich gebrochen. Aber da jede Übertretung ausnahmslos dazu führte, dass die jeweilige Person in die virtuelle »Zelle« gesteckt wurde, und somit nicht an der Versammlung teilnehmen oder zu ihr zurückkehren konnte, beließen es die meisten bei einer einzigen Übertretung. Trotz des Lärms, der Scherze und des gelegentlichen Chaos herrschte bei diesen Treffen immer eine grundlegende Ernsthaftigkeit. Alle Teilnehmer, zumindest die meisten, beabsichtigten, später einmal der Net Force beizutreten, sodass ihr kollektives Bestreben als Gruppe all jene rasch herausfilterte, die sich der Aufgabe eines Net Force Explorers nicht mit der nötigen Ernsthaftigkeit widmeten.

Nachdem etwa eine halbe Stunde auf diese Weise vergangen war, erkannte Catie allmählich, dass an diesem Abend wohl nichts diskutiert wurde, was sie besonders interessiert hätte. Im Anschluss an eine kurze Präsentation eines Net Force Explorers, der eine neue, virtuelle, »chipkonstante« Diagnoseroutine für Haustiere vorstellte, rief eine weitere Teilnehmerin zu einer Spendenaktion auf, mit der Haustierbesitzer unterstützt werden sollten, die die Kosten für ihr Haustier nicht bezahlen konnten. Dieses vielleicht sechzehnjährige blonde Mädchen beendete ihren Beitrag mit den Worten: »Und für alle, die es heute Abend hierher geschafft haben nach der Siegesfeier der South Florida Spat ...«

»Yeah!«, ertönte eine überraschende Zahl von Stimmen im Publikum. Und in der Mitte des Saals stimmte ein kleiner, ungeordneter Chor das Mannschaftslied an: *»What's that slithering sound you hear? / We are the Slugs, and revenge is near!«* Als Antwort rief eine einsame Stimme aus dem rückwärtigen Teil des Saals: *»Fly High Seattle!«*, was zu einem vielstimmigen spöttischen Gelächter im gesamten Saal führte.

Überrascht hob Catie die Augenbrauen und sah sich im Saal um. Ihr Blick blieb an Mark hängen. Er war aus seinem Eames-Stuhl aufgestanden, um etwas mit dem kleinen cleveren Charlie Davis zu besprechen, betrachtete aber jetzt die Menge um sich mit einem ungewöhnlich nachdenklichen Gesichtsausdruck. Dieser Ausdruck ließ Catie ebenfalls nachdenklich werden. Üblicherweise sah Mark Gridley nicht grundlos ernsthaft aus. *Er ist hinter etwas her*, dachte sie, denn sie kannte diesen konzentrierten Blick nur allzu gut von ihrem Bruder. *Aber was könnte das sein?*

Neil Linkoping war aufgestanden und klopfte wieder auf die Bank. »Sonst noch jemand?«, fragte er. »Zum Ersten ...«

Einige der Teilnehmer standen bereits auf und ließen die Sitzgelegenheiten verschwinden, die sie für sich angefertigt hatten, oder in denen sie gekommen waren. Auch Catie kroch aus ihrem Stuhl und streckte sich, während sie sich im Saal umsah. *Die Mühe hätte ich mir sparen können*, dachte sie. Allerdings war es immer so. Wenn es Sommer wurde, interessierten sich die Explorers vorwiegend für Themen, die mit den Ferien oder mit der wirklichen Welt zu tun hatten, sofern das Wetter mitspielte. »Zum Zweiten ...«, zählte Neil weiter.

»... gehst du noch mal zu einem Spatball-Spiel?«

Catie sah sich erst um und dann hinunter. Neben ihr stand wieder Mark Gridley.

»Und zum Dritten ...«

So gut sie konnte, verbarg Catie die Neugier, die mittlerweile heftig in ihr brodelte. »Vielleicht«, gab sie zur Antwort. »Es hat schon was. Ich überlege sogar schon, ob ich nicht selbst einmal Spatball spielen sollte. Jedenfalls will mein Bruder, dass ich den Freund eines Freundes kennen lerne, der professioneller Spatball-Spieler ist. Vielleicht sehe ich mir dann auch zuvor das Spiel an, ehe wir uns treffen.«

»Wirklich? Das klingt ja aufregend. Wer ist es denn?«, erkundigte sich Mark.

»Er heißt Brickner. George Brickner.«

»Verkauft für einen Dollar«, verkündete Neil Linkoping der Versammlung. »Das war's. Das Treffen ist aufgezeichnet. Das nächste findet am 13. Juli statt. Gute Nacht, Leute ...«

Rund um die beiden Jugendlichen kamen nun auch die restlichen Explorers in Bewegung. Doch Catie ignorierte sie, denn Mark wirkte schon wieder nachdenklich. »Von South Florida?«

»Ganz richtig. Man nennt ihn den ›Papagei‹. Aber frag mich nicht, warum.«

»Tatsächlich«, gab Mark ein wenig abwesend zurück.

»Ja«, bestätigte Catie, während sie ihn neugierig betrachtete.

»Vielleicht laufe ich dir ja während des Turniers über den Weg«, meinte Mark.

Auch das überraschte sie. Catie wäre nie auf die Idee gekommen, dass Mark auch nur das geringste Interesse an Sport hatte. »Ja, vielleicht«, antwortete sie.

»Tust du mir einen Gefallen?«

»Sicher. Was denn?«

»Wenn du Brickner tatsächlich kennen lernst, dann schick mir doch eine Virtmail und erzähl mir, wie er so ist.«

Zunächst war Catie erstaunt, doch dann grinste sie. »Erzähl mir nicht, dass du ein heimlicher Fan von dem Typ bist ...«

Mark riss die Augen auf. War er verlegen, oder kam diese Reaktion nicht wirklich spontan? »In Ordnung«, stimmte er ein, »ich werde es dir nicht erzählen.« Grinsend wendete er sich um und zeigte plötzlich großes Interesse an etwas, das die hoch gewachsene, schlanke Megan O'Malley, die an seiner anderen Seite stand, zu einem kleinen rothaarigen Explorer sagte, den Catie nicht kannte.

Catie selbst trat einen Schritt zurück, um nachzudenken. *Eigentlich hat er meine Frage nicht beantwortet ...*

Damit war die Sache entschieden. Sie würde sich jetzt besonders darum bemühen, diesen Freund eines Freundes ihres Bruders zu treffen ... und zwar so bald wie möglich.

Mit einem Winken verabschiedete sich Catie von Maj Green, die in einiger Entfernung mit einem hübschen dunkelhaarigen Jungen sprach. *Ich muss ihr noch eine Virtmail über diese Simulationskonferenz schicken*, dachte sie. *In letzter Zeit interessiert sie sich ja stark dafür.* Dann stellte sie das Portal zu ihrem eigenen Arbeitsraum wieder her. Sobald sie hindurchtrat, stand sie wieder auf der Galerie über dem großen Lesesaal in der Kongressbibliothek. Nachdenklich hielt sie einen Augenblick inne und drehte sich dann wieder zu dem Portal um. »In Hals Arbeitsraum«, befahl sie. Das irisierende blaue »Wartemuster« wirbelte im Türbogen, verschwand aber zu ihrer Überraschung nicht sofort. »Nicht angemeldete Besucher werden nicht vorgelassen«, erklärte Caties Raummanagementprogramm.

»Seit wann bin ich ein ›nicht angemeldeter Besucher‹?«, protestierte Catie. »Sag ihm, dass ich es bin.«

»Nein! Nein! Neiiiiiin!«, erklang die Stimme ihres Bruders, gefolgt von einem grauenvollen Schrei, der ihr doch etwas zu künstlich klang.

»Großartige Vorstellung«, meinte Catie. »Hal, ich meine es ernst, ich muss einen Augenblick mit dir reden.«

Von der anderen Seite der virtuellen Schnittstelle hörte sie ein Murren, doch dann löste sich das »Wartemuster« auf. Als Catie durch das Portal trat und sich umsah, hielt sie erst einmal überrascht inne.

Üblicherweise sah Hals Arbeitsraum wie ein Warenlager aus, voll gestopft mit Regalen, die ihrerseits gefüllt waren mit »Kartons« und sonstigen symbolischen Behältern für seine unzähligen Akten. Catie hatte ihn schon stundenlang mit seinem Hang zu minimalistischer Retrotechnik aufgezogen. Wie kam man überhaupt auf den Gedanken, einen Arbeitsraum, den man mit den großartigsten Entwürfen des menschlichen Geistes gestalten könnte, als etwas zu erschaffen, das dem Warenlager eines Versandhauses ähnelte. Aber was sie jetzt sah, würde ihre spöttischen Bemerkungen auf eine ganz andere Ebene anheben. An einer kreisförmigen, hoch aufstrebenden, düsteren Wand, die aus beklecksten grauen Steinblöcken errichtet war, lehnten und hingen verschiedenste bizarre elektrische Geräte, die summten und Funken sprühten. Seltsame rotierende Räder gaben bläuliche elektrische Ladungen ab, überall waren Tesla-Spulen, an denen bogenförmige elektrische Funken zischend auf und ab liefen. Was Fantasie betraf, hatte Hal ganze Arbeit geleistet. Offensichtlich hatte er sich auch um die richtigen Proportionen bemüht. Selbst die Klangeffekte passten. Von draußen hörte Catie die Rufe einiger Bauern, und wenn sie den Kopf durch eines der hohen gotischen Spitzbogenfenster schieben würde, würde sie auch sicher ihre Fackeln und Heugabeln sehen. *Das ist verrückt,* dachte sie. *Ich frage mich, was ihn auf die Idee gebracht hat.*

»Hal?«, machte sich Catie bemerkbar.

»Was gibt's? Ich bin beschäftigt«, antwortete ihr Bruder, während er mit einem Erlenmeyer-Kolben und anderen verschlossenen Glasflaschen in den Händen hinter einem Schrank hervorkam und zu seinem Schreibtisch ging. Auch dieser hatte wohl schon bessere Tage erlebt, wenn man die zahlreichen Flecken betrachtete. Hal trug einen weißen Laborkittel mit hohem Kragen, und glich abgesehen von den Flaschen einem verrückten Wissenschaftler, der jederzeit bereit war, ohne Vorwarnung einzelne Körperteile eines Menschen einfach zusammenzunähen, ohne sich um eine Einverständniserklärung zu kümmern.

»Ist das ein privates Projekt oder was für die Schule?«, fragte Catie, die die steinerne Wendeltreppe an der Wand des Turms hinunterstieg.

»Beides«, gab er zurück, während er die Flaschen abstellte. »Störst du mich nur aus Bosheit und zu deinem Privatvergnügen oder in öffentlichem Auftrag?«

»Beides«, antwortete Catie, indem sie ihm den vorwurfsvollen Blick zurückgab. »Ich habe nicht geglaubt, dass du schon von der Feier nach dem Spiel zurück bist ...«

»War früher zu Ende, als sie erwartet haben«, meinte Hal, während er eine der Flaschen öffnete und daran roch.

»Das war mir nur recht, weil ich beim Zusehen ein Problem gelöst habe, das mich schon seit einer Weile quält, und jetzt kann ich damit weitermachen.« Damit steckte er den Stöpsel wieder in die Flasche und hielt einen Augenblick an, um etwas auf einem Schreibblock auf dem Tisch zu notieren.

Unglaublich, er nimmt dies hier wirklich ernst, was auch

immer es sein mag, dachte Catie. Auch wenn ihre Neugier durchzubrechen drohte, schob sie sie vorerst beiseite. »Hör zu, Hal, was diesen Brickner betrifft ...«, begann sie.

Hal hielt in der Bewegung inne und sah stirnrunzelnd zu seiner Schwester auf. »Catie, ich sage es nur ungern, aber das ist nicht der geeignete Moment, um mit mir über Spatball zu diskutieren.«

»Schon gut! Es geht aber ganz schnell ... glaubst du, dass du mit deinem Freund ein Treffen ausmachen kannst?«

Als sich Hal nun wieder seiner Arbeit zuwandte, grinste er. »Du hast dir wohl das Interview für das *People*-Magazin angesehen? So wie die Hälfte aller Mädchen des Landes in deinem Alter.«

Catie verzog verärgert das Gesicht. Dann erkannte sie, dass es keinen Grund dafür gab. Vielleicht war es sogar besser, wenn Hal glaubte, dass ihr dieser Typ gefiel. Dann bemühte er sich vielleicht mehr, ein Treffen zu arrangieren, nur um sie später damit necken zu können. »Wie auch immer. Wann können wir ihn sehen?«

»Lass uns morgen noch mal darüber sprechen. Wenn ich diese Sache nicht hinbekomme, wird meine Note in organischer Chemie darunter leiden.«

Caties Neugier wuchs, denn ihr Bruder sprach nicht oft über seine Schularbeiten mit ihr. »Was machst du da?«

»Ich erschaffe Leben in einem Reagenzglas, was sonst? Catie, bitte ...«

Einen Augenblick lang überlegte sie, ob sie noch ein wenig bleiben und ihn weiter aufziehen sollte, um sich für letzten Dienstag zu rächen, als er dasselbe mit ihr gemacht hatte. Doch dann entschied sie, dass es nicht nett von ihr wäre, ihm Schwierigkeiten zu machen, vor allem, wenn es um eine Arbeit für die Schule ging. »Bin schon fort!«, sagte sie und verschwand.

Im nächsten Moment stand Catie wieder im großen Lesesaal der Kongressbibliothek, die im Jefferson-Gebäude untergebracht war, und blickte auf die üppigen Säulen und prachtvollen Mosaike, die im tief stehenden warmen Licht der Nachmittagssonne sanft schimmerten. »Raummanager!«, sagte sie.

»Ich lausche mit angehaltenem Atem jedem Eurer Worte, meine Herrin.«

Nichts als ein paar Eigenschaften, dachte Catie grimmig, während sie über die wundervollen Mosaike den Korridor entlangging, der in den großen Lesesaal führte. *Irgendwann werde ich mich bei Mark dafür revanchieren.* Schließlich kam sie zu dem prächtigen achteckigen Platz, der von zweigeschossigen Regalen umgeben war. Ihr eigentlicher »Arbeitsbereich« befand sich in der Mitte dieses Platzes, wo in der realen Wirklichkeit der große kreisförmige Informationsschalter aus Mahagoni stehen würde. Vorerst war dieser Platz jedoch noch leer. »Nun, wenn du mir so gewissenhaft deine Aufmerksamkeit schenkst, warum ist mein Stuhl dann noch nicht an dem Platz, an dem er sein sollte?«

»Ich habe aufgeräumt«, gab der Raummanager zurück, während gleichzeitig ihr Stuhl in der Mitte des leeren Platzes auftauchte. Erschöpft ließ sich Catie in den Stuhl fallen und zog die Beine an. »Du solltest dieses Ding wirklich mal neu polstern. Sieh dir nur diesen Überzug an!«

»Neu polstern?«, wiederholte Catie nachdenklich, während sie zu der golden glühenden Hauptkuppel emporsah, die sich mit ihren spiralförmig angeordneten Nischen über ihr wölbte. Eine glanzvolle Neuauflage der Kuppel des Pantheon im antiken Rom. »Vielleicht mit deiner Haut.«

Der klare Himmel, den sie eben noch durch die Kuppel gesehen hatte, verdüsterte sich augenblicklich, und Blitze zuckten auf. *Das soll wohl Sarkasmus bedeuten?*, dachte Catie. »Das zu hören gefällt mir gar nicht«, meinte der Raummanager.

»Ich wette, dass es dir nicht gefällt. Zeig mir die Grafik, an der ich gestern Abend gearbeitet habe.«

»Willst du nicht zuerst deine Post sehen?«, erkundigte sich der Raummanager mit einer Stimme, die doch tatsächlich ein wenig verletzt klang.

Catie rollte die Augen. »In Ordnung. Nur die Icons.«

Die Post-Icons erschienen auf dem Boden, verstreut über die Mosaike und gemischt mit verschiedenartigsten anderen Icons: dreidimensionale Buch-Icons, die aktuelle Forschungsarbeiten darstellten, Stapel von Skizzen und Leinwänden, die für ein Kunstprojekt standen, an dem Catie arbeitete, und Virtmail-Botschaften, die für sich selbst standen und als Papierstapel mit Menschen, Dingen oder verschiedenen Medien darauf ausgebildet waren. Zugegebenermaßen war dies ein recht unordentliches Archivierungssystem, aber Catie hatte keine Geduld mit den durchgestylten Darstellungen, die die meisten Postarchivierungsprogramme anboten, wie kleine Würfel, rotierende Kugeln und andere platonische Idealkörper. Ihr gefiel es, wenn Ideen wie echte Dinge aussahen, nicht wie Abstraktionen, selbst wenn ihr diese Vorliebe bei Hal hämisches Kichern einbrachte und er sie deshalb als Feindin der Technik bezeichnete.

Mit einem Wink rief sie einen der Stapel von Botschaften zu sich. Augenblicklich hob er vom Boden ab und segelte durch die Luft, bis er in ihrem Schoß landete. Catie griff nach dem ersten Blatt und warf einen Blick darauf. Es zeigte eine knallige, stark verschnörkelte Grafik, die auf das altmodische Papiergeld Mitte des 20. Jahrhunderts zurückging. In den Schnörkeln standen die Worte VIELLEICHT BIST DU DER GEWINNER!

Mit einem ungeduldigen Seufzer hielt Catie das »Papier« hoch. Sie machte sich nicht einmal die Mühe, den Inhalt zu lesen. »Darüber wollte ich auch schon mit dir reden«, sagte sie verärgert zu ihrem Raummanager. »Ich habe dir doch schon oft genug gesagt, dass ich keine Werbung will, egal wie viele Nullen drauf sind.«

Die Maschine schwieg, als müsste sie nachdenken, ehe sie auf ihre Aufforderung reagierte, während Catie genau wusste, dass sie den Befehl viele hundert Millisekunden zuvor bereits erfolgreich verarbeitet hatte. Irgendwie brachte es sie zum Lächeln, dass sich ihr maschineller Raummanager verstellte, und sie musste zugeben, dass Mark Gridley ausgezeichnete Arbeit geleistet hatte, indem er ein Programm entwickelt hatte, auf das sie reagierte, als wäre es intelligent, auch wenn es das nicht war.

»Konnte es nicht verhindern«, erklärte der Raummanager schließlich. »Die Werbung hat sich als Botschaft getarnt, die hierher zurückgesendet wurde, nachdem sie von hier an eine andere Adresse geschickt worden war. Sobald sie zugelassen wurde, hat sie die Tarnung abgeworfen und sie vernichtet.«

Catie seufzte. Gegen diese Taktik kam man nicht an. Sie zählte bei den Absendern von Spam und anderen unerwünschten kommerziellen Nachrichten zu den absoluten Favoriten. Und immer wenn die Antispamprogramme eine Möglichkeit gefunden hatten, eine bestimmte Taktik auszuschalten, erfanden die Spammer eine neue Tarnung, um das System zu umgehen und ihre Werbungen und sonstigen Müll durchzuschleusen. Während sie das »Papier« hochhielt, entzündete es sich in ihrer Hand und verbrannte in einem blauen Feuerwirbel zu Asche. »Wie viele solche Nachrichten werde ich noch finden?«, fragte sie.

»Vermutlich sechs«, antwortete der Raummanager mit genug Taktgefühl, um seiner Stimme einen zurückhaltenden Tonfall zu verleihen.

Während Catie die nächsten Papiere durchblätterte, stieß sie sogleich auf zwei weitere Werbungen, von denen eine von einem Teppichhändler stammte. Einen Augenblick lang überlegte sie, diese an ihre Mutter weiterzuschicken, entschied sich aber dann dagegen. Der Arbeitsraum ihrer Mutter war ohnehin schon überfüllt mit virtuellen Einrichtungsmagazinen und verschiedenen Probemodellen für den geplanten Anbau, sodass er manchmal selbst wie ein Bauplatz aussah. Catie warf die Teppichwerbung in die Luft, wo sie augenblicklich Feuer fing und sich in nichts auflöste. Genauso erging es einen Moment später einer Werbung für ein pakistanisches Restaurant mit Straßenverkauf in Birmingham. *Warum bestehen diese Leute darauf, ihre Werbung bis auf den nächsten Kontinent zu verschicken,* fragte sich Catie. *Dummköpfe ...*

Das vierte »Papier« zeigte ein Bild von Noreen Takeuchi, einer Freundin von Catie, die außerhalb von Seattle wohnte und die sie zuletzt bei einer Online-Softwareausstellung getroffen hatte. Auf dem Bild war Noreen in Pastelltechnik wiedergegeben. Ein großes, muskulöses Mädchen, deren unbändige kastanienbraune Mähne zu einem optimistischen Pferdeschwanz hochgebunden war, der immer innerhalb von Minuten in Gefahr geriet, von der Schwerkraft eingeholt zu werden.

Noreen befasste sich ebenso leidenschaftlich wie Catie mit der Kunst der virtuellen Bildverarbeitung und war darin vielleicht sogar etwas besser, wie sich Catie leicht verärgert eingestehen musste. Allerdings waren sie zu sehr daran interessiert, ihr Wissen miteinander zu teilen und Bildverarbeitungstechniken auszutauschen, um je Rivalität aufkommen zu lassen.

Dieses Papier hing Catie neben ihrem Stuhl in die Luft. Dort verharrte es so glatt, als hätte man es an ein Fenster geklebt. »Raummanager, ist Noreen jetzt im Netz?«, erkundigte sie sich.

»Prüfung läuft«, meldete ihr Raummanager. Einen Augenblick später kam die Antwort: »Im Netz, aber beschäftigt.«

»Vielleicht nicht so beschäftigt, wie sie aussieht«, meinte Catie. »Gib mir eine Sprechverbindung.«

»Sprechverbindung steht«, verkündete der Raummanager.

»Noreen, hast du einen Augenblick Zeit?«, fragte Catie.

Das Pastellbild von Noreen dehnte sich augenblicklich zu Lebensgröße aus und wurde dreidimensional und lebendig. Nun sah Noreen direkt aus dem »Bild« zu Catie hinüber. Gleichzeitig veränderte sich der Hintergrund, und Noreen stand nun inmitten eines Waldes und neben ihr in der Luft hing ein Fenster mit der Farbpalette des virtuellen Grafikprogramms »BluePeriod«. »Catie! Ich habe gehofft, dass du heute Abend anrufst. Hast du einen Moment Zeit, um dir das hier anzusehen?«

»Immer«, gab Catie zurück. Während sich Noreen umwandte, um irgendetwas an ihrer Darstellung zu tun, vermutlich speicherte sie sie, erhob sich Catie aus ihrem Stuhl und stieg durch das Bild in Noreens Arbeitsraum.

»Wow, du bist ja schon weit gekommen ...«, staunte Catie, die sich erst ein wenig orientieren musste.

Noreen lächelte trocken. Müde, aber zufrieden rieb sie sich die Augen. »Das soll auch der echte ›Urwald‹ schlechthin werden ...«, erklärte sie. »Manchmal habe ich das Gefühl, dass ich schon ewig daran arbeite.«

Die dreidimensionale Walddarstellung, in der sie nun saßen, war Noreens Projekt für die Kunstprüfung an ihrer Highschool in Seattle. Nach ihrem Abschluss wollte sie an einem der großen Kunst-Colleges studieren, um etwas Vergleichbares wie das Diplom der Sorbonne oder ETZ für bildende Computerkunst zu erwerben. Aber um überhaupt einen Platz an einem dieser Colleges zu bekommen, musste man ein so außergewöhnliches künstlerisches »Gesellenstück« erschaffen, dass es auch den Prüfern auffiel, die jährlich die besten Werke von tausenden unglaublich talentierten

Studenten bewerteten und unter den Kandidaten frei wählen konnten. Außerdem musste es sich bei diesem Werk tatsächlich um Kunst handeln. Es genügte nicht, durch ein einfaches Simulationsprogramm vorfabrizierte Stilelemente zu vervielfältigen und nach eigenem Gutdünken anzuordnen. Für eine künstlerische Darstellung musste man sorgfältig schrittweise Änderungen in einem Code anbringen, den man zuvor selbst geschrieben hatte, diesen dann in ein übergeordnetes Darstellungsprogramm einbauen und so lange daran herumbasteln, bis der gewünschte Effekt erzielt wurde.

Noreen arbeitete nun schon fast sechs Monate an dem Urwald. Begonnen hatte sie mit einem groben Konzept, das auf einer kiefernbewachsenen Lichtung basierte, die es tatsächlich im Schwarzwald in Deutschland gab. Aber dies war eine wildere Version jener Lichtung: der Wald war älter und vermittelte eine bedrohlichere Stimmung als in dem trotz intensiver Pflege immer kleiner werdenden Schwarzwald im heutigen Deutschland. Noreen versuchte, einen Wald darzustellen, in dem sich noch immer die Urformen der viel zu keimfrei gewordenen Märchen unserer Zeit in den Schatten verbargen: in dem die Wölfe einfach zuschlugen und ihre Beute auffraßen, anstatt sie zuvor durch freundliche Worte zu verführen; in dem es den bösen Stiefmüttern nicht erst im dritten Versuch gelang, sich ihrer allzu hübschen Stieftochter zu entledigen; in dem Burgen einen beunruhigenden Schatten über das von ihnen beherrschte Gebiet warfen; und in dem die Landschaft so rau und bedrohlich wirkte, dass die Bauern guten Grund hatten, sich mit Fackeln und Heugabeln auszustatten. Der Wald war ein magischer Ort. Denn wenn man sich in ihm umsah, fühlte man die goldfarben glitzernden Augen des Raubtiers, das in der Dunkelheit lauerte. Selbst die Schatten kauerten sich unter der dunklen jadegrünen Stille der Bäume zusammen, die so tiefgrün waren, dass sie schon beinahe schwarz wirkten, und wehe dem, der es wagte, dieses Dunkel zu betreten. Weit oben zwischen den herabhängenden Zweigen konnte man hin und wieder in der Ferne einen kurzen Blick auf den blauen Himmel erhaschen, aber noch während man emporblickte, festigte sich im Betrachter die Gewissheit, dass das Blau nur flüchtig, aber das Dunkel beständig und alles umfassend war. Catie zitterte. Die erschaffene Illusion war so wirkungsvoll, dass ihr ein Schauer über den Rücken lief.

»Wow«, wiederholte sie, während sie sich auf den Kiefernnadeln niederließ und sich noch einmal mit bewunderndem Blick umsah. »Wann glaubst du, dass du fertig wirst?«

»Wenn es fertig ist«, gab Noreen kichernd zur Antwort und setzte sich neben Catie auf den Boden. Auch Catie grinste, als sie Michelangelos berühmte Antwort auf diese Frage hörte. »Jetzt im Ernst, ich werde vermutlich noch mindestens einen Monat am Hintergrund arbeiten, an den unterschwelligen Effekten und all diesen Dingen. Und dann weiß ich nicht, ob ich schon mit dem Fraktalgenerator der Kiefernnadeln zufrieden bin. Viel zu viele gleichen einander.«

Catie stieß belustigt die Luft aus. Seit Noreen mit diesem Projekt begonnen hatte, hatte sie das »Kiefernnadel-Programm« mindestens einmal pro Woche umgeschrieben. »Es wird noch so weit kommen, dass jede Einzelne anders aussieht«, meinte sie. »So wie in der Natur.«

»Ich weiß nicht, ob das wirklich so schlimm wäre«, gab Noreen zurück, »aber dadurch würde ich den Abgabetermin für die diesjährigen Einreichungen versäumen ...«

Kopfschüttelnd sah sich Catie um. »Mach dich nicht verrückt. Du hast alle unterschwelligen Effekte längst im Griff. Ich kann gar nichts dagegen tun, dass mir hier ein Schauer über den Rücken läuft.«

»Und trotzdem gefällt es mir nicht. Die wirklich großen Künstler brauchen keine Zusatzeffekte, ihnen genügen Farbe und Elektronen«, meinte Noreen, während sie sich erneut die Augen rieb. »Und wenn ich nicht wüsste, dass in der Bewertungskommission mindestens drei kommerzielle Künstler sitzen, würde es mich auch nicht kümmern. Aber wenn du nicht ein paar Zusatzeffekte einbaust, glauben sie, dass du keine Ahnung von diesem Medium hast ...« Resigniert verzog sie das Gesicht. »Ach egal, das sind doch bloß Kunstbanausen. Wie geht's mit deinem neuen Projekt voran?«

»Willst du es sehen? Dann komm mit.«

»Nein, schon in Ordnung. Der Wald ist gespeichert ... du kannst es mir hier zeigen.«

»Gerne. Raummanager? Bitte öffne die ›Via Appia‹ hier.«

»Bist du sicher, dass die Welt für dieses Kunstwerk bereit ist?«, gab ihr Raummanager zurück.

Noreen warf Catie einen belustigten Blick zu. »Ich werde ihn umbringen«, sagte Catie.

»Wen? Deinen Bruder?«

»Ihn vielleicht auch. Aber nicht deshalb. Ich habe einem Freund erlaubt, sich ein wenig mit meinem Manager zu spielen. Nie wieder!«, gab Catie aufgebracht zurück, ehe sie sich zu dem Rahmen von Noreens Bild umwandte, durch den ihr Arbeitsraum schemenhaft erkennbar war. »Und jetzt hör mir gut zu«, fuhr sie an ihren Raummanager gerichtet fort, »öffne das Bild einfach hier drin, und zwar dalli, bevor ich die NASA anrufe und frage, ob sie noch ein abgelegtes Managementprogramm für ihre Styx-Sonde braucht. Wie würde dir ein Einfachflug zum Pluto diesen Sommer gefallen?«

Der Raummanager schwieg. Stattdessen verschwand der Wald einen Augenblick später »hinter« dem Bild einer langen, von Säulen flankierten Straße, die mit Travertinmarmor gepflastert war und in eine sich weithin erstreckende Stadt hinunterführte, die in weichen Creme- und Goldtönen schimmerte. Die Stadt war Rom, aber nicht das Rom des

Jahres 2025, sondern das des Jahres 80, das sich im Licht eines langen Sommernachmittags ausbreitete. Der ferne Lärm einer halben Million Menschen verklang durch den Doppeleffekt aus Distanz und Nebel, der vom Tiber heraufzog, während der Tag träge abkühlte. Hier und da betonte das Glitzern echten Goldes die Komposition, wie etwa auf der Kuppel des Pantheon und auf der Krone der »Miniaturversion« des Koloss von Rhodos vor dem flavischen Amphitheater, jener Statue, der das benachbarte Gebäude seinen Spitznamen »Kolosseum« verdankte. Gold schimmerte auch auf den Spitzen der Maste rund um die große Arena, an denen das riesige durchsichtige »Sonnendach« aufgespannt war. Derzeit war das Dach jedoch nicht aufgezogen, das Kolosseum lag dunkel da und die Stadt ruhte, nachdem sich der Lärm der Menschen gelegt hatte. Eine kleine pfeilförmige Formation von Enten zog im Tiefflug zwischen zweien der sieben Hügel hindurch, um auf dem Tiber zu landen. Von unten grüßten die heiligen Gänse des Kapitols die vorüberziehenden Vögel mit ihrem Geschnatter.

Noreen setzte sich und betrachtete das Bild eine Weile. »Es ist einfach wunderschön«, sagte sie schließlich.

»Ich freue mich, dass es dir gefällt«, murmelte Catie. »Die gesamte letzte Woche habe ich an den Texturen gearbeitet und bin immer noch nicht zufrieden. Alles ist etwas zu hell und strahlend.«

»Hast du nicht gesagt, dass die Römer ihren schimmernden Marmor geliebt haben?«

»Das haben sie auch. Und ich würde auch gerne denselben Eindruck erzeugen, den die Römer damals tatsächlich von dem Marmor gehabt haben. Aber wenn ich den Reflektionsindex hochfahre, sieht es nur unecht aus. Schau dir das mal an ...«

In den nächsten Minuten besprachen die beiden das Problem. Dazu zog Catie ein Editierfenster aus der Luft und veränderte die Reflektion an verschiedenen Teilen der Steinmauern, erhöhte und verringerte sie und verschob sogar ein- oder zweimal die Sonne, um Noreen zu zeigen, wo das Problem lag. Normalerweise war es Catie unangenehm, vor einer anderen Person, und selbst vor einer Freundin, Fehler in ihrem Projekt auszubessern. Sie zog es vor, ein perfektes Werk vorzustellen, oder zumindest so perfekt, wie sie konnte. Andererseits quälte sie dieses Problem nun schon seit Tagen. Die Schwierigkeit lag zum Teil darin, dass sie lieber Portraits anfertigte oder detaillierte Studien von Einzelobjekten. Aber Landschaftsdarstellungen waren nun einmal etwas, das ein Grafikspezialist gut beherrschen musste, weil man für virtuelle Erlebnisse immer wieder Landschaften der einen oder anderen Art brauchte. Und wenn Catie tatsächlich einmal als Grafikexpertin für die Net Force arbeiten wollte, blieb ihr nichts anderes übrig, als sich in dieser Kunst zu üben, bis sie darin perfekt war.

»Ich verstehe, was du meinst«, sagte Noreen schließlich, während sie sich auf eine abgerundete Steinbank setzte, die nun die Kiefernnadeln ersetzte, auf denen sie zuvor gesessen waren. »Wenn mir nur etwas einfallen würde, was ich dir vorschlagen könnte«, fuhr sie unschlüssig fort. »Hast du schon daran gedacht, ein Beleuchtungsprogramm aus einem anderen Grafikprogramm einzubauen? Einige Beleuchtungsprogramme von BluePeriod lassen sich nur schwer genau einstellen, vor allem, wenn man so viel Textur hat wie du hier.«

Catie stieß einen Seufzer aus. »Ich habe schon die Beleuchtungsprogramme von OneEar, SuperPalette und Effuse ausprobiert, ohne den geringsten Erfolg.«

»Hm. Und Luau?«

»Nein. Luau habe ich nicht.«

»Ich borge dir das Beleuchtungsset davon – das kann man für Testzwecke transferieren. Wenn es dir gefällt, kannst du dich ja beim Hersteller registrieren, aber zumindest weißt du vorher, ob es funktioniert ...«

»Catie?«

Augenblicklich sahen beide Mädchen hoch, wobei auf Caties Gesicht ein halb belustigt, halb verärgerter Ausdruck lag. Die Stimme hatte mehr oder weniger wie die ihres Bruders geklungen, nur ein wenig seltsam mit dieser ungewöhnlich tiefen Färbung. »Ja?«

»Nachricht für Catie Murray ... Komm herein, Catie ...«

Mit einem Blick zu Noreen hinüber erhob sie sich, griff nach dem Editierfenster, um die Darstellung ihres Projekts zu beenden, und schloss es dann, wobei es sich wie ein Rollo zusammenrollte. »Ich sollte mich wohl besser um ihn kümmern, bevor er mir hierher folgt und alles durcheinander bringt«, sagte sie. »Ist es dir recht, wenn ich dich morgen anrufe, sobald ich das Luau-Programm ausprobiert habe? Und danke für deine Hilfe.«

»Sicher, Catie. Ich werde meinem Raummanager den Befehl geben, dir das Programm zu schicken.«

Nachdem sich Catie mit einem Winken von Noreen verabschiedet hatte, stieg sie erneut durch den Rahmen des Bildes ihrer Freundin. Wieder in ihrem eigenen Arbeitsraum fischte sie die »Bildtür« aus der Luft und drehte sich zu ihrem Stuhl um ... Sie musste zweimal hinsehen, um es zu glauben. Denn in ihrem Stuhl saß ein Frankenstein-Monster: eine schlaksige Gestalt mit vortretender Stirn und leicht grünlicher Gesichtsfarbe in weißem Frack mit weißer Fliege, was für ein Frankenstein-Monster eher ungewöhnlich war. Das Monster schien sich nicht wohl zu fühlen.

»Oh. Hallo«, sagte Catie.

Als sich das Monster vorsichtig erhob, wurde sein roter Kummerbund sichtbar und – als ob das noch nicht genügte – rote Socken in den Lacklederschuhen. »Mein Meister hat mir aufgetragen, dir zu sagen, dass die Sache steht«, informierte das Monster mehr oder weniger mit der Stimme ihres Bruders.

»Dein *Meister*«, wiederholte Catie grinsend. Hals Humor trieb oft seltsame Blüten. Diesmal sprach sein eigenes Raummanagementprogramm in dieser ungewöhnlichen Gestalt mit ihr. »Welche Sache steht?«

»Dein Treffen mit George Brickner«, antwortete das Monster. An der Vorderseite der Kongressbibliothek glaubte Catie in der Ferne Bauern mit Heugabeln zu hören, die sich langsam näherten. »Samstagvormittag um elf Uhr.«

»Raummanager?«, rief Catie.

»Ich erwarte Eure Befehle, o Herrin.«

Catie hob die Augenbrauen. »Wage es nicht, die schlechten Angewohnheiten von Hals Raummanagementprogramm zu übernehmen«, drohte sie. »Notier lieber die Netzadresse für das Treffen.«

»Bereite dich auf einen Schock vor«, sagte ihr Raummanager, »es ist nämlich keine virtuelle Adresse. Delano's, 445 P Street, Georgetown, Telefonnummer ...«

»Speicher die Telefonnummer«, befahl Catie. *Ich frage mich, warum Brickner aus Florida hierher kommt?*, dachte sie. *Ob das was mit seinem Team zu tun hat ...?* »Was ist Delano's? Ein Restaurant?«

»In den Gelben Seiten ist es als Imbisslokal eingetragen«, antwortete ihr Raummanager.

»Aha. Vielleicht ist es das in der Nähe der Universität.«

»In der Nähe von Poulton Hall«, erklärte ihr Raummanager.

Catie nickte. »Okay, Boris«, sagte sie nun wieder zu dem Monster gewendet, »sag deinem ›Meister‹, dass ich die Botschaft empfangen und verstanden habe.« Dann forderte sie ihn mit einem Wink auf, sich zu verabschieden.

Das Monster vollführte eine Verbeugung wie aus dem Knigge, bei der ihm das Toupet herunterfiel, und verschwand dann. Mit schiefem Lächeln wartete Catie, bis der Lärm der Bauern mit den Heugabeln verklang. Dann bückte sie sich zu dem Toupet und warf es in die Luft, wo es augenblicklich Feuer fing und sich auflöste. Schließlich machte sie sich daran, ihren Arbeitsplatz aufzuräumen, indem sie die verschiedenen Stapel mit Akten und Bildern zu sich heranschweben ließ, um sie zu sortieren. *Jetzt kann ich endlich herausfinden, warum sich Mark Gridley so für diesen Sportler interessiert*, dachte Catie. *Und ob ich mich nicht vielleicht doch ein wenig für ihn interessiere ...*

Während sie grinsend fortfuhr, die einzelnen Papiere eines schwebenden Stapels zu sortieren, summte sie gedankenverloren die Melodie von »Slug's Revenge«.

3

Wie es immer wieder einmal vorkam, sah Catie ihre Eltern erst am nächsten Tag wieder. Ihre Mutter war routinemäßig schon lange, bevor Catie zur Schule musste, zur Arbeit gegangen, und ihr Vater schlief nach einer arbeitsreichen Nacht im Atelier noch, oder er hatte noch gar nicht zu malen aufgehört. Bevor sie zur Schule ging, hatte Catie an der geöffneten Ateliertür gelauscht, ohne etwas zu hören. Aber auch das hatte nichts zu sagen. Vielleicht betrachtete er schweigsam sein Werk, oder er schlummerte auf der altersschwachen Couch, ehe er sich erneut auf die Leinwand stürzte.

Heute war Freitag, und da liefen die Kurse an der Bradford Academy nur bis mittags. Catie hatte den Großteil ihrer Abschlussprüfungen schon hinter sich. Nun fehlten nur noch zwei Kurse, bei denen es sich vorwiegend um administrative Dinge handelte: Die Benotung des Sommersemesterprojekts ihres Kunstkurses für Fortgeschrittene und die Abschlusssitzung für das Examen in organischer Chemie der elften Stufe, was sie in keiner Weise beunruhigte. Aus irgendeinem verrückten Grund war ihr organische Chemie sogar leichter gefallen als der normale Chemiekurs. Um ein Uhr war Caties letzter Kurs zu Ende und sie spazierte im Schatten der Alleebäume die Straße hinunter nach Hause.

Hal, der ein eng anliegendes T-Shirt der Banana Slugs und bizarrerweise eine riesige Küchenschürze trug, hantierte klirrend in der Küche. Überall auf den Unterschränken standen Töpfe und Pfannen. In letzter Zeit war dies häufiger vorgekommen. Caties Mutter hatte darauf bestanden, dass ihre Kinder zumindest imstande sein sollten, ein Abendessen für sich und ihren Vater zu kochen, für den Fall, dass sie spät aus der Bibliothek kam. Hal war immer schon ein kompetenter, wenn nicht gar begeisterter Koch gewesen, aber in den letzten Wochen machte er sich wirklich oft in der Küche zu schaffen, noch häufiger als sonst. Nun rührte er heftig in einem Topf, in dem Catie nichts erkennen konnte außer Wasser, das wohl bald zu kochen beginnen würde, während er gleichzeitig nach einem Ei griff, das er zuvor auf einen Teller geschlagen hatte.

Neugierig spähte Catie in den Topf. »Was machst du da?«

»Eier Benedikt. Aber lenk mich nicht ab, das ist für die Schule.«

Catie blinzelte verwundert. Hal hatte doch schon letztes Jahr den Haushaltskurs hinter sich gebracht. »Für welches Fach?«

»Chemie«, gab Hal zurück, während er noch heftiger umrührte und schließlich das Ei vom Teller in das Wasser gleiten ließ. »Stör mich jetzt nicht, Catie, das ist wirklich wichtig!«

»Eier Benedikt für Chemie?« Ohne zu antworten, hörte ihr Bruder zu rühren auf und beobachtete, wie das Ei auf den Grund des Wirbels sank, den er geschaffen hatte, sich dort im Kreis drehte und allmählich zu pochieren begann.

Kopfschüttelnd fragte sich Catie, was zum Teufel seit ihrer Zeit aus dem Chemieunterricht der zehnten Klasse geworden war. Schließlich drehte sie sich um und ließ ihre Bücher auf den Tisch fallen. Als sie aufsah, entdeckte sie die hoch gewachsene, langgliedrige Gestalt ihres Vaters, der sich, am Türstock lehnend, mit einem terpentingetränkten Lappen die Finger rieb und Hals Vorführung beobachtete. Wie immer trug er seine Arbeitsjeans, die schon zu Beginn des Jahrhunderts alt und abgetragen und mittlerweile vom Waschen schon nahezu weiß war. Oben war er mit einem alten, ausgebleichten T-Shirt bekleidet, das ein Tukan mit gestreiftem Schnabel zierte, der auf dem schablonierten Schriftzug GUINNESS stand. Ebenso wie in seiner Arbeit spiegelten sich auch in seiner Kleidung die Farben des gesamten Regenbogens wider, sodass er mit all den verwischten Flecken wie eine abstrakte pseudoimpressionistische Studie aussah. Im Verlauf seiner Karriere hatte Warren Murphy von Kritikern häufig Anerkennung für seine »lebhafte und erfindungsreiche Verwendung der Farben« erhalten. Derzeit bestand seine erfindungsreiche Verwendung vorwiegend darin, sich die Farben in sein dunkles, allmählich dünner werdendes Haar zu schmieren, und dies auf eine Weise, die nur von weniger anerkannten Künstlern in Betracht gezogen wurde. Catie betrachtete ihren Vater kopfschüttelnd, denn sie wusste jetzt schon, was ihre Mutter in zwei Tagen beim Wäschewaschen über seine Kleidung sagen würde. Ganz zu schweigen von dem karminroten gezackten Strich, der sich vom Scheitel ihres Vaters bis zur rechten Seite seines Halses zog.

»Daddy, warum wechselst du nicht auf Acrylfarben?«, fragte sie.

Mit einem feinen Lächeln auf dem müden, aber zufriedenen Gesicht sah er zu seiner Tochter hinüber. »Damit erreiche ich nicht dieselbe Sättigung wie mit Ölfarben. Das weißt du doch, Liebes.«

»Hast du heute Nacht überhaupt geschlafen?«

»Irgendwann, ja.« Catie sah ihm jedoch an, dass er erst jetzt zu arbeiten aufhörte, weil er sich die Finger abwischte. »Ich bin auf der Couch im Atelier eingenickt. Es hatte keinen Sinn aufzuräumen, weil ich ja wusste, dass ich bald fertig bin. Und jetzt bin ich wirklich fertig.«

Catie holte den stets mit Eistee gefüllten Krug aus dem Kühlschrank und brachte auch eine Flasche Duvel für ihren Vater mit. Sobald er ein Werk beendet hatte, gönnte er sich ein Bier, um es zu feiern. »Du solltest wirklich mit Elektronen arbeiten statt mit Farbe«, sagte sie, während sie ihm die kleine Flasche mit dem Bügelverschluss gab und sich nochmals umwandte, um ein besonders geformtes Duvel-Glas und ein Limonadeglas für den Eistee aus dem Schrank über der Spüle zu holen. »Die würden sich nicht überall auf der Couch verteilen.«

»Wenn man es genau betrachtet, läuft es immer auf Elektronen hinaus«, meinte ihr Vater. »Nur dass die einen feuchter sind als die anderen.« Während er sich eine Locke aus der Stirn strich, die ihn störte, hielt er plötzlich inne und betrachtete die unzähligen blauen und grünen Farbflecken auf seinem Handrücken. Erst versuchte er, sie mit dem Lappen abzuwischen, und als das nicht gelang, steckte er den Lappen in die Hosentasche und widmete sich dem Verschluss der Duvel-Flasche.

»Was hast du da gemacht?«

Während Hal noch immer in den Topf starrte, begann er in einer Sprache zu sprechen, die mit Sicherheit nicht Englisch war, und so wie es klang, war Catie gar nicht begierig darauf, die Übersetzung zu erfahren. Offensichtlich war irgendetwas schief gelaufen. Ihr Vater zog die Brauen hoch. »Komm mit«, sagte er zu Catie. »Vielleicht sollten wir dem Meisterkoch besser aus dem Weg gehen.«

Catie folgte ihm durch den Flur, an den Schlafzimmern vorbei, in das Atelier. Die Tür stand offen, und es roch stark nach Farbe und Leinöl, obwohl der Luftreiniger auf vollen Touren lief. Zu dieser Tageszeit fiel das Nordlicht durch die Fenster an der Rückseite des Hauses und das Atelierfenster zeigte seine beste Wirkung, weil die Sonne an die andere Seite des Hauses gewandert war. In der Mitte des Raumes und in sicherer Entfernung von der Netzzugangsbox und dem Implantatstuhl, aber direkt unter den Spots und in Reichweite der digitalen Rendering-Kamera, stand eine Leinwand auf einem Stativ, das Flecken in jeder vorstellbaren Farbe aufwies.

Die Arbeit war als Hintergrund für einen Text gedacht, der im Zug einer virtuellen Projektion darüber gelegt werden würde. Das Werk zeigte einen Rausch von Blau- und Grüntönen ... aber das war nicht alles. »Schon trocken?«, fragte Catie.

»Willst du mich veräppeln? Wir sind zwar imstande, auf dem Mond eine Kolonie zu errichten, aber wir haben es immer noch nicht geschafft, ein Lösungsmittel für Ölfarben zu entwickeln, das weniger als vierundzwanzig Stunden zum Trocknen benötigt ...«

»Ist das die Arbeit für CNNSI?«

»Ja, für die FINA-Schwimmmeisterschaft nächstes Jahr.« Gemeinsam traten sie einen Schritt zurück und betrachteten die Malerei. Auf den ersten Blick würde ein nichts ahnender Betrachter das Werk als abstrakt bezeichnen. Aber wenn man sich in die Grün- und Blautöne vertiefte, bemerkte man halb versunken in den glasigen Schattierungen die aufblitzenden Stellen, an denen die Farbe heißer und strahlender leuchtete, die Streifen und verborgenen Wellen von Rot und Gold, und man fühlte etwas wie überschäumende Kraft und entdeckte Formen, die schnell und zielstrebig durch das Wasser schnitten oder in das Wasser eintauchten. Und so subtil der Effekt auch war, erkannte man bei längerer Betrachtung immer mehr Schwimmer und Taucher, die sich in diesem statischen Medium bewegten.

»Selbstverständlich wollen sie, dass ich es animiere«, meinte ihr Vater und zog eine Miene, die deutlich sagte: *Was für Idioten!* »Vermutlich wollen sie, dass sich das Wasser kräuselt. Wenn sie so viel Verstand hätten, wie Gott einer Blue-Point-Auster gegeben hat, würden sie bemerken, dass man nur fünf Sekunden stillsitzen muss, und schon erzeugt das eigene Gehirn denselben Effekt.« Er warf Catie einen ironischen Blick zu. »Aber heutzutage ist es ja schon eine Herausforderung, den künstlerischen Leiter dazu zu bewegen, fünf Sekunden stillzusitzen. Zu schweigen vom virtuellen Publikum, das sich das ganze Werk fast vollständig verdeckt durch irgendeinen blitzenden, vorüberhuschenden Text ansehen muss, wobei das Bild die Hälfte der Zeit innerhalb des virtuellen ›Betrachtungsfensters‹ auf die Größe einer Briefmarke verkleinert ist. Der künstlerische Leiter wird also darauf bestehen, dass ich irgendeine Bewegung einbaue, damit sich die Zuschauer daran erinnern, dass es sie gibt.« Ihr Vater sah wieder zu der Leinwand hinüber. »Wenn ich Pech habe, wird das Bild wie eine Werbung für einen Toilettenreiniger aussehen, sobald sie damit fertig sind. Wenn ich Glück habe ...« Mit einem Seufzer brach ihr Vater achselzuckend ab.

Catie trat näher an das Gemälde heran, um zu sehen, wie ihr Vater die Farbe über die schimmernden Pinselstriche gelegt hatte, die die Schwimmer darstellten. Dazu hatte er das Palettenmesser verwendet, und das hatte wohl das schabende Geräusch verursacht, das Hal am Vorabend gehört hatte. »Immerhin wirst du auch ein paar Drucke verkaufen ...«

»Sicher«, stimmte ihr Vater schwach lächelnd zu, während er einen großen Schluck Duvel nahm. »Die Sammler werden es schon bemerken, wenn es veröffentlicht wird. Und es gibt immer Leute, die eine nette Grafik erkennen und eine Kopie für ihren Arbeitsraum wollen. Sie werden schon einiges einbringen.«

Wieder betrachtete Catie das Werk, das mehr Geschwindigkeit enthielt, als bloß die Bewegung der Schimmer und Taucher. »Du hast dich mit diesem Bild beeilt ...«

Ihr Vater, der sich eben wieder die Locke aus der Stirn streichen wollte, brach lachend ab und trank einen weiteren Schluck von seinem Bier. »Ja. Es muss noch nicht fertig sein, aber ich wollte die Sache vor dem Abgabetermin hinter mir haben ... damit ich für den nächsten Auftrag mehr Zeit habe. Außerdem wollte ich hier alles noch in Ordnung bringen und aufräumen, bevor die Bauarbeiter kommen.« An seinem Gesichtsausdruck konnte man ablesen, dass er sich vor dieser Invasion fürchtete.

Catie schüttelte den Kopf. »Du solltest Moms Rat folgen und den Umbau verschieben. Wir könnten dann gemeinsam für eine Woche wegfahren, während die hier das ganze Haus auseinander nehmen. Vielleicht an die Küste von Jersey ... oder auf die Insel Assateague ...«

Nachdem er einen Augenblick nachgedacht hatte, schüttelte er ablehnend den Kopf. »Nein. Je früher es getan wird, desto früher kann ich wieder an meine Arbeit zurückkehren.«

Wie konnte sie nur vergessen, wie sehr ihr Vater diese Arbeit liebte, dachte Catie lächelnd. Im Gegensatz dazu erzählten die meisten ihrer Klassenkameraden nur davon, wie sehr ihre Eltern ihren Job verabscheuten und dass sie es gar nicht erwarten konnten, endlich Urlaub zu machen. Mit etwas Glück würde sie einmal auch wie ihr Vater empfinden, wenn sie für die Net Force arbeitete. Sie weigerte sich, überhaupt daran zu denken, dass sie nicht für sie arbeiten würde.

»Oh«, stieß sie hervor, als sie sich plötzlich wieder an etwas erinnerte. »Ich wollte dir gestern Abend noch was erzählen, aber du warst beschäftigt. Hals Freund, dieser Spatball-Spieler von South Florida, wird morgen in die Stadt kommen ... wir werden ihn in Georgetown zum Mittagessen treffen.«

»Hey, das ist großartig. Soll ich euch fahren?«

Sie schüttelte abwehrend den Kopf. »Wir werden mit den öffentlichen Verkehrsmitteln fahren ... mit U-Bahn und Straßenbahn ist das kein Problem.«

»Ist das nicht dieser große Star?«

»Ja, soweit ich gehört habe. Viele interessieren sich plötzlich für South Florida ... Ich vermute, dass das der eigentliche Grund ist, warum er hierher kommt.«

Ihr Vater nickte zustimmend, trank einen weiteren Schluck Bier und sah wieder zu dem Gemälde hinüber. »Warum glaubst du, dass sie gerade jetzt so populär geworden sind?«

Catie warf ihrem Vater einen spöttischen Blick zu. »Du interessierst dich doch nicht auch plötzlich für diesen Sport?« Das war mehr als ungewöhnlich. Denn obwohl sich ihr Vater in seiner Arbeit häufig mit Sportthemen auseinander setzte, war er nicht gerade ein begeisterter Anhänger dieser Sportarten. Üblicherweise behauptete er sogar, in die Gebrauchsgrafik eingestiegen zu sein, indem er die Unterschrift seiner Eltern auf den Entschuldigungen vom Schulsport fälschte. Bis man ihn erwischte, wäre daraus sogar ein lukratives Geschäft geworden, indem er auch für andere Kids für fünf Scheine die Unterschrift ihrer Eltern fälschte.

»Ich und Sport? Keine Chance«, gab Caties Vater zurück. »Aber vielleicht interessiert mich die Psychologie dieser besonderen Situation ...«

»Ich weiß nicht«, meinte Catie nachdenklich. »Ich glaube, es geht vor allem darum, dass sie eigentlich die Unterlegenen sein müssten. Den Leuten gefällt es einfach, wenn ein Außenseiter zum Star aufsteigt.«

Mit zustimmendem Nicken griff ihr Vater erneut nach dem Terpentinlappen, setzte sich auf die arme, abgenützte und von Farbflecken übersäte Couch und rieb wieder an den blauen und grünen Flecken auf seinem Handrücken. »Vielleicht. Allerdings ist mir immer noch nicht klar, wie sie es überhaupt so weit geschafft haben.«

»Wenn ich es richtig verstehe, war irgendjemand vom ersten Organisationskomitee dieser Sportart klug genug, sich auch selbst als Lizenzvergabebehörde einzusetzen, um sicherzustellen, dass sie langfristig die Kontrolle über Spatball behalten. Die meisten rechtlichen Regelungen begreife ich nicht, aber Hal hat mir gesagt, dass sie so handeln mussten, um für die ersten Turniere Raum von der International Space Station zu bekommen. Er hat gesagt, dass die ersten Organisatoren sichergehen wollten, dass Spatball seinen Status als Amateursportart auch dann nicht verliert, wenn diese Sportart professionalisiert wird. Offenbar waren sie klug genug, diese Entwicklung vorherzusehen. Und als dann die Struktur für die Liga festgelegt wurde, hielten sie schriftlich fest, dass die internationale Spatball-Liga keine reinen Profimannschaften zulässt. Wer tatsächlich Profi werden wollte, durfte die Sportart nennen, die er wollte, aber nicht ›Spatball‹.«

Ihr Vater nickte langsam. »Du sagst also, dass sie sich dazu entschlossen haben, sowohl den Namen selbst zu lizenzieren als auch das Spiel?« Nachdem er den Lappen in den kleinen selbst verschließenden Keramikbehälter geworfen hatte, der für seinen brennbaren Abfall bereitstand, griff er wieder nach seinem Bierglas. »Möglicherweise ein sehr kluger Spielzug.«

»Scheint so«, gab Catie zurück. »Hal sagt, dass die größeren Teams schon mehrmals versucht haben, die Lizenzvereinbarungen zu brechen oder zu umgehen, aber dass sie jedes Mal an der Rechtssprechung gescheitert sind. Offenbar war der Spieler, der die Statuten für die ursprüngliche Lizenz aufsetzte, ein Rechtsanwalt, der auf internationales Marken- und Patentrecht spezialisiert war und genau wusste, was er tat ...«

»Klingt danach«, stimmte ihr Vater zu, und nahm einen weiteren Schluck Bier. »Aber es ist doch irgendwie außergewöhnlich.«

»Schon. Üblicherweise werden im Verlauf der jährlichen Spatball-Saison die weniger guten Teams rasch hinausgekickt, und von den verbleibenden sind dann die Mehrzahl professionelle Teams. Das hat wohl auch damit zu tun, dass die professionellen Teams genug Geld haben, um die talentiertesten Spieler der Halbprofis und Amateurklubs aufzukaufen, worüber sich diese offenbar seit langem beklagen. Zumeist steigen Amateurteams zur Mitte der Wettbewerbssaison bereits aus. Aber nicht dieses ...«

Nachdem ihr Vater das Bier ausgetrunken hatte, stand er auf, griff nach dem Abfallbehälter und warf einen letzten Blick auf das Gemälde. »Wird interessant zu beobachten, wie sich die Saison für South Florida weiterentwickelt. Ich kann mir vorstellen, dass der Druck auf sie auf ein Niveau ansteigen wird, das sie als reiner Amateurklub wohl kaum je erleben.«

Catie nickte zustimmend und ging mit ihm gemeinsam in die Küche zurück. »Das ist auch einer der Gründe, warum ich den Captain des Teams kennen lernen will«, sagte sie.

Erstaunt hob ihr Vater die Brauen, während er durch die Küche zur Hintertür ging, die zur Garage, zur Rückseite des Hauses und zu dem versiegelten Abfallbehälter für entflammbare Stoffe führte. »Willst du damit sagen, dass es nichts damit zu tun hat, was das *People*-Magazin über ihn geschrieben hat? Dass er aussehe wie ein junger Gott?«

Noch ehe Catie eine passende Antwort einfiel, war ihr Vater schon durch die Tür in den Garten verschwunden. Ihr Bruder rührte noch immer mit angespanntem, verärgertem Gesicht in dem Topf, in dem er schon zuvor gerührt hatte, und griff eben nach einem weiteren aufgeschlagenen Ei.

»Chemie?«, erkundigte sich Catie belustigt.

»Verschwinde aus der Küche, bevor ich die Behörde rufe, die dafür zuständig ist, wenn man den Leichnam eines engen Verwandten der Wissenschaft zur Verfügung stellen will«, knurrte er, ohne aufzusehen.

Immer noch lächelnd ging Catie durch den Flur in ihr Zimmer, um die Schulkleidung abzulegen.

Etwa zweihundertvierzig Kilometer entfernt, in der Penthousebar des Marriott Hilton Parkway in Philadelphia, saßen einander zwei Männer an einem niedrigen Bartisch gegenüber und blickten den Ben Franklin Parkway hinunter zum bemalten, neogriechischen Portikus des Kunstmuseums. Zwei lange Reihen von Bäumen säumten die Straße bis zum Kreisverkehr vor dem Museum. Kein Lufthauch bewegte die Blätter, die in dem seltsamen Licht und der Hitze regungslos und ungewöhnlich glatt an den Ästen hingen. Im Westen türmten sich Gewitterwolken wie gerinnende Wirbel in Weiß und lebhaftem Blau aufeinander und drohten zu einem jener Vieruhrnachmittagsregen zu werden, die im Sommer in Philadelphia so häufig auftraten. Aber noch war es nicht so weit, und alles außerhalb der wandhohen Fenster der Bar wartete unter dem Druck der feuchten Hitze in atemloser Stille darauf, dass der Sturm endlich losbrach.

Die beiden Männer, die gemeinsam in der Bar saßen und lieber auf den Parkway hinunterblickten, als einander anzuschauen, trugen dunkle Anzüge, deren Schnitt so gewählt war, dass sie in keiner Weise auffielen. Sie hatten auch die Sonnenbrillen abgenommen, denn durch nichts rief man leichter die Aufmerksamkeit hervor, als wenn man im Inneren eines Gebäudes eine Sonnenbrille trug. Zudem tranken beide undefinierbare Drinks, bei denen ein zufälliger Beobachter nicht hätte feststellen können, ob sie Alkohol enthielten oder nicht.

Nun, da sich die beiden Männer zum ersten Mal in einer nicht virtuellen Umgebung trafen, machten sie wie so viele in dieser Situation die verblüffende Entdeckung, dass das Körpermodell, das der jeweils andere üblicherweise trug, das genaue Gegenteil seines wirklichen Aussehens war. Hätten sie sich die Mühe gemacht, hätten sie anhand des Modells die wahre Erscheinung vorhersagen können. Darjan stellte sich als kleiner, ein wenig bulliger Mann mit hellem Haar dar, das er für die aktuelle Haarmode überraschend lang trug; Heming hingegen war groß und schlank bis knochig. Zusätzlich hatte er eine dunkle Gesichtsfarbe und besonders kurz geschnittenes dunkles Haar. Durch diese neuen Erkenntnisse wurden die beiden Männer einander nicht sympathischer ... Sie hätten einander kaum unsympathischer sein können, denn immerhin waren sie durch die Umstände gezwungen, einander im nicht virtuellen Raum zu treffen, und verloren dadurch jeglichen Schutz, den ihnen die Körpermodelle bis dahin gewährt hatten.

»Wir haben Kontakt aufgenommen zu einem seiner Leute«, sagte Heming. »Er kommt geschäftlich hierher, und wir werden ihn morgen Nachmittag treffen.«

»Beobachtet genau, wohin er geht«, forderte ihn Darjan auf.

Heming grinste belustigt. »Das werden wir selbstverständlich tun. Aber ... du glaubst doch nicht, dass er versuchen wird, mit einer anderen Organisation in Kontakt zu treten?«

»Wenn er klug ist, wird er das bleiben lassen«, gab Darjan zurück. »Wenn er klug ist, wird er nur mit uns Ball spielen, sich auf eine Seite stellen ... und alles andere links liegen lassen. Aber ich bin sicher, dass er vernünftig genug sein wird, sich nicht mit anderen einzulassen. Immerhin ist das Angebot, das wir ihm gemacht haben, nicht gerade das schlechteste.«

»Außer«, warf Heming plötzlich besorgt ein, »er hat sich dazu entschlossen, mit irgendeiner Strafverfolgungsbehörde gemeinsame Sache zu machen ...«

Die beiden Männer schwiegen für einen Augenblick. Schließlich schüttelte Darjan den Kopf.

»So dumm wird er nicht sein. Das wäre Selbstmord. Außerdem könnte er ihnen was auch immer erzählen, er hat keine Beweise. Wir haben in all unseren Kontakten mit ihm sorgfältig darauf geachtet, dass man uns nichts anhaben kann.« Er hob das undurchsichtige Glas, nippte daran und stellte es wieder ab. »Nein«, erklärte Darjan entschlossen. »Ich sehe hier wirklich kein Problem. Dennoch solltet ihr ihn in den nächsten Tagen im Auge behalten, bis wir das Ergebnis haben, das sich unsere Auftraggeber wünschen, und sich die Situation wieder beruhigt.«

Wieder sahen die Männer auf den Parkway hinunter. Allmählich begannen die Blätter ein wenig zu zittern. »Wie geht es unseren Auftraggebern?«, erkundigte sich Heming.

Darjan schwieg eine Weile, ehe er antwortete. »Sie sind nervös. Hast du etwas anderes erwartet? Selbst in Jahren, in denen alles planmäßig läuft, sind sie nervös. Auch in den anderen Sportarten, mit denen sie sich befassen, gibt es immer wieder Faktoren, die sie nicht kontrollieren können. Das Wetter, Unruhen, Verletzungen der Spieler ... Aber diese Sache ist schlimmer, denn sie hätte bis in tiefere Ebenen kontrolliert werden können, wenn irgendjemand es für notwendig gehalten hätte. Nur hat es niemand für notwendig gehalten. Und jetzt ...« Darjan verstummte. »Jetzt ist es zu spät, und wir können den Dingen nicht einfach ihren Lauf lassen. Jetzt müssen wir eingreifen, um diese Entwicklung zu stoppen. Und die aus der höchsten Etage hassen es, wenn eingegriffen werden muss. Dabei hinterlässt man viel zu leicht Spuren, eine Fährte ...«

Der Himmel verdunkelte sich, allerdings wurde er nicht grau sondern nahm eher eine eigentümlich blaugrünliche Färbung an, wie ein Bluterguss, und auch der Wind erhob sich langsam. »Nun, begann Heming, »nach dem morgigen Tag, wenn wir unsere Regeln klargelegt haben ... und auch die Belohnung auf dem Tisch liegt für das, was er tun soll ... kannst du deinen Leuten sagen, dass sie sich keine Sorgen mehr machen müssen. Danach, und nach dem, was Chicago ihnen in wenigen Tagen antun wird, können eine Menge Leute erleichtert aufatmen.«

»Für das ›Turnierspielfeld‹ sind alle Vorbereitungen getroffen«, erklärte Darjan, während er sich streckte. »Aber vorläufig sind sie bloß ein Experiment. Sie sollten so wenig wie möglich eingesetzt werden. Vielleicht brauchen wir sie aber auch gar nicht, wenn Chicago unsere Erwartungen erfüllt. Und wenn wir sie benötigen ...« Er brach ab und zuckte die Achseln. »Dann werden wir sie eben so vorsichtig anwenden, dass niemand etwas vermutet. Wie gesagt, es ist bloß ein Test, um die Sache anderswo einmal zum Einsatz zu bringen.«

Als der Kellner auf seiner üblichen Runde durch die Bar vorüberkam, verstummten die Männer. »Kann ich Ihnen noch etwas bringen, Gentlemen?«

Da die beiden kopfschüttelnd verneinten, ging der Kellner zu einem der wenigen anderen besetzten Tische. Dies war auch einer der Gründe, warum sie einander hier getroffen hatten: Nachmittags war es in der Bar üblicherweise ruhig. Sobald sich der Kellner außer Hörweite befand, fuhr Darjan fort: »Das Spiel findet am Sonntag um vierzehn Uhr statt. Ohne Nachspielzeit und mit den üblichen Pausen zwischen den Spielhälften, wird es etwa um sechzehn Uhr dreißig vorüber sein. Ich erwarte also um siebzehn Uhr Bericht von dir. Und unsere Auftraggeber ebenso.«

Heming nickte, griff nach seinem Glas und schwenkte es, sodass die Eiswürfel leise klirrten. »Chicago«, sagte er.

Darjan nickte einmal und hob ebenfalls sein Glas, ohne jedoch mit Heming anzustoßen, der ihn wartend ansah und schließlich das Glas an die Lippen setzte.

Ein wildes elektrisches Zucken zerriss den Himmel über dem Kunstmuseum, gefolgt von einem langen Donnergrollen, das von einer plötzlich auflebenden Windböe über den Parkway herangetragen wurde. Einen Augenblick später prasselte der Regen diagonal zu Boden.

Heming lief ein Schauer über den Rücken, während er sein Glas austrank.

Am nächsten Morgen stand Catie viel früher auf, als es an einem Samstag notwendig gewesen wäre. Das hatte auf jeden Fall damit zu tun, dass sie einige Aufgaben erledigen wollte. Denn in den letzten Tagen hatte sie der Aufgabenliste, die ihre Mutter auf dem glatten weißen LivePad an der Kühlschranktür notiert hatte, wenig Aufmerksamkeit gewidmet. Vor allem das Wort RASEN, das am Dienstag von selbst auf dem LivePad erschienen war, hatte bereits ein Eigenleben entwickelt. Am Mittwoch war es plötzlich eingekreist, am Donnerstag mit vielen blinkenden Pfeilen in verschiedenen Farben versehen, deren Spitzen genau auf das Wort zeigten, und irgendwann in der letzten Nacht hatte es zusätzlich Ausrufezeichen bekommen, die wie ein Alarmsignal des lokalen Notdienstes abwechselnd rot und blau aufleuchteten. Gegen acht Uhr holte Catie den Rasenmäher aus der Garage. Eines musste sie ihrer Mutter zugestehen: Selbst wenn sie ihr keine Ruhe ließ, tat sie dies auf eine Weise, die Catie eher zum Lachen brachte, als aus dem Haus trieb.

Der Rasenmäher war ein John Deere, Modell »Hunter«, der von Fotozellen angetrieben wurde, die oben auf ihm befestigt waren. Üblicherweise musste man nicht mehr tun, als die etwa einen Quadratmeter große Box auf Rädern auf den Rasen zu stellen und ihr freien Lauf zu lassen. Die Kantensensoren und der eingebaute Motor taten den Rest. Allerdings gab es an der Ecke des Vorgartens eine Stelle, an der man die Maschine überwachen musste, vor allem, wenn der Rasen so hoch war wie diesmal. Aus irgendeinem Grund neigte der Mäher unter diesen Bedingungen dazu, auf den Bürgersteig oder die Ausfahrt hinauszurollen, wo er die Orientierung verlor und dann entweder die Straße entlangrollte auf der Suche nach mehr Rasen oder sich über den Rasen der Nachbarn hermachte und diesen mähte. Um acht Uhr morgens stand die Sonne jedoch noch so tief hinter den Bäumen, dass die Fotozellen nicht genug Licht bekamen. Deshalb musste Catie erst das Batteriemodul an den Mäher anschließen, ehe sie ihn auf den Rasen stellen und auf der Fernsteuerung auf den Startknopf drücken konnte.

Mit summenden Messern rollte der Mäher davon. Catie setzte sich auf die Treppe der Vordertür, um ihn zumindest so lange zu überwachen, bis er die Stelle passiert hatte, wo er häufig zur Flucht ansetzte. Müde rieb sie sich die Augen. Selbst nach der Dusche waren ihre Augen noch verklebt. Gestern Nacht hatte sie noch lang in der Sportpresse verschiedene Artikel und Videos über die Spatball-Mannschaft von South Florida angesehen sowie einige Virtmails, die ihr Raummanager für sie gesucht und gespeichert hatte. Offensichtlich wuchs das Interesse an der Mannschaft rasend schnell. In einem Artikel hieß es, dass das Team, das noch vor zwei Jahren keinen einzigen Sponsor für sich gewinnen konnte, nun von einigen der größten Sportbekleidungsherstellern umworben wurde. Man bot South Florida lukrative Unterstützungspakete an, wenn sie nur das jeweilige Firmenlogo auf ihre virtuellen Spatball-Uniformen hefteten ... und natürlich alle anderen Angebote ausschlugen. Allerdings schien es die Sportkommentatoren ebenso zu überraschen wie die großen Unternehmen selbst, dass South Florida bislang alle derartigen Angebote abgelehnt hatte. Niemand konnte sich einen Reim darauf machen.

Als sich der Mäher der niedrigen Buchsbaumhecke an der linken Seite des Vorgartens näherte, machte er eine Kehrtwendung und mähte direkt neben dem Bürgersteig einen parallelen Streifen zu dem, den er eben gemäht hatte. Catie beobachtete ihn wachsam. *Anscheinend können sie nicht verstehen, dass sich ein Team nicht wie all die anderen Profiteams verhält,* dachte sie. *Als wäre es einfach unglaublich, dass ein Amateur nicht bei erster Gelegenheit automatisch die Chance ergreift, Profi zu werden.*

Sobald der Mäher das Ende seines Streifens erreichte, rollte er auf den Bürgersteig hinaus und machte sich auf den Weg zum Rasen der Kowalskis nebenan. »O nein, das wirst du nicht tun!«, murmelte Catie, richtete die Fernbedienung auf das Gerät und drückte auf den »Umkehren«-Knopf mit dem Pfeil nach rechts darauf.

Unbeirrt rollte der Mäher weiter.

»Technologie«, murrte Catie verärgert, während sie dem Mäher nachlief und gleichzeitig auf den »Stopp«-Knopf der Fernbedienung drückte. Doch der Mäher ignorierte auch dieses Signal. Es gelang ihr gerade noch, das Gerät rechtzeitig einzuholen und auf den Hauptschalter an der Oberseite zu drücken, ehe der Mäher auf den Rasen der Kowalskis rollte. Als das Summen des Motors verstummte, hob Catie das Gerät hoch und trug es wieder auf den eigenen Rasen zurück, wobei sie es ein wenig von sich weg hielt, um keine

Grasschnipsel auf die Kleidung zu bekommen. »Was ist los mit dir, du Haufen Müll?«, fragte sie. »Vielleicht hat dein Code einen Fehler ...?«

Nachdem sie den Mäher wieder auf den Rasen gesetzt hatte, und zwar neben den letzten vollständigen Streifen und an das Ende jenes Streifen, bei dem er entkommen war, schaltete sie wieder den Motor ein und ließ ihm freien Lauf. Während sie ihn beobachtete, rollte er den Rasen entlang, kreuzte die Steinplatten, die zur Vordertür führten, und näherte sich der Hecke, wo er eine Wende machte. Danach kam der Mäher zurück, kreuzte wieder die Steinplatten, fuhr auf den Bürgersteig zu und vollführte diesmal eine korrekte Wende, sodass er sich wieder der Hecke näherte.

Catie setzte sich auf die Treppe und behielt von dort aus den Mäher im Auge. All die Informationen, die sie in der vergangenen Nacht über die Geschichte von South Florida gelesen hatte und über die Reaktionen von Profis und Unternehmen auf dieses Team, hatten bei ihr eine unangenehme Anspannung hinterlassen. Der gesamte »bezahlte« Sport war gegen diese eine, seltsame, einzelgängerische, kleine Splittergruppe aufgezogen und versuchte, sie in dieselbe Form zu pressen, die alle anderen Teams im letzten Jahrzehnt angenommen hatten – vielleicht sogar gezwungen gewesen waren anzunehmen? Sie fragte sich, wie South Florida auf diese Situation reagieren würde. Catie war der Ansicht, dass es im Sport immer noch eine Ebene geben sollte, auf der genug Raum war, um den Sport einfach um seiner selbst willen auszuüben. Offensichtlich hatten die Sportkommentatoren Probleme mit diesem Konzept, auch wenn sie das Gegenteil behaupteten. Und auch die Profis versuchten vorzugeben, dass ihnen das Geld irgendwie zufällig zugekommen war – wenn auch durch einen sehr netten Zufall –, und dass jeder, der sich gegen diesen Zufall zur Wehr setzte, wenn er schließlich eintraf, entweder verrückt war, oder versuchte, das Image der Profis zu schädigen. Sie fassten es sogar als direkten Angriff auf die Anerkennung des eigenen Teams auf – wobei Catie das Wort »Anerkennung« als Code für »finanziellen Erfolg« sah –, die ihnen naturgemäß zustand, wenn sie gut genug geworden waren, um mit den echten Profis wetteifern zu können. Die gesamte Angelegenheit gefiel Catie ganz und gar nicht, deshalb war sie umso neugieriger, was George Brickner dazu sagen würde.

Nach einigen weiteren Kehrtwendungen auf dem Rasen beendete der Mäher schließlich sein Werk. Als Catie diesmal auf der Fernbedienung auf den Knopf zum Ausschalten des Motors drückte, funktionierte er. Nun prüfte sie die Batterieeinheit an der Oberseite des Geräts, und als sie sah, dass die LED-Anzeige immer noch im grünen Bereich war, ging sie in die Garage, holte den Grasfangkorb und hängte ihn an die Rückseite des Mähers. Auf der Fernbedienung wählte sie nun »Muster umkehren« und »Saugen«, und schon rollte der Mäher wieder los.

Catie musste den Grasfangkorb dreimal leeren. *Ist meine eigene Schuld*, dachte sie, während sie den Korb zum zweiten Mal zum Kompostbehälter trug. *Ich hätte den Rasen schon am Dienstag mähen und nicht erst warten sollen, bis er wie der Regenwald am Amazonas aussieht.* Danach verwendete sie fünfzehn Minuten darauf, die Grasreste vom Bürgersteig zu kehren und allgemein aufzuräumen. Als sie damit fertig war und sich umsah, entdeckte sie ihren Bruder in der geöffneten Vordertür. Er war barfüßig, trug eine schwarze Sporthose und dazu ein Spruchshirt, das offenbar eben aus der Wäsche kam, denn statt der Laufschrift war nur der schwarze Standardhintergrund zu sehen mit der Aufforderung HIER BOTSCHAFT EINGEBEN, die nun in weißen Blockbuchstaben um Hals Oberkörper lief.

»Ich liebe die Arbeit«, erklärte Hal gähnend, während

Catie die Treppe hinaufstieg. »Ich könnte dir den ganzen Tag dabei zusehen.«

Catie schwieg, weil dieses Gefühl auffällig mit ihrer Einstellung zu ihrem Bruder übereinstimmte, und sie sich zu sehr nach dem Frühstück sehnte, um jetzt mit ihm Streit anzufangen. »Wie ist denn das Essen in dem Imbiss, wo wir uns mit Brickner treffen?«, erkundigte sie sich.

»Wenn es immer noch so ist wie vor ein paar Monaten, als ich das letzte Mal dort war, dann ist es das übliche Schnellimbisszeug«, antwortete er, während er Catie in die Küche folgte. »Die Sandwiches mit geräuchertem Fleisch sind ziemlich gut. Ich glaube, sie bekommen das Fleisch von einer Kette aus Montreal.«

»Fein.« Catie ging zum Kühlschrank, nahm eine Doppelpackung Minicroissants heraus, steckte sie in die Mikrowelle und erhitzte sie. Dann holte sie einen Becher und einen Teebeutel. Dies war nur eine leichte Zwischenmahlzeit, um auf den Beinen zu bleiben, bis es Zeit für das Mittagessen wurde. »Du solltest jetzt duschen gehen, immerhin ist es schon bald zehn, und wenn wir pünktlich dort sein wollen ...«

»Nichts als Anweisungen«, knurrte Hal. »Du bist ja schon so schlimm wie Mom.« Damit verließ er die Küche und verschwand im Badezimmer.

Catie lächelte leicht, während sie nach dem Stift griff, der am LivePad auf der Kühlschranktür hing, und das Wort RASEN säuberlich von ihrer Aufgabenliste strich. Das LivePad spielte ein triumphierendes Trompetenstück und sagte dann in der Stimme ihrer Mutter: »Danke, Liebes!« Im selben Augenblick tauchten rund um das Wort !!!GESCHIRRSPÜLER!!!, das noch immer unberührt war, unzählige rote, gelbe und blaue Pfeile auf, und daneben erschien das Wort HAL!!!.

Lächelnd wendete sich Catie ab, um ihren Tee zuzubereiten.

Wenige Stunden später waren sie im Delano's in Georgetown, einem durchschnittlichen Imbissrestaurant, in dem Kunststoff und Edelstahl vorherrschten. Als sie zur Tür hereinkamen, stand George Brickner bereits im Vorraum neben dem Schild BITTE WARTEN SIE, BIS IHNEN EIN TISCH ZUGEWIESEN WIRD. Überrascht stellte Catie fest, dass er nicht kleiner war als seine virtuelle Erscheinung, sondern sogar noch größer, was wirklich ungewöhnlich war. Bei einer Größe von über 1,80 Metern und etwa neunzig Kilo sah er mit den breiten Schultern und der schmalen Taille muskulös, aber keineswegs übermäßig trainiert aus. In den Neonjeans und dem großen weiten halbdurchsichtigen Shirt, das zurzeit bei heißem Wetter sehr beliebt war, wirkte er freundlich, zugänglich und ganz und gar nicht außergewöhnlich. Nachdem sich Hal und Catie vorgestellt hatten, schüttelte ihnen George die Hand. »Ich bin am Verhungern«, sagte er. »Ich habe das Frühstück ausgelassen, und das, was man mir im Flugzeug serviert hat, konnte ich einfach nicht essen. Es hat wie das Nebenprodukt eines Angriffs mit biologischen Waffen ausgesehen. Wäre es für euch sehr unhöflich, wenn wir uns jetzt einfach setzen und etwas zu essen bestellen?«

»Kein Problem«, gab Hal zurück. »Aber wo ist Mike?«

»Vermutlich wieder zu spät«, meinte George. »Seit ich ihn kenne, kommt er zu spät. Vermutlich wird er sogar zu seinem eigenen Begräbnis zu spät kommen. Setzen wir uns doch einfach. Es wäre verrückt, hier zu stehen und darauf zu hoffen, dass er in den nächsten Minuten auftaucht. Wenn wir auf ihn warten, knabbern wir schon an unseren eigenen Ellbogen, bis er endlich kommt.«

Die Kellnerin, die sie an einen Tisch am Fenster brachte, stieß mehrmals beinahe gegen ein Hindernis, weil sie sich beim Gehen ständig umdrehte, um mit George zu plaudern. Während sie das Restaurant durchquerten, wandten sich die Leute an den Tischen immer wieder um, starrten erst Brickner an und warfen dann auch Hal und Catie einen fragenden Blick zu, als wollten sie sagen: »Den ersten Mann kennen wir ja. Aber sind die beiden anderen auch irgendwie berühmt?« Zunächst belustigte Catie diese Reaktion, und sie fand es sogar ein wenig aufregend. Aber im Grunde blieb nur ein seltsames Gefühl, von dem sie nicht wusste, ob es ihr gefiel.

Schließlich setzten sie sich und studierten die Menükarte. Hal bestritt nahezu allein das Gespräch, wofür ihm Catie sehr dankbar war. Sie selbst wollte erst feststellen, wofür sich Brickner interessierte, um sich dann auf intelligente Weise am Gespräch zu beteiligen. Auf jeden Fall wollte sie den Eindruck vermeiden, dass sie nur mitgekommen war, um ihn einmal aus der Nähe zu sehen. Zumindest Hal würde augenblicklich falsche Schlüsse ziehen – wenn nicht gar George selbst. Vorerst schienen sich Hal und George jedoch angenehm zu unterhalten, indem sie sich Geschichten über Mikes Verspätungen erzählten, während sie die Menükarte durchsahen. Nach einigen Minuten kam die Kellnerin, um die Bestellung aufzunehmen. Catie bestellte ein Sandwich mit geräuchertem Fleisch und eine Cola, Hal einen Eistee und Eier Benedikt – was Catie erneut zu der Frage brachte, was diese Speise mit dem Chemieunterricht zu tun hatte.

»Und was darf es für Sie sein, Mr Brickner?«, erkundigte sich die Kellnerin, wobei sie ihm unverhüllt zublinzelte.

Catie fiel es schwer, nicht laut zu lachen.

»Einen Toast mit Speck, Salat und Tomaten und einen Eistee, bitte«, sagte George.

»Kommt sofort«, gab die Kellnerin zurück. »Danke. Und, oh, wir sind alle große Fans von Ihnen ...«

»Danke, Miss« – er spähte auf ihr Namensschild »danke Wendy. Es tut immer gut zu wissen, dass die Leute unser Team unterstützen.«

Lächelnd eilte die Kellnerin davon. »Sieht aus, als würden wir hier gut bedient werden«, meinte Hal trocken, während er ihr nachsah.

George runzelte resigniert die Brauen. »Wir werden überall gut bedient«, erzählte er, »allerdings wüsste ich nur allzu gern, ob die ganze Aufmerksamkeit dem Team gilt oder nur diesem verfluchten Artikel im *People*-Magazin zu verdanken ist.«

Catie hatte eben über dasselbe nachgedacht. Denn nun, da sie George persönlich gegenübersaß, kam sie zu der Schlussfolgerung, dass das *People*-Magazin mit seiner Lobeshymne auf sein gutes Aussehen Recht gehabt hatte. Aus der Nähe betrachtet sah er wirklich fabelhaft aus. Allerdings fiel das nicht so auf, wenn er spielte. *Was verändert diesen Mann so, wenn man ihn in ein Dress steckt?*, fragte sich Catie. In Straßenkleidung konnte man ihn für ein Model halten. Wenn man ihn jedoch in einem Spatball-Spiel sah, drang diese unvermittelte männliche Schönheit nicht durch. Fast schien es, als würde die Energie, die üblicherweise für attraktives Aussehen aufgewendet wurde – sofern man in diesem Zusammenhang davon sprechen konnte, dass hier persönliche Energie »aufgewendet« wurde – im Spiel vollständig kanalisiert werden, sodass George dann einfach auf eine kühle, unbeteiligte Weise gut aussehend wirkte. Sobald er die Spielkugel verließ, wurde die Energie wieder für andere Zwecke freigesetzt. Nun verstand Catie auch, warum sich einige von Georges weiblichen Fans so sehr darüber ärgerten, dass er zwar begehrenswert erschien, aber offenbar derzeit kein Interesse daran hatte, sich mit einem Mädchen zu verabreden. Sie selbst genoss Georges attraktive Erscheinung einfach wie eine Art wandelnde Kunstinstallation, während sie sich nachdrücklich in Erinnerung rief, dass sie bis nach ihrem Collegeabschluss keine ernsthafte Beziehung zu einem Mann eingehen wollte. Leider geschah es durch Erlebnisse wie dieses immer wieder, dass ihr Vorsatz ins Wanken geriet.

Als die Getränke gebracht wurden, kehrte Catie blinzelnd in die Wirklichkeit zurück. *Puh,* dachte sie, *das sieht mir gar nicht ähnlich, dass ich wegen eines hübschen Gesichts zu träumen anfange. Reiß dich zusammen!*

»Wollte dich nicht ein Teamkollege begleiten?«, fragte Hal.

»Ja, mein Stellvertreter, Rick Menendez. Aber er besucht heute seine Schwester in Rockville. Sie hat letzte Woche ein Baby bekommen, und er nützt die Gelegenheit, um seinen Neffen zum ersten Mal in Fleisch und Blut zu sehen, anstatt nur in einer Virtmail. Es ist schon lustig ... der grimmigste Typ, den ihr je gesehen habt, und jetzt ist er ganz gefühlsduselig.« George grinste so fröhlich, dass Catie nur bei seinem Anblick lächeln musste. »Zurzeit ist aber das ganze Team hier ... diejenigen, die morgen spielen werden, sowieso. Allerdings fehlen uns ein paar Spieler. Gestern haben wir einen unserer Ersatzspieler verloren, weil er zur Aufsichtsbehörde gerufen wurde. Kaum zu glauben! Und ein weiterer Spieler wurde irrtümlich doppelt eingeteilt. Während wir gegen Chicago und Spartak Moskau spielen, muss er als Schiedsrichter ein Spiel der Western Division leiten. Offenbar gibt es derzeit einen Mangel an Funktionären«, fügte er achselzuckend hinzu. »Pech, aber wir werden damit schon klarkommen.«

»Ich kann mir nicht vorstellen, dass es dir gefällt, einen Tag vor einem Spiel noch zu reisen«, sagte Catie. »Vor allem vor einem so wichtigen Spiel für die Mannschaft.«

George verzog ein wenig das Gesicht. »Nun, natürlich ist jetzt auch unsere heißeste Phase, was Publicity betrifft ... und deshalb müssen wir jetzt den Sponsorenvertrag abschließen, auf den wir gewartet haben. Dafür treffen wir uns heute Nachmittag im Hauptquartier von AirDyne in

Bethesda zu einer großen Pressekonferenz ... In den Abendnachrichten wird darüber berichtet werden. Solche Dinge freuen die ISF, auch wenn wir nicht so begeistert davon sind. Dadurch werden für das morgige Spiel viel mehr Karten verkauft. Für uns bedeutet es bloß, dass wir bis spät in die Nacht trainieren müssen ...«

»Ich habe geglaubt, dass ihr an einem Sponsorenvertrag gar nicht interessiert seid«, sagte Hal. »Immerhin habt ihr bisher alle abgelehnt.«

»Um auf diesem Level spielen zu können, brauchen wir leider einen Sponsor«, erklärte George. »Darüber sind sich eigentlich alle im Team einig. Aber wir sind uns auch einig, dass wir keinen Exklusivvertrag wollen ... zumindest keinen, den uns der Sponsor auferlegt. Vielleicht bleiben wir bei einem Sponsor, denn so viel finanzielle Unterstützung brauchen wir auch nicht. Ein großes Unternehmen genügt vollauf. Außerdem gibt es genug andere Teams, die es in dieser Hinsicht übertreiben. Sie glauben, weil ein wenig Geld gut ist, ist viel Geld besser ... Die Folge davon ist, dass ihre Trikots so mit Logos zugepflastert sind, dass man die eigentliche Farbe kaum noch erkennen kann.« George nahm einen Schluck Eistee. »Aber um es auf den Punkt zu bringen, keinem Spieler im Team gefällt der Gedanke, dass ein Sponsor durch seinen Geldbeitrag in gewisser Weise Eigentümer des Teams wird – selbstverständlich wird kein Unternehmen das je zugeben, auch wenn es in Wirklichkeit so gehandhabt wird. Für den Sponsor erscheint es hingegen irgendwie in Ordnung, dass er mit der Unterschrift des Teams auf der punktierten Linie beginnt, dem Klub Vorschriften zu machen im Hinblick auf die Taktik und das Spiel selbst.«

George seufzte. »Schließlich haben wir einen Sponsor gefunden, der nicht auf Exklusivität besteht und auch keinerlei Einfluss in Managementangelegenheiten ausüben will.

Das ist einfach großartig. Unser Team kann Geld gut gebrauchen. Immerhin ist der Beitrag, den wir jährlich an die ISF bezahlen, keine Kleinigkeit für uns. Andererseits muss die Federation auch die Net-Server unterhalten, mit denen wir unsere Spiele spielen, und dafür benötigt sie Hardware, muss die Software warten und hundert andere Dinge tun, die Geld kosten. In der Wirklichkeit zu spielen, wäre die einzige echte Alternative. Aber vorläufig übersteigt das selbst die Möglichkeiten der größten und finanzkräftigsten Profiteams. Es gibt nach wie vor zu wenige reale Spatball-Kugeln im All, und außerdem sind sie zu teuer. Irgendwie ist es traurig. Es wäre schon schön, wenn zumindest an einem Ort Spatball so gespielt werden könnte, wie es ursprünglich beabsichtigt worden war: in echter Mikrogravitation. Aber wenn diese Option fehlt, bleibt uns als beste Annäherung daran die virtuelle Spielkugel ... Voraussichtlich wird uns dieser Zustand so lange erhalten bleiben, bis die Kosten für nichtindustrielle Räume im All sinken. Vielleicht haben wir eine Chance auf eine echte Spatball-Kugel, wenn die L5-1 gebaut wird. Das wäre sinnvoll, denn selbst in einer rotierenden L5 wird es vor allem für große Hersteller ausreichend große Räumlichkeiten mit Mikrogravitation geben. Aber diese Option liegt noch etwa zwanzig Jahre in der Zukunft, und unsere Aufgabe ist es, die heutigen Probleme zu überwinden ...«

»Wie etwa Chicago«, murmelte Hal.

»Chicago werden wir auf die altmodische Art überwinden«, erklärte George. »Wir werden sie einfach schlagen. Sie haben einige taktische Schwächen, die wir uns zunutze machen können. Außerdem hat O'Mahony im letzten Spiel bereits die dritte gelbe Karte bekommen. Das war sehr nachlässig von ihr. Vor allem war es schlechtes Coaching. Ihr Coach hat zugelassen, dass sie die Beherrschung verliert, und das, ohne intern Maßnahmen zu ergreifen. Noch ein solches Foul, und wir müssen uns ihretwegen keine Sorgen mehr machen ...«

Als das Essen kam, starrte Catie fast bestürzt auf das größte Sandwich, das sie je in ihrem Leben gesehen hatte. Das Ding war über zwanzig Zentimeter hoch, und wohl selten hatte ein einzelner Zahnstocher jämmerlicher und hilfloser gewirkt, als dieser, den man von oben in das Sandwich gesteckt hatte, um zumindest vorzutäuschen, dass er diese gewaltige Menge an Räucherfleisch zusammenhalten könne. Das musste ja eine halbe Kuh sein. Aufseufzend nahm sie die Hälfte davon, legte einiges von dem Fleisch beiseite, arrangierte das Sandwich neu und drückte es auf eine Höhe zusammen, von der sie hoffte, dass sie sie bewältigen konnte. Dann machte sie sich an die Arbeit.

Georges Sandwich war auf dieselbe Weise zubereitet, sodass mehrere Minuten schweigend vergingen, bis Catie und er ihr Mittagessen unter Kontrolle gebracht hatten. Hal tauchte inzwischen in seine Eier Benedikt. »Du bist erst seit kurzem ein Fan von Spatball, wie ich gehört habe?«, erkundigte sich George bei Catie, während er eine Pause von seinem Sandwich einlegte.

Catie nickte. »Ja, bisher habe ich vorwiegend Fußball gespielt.«

»Real oder virtuell?«

»Real. Lokalliga.«

Wieder warf er ihr sein strahlendes Lächeln zu. »Eine unverfälschte Individualistin heutzutage, eine, die noch auf dem Rasen in der Sonne spielt und sich dabei Sonnenbrand und jede Menge blaue Flecken holt.«

Catie schüttelte den Kopf. »Das ist bloß eine Reaktion auf mein übriges Leben. Fußball ist eine gute Möglichkeit, um mit der physischen Wirklichkeit in Kontakt zu bleiben. Ich habe so viel mit der virtuellen Welt zu tun: Die Hausaufgaben natürlich, aber auch jede Menge grafische Arbeit und die Net Force Explorers ... und dann noch im Winter, wenn man wirklich verrückt sein müsste, um etwas im Freien zu tun, die Schachspiele, die von der F.I.C.E gesponsert werden.«

Das brachte ihr ein weiteres, beeindruckendes Lächeln von George ein. »Echtes Schach? Zweidimensional oder dreidimensional?«

»Zweidimensional. Ich bevorzuge die klassische Methode.«

»Auf welchem Level?«

»Drei. Nichts, womit man prahlen könnte.«

»Ich habe auch einmal auf dem dritten Level gespielt«, erzählte George, »als ich ein Teenager war. Aber ich war nicht gut genug, um bei Turnieren zu spielen. Wie es sich herausstellte, lag meine Stärke in den körperlichen Sportarten. Erst habe ich ein wenig Leichtathletik gemacht ... und dann habe ich Spatball entdeckt. Oder das Spiel hat mich entdeckt ...«

»Ihr hättet wohl nicht auf mich warten können?«, erklang plötzlich eine Stimme vom Gang des Restaurants. Als sie aufsahen, erblickten sie einen stämmigen hellhaarigen Jungen, der etwa so groß war wie Hal, aber doppelt so breit. Er war vielleicht zwanzig Jahre alt, stand nun neben ihrem Tisch und betrachtete ihre Sandwiches mit kritischem Blick.

»Wie immer zu spät«, sagte George, während er dem Jungen einen Seitenblick zuwarf und sich wieder über sein Sandwich hermachte. »Für dich gibt es heute nichts mehr. Wir haben dein Sandwich auch schon aufgegessen.«

»Ach ja, Bird«, gab Mike ungerührt zurück und setzte sich neben George, der zur Seite rückte, um ihm Platz zu machen. »Hey Hal, wie geht's? Wie ist der Test gelaufen?«, erkundigte er sich.

»Spitzenmäßig.«

»Gut für dich ... dann kannst du schon zu Braun wechseln. Ist das deine Schwester?«

»Ja. Catie, das ist Mike Manning.«

»Hallo, Catie, nett, dich kennen zu lernen. Gibt es hier irgendwo eine Menükarte?«, fragte Mike, während er sich suchend umsah. Einen Augenblick später tauchte die Kellnerin lächelnd am Tisch auf und gab ihm eine. Als Mike eine Zitronenlimonade bestellte, eilte sie davon, als hätte sie ihr Leben lang auf diesen Auftrag gewartet.

Während Mike die Menükarte studierte, sah Catie zu George hinüber. »Ich wollte dich was fragen ...«

In diesem Moment brach Mike in schallendes Gelächter aus und stieß George mit dem Ellbogen an, der verwundert die Brauen hob.

»Nein«, antwortete er mit dem Anflug eines Lächelns, »ich bin nicht verheiratet, ich habe keine Verabredungen, ich bin nicht schwul und ich habe noch keine Pläne.«

Catie grinste, konnte es jedoch nicht verhindern, dass sie dennoch errötete. »Nein, das wollte ich dich eigentlich nicht fragen«, sagte sie. »Ich wollte bloß wissen, warum man dich ›Papagei‹ nennt?«

»Oh«, stieß George überrascht aus, während er Mike einen viel sagenden Blick zuwarf. »Hast du das gehört? Da ist die eine Frage von hundert. Du schuldest mir einen Nickel.«

Mike drehte die Menükarte um, weil er auch die Rückseite durchlesen wollte. »Ich werde ihn auf dein Konto überweisen«, meinte er grinsend.

Kichernd wandte sich George wieder Catie zu. »Vielleicht kannst du dir vorstellen, wie oft ich die anderen Fragen höre. Egal. Der Name ist ein Kompliment.«

»Aha?« Catie war nun vollkommen verwirrt.

»Es ist ein interner Scherz«, erklärte George. »Erinnerst du dich noch, als die internationale Raumstation gebaut wurde, zumindest der erste Bauabschnitt, ehe private Geldgeber kamen und das Volumen verdoppelten? Alles war sehr offiziell, militärisch und schnittig. Damals verwendete man auch Versuchstiere, um die Anlage zu testen. Allerdings hielt man dann lange Zeit daran fest, keine Versuchstiere mehr zuzulassen. Eine verständliche Entscheidung, wie mir scheint. Immerhin war damals noch kein Recyclingsystem eingebaut, und es fehlte auch an Raum für Nahrung und Wasser. Abgesehen davon gab es bei Tieren gewisse Eliminationsprobleme in der Mikrogravitation ...« Er lächelte leicht. »Schließlich fügte man das Rotationsmodul an für das Kristallwachstum, die metallurgischen Forschungen und das Herstellungspilotprojekt; und die Leute begannen, Spatball zu spielen, noch bevor es überhaupt verbreitet war. Währenddessen stellten die Projektbiologen dieses komplizierte Forschungsprojekt auf die Beine, das sich mit der Orientierung von Vögeln in Abhängigkeit vom Magnetfeld befasste. Dafür brauchten sie Vögel in der Station und schalteten die Mikrogravitation ein, um zu sehen, in welcher Weise sie die Flugcharakteristik und den Richtungssinn der Vögel beeinflusste.« George warf Catie einen belustigten Blick zu. »Die Wissenschaftler bestanden darauf, dass die Vögel, die zu diesem Zweck ins All gebracht wurden, hochintelligent und an Gefangenschaft gewöhnt sein mussten. Was, glaubst du, verwendeten sie also für dieses Experiment?«

»Oh ... Sittiche?«

»Knapp dran. Papageien. Und um genau zu sein, Graupapageien ... und zwar ein Paar brütender Papageien, die einem der Biologen gehörten und George und Gracie hießen. Es waren afrikanische Graupapageien, sehr intelligent, sehr langlebig, darin stimmten alle überein ... aber sie waren auch seine eigenen Haustiere.«

Catie kicherte. In diesem Moment erschien Wendy, um Mikes Bestellung aufzunehmen – ein Minutensteak mit Pommes Frites. Ehe sie ging, hielt sie noch einmal an, um

George mit ihren langen Wimpern zuzublinzeln. Mike beobachtete sie beeindruckt. »Diese Technik habe ich bisher nur in alten Cartoons gesehen«, sagte er. »Ein neues Beispiel für unsere Sammlung.«

»Ja«, stimmte George zu. »Nun ... zurück zu den Papageien. Es gab jede Menge Wirbel um das Projekt, aber weil es von hochrangigen NASA-Funktionären bewilligt worden war, die nicht wussten, dass sie getäuscht worden waren, standen die Projektmanager der Raumstation schließlich vor der Entscheidung, dem Projekt grünes Licht zu geben, oder das Geld zurückzugeben. Das wollte natürlich niemand in der Station. Damals war es schwierig genug, überhaupt Sponsoren für Forschungsprojekte zu finden. Und Forschungsmittel ungenützt zurückzugeben, wäre wohl der schlechteste Schachzug überhaupt gewesen. Immerhin wollte man die Sponsoren nicht auf die Idee bringen, routinemäßig weniger Geld zuzuschießen. So kamen die Papageien also doch in die Raumstation, lebten dort fünf Jahre lang, und es ging ihnen gut. Sie brüteten sogar, was vor allem für den Biologen günstig war, weil er ansonsten in große Schwierigkeiten geraten wäre. Besonders bemerkenswert war jedoch, wie sich die jungen Papageien auf die Gegebenheiten in der Raumstation einstellten. All die kleinen Georges und Gracies, die dort geboren wurden, entwickelten eine ganz neue Art zu fliegen. Noch heute studieren Spatball-Spieler und Astronauten die Filme, die Harry – so hieß der Biologe – von den Vögeln und ihren Jungen gedreht hat. Die Jungvögel entwickelten in den ersten Lebenswochen Manövriertaktiken in der Mikrogravitation, für die trainierte Astronauten viel länger benötigten, um sie zu erkennen und umzusetzen. Offensichtlich lernten auch die Altvögel – aber ihre Lernkurve glich eher der menschlicher Astronauten: Sie machten dieselben Fehler bei derselben Geschwindigkeit.«

George lehnte sich zurück und trank einen Schluck Eistee. »Nun, was war die Moral dieser Geschichte? Neben seinen anderen Tätigkeiten begann Harry, der Biologe, Spatball zu spielen. Er war sogar Spieler in einem der ersten ›echten Weltallteams‹, das im Rotationsmodul spielte, ehe das Spiel populär wurde und damit in den virtuellen Raum übersiedelte. Und seine Vögel spielten mit. Vor allem George und Gracie genossen das Spiel und folgten ihrem Herrchen überallhin ... George sogar mit noch mehr Begeisterung als Gracie. Wenn du also heute ein guter Spatball-Spieler bist und zusätzlich George heißt, wird es dir kaum gelingen, dem Spitznamen ›Papagei‹ zu entkommen«, erklärte George, der die Augenbrauen zu einem resignierten Blick hochzog. »Das ist keine Neuigkeit, nur seit es in die Medien gelangt ist, macht man plötzlich großes Aufhebens drum.«

Kopfschüttelnd dachte Catie über die Nebeneffekte von Vögeln als Haustieren nach. Immerhin erinnerte sie sich noch gut daran, dass sie als junges Mädchen dazu verdammt war, regelmäßig den Käfig von einem Papageienpärchen zu säubern, an dem ihr Bruder das Interesse verloren hatte. »Ich verstehe. Aber was ist ...«

»... wenn das Zeug, das Papageien üblicherweise am Boden ihres Käfigs zurücklassen, plötzlich überall in der Raumstation umherfliegt?«, führte George ihren Gedankengang lachend weiter. »Also, das ist nicht geschehen. Die Papageien wurden dazu erzogen, stubenrein zu sein.«

»Das meinst du doch nur als Scherz.«

»Nein, im Ernst. Offenbar ist das gar nicht so schwierig. Einerseits muss man kontrollieren, wann sie essen und was sie essen, und andererseits sie anregen, sich gut zu benehmen. Wie du siehst, weiß ich durch meinen Spitznamen eine ganze Menge darüber, weil jeder – und zwar wirklich jeder – danach fragt, sobald er nur die Gelegenheit bekommt.«

»Okay«, gab Catie lachend zurück. »Dann habe ich wenigstens etwas von dem getan, was man von mir erwartet.«

»Zum Glück. Jetzt können wir wieder mit dem richtigen Leben weitermachen.«

»Du meinst, mit dem nächsten Spiel«, sagte Hal.

George griff nach der zweiten Hälfte seines Sandwiches. »Im Leben gibt es mehr als nur das nächste Spiel«, meinte er mit sanftem Lächeln. »Auch wenn die CNNSI wohl anders darüber denkt oder all die Fernsehstationen, die sich in letzter Zeit vor meinem Apartment oder in der gesamten Region von Miami versammelt haben ... und vor allem die Sportkanäle. Ihnen erscheint es schon seltsam, dass ich selbst einkaufen gehe. Als würde jetzt während der Meisterschaft plötzlich ein persönlicher Einkäufer vom Himmel steigen, der sich um meine Sachen kümmert.« In seinem Lachen klang ein wenig Verzweiflung mit. »Vor ein paar Tagen habe ich einen Kerl von AB/CBS sogar dabei ertappt, wie er meinen Müll durchwühlt hat. Und wofür? Um Hinweise auf meinen Ernährungsplan während des Trainings zu bekommen? Um zu wissen, welchen Mist ich wegwerfe? Er wollte es mir nicht sagen! Ich habe ihn dann darauf hingewiesen, dass er das nicht tun darf, außer, er trägt das Zeug eigenhändig aus dem Haus hinaus. Und er hat sich freiwillig dazu bereit erklärt. Er hat doch tatsächlich meinen Müll hinausgetragen! Glaubt man denn so etwas?«

»Hier geht es um das, was sich jeder für sich wünscht«, erklärte Hal düster. »Um Ruhm ...«

»Das wird vollkommen überbewertet«, wehrte George ab. »Das heißt doch bloß, dass du nicht mehr normal in einen Laden gehen kannst, um dir ein Sechserpack Bier zu kaufen. Und wenn du es doch tust, erklärt man dich entweder zum Alkoholiker, oder am nächsten Morgen taucht der Vertreter einer Brauerei vor deiner Tür auf und fragt dich, ob du nicht für ihn werben willst.«

»Oder beides«, sagte Mike.

»Lacht nicht«, fuhr George mit schiefem Lächeln fort. »Nur durch die Sponsorverträge, die man mir bisher angeboten hat, könnte ich jetzt schon steinreich sein. Aber ich will das einfach nicht! Immerhin sind wir ein Amateurklub. Beim Spatball geht es mir darum, mich mit Freunden zu treffen, gut zu trainieren, geschickt zusammenzuspielen und sich danach in einer Runde zusammenzusetzen. ... Aber die Sache ist viel schlimmer. Wenn ich tatsächlich einmal stinkreich werde, will ich es aufgrund meiner eigenen Leistung werden, aufgrund von dem, was ich gemacht habe. Nicht aufgrund von dem, was andere für mich getan haben, als zufälliges Ergebnis von einem Zeitvertreib, einem einfachen Spiel. Denn es ist nun einmal ein *Spiel*, das dieses Geld an sich gar nicht wert ist. Aber das verstehen sie nicht«, sagte George. »Und meine Familie, meine Freunde und eine ganze Menge anderer Leute auch nicht ... Sie halten mich für verrückt. Leider verstehe ich allmählich, warum.«

Mit einem langen Seufzer griff er wieder nach dem Eistee und trank einen Schluck. Catie sah erst auf das Glas und dann zum Fenster hinüber. Sie fragte sich, ob George dieses Getränk bewusst und aus Angst vor auf ihn gerichteten versteckten Kameras gewählt hatte, die nur darauf warteten, dass er etwas tat, das man als unpassend betrachten konnte.

»Genug von meinen Schwierigkeiten«, sagte George schließlich, während er das Glas wieder abstellte. »Was sagt ihr zum Spiel?«

»Es war einfach großartig«, fiel Hal sogleich ein. Während der nächsten Dreiviertelstunde hatte Catie keine Chance mehr, irgendeine Frage zu stellen. Denn etwa so lang dauerte es, bis der nachfolgende Strom von Spatball-Ausdrücken verebbt war, ein Spiel nach dem anderen zerlegt und das Innere nach außen gekehrt war, und alles analysiert, kritisiert und der Meinung der anderen unterbreitet war. Mike stürzte sich mit großer Begeisterung in das Thema, und Hal machte es ihm alles andere als leicht, während Catie mit gequältem Interesse der Terminologie zuhörte, die sich in Sehnen und Linien, in großen Kreisen und geometrischen Überlegungen, und in Häufigkeitsrelationen verlor. Catie seufzte, denn im vergangenen Schuljahr hatte sie die übliche Einführung in Festkörpergeometrie hinter sich gebracht und nur mit Mühe positiv abgeschlossen. Seitdem lief ihr bereits ein Schauer über den Rücken, wenn sie nur etwas hörte wie: »Legen Sie durch den Punkt A eine Linie B«.

South Florida hatte jedoch mit diesem Spiel gegen eine Mannschaft gewonnen, von der man erwartet hatte, dass sie den Neuling ohne Umschweife aus dem Turnier werfen würde. Das war die eigentliche Sensation. Jetzt heizte sich die Stimmung im Publikum an, und Hal und Mike amüsierten sich köstlich, indem sie kurz ein paar der fadenscheinigsten, hohlköpfigsten Begründungen für den Sieg der Banana Slugs zitierten, die sie in den Medien gehört hatten: Da gab es alles von einfachem Anfängerglück bis hin zu Sonnenflecken. George hielt sich aus diesem Gespräch eher heraus und nützte die Zeit, um sich der zweiten Hälfte seines Sandwiches zu widmen. Catie hatte sich bereits entschlossen, ihr restliches Sandwich verpackt nach Hause mitzunehmen und zum Abendessen einen zweiten Versuch zu starten. Vielleicht würde sie auch noch einen dritten Anlauf beim morgigen Frühstück benötigen ...

»Ich wette, euer Team hat wesentlich mehr Aufmerksamkeit bekommen, als ihr es euch je vorgestellt habt«, sagte sie.

»Ja«, stimmte George aufseufzend zu, während er sein Sandwich zurücklegte. »Das haben wir. Und nicht ausschließlich freundliche.«

Irgendetwas in seinem Tonfall bewegte sie, ihn näher

zu betrachten. Wieder sah er mit einem Gesichtsausdruck aus dem Fenster, als wäre er sicher, dass ihn jemand beobachtete.

Schließlich erwiderte er ihren Blick. »Eigentlich sollten wir gar nicht hier sein«, sagte er nach einer Weile. »Es ist wirklich erstaunlich, wie leicht manche Menschen aus der Fassung geraten, wenn sich ein seit langem eingeführter Zustand ändert. Langfristig wird die Publicity dem Team sicher nicht schaden. Was auch immer während dieser Ausscheidungsspiele passiert, es wird unser organisatorisches Leben auf lange Sicht vereinfachen. Wir müssen uns dann weniger um den Kuchenverkauf kümmern und haben mehr Zeit, um Spatball zu spielen. Aber die Feindseligkeit und Verwirrung, die uns derzeit umgeben, sind nur schwer zu ertragen. Offenbar sind einige Menschen der Ansicht, dass wir einen negativen Einfluss auf den Sport ausüben, oder sie sehen uns als peinlichen Ausrutscher, den der Sport überwinden muss. Andere wiederum werfen uns vor, dass wir dem Sport ein schlechtes Image verleihen, während wir selbst jede Menge Geld verdienen und vorgeben, damit im Recht zu sein ... was auch immer das im Spatball bedeuten soll.« George stieß einen langen Seufzer aus. Offenbar war er in seiner Enttäuschung und Wut auf dem Tiefpunkt angelangt. »Fast scheint es, als könnten sie nicht verstehen, dass wir genau das tun, wofür wir uns als Team zusammengeschlossen haben: Auf Wettkampfniveau Spatball zu spielen, ohne die grundlegende Freude an dem Spiel aus den Augen zu verlieren, einfach nur, um zu gewinnen oder um das zu bekommen, was mit dem Sieg einhergeht. Es ist wie fliegen ...« Für einen Moment blitzte wieder Freude in seinen Augen auf, und alles schien so einfach. »Wir sind wie Kinder, die mit einem Handtuch um die Schultern vom Garagendach springen, um einmal ein Superheld zu sein, oder die mit langsamem Schritt über die Erde hüpfen wie

Neil Armstrong oder John Glenn, größtenteils frei von der Schwerkraft und immer noch frei, um einfach Mensch zu sein und zu spielen.« Wieder grinste er kurz. »Um hart zu spielen, aber auch fair, damit wir danach wieder Freunde sein können ...«

Catie nickte schweigend. Sie kannte das Gefühl. Genau aus diesem Grund spielte sie Fußball und war auch dann noch bei dem Team der Bradford Academy und in der Region von Washington D.C. geblieben, als man ihr anbot, in ein besseres Team zu wechseln. Der Sportsgeist und die Kameradschaft, die beim Sport und danach zum Ausdruck kamen, waren ihr wichtig. Schließlich hob sie die Augenbrauen. »Über diesen Aspekt hast du in letzter Zeit in den Medien aber nicht oft gesprochen.«

»Ich habe es ein- oder zweimal versucht«, sagte George. »Ein Reporter hat mich daraufhin gefragt, wer meine Rede geschrieben hat, während ein anderer wissen wollte, ob ich vorhabe, für ein öffentliches Amt zu kandidieren.« Als seine Augen diesmal aufblitzten, war es nicht vor Freude. »Deshalb rede ich nicht mehr mit Reportern darüber. Sie verstehen nur etwas von Wettkampf, schlichtem, rücksichtslosem Wettkampf. Aber sie haben keine Ahnung von Freude ...« Kopfschüttelnd verstummte er.

Catie zog eine Grimasse. »Wer versucht, einem Schwein lesen beizubringen, vergeudet nur seine Zeit und verärgert das Schwein.«

Als George in schallendes Gelächter ausbrach, sahen Mike und Hal erstaunt zu ihm hinüber.

»Worum geht es?«, erkundigte sich Mike. »Habe ich was versäumt?«

»Ach, nichts«, wehrten George und Catie nahezu einstimmig ab.

Dann kam Wendy, um nachzufragen, ob sie ein Dessert wollten. Hal war wie immer mit von der Partie. Oft genug hatte sich Catie schon gefragt, was er mit all den Kalorien tat, die er täglich verschlang, und warum sie bei ihm keine Spuren hinterließen. Sie selbst beließ es dabei, ihre Limonade auszutrinken, während George und Mike Kaffee bestellten.

»Wann findet die Pressekonferenz statt?«, erkundigte sich Mike, während er Wendy bedeutete, die Rechnung fertig zu machen, als sie mit dem Kaffee kam.

»Um vierzehn Uhr dreißig«, antwortete George. »Wir werden in der Lobby des Firmenhauptsitzes herumstehen, als wäre es für uns das größte Vergnügen, dort zu sein. Außerdem werden wir ›echte‹ Trikots tragen, um zu zeigen, wie die virtuellen aussehen werden. Ob sie auch so gut passen werden wie die virtuellen, ist natürlich eine andere Frage«, meinte er mit einem belustigten Blick zu Catie hinüber. »Und dann werden uns noch die Medienleute unter den heißen Scheinwerfer grillen ... Danach wechseln wir in die virtuelle Welt, um noch einmal dasselbe zu tun. Das ergibt mehrere Stunden Interviews, während wir in der Spielkugel trainieren sollten. Anschließend fliegen wir nach Hause ...«

»Könnt ihr nicht von hier spielen?«, fragte Hal überrascht. »Der Sponsor hat doch sicher Netzanlagen, die ihr verwenden könnt!«

»Deren Ausstattung ist vermutlich sogar um einiges besser als das, was uns als Team zur Verfügung steht«, gab George zurück, während er Wendy die Rechnung abnahm, ehe einer der anderen danach greifen konnte, »aber das ist mir egal und dem Team genauso. Für das Spiel ziehen wir unsere eigene Netzanlage zu Hause vor. Es kostet wertvolle Zeit, um sich an die Ausrüstung eines anderen zu gewöhnen, und man fühlt sich nie wirklich wohl dabei ... und was, wenn mitten im Spiel etwas schief läuft? Wenn deine eigene Netzmaschine aufgibt, ist das schlimm genug, aber vielleicht weißt du ja, woran es liegt. Vielleicht braucht sie nur einen Tritt, oder du musst am Kabel ziehen, etwas in dieser Art. Aber auf Turnierebene in einem fremden Gebäude mit einer fremden neuen Maschine zu spielen? Nein, danke. Natürlich gebe ich zu, dass die zusätzliche Reisezeit nicht gerade angenehm ist, aber mir genügt es schon, wenn wir vor Mitternacht zu Hause sind, und für die anderen gilt dasselbe. Das schaffen wir schon.«

Catie verstand, was er meinte. Aus seiner Tasche fischte George eine elektronische Geldkarte hervor, die er Wendy gab. »Bitte machen Sie zehn«, sagte er, was Wendy dazu bewog, noch breiter zu lächeln, was Catie kaum mehr für möglich gehalten hätte.

»Hast du ›Sitzplätze‹ für das morgige Spiel reserviert?«, fragte George, der zu Hal hinübersah.

»Ja ... darum habe ich mich schon gestern gekümmert.«

»Keine schlechte Idee«, meinte George. »Wie ich gehört habe, gab es mit den Reservierungscomputern bei den letzten Spielen Probleme bei den Buchungen in letzter Minute. Soll ich eure Plätze vielleicht gegen Sonderplätze in der Abteilung für Familienangehörige und Freunde eintauschen, ganz unten, direkt am Geschehen? Wir haben noch einige frei.«

»Wenn das geht?«, gab Hal freudestrahlend zurück.

George sah zu Catie hinüber. »Kein Problem. Wäre dir das recht?«

»Sehr sogar. Ich sehe mir die Siegermannschaft immer gerne aus der Nähe an.«

»Abgemacht. Seht doch heute Abend, wenn ihr online seid, beim Team-Server vorbei, und gebt eure Sitznummern ein. Er wird dann den Wechsel durchführen. Tut mir Leid, dass ich schon aufbrechen muss, aber der neue Sponsor wäre sicher nicht erfreut, wenn der Captain zu spät zur großen Presseshow kommt. Und wie ich diese Kerle kenne, wollen sie zuvor noch mit uns unter vier Augen sprechen, ehe der offizielle Teil beginnt«, fuhr George fort, während er sich erhob.

Gemeinsam gingen sie zum Ausgang, wo Wendy George seine elektronische Geldkarte zurückgab. Neben ihr warteten schon einige Angestellte des Imbisslokals, um ihm die Hand zu schütteln. »Wir sollten in ein paar Tagen noch mal hierher kommen, um zu sehen, ob die Bedienung dann auch noch so gut ist«, flüsterte Hal Catie zu, sobald sie auf der Straße waren.

Lächelnd verabschiedete sich Catie von Mike, der sogleich zu seinem Wagen ging. Er würde George zu der Pressekonferenz fahren.

»War nett, dich kennen gelernt zu haben«, sagte George, während er Hal die Hand schüttelte. Dann verabschiedete er sich von Catie: »Es hat wirklich Spaß gemacht. Wir bleiben in Kontakt.«

»Sicher«, gab sie mit höflichem Lächeln zurück. *Ich wette, das sagt er immer*, dachte sie.

»Und ich meine, was ich sage«, fügte er in diesem Augenblick hinzu. Wieder sagte er es auf eine Weise, die Catie aufhorchen ließ. Seine Stimme hatte nicht gerade etwas Drängendes an sich – aber etwas, das sie nicht wirklich zu fassen bekam.

»Warte einen Augenblick«, setzte er hastig hinzu, während er eine Visitkarte aus der Tasche zog, auf der ein lesbarer Netzchip aufgebracht war. Wenn man eine Netzmaschine mit eingebautem Kartenleser hatte, konnte man die Karte auflegen, und das Gerät las automatisch die eingefügte Adresse ab. Man konnte sie aber auch von der Karte händisch in die Maschine einlesen.

»Das ist meine Netzadresse«, sagte George. »Es ist immer nett, jemanden zu finden, der den Sport selbst liebt und sich nicht von dem Wirbel rundum blenden lässt. Wenn du Zeit hast, würde ich gerne einmal mit dir chatten. Wir könnten natürlich auch mal Schach spielen. Allerdings werde ich wohl kaum Zeit haben für ein Turnier. Verdammt, ich habe ja meist nicht einmal genug Zeit, um normal zu essen ... aber vielleicht können wir ja Zug um Zug spielen, das würde auch Spaß machen.«

Catie sah erst auf die Karte und dann zu George hoch. »Sicher«, stimmte sie zu. »Jederzeit.«

Nachdem George noch einmal zum Abschied winkte, stieg er in Mikes Wagen und beide fuhren davon. Catie und Hal gingen in die andere Richtung zur GWU-Straßenbahnhaltestelle, wo auch gerade die richtige Straßenbahn wartete, die sie nach Hause bringen würde. Sobald sie eingestiegen waren, setzten sie sich. Catie war seltsam erschöpft, hatte jedoch gleichzeitig das Gefühl, als müsse sie sich auf irgendetwas konzentrieren, ohne es erklären oder erfassen zu können.

Während der Zug anfuhr und sich von der Halteschleife in den normalen Verkehr einreihte, schüttelte Hal mit erstauntem Blick den Kopf. »Entweder ich bin jetzt völlig verrückt geworden, oder er hat tatsächlich versucht, dich anzumachen?«

Catie griff in ihre Tasche, nahm Georges Karte heraus und betrachtete sie. »Ich glaube nicht«, sagte sie nach einer Weile. »Ich glaube, da steckt etwas anderes dahinter. Vielleicht will er nur mit jemandem reden, der in ihm nicht automatisch einen Spatball-Spieler oder eine Mediengestalt sieht ...«

»Oder einen attraktiven Mann.«

»Ich weiß es wirklich nicht«, meinte Catie.

Eines wusste sie jedoch genau. Sobald sie mit den Aufgaben rund um das Haus fertig war, die ihr ihre Mutter aufgetragen hatte, würde sie mit Mark Gridley reden.

4

Warum war es so schwer, jemanden zum Reden zu finden, wenn man ihn brauchte? Mark war so häufig online, dass sich Catie fragte, ob er auch genug Schlaf und Kalorien als Treibstoff bekam. Aber als Catie an diesem Abend online ging und eine Anfrage an Marks Arbeitsraum schickte, bekam sie nur ein Abbild von Mark zurück, wo er inmitten von Dunkelheit im grellen Licht eines Scheinwerfers stand und verkündete: »Entweder ich bin gerade nicht online, oder ich habe keine Zeit zu plaudern ... also hinterlass bitte eine Nachricht.«

Das tat sie dann auch. Aber als sie am Sonntagnachmittag nach einer langen Diskussion mit ihren Fußballkollegen über ihr Spiel vom Vortag in ihren Arbeitsraum zurückkehrte, um noch vor dem Spiel von South Florida gegen Chicago und Spartak Moskau die Reste des »Prominentenessen« aufzuräumen, das in ihrer Nachbildung der Kongressbibliothek stattgefunden hatte, fand sie lediglich eine einfache Textnachricht vor, die im Licht des frühen Nachmittags in der Luft hing. Sie lautete: 1 B-e4.

Catie lächelte nur, als sie sie sah. Bauer auf e4. Dies war der erste Zug eines Schachspiels – der traditionelle erste Zug, außer man fühlte sich zu einer bilderstürmerischen Tat berufen. Während sie die Nachricht betrachtete, erinnerte sie sich wieder an Hals Frage: »Versucht er, dich anzumachen?«

Von ihrem Gefühl her glaubte sie es nicht. Allerdings musste sie sich eingestehen, dass ihr George Brickners Aufmerksamkeit schmeichelte. Und wenn man dem Artikel im *People*-Magazin Glauben schenkte, gab es kaum ein Mädchen ihres Alters auf diesem Kontinent, das sich nicht wünschte, selbst Ziel dieser Aufmerksamkeit zu sein.

Gleichzeitig konnte sie sich des Eindrucks nicht erwehren, dass noch etwas anderes im Spiel war.

Es wird mir ein Vergnügen sein, das herauszufinden, dachte sie. *Aber inzwischen ...*

»Raummanager«, rief sie.

»Wurden wir einander bereits vorgestellt?«, erkundigte sich ihr Raummanager.

Mark, dachte Catie etwa zum dreißigsten Mal in dieser Woche, *dafür habe ich noch ein Hühnchen mit dir zu rupfen.* Andererseits musste sie zugeben, dass ihr Raummanager kein echtes Fehlverhalten zeigte. Antwortete er nicht vielleicht sogar etwas schneller und flexibler als vor Marks Eingreifen? »Nur ein wenig Heuristik«, hatte Mark gesagt. Aber wenn er es tatsächlich geschafft hatte, dass die Maschine Eingaben besser verarbeitete und intelligenter handelte, vielleicht waren es diese Vorteile langfristig sogar wert, die ironisch klugen Bemerkungen in Kauf zu nehmen.

»Das hoffe ich sehr, denn ich beabsichtige, meinen Arbeitsraum ein wenig umzugestalten«, meinte Catie.

»Wird auch Zeit«, gab ihr Raummanager mit leicht gereizter Stimme zurück. »Das ewige Staubwischen kostet mich den ganzen Tag.«

Catie verdrehte die Augen. »Darum geht es jetzt nicht. Ich wünsche mir hier in der Mitte auf dem Boden ein Schachbrett.«

Augenblicklich erschien zu ihren Füßen ein regelkonformes Turnierschachbrett mit Figuren im typischen Staunton-Design auf dem jeweiligen Feld.

Habe ich nicht eben gesagt, dass er flexibler geworden ist? Leicht verärgert sah Catie an einen bestimmten »Platz« im großen Lesesaal, wo sie sich üblicherweise die Gestalt ihres Raummanagers vorstellte. »So habe ich es nicht gemeint.«

»Dann hättet Ihr sagen sollen, was Ihr meintet, o mächtige Herrin.«

Nun, Präzision war alles, das galt sowohl für die Kunst als auch für die Programmierung. Dieser Punkt ging an den Raummanager, auch wenn sie es nie laut zugegeben hätte.

»Okay, dann leg ein Mosaik in Form eines Schachbretts über die bestehenden Mosaike und füg es in den vorhandenen Boden ein. Ich will nicht, dass es sich von der jetzigen Oberfläche abhebt. Das Schachbrett selbst soll eine Größe von drei mal drei Meter haben. Wähl für die Felder denselben Braun- und Cremeton wie im Marmor der Säulen. Und mach mir ein paar riesige Figuren dazu.«

Gehorsam löschte sich das Mosaik unter ihren Füßen und stattdessen erschien das Schachbrett in passenden Mosaiksteinchen in genau den Farbtönen, die sie angeführt hatte. Im selben Augenblick wurde Catie von sechs Meter hohen Figuren umringt, die ihr keinen Platz ließen, sich zu bewegen. Schokoladebraune Türme, Springer und Läufer kreisten sie ein.

»*So* groß nun auch wieder nicht!«, brüllte sie.

»Das hast du nicht gesagt«, antwortete der Raummanager ruhig.

»Ich werde dich gegen einen LCD-Taschenrechner eintauschen und dich dann mit einem Stein umprogrammieren. Mach die Dame sechzig Zentimeter hoch und pass alle anderen Figuren an ihre Größe an. Los jetzt!«

»Eurer Wort ist mir Befehl, o Herrscherin über alle Zeitalter«, gab der Raummanager zurück. Einen Augenblick später passten alle Figuren von ihrer Größe her genau zu dem Schachbrett am Boden.

Catie nahm die Dame und einige andere Figuren. »Soll ich die Figuren für Euch aufstellen?«, erkundigte sich der Raummanager übertrieben freundlich.

»Nein. Geh und staub irgendetwas ab.«

Schweigend stellte Catie die cremefarbenen und braunen Figuren auf. Dann schob sie den weißen Bauer auf das dritte Feld vor dem eigenen König und trat zurück, um sich das Brett anzusehen und zu entscheiden, wie sie antworten würde. Sie konnte großspurig die Ruy-Lopez-Eröffnung versuchen, oder sich in ihrem eigenen Stil abmühen, ohne in irgendeiner Weise zu prahlen. Schließlich entschied sie sich für den zweiten Weg. George würde noch früh genug herausfinden, aus welchem Holz Catie geschnitzt war, ohne dass sie dafür einen längst verstorbenen Schachmeister heranziehen musste.

»Ich will, dass du die Züge in der üblichen Notation aufzeichnest«, sagte Catie, während sie ihren Bauer nahm und ihn Kopf an Kopf mit Georges Bauer auf e5 stellte.

Die Luft über dem Schachbrett begann zu glitzern, und im nächsten Moment sah Catie ein Muster schimmernder Fußspuren in der Luft, mit verschiedenen Kurven und Pfeilen dazwischen.

»Doch nicht als Tanzschritte, du Dummkopf aus Silikon!«, rief Catie verärgert aus. »Als Schachnotation!«

Sogleich veränderte sich das Fenster in der Luft und zeigte folgendes Bild:

1 B-e4 B-e5

»Ich bin dir zutiefst dankbar«, murmelte Catie. »Schick diesen Zug per Virtmail an George und informier mich, wenn seine Antwort kommt, solange ich noch online bin.«

»Wird gemacht. Willst du auch über neue Züge informiert werden, wenn du nicht im Netz bist?«

»Nein, nicht nötig. Ist Mark Gridley mittlerweile zurück?«

»Sein System zeigt ihn immer noch als unerreichbar an.«

Großartig, dachte Catie. *Nun ... vermutlich kann ich noch einen Tag warten. Immerhin war er es, der darauf gedrängt hat, so schnell wie möglich alles über das Treffen mit George Brickner zu erfahren. Seine Sache, wenn er nicht hier ist, wenn es mir endlich gelungen ist.*

Andererseits wollte sie ihn auch nicht unnötig warten lassen. »Hat er nicht gesagt, dass wir uns vielleicht bei den Playoffs treffen«, überlegte Catie. »Raummanager, schau auf dem ISF-Server nach, ob Mark für das Spiel heute Nachmittag einen Sitzplatz reserviert hat.«

»Aus Datenschutzgründen ist diese Information nicht verfügbar«, berichtete ihr Raummanager.

»Das hätte ich mir denken können«, murmelte sie aufseufzend.

In diesem Augenblick hallte eine dröhnende Stimme durch den großen Lesesaal: »*Catie!*«

Wieder stieß sie einen Seufzer aus. »Lass den Unfug mit dem Zauberer und sag mir, was du willst, Hal.«

In der Luft erschien ein vergrößertes Bild vom Kopf ihres Bruders, das von Millionen zuckenden Flammen erhellt wurde, während er sprach. »Ich weiß nicht, warum, aber es gefällt mir.«

»Es wird noch besser aussehen, wenn du keine Haare mehr am Kopf hast«, gab Catie zurück, »aber darauf muss ich vermutlich noch ein paar Jahrzehnte warten. Was gibt's, Kleiner?«

»Die Show vor dem Spiel beginnt gleich.«

»Ja, ich weiß. Ich werde sie mir von der Abteilung für Familienmitglieder und Freunde aus ansehen.«

»Oh. Ein großartikger Gedanke. Lass uns gehen ...«

»Nicht ehe du den Geschirrspüler ausgeräumt hast, junger Mann«, sagte eine andere Stimme aus der Außenwelt, die keineswegs wie eine Erscheinung aus dem Zauberer von Oz wirkte, und das auch gar nicht nötig hatte. »Und da wäre auch noch eine andere Kleinigkeit: In deinem Zimmer stapelt sich bereits die Wäsche.«

»Aber Dad ...!«

Catie bemühte sich, das Grinsen zu unterdrücken, doch es gelang ihr nicht.

»Tut mir Leid, mein Sohn, aber du hattest zwei Tage Zeit, um aufzuräumen, und so wie ich dich kenne, wirst du dich morgen auf deine Hausarbeiten rausreden, wenn wir zulassen, dass du es noch länger hinausschiebst.«

»Dad, das Spiel ...!«

»Je früher du mit den Aufgaben beginnst, die seit Freitag, sechzehn Uhr, auf dich warten, desto früher wirst du die Slugs sehen. Also fang an.«

Nach diesen Worten wurde es still.

»Raummanager«, rief Catie freundlich.

»Sie will mich um einen Gefallen bitten, das höre ich deutlich.«

Catie war so guter Dinge, das es ihr nichts ausmachte, was der Raummanager sagte. »Öffne bitte ein Portal zur Abteilung für Familienangehörige und Freunde auf dem ISF-Server«, sagte sie. »Und wenn jemand anruft, dann antworte bitte mit der üblichen Nachricht, dass man mir eine Botschaft hinterlassen soll. Ich werde ein paar Stunden fort sein.«

»Ein Hoch auf den großen Programmierer«, sagte der Raummanager. »Endlich kann ich ein wenig lesen.« In Caties Arbeitsraum öffnete sich ein Portal, durch das sie in der Ferne bereits die Rufe des Publikums hörte. Sobald sie hindurchgestiegen war, schloss sie das Portal mit einer Handbewegung.

Zwei Stunden später konnte sie kaum noch atmen. Der Lärm des Publikums, der zunächst an das ferne Tosen des Meeres erinnert hatte, hatte kaum je aufgehört, seit sie hier war, nicht einmal in den Pausen zwischen den Spielhälften. Nun zeigte die Uhr bereits die letzten Minuten des abschließenden Drittels an. In der Mitte der Kugel war nichts als ein wirres Knäuel von Körpern zu sehen, während nun schon zum dritten Mal innerhalb von kaum mehr als fünf Minuten die Torsechsecke wechselten, was das Publikum mit begeisterten Rufen ebenso wie mit Wutgeheul begleitete. Was nun ablief, war eine standardmäßige Beschleunigung der Rotationssimulation, wie sie oft genug während der »klassischen« Spiele in echter Mikrogravitation aufgetreten war. Wenn man damals für ein Experiment im äußeren Ring mehr Gravitation benötigte, führte das dazu, dass die gesamte Spielkugel schneller rotierte. Üblicherweise hatte der Computer die Kontrolle über solche Ereignisse, die er den Spielern willkürlich auferlegte. Wenn jedoch drei Teams in der Spielkugel mit aller Kraft versuchten, den Ball in ihren Besitz zu bekommen, ergab sich daraus nur ein Maximum an Verwirrung. Der Ball flog nie dorthin, wohin ihn die Spieler schicken wollten. Außerdem schien niemand in der Lage zu sein, instinktiv »dem Programm vorzugreifen«.

In der Spielkugel herrschte ein wildes Durcheinander. Das Gelb und Schwarz von South Florida verschmolz mit dem Rot von Chicago und dem Blau-Rot-Weiß von Spartak Moskau zu einem einzigen bunten Farbwirbel. Nun war Spartak Moskau im Ballbesitz. In einem weiten Bogen versuchten die Stürmer, einander den Ball an den Spielern der anderen Teams in der Mitte der Kugel vorbei zuzupassen; Aber die Menschenansammlung in der Mitte war schon auseinander gebrochen, und Melendez und Dawson von South Florida schossen bereits auf das aktive Tor zu, das am Ende jenes gekrümmten Korridors lag, den Moskau für seinen Pass verwendete. Spartak Moskau hatte sich mittlerweile gänzlich von raffinierten Spielzügen verabschiedet und setzte nun ausschließlich auf Geschwindigkeit. Diese verspätete Entscheidung verbesserte ihre Lage jedoch nicht. Chicago, das derzeit ein Tor hinter South Florida zurück lag, setzte alles daran, gegenüber South Florida aufzuholen und gleichzeitig Spartak unter allen Umständen daran zu hindern, einen Treffer zu landen. Ein Unentschieden aller drei Mannschaften würde die Gesamtpunktezahl des Turniers verringern, und egal, ob man nun siegte oder unentschieden spielte, ein fehlender Punkt konnte den Unterschied ausmachen zwischen Sieg und Niederlage im gesamten Turnier. Vor allem, wenn alle Teams gegen Ende der Straf- und Nachspielzeit gleichauf lagen. Ein Zusatzpunkt in der Plusspalte eines anderen Teams konnte bedeuten, dass das eigene Team zwar nach Toren gewann, aber nach Punkten verlor ... und am Ende des Tages zählten ausschließlich die Punkte. Auch wenn Chicago heute vielleicht selbst keine weiteren Punkte holte, wollten sie um jeden Preis verhindern, dass Spartak Punkte bekam.

Als sich die Tore erneut um ein Sechseck verschoben, löste sich der menschliche Knoten und formte sich zu einem neuen, der eine etwas andere Ausrichtung aufwies, denn die Teams reagierten auf die Verschiebung. Wie üblich handelten die Teams mehrere Sekunden lang nicht in ihrer Gesamtheit, sondern nur einzelne Spieler. Gleichzeitig flogen Befehle und Anweisungen hin und her, die jedoch im Lärm der Menschenmenge nahezu untergingen. Darien von der Mannschaft von Chicago gelang es, den Ball während eines Passes von zwei Spartak-Spielern an sich zu bringen. Kraftvoll befreite sie sich aus dem menschlichen Knoten und schleuderte den Ball zu Daystrom, dem zweiten Stürmer des Teams, der den Ball in der Ellbeuge fing, sich um die eigene Längsachse drehte und nach einem Spieler Ausschau hielt, dem er den Ball zupassen konnte. Die meisten Spieler von Chicago waren noch auf der anderen Seite des menschlichen Knotens gefangen. Daystrom schrie sich beinahe heiser, dass sie sich doch frei machen und von dem »Verkehrsstau« in der Mitte der Kugel lösen sollten. Zwei hörten ihn und stießen sich von der Menge ab, während die

Übrigen weiterhin versuchten, die Spieler von Spartak und South Florida zu blockieren. Aber auch sie benötigten eine gewisse Reaktionszeit. Und als Daystrom schließlich sah, dass Ferguson bereit war, schleuderte er ihm den Ball zu ...

Unvermutet schoss aus dem Gewirr von Körpern ein Bein heraus und umklammerte den Ball mit der Kniekehle. Einen Augenblick später befreite sich der dazugehörige Körper aus dem Durcheinander von Spielern und krümmte sich zu einer Drehung zusammen. Es war Jaschenko von Spartak. Während die Moskau-Fans in Jubelschreie ausbrachen, löste sich der menschliche Knoten blitzschnell auf, und die Spieler schossen auf der Suche nach dem Ball in alle Richtungen davon. Sobald sie ihn entdeckten, versuchten sie, zu ihm zu gelangen, um ihn zu blockieren oder anzugreifen, indem sie sich entweder von den Wänden der Spielkugel oder von anderen Spielern abstießen.

Die Bewegungen in der Kugel wurden immer hektischer. Jaschenko drehte sich weiter um die eigene Achse, bis ihn seine Teamkollegin Taliewna als Erste von mehreren Spielern erreichte, die in seine Richtung »gestartet« waren. Etwa einen Meter von ihm entfernt kauerte sie sich zu einer Kugel zusammen, um ihm eine Absprungbasis zu bieten. Augenblicklich stieß sich Jaschenko von ihr ab und hatte schon die halbe Kugel gequert, ehe die Spieler, die ihn angreifen oder blockieren wollten, an seiner früheren Position eintrafen.

Offensichtlich versuchte er, das Tor von Chicago anzugreifen, das in einem rechten Winkel zu dem Tor von Spartak direkt vor ihm stand. Die meisten Chicago-Spieler befanden sich jedoch auf der anderen Seite der Kugel, sodass sie sich nicht gegen den Angriff verteidigen konnten, und auch ihr Tormann Bronner hatte seine Position verlassen und strebte nun der Wand zu, um sich in die richtige Richtung abzustoßen. Mit einem begeisterten Aufschrei reagierte das Publikum auf die Neugruppierung der Teams und die Aussicht auf ein Tor, als Jaschenko die Hand zum Pass hob. Nur an einer Stelle der Kugel herrschte keine Verwirrung. Während die meisten Spieler auf das Tor von Chicago zuschnellten, kauerte sich George Brickner wie eine Kanonenkugel zusammen, was in diesem Durcheinander unerlässlich war, und stieß sich seitwärts von dem Chicago-Spieler Daystrom ab. Durch den Rückstoßeffekt öffnet sich zwischen ihnen ein freier Raum. Selbst einige der eigenen Teamkameraden riefen verwirrt durcheinander, denn sie hatten nicht gesehen, was er gesehen hatte. Nur Melendez hatte seinen Blick bemerkt. Während Jaschenko den Ball mit dem Kopf zu Galitsin beförderte, damit dieser zum Tor einwarf, stieß sich Melendez von Galitsin ab, sodass der Ball mit ungebremster Geschwindigkeit an ihm vorübersauste, während er die Hand ausstreckte, ohne ihn zu erreichen. Einen Sekundenbruchteil später schlug der Ball mitten im rot-weiß-blau umrahmten Tor ein, ehe dieses an die nächste Stelle wechseln konnte.

Enttäuscht und wütend schrieen die Spartak-Fans auf, während der Computer den Ball in dieser Stellung festhielt und die letzten Bewegungen zurückverfolgte, um festzustellen, wem der Punkt zukam. Der Schiedsrichter hatte die Szene jedoch genau mitverfolgt: »Eigentor Moskau«, verkündete er über die Protestschreie hinweg. »Der Punkt geht an South Florida!«

Diesmal brandete unter den Fans von South Florida Jubel auf. Das Publikum wartete in atemloser Hoffnung oder Wut darauf, dass der Computer seine Rückschau beendete und dem Urteil des Schiedsrichters zustimmte oder widersprach. Aber die Zahlen in den Anzeigen, die in die transparenten Wände der Spielkugel eingebettet waren, flammten kurz auf ... und wechselten dann von 2-1-1 auf 2-2-1 ...

Das Spiel ging weiter, und wenn es zuvor schon ziemlich heiß herging, so steigerte es sich jetzt zu einer wilden Schlacht. Angetrieben von Wut, Aufregung oder einer Mischung aus beidem, kämpften einundzwanzig Männer und Frauen um den Ball, sobald er wieder in die Spielkugel geschleudert wurde. Augenblicklich verschwand er in einem Gewirr von gelben und roten Trikots, während die rot-weiß-blauen Spieler ihre Taktik änderten, was nur allzu verständlich war. Nun beschränkten sie sich darauf, die anderen Teams davon abzuhalten, weitere Tore zu schießen. Dies war eine jener Situationen, in der sich Spatball in ein gehässiges Spiel mit ausgeprägten Fernhaltetaktiken verwandelte. Dennoch gelang es Chicago irgendwie, den Ball wiederzuerlangen. Zum nächsten Ballwechsel kam es, als sich Hanrahan mit dem in der Kniekehle eingeklemmten Ball aus dem Gewirr der Spieler befreite. Nach einem halben Salto um die Querachse schleuderte er den Ball unvermutet von sich. Wie das Team von Moskau nun erkennen musste, war der zuvor angedeutete Pass nichts als eine Finte gewesen. Drei seiner eigenen Mannschaftskollegen hatten sich bereits in einem großen Kreis um das Tor von South Florida aufgestellt. Aber es war schon zu spät. Die Menge zählte bereits die verbleibenden Sekunden, verletzungsbedingte Nachspielzeit gab es nicht, und als Jarvik den Pass von Hanrahan annahm und den Ball an Torrance weitergab, der augenblicklich auf das Tor schoss, tauchte die Torfrau von South Florida aus dem Nichts auf und schloss sich um den Ball wie eine Auster um eine entkommene Perle.

»*Houdini*!«, schrien die Fans von South Florida begeistert angesichts dieses Zauberkunststücks der Torfrau. Zermann schenkte ihnen jedoch keine Beachtung, sondern streckte sich sogleich wieder, sah sich einen Sekundenbruchteil lang um und faustete den Ball wie einen orangefarbenen Blitz seitwärts zu Brickner, der ihn mit dem Ellbogen auffing und zu einer Drehung ansetzte ...

In diesem Moment ertönte die Sirene. Catie sprang auf und schlang die Arme um Zermanns Bruder Kerry, der während der letzten fünfzehn Minuten regungslos wie eine Statue neben ihr gesessen war und nun außer sich vor Freude auf und ab sprang und »Slugs! Slugs!« schrie, wie alle anderen in der etwa zwanzig Meter breiten, kreisförmigen Abteilung für Mannschaftsangehörige und Freunde der Slugs. Von hinten stieß nun Hal zu Catie, die daraufhin Kerry Zermann losließ und den Kopf ihres Bruders in schwesterlicher Freude mit den Fäusten bearbeitete. Während die sechzigtausend Zuschauer auf den Rängen tobten, umarmten einander Spieler verschiedener Teams in der Spielkugel, zogen ihre Trikots aus und ließen sie quer durch die Kugel zu anderen Spielern segeln, die sie überzogen und herüberkamen, um einander teils freundlich, teils mit düsterer Miene die Hand zu schütteln. Aus dem Lautsprechersystem dröhnte die Stimme des Sprechers: »... South Florida und Chicago zwei zu zwei unentschieden, und dahinter Spartak Moskau mit einem Eigentor und nur einem einzigen Treffer in diesem wirklich *unglaublichen* Spiel, das allein aufgrund seiner Unvorhersagbarkeit und dem exzellenten Spiel in die Geschichtsbücher eingehen wird. Der Schiedsrichter gratuliert den Slugs und den Fires zum Aufstieg ins Viertelfinale. Beide Teams werden gemeinsam mit New York, Los Angeles, den Grasshoppers von Xamax Zürich, Manchester United High, Rio de Janeiro und Sydney Gold Stripe an der Auslosung der Paarungen teilnehmen. In die Geschichte des Spatball wird dieses Spiel eingehen als möglicherweise letztes ...«

Später fragte sich Catie, was er wohl mit »als letztes ...« gemeint hatte. Denn als sich die Lage um sie wieder so weit beruhigt hatte, dass sie auch Einzelheiten bemerkte, befand sie sich schon mit dem Gefolge der Slugs, einem vorwiegend aus Medienleuten bestehenden Tross von etwa fünfzig Personen, im Umkleideraum der Mannschaft. Wie in jeder anderen virtuellen Sportart hatte der Umkleideraum nichts mehr mit seiner früheren Funktion zu tun. Die meisten Spieler befanden sich körperlich in ihrem eigenen Zuhause, und wer sich duschen oder umkleiden wollte, konnte dies wenige Schritte entfernt von seinem Implantatstuhl tun. Andererseits benötigte man nach wie vor einen Ort, an dem man einen Sieg feiern oder Interviews geben konnte. Und so fanden sich alle Slugs lachend, durcheinander rufend und selbst nach einem schlichten Unentschieden triumphierend im Umkleideraum ein. Zunächst versuchte Catie, ruhig zu bleiben inmitten all dieser Unruhe. Aber das gelang ihr nicht. Die in diesem Raum konzentrierte Freude und Begeisterung überwältigten sie einfach. Reporter rannten geschäftig umher und hielten jedem, der ihnen wichtig erschien, ihr virtuelles Mikrofon unter die Nase, der Champagner floss in Strömen – was kein Problem war, denn niemand würde nach der Feier klebrig sein, und niemand würde für das vergeudete Kribbelwasser bezahlen müssen – überall waren Siegesfanfaren und Jubelschreie zu hören, Witze wurden erzählt, Anspielungen gemacht, und zusätzlich trug man eine große ausgestopfte Bananenschnecke durch den Umkleideraum, vor der sich einige Mitglieder und Anhänger des Teams ehrfurchtsvoll verbeugten, während andere dem Maskottchen in einer improvisierten Congareihe folgten. Catie konnte das Lachen nicht unterdrücken, vor allem als Georges Stellvertreter Mark ein Interview mit einem CNNSI-Reporter abbrach und mit einem großen, in buntes Geschenkpapier gewickelten Erdnussbutterglas zu ihr kam. »Willst du einen Blick hineinwerfen?«, fragte er mit geheimnisvoller Stimme, während er sorgfältig den Deckel verschlossen hielt.

»Sicher«, gab Catie zurück.

Als er den Deckel öffnete, sah sie hinein. »Ich dachte, sie wären größer«, meinte sie schließlich erstaunt.

»Ach«, stieß Mark enttäuscht aus. Offensichtlich hatte er eine stärkere Reaktion erwartet. »Auf den ersten Blick hast du auch wie ein süßes, unschuldiges, kleines Ding ausgesehen.«

»Wenn überhaupt, dann vielleicht schuldig in einem Punkt der Anklage«, erwiderte Catie grinsend. »Aber wenn man dir so viele seltsame Dinge auf den Rücken gesetzt hätte, wie mein kleiner Bruder mir in den letzten siebzehn Jahren, dann kommt es auf eine Schnecke mehr oder weniger nicht mehr an. Außerdem glaube ich, dass diese hier schläft.«

»Sie schläft? Woher willst du das wissen?«, erkundigte sich Mark interessiert, während er in das Glas starrte. »Jetzt im Ernst, woher willst du wissen ...« In diesem Augenblick hielten zwei Reporter von AB/NBC Mark ein »Mikrofon« unter die Nase und stellten ihm ein paar Fragen über die »fünf Frontmänner« von Chicago. Catie nützte die Gelegenheit, um grinsend davonzuschlüpfen. Diese Antwort hatte auch ihren Bruder vor ein paar Jahren so erstaunt und gefangen genommen, dass er sie mindestens eine Stunde lang in Ruhe gelassen hatte.

Als sich der Umkleidraum langsam zu leeren begann, schlenderte George Brickner zu Catie hinüber. Er sah sich dabei mit einem Ausdruck um, als wäre er sehr zufrieden, aber es lag noch etwas anderes in seinem Blick. Catie hatte es schon früher bemerkt, konnte nur nicht sagen, was es war. Als sie es jetzt wieder sah, beunruhigte sie dieser Ausdruck mehr als zuvor. Von allen künstlerischen Darstellungsformen waren ihr Porträts immer am liebsten gewesen. Im Laufe der Zeit hatte sie deshalb viele Gesichter studiert und ein Gespür dafür entwickelt, ob sich ein Gesicht wohl fühlte – ein besserer Ausdruck fiel ihr nicht ein. Georges Gesicht fühlte sich offenbar nicht wohl, und Catie fragte sich, warum.

»Also«, sagte er mit Blick auf den letzten Reporter, der sich Melendez zuwandte. »Das haben wir wenigstens hinter uns. Jetzt müssen wir uns auf die Auslosung vorbereiten.«

Catie zog die Augenbrauen hoch. »Das musst du mir erklären, George ... Ich bin Neuling auf diesem Gebiet. Einige der Reporter sprachen vorhin schon davon.«

»Für das Viertelfinale gehen die Teams, die ›überlebt‹ haben, in eine Auslosung, bei der festlegt wird, wer in welcher Reihenfolge gegen wen spielt. Ursprünglich wollte man damit Vorwürfen vorbeugen, dass das eine oder andere Team unzulässigen Einfluss darauf ausübt, wer den ersten Abschlag in der Spatballkugel der Raumstation hat.« Er wimmelte einen seiner Teamkameraden ab, der mit einer weiteren Champagnerflasche auf ihn und Catie zukam. »Pete, warum trinkst du das Zeug nicht? Schöner Jahrgang, keine Kalorien!«

Die Antwort bestand aus unschönen Geräuschen, nach denen Dalton sich einem anderen Spieler zuwandte. »Jedenfalls blieb man auch später bei diesem Verfahren, um dafür zu sorgen, dass die Zeiteinheiten im jeweiligen ›versiegelten‹ Server gerecht verteilt werden, denn die Sicherheitsprotokolle im einzelnen Server lassen immer nur ein Spiel gleichzeitig zu. Ein Spatball-Turnier kann man nicht wie bei manchen Sportarten der wirklichen Welt über mehrere Austragungsorte verteilen. Jedenfalls konnte man das bisher nicht. Vielleicht wird sich das jetzt ändern. Wenn weiter so viel Geld in den Sport fließt wie bisher, werden sie es sich leisten können, mindestens einen weiteren speziellen Server einzusetzen und zu warten, vielleicht sogar zwei. Das ist eines der guten Dinge, die schließlich bei diesem ganzen Sponsoring herauskommen, hoffe ich zumindest.«

George seufzte. »Wenigstens ist es gut, dass die Hardware aufgerüstet und die Software verbessert wird ... das Zeug, das wir zurzeit haben, wird allmählich etwas plump. Vor allem haben wir Probleme, mit größeren Menschenmassen umzugehen. Und das Problem wird immer schlimmer, besonders wenn das virtuelle Tor größer wird und sich immer mehr Menschen für den Sport interessieren.«

»Erzähl mir nicht, dass du dich nach der guten alten Zeit zurücksehnst, als Spatball noch in kleinem Rahmen gespielt wurde und nur wenige Fans kamen.« Das hatte Catie in den letzten paar Wochen von mehr als nur einem Kommentator gehört.

George lachte. »Machst du Witze? Genau jetzt erleben wir das, was man in zwanzig Jahren wahrscheinlich als das goldene Zeitalter im Spatball bezeichnen wird. Ich mag es genau so, wie es zurzeit ist.« Dann verdüsterte sich sein Gesichtsausdruck. »Trotzdem wäre es mir lieber gewesen, wenn wir heute gewonnen hätten. Wir hätten gewinnen müssen.«

»Habt ihr aber nicht.«

George sah sie ärgerlich an. »Du verstehst nicht«, sagte er dann. »Ich habe nicht gesagt: Ich wünschte, wir hätten gewonnen. Sondern ich habe gesagt: Wir hätten gewinnen müssen.« Er sah sie prüfend an, um zu sehen, ob sie verstand, was er meinte, und sprach dann mit leiserer Stimme weiter. »Besonders angesichts des zweiten Drittels. Bei der Kraft, die wir auf den Ball ausgeübt haben, und bei unserer Spielweise, hätten wir ein bestimmtes Ergebnis erzielen müssen ... haben wir aber nicht. Irgendetwas ist schief gelaufen. Dasselbe habe ich im letzten Drittel wieder gespürt ... darum habe ich drauf bestanden, mit viel Kontakt zu spielen und nur aus nächster Nähe auf das Tor zu schießen.«

Catie verstand, was er meinte, und das verunsicherte sie. »Du meinst also, dass der Eindruck der virtuellen Spatkugel, die Art wie sie sich verhalten hat, irgendwie gestört war.«

Er nickte.

Catie schüttelte den Kopf. »Ich weiß, dass das bei anderen

Spielen absichtlich geschieht. Beim Golf können Greenkeeper die Lage der Greens so verändern, dass ein Loch schwieriger zu spielen ist ... oder beim Kegeln können Wärter die Bahn so bohnern oder lackieren, dass die Kugel auf eine bestimmte Weise läuft. Es passiert sogar beim Baseball ... die Jungs, die den Rasen mähen, können das Innenfeld so bearbeiten, dass ihrem Team bestimmte Schlagrichtungen leichter fallen.«

»Das ist innerhalb gewisser Grenzen bei all diesen Spielen ganz legal. Beim Spatball aber wird der Server von einer Aufsichtsbehörde gewartet, nicht von einem bestimmten Team, und das Verhalten des Spat-Volumens soll neutral sein.«

»Also lässt die Art, wie sich die Trefferebene verhalten hat, darauf schließen, dass sich jemand am Server zu schaffen gemacht hat«, sagte Catie, die ebenfalls nur leise sprach. »Aber das ist doch angeblich unmöglich. Die Server sind doch versiegelt, oder?«

»Das sollten sie sein«, sagte George. »Aber ich habe nicht die geringste Ahnung, was das genau im Betriebsablauf bedeutet. Kennst du dich da aus?«

Catie kannte sich nicht aus, beschloss aber, es herauszufinden, und sie kannte auch jemanden, der ihr die nötige Klarheit verschaffen konnte. »Nein«, sagte sie. »Im Moment noch nicht.«

George nickte. Catie sah ihn an und hatte das deutliche Gefühl, dass er wusste, was sie vorhatte, es aber aus Vorsicht noch für sich behielt. Vielleicht war das vernünftig ... Schließlich bestand bei einer virtuellen Begegnung immer die Gefahr, dass man belauscht wurde. Selbst Verschlüsselung war nicht immer so sicher, wie sie sein sollte. Für einige der üblichen »soften« Verschlüsselungen, besaßen mehrere Strafverfolgungsbehörden Schlüssel für Hintertüren ... aber auch Gesetzeshüter waren nicht immer immun und konnten korrumpiert werden, wie Catie wusste. Schließlich waren auch Gesetzeshüter nur Menschen, und Menschen hatten bedauerlicherweise Schwächen, die von Leuten mit üblen Absichten ausgenutzt werden konnten.

»Erzähl mir bitte«, sagte Catie nach einer Weile, »wie es sich für dich angefühlt hat.«

»Als wenn der Ball falsch springen würde«, sagte George. »Als wenn die virtuelle ›Drehgeschwindigkeit‹ der Spatkugel ohne jede Warnung verändert worden wäre. Nicht viel. Aber wenn man lange genug mit Mikrogravitation gearbeitet hat, bekommt man ein Gefühl dafür. Wir hatten Astronauten da, um die Kugel für die ›Wirklichkeit‹ zu überprüfen, und die haben immer gesagt, dass sie genau stimmt.«

Catie nickte wieder. »Hast du inzwischen meinen Zug bekommen?«

»Nur ein Vorspiel.« George sah sie amüsiert an. »Konservativ.«

»Wenn du schon nach einem Zug so viel über mich weißt«, sagte Catie, »dann bist du ziemlich gut.«

»Das höre ich öfter«, sagte George mit dem Blick eines Vorgesetzten, den er aber nicht lange halten konnte und gleich wieder lachte.

»Wann ist die Auslosung?«, fragte Catie.

»Dienstagabend«, sagte George. »Das ist für gewöhnlich keine große Sache ... aber ich habe gehört, dass sie dieses Jahr zur Hauptsendezeit über die Bühne gehen soll.« Auch wenn er immer noch lächelte, lag in seinem Blick wieder diese versteckte Sorge.

Auf der anderen Seite des Raums sah Catie ihren Bruder, der sich gut davon erholt hatte, dass er mit Verspätung beim Spiel eingetroffen war, und jetzt interessiert in Marks Erdnussbutterglas schaute. Eine Sekunde später nahm er Mark das Glas ab und kam auf Catie zu. Für sie wurde es Zeit, ihr Pokergesicht aufzusetzen ... »Sobald du mir deinen nächsten Zug schickst«, sagte sie, »setze ich mich mit dir in Verbindung, und wir können noch etwas chatten.«

George nickte. »Ich freue mich schon darauf.«

»Catie«, sagte Hal, »woher weißt du, dass sie schläft?«

Catie lächelte.

An einem anderen Ort, in einer weit entfernten virtuellen Bar, war es nicht mehr Nachmittag sondern bereits Nacht. In einer stimmungsvollen bläulichen Beleuchtung saßen einander dort an einem Marmortisch zwei düstere Gestalten gegenüber, die sich gegenseitig kühl musterten.

»Ein Glück für dich, dass sie unentschieden gespielt haben«, sagte Darjan.

Heming zwang sich, ruhig zu bleiben und nicht vor Aufregung zu schlucken ... obwohl ihm danach zumute war. Chicagos Unentschieden war sehr knapp gewesen. »Ich verstehe nicht, warum sie nicht gewonnen haben«, sagte er.

Darjan sah ihn prüfend an. »Vielleicht engagieren sich unsere Auftraggeber für die falsche Mannschaft«, meinte er dann. »Das Team hätte etwa eine halbe Stunde lang ungehindert Tore schießen können, aber es war nicht in der Lage, diese Zeit zu nutzen. Egal welche Rückschlüsse *wir* daraus ziehen, die Leute, die Interesse daran haben, was das Team als Nächstes tut, ziehen andere Rückschlüsse daraus. Wir müssen uns drastischere Mittel überlegen, wie wir eingreifen können.«

»Dennoch sind sie eine Runde weiter gekommen«, sagte Heming nach einer Weile. »Die Auslosung ist am Dienstag. Die Chancen, dass sie wieder gegen South Florida spielen müssen, sind verschwindend gering.«

»Eine Quote von vierundvierzig zu eins ist nicht verschwindend gering«, sagte Darjan leise. »2,6 Milliarden zu eins, wie eine anständige Lotterie, oder die Möglichkeit, von einem Meteoriten getroffen zu werden, das ist verschwindend gering. Vierundvierzig zu eins ist immer noch viel zu gut. Und egal, wer gegen South Florida spielt, deren

Chancen sind immer noch viel zu gut. Da muss eine Lösung gefunden werden, Heming. Und zwar schnell. Was willst du dagegen tun?«

Heming konnte sich nicht herauswinden, obwohl er es gern getan hätte. »Ein paar Leute werden sich der Netzgeräte der Spieler von South Florida annehmen«, sagte er. »›Routinemäßige Wartung‹.«

Darjan schwieg eine Weile. »Das hört sich gut an«, sagte er schließlich. »Solange du nicht so etwas Kindisches planst, wie etwa die Geräte mitten im Spiel ausfallen zu lassen.«

Heming stand nur kurz das Entsetzen im Gesicht. »Natürlich nicht. Nur kleine Änderungen in der Programmierung jedes Geräts. Einbau von Optionen.«

Darjan schwieg einen Moment. »Das könnte funktionieren«, sagte er dann. »Solange die Veränderungen anschließend automatisch deinstalliert werden. Es wäre ein Jammer, wenn jemand anschließend die routinemäßige Wartung überprüft und etwas Ungewöhnliches findet.«

»Natürlich werden Deinstallationsprogramme mit eingebaut«, entgegnete Heming. »Es gibt auch Methoden, damit die normalen Antivirus-Programme weder in der Abwehr noch beim Scannen des Systems Alarm schlagen. Es wird für alles gesorgt.«

»Dann mach dich an die Arbeit«, brummte Darjan. Das Spiel findet erst Donnerstag statt ... und das sollte lieber so verlaufen, wie unsere Auftraggeber es wollen, wenn es um South Florida geht ... oder sie nehmen dir dein Eingreifen, beziehungsweise Nichteingreifen persönlich übel.«

Diesmal musste Heming vor Aufregung schlucken, ob er wollte oder nicht.

Als Catie Montagnachmittag aus der Schule kam, ging sie wieder online, um ihre Virtmail in Ordnung zu bringen und einen weiteren Versuch zu starten, sich mit Mark in Verbindung zu setzen. Es sah ihm gar nicht ähnlich, so lange nicht erreichbar zu sein, es sei denn er war in der Schule. Er schien praktisch online zu leben. Vermutlich bekam er nur deshalb keine Probleme zu Hause, weil seine Eltern auch so viel Zeit online verbrachten. »Immer noch kein Lebenszeichen von ihm?«, fragte sie, während sie in der Mitte des großen Lesesaals stand, den sie als Arbeitsraum gewählt hatte.

»Nichts. Sollten wir nicht die Medien anrufen, um ihnen mitzuteilen, dass der Eingriff abgeblasen ist?«

»Pfff«, pfiff Catie ärgerlich durch die Zähne, aber es war nicht ernst gemeint – sie hatte andere Dinge im Kopf. *Ob er vielleicht plötzlich mit seinem Dad irgendwohin musste? Immerhin verreisen sie oft genug ...*

Sie ließ sich in ihren bequemen, abgenutzten Sessel plumpsen und dachte einen Moment angestrengt nach. *Solange ich nichts von ihm höre, ergibt es keinen Sinn, mir Sorgen zu machen*, dachte sie. Wenn ich ...

»Ein Anruf kommt herein«, meldete ihr Raummanager. »Er verlangt Zutritt zum Raum, wenn du ansprechbar bist.«

»Wer ist es?«

»James Winters.«

Catie blieb vor Überraschung der Mund offen, aber schon im nächsten Augenblick stand sie rasch auf. Jedes Mitglied der Net Force Explorers kannte James Winters vom Sehen. Er war der Verbindungsmann der Gruppe zur gesamten Net Force und theoretisch für jeden der Explorers abrufbereit, wenn sie ein Problem hatten. So sollte es jedenfalls theoretisch sein. Jeder Explorer wusste jedoch genau, dass Winters in der Net Force andere Aufgaben hatte, die viel wichtiger waren als diese Verbindungsarbeit zu ihnen, und dass es unklug wäre, ihn mit Dingen zu belästigen, die nicht wirklich von entscheidender Wichtigkeit waren. Mehr als unklug sogar. Es wäre reiner Selbstmord, wenigstens was eine mögliche Einstellung bei der Net Force betraf, sofern man ernsthaft vorhatte, dort zu arbeiten ... denn James Winters saß in jedem Fall im Ausschuss, der darüber entschied, ob man angestellt wurde. Und wenn man jemals seine Zeit ohne ausreichenden Grund in Anspruch genommen hatte, würde er sich gewiss daran erinnern.

Wenn er jedoch von sich aus zu einem Explorer kam ... dann konnte das alles Mögliche bedeuten. »Lass ihn rein«, sagte Catie.

In der Luft bildete sich ein Portal, das erst noch dunkel war, doch dann sah man durch diese Öffnung ein ganz normal ausgestattetes Regierungsbüro. Durch die Jalousien fiel das Licht der Nachmittagssonne, während James Winters durch das Portal in Caties Arbeitsraum trat. Etwa ein Meter achtzig groß, mit breiten Schultern, einem Bürstenschnitt wie bei den Marines und einem nachdenklichen, gemeißelten Gesicht – so stand Winters in konservativer Straßenbekleidung vor ihr, das heißt in einem cremefarbenen kurzärmeligen Hemd und dunkler Hose. Er sah sich anerkennend und erfreut um. Das dachte Catie jedenfalls. »Tag, Catie«, sagte er.

»Guten Tag!«, sagte sie und versuchte, nicht zu aufgeregt zu klingen.

Interessiert drehte er sich um und betrachtete die Fresken an der Decke und die behauenen Marmorsäulen des großen Lesesaals. »Schöne Arbeit. Hast du das ganz allein gemacht?«

»Äh, ja«, antwortete Catie. »Es hat zwar etwas gedauert ... aber ich sehe das wirkliche Gebäude oft.«

»Ja, deine Mutter arbeitet dort, nicht wahr?« Winters sah weiter nach oben.

»Das ist richtig. Darf ich Ihnen einen Platz anbieten?«, fragte Catie.

»Ja, danke.«

»Raummanager?«

»Stuhl kommt«, sagte ihr Raummanger und erschuf auf einer Seite des Riesenschachbretts einen Direktorendrehstuhl. Während Winters zu ihm hinüberging und sich setzte, warf er einen Blick auf das Spiel. »Ich hoffe, ich störe nicht.«

»Ganz und gar nicht.«

»Gut. Ich will von Anfang an klarstellen, dass es nicht um die Net Force Explorers an sich geht.«

»Oh«, sagte Catie. *Junge, das hört sich vielleicht intelligent an.*

Winters lächelte sarkastisch. »Nun gut«, sagte er. »Catie, soviel ich weiß, hast du dich neulich mit George Brickner getroffen.«

Catie wunderte sich. »Äh, ja. Vor dem Chicago-Spiel war er mit seinem Team in der Stadt.« *Und die Net Force beobachtet ihn. Wie interessant ...*

»Dein Bruder hat das Treffen arrangiert, nehme ich an.«

»Ja, einer von Georges Freunden ist ein Kumpel von ihm.«

»Hast du etwas dagegen, wenn ich dir ein oder zwei Fragen zu diesem Mittagessen stelle?«

»Nein«, antwortete Catie vorsichtig. »Aber ich hoffe, Sie sagen mir auch, warum.«

Winters sah sie ernst und nachdenklich an, aber sein Blick war nicht unfreundlich. »Bevor wir Einzelheiten besprechen«, entgegnete Winters, »sag mir bitte erst, ob ich auf dem Laufenden bin. Du hast dich in Grafikbearbeitung eingearbeitet, nicht wahr? Vor allem auf dem Gebiet der Bildenden Kunst. Du hast dich aber auch intensiv mit Techniken beschäftigt, mit denen man virtuelle Räume manipulieren kann.«

»Das stimmt«, sagte Catie. »Es bringt nicht viel, an der Oberfläche zu bleiben, wenn man virtuelle Inhalte ernsthaft abfragen und analysieren will. Dann muss man auch auf die Konstruktionsebene hinunter. Ich bin vielleicht noch kein Code-Experte, aber ich kann einem Bild ansehen, was mit ihm gemacht wurde, um es so aussehen zu lassen, wie es ist, und was noch getan werden muss, um es zu ändern oder es wiederherzustellen, falls Änderungen vorgenommen wurden.«

Winters nickte. *Bist du verrückt?*, schrie ein Teil ihres Gehirns auf, *du bist erst siebzehn. Wie kannst du vor diesem Mann so ruhig derartige Behauptungen aufstellen?* Ein anderer Teil ihres Gehirns antwortete jedoch gelassen: *Aber sie sind wahr.* »Falsche Bescheidenheit«, hatte ihr Vater immer gesagt, »kann für deine Karriere tödlicher sein als eine Kugel in den Kopf. Wenn du weißt, wie etwas geht, dann sag es. Du brauchst nicht anzugeben, aber du musst dir ehrlich eingestehen, was du kannst. Sonst kannst du diese Fähigkeiten anderen nicht zugänglich machen ... und wenn du das nicht kannst, was nützen dir oder anderen dann deine Fähigkeiten?« Jetzt würde sie herausfinden können, ob ihr Vater Recht hatte, dachte Catie.

»Nun gut«, sagte Winters. »Diese Seite deiner Studien ist im Moment eher nebensächlich. Lass mich etwas zurückgehen. Du hast angefangen, dich für Spatball zu interessieren?«

»Ja«, sagte Catie. »Mein Bruder hat mich angesteckt.«

»Er interessiert sich schon länger dafür?«

»So lang nun auch wieder nicht«, antwortete Catie, die lieber vorsichtig sein wollte. »Seit ein paar Wochen vielleicht.«

»Ah, so ist das ... Es geht also um Folgendes«, sagte Winters. »Die Net Force macht sich Sorgen, wie die bevorstehenden Spatball-Ausscheidungsspiele abgewickelt werden, und zwar nicht nur wegen der Teilnahme von South Florida. Aber die Banana Slugs ...« Er unterbrach sich und grinste.

»Es tut mir Leid. Ich muss jedes Mal lachen, wenn ich den Namen nenne. Hast du jemals eine echte Bananenschnecke gesehen?«

»Gestern erst«, sagte Catie. »Mehrmals sogar von ganz nah.«

»Ich sehe, du bist vor Begeisterung ganz aus dem Häuschen. Nun denn ... Durch die Teilnahme dieses Teams an den Ausscheidungsspielen werden erneut Bedenken deutlich, die wir schon seit einiger Zeit wegen der Abwicklung von Spatball und einigen anderen virtuellen Sportarten haben. Zum einen sind das Zweifel an der Integrität des Umfelds dieser Spiele.«

Bei diesen Worten wurde Catie für eine Weile sehr still. Sie musste daran denken, was ihr George gesagt hatte ... und an die sich daraus ergebenden weit reichenden Auswirkungen. Wenn eine Sportart ganz und gar im virtuellen Raum gespielt wurde, war sie in großer Gefahr, von Leuten illegal kontrolliert zu werden, die persönliches Interesse an einem bestimmten Spielergebnis hatten. Um dies zu verhindern, setzte der Vorstand der jeweiligen Sportart üblicherweise besondere Ausschüsse und Organisationen mit offiziell beauftragten Funktionären ein, welche die virtuellen Sportarenen »sauber« zu halten hatten, so wie es im Spatball geschah. Diese Funktionäre sorgten dafür, dass sich niemand an den Servern zu schaffen machte, dass die Software zum Zählen und Aufzeichnen der Ergebnisse fehlerfrei funktionierte, dass die Geräte während der Spiele richtig besetzt und bedient wurden, und Ähnliches mehr.

Aber wer kontrolliert die Kontrolleure?, dachte Catie. *Wenn die eigenen Funktionäre betrügen, wie sollen die Spieler oder jemand anderes das jemals herausfinden?*

»Die Integrität des Umfelds ist seit Beginn dieser Sportart problematisch gewesen«, sagte Winters. »Alle Unparteiischen, Schiedsrichter und Aufseher der verschiedenen

Sportarten werden routinemäßig nach dem Zufallsprinzip überprüft. Lügendetektoren, Drogentests und die üblichen Routinen. Das ist bestimmt keine perfekte Lösung, weder aus Sicht der Bürgerrechte, noch aus vielen anderen Blickwinkeln, aber sie hat im Großen und Ganzen gut genug funktioniert. Dennoch darf man nicht davon ausgehen, dass ein solches System so gut funktioniert, dass es nicht regelmäßig überarbeitet werden muss. Wenn etwas zum Status quo geworden ist, dann fangen die Menschen an, es so zu untergraben, dass ihr Betrug nicht auffällt. Und wir haben Grund zu der Annahme, dass genau das zurzeit geschehen könnte.«

Er lehnte sich in seinem Stuhl zurück. »Ich möchte zum jetzigen Zeitpunkt nicht zu sehr in Einzelheiten gehen«, fuhr Winters fort. »Unter anderem weil ich deinen eigenen Ideen nicht vorgreifen und deine Beurteilung nicht in eine bestimmte Richtung lenken will. Aber in den letzten Monaten haben sich die Anzeichen dafür angehäuft, dass beim Spatball eingegriffen wird ... und jetzt wird South Florida dafür sorgen, dass einige der darin verwickelten Kräfte anfangen aufzufallen. Darauf warten wir schon eine ganze Weile.«

»Nur damit ich es richtig verstehe: Sie meinen, dass diese Kräfte den Ausgang der Spiele vorher festlegen?«, fragte Catie.

Winters nickte. »Es gibt immer Leute, die hohe Wetten abschließen«, sagte er. »Die Kehrseite der Medaille ist, dass es damit auch Leute gibt, die das Wettgeschäft kontrollieren wollen oder es jedenfalls versuchen, um Gewinne einzufahren. In manchen Fällen, wie zum Beispiel im Spielkasino, ist die Kontrolle ziemlich harmlos. Man spielt mathematische Glücksspiele mit leicht berechenbaren Gewinnchancen. Manchmal gewinnt man, manchmal verliert man, und der Veranstalter streicht seine zehn Prozent ein. So läuft das Geschäft. Aber wenn bei mathematisch weniger berechenbaren Spielen gewettet und versucht wird, sie massiv zu beeinflussen – bei Spielen mit sehr vielen Variablen ...«

»Wie beim Sport«, sagte Catie.

»Wie beim Sport. Dann können die Dinge außer Kontrolle geraten, und die Leute werden immer weiter wetten. Dies scheint in der Natur des Menschen zu liegen, wie etwas, das nicht auszurotten ist ... aus diesem Grund haben auch die meisten Regierungen auf der Welt zumindest gewisse Arten von Sportwetten legalisiert. Sie stehen auf dem Standpunkt, dass es das Beste ist, alles zu besteuern, was man nicht ausschalten kann, um wenigstens lenkend eingreifen zu können. Aber es wird immer Elemente geben, die sich über diese Art der Kontrolle ärgern und meinen, sich von dem Kuchen, den die Regierung besteuert, ein Stück abschneiden zu müssen. Sie platzieren ihre eigenen Wetten – manchmal durch große Syndikate, damit der Gewinn verteilt wird und nicht so auffällt – und nehmen dann auf jede erdenkliche Weise Einfluss auf die Sportarten, auf die sie gewettet haben, um möglichst genau die Spielergebnisse zu bekommen, die sie brauchen.«

»Ich nehme an«, sagte Catie, »dass es diese Syndikate sehr ärgert, wenn sie einige Sportarten nicht beeinflussen können ...«

»Genau darum geht es unter anderem in diesem speziellen Fall, wie wir glauben«, sagte Winters. »Für sie sind es verlorene Einnahmequellen. Aber auch, wenn sie sich an ein einträgliches Geschäft oder an eine Wettmethode gewöhnt haben und jemand ihr Muster durcheinander bringt, können die Syndikate sehr ärgerlich werden ... und manchmal werden sie so ärgerlich, dass sie sich auf die Hinterbeine stellen und versuchen, etwas dagegen zu unternehmen.«

Winters stand auf und begann auf und ab zu gehen. »Derzeit haben wir mindestens zwei Syndikate im Verdacht, in den letzten Jahren beim Spatball manipuliert zu haben oder zumindest versucht zu haben einzugreifen. Bis jetzt haben sie nur in kleinem Umfang eingegriffen, indem sie einige Spieler überredeten, absichtlich zu verlieren, oder ihre Teamkameraden zu überreden, ihnen dabei zu helfen – oder etwas anderes in dieser Art. Soweit wir wissen, hatten sie damit nicht sehr viel Erfolg. Aber auch wenn das nicht immer funktioniert hat, so haben die Syndikate doch mit ihren Spatball-Wetten so viel Geld gemacht, dass es sich für sie nicht lohnte, großen Stunk zu machen, wenn die Dinge nicht so liefen, wie sie wollten.«

»Aber dann kam South Florida auf den Spielplan«, sagte Catie, »und veränderte das Muster.«

»Das stimmt. Nun gehen die Syndikate wegen South Florida nicht gleich Pleite. Sie wetten schließlich nicht nur auf eine Mannschaft. Sie verteilen ihr Risiko wie ganze normale Buchmacher, um Verluste abzudecken. Aber South Florida stört das eingefahrene Muster der Syndikate ganz erheblich. Die Syndikate, die wir im Auge haben – nun, diese speziellen Spieler sind sehr konservativ. Sie hassen es, neue Methoden zu entwickeln, nachdem die alten so gut funktioniert haben. Wir glauben, dass das eine oder andere Wettsyndikat etwas ausprobieren wird, um diesen neuen Störfaktor ihrer Gewinnchancen loszuwerden – wir glauben, sie werden sich direkt am virtuellen Umfeld zu schaffen machen.«

Winters setzte sich wieder leicht vornübergebeugt und faltete die Hände. »Normalerweise würden sie davor zurückschrecken«, sagte er, »einfach aus Angst, dass ihr Eingriff entdeckt wird. Aber wenn sie es dennoch tun und heil davonkommen, dann werden sie es bei anderen Sportarten wieder versuchen ... und das könnte sich langfristig sehr schlimm auswirken. Wenn wir nicht eingreifen und dem ein Ende setzen, wird alles davon betroffen sein, von den verschiedenen Fantasieligen, die gelegentlich auf der ganzen Welt spielen bis hin zu den realen Ligen, die unter virtuellen

Bedingungen spielen. Wir wollen die Täter auf frischer Tat ertappen, ein für alle Mal. Und der Rest der Intervention muss abgeschlossen werden, damit niemand auch nur den geringsten Zweifel hegt, dass wir Herr der Lage sind, bevor es richtig losgeht.«

Catie schwieg eine Weile und überlegte. »Es wäre also gut«, sagte sie dann, »wenn die Net Force selbst die Fäden in der Hand hätte.«

Winters sah Catie lange nachdenklich an. Ihr brach plötzlich der Schweiß aus, und sie fragte sich, ob sie etwas zu weit gegangen war. Dann machte sich auf dem Gesicht des Verbindungsmanns der Net Force Explorers ein leichtes, wenn auch unterkühltes Lächeln breit, nur wenige Millimeter vielleicht und auch nur auf einer Seite seines Mundes, aber es war groß genug, um Catie von der Sorge zu befreien, sie könnte in ernsthaften Schwierigkeiten sein.

»Es dauert, eine Operation vorzubereiten«, sagte Winters, »und manchmal muss man sich auf einen Aspekt konzentrieren, der anderen schadet. Wir versuchen, das Problem jetzt zu beseitigen.«

»Darum hat Mark um das Treffen mit George Brickner gebeten, nehme ich an.«

Winter seufzte. »Was auch immer wir Mark Gridley in der wirklichen Welt vorwerfen könnten«, sagte er, »ein Übermaß an Spürsinn und Finesse ist es bestimmt nicht. Aber egal. Das gleicht er auf andere Weise aus. Catie, wir machen uns große Sorgen, weil wir nicht wissen, ob sich dieser Versuch, die ISF-Ausscheidungsspiele zu manipulieren, auch auf die Spieler der Teams selbst ausdehnt. Sportskanonen sind schon aus vielen anderen Gründen angreifbar, und wir werden natürlich alle Profiteams überprüfen, die an den Spatball-Ausscheidungsspielen teilnehmen. Besonders Rio und auch Chicago haben möglicherweise unangenehme Verbindungen, die direkt unter der Oberfläche ihr Unwesen treiben. Aber ein nicht professionell spielendes Amateurteam wie die Banana Slugs ist auf jede andere erdenkliche Weise angreifbar. Wie du weißt, besteht South Florida aus ganz normalen Menschen mit ganz normalen Jobs – die aufregendste Beschäftigung, die einer von ihnen hat, ist wahrscheinlich die K-9-Arbeit, die der Mittelstürmer für die U.S.-Zollbehörde im Hafen von Miami verrichtet. Die Aussicht auf eine Bezahlung für etwas, bei dem man mit großer Wahrscheinlichkeit nicht erwischt werden kann, bringt fast jeden in Versuchung.« Er seufzte. »Verdammt, das könnte bei meinem Gehalt sogar für mich verlockend sein. Nur gelte ich als unbestechlich, und außerdem bin ich sicher, dass mein Bankkonto ab und zu überprüft wird.«

»Da bin ich mir nicht so sicher. Ich glaube nicht, dass alle im Team mitmachen würden, um absichtlich zu verlieren«, sagte Catie. »Aber ich kenne sie erst seit ein paar Tagen ...« Dann blickte sie auf. »Dennoch sollten Sie eines wissen. Als wir mit George Brickner zu Mittag gegessen haben, habe ich erwähnt, dass ich bei den Net Force Explorers bin. Die Unterhaltung änderte danach zwar nicht direkt den Kurs ... aber ich habe ein paar eigenartige Blicke von ihm bekommen.«

»Wie eigenartig?«

»Das ist schwer zu sagen«, meinte Catie. Sie hatte für sich selbst noch keine zufrieden stellende Antwort auf diese Frage gefunden.

»War er dir gegenüber in irgendeiner Weise misstrauisch?«

Catie dachte darüber nach. »Nein«, sagte sie dann. »Was auch immer er auf dem Herzen hatte, ich glaube, das war es nicht. Ich bin mir immer noch nicht sicher, was er will, aber er fühlt sich ganz bestimmt eher angezogen als abgestoßen.«

»Hm ...« Winters grübelte einen Augenblick. »Nun denn«,

sagte er schließlich. »Sprechen wir darüber, weswegen ich gekommen bin. Ganz offensichtlich brauche ich deine Hilfe bei dieser Operation, vorausgesetzt deine Eltern sind einverstanden, dass du die Net Force bei ihren Ermittlungen unterstützt. Ich muss dabei betonen, dass ich normalerweise Net Force Explorers nicht gerne offiziell in laufende Fälle einbeziehe. Aber dein Kontakt zu George Brickner, der auch bei einer Untersuchung von außen keinen Verdacht erregen würde, ist in dieser Situation ein Geschenk – ein Geschenk, das ich hoffe nützen zu können. Doch ganz abgesehen davon, schätze ich die Bedrohung in diesem Fall zum jetzigen Zeitpunkt als sehr gering ein – und außerdem haben wir bereits einen anderen Net Force Explorer involviert.«

Catie grinste. Winters sah ihr Grinsen und verdrehte die Augen.

»Nun gut«, sagte er. »Normalerweise tun wir unser Bestes, der Versuchung zu widerstehen, Mark als Strohmann einzusetzen. Wir könnten uns leicht daran gewöhnen, uns auf ein Talent zu verlassen, das wir ganz in der Nähe haben, aber nicht ausnutzen wollen. Mark hat ein Recht auf eine normale Kindheit, ohne – wenn auch freiwillig – das Werkzeug einer Vollzugsbehörde zu sein.« Er zog die Augenbrauen hoch. »Aber da Mark sehr routiniert und ganz bewusst alle Versuche seiner Eltern sabotiert, ihm eine normale Kindheit zu ermöglichen, wissen wir, dass das vergebliche Liebesmüh ist. Wie auch immer, manchmal müssen wir uns einfach über unsere Skrupel hinwegsetzen.«

Catie stand auf und ging nun ihrerseits auf und ab.

»Nun«, fragte Winters, »wirst du darüber nachdenken?«

»Ich habe bereits darüber nachgedacht«, antwortete sie. »Was mich betrifft, lautet die Antwort Ja. Und was die Rolle von George betrifft ... Ich denke die ganze Zeit, dass er vielleicht auf seine Art um Hilfe bittet. Vielleicht ahnt er, was da läuft. Wie auch immer, es sieht so aus, als könnten Sie ihm helfen.«

»Ja«, sagte Winters und sah sie nachdenklich an. »Und das würdest du auch tun. Du und er, ihr scheint von vornherein gut miteinander klarzukommen ... und er scheint mit dir darüber reden zu wollen, was da läuft.«

»Das will er nicht nur«, sagte Catie, »er ist ganz wild darauf.«

Genau das war es, was sie ein wenig erstaunt hatte.

Winters verharrte ein paar Sekunden schweigend und überlegte. »In Ordnung«, sagte er dann. »Catie, wärst du bereit, während der Ausscheidungsspiele eine Weile einfach nur eine gute Zuhörerin zu sein?«

»Um herauszufinden, ob im Klub irgendetwas Illegales stattfindet?«

»Auch das.«

Catie dachte einen Moment nach. Sie war nicht scharf darauf, eine Art Spitzel zu sein. Aber sie erinnerte sich auch daran, was George selbst über die Schwierigkeiten beim Spatball im Allgemeinen und über South Florida im Besonderen gesagt hatte.

»Ich möchte nicht, dass es dir unangenehm ist«, sagte Winters. »Wenn du das Gefühl hast, du möchtest nicht einmal eine Nebenrolle bei solch einer Operation spielen, dann verstehe ich das. Aber während der Spielzeit haben wir die einmalige Gelegenheit, dafür zu sorgen, dass die Kräfte, die wir in Verdacht haben, beim Spatball loszuschlagen, keine Gelegenheit bekommen, den Sport fest in ihre Hand zu bekommen. Das Geld, das beim Spatball reinkommt, bedeutet für alle Spielligen, besonders aber für die Amateurligen, dass sie ihre Gewinnanteile bestimmten, von ihnen ausgewählten Gemeindeprojekten zur Verfügung stellen können ... und damit bleibt ihr Sport sauber und in seiner aktuellen Form am Leben. Aber wenn sie das

Geld an das organisierte Verbrechen verlieren, wird das den ganzen Sport schwächen, weil sie durch illegale Zahlungen und fragwürdige Beeinflussung heimlich bestochen werden können ...«

Catie hielt inne. »Mr Winters«, sagte sie dann. »George ist ein Freund. Ich werde ihn nicht hinters Licht führen. Doch was er mir freiwillig erzählt ...«

»Mehr wollen wir auch nicht wissen«, sagte Winters. »Ich würde dich nie bitten, das Vertrauen eines anderen zu missbrauchen. Aber jeder Hinweis darauf, dass George beunruhigt ist über etwas, das innerhalb seines Team vor sich geht, wird uns eine große Hilfe sein. Auf diese Weise können wir am besten jenen Schaden verhindern, der unseren Informationen nach geplant ist ...«

Auch Winters stand jetzt auf. »Du musst das mit deinen Eltern besprechen, und ich werde dasselbe tun. Aber es hätte keinen Sinn gehabt, mit ihnen zu reden, ehe ich mit dir gesprochen habe. Dieses Unternehmen ist voraussichtlich nicht gefährlich. Sonst hätte ich dich nicht um Unterstützung gebeten. Dennoch wirst du vorsichtig sein und die Augen offen halten müssen. Wir werden Leute bespitzeln, die alles daran setzen, dass wir nicht herausfinden, was sie tun ... und wenn sie Verdacht schöpfen, dass wir genau das tun, kann es ungemütlich werden. In dem Augenblick wirst du dich zurückziehen und den Net-Force-Agenten alles Weitere überlassen.«

Sie nickte. »Einverstanden. Ich bin ohnehin im Grunde ein eher ruhiger Typ.«

Winters schnaubte leicht. »Warum du dann Mark Gridley bittest, Wartungsarbeiten an deinem Computer vorzunehmen, ist mir unverständlich«, sagte er. »Aber darum geht es im Moment nicht. Wenn ich herausfinde, wo Mark ist, werde ich ihn bitten, mit dir über die versiegelten Spiel-Server zu sprechen, damit du weißt, worauf du achten musst, wenn du mit George Brickner redest. Inzwischen sprich bitte so bald wie möglich mit deiner Familie, Catie. Und lass es mich wissen, sobald du es getan hast. Dann kann auch ich mich mit deinen Eltern in Verbindung setzen, um eventuelle Fragen zu beantworten.«

»Das werde ich tun, Mr Winters.«

Nachdem er sich mit einem Winken von ihr verabschiedet hatte, kehrte er durch das Portal, das sich hinter ihm schloss, in sein Büro zurück.

Während Catie auf das Schachbrett starrte, überlegte sie, was als Nächstes zu tun war.

5

Schließlich ging sie offline, um ihren Vater zu suchen. Die Tür zu seinem Atelier stand einen Spalt offen, was bedeutete, dass man ihn stören durfte. »Dabei werde ich ohnehin ständig gestört, wie zumindest deine Mutter behauptet«, lautete sein üblicher Kommentar. Als Catie die Tür ein wenig aufstieß, entdeckte sie ihren Vater mitten im Raum. Er hatte die CNNSI-Grafik auf seiner Staffelei für einen Augenblick zur Seite geschoben, und er stand nun mit seiner Digitalkamera unter dem Punktstrahler, offensichtlich um eine Linse auszutauschen.

»Beschäftigt, Dad?«, fragte Catie.

»Ich verwünsche nur gerade Zeiss«, sagte er. »Komm rein.«

»Was ist los?« Während sie zu ihm hinüberging, betrachtete sie neugierig die Linsen, die ihr Vater auf einen kleinen Tisch neben sich ausgebreitet hatte – große, schwarz eingefasste, gerändelte Dinge.

»Ah, die neue Linse weist an den Rändern immer noch chromatische Abweichungen auf«, sagte er.

»Ist das die, die sie dir als Ersatz geschickt haben?«

»Ja«, sagte ihr Vater, während er unzufrieden auf die Linse in seiner Hand sah. »Es gibt nur zwei Möglichkeiten, und keine gefällt mir. Entweder hat der Ersatz dasselbe Problem wie die ursprüngliche Weitwinkellinse – was sehr wahrscheinlich ist –, oder es stimmt was nicht mit der Kamera. Das wird Zeiss natürlich behaupten, wenn ich ihnen diese Linse zurückschicke. Und die zweite Kamera ist im Laden. Also kann ich nicht testen, ob die Linse damit denselben Fehler hat.« Er runzelte die Stirn. »Und ich brauche den Weitwinkel hierfür – mit den anderen Linsen bekomme ich nicht das ganze Bild in einem drauf. Und ich scheue den Zeitaufwand, den es mich kosten würde, das Bild in mehreren Teilen aufzunehmen. Ganz perfekt wird es sowieso nie passen, egal wie sehr man sich auch bemüht ...«

»Wenn du das ganze im virtuellen Raum mit Pinxit oder einem anderen Wiedergabeprogramm gemacht hättest«, sagte Catie, die bereits die Antwort ihres Vaters kannte, »dann hättest du dieses Problem nicht.«

»Ich hasse Pinxit«, sagte er mit einer gewissen Wonne. »Sein User Interface ist nichts als Zeitverschwendung. Und wenn ich deine Mutter nicht geheiratet hätte, dann müsste ich nicht ertragen, wie du dich auch noch lustig machst über mich, während ich im Namen der Kunst verrückt werde. Also hör auf, mit dem Wörtchen Wenn zu spielen.« Er schaute sie grimmig, aber dennoch liebevoll an. »Bist du nur gekommen, um dich über mein künstlerisches Genie lustig zu machen, oder hast du etwas anderes auf dem Herzen?«

»Äh, ja.« Catie erzählte ihrem Vater so kurz wie möglich von dem Besuch, den James Winters ihr gerade abgestattet hatte, ohne jedoch etwas Wichtiges auszulassen.

Noch während sie erzählte, ließ sich ihr Vater auf die mit

Farbflecken übersäte Couch plumpsen und drehte die Kameralinse, die ihm so viel Ärger bereitete, in seinen Händen. Als Catie mit ihrem Bericht fertig war, sah er zu ihr auf und sagte eine Weile gar nichts.

Catie versuchte zu verbergen, dass sie leicht zitterte.

»Und?«, fragte ihr Vater.

»Und was?«

»Was meinst du, solltest du tun?«

»Ich möchte helfen«, sagte Catie.

Ihr Vater drehte wieder die Linse in den Händen. »Genau wie deine Mutter«, sagte er dann. Es war ein geflügeltes Wort in der Familie geworden, weil Catie im Ganzen mehr nach ihrer Mutter geraten war. »Glaubst du, du kannst etwas Entscheidendes bewirken?«

»Ja, ich glaube, das könnte ich«, sagte Catie. »Auf jeden Fall ist es einen Versuch wert.«

Caties Vater zog die Augenbrauen hoch und sah sie auf eine Weise an, die sie nicht ganz entziffern konnte. »Ist dein Motiv dabei nur der Wunsch, für Gerechtigkeit und Fairplay zu sorgen«, fragte er, »oder hat es etwas mit George zu tun?«

Catie errötete. »Natürlich hat es etwas mit George zu tun«, sagte sie, »aber, Dad, es ist nicht, was ich glaube, das du glaubst. Wenn du es denn glaubst.«

»Was?«, fragte ihr Vater. »Dass er ein bisschen zu alt für dich ist?«

Jetzt musste sie lachen. »Natürlich ist er ein bisschen zu alt für mich. Aber darum geht es ja nicht, Dad. Vielleicht ...« Ihre plötzliche Erkenntnis ließ sie innehalten. »Vielleicht tut er mir ein bisschen Leid.«

»Oh ...?« Ihr Vater sah überrascht hoch. »Warum? Wenn er plötzlich eine nationale Berühmtheit wird und auch noch reich sein könnte, wenn er es möchte? Und wahrscheinlich wird er es, egal welche Absichten er verfolgt«, fügte er hinzu. »Sie finden immer einen Weg, dich zu erreichen, die Sponsoren, das große Geld ... wenn sie dich haben wollen. Die Zeit ist immer auf ihrer Seite.«

Catie schob den Gedanken beiseite, um später darüber nachzudenken. »Es geht mehr darum, dass er ein bisschen einsam ist«, sagte sie. »Er hat zwar Freunde, das ist kein Problem für ihn ... aber ich habe das Gefühl, dass er das, was mit ihnen im Team passiert, nicht gerade mit ihnen besprechen kann. Wenn er befürchtet, dass es ein Problem gibt, will er sie vielleicht nicht mit hineinziehen.«

»Hat aber keine Hemmungen, dich hineinzuziehen«, sagte ihr Vater. Jetzt klang er ein wenig ärgerlich.

»Wenn ich nicht klar zum Ausdruck gebracht hätte, dass ich interessiert bin«, sagte Catie, »wäre er nicht weiter darauf eingegangen. Da bin ich ganz sicher.«

Einige Minuten saß ihr Vater still auf der Couch und drehte wieder die Linse in den Händen. »Nun«, sagte er schließlich, »deine Mutter kommt in ein paar Stunden von der Bibliothek nach Hause ... Wir beide werden uns darüber unterhalten.« Wieder warf er Catie einen rätselhaften Blick zu. »Bis dahin sprich bitte nicht mit George, einverstanden?«

»Okay«, sagte Catie. »Aber wir spielen Schach zusammen. Wenn sein nächster Zug hereinkommt ...«

Ihr Vater konnte nicht umhin zu lächeln. »Nun gut«, sagte er, »dagegen ist ja nichts einzuwenden.« Schließlich stand er auf. »Inzwischen muss ich ins Netz und versuchen, mit Zeiss weiterzukommen. Sie werden zweifellos behaupten, dass ich den Verstand verloren hätte und sie keinen Grund hätten, diese Linse noch einmal zu ersetzen ...« Aus seinem Lächeln wurde ein säuerliches Grinsen. »›Kundendienst‹ ... auch so ein widersprüchlicher Begriff unserer Zeit. Nun geh schon, Kleines. Hinaus mit dir.«

Und schon war Catie verschwunden.

Während sie sich ein Tunfisch-Sandwich machte, dachte sie darüber nach, welche Möglichkeiten sie hatte. *Vielleicht muss ich ja das Gespräch mit George noch eine Weile hinausschieben ... aber nichts kann mich daran hindern, mit Mark Gridley zu sprechen. Vorausgesetzt, ich kann diesen kleinen Armleuchter finden.*

Catie aß ihr Sandwich und trank eine Cola. Dann ging sie ins Wohnzimmer, setzte sich in den Implantatstuhl und schaltete für einen Moment geistig ab. Ihr Blick fiel auf einen Riss in der Zimmerecke neben dem Bücherregal. *Wird er etwa größer?*, dachte sie. *Das muss ich Mom sagen.* Ihr Vater war zwar für Reparaturen und ähnliche Dinge im Haus zuständig, aber ihrer Mutter fiel meist auf, was zu tun war, und sie organisierte dann auch das Notwendige. Sie war meist der ruhende Pol in der Familie. Ihr Vater konnte gelegentlich sehr streng sein, aber nie, ohne es vorher mit ihrer Mutter besprochen zu haben, es sei denn, es ging um kleine, unbedeutende Dinge. *Ich frage mich, wie er sich bei der Geschichte mit George verhalten wird*, dachte Catie. Ihre Mutter spielte meist die Beschützerrolle, und nach Caties Geschmack übertrieb sie das manchmal. *Aber wenn wir uns so ähnlich sind, wie Dad immer sagt, müsste ich es doch vermutlich genauso sehen wie sie ...*

Seufzend stellte Catie ihren Implantatstuhl neben die Netzzugangsbox und aktivierte sie. Kurz danach stand sie im großen Lesesaal und sah zu ihrem bequemen Stuhl hinüber und zu einem ganzen Stapel von E-Mails und Kunstprojekten, die sie noch immer nicht abgespeichert hatte. *Das muss noch warten.* »Raummanager«, rief sie.

»Was, du schon wieder?«

Sie lächelte grimmig. »Hol mir Mark Gridley.«

»Ich checke seinen Arbeitsraum für dich.«

Catie sah auf die verschiedenen vollendeten und halb vollendeten Kunstwerke, die als Icons vor ihr auf dem Boden lagen. *Wann habe ich mich das letzte Mal hingesetzt und wirklich Kunst geschaffen?*, dachte sie. Mindestens fünfzig Dinge fielen ihr ein, die noch an der »Via Appia« getan werden mussten, vor allem nach ihrem Gespräch neulich mit Noreen. Außerdem hatte sie noch nicht einmal Zeit gehabt, das »Luau«-Beleuchtungsprogramm zu installieren ...

Ihr eigener Arbeitsraum löste sich plötzlich in Dunkelheit auf. Kaum eine Sekunde später hob sich die Dunkelheit wieder wie in einer langsamen Morgendämmerung, aber obwohl der Boden unter ihren Füßen, der eine staubige, pockennarbige Oberfläche aufwies, allmählich heller wurde, blieb der »Himmel« dunkel.

Einen Moment später sah Catie auch, warum. Der Himmel war schwarz und übersät von brennenden Sternen, die nicht durch den kleinsten Hauch von Atmosphäre behindert wurden. Der staubige, blasse Boden war mehr als nur pockennarbig. Er war über und über bedeckt mit kleinen, etwas porösen Felsstücken. Sie sahen aus wie Bimsstein und die Pocken waren nicht nur Löcher, sondern ganze Krater. Die in der Nähe waren nur klein, aber es gab auch größere, und noch weiter weg welche, die von Mauern umgeben waren – alte Einschlagkrater. Von ihrem Standplatz aus konnte Catie unmöglich hineinsehen, obwohl sich hier und dort ein »Spritzhügel« über den Kraterrand erhob, der bei einem früheren Vulkanausbruch erstarrt war, als sich die Lava mit dem kurzfristig aufgeschmolzenen Boden des Kraters wieder vereinte.

Beeindruckt sah sie sich um. Links von ihr befand sich eine ganz junge Erde mit einem hellen, blau brennenden Halbmond, deren dunkle Seite – Nordamerika und der Pazifik – im Mondlicht nur schwach zu erkennen war: die alte Erde in den Armen der neuen Erde. Lächelnd beendete Catie ihren Rundblick.

Ein wenig seitlich, auf dem Boden eines Kraters, der so

groß war wie ein Fußballfeld, sah Catie einen Halbkreis aus weißen geriffelten Säulen im dorischen Stil. Für ihre Via Appia hatte Catie viele Säulen gebraucht, und so konnte sie dorische von ionischen Säulen unterscheiden, wenn sie sie sah. Von einigen der Säulen waren die Kapitelle abgebrochen und lagen zerstreut herum. Andere Säulen, die wohl den Kreis hatten schließen sollen, lagen wie gefällte Bäume kunterbunt durcheinander. In der Mitte des Kreises, wo die geriffelten Reste einiger Säulen quer übereinander lagen und einen kleinen Raum in ihrer Mitte bildeten, saß Mark Gridley auf einer Säule, als wäre sie eine Bank, und lehnte sich an eine andere. In dem freien Raum vor ihm hing ein Display, auf dem er sich ein Fußballspiel ansah.

Staub wirbelte auf, als Catie zu ihm hinüberschlenderte und neben ihm stehen blieb, um sich das Bild anzusehen. »Welche Liga?«, fragte sie.

Mark schnaubte. »Wer weiß das noch?« Dann sah er über die Schulter zu ihr hoch. »Tut mir Leid, dass ich in letzter Zeit nur schwer zu finden war.«

»Mach dir nichts draus, Kleiner. Ich hab auch viel zu tun gehabt.«

»Das habe ich gehört.« Mit einem Wink der Hand schloss er das Display. »James Winters hat gesagt, dass du mit mir ein paar Dinge besprechen musst.«

»Stimmt.« Catie setzte sich auf eine der anderen Säulen und machte es sich auf den Rillen so bequem wie möglich. »Vorläufig muss ich nur wissen, wie man einen Server versiegelt.«

Mark grinste überglücklich. »Willst du in einen einbrechen und es selbst herausfinden?«

Catie seufzte. »Mark, hat sich jemals jemand die Mühe gemacht herauszufinden, ob es unter deinen Vorfahren Piraten gegeben hat?«

»Vielleicht auf der Thai-Seite meiner Familie«, erwiderte

er fröhlich. »Ende des vergangenen Jahrhunderts gab es ein paar merkwürdige Zwischenfälle in den Malaiischen Meeresengen ...«

»Erzähl mir das bitte nicht. Ich will es gar nicht wissen.«

»Außerdem hat mir meine Mutter erzählt, dass sie mit Grainne O'Malley verwandt war ...«

Mit wem? Aber Catie wollte ihn nicht fragen, ob man auf diese Verwandtschaft stolz sein konnte. Wenn Mark erst einmal anfing, war er nicht mehr zu bremsen.

»Ich möchte lieber nirgendwo einbrechen, wo man uns nicht haben will«, sagte Catie. »Das Leben ist derzeit kompliziert genug. Aber ich muss mit dir auch über einige strukturelle Probleme sprechen.«

»Das hat Winters auch schon gesagt«, gab Mark zurück. »Also schieß los.«

»Zuerst die Spatball-Server. Versiegelt, wie genau?«

»Dreifache Redundanz-Kontrollen bei Code-Zugriff«, sagte Mark. »Und auf den physischen Servern selbst wie bei einem Bankschließfach dreifach verschlüsselter Zugriff, wobei die höchsten Funktionäre der Organisation die Schlüssel haben. Etwa in der Art, wie sie im vergangenen Jahrhundert den Abschuss von Raketen gehandhabt haben. Trotzdem«, sagte Mark mit einem ungerührten Lächeln, »jede Sicherheitsmaßnahme, die sich Menschen ausdenken, kann von Menschen unterwandert werden. Man braucht nur etwas Zeit, Mühe und Grips.«

»Fishing for compliments, Mark?«

Er überhörte die Frage geflissentlich. »Was jedoch die ISF-Server betrifft«, sagte er, »kann ich dir Zeit und Sorgen sparen. Die Net Force hat sie bereits genau unter die Lupe genommen.«

»Ich vermute mal mit deiner Hilfe.«

»Ja, ich habe es gemacht«, sagte Mark, »aber nichts gefunden.«

»Wussten die Software-Leute, die normalerweise den Code warten, dass du kommen würdest?«

»Nein. Das heißt ja«, sagte Mark nach kurzem Zögern. »Das gehobene Management wusste es, da wir auch auf physischer Ebene geprüft haben. ISF hat uns sogar darum gebeten, sofort nachdem die Net Force sie informiert hatte.«

»Dann können wir davon ausgehen, dass das untere Management auch von der Inspektion wusste«, sagte Catie. »Meinst du nicht auch?«

»Sehr wahrscheinlich. Vor allem wenn wir vom Schlimmsten ausgehen.«

»Ich glaube, davon kannst du ausgehen. Jedenfalls würde dein Vater es tun.« Catie dachte einen Moment nach. »Okay ... also hatten sie Zeit, vor dir alles geheim zu halten, wenn irgendjemand von den Insidern es für nötig gehalten hätte ... Auch wenn du schon mal drin warst, möchte ich doch einen schnellen Blick in deren Server werfen. Kannst du das hinkriegen?«

Mark sah sie mit einem sehr nachdenklichen Blick an. »Catie, ich bin mir nicht sicher, ob das die Art von Hilfe ist, an die James Winters gedacht hat, als er dich an Bord brachte.«

Catie schluckte. »Das ist mir egal«, sagte sie. »Ich muss mir ein paar Dinge ansehen, damit ich weiß, welche Fragen ich George Brickner stellen muss. Ich will weder seine noch meine Zeit damit verschwenden, blind eine Möglichkeit nach der anderen auszuprobieren. Und wenn ich das Innenleben der Server-Technologie nicht gut genug kenne, um zu wissen, worauf ich achten muss, verliere ich nicht nur kostbare Zeit ... dann kann ich vor allem auch deinen Freunden bei der Net Force nicht helfen, ihr Ziel zu erreichen.«

Mark dachte einen Augenblick über ihre Worte nach. Dann hellte sich sein Gesicht auf. »Einverstanden«, sagte er.

»Ich weiß, dass ich dir trauen kann. Und so eine Gelegenheit kommt so schnell nicht wieder. Komm mit!«

Er sprang auf und führte Catie seitlich von den umgestürzten Säulen weg. »Hallo, Cousin«, sagte Mark zu seinem Raummanager.

»Aktiviert.«

»Zugang Türöffnung. Hohes Risiko.«

»Zugang wird geöffnet und es wird eingeloggt.« Ein blauer Umriss erschien in dem leeren »Vakuum« vor ihnen und füllte sich selbst mit Dunkelheit.

»Nur in meine Speicherung einloggen«, sagte Mark schnell.

»Einloggen begrenzt«, sagte sein Raummanager und die Schwärze in der Türöffnung schimmerte. Im Moment konnte Catie nur sehen, dass sich die Schwärze durch einen vagen Lichtschein im Hintergrund veränderte.

»Das mache ich so, damit mein Dad mich nicht sofort erwischt«, sagte Mark. »Aber, Catie, früher oder später wird er es erfahren. Tu also bitte nichts, was die Net Force später dumm aussehen lässt.«

»Das würde ich nie tun«, sagte Catie.

»Ich weiß. Ich wollte es dir nur gesagt haben.« Er warf ihr einen überraschend grimmigen Blick zu. Es amüsierte Catie ein wenig, dass er sich seinen Leuten so verbunden fühlte ... gleichzeitig gefiel es ihr aber auch. Sie wusste, dass einige von Marks älteren Freunden bei den Net Force Explorers glaubten, dass Mark nur schwer zu kontrollieren war und keine Prinzipien hatte, aber offensichtlich gab es Dinge, die ihm wichtig waren ... und ihr auch. Darüber war Catie irgendwie erleichtert.

Als sie gemeinsam durch die Öffnung gingen, gelangten sie auf eine weite dunkle linierte Ebene. Die grünen, parallel verlaufenden Linien überkreuzten sich und dehnten sich in alle Richtungen unendlich aus: ein leeres, kartesisches

Gitter, ungekennzeichnet, wie ein noch nicht konfigurierter Raum, der nur über zwei Dimensionen verfügte.

»Etwas minimalistisch, meinst du nicht auch?«, sagte Catie und schaute sich um.

Mark nickte. »Die Chefprogrammierer von ISF scheinen das zu mögen. Keine offensichtlichen Hinweise.«

»Das kann man sagen«, gab Catie zurück.

»Aber ich bin keiner ihrer Chefprogrammierer. Ich mag meine Programmierungen ein bisschen objektiviert. Und unter uns gesagt, so sehen das auch ihre jüngeren Programmierer ... wirst du noch sehen.«

Mark griff in die Dunkelheit und schnipste mit einer Geste aus der leeren Luft eine Schalttafel herauf, als wäre sie eine kleine Tür. Unter der Schalttafel lag, wie beim Auto der Einfüllstutzen unter einer Klappe, ein Quadrat aus Licht verborgen, und in diesem Quadrat erblickte Catie ein großes Schlüsselloch.

»Wozu hat man den Schlüssel zur Hintertür«, sagte er, »wenn man ihn nicht gelegentlich benützen kann.« Er griff in seine Tasche und zog einen ungewöhnlich großen Schlüssel heraus, der offensichtlich aus einem Metall bestand, das auf dieselbe Weise grün war, wie Gold goldfarben war. Mark steckte den Schlüssel ins Schlüsselloch und drehte ihn herum.

Die gesamte kartesische »Landschaft« schimmerte, flackerte ... und verschwand. Einen Augenblick lang standen die beiden allein in völliger Dunkelheit. Dann wurde langsam Sternenlicht um sie herum eingeblendet, und auf einer Seite wurde der Glanz eines kalten hellblauen Lichts sichtbar.

Als Catie in diese Richtung sah, verschlug es ihr den Atem. Unter ihnen in der Dunkelheit drehte sich die Erde. Sie standen im leeren Raum etwa achttausend Kilometer über ihrer derzeit »dunklen Seite«. Unter ihnen funkelten die

Lichter der großen amerikanischen Städte. Im Pazifik konnte sie ein weiteres schwaches Licht leuchten sehen, silbrig und diffus. Als Catie über ihre Schulter blickte, entdeckte sie den Vollmond, der auf sein eigenes Spiegelbild hinuntersah, während er unterging und auf der anderen Seite der Erde ein anderes Licht immer größer wurde.

Langsam stieg die Sonne in all ihrem Glanz durch die Atmosphäre nach oben. Während sie durch die dichteste Luftschicht schien, war ihr Licht zuerst glühend rot, wurde dann blasser, und wechselte allmählich von orangefarben auf goldfarben und zuletzt auf weiß. Schließlich überschritt sie mit schmerzhaft grellem Schein den Terminator und breitete ihr feuriges Tageslicht quer über den Atlantik bis nach New York aus.

»Catie?«

»Ja?«, sagte sie abwesend, versunken in diesen herrlichen Anblick. Egal ob das Bild Wirklichkeit war oder bloß die Rekonstruktion eines Künstlers, es war umwerfend schön.

»Catie!«

»Ja, was denn?«

»Duck dich!«

Noch während sie sich fragte, welches Problem Mark wohl hatte, entdeckte sie am äußersten Rand ihres Blickfelds ein Licht, das sich ihnen von hinten näherte. Irgendetwas schoss viel zu schnell auf sie zu. Aus einem Reflex heraus duckte sie sich und drehte sich um ...

In der Sonne leuchtend und leise wie eine Feder, die durch die Luft segelte, tauchte es direkt über ihren Köpfen auf, riesengroß, unaufhaltsam, gewaltig und doch elegant in seiner Bewegung: eine Raumstation. Es war eine nicht existierende Raumstation, denn niemand hatte je nach den »traditionellen« Methoden, die erstmals in der Mitte des letzten Jahrhunderts diskutiert worden waren, eine Raumstation gebaut, die aussah, wie ein Wagenrad mit Holmen, die aus der Radnabe hinausragten. Die mit einer silbrig weißen Haut überzogene Masse fegte so dicht über ihre Köpfe hinweg, dass Catie es nicht glauben konnte, dass sie nicht den geringsten Windhauch in ihrem Haar spürte. Aber sie waren in einem »Vakuum«, und dort gab es weder Wind noch Geräusche. Die riesige Masse bewegte sich über sie hinweg und war bald nur noch eine Silhouette vor dem Hintergrund des unerträglich heißen Feuers der Sonne. Während sich die Raumstation elegant um ihre Radnabe drehte, entfernte sie sich mit einer Geschwindigkeit von eintausendsechshundert Stundenkilometern von ihnen, als wolle sie in die Vergangenheit eintauchen.

»Nett, oder?«, sagte Mark, stand auf und strich sich den Staub von der Kleidung.

»Ja, nett«, sagte Catie, während sie ebenfalls aufstand. »Du hättest mich ruhig etwas früher warnen können.«

»Und die Wirkung verderben? Hier hat sich jemand große Mühe gegeben, diese Nummer zu schreiben. Es ist die Einführung des Wartungspersonals des Servers in den virtuellen Raum ... Ich dachte, dass du das gerne sehen würdest.«

Das Schauspiel war zweifellos sehenswert gewesen, aber Catie war nicht bereit, Mark das in diesem Augenblick einzugestehen. Während sie der Raumstation nachsah, bemerkte sie die außergewöhnliche Form des Mittelstücks. Anstatt einer Andockstation befand sich dort eine undurchsichtige Kugel. »Ist das eine Spatkugel?«, erkundigte sie sich.

»Ja«, sagte Mark. »Das ist die externe Neugestaltung der Hülle, welche die Verhaltensregeln der Kugel im Inneren enthält. Diese Kugel wurde so gebaut, dass sie sich genau wie der klassische Austragungsort verhält, also wie das ursprüngliche Rotationsmodul, das an der Internationalen Raumstation befestigt war. Die Konstrukteure zogen es in diesem Fall jedoch vor, das Innere nach außen zu kehren. Ist irgendwie hübscher und sieht nicht so aus, als wäre es von einem Komitee gebaut.«

Dazu gab es nichts zu sagen. »Wie kommen wir hinein?«, fragte Catie.

Wieder griff Mark im leeren Raum nach einer Schalttafel und drückte auf verschiedene Knöpfe. Einige hundert Kilometer entfernt von ihnen hielt die Raumstation mitten in der Bewegung an. Auch die Sonne stoppte ihren Lauf. Dann schoss die Raumstation mit noch höherer Geschwindigkeit als beim ersten Mal auf sie zu. Catie hätte sich am liebsten wieder geduckt, aber sie widerstand der Versuchung. Die Raumstation hielt direkt auf sie zu und sauste dann in einem rasanten Strom von durchschnittenen Ansichten, die zu schnell aufeinander folgten, um sie erfassen zu können, einfach durch sie hindurch. Einen Augenblick später stand sie mit Mark in der Spatkugel im Zentrum der Raumstation. Nicht einmal die Torsechsecke waren zu sehen, nur ein dämmriges, silberfarbenes Licht erleuchtete die Kugel, die sich in Standby-Modus befand. Der Raum war echofrei, leer und so kühl, dass sie schon fast fröstelte.

»Hier geschieht es«, erklärte Mark. »Zumindest ist dies die visuelle Ansicht davon.«

»Vielleicht sollten wir auch die nichtvisuelle Ansicht betrachten«, meinte sie.

»Den Code? Sicher. Er ist vorwiegend in Caldera geschrieben, bis auf die grafischen Signale.«

»Viel Vergnügen!«, seufzte Catie. Sie hatte eine ganze Weile Caldera gelernt, weil es eine der Hauptsprachen war, die Simulationsentwickler und Designer virtueller Räume verwendeten, und daher auch für sie wichtig. Diese Sprache bildete das »Knochengerüst«, auf dem die gesamte Grafik aufbaute. Allerdings war es ihr nie leicht gefallen, diese Sprache zu verwenden. Um zu erreichen, dass sich eine Grafik bewegte und verhielt, als wäre sie real, musste diese Grafik »Bewegungsaufrufe« – also die Anweisungen, die man in die Grafik einbaute – mit dem darunter liegenden Programm austauschen. Diese beiden Programmsets mussten flexibel zusammenarbeiten. Bisher kannte sich Catie deutlich besser aus mit dem Grafikprogramm, das heißt, mit den »Muskeln« und der »Haut« der jeweiligen Umgebung, als mit dem zugrunde liegenden Strukturcode, den »Knochen«. Bei ihren ersten virtuellen Arbeiten war dies lediglich eine Frage persönlicher Vorlieben, sodass sie mit den Sprachen und Dienstprogrammen gearbeitet hatte, die ihr gefielen, und die »schwierigen Teile« einfach ignoriert hatte. Jetzt hingegen, wo sie allmählich auf professioneller Ebene arbeitete, konnte sie sich den Luxus solcher Vorlieben nicht mehr leisten. Damit würde sie riskieren, dass sie an den Rand gedrängt würde und sich auf eine bestimmte Art von Kunst beschränken müsste. Somit war für sie die Zeit gekommen, um sich mit den darunter liegenden »Knochen« auseinander zu setzen und mit der Tatsache, dass man manchmal eine Umgebung von innen nach außen bauen musste. Allmählich lernte sie, mit dieser neuen Konstruktionsmethode für Grafiken und Simulationen umzugehen – immerhin blieb ihr keine andere Wahl –, gleichzeitig wusste sie, dass sie ihr eine ganze Weile Kopfschmerzen bereiten würde. Ungeduldig wartete Catie auf den »Paradigmenwechsel«, wenn alles plötzlich wieder Sinn ergeben würde, und die beiden Konstruktionsmethoden für virtuelle Grafiken zu einer einzigen, nahtlosen Einheit verschmelzen würden ... allerdings bestand nicht die geringste Hoffnung darauf, dass dieses Ereignis rechtzeitig eintreten würde, um ihr in diesem bestimmten Fall zu helfen. *Ich werde mich wohl so gut ich kann durchschlagen müssen ...*

»Okay«, sagte Mark, »hier haben wir die Caldera-Struktur.« Wieder drehte er den Schlüssel um.

Augenblicklich verschwand die Spatkugel und wurde von einer aufragenden Konstruktion aus Linien, Kurven,

Spiralen und geometrischen Körpern aus Licht ersetzt, die hoch in die Dunkelheit aufstrebten. Jede dieser Linien und Objekte bedeutete eine Codezeile oder eine Reihe von Anweisungen, deren Grundlage außerhalb des Programms lag. »O nein«, stöhnte Catie, die, von diesem Anblick überwältigt, die Hand über die Augen legte. *Ich hasse es, wenn ein abstrakter Code auf diese Weise präsentiert wird, ich hasse es einfach! Und sieh sich nur einer all dies hier an!!!* Das mussten ja mehrere hunderttausend Codezeilen sein ...

»Tut mir Leid, Catie«, sagte Mark, den ihre Verzweiflung ein wenig belustigte. »Das ist nun einmal der nackte Code. Aber so lässt er sich leichter betrachten, als wenn er in Objekte verpackt ist. Das kompliziert die Sache bloß. Wenn du willst, kann ich probieren, ein anderes Muster für dich zu finden ...«

»Nein«, wehrte Catie ab, »vielleicht ist es besser, ich versuche, mir die Sache auf diese Weise zusammenzureimen.« Den Kopf in den Nacken gelegt, starrte sie zur Spitze der Konstruktion empor. Wie es aussah, war sie etwa so hoch wie der Eiffelturm. »Gib es dazu eine Legende?«, fragte sie nach einer Weile.

»Sicher«, sagte Mark, der wieder an seiner unsichtbaren Schalttafel hantierte. Sogleich öffnete sich neben ihnen ein »Legendenfenster« mit Beispielen von grafischen Strukturen, die als Hinweis auf den Programmcode dienten. Daneben erläuterte ein Text den jeweiligen Code – ob es sich um einen strukturellen, verfahrenstechnischen, objektspezifischen, referenziellen oder sonstigen handelte. Bestürzt starrte Catie auf das Fenster. Sie würde Tage brauchen, um sich hier zurechtzufinden.

»Gibt es eine Möglichkeit, um all jene Linien und Verknüpfungen hervorzuheben, die sich ausschließlich auf Grafiken beziehen?«, fragte sie. Vielleicht war es besser, mit den Teilen zu beginnen, mit denen sie bereits vertraut war, und sich dann zu den weniger vertrauten nach innen vorzuarbeiten, dachte Catie.

»Sicher«, sagte Mark, während er nach dem Legendenfenster griff und die Task-Leiste am unteren Rand berührte. Augenblicklich erschien ein Hauptmenü mit einem Raster von glühenden Icons, von denen einer wie ein kleines gerahmtes Bild aussah. Die Konstruktion vor Catie veränderte sich. Etwa achtzig Prozent der Kurven, Linien und Spiralen verblassten zu Schatten, und zurück blieben eine Vielzahl von verschieden geformten Festkörpern in unterschiedlichen Farben.

»Da haben wir es«, sagte er. »Die einfarbigen Körper stehen für einzelne Bilder oder Stillleben; die gestreiften oder schattierten für Montagen oder Klipps. Du kannst die gesamte Konstruktion durch die Ebene, auf der wir stehen, auf- und abwärtsfahren, um an ein bestimmtes Bild heranzukommen. Wenn du es aus der Konstruktion nimmst, entfaltet es sich im Raum und zeigt dir die jeweilige Grafik oder 3-D-Konstruktion. Sobald du das tust, öffnet sich auch ein Editierfenster. Aber wenn ich du wäre, würde ich nichts verändern.«

»Ganz sicher nicht, solange ich nicht genau weiß, was ich hier tu. Und vielleicht nicht einmal dann«, gab Catie zurück, die an der massiven Konstruktion hochsah. »James Winters hat mir gesagt, dass du schon seit einer ganzen Weile daran arbeitest ...«

Mark nickte. »Sie ist kompliziert, aber nicht unüberwindbar. Allerdings habe ich mich mit dem Chefprogrammierer der Net Force vor allem auf Anzeichen von Manipulationen konzentriert. Wir haben den Code mit den ursprünglich archivierten Kopien des Serverprogramms und neueren Backups verglichen, um zu sehen, wo Veränderungen vorgenommen worden sind.«

»Und bisher habt ihr noch nichts gefunden, das einen Hinweis darauf liefert, was hier vor sich geht?«

Mark schüttelte mit finsterem Gesicht den Kopf.

»Habt ihr euch auch die Grafikaufrufe angesehen?«

»Ja, wir haben eine Gesamtprüfung gemacht, um zu sehen, ob die Kerle, die den Code manipuliert haben, vielleicht versucht haben, etwas nur ›ein wenig anders‹ aussehen zu lassen. Wie etwa, dass der Ball nicht im Tor landet, sondern es um Haaresbreite verpasst. Aber wir haben nichts dergleichen entdeckt.«

So viel zu meiner ersten brillianten Idee, meinem Spezialgebiet ... und meiner Hoffnung, die Sache rasch aufzuklären.

Plötzlich machte sich in Catie Bestürzung breit. Sie hatte James Winters ihre beste »Ich weiß, wovon ich rede«-Vorstellung geboten, und nun lief alles auf nichts hinaus. Sie würde wie ein Vollidiot dastehen ... *Vielleicht ... aber ich werde alles daransetzen, um dennoch nützlich zu sein. Allein wegen George, wenn schon aus keinem anderen Grund.*

»Sag mir eines«, hakte Catie nach, »sollst du jetzt eigentlich hier sein?«

»Tja ...«

»Kein Problem. Ich hätte es wissen müssen.«

»Ich kann die Sache einfach nicht auf sich beruhen lassen«, sagte Mark. »Du weißt doch, wie das ist, Catie! Du beginnst, an etwas zu arbeiten, das dir wichtig ist ... da kannst du doch nicht einfach so aufgeben.« Als er nun an der Konstruktion emporsah, lag auf seinem Gesicht derselbe frustrierte Ausdruck wie kurz zuvor auf Caties Gesicht. »Ich habe mir mit den Fachleuten gemeinsam alles genau angesehen, ohne den geringsten Fehler zu entdecken. Aber wir wissen, dass jemand irgendwie die Programmierung des Servers manipuliert hat ... da sind wir uns ganz sicher. Wir wissen nur nicht wie. Wenn es dir gelingt, *irgendetwas* herauszufinden, egal wie klein oder seltsam es dir auch erscheint ...«

Catie seufzte. »Ich werde mein Bestes geben. Aber ich werde dafür eine ganze Menge Zeit brauchen.«

»Du hast Glück, dass der Server bis Donnerstag außer Betrieb ist, mit Ausnahme von einem Testlauf«, informierte Mark sie. Dann übergab er ihr feierlich den glänzend grünen Schlüssel, der die Zugangsroutine symbolisierte. »Ich werde dir noch den Terminplan für den Testlauf geben, damit du diese Zeiten umgehen kannst, wenn du willst. Und ansonsten ... tu einfach nichts, was ich nicht auch tun würde.«

Insgeheim dachte Catie, dass ihr diese Anweisung zu viel Spielraum lassen würde. »Du hast gesagt, dass man üblicherweise drei Schlüssel benötigt, um Zugang zu bekommen«, sagte sie. »Ich nehme an, mit diesem kleinen Gerät« – dabei hob sie den Schlüssel – »kann man das umgehen.«

»Ganz richtig. Außerdem macht es den jeweiligen Träger während des Einsatzes unsichtbar. Selbst wenn die Aufsichtspersonen in den Server kommen würden, während du noch hier bist, sollten sie dich damit nicht entdecken können«, erklärte er selbstzufrieden.

»Und dein Vater weiß nichts davon?«

»Tja, wie ich schon gesagt habe ...«

»Schon in Ordnung«, sagte Catie seufzend. »Ich werde versuchen, so wenig wie möglich hier zu sein und nichts durcheinander zu bringen. Aber wenn du sagst, dass bis Donnerstag kein Spiel über den Server läuft, bleibt mir zumindest etwas Zeit ...«

»Lass es mich wissen, wenn du irgendetwas herausfindest«, sagte Mark. »Leih mir doch noch mal den Schlüssel für einen Augenblick.«

Sobald sie ihm den Schlüssel aushändigte, steckte ihn Mark wieder in die kleine Schalttafel im Raum, und einen Moment später standen sie erneut zwischen den umgestürzten Säulen auf dem Mond, von wo aus man die erleuchtete Sichel der Erde am Himmel sehen konnte.

Mark gab Catie den Schlüssel zurück, die ihn sogleich in die Tasche gleiten ließ. »Jetzt habe ich nur noch eine Frage an dich«, sagte sie, während sie sich umsah.

»Ja?«

»Was soll das alles hier?«, fragte sie mit ausholender Handbewegung.

»Oh ...« Mark sah plötzlich verlegen aus, was bei ihm sehr seltsam wirkte. »Ich baue gerade um.«

Als Catie auffiel, wie alt und abgeschlagen die Säulen aussahen, blinzelte sie überrascht. »Du baust hier doch nicht etwa den Apollotempel von Korinth?«

»Nun ... ja«, sagte Mark. »Er soll dazu passen.«

Und als Catie in die Richtung sah, in die Mark deutete, entdeckte sie in der Ferne eine genaue Kopie des Vehicle Assembly Building von Cape Canaveral, des berühmten Montageturms für Weltraumraketen, der sich wie ein von einem Kind vergessener, riesenhafter Bauklotz über den harten, zerklüfteten schwarzen Horizont erhob.

Catie musste lächeln.

»Verstehe«, sagte sie, während sie dem Wunsch widerstand, ihn zu necken ... zumindest vorerst. Aber es war auch wirklich zu schön herauszufinden, dass jemand, den sie für durch und durch praktisch veranlagt gehalten hatte, in Wirklichkeit ein Romantiker war, der sich für dieses erste große Unternehmen im Weltall begeisterte. »Mark, wirst du noch länger hier arbeiten?«

»Ja«, antwortete er. »Der Schlüssel, den ich dir gegeben habe, ist eine Kopie.«

»Okay. Vielleicht melde ich mich später noch einmal.«

»In Ordnung«, gab Mark zurück, während sie sich bereits umwandte. »Und viel Glück bei der Jagd!«

Darauf hoffe ich, dachte sie, und kehrte durch das Portal in ihren eigenen Arbeitsraum zurück.

Mit einem kurzen Blick kontrollierte Catie, ob sich etwas auf dem Schachbrett verändert hatte, und ob ein Textfenster mit einem neuen Zug auf sie wartete. Beides negativ. Dann hörte sie ein leises Geräusch.

Als sie sich umdrehte um nachzusehen, entdeckte sie am unteren Ende des Lesesaals ihre Mutter, die etwas in einer Vitrine betrachtete. Sie ging zu ihr hinüber und sah ihr über die Schulter. In der Vitrine lag eine Gutenberg-Bibel, die zu den großen Schätzen der Kongressbibliothek gehörte. Jeden Tag wurde eine andere Seite in diesem kostbaren Werk aufgeschlagen. Doch nicht etwa nur um die Stiche zu zeigen, sondern um dem eigentlichen Zweck eines Buches gerecht zu werden, der darin bestand, es zu öffnen und anzusehen, wie ihre Mutter immer wieder betonte. Ein Buch durfte nicht einfach in einem Kellergewölbe weggeschlossen werden ... und dies galt umso mehr, wenn es sich um ein besonders seltenes Buch handelte.

»Bist du schon von der Arbeit nach Hause gekommen, Mom?«

Ihre Mutter beugte sich tiefer über das Glas, um am linken Rand der linken Seite ein kunstvolles M auf rotem Grund näher zu betrachten. »Ja, etwa vor einer halben Stunde«, antwortete sie. »Dein Vater hat mich kurz über deinen Freund George informiert und über die Net Force.«

»Aha«, gab Catie zurück.

»Du hast ihm gesagt, dass James Winters davon ausgeht, dass diese Sache für dich nicht gefährlich wird«, sagte sie, während sie sich von dem Buch abwandte.

»Genau das hat er gesagt. Er hat aber auch gesagt, dass ihr ihn anrufen sollt, wenn ihr Fragen habt.«

»Das werde ich in kürze tun.« Der Blick ihrer Mutter wanderte durch den Lesesaal zu Caties Stuhl, auf dessen simuliertem Überzug sich Papierstapel auftürmten. »Allerdings nicht, um ihm Fragen zu stellen, denn ich vertraue darauf, dass du uns alles, was hier vor sich geht, präzise beschrieben hast. Aufgrund dieser Informationen sind dein Dad und ich der Meinung, dass du es tun sollst.«

»Oh, okay.« Catie blinzelte überrascht. Sie hatte nicht erwartet, dass die Sache so einfach sein würde.

»Ich glaube, wenn es uns schon gelungen ist, dich so zu erziehen, dass es dich beunruhigt, wenn du ein krummes Geschäft entdeckst, und dass du den Wunsch hast, etwas dagegen zu unternehmen, dann sollten wir uns nicht allzu sehr darüber beschweren, geschweige denn, dich daran hindern, solange du dabei niemanden in Gefahr bringst ... und vor allem nicht dich selbst«, erklärte ihre Mutter mit schiefem Lächeln. »Wenn nach dem College alles so läuft, wie du es dir wünschst, und du dich tatsächlich bei der Net Force bewirbst, kann es außerdem nicht schaden, jetzt schon Erfahrungen zu sammeln. Meinst du nicht auch?«

»Schadet sicher nicht«, gab Catie zurück. »Danke, Mom ...« Rasch schlang sie einen Arm um sie und drückte sie kurz.

Kichernd erwiderte ihre Mutter die Umarmung. »Diesen Tonfall kenne ich«, sagte sie. »So habe auch ich in deinem Alter geklungen und gedacht: ›Wow, meine Mutter ist jetzt viel cooler als früher.‹«

Bei diesen Worten musste Catie lachen. »Allerdings stelle ich die Bedingung, dass du mich über alles auf dem Laufenden hältst, was vor sich geht«, fügte ihre Mutter hinzu. »Und zögere nicht, mich auch in der Arbeit anzurufen, wenn es notwendig ist.«

»Hab ich das je getan?«

»Kein Kommentar. Aber wenn es Schwierigkeiten gibt, will ich die Erste sein, die davon erfährt, natürlich, wenn Dad nicht zu Hause ist. Warte nicht erst darauf, dass aus einem kleinen Feuer ein Inferno geworden ist, ehe du um Hilfe rufst, verstanden?«

»Okay.«

»Gut. Sieh zu, dass du in etwa einer Stunde hier wegkannst ... dann wird das Abendessen fertig sein.«

»Was kochst du denn?«

»Hey, heute bin nicht ich dran«, wehrte ihre Mutter ab. »Ich habe noch einiges zu lesen. Dad macht Lasagne.«

Augenblicklich lief Catie das Wasser im Mund zusammen. »In neunundfünfzig Minuten hast du gesagt?«

»Warum höre ich nie so etwas, wenn ich Rindereintopf koche?«, fragte ihre Mutter. »Du Undankbare! Ich nehme alles zurück, was ich über deine gute Erziehung gesagt habe.« Dann verschwand sie lachend.

Catie verbrachte etwa eine halbe Stunde damit, die Online-Ausgabe des Caldera-Handbuchs zu studieren, die sie in ihrem Arbeitsraum hatte. Einige der Befehle kannte sie gut, weil sie sie auch oft für die Grafikprogramme benötigte, mit denen sie arbeitete. Andere wiederum waren ihr vollkommen unbekannt. Insgesamt waren jedoch viele Aspekte von Caldera so mächtig, dass sie sich am liebsten in den Hintern getreten hätte, weil sie dieses Programm bisher so selten eingesetzt hatte. Nun begriff sie, dass sie um vieles härter gearbeitet hatte, als es eigentlich notwendig gewesen war. Während sie jetzt all die Befehlslisten durchsah, die sie in kürzester Zeit beherrschen sollte, fühlte sie sich dümmer als je zuvor.

Was, wenn ich jetzt dort hineingehe, mir das Programm vornehme und die Antwort einfach übersehe oder nicht erkenne, nur weil ich zu faul oder zu genervt war, um dieses Zeug hier gründlich zu studieren?, dachte sie.

»Hallo?«, erklang eine männliche Stimme.

Catie fuhr hoch zwischen all den »Seiten« des Handbuchs, die rund um sie in der Luft hingen. Das war weder die Stimme ihres Vaters noch die ihres Bruders. »George?«

»Darf ich eintreten?«

»Sicher, wenn dir das Chaos hier drin nichts ausmacht ...«

George trat aus dem Nichts in den Raum und sah sich erst erstaunt und dann erfreut um. »Das würde ich wohl kaum Chaos nennen«, sagte er. »Hast du das gebaut?«

»Ich habe nach Modell gearbeitet«, sagte Catie.

»Nette Arbeit!«

»Eigentlich ist es nur eine Imitation«, präzisierte Catie, weil ihr diese Beurteilung wahrheitsgemäßer erschien. Währenddessen tat George, was jeder Besucher im echten großen Lesesaal in der Kongressbibliothek ebenso wie in Caties Kopie tat: er verrenkte sich den Hals, um all die Gemälde und Mosaike an der Decke zu betrachten.

»Wenn das bloß eine Imitation ist, dann würde ich gerne wissen, wie deine richtige Arbeit aussieht«, sagte George.

»Hm«, gab Catie wortkarg zurück, während sie sich zumindest fünf selbstkritische Bemerkungen verbiss, die ihr ohne Nachzudenken eingefallen wären. In dieser Hinsicht geriet sie wirklich ihrem Vater nach. Auch sie neigte dazu, ihre Leistung herabzusetzen, sodass jeder, der dies versuchte, zu der Erkenntnis gelangte, dass ihm schon ein Experte zuvorgekommen war. »Danke.«

»Mir ist ein Zug eingefallen«, sagte George, »aber wenn du schon erreichbar bist, wollte ich ihn gleich vorbeibringen, anstatt ihn zu schicken.«

»Sicher, nur zu.«

George ging zum Schachbrett, nahm einen Läufer, den er zuvor bereits vorgeschoben hatte und schob ihn nun in einer anderen Diagonale weiter.

»Raummanager?«, rief Catie.

»Ich bin ja so froh, dass wir uns mit Vornamen ansprechen«, sagte die Stimme aus der Luft.

Während George über diese Worte lachte, hob Catie die Augenbrauen. »Bitte notiere diesen Zug.«

Auf dem Textfenster in der Luft erschien augenblicklich eine weitere Zeile: 6 L-g3.

Nachdem Catie über den Zug nachgedacht hatte, beobachtete sie, wie George mit besorgtem Blick auf das Schachspiel starrte, ohne es wirklich zu sehen.

»Darf ich dir einen Stuhl anbieten?«, fragte sie.

»Oh, ja.«

Sie stellte für ihn eine Kopie ihres eigenen Lehnstuhls her, nur nicht so abgenützt, und befahl ihrem Raummanager, ihn neben das Schachbrett zu stellen. George ließ sich in den Stuhl plumpsen und streckte sich seufzend.

»Hast du heute trainiert?«, erkundigte sich Catie.

»Wie? Oh, ja«, gab George zurück. »Einige der Jungs mussten ihre Maschinen vor dem Turnier warten lassen, und da wollten wir sie ausprobieren, um sicher zu gehen, dass alles in Ordnung ist.«

»Ich vermute, dass du deshalb so besorgt aussiehst.«

George blickte sie erstaunt an. »Ich wollte nicht ... was ich meine ... ich ...« Mit traurigem Lächeln brach er ab. »Sieht man es mir wirklich so sehr an?«

»Wenn du auch noch die Worte ZUTIEFST BEUNRUHIGT UND VÖLLIG AUS DER FASSUNG auf deine Stirn schreibst, hätte ich absolute Klarheit«, sagte Catie, »aber nur dann. Was ist los, George?«

Er seufzte.

»Der Druck nimmt zu, nicht wahr?«

»Nicht nur der Druck«, gab George zurück, während er sich zurücklehnte, zu Catie hinübersah und einen weiteren tiefen Seufzer ausstieß. »Es ist mehr als das. Die Sache ist viel schlimmer.«

Catie wartete schweigend.

»Erinnerst du dich, dass ich dir erzählt habe, dass eine Teamspielerin zur Aufsichtsbehörde gerufen wurde? Karen de Beer.«

»Ja?«, sagte Catie fragend.

»Nun, sie hatte die Aufsicht über ein Spiel, das nicht über einen ISF-Server lief. Für Turnierspiele dürfen keine nicht-zertifizierten Server verwendet werden, aber viele Teams haben von der ISF eine lizenzierte Server-Software bekommen, um sie auf ihren Servern für ›Fantasieturniere‹ und informelle Regionalspiele einzusetzen. Karen hatte also die Aufsicht über ein Spiel zwischen Denver und Flagstaff, und ...« George brach ab.

»Und was?«

»Catie ... ich sollte das wirklich niemandem erzählen«, meinte er mit noch besorgterem Gesichtsausdruck.

Im ersten Augenblick wollte Catie sagen: »Dann erzähl es mir nicht«, aber dann schloss sie den Mund wieder und ging stattdessen zu dem Schachspiel hinüber, nahm einen ihrer Springer und verschob ihn so, dass er einen von Georges vorgezogenen Bauern bedrohte.

George schwieg eine ganze Weile und sah dann zur Kuppel des großen Lesesaals hinauf. »Ich weiß, dass ich dir vertrauen kann«, sage er schließlich. »Und außerdem weiß ich nicht, wem ich es sonst erzählen sollte ... Heute früh ist ein Kerl an der Tür von Karens Apartment aufgetaucht und hat gemeint, dass es ihm gefallen hat, wie sie das Spiel in Denver gehandhabt hat ... Und dann hat er sie gefragt, ob sie nicht zusätzlich ein wenig Geld verdienen will.«

»Zusätzlich Geld verdienen? Womit?«, fragte Catie, während sie sich wieder setzte.

George sah sie mit einem Ausdruck an, der deutlich die Frage enthielt: *Kannst du dir das nicht vorstellen?* »Er hat gesagt, das er einige Leute vertritt, die es gerne sehen würden, wenn Karen die Aufsicht über Spatballspiele führt, die sie auf einem privaten Server laufen lassen, auf einem, den sie selbst ausstatten werden. Solche Spiele gibt es ... aber nicht außerhalb der Kontrolle der ISF. Die Federation veröffentlicht eine Liste von nicht turniermäßig genutzten Servern, die von ihnen inspiziert worden sind und all jenen Teams zur Verfügung stehen, die im ISF Mitglied sind, und zusätzlich allen Spatballgruppen, die sich noch qualifizieren müssen. Für ISF-Mitglieder gilt daher, dass sie bei keinem Spiel die Aufsicht führen, das nicht über einen von der ISF kontrollieren Server läuft, zumindest nicht, wenn sie weiterhin für die Federation arbeiten wollen.«

George stand auf, und spazierte um das Schachbrett, das er aufmerksam betrachtete. »Aufsicht zu führen bei einem Spatballspiel ist eine schwierige Angelegenheit«, erklärte er, ohne zu Catie hinüberzusehen. »Man muss nicht nur den Schiedsrichter während und nach dem Spiel beraten, sondern auch dafür sorgen, dass alle Parameter für Temperatur, Luftdichte, Rotation, Friktion, elastische Kollisionen und so weiter in der Software richtig eingestellt sind, und dass sie sich auch nicht verändern, wenn ein Hardware- oder Code-Fehler auftritt – was hin und wieder geschieht –, damit das Spiel fair bleibt. Während eines Spiels muss man etwa fünfzig Parametersets unablässig und gleichzeitig im Auge behalten und bereit sein, sie sofort anzupassen, sobald der Computer einen Fehler macht. Wenn du nicht genug Erfahrung hast, ist es deshalb ziemlich einfach, eine Spielkugel falsch zu managen. Wenn du jedoch genug Erfahrung hast ... ist es noch einfacher, die Parameter absichtlich falsch zu setzen, oder anderen zu zeigen, wie man es tun muss.«

»Und Karen glaubt, dass diese Leute genau das von ihr wollen.«

»Das oder etwas Ähnliches.« George atmete aus, nahm den Springer seines Königs, ging auf das Brett hinaus und stellte ihn ab. Das Notationsfenster flackerte und zeigte dann den neuen Zug an.

»Der Typ hat auch eine Zahl genannt ... und gemeint, dass Karen jederzeit anfangen könne.«

»Was hat sie dazu gesagt?«

»Sie hat gesagt, dass sie darüber nachdenken wird. Dasselbe hat sie mir auch gestern noch gesagt. Sie arbeitet in einem 24-Stunden-Laden, Catie. Und der Betrag war etwa dreimal so hoch wie ihr Jahresgehalt. Dazu ist sie alleinstehend und muss für ihre kleine Tochter sorgen, das darf man auch nicht vergessen.«

»Ich nehme an, dass er keine Netzadresse hinterlassen hat«, sagte Catie.

»Er hat gesagt, dass er in ein paar Tagen wiederkommt, um zu erfahren, wie sie sich entschieden hat.« George betrachtete seinen Zug, als wäre er unzufrieden damit. »Er hat ihr auch aufgetragen, niemandem davon zu erzählen, weil sie sonst große Probleme bekommt. Aber sie hat es mir erzählt ... und jetzt hat sie Angst. Allerdings hat sie mir auch gesagt, dass sie Angst hätte, wenn sie es mir nicht erzählt hätte. Natürlich hat sie auch Angst um ihr kleines Mädchen, um Carmen. So dumm ist Karen auch nicht. Sie weiß, wann sie in Schwierigkeiten gerät. Vermutlich hat sie nur aus Schock versucht, Zeit zu gewinnen, denn sie wollte das Angebot nie annehmen. Aber jetzt fürchtet sie sich davor, was der Typ sagen wird, wenn sie ablehnt.«

Catie schluckte. Über diese Sache musste sie unbedingt James Winters informieren. *Solang niemand bemerkt, dass sie sie kontaktieren ...* Die Net Force verfügte doch sicher über Mittel und Wege, in so einem Fall diskret vorzugehen.

Wieder schluckte sie. »Ich nehme an, dass kein anderer Spieler des Teams ein derartiges Angebot bekommen hat«, sagte sie.

George schüttelte den Kopf. »Sollte das geschehen sein, habe ich nichts davon gehört. Wie steht es mit deinem nächsten Zug?«

»Ich denke noch nach.« Die strategischen Überlegungen

zu ihrem nächsten Zug kamen jedoch erst an vierter oder fünfter Stelle hinter wichtigeren Angelegenheiten.

Als sie aufblickte, bemerkte sie, dass George sie wieder ansah. Erneut lag ein bekümmerter Ausdruck auf seinem Gesicht, doch diesmal versuchte er, ihn zu verbergen. Auf Catie wirkte es, als stünde nun lediglich NICHT VÖLLIG AUS DER FASSUNG auf seiner Stirn ... und plötzlich wusste sie, was das Problem war, oder zumindest glaubte sie es zu wissen.

»Hör zu, ich ...«

»George«, fiel ihm Catie diesmal sehr ernst und gar nicht besorgt ins Wort, »es ist nicht, was du glaubst. Oder hast du gedacht, du hast ein Monopol auf den Ausspruch ›nicht verheiratet, keine Verabredungen, nicht homosexuell, keine Pläne‹?«

Nachdem er ihrem Blick eine Weile standgehalten hatte, ließ er die Schultern sinken. »Also, vielleicht tu ich dir Unrecht. Es kommt nur so selten vor ... und jetzt noch seltener ... dass ich in meiner Situation Freundschaft finde. Und ich meine einfach nur Freundschaft. Tut mir Leid.«

Ein paar Sekunden lang herrschte Schweigen.

»Schon in Ordnung«, sagte Catie schließlich. »Was wirst du jetzt tun?«

»Ich weiß nicht«, gab er zurück. »Morgen früh ist die Auslosung. Die Ausscheidungsspiele selbst beginnen frühestens am Donnerstag, vielleicht auch erst am Freitag. Karen muss also irgendetwas tun. Und ich muss eine Möglichkeit finden, um mein Team zu schützen ...«

»Lass es mich wissen, wenn ich dir irgendwie helfen kann«, sagte sie nach einem Augenblick.

Den Blick wieder auf das Schachbrett gerichtet, erhob sich George langsam.

»Ruf mich an, wenn du deinen nächsten Zug weißt«, sagte er. »Wir sprechen später weiter.«

Dann trat er durch das Portal, das neben ihm in der Luft gewartet hatte und sich nun hinter ihm schloss.

Eine ganze Weile verharrte Catie schweigend, während sie in zwei verschiedenen Spielen über ihren nächsten Zug nachdachte.

6

Wie vorherzusehen war, musste sich Catie einige spöttische Bemerkungen gefallen lassen, als sie zu spät zum Essen kam. Hal bestrafte sie für diese Missachtung der Kochkünste ihres Vaters auf die direkteste Art und Weise – er aß den Großteil der Lasagne allein auf und ließ Catie gerade genug für eine Portion übrig. Nachschlag gab es für sie keinen.

Als sich Catie darüber beschwerte, hob ihr Vater nur hilflos die Hände. »Ich habe ihn gerade noch dazu überreden können, wenigstens das Muster auf den Tellern unberührt zu lassen. Aber wir haben noch ein wenig Sauce. Koch dir doch ein paar Nudeln dazu.«

Üblicherweise hätte ein solches Verhalten Catie wütend gemacht. An diesem Abend kochte sie jedoch schweigend Nudeln, was Hal vollständig verwirrte, der eine etwas explosivere Reaktion erwartet – oder besser gesagt, erhofft – hatte. Als Catie die Nudeln aufgegessen hatte und wieder ins Wohnzimmer zurückging, um sofort wieder die Netzmaschine zu verwenden, hörte sie gerade noch, wie Hal ihrem Vater zuflüsterte: »Glaubst du, dass sie krank ist?«

Ohne sich um ihn zu kümmern, kehrte sie in ihren Arbeitsraum zurück und befasste sich wieder mit Caldera. Mehrere Stunden später brummte ihr der Kopf von all den

Befehlen und obskuren Syntaxen, von denen sie nie geglaubt hätte, dass sie sie so bald benötigen würde.

Aber jetzt brauche ich sie, dachte sie, während sie schließlich aus dem Lehnstuhl aufstand und nach Marks grünschimmerndem Schlüssel griff, der neben dem Stuhl am Boden lag, wo sie ihn zurückgelassen hatte.

Dann zog sie ein Fenster auf, um den Zeitplan zu prüfen, den ihr Mark von den Wartungsarbeiten am ISF-Server geschickt hatte. Theoretisch sollte bis morgen früh Lokalzeit niemand im Server sein. Für sie bedeutete dies Nachmittag, da der Server selbst ebenso wie der Großteil der Wartungstechniker an der Westküste stationiert waren. Dennoch lief ihr ein Schauer über den Rücken, als sie nun den Schlüssel in der Hand hielt. »Raummanager?«, rief sie.

»Du kommst in große Schwiiiiiiierigkeiten ... du kommst in große Schwiiiiiiierigkeiten ...«, sang ihr Raummanager schadenfroh.

»In nicht annähernd so große Schwierigkeiten wie Mark Gridley, wenn das alles vorüber ist«, gab Catie grimmig zurück. »Dann wird er sich wünschen, dass ihn die französische Polizei nicht aus den Fingern gelassen hätte. Hör zu, öffne ein Portal zum ISF-Server. Die Daten für das Portal stecken hier drin. Und ja keine Abweichungen, sonst ziehe ich dein Kabel heraus, mach es an dem Baum im Vorgarten fest und jag dich drum herum.«

»Oh«, stieß ihr Raummanager verstimmt aus. Im nächsten Augenblick öffnete sich vor Catie ein Portal, durch das sie inmitten von Dunkelheit grüne Linien erkennen konnte, die sich bis in die Ewigkeit erstreckten ...

»Lass das Portal offen, nur für den Fall, dass ich mich schnell zurückziehen muss«, sagte Catie.

»Dieses eine Mal beabsichtige ich vorzugeben, nichts von deinen Aktionen zu wissen«, verkündete ihr Raummanager hilfreich.

»Tu das«, gab Catie zurück, während sie durch das Portal in den dunklen Raum des Spatball-Servers stieg.

Minutenlang tat sie nichts anderes, als sich vorsichtig nach Anzeichen umzusehen und zu lauschen, ob nicht doch jemand außer ihr hier war. Aber als sie keinen Laut hörte und nichts sah, außer dem kartesischen Gitter, das sich als zweidimensionale Ebene in der schwarzen Leere verlor, hob sie schließlich den Schlüssel und stieß ihn in die Dunkelheit.

Gehorsam öffnete sich die Dunkelheit vor ihr und enthüllte das Schlüsselloch. Als sie den Schlüssel umdrehte, stand sie diesmal nicht im Weltraum, sondern schwebte im Inneren der »Raumstation« direkt in der Spatkugel.

»Servermanager ...«, sagte Catie.

»Ich höre, Besucherin.«

»Bitte zeig mir das Schema der Server-Software, das ich gesehen habe, als ich das letzte Mal hier war.«

Augenblicklich wurde die Spatkugel ausgeblendet und sie stand wieder auf einer Descartes-Ebene. Vor ihr erhob sich die Struktur der Server-Software wie ein Wolkenkratzer aus Codes. Mit ihren Schleifen und strahlenden Farben, den geraden und geschwungenen Linien und den Kugeln dazwischen erinnerte die Konstruktion an eine Spaghettimahlzeit mit Fleischbällchen, die einen Hang zur Architektur hatte. Catie stieß einen schweren Seufzer aus. »In Ordnung«, sagte sie zu sich, »Zeit, um dieses Ding kennen zu lernen ...«

Auf dem grünlinierten »Boden« sitzend, überlegte sie, wo sie beginnen sollte.

An einem anderen Ort, verborgen in den Tiefen der Virtualität, sahen einander zwei Männer in einer schummrigen, blau beleuchteten Bar gegenüber, die es vielleicht irgendwo tatsächlich einmal gegeben hatte. Die Männer hatten sich noch tiefer in die Schatten zurückgezogen als je zuvor und versuchten, dem Blick des jeweils anderen auszuweichen, indem sie auf die Marmortischplatte und die Drinks vor sich starrten. Selbst hier, wo sie Körpermodelle trugen, sprachen sie höchstens mit Flüsterstimme ... auch wenn die Wut in den geflüsterten Worten deutlich zeigte, dass sie am liebsten geschrieen hätten.

»Sie hätten überhaupt kein Tor schießen dürfen! Das nächste Mal ...«

»Vergiss das nächste Mal! Wir sind mit dem letzten Mal noch nicht fertig. *Und sie haben ein Tor geschossen*!« Darjan starrte Heming mit funkelnden Augen an. »Was muss ich tun, um dir klar zu machen, wie wichtig die Sache ist? Bis Donnerstag musst du diese Programme richtig eingebaut haben und den Leuten, die damit umgehen werden, erklärt haben, was sie damit tun müssen. Sonst wirst du dran glauben müssen, mein Freund.« Die Worte wurden in einer Weise ausgesprochen, die wirklich gar nichts freundliches an sich hatte.

»Das heißt, wir müssen bei den Reaktionen ein bis zwei Zähne zulegen.«

»Du solltest diesmal sicherstellen, dass du auch wirklich die richtigen Reaktionen bekommst ...«

»Wenn wir zu hoch gehen, wird es den Spielern allmählich auffallen«, entgegnete Heming hitzig. »Und weißt du, was dann geschieht? Dann wird dir eine unabhängige Prüfungskommission auf den Fersen sein, noch bevor du begreifst, was los ist. Oder schlimmer noch: Sie werden die Net Force einschalten. Und dann, *mein Freund*, wirst du dran glauben müssen.« Gespannt wartete er, wie Darjan reagieren würde.

Dieser streckte jedoch bloß die Beine und zog mit dem Glas weitere Kreise auf dem Tisch. »Sieh zu, dass du die Sache regelst«, sagte er. »Im Augenblick wird genug Kohle auf Chicago gewettet, sodass es klappen muss. Die Gentlemen in der obersten Etage wollen mit diesem Spiel viel einstreichen.«

»Ich habe dir doch gesagt, dass die Sache schon geregelt ist. Die Korrektur wurde bereits eingegeben und die Techniker trainieren in diesem Augenblick auf dem geklonten Server. Sie haben sogar ein paar Spatballspieler dazu gebracht, ihnen zu helfen, die Kugel zu testen.«

»Bist du verrückt? Wenn die ISF ...«

»Einer der Leute, die den Spielern versichern, dass alles mit rechten Dingen zugeht, ist von der ISF ... zumindest hat man das ihnen gesagt. Einer unserer Verbindungsleute.«

Darjan wirkte noch immer verunsichert. »Wenn irgendetwas durchsickert ...«

»Das wird es nicht. Unser Verbindungsmann hat allen Helfern der Unterliga eingeschärft, wie wichtig es ist, kein Wort über den neuen Server zu verlieren, um nicht den gewaltigen Publicityeffekt zunichte zu machen, wenn die Leute, die ihn finanzieren, die große Ankündigung machen. Die Tests laufen jetzt schon seit mehreren Tagen, ohne dass die Spieler etwas bemerkt haben. Du kannst ihnen praktisch den Ball aus den Händen reißen, und sie werden immer noch annehmen, dass es ihre Schuld war.«

Darjan dachte darüber nach. »In Ordnung. Ich hätte nichts dagegen, mir einen dieser Testläufe anzusehen.«

»Das kann ich jederzeit für dich arrangieren. Übrigens testen sie heute Nachmittag. Du könntest als unsichtbarer Beobachter teilnehmen.«

»In Ordnung«, sagte er, während er einen Schluck von seinem virtuellen Martini trank. »Aber es hat doch niemand am echten ISF-Server herumhantiert, oder?«

»Das ist gar nicht nötig. Die ISF-Leute haben keinen Grund, um jetzt dort zu sein. Ihre Routineüberprüfungen sind ohne Zwischenfall abgelaufen. Und wir haben keinen Grund, so knapp vor Beginn der Playoffs unsere Leute dort einzusetzen oder auch nur in der Nähe des Servers. Die Fernsteuerung von unserem gespiegelten Server aus ist vollständig installiert und betriebsbereit.«

»Warum hat sie dann das letzte Mal nicht funktioniert?«, fuhr Darjan wieder auf. »Verdammt, das hätte ein weiterer klarer Sieg für Chicago werden müssen. Ist das Team so unfähig?«

Heming runzelte die Stirn. »Nicht alle im Team wissen von den Anpassungen«, erklärte Heming. »Leider sind viele der Spieler ehrlich. Der Captain des Teams hat zwar bei den Richtigen einige deutliche Hinweise angebracht, aber das ist alles, was er tun kann, wenn er nicht den eigenen Coach aufmerksam machen will. Was soll er denn deiner Meinung nach tun? Eine Werbung auf CNNSI schalten, in der es heißt: ›Seht nur, die Kugel wurde so angepasst, dass wir gewinnen‹? Er kann nur Situationen herausspielen, die unser Monitor bestmöglich nützen kann. Danach liegt es wieder am Team selbst, etwas daraus zu machen.«

Darjan stieß verärgert die Luft aus. »Vermutlich hast du Recht. In den letzten Tagen habe ich aber auch einige Besuche gemacht, um zu sehen, was sich im Hinblick auf die Ehrlichkeit innerhalb der einzelnen Teams machen lässt. Mal sehen, was dabei herauskommt.«

»Vergiss nicht die Wartungsarbeiten, von denen ich dir erzählt habe«, fuhr Heming fort, »bei denen in den Netzmaschinen der Spieler von South Florida wurden Konditionalschalter installiert. Drei sind schon adaptiert. Einige der Spieler sind ganz heiß darauf, dass ihre Maschinen noch vor den Ausscheidungsspielen gewartet werden ... sie haben es uns wirklich leicht gemacht. Und die Übrigen bekommen wir auch noch, sodass alle Maschinen des Teams vor dem nächsten Spiel gecheckt sind. Durch die Abhörpuffer, die wir installiert haben, werden die körperlichen Bewegungen der Spieler etwa eine halbe Sekunde früher an den Monitor übertragen, der den gespiegelten Server steuert, als an den echten Server. Dadurch haben unsere Steuerungsprogramme Gelegenheit, auf das Spiel zu reagieren, noch ehe die Bewegung in der Spatballkugel selbst abläuft. Das ist eine Art Versicherung für uns. Denn was auch immer geschieht, diese Technologie können wir auch nach den Ausscheidungsspielen in verschiedensten anderen Sportarten einsetzen.«

Darjan wirkte immer noch nicht vollständig überzeugt. »Nun ... diesmal sollte es aber auch wirklich klappen, Heming. Ansonsten wird es für deine und meine Leute ziemlich heiß ... und auch wir werden uns zwangsläufig gehörig die Finger verbrennen ... wenn wir nicht als Ganzes knusprig gebraten werden.«

Heming schüttelte den Kopf. »Hör zu, ich verstehe ja deine Bedenken, aber alles ist geregelt. Komm einfach heute Nachmittag bei einer Trainingseinheit vorbei, dann siehst du es selbst.«

Noch immer mit grimmigem Blick nickte Darjan und nahm einen weiteren Schluck, während sich die Schatten um die beiden Männer verdichteten.

Zwei Stunden später starrte Catie noch immer auf halber Höhe der Konstruktion auf die Server-Software. Sie hatte den »Boden« so weit angehoben, damit sie besser sehen konnte, in welcher Art und Weise die Körper, die die grafischen Bilder der Spatballkugel symbolisierten, mit der darunter liegenden Befehlsstruktur verbunden waren. Mittlerweile schmerzte ihr Kopf so sehr, dass sie sich fragte, ob sie nicht auf einen Migräneanfall zusteuerte. *Vermutlich nicht*, dachte sie. *Immerhin hat Mom erzählt, dass Großmutter davor immer schlecht wurde. Und ich fühle mich nicht schlecht ... nur wie ein Idiot.*

Catie rieb sich die Augen und stand zum ersten Mal seit

einer Stunde auf. *Vermutlich hat Mark Recht. Offenbar liegt der Fehler nicht im grafischen Bereich. Jetzt habe ich mir schon alle »vorgespeicherten« Grafiken im Programm angesehen, und alle Codes, die für die Grafikdarstellung während der Übertragung selbst kreiert werden. Auch mit ihnen ist alles in Ordnung. Das Problem muss woanders liegen.*

Mir bleibt nichts anderes übrig, als auch den Rest der Konstruktion zu prüfen, um zu sehen, ob ich etwas herausfinde.

Aber wenn die Leute von der Net Force nichts gefunden haben ... wie zum Teufel kann ich dann nur glauben, dass ich Erfolg haben werde? Wieder eine grenzenlose Selbstüberschätzung. Catie errötete bei dem Gedanken daran, dass sie nach Beendigung ihrer Prüfung James Winters Bericht erstatten musste: Tut mir Leid, aber ich habe den Mund zu voll genommen. Ich habe nicht die geringste Ahnung, was hier schief läuft ... *So viel zu meinen Chancen, je für diesen Mann oder seine Organisation zu arbeiten ...*

Während Catie eine Weile mit gekreuzten Armen regungslos verharrte, wurde ihr bewusst, dass sie möglicherweise das Ende eines Traumes vor sich sah. *Und was fange ich mit meinem Leben an, wenn die Net Force mich nicht will?*, dachte Catie niedergeschlagen. Die Zeit nach der Highschool, die wie ein Neubeginn mit einem breiten Spektrum an Möglichkeiten ausgesehen hatte, wirkte nun wie eine Sackgasse. *Vermutlich finde ich einen Einstiegsjob in der Werbekunst, etwas Einfaches, oder ...*

Schließlich schüttelte Catie den Kopf. Im Augenblick war sie tatsächlich wütend und fühlte sich hilflos, aber sie war noch nicht geschlagen. Um die Zukunft würde sie sich später kümmern, jetzt galt es, über andere Dinge nachzudenken. *Außerdem hab ich schlechte Laune ... vermutlich nur eine Frage des Blutzuckers. Ich brauch dringend eine Pause.*

»Servermanager«, sagte Catie.

»Ich höre, Besucherin.«

»Halte diese Darstellung in einem nicht lesbaren Speichersegment mit Stimmerkennung für mich bereit. Und stell es wieder her, sobald ich zurück bin.«

»Wird erledigt.« Augenblicklich verschwand die Konstruktion.

Sobald Catie den Schlüssel in die Dunkelheit stieß, öffnete sich das Portal zu ihrem Arbeitsraum. Sie trat hindurch und schloss es mit einem Wink. Sofort fiel ein wenig von der Anspannung von ihr ab. Solange sie sich im Server aufgehalten hatte, wurde sie den Gedanken nicht los, dass jeden Moment jemand von der ISF kommen und sie zur Rede stellen konnte, was sie hier tat. Wenn die Angst sie packte, stellte sie sich sogar vor, dass eine der düsteren Gestalten auftauchen könnte, die sich am Server zu schaffen gemacht hatten. Schon der Gedanke daran ließ sie erschauern.

Gähnend warf Catie den Schlüssel auf den Lehnstuhl. Bald wurde es Zeit, zu Bett zu gehen, aber zuvor musste sie sich noch um ein paar Angelegenheiten kümmern. Sie wollte noch einen Bericht für James Winters über das verfassen, was George ihr erzählt hatte. Außerdem musste sie noch etwas für die Schule fertig machen ... zum Glück ging es dabei um nichts Wichtiges. Und als sie zu dem Schachspiel hinübersah, fiel ihr wieder ein, dass sie George den nächsten Zug versprochen hatte. Soweit sie wusste, wartete er darauf. Immerhin war er froh, etwas Ablenkung zu finden von all der Spannung rund um die morgige »Auslosung« ... und andere Dinge.

Sie ging zu dem Schachspiel hinüber und nahm sich einen Augenblick Zeit, um Georges letzten Zug genauer zu prüfen und auch den Zustand des Bretts im Allgemeinen zu betrachten. Jetzt, wo der Mittelteil des Spiels begann, drängten sich die Figuren im Zentrum zusammen. Eine Vielzahl von Figuren stand bereit, um eine Vielzahl anderer Figuren anzugreifen ... aber bisher hatte keine der Parteien mit dem Hinauswerfen begonnen. Es war, als würde George darauf warten, was sie tat, ob sie in diesem Spiel die Rolle des »Aggressors« übernehmen würde. *Allerdings ist er auch schon ganz schön aggressiv geworden*, dachte Catie, während sie einen Blick auf Georges Läufer warf, die die Diagonalen kontrollierten. *Warum soll ich denn darauf warten, dass er mit dem Gemetzel beginnt? Im Augenblick bin ich in der richtigen Stimmung, um selbst damit anzufangen.*

George benützte derzeit seine Springer, um mehrere von Caties Bauern in einer »Springergabel« festzuhalten. Einer ihrer Bauern war jedoch schon so weit vorgerückt, dass er seinerseits zu einer Bedrohung für den Springer werden konnte. Bisher hatte sie sich auf den Fortschritt ihrer eigenen Figuren konzentriert, damit war nun Schluss. *Warum eigentlich nicht?*, dachte sie, und stieß verärgert die Luft aus den Lungen, während sie den Bauern um ein Feld diagonal verschob, Georges Springer nahm und ihn neben dem Brett abstellte. »Raummanager?«

»Der letzte Z ...«

»Kein Wort«, unterbrach ihn Catie grimmig. »Sag jetzt nichts ... Ich bin im Augenblick nicht in Stimmung. Schick ihm den Zug, und zwar dalli.«

»Oh, ja, Herrin, wird sofort erledigt, Herrin.«

Catie ließ sich in den Lehnstuhl plumpsen und blickte zu dem Schachbrett hinüber ... ohne es wirklich zu sehen. Denn sobald sie ihren Zug gemacht hatte, war ihr Geist sofort zum vorigen Problem zurückgekehrt. *Dies unendliche Menge von Codes. Ich muss irgendeine Möglichkeit finden, um hinter den Schwindel zu kommen. Mich lässt der Gedanke nicht los, dass die Grafikaufrufe in irgendeiner Weise manipuliert worden sind, die wir einfach nicht erwarten.*

Und was sich der menschliche Geist ausdenken kann ...

Gähnend ging sie offline und stand aus dem Implantatstuhl auf, um sich noch etwas Pasta zu kochen.

Am nächsten Morgen stand Catie um sechs Uhr auf. Ihr Vater schlief noch, aber in der Küche traf sie ihre Mutter, die sich eine Tasse Kaffee aufbrühte, ehe sie in die Bibliothek ging. »Arbeitest du an einem Projekt, Kleines?«, erkundigte sich ihre Mutter, während sie den Kaffee in ihrem großen Becher mit dem Bild des Britischen Museums darauf umrührte und zum Küchentisch ging, auf dem bereits der übliche Bücherstapel darauf wartete, in die Bibliothek zurückgetragen zu werden.

»Ja«, antwortete Catie knapp.

»An dem Projekt, das ich vermute?«

»Ja«, gab Catie zurück, die sich nur allzu gut bewusst war, dass ihre Mutter sie immer noch beobachtete, während sie ihren Tee aufgoss.

»Nun, dann sei vorsichtig.« Mehr sagte sie nicht. Offenbar fühlte sie, dass es keinen Sinn hatte, Catie mehr zu sagen, ehe sie nicht gefrühstückt hatte. Vielleicht wollte ihre Mutter aber auch selbst einfach nur vorsichtig sein. Nachdem sie schweigend den Kaffee ausgetrunken hatte, trat sie an den Kühlschrank und las die Überschriften der *Washington Post*, die auf dem LivePad abrollten. Danach griff sie nach den Büchern und ihrer Umhängetasche, gab Catie einen Abschiedskuss und verschwand durch die Tür.

Eine halbe Stunde später saß Catie immer noch mit dem mittlerweile kalten Tee am Tisch und dachte über das nach, was George ihr nach seiner Einleitung »ich sollte das wirklich niemandem erzählen« gesagt hatte: statt »erzähle niemandem davon«, oder »ich vertraue darauf, dass du es nicht weitererzählst«, hatte er einfach »ich weiß, dass ich dir vertrauen kann« gesagt. Bisher hatte sie leichte Gewissensbisse gehabt bei dem Gedanken, diese Information weiterzugeben, obwohl George sie ihr freiwillig anvertraut hatte. Deshalb hatte sie die Botschaft gestern Nacht auch nicht sofort an Winters weitergeleitet, nachdem sie noch mal online gegangen war und sie aufgesetzt hatte. Nun überwog das Gefühl, dass George sie um Hilfe bat, ohne es mit klaren Worten auszudrücken. *Vielleicht ist er nur übervorsichtig, weil er fürchtet, abgehört zu werden. Möglich wäre es immerhin.*

Schließlich schob sie alle Bedenken beiseite und entschied, Winters die Nachricht zu schicken, sobald sie wieder online wäre. Vorerst musste sie jedoch zu dem erschreckend langen Code zurückkehren und sämtliche Grafikdetails durchsehen, so gern sie dies auch vermieden hätte. Sie hatte schlecht geschlafen, denn bis ihn ihre Träume hatten sie die summenden, sich windenden Lichtschlangen verfolgt. Die Schlangen hatten ihr ein Bein gestellt und sie gewürgt, und von diesem Baum des Lichts waren Kugeln, abgeflachte Kugeln, Ellipsoide und Scheiben auf ihren Kopf herabgestürzt, sodass er noch schlimmer geschmerzt hatte als je zuvor. Gleichzeitig wurde sie das Gefühl nicht los, dass sie im Begriff stand, etwas Nützliches zu entdecken.

Sobald Catie den kalten Tee ausgetrunken hatte, wusch sie die Tasse in der Spüle, kehrte ins Wohnzimmer zurück und ging online. In ihrem Arbeitsraum sah sie, dass mittlerweile ein weiterer Zug des Schachspiels eingetroffen war. *Läufer schlägt Springer*, dachte sie. *Ja, jetzt ist er auch in Stimmung für eine kleine Auseinandersetzung. Nun, darauf muss er noch ein wenig warten.*

Catie griff nach dem »Schlüssel«, der neben ihrem Lehnstuhl am Boden lag. »Raummanager?«, rief sie.

»Haben dich die Behörden also noch nicht geschnappt?«

Catie lachte. *Ich werde mir den Managementcode wohl selbst einmal ansehen müssen, um herauszufinden, wie Mark all diese unhöflichen Antworten programmiert hat,* dachte sie. »Nein«, antwortete sie, »aber die Recycling-Leute werden bald kommen, um dich abzuholen. Ich bin sicher, dass sich aus dir noch ein hervorragender Schiffsanker machen lässt. Aber bis es so weit ist, solltest du noch einmal das Portal zum Server öffnen.«

Umgeben von einem Rahmen aus Licht erschien in der Mitte des großen Lesesaals das Portal. »Soll ich eintreffende Anrufe an dich weiterleiten?«, erkundigte sich der Raummanager.

»Nein, zeig mich nur als unerreichbar an, wenn es nicht gerade Mom, Dad oder Mark ist.«

Sobald Catie durch das Portal geschlüpft war, stand sie wieder auf der weiten, dunklen virtuellen Ebene. Einen Augenblick lang hielt sie inne und betrachtete die Linien, die sich in allen Richtungen in der Unendlichkeit verloren, während sie überlegte, was sie tun sollte. Auch wenn es keine Hinweise darauf gab, dass außer ihr noch jemand hier war, war sie ein wenig nervös. Vorsichtshalber hatte sie wieder einen Zeitraum gewählt, den Mark als »leere Periode« gekennzeichnet hatte. In den nächsten Stunden sollte also niemand vom Wartungspersonal des Servers hier sein. Noch dazu, wo sich alle zurzeit irgendwo an der Westküste aufhielten. *Für sie wäre es wirklich noch zu früh*, dachte Catie. *Aber eigentlich bin ich auch etwas früh dran. Also sollte ich besser anfangen ...*

»Servermanager«, sagte sie. »Öffne die Grafik von meinem letzten Besuch.«

»Stimmerkennnung – Identität bestätigt«, meldete der Server. »Strukturmodell wird dargestellt.«

Vor ihr erschien wieder dieselbe massive Struktur aus Linien, Kurven und Schnitten von geometrischen Körpern, die sich zu einer einzigen hoch aufragenden Konstruktion vereinten. Hie und da schienen sich die einzelnen Elemente auch zu unorganisierten Anhäufungen zusammenzuballen.

Und in diesem Heuhaufen sollte sie eine Nadel finden, von der sie nicht einmal sicher wusste, ob es sie gab.

»Was für ein Durcheinander«, stöhnte Catie leise.

Nichts ist so kompliziert, wie es auf den ersten Blick erscheint, hatte ihr Vater einmal gesagt, als sie vor langer Zeit gemeinsam an einer Geometrieaufgabe gearbeitet hatten. *Gib dir einen Augenblick Zeit, tritt zurück, nimm es Stück für Stück auseinander und suche nicht bei deiner Angst Rat, während du arbeitest. Nütze deinen Verstand. Immerhin hast du ja genug davon.*

Und wenn dein Verstand nicht genügt, hörte sie irgendwo aus der Nähe die Stimme ihrer Mutter, *kannst du immer noch auf deinen Starrsinn zurückgreifen. Manchmal nützt der genauso viel.*

Catie war nicht sicher, ob es noch etwas gab, das sie »auseinander nehmen« konnte ... und das sie verstand. Allerdings hatte sie sich noch nicht mit den »Grafikeinschüben« befasst, mit jenen Schnittstellen, über die die Grafikanweisungen und -aufrufe an die tatsächliche Struktur des Serverprogramms angebunden wurden. *Wenn ich das Programm manipulieren will ... wäre das ein ausgezeichneter Ort.*

Selbstverständlich hatten die Leute von der Net Force diese Stellen auch schon kontrolliert ... Aber allmählich setzte sich Caties Starrsinn durch. Aufseufzend machte sie sich an die Arbeit.

Etwa eine Stunde später stand sie auf halber Höhe der Programmstruktur in der »Luft«, und obwohl sie sich im virtuellen Raum befand, wurden ihre Augen langsam müde, während sie eine Verbindung nach der anderen auswählte, zurückverfolgte und kontrollierte, auf welche Weise sie mit der nächsten in der »Kette« verbunden war. Jedes Mal, wenn sie einen der schimmernden Stränge auswählte, die eine

Befehlsreihe symbolisierten, musste sie ihn an der Stelle öffnen, an der er seinen Inhalt enthüllte. Der eigentliche Text des Befehls zeigte sich dann in einem Textfenster daneben. Dann galt es, diesen Text sorgfältig zu lesen und zu analysieren, um festzustellen, ob er mit den in der Kette unmittelbar vorangehenden und nachfolgenden Befehlen einen Sinn ergab. Mittlerweile verschwammen jedoch bereits die Zusammenhänge, und auch die einzelnen Begriffe hatten schon jenen magischen Punkt erreicht, an dem sie nichts mehr verstand, so wie man irgendwann seinen eigenen Namen nicht mehr verstand, wenn man ihn dreihundertmal in Folge aufsagte.

Zum Glück bleibt nicht mehr viel zu tun, dachte sie, während sie ein weiteres Textfenster verschwinden ließ und eine Pause machte, um sich die Augen zu reiben.

Dann wählte sie einen weiteren Befehlsstrang – diesmal eine rosafarbene Lichtschlange – und öffnete ihn.

Die Auslosung ... Nur noch wenige Stunden, dann war es so weit. Der Gedanke daran ging ihr nicht aus dem Kopf. Seltsamerweise schien es George nicht zu kümmern, gegen wen South Florida als Erstes spielen würde. »Wenn ich es ganz kühl betrachte, passen wir alle ganz gut zusammen, was die allgemeine Stärke anbelangt«, hatte er gesagt. »Selbstverständlich hat jede Mannschaft ihre besonderen Stärken, aber wir sind als Team echte Allrounder, sodass für uns ein Gegner genauso gut ist wie der andere«, hatte er lächelnd erklärt. »Außerdem haben wir etwas, das die anderen nicht haben. Wir mögen einander. Wir spielen, weil es uns Spaß macht, weil wir gerne zusammen spielen. Kein anderes Team kann das von sich behaupten, denn die einzelnen Spieler sind alle auf die eine oder andere Weise eingekauft.«

»Glaubst du, dass das auf Wettkampfebene tatsächlich einen Unterschied macht?«, hatte Catie gefragt.

»Wenn wir verlieren, wird es das ganz sicher«, hatte er lachend zurückgegeben. »Denn auch dann werden wir uns nicht hassen. Das können wir einfach nicht. Immerhin gehen wir für einander einkaufen, wir passen gegenseitig auf die Kinder auf, helfen bei ihren Hausaufgaben, wir gehen gemeinsam essen – habe ich dir schon von der Dinnerbrigade erzählt? Einige von uns versuchen, nach und nach alle Restaurants in den Gelben Seiten von Miami zu besuchen. Wir sind schon beim ›D‹. Wenn wir auf diesem Level verlieren, stehen wir natürlich für einige Zeit in der Öffentlichkeit ... aber danach werden wir wieder Freunde sein. Und Spatball ist nur ein Teil unserer Freundschaft, aber nicht die Grundlage.«

Dann hatte er sich zurückgelehnt und erneut gestreckt. »Andererseits könnte uns unsere Freundschaft auch zum Sieg verhelfen. Immerhin ist unsere interne Kommunikation so gut, wie wohl kaum in einem anderen Team. Bei den anderen wirkt sie oft auch etwas künstlich, als wäre sie von außen auferlegt, anstatt unter den Spielern auf natürliche Weise gewachsen. Ob das einen Unterschied macht? Keine Ahnung. Die anderen Teams haben den Vorteil, dass sie Profis sind – sie müssen sich nicht in einem Alltagsjob abplagen und haben viel mehr Zeit zu trainieren. Davon können wir nur träumen. ... Aber nützen sie die Zeit auch zum Trainieren? Wer weiß. Wie bei der Kindererziehung ist es auch hier eine Frage von Qualitätszeit gegen Quantität. Möglicherweise sind wir da sogar im Vorteil. Immerhin ist es für sie nur ein Job, während es für uns Spaß bedeutet ...«

Seufzend beendete Catie diesen Lichtstrang, griff nach einem anderen und las wiederum die Befehlszeile, den Namen der Grafikdatei, zu der sie gehörte, und die Programmanweisung, mit der sie verknüpft war.

Ich kann nur hoffen, dass er Recht hat. Es wäre grauenvoll, wenn der Druck für sie zu groß werden würde und wenn durch den ganzen Medienrummel ihre Freundschaft und ihr Privatleben in die Brüche gehen würden. Immerhin hat George auch gesagt, dass er nicht einmal mehr ungestört in einen Lebensmittelladen gehen kann, ohne dass ihm jemand folgt. An seiner Stelle würde ich mir den ersten Reporter, der das tut, vornehmen und ...

Erschrocken brach Catie ab und starrte auf den Strang, den sie gedankenlos durch ihre Hände hatte gleiten lassen. Nun war er keine Lichtschlange mehr, sondern eine Textzeile. Sie hatte sie gelesen, sie hatte sie verstanden, und sie war eben im Begriff gewesen, sie einfach zurückzulegen und die nächste zu nehmen, ohne den Inhalt zunächst mühevoll zu übersetzen ...

In diesem Augenblick begriff sie, was geschehen war. Eine Paradigmaverschiebung hatte stattgefunden, zumindest ein erstes Aufflackern davon. Das musste es sein – auch wenn es nicht im Geringsten so war, wie sie es sich vorgestellt hatte. Bisher hatte sich Catie immer zwingen müssen, den Code direkt zu lesen, und alles getan, um dies zu vermeiden. Die intensive Beschäftigung mit dem Barcode hatte jedoch eine Veränderung bewirkt, sodass sie nun tatsächlich anfing, in Caldera zu denken. Dies war eine ebenso umwerfende Erkenntnis wie damals in der Highschool, als sie nach zwei Jahren, in denen sie relativ unbeteiligt am Französischunterricht teilgenommen und gerade noch bestanden hatte, plötzlich auf Französisch gedacht hatte. Die Welt schien sich damals um hundertachtzig Grad gedreht zu haben, sodass sie alles aus einem anderen Blickwinkel betrachten konnte, der ihr zuvor verschlossen war.

Wow, dachte sie. *Ich muss es wiederkriegen. Wie kann ich es wiederkriegen? Für einen Augenblick war alles glasklar ...*

Catie schnitt mit dem Schlüssel durch die Luft wie ein Schwerkämpfer, der seinen Gegner grüßte, und verwandelte die riesenhafte Konstruktion in ein gigantisches Gewirr von Barcodes. Mark hatte Recht. Den Code in Form von Objekten anzuzeigen, erschwerte nur die Angelegenheit, weil die Befehle selbst verborgen wurden. Sie musste sich mit ihnen auf der Ebene der Einzelkomponenten auseinander setzen.

Auch Dad hat auf seine Weise Recht, dachte sie. *Im Grunde geht es immer um Elektronen. Aber sobald man die grundlegenden Einheiten eines Mediums kennt, ist es egal, ob man mit feuchten oder trockenen Elektronen arbeitet, oder wie viele zusammenhängen, oder in welchem übergeordneten System ...*

Nun stand die Codestruktur des Betriebssystems des versiegelten Servers als einfacher Text vor ihr, als Hunderte, Tausende und Millionen von einzelnen Textzeilen. Einen Moment lang war Catie in Versuchung, bei diesem Anblick in Panik zu geraten, aber dann fand sie ihre Fassung wieder. Immerhin lag es in der Natur eines Programms, dass nicht jede Befehlszeile einmalig vorkam. Eine ganze Menge davon waren bloß Kopien von anderen. Und viele waren auch Unterprogrammaufrufe von außerhalb des Programms, komplexe Variablen und Konstanten, die in Caldera definiert waren und auf den Masterservern von Caldera lagen. Angesichts der hohen Konnektivität des Netzes und des hundertschichtigen Redundanzpolsters, den eine »Fundamentalsprache« wie Caldera als Teil ihrer Serverstruktur unterhielt, musste ein Enduser wie die ISF nie fürchten, dass die Referenzvariablendefinitionen von Caldera je ausfallen würden. Aus diesem Grund ergab es auch keinen Sinn, Speicherplatz zu vergeuden, indem man diese Variablen und Konstanten auf dem ISF-Server unterbrachte.

»Spracheingabe«, sagte Catie zum ISF-Servermanager.

»Akzeptiert«, antwortete eine freundliche ruhige Frauenstimme.

»Alle Befehle ausblenden, die nicht einmalig vorkommen«, sagte Catie. »Alle einmaligen Befehle, Grafikaufrufe, Variablen- und Konstanten-Aufrufe zu externen Servern und die Kommentare dazu hervorheben.«

Die Konstruktion schimmerte wie eine Skyline, über die Wolken hinwegzogen. Einige Teile verblassten, während andere in verschiedensten Farben erstrahlten. Catie beschloss, die einmaligen Befehle vorerst zu ignorieren. Zunächst wollte sie sich wieder die einfachen Dinge ansehen: die Grafikaufrufe und die Variablen. Davon gab es auch nicht so viele. Und sobald sie mit diesen fertig war, konnte sie sich den einmaligen Befehlen widmen und versuchen, sie zu verstehen. *Vermutlich werde ich damit bis nach den Ausscheidungsspielen beschäftigt sein ...*

Sie verwarf diesen unsinnigen Gedanken gleich wieder und wandte sich dem nächstliegenden Grafikaufruf zu. Wieder prüfte sie die einzelnen Befehle und verfolgte sie zu den Grafiken zurück, die von ihnen aufgerufen wurden. Die Syntax war einfach: ein »Verbinden«-Befehl, eine ID für den dazugehörigen Befehl, ein »Aufruf«-Befehl, der Name einer Grafikdatei, die Größe der Datei, eine Spezifikation für die Größe der Anzeige im virtuellen Raum und eine Liste weiterer Dateien, die neben der jeweiligen Datei angezeigt wurden und deren Befehlszeile sich entsprechend änderte. Erst langsam und als unvorhersagbares Aufflackern, das allmählich länger und häufiger wurde, erschloss sich Catie das »Gesamtbild« jedes einzelnen Befehlsstranges. Nun sah sie den Code bereits als einzelne Konstrukte und sogar als ganze Befehle, ohne dass sie mühevoll Element für Element hätte buchstabieren müssen. Es war wie der Schritt von wortweisem Lesen zu ganzen Sätzen. Während Catie von selbst immer schneller wurde, trieb sie sich auch noch zusätzlich an. *Es funktioniert. Es funktioniert tatsächlich ...*

Nachdem sie innerhalb relativ kurzer Zeit mit den Grafikaufrufen dieses Programmabschnitts fertig war, blickte sie aus der Höhe auf den Rest des Codes hinunter. Fast fürchtete sie aufzuhören, aus Angst, dass sie dadurch diese neu gewonnene Fähigkeit, den Code zu sehen, wieder verlieren würde. *Aber was bleibt mir hier wirklich noch zu tun? Eigentlich sollte ich gehen. Zumindest kann ich Mark das Problem jetzt mit der Versicherung zurückgeben, dass die Grafikaufrufe sauber sind. Und niemand kann mir einen Vorwurf daraus machen, dass ich mit dem Rest nicht viel anfangen kann ...*

Catie atmete langsam aus. Auch wenn sie nichts wirklich Nützliches entdeckt hatte, fühlte sie sich zufrieden.

Und doch ...

Allein inmitten der Dunkelheit, begann Catie schließlich zu grinsen. Es würde gewiss nicht schaden, noch ein wenig zu bleiben. Gerade so lang, dass sie sicher sein konnte, dass ihre neue Wahrnehmungsfähigkeit nicht nur ein vorübergehender Glücksfall war.

»Eine Ebene tiefer«, befahl Catie der unsichtbaren Pseudoplattform, auf der sie stand. Gehorsam sank sie eine Ebene tiefer.

Wieder griff Catie nach einem Textstrang, einem weiteren Aufruf zum Einfügen einer Grafik, wie sie glaubte, doch dann erkannte sie, dass der Text die falsche Farbe hatte: dies hier war ein Befehl für physische Bewegungsabläufe, damit steuerte man die Art und Weise, in der sich ein Mensch im Raum bewegte. Zu ihrer großen Freude konnte sie auch diesen problemlos in seiner Gesamtheit lesen: Befehl, Parameter, Kraftspezifikation, Vektorspezifikation, Massenkonstante, Gravitationskonstante, Konstante für lokale Lichtgeschwindigkeit in diesem Medium, atmosphärische Dichte. Sie schwang den Textstrang wie eine Peitsche, sodass er für einen Augenblick hell aufleuchtete und dann sämtliche zusätzlichen Notationen und Werte für die Konstanten aufklappte, die sie zufrieden durch ihre Finger gleiten ließ.

Trotz all der angehängten Zahlenstränge und sich wiederholenden Dezimalen las sie diesen Code ebenso leicht wie den eines Grafikaufrufs.

Dann hielt Catie einen Augenblick inne und starrte auf einen Zahlenstrang, der von ihrer Hand herabhing und mit einem glühenden großen G gekennzeichnet war, das kaum größer war als die anderen Buchstaben in diesem Strang: dies war das Symbol für die Gravitationskonstante. Die Zahlen darunter schwangen wie eine glühende Kette hin und her: 6.6734539023956342 ...e-11_1, mit der Einheitssignatur »Nm^2/kg« wie ein Zauberspruch am Ende.

Was zum Teufel war das? Irgendwie sah dieser Strang nicht richtig aus. Beim Entwickeln ihrer »Via Appia« hatte sie schon ein- oder zweimal Gelegenheit gehabt, die Gravitationskonstante zu verwenden, ansonsten wäre es nicht möglich, sich in dieser Simulation richtig zu bewegen ... und auch die Vögel könnten nicht entsprechend durch die Szene fliegen, wenn »G« nicht korrekt angegeben war. Lächelnd erinnerte sich Catie in diesem Zusammenhang an »George, den Papagei«, seine Gracie und deren Junge, denn sie hatte sich die Videos angesehen, die George erwähnt hatte, und auch gesehen, mit welchen Problemen die Vögel anfangs in der Mikrogravitation zu kämpfen hatten.

Als sie nun auf den langen Dezimalwert von G blickte, konnte sie nicht verstehen, warum er diesmal anders aussah, als damals, als sie G in ihre Simulation des antiken Rom eingebaut hatte. Für ihre Simulation hatte sie einen Live-Link von der »Beste-aktuelle-Werte«-Datenbank verwendet, die auf dem Server für öffentliche Ephemeriden lag, der vom Eichamt gemeinsam mit der Seewarte unterhalten wurde. Damals war ihr ein bestimmtes Muster in einem Abschnitt aufgefallen, ein Teil, in dem sich die Ziffern 3 und 9 dreimal wiederholten, ...393939. Diese Eigentümlichkeit des Musters hatte sie belustigt. Aber hier hieß es ...39023956. Außerdem gab es hier noch eine zusätzliche Ziffer am Schluss. *Was ist das, ein Exponent oder Ähnliches?* Aber wozu stand er hier? Außerdem stand die Ziffer unterhalb der Hauptschriftlinie, nicht darüber. *Eine Fußnote? Seit wann haben Konstanten Fußnoten??*

»Woher kommt diese Konstante?«, fragte Catie.

»Diese Konstante ist lokal definiert«, antwortete der ISF-Servermanager. »Kein Remote-Link angegeben.«

Das war seltsam. Warum sollte man sich die Mühe machen, diese Konstante auf dem Server zu speichern, wenn externe Referenzquellen über die frischeste Version eines Werts verfügten. »Worauf bezieht sich diese Ziffer?«, hakte Catie nach, während sie ihren Finger darauflegte, so dass sie zu glühen begann.

»Funktionsaufruf«, antwortete der ISF-Servermanager.

»So etwas habe ich noch nie zuvor gesehen«, sagte Catie.

»Tiefgestellte Ziffern kennzeichnen in Caldera einen optionalen Befehl«, erklärte der Servermanager. »Dies ist ein ererbter Ausdruck, der in früheren Versionen dieser Programmiersprache üblich war und heute in einer aktuellen Befehlssyntax routinemäßig durch die boolesche Verknüpfung ›OR‹ oder durch das ›±‹-Symbol ersetzt wird, wobei die dazugehörige Zeile beziehungsweise Zonennummer in eckigen Klammern angeführt wird.«

Catie dachte eine Weile über diese Informationen nach. »Zeig mir alle Funktionen, die hier aufgerufen werden«, forderte sie schließlich den Servermanager auf.

Sogleich öffnete sich neben Catie ein Textfenster, in dem etwa dreißig Befehlszeilen untereinander angeführt waren, die sie langsam eine nach der anderen las.

Wie es aussah, handelte es sich um verschiedene Versionen der Gravitationskonstante. In einigen variierten der numerische Wert nur geringfügig, in anderen doch beträchtlich. Noch seltsamer war, dass an viele von ihnen ein weiterer Datenstrang angefügt war: soweit Catie dies beurteilen konnte, handelte es sich um Vektorspezifikationen.

Verwirrt schüttelte sie den Kopf. *Wenn ich diese Anweisungen richtig lese, dann verändern sie nicht nur die Graviationskraft in dem virtuellen Raum, in dem sie ins Spiel gebracht werden, sobald man sie aufruft, sondern sie verändern auch die Richtung, in die die Gravitationskraft wirkt.* Allerdings waren selbst die größten Zahlen relativ klein, sodass Catie nicht sicher war, ob sie auch auf eine so große Masse, wie etwa einen Menschen, einen Effekt haben würden.

Aber auf einen Spatball.

Catie schluckte. Genau das hatte George gesagt. *Der Ball fühlte sich nicht richtig an. Er flog nicht dorthin, wohin er sollte.*

Plötzlich begriff sie, warum das so war. *Weil jemand im richtigen Augenblick diese veränderten Werte für die Gravitationskonstante aufrief.*

Das ist ...! Das ist ...! Als Erstes schoss Catie das Wort »illegal« durch den Kopf, auch wenn es in dieser Situation ein wenig komisch wirkte. Dennoch traf es genau den Punkt. Die Hinterhältigkeit davon raubte ihr fast den Atem. *Man konnte doch nicht einfach die Gesetze der Physik ändern!* Catie konnte sich keine wichtigere Grundlage für die Bewegungen von Objekten innerhalb dieses Bezugssystems vorstellen.

Und wie leicht konnte man diese Manipulation übersehen. Wer dachte schon an die Gravitationskonstante? Immerhin war sie eine Konstante!

... Ich muss Mark anrufen!

Ein Blick auf die Uhr zeigte ihr, dass es acht Uhr morgens war. An jedem anderen Tag hätte sie gedacht »ach, es ist noch zu früh«. In diesem Moment dachte sie bloß: *Wenn er noch nicht wach ist, dann ist es Zeit, dass er aufwacht!* Irgendwie fühlte sie sich jedoch nicht wohl bei dem Gedanken, ihn von hier drin anzurufen.

»Raummanager«, rief sie.

»Ich höre.«

Mittlerweile hatte sie sich so an seine sarkastischen Bemerkungen gewöhnt, dass es ihr schon seltsam erschien, wenn er auf sie verzichtete. Ungeachtet der Ernsthaftigkeit der Lage musste sie darüber lächeln. »Speicher diese Konfiguration für mich wieder mit Stimmerkennung ab. Und schließ dann alles ab.«

»Wird erledigt.« Augenblicklich verschwand der glühende Turm aus Textzeilen.

»Jetzt das Portal bitte«, befahl Catie, das auch sogleich vor ihr erschien. Sobald sie hindurchgeschlüpft war, schloss sie es mit einem Wink.

Während Catie in den großen Lesesaal zurückging, fielen die ersten Strahlen der Morgensonne durch die Fenster der Kuppel darüber. »Raummanager!«, rief sie erneut.

»Was ist denn jetzt schon wieder?«

»Hol mir Mark Gridley, und zwar jetzt sofort. Markier den Anruf als dringend.«

»Ist er denn überhaupt schon wach? Jungs im Wachstum benötigen doch viel Schlaf.« Der Tonfall, wenn nicht sogar die Stimme, klang genau wie Mark höchstpersönlich.

»Mach schon«, forderte ihn Catie auf, während sie vom Boden neben dem Lehnstuhl das Blatt aufhob, das für die Virtmail stand, die sie James Winters senden wollte. »Und wenn du schon dabei bist, dann sieh auch nach, ob James Winters schon erreichbar ist.«

Nach einer Sekunde erschien Mark nur wenige Meter von ihr entfernt.

»Ah, gut«, rief Catie erfreut aus. »Hör zu, weißt du, was ich herausgefunden habe? Da gibt es ...«

Aber Mark hatte bereits zu sprechen begonnen: »...derzeit nicht erreichbar, und weiß auch nicht, wann ich erreichbar sein werde. Wenn du mir eine Nachricht hinterlässt, melde ich mich, sobald ich Zeit habe.«

Großartig, dachte Catie. Dies war wieder nur eine aufgezeichnete Botschaft, die einfach anhielt, sobald sie abgelaufen war, sodass Mark nun mit leicht verschwommenem Blick vor ihr stand. *Und jetzt? Immerhin kann ich James Winters nichts davon erzählen, weil ich mich nicht einmal in diesem Raum hätte aufhalten sollen!*

Schließlich brach Catie in Schweiß aus. Wenn sie die Net Force jetzt darüber informierte, war nicht abzuschätzen, was während der Playoffs geschehen würde. Hier ging es nicht darum, ob South Florida siegte oder verlor. Hier ging es um Fairness für alle Teams. ... Ganz zu schweigen davon, dass man diese Schurken nicht einfach so davonkommen lassen sollte!

Andererseits muss ich ohnehin mit ihm reden.

Also hat es keinen Sinn, es hinauszuzögern.

Plötzlich stand James Winters vor ihr und sah sie an. »Oh, Mr Winters«, sagte Catie, »ich habe ...«

»... um Verzeihung für diese aufgezeichnete Botschaft. Leider bin ich derzeit nicht an meinem Schreibtisch. Wenn Sie so freundlich sind, mir eine Nachricht zu hinterlassen, melde ich mich so rasch wie möglich. Vielen Dank.«

»Oh, guten Morgen, Mr Winters, hier ist Catie Murray. Bitte rufen Sie mich so schnell wie möglich zurück. Die Sache ist dringend. Inzwischen schicke ich Ihnen einen Bericht über ein Gespräch, das ich mit George Brickner geführt habe. Auch diese Sache ist dringend ... bitte melden Sie sich so schnell wie möglich. Danke.«

Sogleich verschwand Winters' Bild, und als sich Catie nach Mark umsah, war auch er bereits verschwunden.

»Großartig«, murmelte Catie. Jetzt blieb ihr nichts anderes

zu tun, als sich offline zu schalten, in die Schule zu gehen, und von dort aus in den Pausen zu versuchen, Mark und Winters zu erreichen.

7

In einem großen, abgedunkelten Raum, der erfüllt war vom Rascheln und Atmen erwartungsvoller Zuschauer, stand ein Mann in einem dunklen Einteiler auf einem »virtuellen Podium«, und vor ihm in der Luft schwebte etwa in Taillenhöhe ein Lesefenster, das ein wenig zu ihm geneigt war. Neben ihm standen zwei weitere Personen an einem Tisch, auf dem eine große Bleikristallschüssel in der Form eines Spatballs ruhte, die mehrere kleine dunkle Plastikbälle enthielt.

»Ich darf nun unsere Gäste bitten, zu beginnen und die Kugeln zu mischen ...«

Die beiden berühmten Gäste, ein attraktiver, großer dunkler Mann in formellem Kilt und Jackett mit Jabot und eine blonde Frau in einem neonblauen Kleid, das sie zwar vollständig bedeckte, aber dennoch absolut nichts der Fantasie überließ, tauchten jeweils eine Hand in die Bleikristallschale und mischten die Kugeln. Von irgendwo ertönte ein dramatischer Trommelwirbel, der den gesamten Raum erfüllte.

Der Mischvorgang dauerte lang genug und wurde kraftvoll genug ausgeführt, um auch die skeptischsten Zuschauer davon zu überzeugen, dass die berühmten Gäste keine Chance hatten, absichtlich einen bestimmten Ball auszuwählen. »Die erste Wahl, bitte!«, sagte der ISF-Präsident, der auch als Zeremonienmeister diente.

Sowohl der Mann als auch die Frau griffen nach einem

Ball und gaben ihm dem ISF-Präsidenten. Würdevoll öffnete der kleine Gentleman, dessen ernstes Gesicht östliche Züge aufwies, einen Ball nach dem anderen. Aus dem ersten stiegen leuchtende Funken hoch in die Luft, verstärkten sich glühend und wirbelten rundum wie ein Feuerrad, das sich allmählich in ein rotes M mit Eule verwandelte, das berühmte Logo eines der teilnehmenden Teams an den Ausscheidungsspielen.

»Im ersten Spiel des Viertelfinales: Manchester United High ...« Während die versammelten Fans von Manchester United lautstark jubelten, öffnete der ISF-Präsident den zweiten Ball. Wieder schossen Funken aus dem Ball, sprangen in die Luft, wirbelten glühend umher und verwandelten sich schließlich in eine stilisierte Flamme, die von dem Buchstaben C umgeben wurde.

»... gegen Chicago Fire!«

Nun brach das Kontingent von Chicago in Freudenschreie aus. Die beiden Logos näherten sich einander in der Luft an, drehten sich kurz wie in einem Walzer um sich und blieben schließlich etwas links über dem ISF-Präsidenten hängen.

»Die zweite Wahl, bitte!«

Wieder durchmischten die Berühmtheiten die Schale, wählten jeweils einen Ball und übergaben ihn wieder dem ISF-Funktionär, der sogleich den ersten Ball öffnete.

Ein Lichtbogen schoss hervor und explodierte über den Köpfen der Zuschauer in einem kleinen Feuerwerk; nach einigen Sekunden erlosch das Feuerwerk und hinterließ einen stilisierten grünen Grashüpfer und die Worte XZS. »Im zweiten Match Xamax Zürich ...«

Der ISF-Präsident öffnete den zweiten Ball. Zunächst stieg ein weißes Feuerwerk hoch, dass erst auf Gelb und dann auf Schwarz wechselte, und schließlich ein gelbes Oval mit zwei schwarzen Punkten an einem Ende hinterließ. »... gegen die South Florida Spatball Association!«

»Ausgezeichnet«, sagte Darjan, während er sich mit zufriedener Miene in seinen Implantatstuhl zurücklehnte.

»Hör zu«, sagte Heming aus der Dunkelheit neben ihm, denn sie wohnten der Auslosung gemeinsam bei. »Hast du nicht gehört, was ich gesagt habe? Sie sind im Server gewesen!«

Darjan winkte mit der Hand träge ab.

»Was ist los mit dir?«, flüsterte Heming verärgert. »Wenn die Net Force etwas findet ...«

»Sie haben schon vier volle Tage herumgeschnüffelt, ohne etwas zu finden«, wehrte Darjan unbesorgt ab, während er die Auslosung für das dritte Match beobachtete. »Einer der ISF-Wartungleute gehört zu uns, er hat den Typen von der Net Force die ganze Zeit über die Schulter geschaut. Sie haben die gesamte Systemstruktur geprüft, ohne auch nur den kleinsten Fehler zu finden«, erklärte Darjan lächelnd.

»Vielleicht haben sie das deinem Mann bloß gesagt!«, warf Heming ein. »Was, wenn sie uns auf frischer Tat erwischen wollen, wenn wir die Flipflop-Einrichtungen verwenden?«

»Das wird nicht geschehen«, gab Darjan zurück. »Die Sache mit dem Server ist geregelt. Also hör auf, dir darüber Sorgen zu machen, und kümmere dich lieber darum, dass diese Maßnahmen richtig eingesetzt werden.«

»Und im dritten Match: die Rio de Janeiro Rotans ...«, sagte er ISF-Präsident.

»Du hast die Tests doch selbst gesehen«, sagte Heming.

»Tests sind eine Sache. Sorg einfach dafür, dass deine Leute zumindest am Donnerstag richtig funktionieren. Was ist mit der Reparatur der Netzboxen von den South-Florida-Spielern?«

»... gegen die New York JumpJets!«

Wieder brachen die Zuschauer in Jubelrufe aus.

»Das bedeutet, dass im vierten Match die Los Angeles

Rams gegen Sydney Gold Stripe spielen. Und nun zum Terminplan der Ausscheidungsspiele …«

Mit grimmigem Gesicht schaltete Heming mit einem Wink die Lautstärke niedriger. »Fast alle fertig«, sagte er. »Nur die Netzgeräte des Captains und der beiden Stürmer fehlen noch. Sie kommen heute oder morgen dran … wir haben noch genug Zeit.«

»Gut«, sagte Darjan, der weiterhin lächelte, wenn auch nicht besonders freundlich. »Nicht dass sie im Spiel wieder zum Problem werden. Xamax sollte sie auch ohne Hilfe zunichte machen können. Aber einige der großen Fische wollen, dass sie jetzt sofort aus den Ausscheidungsspielen fliegen … sie sind immer noch wütend darüber, dass diese Kiwanis-Kinder die Frechheit besessen haben, überhaupt mit Chicago in die Kugel zu steigen und dann auch noch unentschieden zu spielen.«

»Okay … wir werden uns darum kümmern. Wie steht es mit deiner Mitarbeiterin der Aufsichtsbehörde?«

»Ich werde sie heute Nachmittag anrufen, unmittelbar bevor sie ihren kleinen Liebling von der Schule abholt. Ich glaube, sie wird auf unserer Seite mitspielen.«

Heming kicherte. »Nun, dann ist ja alles geregelt. Das wird eine interessante Woche …«

Catie stürmte ungewöhnlich schnell von der Schule nach Hause. Üblicherweise ließ sie sich Zeit, wenn sie über den Rad-und-Fußweg nach Hause ging, um nach dem Unterricht Druck abzubauen. Heute stürzte sie zur Seitentür herein, als wäre ein Rudel Wölfe hinter ihr her, und krachte mit voller Wucht in Hal, den sie um ein Haar umgerissen hätte.

»Hey, pass doch auf, was ist los mit dir?«, brüllte er sie an. »Nicht dort hinein, ich wollte gerade online gehen, du kannst nicht …!«

Catie hörte kein Wort von dem, was er ihr nachrief. Innerhalb von Sekunden saß sie im Implantatstuhl und synchronisierte ihr Implantat. Einige Atemzüge später stand sie im großen Lesesaal. »Raummanager«, rief sie.

»Da bist du ja endlich«, sagte ihr Raummanager. »Ich habe mir schon solche Sorgen gemacht. Ein Virtcall wartet auf dich. James Winters.«

»Oh, Gott sei Dank. Mr Winters ...«

Sogleich trat er in ihren Arbeitsraum. »Catie, tut mir Leid, dass ich heute früh nicht mit dir sprechen konnte. Im Büro waren einige andere Angelegenheiten zu erledigen«, sagte er, während er sich umsah. »Sind wir zurzeit allein?«

»Oh, ja.«

»Hast du ein Verschlüsselungsprogramm?«

»Ja«, antwortete Catie, »ich verwende DeepSatchel ...«

»Würdest du es bitte einschalten?«

»Raummanager?«, rief Catie.

»Ich höre.«

»Geh auf Verschlüsselungsmodus und stimm es auf das Remote-Verschlüsselungsprotokoll ab.«

»Erledigt.«

»Danke«, sagte Winters.

»Und gib Mr Winters einen Stuhl!«

Wieder erschien derselbe Stuhl, den er bei seinem letzten Besuch gehabt hatte. »Hat dir deine Mutter damals gesagt, dass sie mit mir sprechen wird?«, erkundigte sich Winters, während er sich setzte.

»Oh, ja«, gab Catie zurück. »In letzter Zeit war viel los – wir haben uns seither kaum gesehen. Offenbar verpassen wir uns immer.«

»Der Fluch unseres modernen Lebens«, meinte Winters. »Wir stehen mit allem und jedem in Verbindung, aber offenbar sind wir nicht einmal mehr imstande, im eigenen Haushalt Kontakt zu halten. Nun, jedenfalls hätte sie dir sagen sollen, dass sie und auch dein Dad sich darüber freuen, dass du an dieser Sache mitarbeitest, solange die nötigen Sicherheitsmaßnahmen eingehalten werden. Was ich ihr selbstverständlich versprochen habe.«

Dabei warf er Catie einen nachdenklichen Blick zu, der ihr augenblicklich den Schweiß aus den Poren trieb.

»Oh, Mr Winters«, begann sie, »es gibt einige Dinge, die ich Ihnen sagen muss. Aber vor allem, haben Sie gelesen, was ich Ihnen geschrieben habe? Das ist wirklich wichtig.«

»Ja, ich habe es gelesen«, gab er zurück. »Wir kümmern uns auch schon um die Angelegenheit. In diesem Augenblick sind einige unserer Leute ganz in der Nähe von Karen de Beers Haus. Wir überwachen es sorgfältig und versuchen, jeden ihrer heutigen Besucher zu identifizieren. ... Und egal ob uns das sofort gelingt oder nicht, werden wir mit ihnen ein kleines Gespräch führen, sobald sie das Haus verlassen. Selbstverständlich wird es in keinem Zusammenhang mit dem Besuch stehen. Immerhin gibt es auf diesem Planeten so wenige perfekte Autofahrer, dass wir für einige unserer besten Operationen gerne die Mithilfe der Polizei in Anspruch nehmen, die plötzlich großes Interesse an einem defekten Rücklicht oder der Tiefe des Reifenprofils hat«, erklärte er mit dem Anflug eines Lächelns. »Hast du mir sonst noch etwas zu sagen? Meinen Leuten und mir steht ein ziemlich arbeitsreicher Abend bevor.«

»Äh ... ja«, sagte Catie nach einer der längsten Nachdenkpausen ihres Lebens.

Schließlich erzählte sie ihm, dass sie Zugang zum ISF-Server gehabt und was sie dort entdeckt hatte.

Während der fünfzehn bis zwanzig Minuten, die Catie benötigte, um Winters über alle Einzelheiten zu informieren, beobachtete sie mit zunehmender Sorge sein Gesicht, an dem nichts abzulesen war. Er zeigte so wenig Reaktion wie eine aus Stein gemeißelte Statue. Es war geradezu erschreckend.

Die geringste Regung hätte Catie zumindest geholfen, ihre Geschichte zu ihrem eigenen Vorteil zu färben, während sie immer noch bei der Wahrheit blieb. Rasch erkannte sie, dass ihr Winters in keiner Weise entgegenkommen würde. Sein Gesicht würde sich nicht um einen einzigen Millimeter verändern. So erzählte sie ihm die Wahrheit, so nüchtern sie konnte und ohne die geringsten Ausschmückungen. Als sie damit ans Ende gekommen war, verstummte sie einfach.

Eine ganze Weile sah Winters sie an, ohne etwas zu sagen. Vermutlich waren es nicht mehr als fünf Sekunden, aber ihr erschien es wie Jahre. Schließlich begann er zu sprechen.

»Die *Gravitationskonstante*«, wiederholte er in einem Tonfall, in dem zu Caties Erstaunen etwas wie Bewunderung mitschwang – wenn auch nicht für sie, soweit sie dies beurteilen konnte, sondern für die Leute, die den ISF-Server sabotiert hatten. »Das nennt man wohl, etwas in aller Öffentlichkeit zu verstecken.«

Catie nickte bloß, denn in diesem Augenblick war sie nicht imstande zu sprechen.

»Wohin führt uns das deiner Meinung nach?«, erkundigte sich Winters.

Catie schluckte, und gewann dann ihre Fassung wieder. »George hat gesagt, dass die Veränderungen im Verhalten des Balls nicht konstant waren. Er meinte, dass der Ball manchmal seltsam reagiert und dann wieder normal. Wenn ich diese Beobachtung mit den unterschiedlichen ›Definitionen‹ der Konstante kombiniere, komme ich zu der Schlussfolgerung, dass irgendjemand außerhalb des Servers ein ferngesteuertes Programm aktiviert, das wie ein Schalter wirkt. Diese Leute beobachten das Spiel und legen immer dann den Schalter um, wenn es für ihr Team günstig ist. Dann schalten sie augenblicklich auf die richtige Konstante zurück, damit niemand die Manipulation bemerkt.«

Winters nickte. »So könnte es sein«, stimmte er zu und schwieg dann eine Weile nachdenklich. »Um mit einer externen Quelle zu kommunizieren und nicht augenblicklich in der ISF-Spatballkugel den Alarm auszulösen, dass sich jemand am eigenen Server zu schaffen macht, würde man allerdings einige komplizierte Programmaufrufe benötigen. Deshalb tippe ich auf einen geklonten Server. Eine schwierige Sache, aber es wäre möglich. Es ist sogar mit Sicherheit möglich, denn wie es scheint, haben sie es ja schon getan.«

Nun sah er wieder zu Catie hinüber. »Das einzig Gute daran ist, dass du durch eine Kombination aus Beharrlichkeit und reinem Glück erfolgreich ein Problem isoliert hast, das weder unser gesamtes Untersuchungsteam noch Mark Gridley entdecken konnten.« Doch dann wurde sein Blick deutlich kühler. »Allerdings hast du dabei widerrechtlich einen privaten Server betreten, dir Zugang zu urheberrechtlich geschütztem Material verschafft, ohne Einwilligung des Copyright-Inhabers, dich an privater Software zu schaffen gemacht und möglicherweise den Ort eines Verbrechens kontaminiert.«

Catie schluckte wieder. Denn nun zeigte das Gesicht, von dem sie sich noch vor wenigen Minuten eine Regung gewünscht hatte, nur allzu deutlich, was Winters dachte. »Jetzt, wo das gesagt ist«, fuhr Winters in geringfügig milderem Ton fort, »muss ich aber auch hinzufügen, dass wir ohne dein Eingreifen keine Möglichkeit hätten zu beweisen, dass hier überhaupt ein Verbrechen stattgefunden hat. Das neigt die Waage wieder ein wenig zu deinen Gunsten. Du solltest dich aber nicht allzu sehr darüber freuen, denn Catie, das ist nicht unsere Arbeitsweise. Derartige Showeinlagen führen nur allzu oft dazu, dass Kriminelle frei umherspazieren, statt für lange Zeit einen gesunden Aufenthalt in einem Hotel mit Gitterstäben vor den Fenstern zu buchen.

Beweise müssen auf legale Weise beschafft werden, und das auf der ganzen Linie ... Dabei geht es nicht nur darum, dass wir in unserem Geschäft auf diese Weise nützliche Ergebnisse erzielen, sondern auch darum, dass es einfach *richtig* ist, so zu handeln. Verstehst du?«

Catie nickte schweigend.

»Jetzt muss ich darüber nachdenken, wie wir am besten weitermachen«, sagte Winters. Den Blick auf seine verschränkten Hände gerichtet, schwieg er eine Weile.

Da auch Catie kein Wort sagte, wurde die Stille im großen Lesesaal allmählich ohrenbetäubend.

»Diese Frechheit ist geradezu bewundernswert«, sagte Winters schließlich. »Wenn man sich vorstellt, wie viele virtuelle Sportarten durch diese einfache Technik unterminiert werden hätten können. Aber die Typen sind zu früh damit herausgekommen, weil irgendjemand den Befehl dazu gegeben hat. Irgendjemand mit einer Lieblingsmannschaft hat ein riesiges Problem. Er ist so wütend über etwas, dass er darauf beharrt, diese gewaltige Waffe hier und jetzt einzusetzen ... bei einem einfachen *Spatball*-Turnier!« Winters schüttelte ungläubig den Kopf. »Ich hätte zumindest auf die Fantasy Super Bowl gewartet. Dort macht man wirklich großes Geld. Im Vergleich dazu steckt Spatball noch in den Kinderschuhen.« Wieder schwieg Winters eine Weile.

»Was werden wir jetzt tun?«, fragte Catie. »Wenn wir die Anweisungen löschen, ist das vielleicht für South Florida großartig, aber es ist nur eine einmalige Lösung. Wer auch immer diese Anweisungen eingebaut hat, wird dann wissen, dass wir ihm auf den Fersen sind, und unmittelbar untertauchen. Wir werden dann nie herausfinden, wer es getan hat, und dieselben Leute werden es vermutlich wieder versuchen, aber diesmal an einem Ort, der weniger gut überwacht wird.«

»Das ist richtig«, stimmte Winters zu, während er sich in seinem Stuhl zurücklehnte, um nachzudenken. »Es wird wohl das Beste sein, wenn wir zulassen, dass sie ihren ›Schalter‹ verwenden ... und ein Rückverfolgungsprogramm installieren, um sie auf frischer Tat zu ertappen. Sofern es uns gelingt, ein solches Programm zu installieren. Und sofern uns noch genug Zeit dafür bleibt. Das alles unter der Annahme, dass durch diese Manipulation das Turnier selbst nicht ungültig wird.«

Gedankenverloren starrte Winters in die Leere. »Ich glaube, uns bleibt keine andere Wahl«, sagte er schließlich. »Wir müssen ein großes Einsatzkommando zusammenrufen ... und Mark natürlich auch. Vermutlich wird sein Vater davon nicht begeistert sein, aber ich hoffe doch, dass er die Notwendigkeit einsieht. Doch selbst mit Mark und unseren besten Leuten wird es ein gewaltiges Durcheinander. Uns stehen drei sehr bewegte Tage bevor.«

»Können Sie die manipulierten Werte nicht einfach durch Standardvariablen ersetzen?«, fragte Catie.

»Ich wünschte, es wäre so einfach. Wenn ich nicht sicher wäre, dass irgendjemand darüber wacht, dass ihr sorgfältig installiertes Hilfsmittel auch richtig funktioniert, würde ich Ja sagen. Leider bietet sich uns diese Möglichkeit nicht. Mit an Sicherheit grenzender Wahrscheinlichkeit überwachen sie den Server genau, um festzustellen, ob sich jemand an ihm zu schaffen macht, und ebenso sicher haben sie in ihre Programme Boobytraps eingebaut, die sie warnen, wenn jemand Änderungen vornimmt. Das einzig Gute ist, dass sie vermutlich unsere erste Untersuchung beobachtet haben und daher annehmen, dass wir nichts gefunden haben. Leider zu Recht«, fügte er mit grimmigem Blick hinzu. »Für uns wäre es natürlich günstig, wenn sie dadurch etwas unvorsichtig werden. Aber damit können wir nicht rechnen. Außerdem muss bis zur letzten Minute alles so aussehen, als würde es laufen, wie sie wollen, bis zu dem Augenblick, wo sie ihre eigenen Leute einsetzen, um den Schalter umzulegen ...«

Nachdem Winters wieder einige Zeit schweigend nachgedacht hatte, sah er zu Catie hinüber. »Jetzt zu einer anderen Sache ... Du hast mir erzählt, dass dein Freund sehr kooperativ war.«

»Mehr als das«, bekräftigte Catie. »Er weiß sogar, für wen ich arbeite.«

»Aber du hast ihm hoffentlich nicht gesagt ...«

»Natürlich nicht!«, rief sie abwehrend aus, fasste sich jedoch gleich wieder. »Allerdings bin ich sicher, dass er es trotzdem weiß. Er ist ein kluger Mann. Und wenn ich die Information, die er mir gegeben hat, richtig deute, ist er wirklich bereit zu helfen.«

»Das wäre nützlich«, sagte Winters. »Wie nützlich, werden wir erst in einiger Zeit wissen.« Dann sah er wieder zu Catie auf. »Aber jetzt zur wichtigsten Frage überhaupt: Hat er dir in irgendeiner Weise das Gefühl gegeben, dass jemand von seinem eigenen Team in die Sache verwickelt ist?«

»Absolut nicht.«

»In Ordnung. Dann müssen wir vorerst davon ausgehen«, sagte Winters nach langem Schweigen, während er sich mit verschränkten Armen zurücklehnte.

»Ich sollte vielleicht noch sagen, dass es mir Leid tut«, meinte Catie.

Das lange Schweigen, das nun folgte, ließ ihr beinahe das Herz stocken. »Ja, das solltest du«, sagte Winters schließlich.

Catie schluckte.

»Eine Frage habe ich noch ...«, fuhr er fort. »Eigentlich habe ich angenommen, dass du dich vorwiegend mit den Grafiken beschäftigt hast.«

»Das habe ich auch«, stimmte ihm Catie zu. »So habe ich

begonnen. Aber alles hat so ausgesehen, wie es aussehen sollte. Und sobald ich angefangen habe, habe ich ...«

»... einfach nicht mehr aufhören können«, sagten beide gleichzeitig.

Catie schwieg wieder.

»Ja, das kenne ich nur allzu gut«, fuhr Winters fort. »Ich habe zehntausend Mitarbeiter, die dasselbe Problem haben. Einerseits ist es ja verständlich, aber andererseits muss dieser Drang kontrolliert werden. Diese Hartnäckigkeit muss klug und verantwortungsvoll eingesetzt werden.« Er runzelte die Stirn. »Catie, du bist zu weit gegangen. Und was noch schlimmer ist, du hast vielleicht auch Mark manipuliert, um dir dabei zu helfen.«

»*Ich* habe *ihn* manipuliert ...?!«, wollte sie aufbrausen, hielt sich aber dann doch zurück. *Wenn hier irgendjemand einen anderen manipuliert hat, dann war es dieser kleine Armleuchter Gridley!*, dachte sie. Aus taktischen Gründen wäre es im Augenblick wohl nicht allzu klug, darauf hinzuweisen, auch wenn sie genug Mut dazu gehabt hätte.

»Dazu gehört schon einiges, das muss ich gestehen«, fuhr Winters in etwas weniger verärgertem Ton fort. »Aufgrund seiner Frühreife übersehen die meisten Menschen Marks Schwächen ... von denen er wirklich nicht viele hat. Aber lassen wir das vorerst. Im Augenblick müssen wir herausfinden, was wir am besten mit den Informationen anfangen, die du entdeckt hast. Darf ich dein System benützen und ein paar Anrufe machen?«

»Selbstverständlich. Raummanager?«

»Ich warte nur darauf, dass Ihr mir sagt, was ich tun soll, Herrin.« Sie sah, wie Winters die Augenbrauen hob. »Bitte öffne für Mr Winters einen privaten Arbeitsraum und verbinde ihn mit jeder Adresse, die er angibt.«

»Wird erledigt.«

Rund um Winters wurde die Luft undurchsichtig und

füllte sich mit dem blauen Wirbelmuster, das sie als Wartemaske für ihre Mutter entworfen hatte. Etwa fünf Minuten lang geiselte sich Catie mit Selbstvorwürfen, während der blaue Rauch in Wirbeln aufstieg. Schließlich löste sich der Rauch auf und Winters trat durch den blauen Schirm. »Danke, Catie.«

»Du kannst den Arbeitsraum wieder löschen«, sagte Catie.

»Wird erledigt, o Herrin über alle Wirklichkeiten.«

Wütend sah Catie zu, wie auch die letzten Reste des Schirms verschwanden. Winters sah sie erst überrascht an und begann dann plötzlich, hemmungslos zu lachen. Durch seine unvermutete Fröhlichkeit schwand ihr Ärger, und sie fragte sich hoffnungsvoll, ob sie nun vom Haken war.

»Das passiert, wenn man Mark Gridley an seine Maschine lässt«, sagte er schließlich, als er wieder zu Atem gekommen war. »Viel Glück bei dem Versuch, all die ›Verbesserungen‹ wieder loszuwerden.«

»Das kann ich sicher brauchen«, gab Catie zurück.

»Ich hoffe, du verzeihst mir, wenn ich diese Diskussion nicht weiterführe«, sagte Winters, während er sich umsah. »Ich habe viel zu tun ... wir müssen deine Angaben unabhängig in einer Art und Weise bestätigen, dass sie uns als Beweise dienen können. Auch wenn ich mit deinen Methoden nicht einverstanden bin, danke ich dir für deine Entdeckungen.«

»Das verstehe ich, und es tut mir Leid, dass ich Ihnen Schwierigkeiten bereitet habe.«

»Ich nehme die Entschuldigung an«, sagte Winters. »Übrigens ... ich zitiere: ›Was werden *wir* jetzt tun ...?‹«

Catie schwieg verlegen.

Schließlich lächelte Winters ... und obwohl es nur der schwache Anflug eines trockenen Lächelns war, fühlte sich Catie sehr erleichtert. »Diese Haltung ist möglicherweise schon ein Vorzeichen für die Zukunft. Selbstverständlich werden wir beobachten, wie du dich entwickelst. Talentierte Grafiker sind wertvoll, aber es gibt sie wie Sand am Meer. Hingegen benötigen wir immer Leute, die bereit sind, über ihr Fachgebiet hinaus vorzustoßen und auch einmal ein Risiko einzugehen, einfach weil sie einen Job nicht liegen lassen können, wenn sie wissen, dass er erledigt werden muss.«

Dann brach das Lächeln vollständig durch. »Und jetzt nur unter uns«, fuhr Winters fort, »wir können immer Leute brauchen, die Glück haben. Davon kann es nie genug geben ... auch wenn Glück allein ziemlich nutzlos ist. Selbst die beste Kugel braucht einen Pistolenlauf rundum.«

Catie nickte.

»Zeit, um an die Arbeit zu gehen«, sagte Winters. »Mit ein wenig Glück, klopft jetzt bereits jemand an Karen de Beers Tür, dann werden mich meine Leute schon bald rufen, weil sie etwas mit mir besprechen wollen.«

»Oh, nein ...!«, stieß Catie hervor.

»Schon in Ordnung«, gab Winters zurück. »Sie wird nicht zu Hause sein. Hast du etwa geglaubt, wir sitzen bloß herum und lassen zu, dass sie unter Druck gesetzt wird? Die Tatsache, dass der Typ auftaucht, genügt uns schon, um einzugreifen. George Brickner wird später sicher als Zeuge aussagen, dass er schon im Vorhinein von der Sache gewusst hat. Inzwischen muss ich aber noch ein paar andere Dinge erledigen. Der Server muss in Ordnung gebracht werden, damit die Ausscheidungsspiele stattfinden können, während wir gleichzeitig die kontaminierte Version des Codes behalten müssen. Wir haben viel Arbeit und nur wenig Zeit. Sofern wir es überhaupt in dieser Zeit schaffen, was ich bezweifle, wenn ich ehrlich bin.«

Dann sah Winters Catie scharf an. »Jetzt noch eine Frage an dich, bevor ich gehe. Sag mir, von welchem berühmten Grafikkünstler dieses Zitat stammt: ›Die Hoffnung liegt im ehrlichen Irrtum, nicht in der eisigen Perfektion des reinen Künstlers.‹«

»Äh«, begann Catie unsicher, und brach sogleich ab, als sie merkte, dass diese Worte nicht nur als Zitat gemeint waren.

»Es geht um *einen* ehrlichen Irrtum«, erklärte Winters, während er warnend den Zeigefinger hob. »Alle meine Leute wissen, dass ich ihnen diesen einen Irrtum zugestehe. Beim zweiten wird es allerdings wirklich ungemütlich. Merk dir das.«

»Schon gemerkt«, gab Catie mit leicht erstickter Stimme zurück.

»Danke, Catie.« Damit drehte sich James Winters um, eilte durch das Portal, das sich für ihn in der Mitte des großen Lesesaals öffnete, und verschwand.

Einen Augenblick später kehrte auch Catie ihrem Arbeitsraum und der Virtualität den Rücken und überließ Hal ohne weitere Diskussion den Implantatstuhl. Auf direktem Weg ging sie in ihr Zimmer, schloss die Tür ab und sank zutiefst unglücklich in ihren Lehnstuhl. *Wie konnte ich es nur so vollständig vermasseln?* Nach einiger Zeit, als sie sich vom ersten Schock wegen Winters' Worten erholt hatte, musste sich Catie eingestehen, dass sie es nicht vollständig vermasselt hatte. Eigentlich war Winters mit ihr sogar ein wenig zufrieden gewesen ... was zugegebenermaßen mehr war, als sie zu hoffen gewagt hatte. Auch wenn der Strauß, den er ihr gegeben hatte, vor allem aus Dornen bestand, die sie verdiente, waren die zwei oder drei dazwischen verborgenen, zerfetzten Blüten ihrer Meinung nach die Mühe wert gewesen.

Als sie nach etwa einer Dreiviertelstunde wieder aus ihrem Versteck herauskam, saß ihr Bruder immer noch an der Netzmaschine im Wohnzimmer. Catie wusste, dass sie mit

George Brickner sprechen sollte, aber das hatte keine Eile. Zunächst musste sie ihre Fassung zurückgewinnen. Nach einem kurzen Blick in den Kühlschrank wählte sie Hühnerbrust und machte daraus einen schnellen Imbiss, wie ihn ihre Mutter liebte: Sie briet die Hühnerbrust rasch in Butter an, gab gehackte Zwiebeln dazu und löschte das Ganze mit Balsamicoessig ab. Während sie kochte, kam Hal aus dem Wohnzimmer. Er wirkte ein wenig mitgenommen.

»Hast du in letzter Zeit die Nachrichten gesehen?«, fragte er.

Catie schüttelte den Kopf. »Nein, ich war beschäftigt.«

»Dann solltest du sie dir besser jetzt ansehen.«

»Ja? Warum?«

»Die Sportnachrichten. Glaub mir.«

»Was ist los?«

Hal schüttelte bloß den Kopf. »Ich pass für dich auf die Pfanne auf, und du siehst sie dir an.«

Catie blinzelte überrascht, denn üblicherweise war Hal kaum davon abzuhalten, Nachrichten wortwörtlich weiterzugeben, ob man sie nun hören wollte oder nicht. Wortlos gab sie ihm den Bratenheber, mit dem sie die Sauce umgerührt hatte, während sie einkochte, und setzte sich wieder in den Implantatstuhl.

Sobald sie im großen Lesesaal war, rief sie ihren Raummanager.

»Ich habe ihm alles gesagt«, sagte ihr Raummanager. »Wenn du jetzt aufbrichst, kommst du vielleicht noch außer Landes, bevor sie die Grenzen dicht machen.«

»Danke vielmals. CNNSI bitte. Sportnachrichten, die letzten Berichte abspielen.«

Einen Augenblick später erschien der überschwängliche junge Mann mit der wilden Frisur, der seit kurzem auf CNNSI die Nachmittags- und Abendnachrichten präsentierte, direkt vor Catie. Hinter seinem Tisch stehend berichtete er: »Offenbar aufgrund einer Betriebsstörung hat sich die International Spatball Federation zu dem ungewöhnlichen Schritt entschlossen, den Terminplan für die diesjährigen Ausscheidungsspiele zu ändern.« Hinter dem Sprecher war eine beeindruckende Vielzahl von Implantatstühlen und Highend-Netzboxen und -terminals zu sehen. »Das Management von Manchester United High verkündete heute, dass sie wegen Softwareproblemen in ihrem neu installierten, mehrere Millionen Pfund teuren Profistadium in Anfield nicht imstande sind, den ursprünglichen Spieltermin am Donnerstag einzuhalten. Da die ISF innerhalb des für Notfälle vereinbarten Benachrichtigungszeitraums von zwölf Stunden informiert wurde, wird das Team nicht seinen Platz im Match gegen Chicago Fire verlieren. Das Spiel wird jedoch auf Samstag verschoben, während das ursprünglich für Samstag angesetzte Match zwischen der South Florida Spat Association und Xamax Zürich mit Zustimmung beider Teams auf Donnerstagabend vorverlegt wird.«

»O nein!«, sagte Catie leise. *Sie werden es nie schaffen, rechtzeitig bereit zu sein.*

Schlimmer noch. *Der Server wird nicht rechtzeitig repariert sein!*

Das Spiel wird durchgeführt werden müssen ... und die Leute, die den Banana Slugs die Chance auf den Sieg nehmen wollen, werden ihr Ziel erreichen ...

Als sie wieder aus ihren Gedanken zurückkehrte, sagte der Sportreporter eben: »... dies ist nun der dritte große Softwareausfall innerhalb von zwei Monaten in der neuen Anlage von Anfield, die von Beginn an geplagt war von Kostenexplosionen, Hardware-Störungen sowie Problemen mit der neuen MaximumVolume-Software und dem für Manchester entwickelten Betriebssystem. Die ersten beiden Systemausfälle gegen Ende der regulären Spielsaison bewirkten einen Spielausfall und eine Niederlage durch einen

Fehler im Spielanzug des Mittelstürmers Alan Bellingham im letzten Drittel eines entscheidenden Vorrundenspiels von United gegen Tokio Juuban in Ottawa. Die Aktionäre von Manchester United haben erneut eine unabhängige Untersuchung der Geschäfte des Teams mit dem Sportsimulationssoftwaregiganten Camond gefordert, und der Vorstand der Aktionärsvereinigung erklärte noch mal, dass ...«

Ungläubig und bestürzt saß Catie in ihrem Lehnstuhl. Das Abendessen hatte sie vollkommen vergessen. »Raummanager ...«

»Ich habe nur Anweisungen ausgeführt.«

»Schon in Ordnung. Ist George Brickner erreichbar?«

»Ich versuche es in seinem Arbeitsraum.«

Nach einer kurzen Pause erklang eine Stimme: »Wer ist da?«

»Ich bin es, Catie.«

»Oh.« Wieder eine Pause. »Einen Augenblick bitte.«

Catie wartete. Es vergingen mehrere Minuten, ehe George eintrat. Doch dann genügte ein Blick auf Caties bestürztes Gesicht, und er wusste, was geschehen war. Nach einer kurzen Pause nickte er. »Du hast es also schon gehört.«

»Ja.«

Erschöpft ließ sich George in den Lehnstuhl plumpsen, der von James Winters' Besuch zurückgeblieben war. Auch Catie versuchte, es sich in ihrem Lehnstuhl bequem zu machen, aber ohne Erfolg. »Du hast mit James Winters gesprochen ...«

»Unter anderem, ja«, gab George zurück, während er sich das Gesicht rieb. Er sah sehr müde aus.

Plötzlich wusste Catie, wie er sich fühlte. »George, warum hast du das getan?«

»Du meinst, warum ich der Vorverlegung zugestimmt habe? Weil uns die ISF darum gebeten hat. Und weil wir keinen guten Grund gehabt haben, um abzulehnen.«

»Aber ihr habt doch einen guten Grund gehabt! Wenn du ...«

»Catie, kannst du dir vorstellen, was passiert wäre, wenn wir die Terminplanänderung abgelehnt hätten – eine, für die die ISF wirklich einen triftigen Grund hatte? Die Leute hätten begonnen, Fragen zu stellen: Was haben sie dagegen? Was geht hier vor? Und schon bald hätte es irgendjemand herausgefunden. Oder einer der Typen, die den ISF-Server manipuliert haben, hätte Verdacht geschöpft ... und die ganze Bande hätte die kleine Operation abgebrochen und wäre in den Untergrund gegangen. Nach all dem Aufwand, wäre nichts gelöst worden.«

Das war ihr Argument, wenn auch so grauenvoll verdreht, wie sie es sich nie vorgestellt hätte. Fassungslos schwieg Catie, und auch George sprach minutenlang kein Wort.

»Du glaubst wohl, ich weiß nicht, was du denkst«, fuhr George schließlich fort. »Aber glaub mir, mir geht es genauso. Es wäre einfach großartig gewesen, dort hineinzugehen mit der Chance, das Turnier zu gewinnen und Spatball-Geschichte zu schreiben. Schon mit dem Einzug ins Semifinale hätten wir unseren Enkelkindern einiges zu erzählen gehabt. Aber wenn wir jetzt nicht verhindern, was dem Spatball angetan werden soll, werden wir unseren Enkelkindern gar nicht mehr von dieser Sportart erzählen können ... Zumindest nicht von einer Sportart, die es wert ist, dass man sie spielt.« Er schluckte. »Manchmal geht es im Sport auch darum, ein Opfer zu bringen. Das ist so ein Zeitpunkt. Das Team stimmt darin mit mir überein.«

»Wissen sie, dass ...?«

George sah sie ernst an. »Sie wissen genug. Immerhin waren die Net-Force-Leute hier, um ihre Maschinen zu prüfen. Sie wurden sabotiert, Catie. Und auch daran dürfen wir nicht rühren. Wir dürfen *nichts* verändern. Wenn wir etwas ändern, werden es die Leute, die hinter der Sabotage stehen, bemerken und einfach abtauchen. Wer weiß, vielleicht würden wir sogar siegen ... aber der Sport selbst würde verlieren. Und auch alle, die diesen Sport wie wir nur aus Freude ausüben, würden ebenfalls verlieren.«

Als Catie George nun ansah, fühlte sie einen Schmerz in ihrem Inneren, den sie nicht mit Worten beschreiben hätte können. »Ist es nicht schon schlimm genug, dass du so attraktiv bist«, sagte Catie nach einer Weile mit mehr Bitterkeit in der Stimme, als sie beabsichtigt hatte, »musst du jetzt auch noch ein Held sein? Es ist einfach nicht fair.«

»Das sind die wenigsten Dinge«, gab George zurück. »Aber es kann ja nicht schaden, wenn wir sie für den Nächsten etwas fairer machen.«

Darauf fiel Catie keine Antwort ein.

»So schlimm ist es nicht«, wehrte George ab.

»Doch, ist es«, sagte Catie.

Georges Gesicht verzog sich schmerzlich, und Catie hätte viel dafür gegeben, diesen Ausdruck nicht sehen zu müssen. »Du hast Recht«, räumte er ein. »Es ist schlimm! Aber wir dürfen uns dadurch nicht aufhalten lassen. Wir werden ihnen einen Kampf liefern, wie sie ihn noch nie gesehen haben. Wir werden den Leuten, die das Spiel manipulieren wollen, zeigen, dass wir nicht zu stoppen sind. Wir werden ihnen eine Show liefern, wie sie sie noch nie gesehen haben ... und selbst wenn wir verlieren, werden wir spielen, wie noch kein Spatball-Team vor uns gespielt hat. Wir werden so gut spielen, dass jeder, der das Match sieht, sich kopfschüttelnd fragen wird, was zum Teufel hier schief gelaufen ist. Und wenn dieselben Leute dann am Wochenende Chicago spielen sehen, werden sie wieder den Kopf schütteln und sagen: ›Dieses Team hätte nie so weit kommen dürfen. Irgendjemand muss hier das System manipuliert haben.‹ Das ist unsere beste Antwort, und die einzige Methode, um der Net Force zu helfen, das zu tun, was sie in dieser Situation tun muss. Selbstverständlich gefällt mir das alles nicht besonders. Das ist nicht das Ende der Saison, von dem ich geträumt habe. Dem Team gefällt es ebenso wenig. Auch sie haben andere Träume. Aber wir werden uns nicht still und leise verabschieden, das verspreche ich dir!«

Einige Minuten lang schwiegen sie, ohne einander anzusehen. Schließlich blickte George zu dem Schachbrett hinüber. »Wie ich sehe, steckst du in einer Springergabel«, sagte er.

»Schon seit drei Zügen«, gab Catie zurück.

»Was wirst du dagegen tun?«

»Ich habe schon etwas dagegen getan«, antwortete Catie. »Sieh dir deinen Läufer an.«

»Der kümmert mich wenig«, sagte George herablassend. »Nicht nach der Art und Weise, wie du diesen letzten Springer weggeworfen hast. Auf jeden Fall werde ich mir in drei Zügen deine Dame holen.«

»Nein, wirst du nicht«, sagte Catie.

»Doch, werde ich«, entgegnete George.

»Das schaffst du nicht. Das ist unmöglich ...« Catie stand auf und ging zum Schachbrett hinüber. Sie war dankbar über die Gelegenheit, Geoge nicht mehr ansehen zu müssen. Außerdem hasste sie es, wenn jemand sah, dass sie wütend war. Und jetzt war sie wirklich wütend: wütend über die Ungerechtigkeit des Lebens, die diesem Mann und seinen Freunden einen Sieg raubte, der ihnen gebührte.

»So«, sagte sie, griff nach einem ihrer Läufer und schob ihn weiter. In dem Notationsfenster, das in der Luft über dem Schachbrett hing, erschien von selbst ihr Zug.

George war mittlerweile ebenfalls aufgestanden und blickte nun über Caties Schulter auf die Mitte des Schachbretts. »Allmählich wird es dort ziemlich vertrackt«, sagte er.

»Nicht annähernd so vertrackt wie anderswo«, gab Catie mit schwerem Herzen zurück. Im Geist sah sie nichts als das gewaltige Gewirr von Codes im ISF-Server, verschlungen, kompliziert und bis ins Innerste verrottet.

Einen Augenblick lang schwieg George. »Catie, du hast dein Bestes gegeben. Jetzt hast du die Sache nicht mehr in der Hand – und ich ebenso wenig. Uns bleibt nur, das Spiel mit Würde zu Ende zu spielen. Und glaub mir ... ich weiß es zu schätzen, dass du versucht hast, uns zu helfen.«

Catie nickte. »Hast du schon deinen nächsten Zug?«

»Nicht heute Abend. Dafür gleich mehrere morgen, bevor wir trainieren. Und später noch einen.«

»In Ordnung.«

Nach einem letzten Blick auf das Schachbrett kehrte George zu seinem Portal zurück, stieg hindurch und verschwand. Catie sah ihm nicht nach, sondern starrte stattdessen auf den Läufer, den sie eben bewegt hatte. Plötzlich wünschte sie, dass das Spiel, auf das sie sich so gefreut hatte, nie stattfinden würde.

Am Mittwoch Abend hatten sie zum letzten Mal vor dem Spiel über eine Sprechverbindung Kontakt. Das nächste Mal würden sie erst nach dem Spiel am Donnerstag miteinander reden.

»Die Nachbarn haben gesagt, dass sie früh aufgebrochen ist, um ihre Tochter von der Schule abzuholen«, sagte Darjan, »und dass sie dann nicht zurückgekommen ist. Offenbar versteckt sie sich irgendwo. Auf jeden Fall ist sie seitdem immer noch nicht zurückgekommen.«

»Und du lässt sie so davonkommen?«

Darjan lachte. »So wichtig ist sie nicht. Immerhin bearbeiten wir noch vier Kandidaten in verschiedenen Städten. Außerdem müssen wir uns um andere Dinge kümmern. Durch die Änderung im Spielplan mussten sich alle beeilen, um sicherzustellen, dass der gespiegelte Server auch richtig funktioniert. Einige Leute werden sehr zufrieden sein, wenn die Slugs auf diese Weise schneller aus dem Rennen sind. Wie steht es bei dir? Habt ihr euch schon um die Server aller South-Florida-Spieler gekümmert?«

»Alles erledigt.«

»Fein. Dann lass uns ein letztes Mal sämtliche Arrangements durchgehen.«

»Immer Perfektionist, Armin?«, erkundigte sich Heming lachend.

»Immer. Ich mag meine Haut nun mal in einem Stück.«

»Sie zahlen dir aber nicht genug für all die Sorgen, die du dir machst.«

»Da hast du Recht«, sagte Darjan. »Lass uns von oben anfangen ...«

8

Ob es Catie gefiel oder nicht, der Donnerstag kam. Da das Spiel für neun Uhr abends Ostküstenzeit angesetzt war, ging sie rechtzeitig zu ihren Eltern, um sie zu bitten, Hal und ihr die beiden Netzgeräte im Haus für das Spiel zur Verfügung zu stellen. Aber sie kannten den Zeitplan bereits und reagierten überrascht wegen ihrer Bitte.

»Nach der Berichterstattung in den letzten Tagen solltest du wissen, Kleines, dass wir dir das Vergnügen nicht nehmen wollen!«, sagte ihre Mutter, während sie einen weiteren Stapel Bücher auf dem Küchentisch ablud. Wie es aussah, gehörten sämtliche Werke zur klassischen Literatur, und zwar größtenteils zur französischen Literatur aus dem 16. und 17. Jahrhundert.

Seufzend nahm Catie eine Ausgabe von *Gargantua und Pantagruel* zur Hand und blätterte in ihr. Sie hatte sich die Spatball-Berichterstattung nicht angesehen, und es tat ihr in der Seele weh, wenn sie daran dachte, was heute Abend mit South Florida passieren würde. In letzter Zeit hatte sie sich fast nur um ihre Schularbeiten gekümmert und zwischendurch auf die zwei Schachzüge reagiert, die George seit ihrem letzten Gespräch gemacht hatte. Aber das waren auch die beiden einzigen Male gewesen, dass sie seitdem online gewesen war.

»Wo ist denn mein Messer, Schatz?«, fragte ihr Vater, der mit einem Paket in der Hand durch die Küche irrte.

»Dein Messer?«

»Das aus dem Atelier.«

Ihre Mutter ging zum Geschirrspüler, holte ein abgegriffenes Steakmesser mit Plastikgriff heraus und gab es ihrem Vater. »Ich dachte, ich mache es mal gründlich sauber, solange man seine Umrisse unter der Farbe noch erkennen kann«, sagte sie.

»Im Geschirrspüler ist es so sauber geworden?«, fragte er, während er bereits das Paket damit bearbeitete, das er mitgebracht hatte. »Erstaunlich!«

»Nein, ein Hammer, ein Meißel und viel Kraftaufwand haben die erste drei Zentimeter dicke Farbschicht abgetragen«, gab ihre Mutter zur Antwort. »Hier war harte Arbeit am Werk und kein Wunder. Catie, Kleines, habe ich dir schon gesagt, dass wir noch einmal mit James Winters gesprochen haben?«

»Noch einmal?« Catie legte das Buch zurück auf den Tisch. »Was wollte er?«

»Uns danken, dass wir dich helfen lassen«, sagte ihr Vater. »Er hält große Stücke auf dich.«

Catie zog die Augenbrauen hoch. »Schön zu wissen«, sagte sie.

Ihr Vater legte das Messer auf den Tisch und begann, sein Paket aufzumachen. »Schön zu wissen? Hast du deine Berufsziele plötzlich geändert?«

»Äh, nein ... ich bin nur müde.« Sie sah auf ihre Armbanduhr.

»Wie lange läuft das Spiel?«, erkundigte sich ihre Mutter.

»Etwa zwei Stunden oder so, es sei denn, es gibt Verlängerung.«

»Nun, gut. So lange ich eines der Geräte noch haben kann, bevor ich schlafen gehe ...«

»Kein Problem.«

Schnell wurde es neun Uhr, und Catie nahm das Gerät im Wohnzimmer, während Hal das unten im Eingangsbereich nahm. Im großen Lesesaal hielt sie kurz inne, um zu sehen, ob auf dem Schachbrett neue Züge erfolgt waren. Aber es war seit dem letzten Zug unverändert. »Raummanager ...«

»Weißt du, dass du jeden Tag hübscher wirst?«

Catie schielte nach oben. »Ich glaube, es hat mir besser gefallen, als du mich beleidigt hast.«

»In ein paar Jahren wird es dir wahrscheinlich Leid tun, das gesagt zu haben. Was wolltest du?«

»Freunde-und-Familien-Abteilung in der ISF-Spatballkugel, bitte ...«

Mitten in der Halle erschien eine Türöffnung. »Sind Nachrichten für mich da?«, fragte Catie, bevor sie hindurchging.

»Nichts, Herrin.«

»Okay. Für die nächsten zwei Stunden bin ich beschäftigt.«

Sie schlüpfte in die Mikrogravitation der Freunde-und-Familien-Abteilung, wo sie die Verwandten einiger Team-Mitglieder begrüßte, die sie flüchtig kannte. Dann setzte sie sich zwischen sie. Außer sich vor Begeisterung, kam Hal wenige Minuten später herein. »Ich kann nicht glauben, dass es endlich so weit ist«, sagte er. »Ich glaube es nicht ...«

»Ich schon«, sagte Catie leise.

Er drehte sich zu ihr um. »Catie«, fragte er, »habt ihr euch gestritten, ich meine du und dein George?«

»Es gibt kein ich-und-mein-George«, sagte Catie, »und nein, wir haben uns nicht gestritten.« Wahrscheinlich wäre alles einfacher, wenn es so wäre ...

»Bist du sicher?«

Catie warf Hal einen grimmigen Blick zu, als eindeutige Warnung, nicht zu weit zu gehen, was ihr aber sofort wieder Leid tat. »Ja, ich bin sicher. Warum?«

»Es ist nur, wenn er dich irgendwie geärgert hätte«, sagte Hal, »dann hätte ich seine Einstellung etwas zurechtgerückt.«

Darüber musste Catie lachen. »Nein, dafür gibt es keinen Grund«, sagte sie. »Trotzdem ... Danke.«

»Oh!«, sagte Hal. »Es geht los!«

Beifall brauste auf, als die Spieler beider Seiten, Xamax in Grün und Weiß, South Florida in Gelb und Schwarz, in die Spatkugel strömten und ihre Position an den Wänden einnahmen, während der Kommentator ihre Namen und Nummern verkündete. Die Kapitäne kamen wie immer als Letzte. Als Georges Name angekündigt wurde, ertönte von seinen Fans der übliche Ruf: »Papagei! Papagei!« George sah zur F&F-Abteilung hinüber und hob winkend die Hand. Jeder Verwandte und jeder Freund im Raum jubelte und winkte zurück – auch Catie. Sie wusste jedoch, wen er mit einem leicht düsteren Blick angesehen hatte, und sie wusste, was er damit meinte: *Wir werden nicht widerspruchslos das Feld räumen. Das schwöre ich dir.*

Als die Mannschaftslieder verklungen waren, verfolgte Catie das erste und das zweite Drittel mit wenig Interesse ... jedenfalls versuchte sie das. Etwa in der Mitte des zweiten

Drittels, merkte sie, dass ihr vor allem der Schwung, mit dem South Florida spielte, die Laune verdarb, und weniger der Jubel und das Brüllen der Fans in der Freunde-und-Familien-Abteilung der Slugs. Xamax war ein gutes Team, ein sehr gutes sogar. Lange Zeit hatten sie einige der besten Spieler Europas ausgewählt und für sich gewinnen können. Dann hatten sie sich aus für Catie unverständlichen Gründen einen berühmten englischen Spatball-Trainer geholt, der eine Zeit lang bei Man United gewesen war. Dieser schrie nun von außerhalb der Spielhülle auf seine Spieler ein – entweder in einem lustigen Schweizerdeutsch mit mittelenglischem Akzent, das klang, als litte er an einer Halsentzündung, oder in einem wirklich barbarischen Französisch, wo man hätte annehmen können, dass er eben mit Kanalwasser gurgelte. Was auch immer seine Spieler von seinem Akzent hielten, sie liebten diesen Mann und spielten sich für ihn die Seele aus dem Leib.

Aber sie spielten nicht wie die Slugs. *Macht das auf Wettkampfebene wirklich einen Unterschied?,* hatte Catie gefragt. Jetzt wusste sie, wie dumm ihre Frage gewesen war. Die Freundschaft im Team und der Zusammenhalt der Spieler machten sie zu einer verschworenen Gruppe Spatball spielender Telepathen, wie Catie sie noch nie zuvor gesehen hatte. Auch ohne hinzusehen, schienen sie ständig zu wissen, wo sich alle anderen aufhielten. Sie spielten einander zu, als wäre jeder nicht allein, sondern Teil desselben Organismus. Und sie rackerten nicht für einen Trainer, auch wenn sie ihn liebten, sondern füreinander. Und das machte allerdings einen Unterschied.

Schlimm war nur, dass es keine Rolle spielte. Ende des zweiten Drittels stand es bereits 3-2-0, und Catie wusste, dass dies nur eine Vorankündigung für den endgültigen Ausgang des Spiels war. Bereits zwei Tore waren schneller gefallen, als sie es je erlebt hatte. Die Bälle schienen wie auf einer bogenförmigen Bahn durch die Kugel zu fliegen, als wäre das Gravitationsgesetz um den Spatball herum aufgehoben, und die Slugs kamen nicht mit, obwohl sie ihr Bestes gaben. Sie spielten auf verlorenem Posten, doch da sie nicht aufgaben und spielten, als wären sie bereits im Finale, tat es besonders weh.

George ist nicht der einzige Held da draußen, dachte Catie, als das zweite Drittel abgepfiffen wurde.

»Es ist noch nicht vorbei«, sagte Hal, während die Teams in die letzte Pause gingen. »Sie brauchen nur ein Tor zum Unentschieden ...«

Catie schüttelte den Kopf. »Ich weiß«, sagte sie. Doch sie wusste auch, dass es dieses Unentschieden nicht geben würde. Trotzdem änderte sich ihre Laune. Heldentum musste anerkannt werden, auch wenn kein Sieg zu erwarten war. Spielen, als ob es ums Ganze ginge ... in einer Situation wie dieser, das allein war schon ein Sieg, auch wenn die Welt diese Art von Sieg nicht anerkennen würde. Catie wusste das, George wusste das, und auch sein Team wusste es ...

Die nächsten zwanzig Minuten verstrichen, ohne dass Catie etwas davon mitbekam. Sobald die Teams nach der Pause in die Spatkugel zurückkehrten, gaben Schiedsrichter und Aufseher das Startzeichen, und schon begann das letzte Drittel. Catie hatte angenommen, dass sie bisher bereits ein entschlossenes Spiel gesehen hatte, doch jetzt merkte sie, dass sie sich geirrt hatte. In der Spatkugel herrschte Krieg: Ein anmutig geführter Krieg in Mikrogravitation, in dem es ausgemacht schien, niemanden zu töten oder ernsthaft zu verletzen, aber dennoch herrschte Krieg.

»Verletzungen« häuften sich. South Florida verlor bereits in den ersten zehn Minuten zwei Spieler, die sich durch Aufprall an der Wand verletzten, und Xamax drei, sodass sie einen ihrer zwei Reservespieler einsetzen mussten. Danach wurde etwas vorsichtiger gespielt, da Xamax unter keinen Umständen mit Unterzahl spielen und seine Führung gegen ein Unentschieden eintauschen wollte. Aber George ließ sein Team weiterspielen, als wäre ein Krieg ausgebrochen. Catie wusste warum, auch wenn niemand sonst in der »Arena« es tat: South Florida hatte nichts zu verlieren. Die Zuschauermenge fing an, auf den Druck zu reagieren, der in der Spatkugel herrschte und aus ihr ausstrahlte. Um sie herum feuerten die Fans beider Seiten ihre Mannschaften unablässig an. Catie dachte, sie hätte bereits laute Spatball-Spiele erlebt, doch nun stellte sie fest, dass es noch eine Steigerung gab. Wenn dies keine virtuelle Erfahrung gewesen wäre, hätte sie nach diesem Spiel nichts mehr gehört. So sehr hätten ihr die Ohren gedröhnt.

Aus dreißig Minuten wurden zwanzig, aus zwanzig zehn und aus zehn fünf, und die beiden Teams kämpften immer noch verbissen, als ob das Schicksal der ganzen Menschheit davon abhinge, wer dieses Spiel gewann. Einmal erzielte South Florida fast ein Tor, aber irgendwie schoss ein Xamax-Spieler in die Flugbahn des Balls. Er tat das aus einer Entfernung heraus, die unmöglich schien, und lenkte den Ball vom Tor ab, in dem gerade kein Torhüter stand. Gleichzeitig rückte das Tor in einer Drehbewegung viel früher weiter, als dies nach Caties Meinung hätte geschehen sollen. Die South Florida Fans schrieen enttäuscht auf. Dieses eine Mal schossen Catie tatsächlich Tränen in die Augen angesichts der Ungerechtigkeit, dass diese Spieler mit solchem Geschick gegen böswillige und unsichtbare Kräfte spielen mussten, ohne die geringste Gewinnchance – um nichts als den moralischen Sieg davonzutragen. Der moralische Sieg muss reichen. *Aber es ist und bleibt eine Schande ...*

Neben ihr zitterte Hal vor Aufregung. Catie sah auf die Uhr. Noch vier Minuten. Man konnte nur noch auf ein Wunder hoffen, doch hinter den Kulissen waren Kräfte am Werk, die sowieso jedes Wunder verhindern würden. Noch dreieinhalb Minuten. South Florida startete einen erneuten Angriff auf das Xamax-Tor und spielte einen langen Pass um den gesamten Umfang der Kugel herum. Catie schüttelte den Kopf. In den letzten beiden Dritteln waren alle diese Versuche fehlgeschlagen. Ein Tor nach dem anderen schien weiterzurücken, und der Ball weigerte sich, so zu fliegen, wie er sollte ...

»Catie!«

Das war nicht Hal ... sondern eine andere Person rechts von ihr. Als sie sich umdrehte, sah sie, dass Mark Gridley plötzlich aufgetaucht war. »He?«, wunderte sie sich. »Wo kommst du denn her?«

»Was glaubst du wohl?«

»Ich konnte ihn nicht aufhalten, Herrin«, flüsterte ihr Raummanager ihr ins Ohr. »Er hat mich einfach überrumpelt, um deine Koordinaten zu bekommen, dieser Grobian.«

Catie seufzte und schüttelte den Kopf. »Wie läuft es?«

»Es läuft nicht, es *lief.*«

»Du sprichst in Rätseln und das zu äußerst unpassender Zeit«, gab Catie zurück, die sich wieder auf das Spiel in der Spatkugel konzentrierte. »Heb dir das für später auf, Kleiner. Das Spiel hier geht zu Ende, und sie verlieren, und du weißt warum. Kannst du nicht ...«

»Nein, tun sie nicht.«

Sie sah ihn verwirrt an. »Aber die ... Mark, der Code, du weißt doch ...«

»Nein. Alles ist sauber.«

Dann brach er in Lachen aus. »Es ist sauber, Catie. Es ist echt!«

»Es ist ... du meinst, sie werden nicht ...«

»Es war seit Spielbeginn sauber. Ich konnte nicht früher kommen, wir mussten ...«

»Du meinst, sie können ..., o Mann!« *Sie könnten wirk-*

lich gewinnen, heiliger Bimbam. »Los, Slugs!« schrie Catie aus voller Kehle, obwohl ihr Schrei in dem Getöse um sie herum unterging. *Sie können gewinnen. Sie haben tatsächlich eine Chance!!!*

Und jetzt kam es ihr vor, als wäre das Spiel von Anfang an ein anderes gewesen ... jetzt war auch der Ausgang wichtiger denn je. Aus der gesamten Arena stieg ein ungebrochener Jubel auf, der sich durch nichts mehr von weißem Rauschen unterschied, einem Rauschen, das so weiß war, wie die Sonne heiß. Catie ging wie alle anderen in ihm auf. *Morgen werde ich bestimmt heiser sein*, dachte sie, aber das störte sie nicht im Geringsten. Der lange Pass, den South Florida aufbaute, fiel auseinander, als Villeneuve von Xamax den Ball zwischen Daystrom und Marcus hinter seinem Knie abfing und sich mit ihm davonmachte. Sobald Xamax in Ballbesitz war, machten sie deutlich, dass sie beabsichtigten, diesen Zustand bis Spielende aufrecht zu erhalten. Aber die Slugs hatten andere Pläne. Sie prallten von den Wänden und von den eigenen Spielern ebenso wie von Xamax-Spielern auf eine Weise ab, wie es sich nicht einmal die Kinder von George und Gracie hätten vorstellen können. Und mitten im Geschehen war Brickner, der unablässig den Ball fing und weitergab, einfach nicht aufzuhalten, bis ihn die Xamax-Spieler regelwidrig abdrängten.

Noch zwei Minuten. In diesem Tempo konnte es nicht weitergehen, und doch ging es genauso weiter. Irgendwie gelang es George, sich aus dem Gedränge zu befreien. Er fand einen Zwischenraum, tauchte mit dem Ball unter dem Ellbogen in die Lücke ein und warf ihn seinem Co-Kapitän zu. Mike fing den Ball in einer Kniebeuge auf, rollte sich wie ein Blitz um eine Schrägachse, und warf ihn zu Daystrom. Sie fing ihn mit dem Ellbogen, gab ihn weiter und bekam ihn wieder zurück. Schließlich stieß sie auf das Tor zu ...

In diesem Augenblick rückte das Tor weiter. Und auch

wenn es niemand mehr für möglich gehalten hätte, nahm der Lärm weiter zu. Noch eine Minute. Daystrom stieß sich von einem Xamax-Verteidiger ab, drehte sich in einer Luftschraube und schleuderte den Ball erneut von sich. Ein anderer Xamax-Spieler fing ihn ab und versuchte erneut, das Geschehen vom Tor wegzubewegen, um South Florida daran zu hindern, das Siegestor zu schießen. Ein Pass, ein zweiter Pass, noch ein Pass, hinein in ein selbstverschuldetes Gedränge und (theoretisch) auf der anderen Seite hinaus – nur dass es Monahan, einem der Flügelspieler von South Florida, gelang, mit einem Arm in das Gedränge zu greifen und mit dem Ball wieder herauszukommen. Der Lärm der Zuschauer brauste noch mal stärker auf. Und wieder wurde ein Pass nach dem anderen gespielt, und die Xamax-Spieler hatten alle Hände voll zu tun, ihre Tore zu decken. Noch dreißig Sekunden. Einige versuchten, den Slugs den Ball wieder abzunehmen, aber ihr Kapitän rief sie zu den Toren zurück. Wenn ihre Deckung bis zum Abpfiff hielt, konnte ihnen nichts mehr passieren. Noch zwanzig Sekunden.

Die Tore rückten zum nächsten Sechseck weiter. Der Pass ging zu Daystrom. Sie feuerte den Ball wie ein Geschoss zu George Brickner. George fing ihn und wirbelte herum. Während der Ball schnell wie ein Geschoss zu ihm gekommen war, verließ er ihn schnell wie ein Laserstrahl, auf einer kerzengeraden Bahn, mit einer Geschwindigkeit, dass man den Ball noch nicht einmal sehen konnte. Durch eine Lücke zwischen zwei Xamax-Verteidigern hindurch, schleuderte er ihn direkt auf eines der Tore.

Einer der Verteidiger bewegte sich gerade genug, um ihn abzuwehren. Der Ball sprang zurück in die Mitte der Spatkugel, wo ihn George erneut fing. Augenblicklich stieß er sich von der neben ihm schwebenden Daystrom ab, wirbelte um die eigene Achse, um mehr Impuls zu bekommen, und schleuderte den Ball noch mal in die Richtung, aus der er gekommen war.

Wieder wehrte der Xamax-Spieler ab, sodass der Ball direkt zu George zurücksprang, der ihn an Daystrom weitergab, wobei er sich erneut von ihr abstieß. Sie taumelte, kam herum, und passte George den Ball ein letztes Mal zurück. Er fing ihn, wirbelte herum, täuschte den Xamax-Verteidiger, indem er einen dritten Torschussversuch andeutete, wirbelte erneut herum, tat, als wollte er den Ball weitergeben, drehte sich noch mal um die eigene Achse und ...

Der Ball verließ ihn ein letztes Mal und steuerte genau auf das Tor zu, als sich der Xamax-Verteidiger ein wenig zur Seite bewegte ...

Da ertönte das Signal.

Der Spatball schlug mitten im Torsechseck auf.

In dem darauf folgenden unglaublichen Jubel fragte sich Catie nach Atem ringend, wann sie das letzte Mal Luft geholt hatte.

Die Besucher beider F&F-Abteilungen strömten jetzt in die Spatkugel. Hal stürzte an ihr vorbei, und Catie, die sich wie durch die Mangel gedreht fühlte, folgte ihm erstaunt, betrübt und doch irgendwie froh. Die Menge fiel über die Spieler her, riss ihnen die Trikots vom Leib und schleuderten sie durch die Luft. Da leuchtete das Endergebnis auf: 3-2-0, Xamax.

Catie hatte keine Übung mehr in Mikrogravitation, doch als sie in einem Getümmel eine Lücke fand, bahnte sie sich ihren Weg hindurch. Da war George, immer noch im Besitz seines Trikots.

Catie warf ihm die Arme um den Hals und drückte ihn fest.

Er hielt sie etwas von sich ab und grinste sie an. In seinem Gesicht stand nicht nur Freude, sondern auch Schmerz, tiefe Zufriedenheit ... und ein Anflug von Übermut.

»Du wusstest es«, sagte sie. »Du wusstest es!«

»Erwischt«, sagte George.

Erbarmungslos schlug Catie mit den Fäusten auf ihn ein, als wäre er ihr Bruder. Aber nicht lange. Schon griffen seine Teamkameraden, deren Familien und andere Anhänger nach ihm, trieben ihn auf die plötzlich offene Seite der Spatkugel und riefen im Sprechchor »Papagei! Papagei! Papagei!«, während sie im Triumph zum Umkleideraum weiterzogen, als hätte South Florida gewonnen.

Und sie haben Recht, dachte Catie, während sie mit ihnen zog, *denn in allem, was wirklich zählt, hat South Florida gewonnen ...*

Erst viel später, nachdem alle Interviews gegeben waren und alle Medienvertreter, mit virtuellem Champagner durchtränkt, hinausbefördert worden waren, und nachdem die Spatkugel versiegelt und die äußere Hülle des virtuellen Raums verschlüsselt war, standen sie einander wieder im Umkleideraum gegenüber.

»Du wusstest es«, sagte Catie wieder.

»Natürlich wusste ich es«, gab George zurück. »Aber ich konnte es dir nicht sagen.«

»Wir hatten keine Zeit«, sagte Mark Gridley, der sich von der Seite zu ihnen gesellte, »und mein Dad hat ihm das Versprechen abgenommen, es nicht weiterzusagen. Ich wollte es dir sagen, aber mein Dad ...«

»... hat ihm mit dem Tod gedroht«, hörte Catie eine ihr unbekannte Stimme sagen. »Manchmal zeigt das Wirkung.«

Als sich Catie umdrehte, sah sie einen gut aussehenden Mann thailändischer Abstammung in Freizeitkleidung. Der Mann sah Mark sehr ähnlich, was nicht überraschte, denn es war sein Vater: Jay Gridley, der Leiter der Net Force. Er kam zu George Brickner herüber und reichte ihm die Hand. »Das war ein verdammt gutes Spiel«, sagte er.

»Danke«, gab George zurück und schüttelte Gridleys Hand. »Champagner?«

»Drinnen bitte, nicht draußen. Auch wenn es nur einen Wimpernschlag dauert, sich auf der virtuellen Seite des Lebens umzuziehen, habe ich heute Abend noch viel Arbeit vor mir, und wenn ich erst mal in echten oder virtuellen Champagner getränkt bin, scheint meine Verwaltungsarbeit an Schwung zu verlieren.«

Sobald ihm jemand ein Glas gab, hob es Jay für einen informellen Toast auf George und sein Team und trank es aus.

Währenddessen hatte sich Catie Mark zugewandt. »Wenn du mir nicht endlich erzählst, was ihr gemacht habt«, sagte Catie, »dann drohe ich dir mit noch Schlimmerem als nur dem Tod.«

»Bei den Geräten der Mannschaft hatten wir leichtes Spiel«, sagte Mark. »Während der letzten Tage haben die Net-Force-Teams in alle Geräte heimlich transparente Router eingebaut, die die Daten an andere Netboxen weitergeleitet haben, um die lokale Sabotage zu umgehen. Wir mussten uns also nur noch mit dem ISF-Server beschäftigen. Da die Zeit knapp war, erschien es uns als beste Lösung, einen anderen Spatball-Server aufzustellen, einen Ersatz, der mit der lizenzierten ISF-Software arbeitete. Dann haben wir eine genaue Kopie des manipulierten ISF-Servers auf dem neuen Server installiert und auf dem Originalserver die Fehler aus dem Code entfernt. Wir waren die ganze Nacht auf.« Das sah man Mark jedoch nicht an. Sein Gesicht war vor Triumph gerötet, einem Triumph, der böse enden hätte können. »Vor etwa zweieinhalb Stunden waren wir damit fertig, hatten aber noch mehr zu tun. Die ISF hat heimlich das Zertifizierungskomitee zusammengerufen, um die Serverkopie zu prüfen. Zwanzig Minuten vor Spielbeginn haben sie ihn freigegeben. Da lief bereits die Show vor dem Spiel.«

»Unglaublich!«, rief Catie. »Aber wie haben sie ...? Das Prüfungsverfahren ... ich habe geglaubt, dass du ...«

»Jede Code-Reihe einzeln per Hand überprüfen musst? Ohne technische Hilfe? Ja. Es war knapp. Aber in der letzten Nacht hat auf diesem Planeten kein einziger Computerfreak der Net Force geschlafen.« Mark grinste. »Und es gibt viele Spatball-Fans in der Net Force ...«

Catie dachte über all das nach. »Und die Leute, die die falschen Variablen in den Hauptserver eingebaut haben ...«

»... dachten, sie würden mit dem Server arbeiten, auf dem das Spiel üblicherweise stattfindet«, sagte Jay Gridley. »Aber in Wirklichkeit arbeiteten sie mit dem Duplikat ... in das wir das echte Spiel gespiegelt hatten. Als sie den Irrtum merkten, war es für sie zu spät. Wir hatten in das Duplikat einen ganzen Satz Rückverfolgungsprogramme eingebaut und fanden verschiedene Leute, die die Schaltvariablen bedienten, einen in Portland, einen in Peking und einen in Auckland. Sie gehören alle zu den größten illegalen Wettsyndikaten ... und jetzt helfen sie uns bei unseren Nachforschungen.«

»Was ihr gemacht habt, war nur eine Abwandlung ihres eigenen Tricks«, sagte Catie leise. »Ihr habt es nur umgekehrt und gegen sie verwendet!«

»Ein Eigentor sozusagen«, stimmte ihr Mark zu. »Die Betrüger wurden selbst betrogen ... und wie!«, grinste er.

»Ah, unsere siegreichen Helden«, ertönte eine weitere Stimme. James Winters war hereingekommen und hatte sich ein Glas virtuellen Champagner genommen, ehe er sich zu ihnen gesellte.

»Helden, ja«, sagte George mit Blick auf seine Mannschaftskameraden. »Aber siegreich?«

»Alles ist relativ«, sagte Winters. »Ich finde der Titel passt heute. In der Zwischenzeit«, sagte er zu Jay Gridley, »haben wir die Software und die Hardware im Griff; der Originalserver, die infizierten Programme und die Kopien sind unter Verschluss. Morgen können wir das Anklageteam zusammenstellen. Wie steht es mit der anderen Operation?«

»Im Griff«, sagte Jay mit Blick auf George. »Diesen Teil der Neuigkeiten müsst ihr hören. Ein Herr namens Darjan, Armin Darjan, hatte Dienstagnachmittag mitten auf der Fernstraße I-95 außerhalb von Miami einen Platten. Wie es aussieht, wollte er eine Spielerin von South Florida treffen, aber sie war nicht zu Hause. Die Polizei von Miami half ihm, auf den Seitenstreifen zu fahren. Aber während die Polizisten seine Personalien aufnahmen und einen Abschleppwagen riefen, bemerkte einer der Beamten in seinem Leihwagen etwas, das dort nicht hätte sein dürfen. Sie brachten den Mann also zur Polizeistation, um ihn diesbezüglich zu befragen. Als er hörte, wie hoch in Florida die Strafe für unerlaubten Waffenbesitz war, wurde er sehr mitteilsam.«

George lächelte schwach. »Wie es scheint, hat er viele Freunde in der Computerbranche«, sagte Gridley, »ganz zu schweigen von seinen Freunden in Finanzkreisen hier und in Übersee. Er hat der Polizei eine Menge erzählt, und als die merkte, worum es sich handelte, hat sie uns gerufen. Auch wir haben uns lange mit dem Mann unterhalten, seine Fingerabdrücke genommen und seinen Pass eingezogen. Dann haben wir ihm einen Anwalt gerufen und ihm gesagt, was er in den nächsten Tagen zu tun hat, damit der Einspruch seines Anwalts nach diesem Spiel noch Wirkung hat. Er war äußerst kooperativ.«

»Da kann man von Glück sagen, dass er den Platten zur rechten Zeit hatte«, meinte Catie, die sich mutig vorkam, weil sie vor dem Leiter der Net Force sagte, was sie dachte.

»Ich werde mich ganz gewiss nicht beklagen«, sagte Gridley mit völlig ernstem Gesichtsausdruck. »Sonst könnten uns die lokalen Gesetzeshüter noch für undankbar halten.«

Alle Umstehenden lächelten wissend. »Und jetzt, meine

Damen und Herren«, sagte Gridley, an die South-Florida-Mannschaft gewandt, die sich um ihn versammelt hatte, »danke ich Ihnen für Ihre Hilfe. Einige von Ihnen werden in allernächster Zukunft von uns hören, denn wir werden diese Angelegenheit weiterverfolgen. Es tut mir Leid, dass Sie nicht gewonnen haben.«

»Uns tut es nicht Leid«, sagte jemand und öffnete die nächste Flasche Champagner. »Immerhin dürfen wir jetzt schon feiern!«

Diese Bemerkung bekam viel Applaus. »In der Zwischenzeit«, sagte Jay Gridley zu Catie, während er seinem Sohn freundschaftlich in den Nacken fasste, »sag mir bitte, ob du irgendetwas aus deinem Raummanager entfernt haben möchtest.«

»Ich denke darüber nach und lasse es Sie dann wissen«, gab Catie zurück. »Seine aktuelle Konfiguration hat einen etwas eigenartigen Vergnügungswert.«

»Eigenartig ist wohl das richtige Wort dafür«, sagte Gridley. »Komm jetzt, Mark. Gute Nacht, Catie, und noch einmal vielen Dank.«

Im nächsten Augenblick waren die Gridleys verschwunden.

Etwas später schlenderte Catie noch einmal zu George hinüber. »Eins noch, bevor ich gehe. Du wusstest doch von Anfang an, dass ich für die Net Force arbeitete, oder?«

»Ja, ich hatte so eine Vermutung«, sagte George. »Eigentlich war ich sicher. Ich meine, es steht dir praktisch auf die Stirn geschrieben.«

Catie errötete, denn sie hatte immer geglaubt, ziemlich vorsichtig gewesen zu sein. »Allerdings durfte ich nicht zu deutlich werden«, fuhr George fort, »denn ich war nicht sicher, ob ich nicht abgehört werde ... und ich wollte niemanden in Schwierigkeiten bringen.«

Catie nickte. »Noch eine letzte Frage«, sagte sie schließlich.

»Ja?«

»Obwohl der Server sauber war ... habt ihr verloren.«

George nickte vollkommen unbekümmert. »Die sind ein gutes Team«, sagte er dann. »Sie haben den Sieg verdient. Jeder, der mit uns mithält, so wie wir heute gespielt haben, und dann auch noch gewinnt, ist wirklich aus dem Stoff, aus dem Meister gemacht werden.« Wieder lächelte er, doch diesmal sah er dabei etwas nachdenklich aus. »Und South Florida ist heute in die Geschichte eingegangen. Wir sind noch nie so weit gekommen. Also nächstes Jahr ...«

»Nächstes Jahr ...«, sagte Catie. »Nächstes Jahr wirst du zum Profilager gehören. Das ist meine Voraussage.«

»Interessant«, gab George zurück. »Wir werden ja sehen.«

»Und berühmt sein.«

»Berühmt bin ich jetzt auch schon«, sagte George leise. »Was auch immer das wert sein mag.« Er sah sich um. »Aber mit Leuten wie diesen *gemeinsam* berühmt zu sein, das könnte etwas wert sein. Wir werden ja sehen.«

»In Ordnung. Und was das Schachspiel betrifft ...«

»Gib mir eine Nacht frei«, bat George. »Schon allein, damit ich mich erhole, ganz zu schweigen davon, dass ich mir erst noch meinen nächsten Zug überlegen muss.«

»Okay«, sagte Catie und bedeutete dann ihrem Bruder, dass sie jetzt nach Hause gehen wollte. Hal nickte.

»Gratuliere«, sagte Catie leise.

George nickte etwas melancholisch. »Danke.«

Einen Augenblick später brach sie mit Hal auf.

Am nächsten Morgen betrat Catie schon sehr früh ihre Version des großen Lesesaals der Kongressbibliothek, als die Morgenröte noch rosafarben durch die hohen Fenster in der Kuppel fiel. Rund um ihren Lehnstuhl lagen Stapel von Leinwänden und Papieren, die darauf warteten, gesichtet zu werden. Zunächst sah sie jedoch nach ihren E-Mails, aber es waren keine neuen gekommen.

Wird er jetzt, wo er berühmt ist, noch mit mir reden ...?, fragte sie sich.

Schließlich drehte sich um, sah erst auf das Schachbrett und dann zu dem Textfenster darüber, wo eine neue Textreihe aufleuchtete: 18 B×D +.

In diesem Augenblick ertönte eine Stimme aus der Luft:

»Erwischt! Deine Dame ist geliefert.«

Sehr langsam machte sich auf ihrem Gesicht ein Lächeln breit.